史\笔\文\心\与\庶\人\之\议

明代小说四大奇书的
叙事艺术

丁豫龙◎著

台海出版社

图书在版编目（CIP）数据

明代小说四大奇书的叙事艺术 / 丁豫龙著 . —北京：
台海出版社，2021.8

ISBN 978-7-5168-3024-6

Ⅰ . ①明… Ⅱ . ①丁… Ⅲ . ①章回小说—小说研究—
中国—明代 Ⅳ . ① I207.41

中国版本图书馆 CIP 数据核字（2021）第 104367 号

明代小说四大奇书的叙事艺术

著　　者：丁豫龙

出 版 人：蔡　旭　　　　　　　　　　责任编辑：俞滟荣

出版发行：台海出版社
地　　址：北京市东城区景山东街 20 号　　　邮政编码：100009
电　　话：010-64041652（发行，邮购）
传　　真：010-84045799（总编室）
网　　址：www.taimeng.org.cn/thcbs/default.htm
E - m a i l：thcbs@126.com

经　　销：全国各地新华书店
印　　刷：天津雅泽印刷有限公司
本书如有破损、缺页、装订错误，请与本社联系调换

开　　本：787 毫米 ×1092 毫米　　　1/16
字　　数：550 千字　　　　　　　　　印　　张：27.5
版　　次：2021 年 8 月第 1 版　　　　印　　次：2021 年 11 月第 1 次印刷
书　　号：ISBN 978-7-5168-3024-6

定　　价：98.00 元

目　录

上篇：故事孕育层

中篇：叙述形态层

下篇：叙事话语层

绪　论

第一节　论题的成形

中国传统的文学批评主要是以诗、文为主。六朝以来，对于诗歌、文章都早已开始探讨其写作的规范、品鉴的标准。以诗歌来说，历代众多的诗话、词话等书籍，蕴藏有丰富的诗学理论。只列出代表性的便有南朝梁人钟嵘《诗品》、唐人释皎然《诗式》、宋人严羽《沧浪诗话》、元人方回《瀛奎律髓》、杨载《诗法家数》、揭傒斯《诗法正宗》、明人李东阳《怀麓堂诗话》、胡应麟《诗薮》、清人叶燮《原诗》、沈德潜《说诗晬语》等。多有强调诗体、诗法的重要性，不仅标举出心中的典范，列出学习的正体，并且归纳其特点，分析美学上的源流、规法，以作为学习、赏鉴的准则。

对于文章写作理论与批评的研究也始终兴致浓厚，有的"究文体之源流，而评其工拙"，或者"第作者之甲乙，而溯厥师承"，成果颇为丰硕。其中，荦荦大者有陆机《文赋》、刘勰《文心雕龙》、刘知几《史通》、陈骙《文则》、真德秀《文章正宗》、元人陈绎曾《文说》、吴讷《文章辨体》、归有光《文章指南》、明人高琦《文章一贯》、徐师曾《文体明辨》、李绂《秋山论文》、刘大櫆《论文偶记》、章学诚《文史通义》、刘熙载《艺概》与吴曾祺《涵芬楼文谈》等书❶。明代的拟古运动盛行，也莫不竞相标举秦汉，或唐宋名家之作，以为模拟、效法之用。

然而，这类对于文章作法之研究，莫不偏重在议论、抒情之体裁，少有着墨于叙事文的分析。这一现象虽然与隋唐以来的科举考试有关，但也是由于叙事文的技法主要来自于史学，有其一定的规范必须遵循，所以更加困难。

李绂在《秋山论文》中称："文章惟叙事最难，非具史法者，不能穷其奥窔也。"

清人章学诚也说：

---

❶ 更为完整而详尽的内容，可见近年来新编的"文话"丛书。王水照编：《历代文话》，复旦大学出版社 2007 年版。

> 盖文辞以叙事为难，今古人才，骋其学力所至，辞命议论，恢恢有余，至于叙事，汲汲形其不足，以是为最难也……然古文必推叙事，叙事实出史学，其源本于《春秋》"比事属辞"。❶

章学诚不仅认为叙事文的写作取法于史学，更上推至孔子的《春秋》笔法。

日本学者斋藤谦分析了叙事文不易写作的原因，也认为关键在于有其传统上相沿的规范、体式存在，不能妄自改易：

> 凡作文，议论易，而叙事难。譬之叙事，如造明堂辟雍，门阶户席皆有程序，虽一楣一牖，不可妄移易。议论如空中楼阁，不厌出新意，故难易迥异。❷

叙事文的规范、体式，在中国主要源自史传的叙事传统。从而也使得依傍史传的小说❸，在叙事方面也有许多讲究，而不能随心所欲。

小说叙事的研究，同样因为文类的长久受到贬抑，其成果也颇为贫瘠，零散在小说文本上的序跋、评点及批语之中，既无专著，更无体系。中国古代小说浩如烟海，却始终没有一套与之相应的叙事理论可资以创作和分析。此一困窘在民国初年依然如此，至今仍未见有太好的成绩。吴宓对此曾经感叹：

> 吾国小说，自昔称盛。《石头记》等书，艺术之精工，较之西洋最上之作，绝无逊色。其格律法程，实已灿然明备。特无整理分析着为专书以言之耳……予久拟撮取西籍之精要，并探究中国旧小说之义法，而着《小说法程》一书。顾以课忙事冗，卒未能成。❹

把中国传统的小说叙事理念作一整理、分析，前贤早已深感其重要，但材料杂乱而零散，试图统合成一种理论体系，确实不容易。况且，清末以来对于小说的研究虽然较前为盛，但是受到考据学风的影响，焦点大多在小说的作者、版本与年代，少有针对叙事方面

---

❶ [清]章学诚：《上朱大司马论文》《文史通义新编新注》（仓修良编注），浙江古籍出版社1995年版，外篇三，第767页。

❷ [日]斋藤谦：《拙堂文话》卷七，文津出版社1985年版，第7页。

❸ "小说"一词在古代中国具很复杂的意涵，与今日一般人的认知大为不同，即使在明清时代，文人对小说的界定也有很大的差异。但在今日西方小说盛行于世的条件下，对于中国古代小说叙事艺术之研究，便不得不迁就当前的时空环境，"以今观古"是一个可以避免许多困扰的较佳路径，从而本文不实行"以古观古"的做法。亦即以今日一般视小说为主要文类之一的观念作为讨论的基础，而非以庄子、班固或胡应麟、纪昀等人所认定的"小说"为标准。参阅陈洪《中国小说理论史》（修订版），天津教育出版社2005年版，第2页。

❹ 吴宓：《小说法程序》。见哈米顿（Hamilton, Clayton）著，华林一译《小说法程》，商务印书馆1937年版，第1页。

来立论。

20 世纪 70 年代末，西方叙事学（Narratology）挟其盛名漂洋过海到了海峡两岸的学术界，引起了不小的回响。几乎每部一流的中国古代小说，都有不少人以西方叙事学为工具，开始为它们撰写"叙事艺术"的研究专论。叙事理论的引入，使中国学人能够从一个崭新的角度与概念来分析古代小说及其批评。但叙事学在中国终究是水土不服，有许多窒碍难行之处，汉语的特点以及文化、社会、文学传统的差异，使西方叙事理论应用在中国史传、古代小说的分析中受到了限制。

西方的叙事传统别有蹊径，与中国大异其趣。西方文学所谓的"叙事"，在英文中指的主要是"narrative"一词，其内涵偏重在想象、虚构，而不是中国史学的"实录"，这与西方文化的渊源有密切关联。西方叙事文学的源头乃是神话与希腊、罗马史诗，史诗中又运用了许多的神话材料。神话是以先民当时的观念、幻想来解说大自然与人类自身的现象，其中讲述了一个"过程""故事"。因此，西方人把神话视为人类叙事的起源，并且成为西方文化与文学经常取材的对象。

西方叙事传统，从古希腊亚里士多德的《诗学》有了系统的论述之后，在其影响之下，建构了一个从史诗（epic）、罗曼史（romance）、小说（fiction / novel）的西方叙事传统。西方叙事学的建构，主要是从一些小说经典的分析、归纳而来，今日已然蔚为大观。当代法国叙事理论家热奈特《叙事话语》的理论体系，乃是细读普鲁斯特的长篇小说《追忆逝水年华》所提出的。法国另一著名的叙事理论家巴特的著作《S／Z》，也是针对巴尔扎克的中篇小说《萨拉辛》的研究成果。苏联文论家巴赫金提出的复调小说理论，则是分析杜斯妥也夫斯基的长篇小说《地下室手记》《罪与罚》《卡拉马助夫兄弟们》与《白痴》等书而来。这些叙事理论的建构，都并非凭空想象可成的，有其特定的文学传统与时空条件。

自 20 世纪 80 年代末以来，大陆学术界反省以往所谓的"文化失语症"❶，致力于寻求中国的叙事理论，开始注重固有的叙事传统的分析，试图建构一个基于中国文化、文学传统的叙事学体系。杨义认识到中西异质文化对话的必要，他认为，只有同时理解了精深的西方文化理论和广博的中国文化之后，才能建构和驾驭一种根植于中国，同时又汲取西方精华的中国叙事学。他广泛涉猎了中国的各类历史文献，沟通古今，独到地诠释了中国叙事文的现象，初步建立起自己民族的叙事学雏形。他的《中国叙事学》一问世，便受到不

---

❶ 曹顺庆等人于公元 1995 年提出了此一看法，之后引起了学界颇大的响应。意指在与世界各国来往、交流之际，文化、学术长期"处在倾斜的或不平等的状态"，"在引进远远大于输出中，造成了长期的'文化赤字'。"参见杨义：《序言》，《中国叙事学》，南华管理学院出版社 1998 年版，第 1 页。

少学者的高度肯定。但是此书讨论的材料涉及太广，并非针对中国白话小说来立论，尚有许多意见隐而未发、不够透彻，而有待更为细致、具体与专门的阐述。

中国白话小说的发展历经了一千余年之久，作品众多、性质纷杂、良莠不齐，试图去做一种文类整体性质的概括，显然具有研究上的困难，必定有许多挂一漏万之处，见林又见树本身就是一种两难的理想。前辈学者王叔岷先生毕生研究校勘、训诂与《庄子》等学问，即引申《秋水》篇中探讨事物价值与相对性的寓意，有感而发：

> 夫自细视大者不尽，自大视细者不明。视小者弊在破碎，破碎故不能尽大；视大者弊在疏略，疏略故不能明细。何况小亦未必能尽，大亦未必能明邪！治学欲小大兼顾，弘纤并照，诚大难也！❶

从小视大或从大视小，代表了不同的治学方法与态度，两者着眼不同，功用不同，并未有高低价值的差异，也都有其必要性。只是一般学术研究大多看重微观，以为纵然有零碎之弊，却能够深入有得，减少缺失疏漏。但是，宏观的研究则更能够发现共同的规律，认清事物的特质。有鉴于当前针对个别的小说、名著之研究，已有丰硕的成果，特别是所谓的"六大小说经典"的研究论文❷，早已汗牛充栋，但学者往往从事的是单一文本的审视、分析，这在一般的中国文学史、小说史的书籍中最为常见。至于一般的学术论文，无论是单篇的学报，或者硕士、博士论文，也是同样的研究方式，逐渐出现了研究的瓶颈。从而采取不同的思路，统合这些已有的研究成绩，再做更深入的归纳、分析，确实已经水到渠成。因此，有必要区隔优劣的作品，扩大"采样"，特别针对《三国志演义》《水浒传》《西游记》《金瓶梅》这四部"奇书""才子书"，采取较大的研究视域以发现它们共通的匠心巧思，进而建构出白话小说文类的叙事诗学。

明代小说四大奇书是中国小说美学的经典之作，也分别是历史、侠义、神魔、世情这四种主要题材的典范，"不论从思想认识上，还是从创作方法上，对后世皆有不可估量的借鉴意义。"❸"明季以来，世目《三国》《水浒》《西游》《金瓶》为四大奇书，居说部上首。"❹它们共同奠定了中国白话小说的叙事体制与规范，给予往后的白话长篇说部树立一个典范，在此一意义上，其价值甚至超过了《红楼梦》。《红楼梦》在不同层面、不同程度上，分别受到了四大奇书的沾溉。诸如：神话的结构和运用、回目的安排、情节的构想、

---

❶ 王叔岷：《序论》，《庄子校诠》，（台北）研究院史语所 1988 年版，第 23 页。

❷ 一般指的是明代小说四大奇书再加上清代的《儒林外史》《红楼梦》。此一说法，大约是从刘修业的《古典小说戏曲丛考》开始的，作家出版社 1958 年版。

❸ 杨义：《面向新世纪的中国文学学术》，《东方文化》2000 年第 3 期。

❹ 鲁迅：《清之侠义小说及公案》，《中国小说史略》，上海文化出版社 2004 年版，第 230 页。

人物的塑造、诗词的引用、白话文的提升以及批判的意识等。

四大奇书的研究，自清末以来开始兴盛，从考据的研究逐渐转为美学的研究，但大多是个别的文本分析，没有针对整体奇书的性质来全盘探讨、归纳、比较其中的叙事规法与寓意。这四本长篇白话小说在其文本编写、增删的漫长过程当中，相互影响、模仿，有很强的文际关系，自明末以来，就被视为美学性质相同的一组"奇书"，不同于其他众多的白话说部，从而有综合探讨的必要性。它们的时代背景、文化、历史、社会、经济等条件相近，甚至有一些早期的文献记载，《三国志演义》《水浒传》这两部书的作者同为罗贯中一人。四大奇书的叙事诗学，同中有异，异中有同。其共同点与差异之处，都有其意义和价值。从西方结构主义的观点来看，这四部小说在相互对比、联系之下，分析、归纳其间的相同与相异之处，有助于更清楚的了解它们个别的特质，也更能建构出这些奇书的共同模式、笔法及其寓意。

文学的结构主义理论把研究对象看成是一个圆满自足的体系、一个结构体。关心整体性、共通性、系统内元素彼此之间的关系与运作规律，朝向建立一个模式系统。尤其重视文学作品"共时"现象的归纳、分析，因为"先要了解共时现象才能进而谈论历时演变。""注重的是一个系统内在组合如何于深层结构转化为多种表面现象的结构，以及用什么样的规律可以解释此种转化过程，什么样的原则可以掌握与了解表面现象。"❶

苏联形式主义学者什克洛夫斯基等人认为，作品研究的目标在于探寻、归纳出普遍的文学原理、规法，但这必须先从个别作品的分析入手：

> 文学研究对于个别作品的了解固然可视为研究的一种目标，但对于一件作品真正的了解，还是要有普遍的原理为基础。个别作品的分析之最终目的，因此可视为在归纳出某些普遍原理，这些原理反过来又可以用来解释纷乱杂沓的现象，用来客观地讨论各种作品，使我们对于文学的了解成为有系统的知识。❷

结构主义学者托多洛夫亦主张"文类"研究之重要性：

> 我们之所以能够了解一部作品，主要是因为它与其他作品有相似或相同的属性，因为它沿用某种俗约。有某种共同属性的这些作品在某情形下构成同一文类，研究一部作品的属性，有时也可看成是研究其所属文类的属性。文学研究工作正是从个别作品到全部文学，又从"文学"到个别作品的来回考虑。❸

---

❶ 高辛勇：《形名学与叙事理论》，联经出版公司 1987 年版，第 119—121 页。

❷ 转引自高辛勇《形名学与叙事理论》，第 16 页。

❸ 高辛勇：《形名学与叙事理论》，联经出版公司 1987 年版，第 187 页。

　　形式主义与结构主义理论都强调要从分析个别的重要作品入手，进而扩大到其他同性质作品，归纳其中普遍存在的结构、关系和法则，然后建构此类文学的一套规法（conventions）。明代小说四大奇书确实隐然含有一套独特的小说叙事美学，浦安迪将它称作"奇书文体"，并且视之为一种新兴的文类。他说：

　　　这四部作品以它们最成熟的面貌问世，标志着中国散文小说中一种新文体的崛起。我认为这些作品尽管在主题和风格上大相径庭，可是在结构和修辞方面的一系列共同特征显示出它们的作者具有强烈的文类意识。❶

　　　（四大奇书）这一称谓本身便隐隐然设定了一条文类上的界限，从而把当时这四部经典的顶尖之作，与同时代的其他二三流的长篇章回体小说区别开来……这四部经典作品，其实孕育了一种在中国叙事史上独一无二的美学模范。而这种迟至明末才告成熟的美学模范，又凝聚为一种特殊的叙事文体。❷

　　这套"奇书文体"、才子文法体现在这四部奇书的文本，以及几位优秀评点家的批语、序跋之中。它们深刻影响到后来中国白话长篇小说的创作，但除了《儒林外史》《红楼梦》之外，已经难以达到它们所建立的高度。

　　中国古代文人素来就有很强的文体意识，写作与评赏诗文之际，心中皆有一套文体规范以为标准，生怕"失体成怪"，受人訾笑。宋儒倪思便说：

　　　文章以体制为先，精工次之。失其体制，虽浮声切响，抽黄对白，极其精工，不可谓之文矣。❸

　　明儒徐师曾也强调体裁必须遵守，不能随意改变：

　　　夫文章之有体裁，犹宫室之有制度，器皿之有法式也。为堂必敞，为室必奥……苟舍制度法式，而率意为之，其不见笑于识者鲜矣，况文章乎？❹

　　此种观念之所以根深蒂固，除了章奏、表议一类的官方应用文书的讲究之外，主要来自于诗、文写作的推波助澜。自隋唐以来，近体诗有四声八病等声律、平仄的要求，不容失黏、重韵等出格现象。明清时代更为重视，由于文人应试的科举考试，对于八股文的写作有严格的规范，起、承、转、合等都有种种明确的格式必须遵守。影响所及，文人平日

---

❶ [美]浦安迪撰，沈亨寿译：《序》，《明代小说四大奇书》，中国和平出版社1993年版，第1页。

❷ [美]浦安迪：《中国叙事学》，北京大学出版社1996年版，第23页。

❸ 引文俱见于[宋]王应麟编：《玉海》卷二二〇；《稗编》卷七十七，《四库全书》本。

❹ [明]徐师曾：《文体明辨序》，《文体序说三种》，大安出版社1998年版，第15页。

的写作也颇为严谨，各类文学体裁，莫不强调规法、体式。明代诗文复古运动的盛行，其中不能排除有临摹汉唐文人的诗文形式方面的因素。白话小说在古代虽然是"不登大雅之堂"的"小道"，属于一种受贬抑的文类。但也在四大奇书的创作探索之中，逐渐形成了自我的文类体式、规范与功能。

另一方面，这种文类体式与规范只是一种形式上的要求，优秀的作家或者说才子，则能够超脱出来，不受其妨碍。比起一般文人为了墨守成规，因而左支右绌、顾此失彼的窘困要高明许多。所以古人也主张"文无定法"❶"因文生法"❷"文成法立"❸。"文章本天成，妙手偶得之。"❹"法以义起，因义定法，法随义变。"❺强调笔法的灵活、巧妙。而这类看似无法，或者超乎一般常法的笔法，往往更能够显现出作者的才华与创意，所以这是我们必须重视的部分。

然而，仅仅研究其中的叙事体式与规法是不足的，也很可惜。这些奇书来自于民间，洋溢着庶民的智慧，与正史那类基于官方意识形态的叙事大为不同，从中可以明白在古代君主专制政体之下，一般民众对于世态人情、历史人物、社会事件与宗教风俗等的看法、解释与评断。这些当年受到明清两代官府多方查禁、打压、丑化的奇书中所描画的世界很可能更接近历史的事实，具有独特的价值。杨义便说：

> 中国古典小说名著，多是民间智慧书。它们以出神入化的奇笔，牵系着市井与江湖，情场与战场，在人类文学中自成文化叙事的系统。明清时代人，称小说名著为"奇书"。因为它们讲的并非"圣贤中国"，而是"民间中国"，圣贤难免古板，民间殊多奇观……对于这个神秘而奇异的系统，我们应该操持现代意识、开放视野和创新精神，入乎其里而探其神髓，出乎其表而悟其通则，从中解放出丰富多彩的民间生命、文化智慧和叙事妙招。❻

只有兼顾小说叙事的形式、内容与寓意的研究，才能完整而确切地了解四大奇书，进而建构出一套具有体系的中国白话小说叙事理论，并且使其中的叙事笔法与民间智慧有益于当代。

---

❶　此一说法，始见于宋代人吕本中《夏均父集序》。

❷　[清]来裕恂：《汉文典·文章典》。

❸　[清]章学诚著、仓修良编注：《释通》，《文史通义新编新注》，浙江古籍出版社2005年版，第237页。以及章氏另一篇文章《古文十弊》，见于同书，第153页。

❹　[宋]陆游《文章》一诗。

❺　黄保真等人归纳方苞的"义法说"所归纳的几个法则，详见黄保真、成复旺、蔡钟翔：《中国文学理论史》，洪叶文化公司1994年版，第四册《明清鸦片战争前时期》，第318页。

❻　杨义：《序言》，《中国古典小说十二讲》，上海三联书店2007年版，第1页。

第二节 研究的现状

最早将《三国志演义》《水浒传》《西游记》与《金瓶梅》称之为"四大奇书"的人应当是明末的冯梦龙。清初李渔便指出：

> 尝闻吴郡冯子犹赏称宇内四大奇书，曰《三国》《水浒》《西游》及《金瓶梅》四种。余亦喜其赏称为近是。❶

李渔认同冯梦龙所称"四大奇书"的书目内容，因为这四部都是长篇章回体小说，除了《三国志演义》使用了浅近的文言，另外三本都采取白话行文，反映了共同的社会文化特点和民众的审美心理，可以并称一组奇书。此外，李渔对这四部奇书，尤其赞赏《三国志演义》的文笔：

> 传中模写人物情事，神彩陆离，了如指掌。且行文如九曲黄河，一泻直下。起结虽有不齐，而章法居然井秩。几若《史记》之列本纪、世家、列传，各成段落者不侔。是所谓奇才奇文也。❷

他认为，写人叙事章法的灵活甚至超越了司马迁的《史记》。冯梦龙的"四大奇书"之说自明末以来一直流传到现在，相当大的程度为人所接受，但在此之前，已有类似的说法。周晖《金陵琐事》记载，李贽曾说：

> 宇宙内有五大部文章：汉有司马子长《史记》，唐有《杜子美集》，宋有《苏子瞻集》，元有施耐庵《水浒传》，明有《李献吉集》。❸

但周晖认为"《弇州山人四部稿》（比《李献吉集》）更较弘博"，而李贽则以为"不如献吉之古"❹。《李献吉集》是李梦阳的著作，《弇州山人四部稿》是王世贞的作品。李、王二人同为明代著名的文坛才子，李梦阳是前七子之一，王世贞名列后七子之一。虽然李贽和周晖的看法不一，但都一致肯定《水浒传》是文学杰作，宇宙间一"大部文章"。

明末清初，金圣叹则以《庄子》《离骚》《史记》《杜诗》《水浒传》与《西厢记》为

---

❶ [清] 李渔：《三国志演义序》，《李笠翁批阅三国志》，见萧欣桥点校《李渔全集》第五卷，浙江古籍出版社 1990 年版，此文刊印于清初康熙十八年。相同的说法，另见于李渔的《古本三国志·序》。

❷ 同上。

❸ [明] 周晖："五大部文章"条，《金陵琐事》（《笔记小说大观》十六编之三），新兴书局 1977 年版，卷一，第 1483 页。

❹ 同上。

"六才子书"，以为"若庄周、屈平、马迁、杜甫以及施耐庵、董解元之书，是皆所谓心绝气尽，面犹死人，然后其才前后缭绕得成一书者也。"❶并说：

> 天下文章，无有出《水浒》右者；天下之格物君子，无有出施耐庵先生右者。❷

金圣叹对于《水浒传》的文笔、章法以及作者的才华之推崇程度，可谓是无以复加了。

《西游记》一书的内容多为降妖伏魔之事，故人多只注意其内容的离奇，但此书的文笔、章法亦很可观：

> 《西游记》称为四大奇书之一。观其龙宫海藏、玉阙瑶池、幽冥地府、繁竹雷音，皆奇地也；玉皇王母、如来观音、阎罗龙王、行者八戒沙僧，皆奇人也；游地府、闹龙宫、进南瓜、斩业龙、乱蟠桃、反天宫、安天会、盂兰会、取经，皆奇事也；西天十万八千里、觔斗云亦十万八千里，往返十四年五千零四十八日，取经即五千零四十八卷，开卷以天地之数起，结尾以经藏之数终，真奇想也；诗词歌赋，学贯天人，文绝地记，左右回环，前伏后应，真奇文也：无一不奇，所以谓之奇书。❸

清初文人张书绅从写作八股文的章法、布局角度，发掘《西游记》文笔奇绝之处。

《金瓶梅》自明代问世以来，已被世人目为淫书，但同时也受到不少知名文士的称赏。董其昌对友人袁中道表示"近有一小说，名《金瓶梅》，极佳。"❹袁宏道在写给董其昌的信中，甚至认为超越汉代枚乘的辞赋名作《七发》：

> 《金瓶梅》从何得来？伏枕略观，云霞满纸，胜于枚生《七发》多矣。❺

清初文人张竹坡特地写了《第一奇书非淫书论》《批评第一奇书金瓶梅读法》，为《金瓶梅》的内容及文笔辩护，甚至给全书做了评点。

可知这四部小说陆续问世以来，即受到相当大的瞩目与赞赏，其中的内容与文笔、文法，获致不少文士的肯定，从而被视之为"奇书"或"才子书"。特别是《三国志演义》《水浒传》这两部奇书所受到的推崇尤多。这四部奇书虽然性质接近，同属于小说的经典

---

❶ [清]金圣叹：《水浒传·序一》。

❷ [清]金圣叹：《水浒传·序三》。

❸ [清]张书绅：《新说西游记总批》，见朱一玄、刘毓忱编：《西游记资料汇编》，南开大学出版社2002年版，第324页。

❹ [明]袁中道：《游居柿录》，见黄霖编：《金瓶梅资料汇编》，中华书局2004版，第229页。

❺ [明]袁宏道：《致董思白书》，《袁中郎全集》，世界书局1990年版，尺牍，第21页。

杰作，但自明末以来，研究者即个别探讨，少有整体性的研究。

当代针对四大奇书的整体性之研究仍然极少，书名标示有"四大奇书"者，主要有王齐洲《四大奇书与中国大众文化》《四大奇书纵横谈》、冯文楼《四大奇书的文本文化学阐释》、浦安迪《明代小说四大奇书》以及李志宏《"演义"：四大奇书叙事研究》。❶ 前三部书都是分开讨论这四部小说，尚未能顾及其共通性与差异性，因此，与一般的文学批评史、小说史的处理无异，只是把零散的篇章集中成为一部专书罢了。冯文楼的著作虽然能够注意到小说意涵的复杂性与一些矛盾之处，也能从较新的文化理论的视野来立论。但美中不足的是只侧重在小说的寓意一面，轻忽了叙事形式对于寓意的影响，而且四部奇书之间没有相互比较其中的异同之处，也仍然只停留在个别作品的分析、诠释。

有鉴于对小说的作者、年代与寓意此种难以解决的纷扰，不少人转而研究小说的叙事形式与技法，这也是基于当代叙事理论偏重在形式的分析所致。然而，在西方文学理论普遍受到学界重视的当代，对于四大奇书叙事的研究，产生了一味套用西方叙事学理论，而轻忽中国本身叙事传统的偏颇现象，尤其是对于中国史传的叙事规范及其精神几乎没有太多的认识。或许是研究者多为新的世代，对于中国传统史学较为陌生，因此几乎完全仰赖西方叙事理论，其结果只是在验证西方叙事学的有效性，而无法深入阐述中国小说叙事之所以如此面貌的缘故及其特点。套用这种理论模式所能得出的结论，难免大同小异，难以再有所突破，甚至流为肤浅，没有深刻而独到的见解。

文体的规法及其遵循，古代中国文人是很讲究的，更进而探讨其源流演变，这包括被视为不登大雅之堂的白话小说在内。文章体裁的重要性可以清代文人吴曾祺的说法为代表：

> 作文之法，首在辨体……大凡辨体之要，于最先者，第识其所由来；于稍后者，当知其所由变。故有名异而实则同；名同而实则异。或古有而今无；或古无而今有。一一为之考其源流，追其派别；则于数千年间体制之殊，亦可以思过半矣。❷

研究明代小说四大奇书的叙事规法，势必要对于中国叙事传统有深切的理解，明白其渊源与演变，如此所做的阐述方不至于华而不实。

浦安迪《明代小说四大奇书》有别于一般套用西方理论模式的学风与片面研究的现

---

❶　王齐洲：《四大奇书与中国大众文化》，湖北教育出版社 1991 年版。《四大奇书纵横谈》，济南出版社 2004 年版。冯文楼：《四大奇书的文本文化学阐释》，中国社会科学出版社 2003 年版。[美] 浦安迪、沈亨寿译：《明代小说四大奇书》，中国和平出版社 1993 年版。李志宏：《"演义"：四大奇书叙事研究》，大安出版社 2011 年版。

❷　[清] 吴曾祺著，杨承祖点校：《涵芬楼文谈》，台湾商务印书馆 1998 年版，第 16、17 页。

象，不仅能够把四部奇书做一整体的探讨，而且能够统合其间的共通叙事规范、文体特征以及寓意。

　　浦安迪教授，西方当代著名的汉学家，美国普林斯顿大学东亚系教授。不同于早期的西方汉学家以研究中国经学、文化、历史、语言与唐诗为主，浦安迪教授以其兼有西方与东方文化、文学的丰富学养，侧重中国长篇白话小说的探讨，颇能够洞见中国学人所未能察见之处。可谓继哈佛大学教授韩南之后，中国白话小说研究领域最受瞩目的外籍学者之一。浦安迪有关中国白话小说方面的论著，主要有《红楼梦中的原型和寓意》（1976 年版）（ Archetype and Allegory in the Dream of the Red Chamber ）、《明代小说四大奇书》（1987 年版）（ The Four Masterworks of the Ming Novel ）、《中国叙事学》（1996 年版），以及《浦安迪自选集》（2011 年版）。

　　《明代小说四大奇书》英文版刊印于 1987 年，中文版印行于 1993 年，由沈亨寿翻译。此后作者在北京大学针对"中国叙事学"专题有一系列演讲，演说内容也编排成同名的《中国叙事学》一书。有关"四大奇书"的部分，这两本著作的论点一脉相承，并无不同，但《中国叙事学》当中的说法更为简明。

　　浦安迪论述的角度有许多的新意，具有不少的创见，受到学界的普遍肯定，却也不免有一些过度的诠释。外国学人立足于不同的文化、社会、文学传统，常能有一些新奇的见解，但也往往不自觉地把他对于西方的认知，加诸中国文学，即使有心避免中西不同背景的差异，仍然容易产生一些似是而非的论点。季羡林便如此分析外国学人的特点：

　　　　一个人在某一个环境住久了，住惯了，对他周围的事物往往视而不见，反不如一个外来人，初来乍到，对周围的事物特别敏感，他能一眼就看到别人不注意的现象。❶

　　但是外来的人也容易把自己感到新奇、陌生的事物，过度地强调、重视，反而出现一些本地人所不会有的误解。然而，这些新的看法毕竟还可以开拓视野，给予中国学人许多启发。

　　即使只试图论证四大奇书的叙事形式具有共通的规范，已经不易达成，浦安迪却仍然力图要进一步说服读者，四大奇书也具有共通的寓意、核心的价值，亦即理学与心学所强调的修身、齐家、治国与平天下的理念。

　　　　16 世纪的前半叶，正是王守仁学说波及天下的时候。王氏的学说打开了明儒学案的新天地，并成为地位显赫的显学。程、朱、陆、王薪火相传，真可谓承

---

❶　季羡林：《海外中国学人丛书序》。见浦安迪《明代小说四大奇书》，中国和平出版社 1993 年版，第 2 页。

11

先启后，继往开来，其影响渗透到明代思想史的各个方面。当然，这种影响也不例外地涉及明代的小说。在对四大奇书的诠释中，我们经常援引《四书》，特别强调正文和评注中联系到心学的术语。❶

　　四大奇书广泛地反映了修心修身这一儒学的核心概念。各部奇书都从各自的侧面反映了自我修养这一正统观念。根据《大学》首章，人生至高的境界是修身齐家治国平天下。奇书文体反其道而行之，把个人和家庭层次的腐化堕落推及到社会和国家的层次。❷

四大奇书分属历史、侠义、神魔、世情等不同的题材，它们有各自注视社会或生活的面相，作者也有不同的生平、背景。难以简单以一种学说、理论来概括全部的寓意。

读者大众对于长篇小说可以有种种自我的理解、诠释，但是如果要论断书中的思想来源、基础，则容易沦为主观的附会。四大奇书的寓意，绝非只是浦安迪所强调的王阳明心学或程朱理学的具体投射。在明代儒、释、道三教思想颇为混同的潮流下，不应太高估王阳明心学对于文艺创作的影响层面，何况从写作年代来看，顶多《西游记》与《金瓶梅》具有此一可能性。

这四部奇书的文际关系主要在于叙事形式与章法结构，从而浦安迪的贡献还在于对小说的形式、章法、结构的分析。他提出了所谓的"文人小说""奇书文体"之说，认为这四部奇书开创了前所未有的叙事体制，进而影响到之后的白话长篇小说。他以为在长篇小说的百回结构中，存在着十回的次结构。《易经》的阴、阳互补模式，成为小说情节表层结构之下的潜结构。小说开卷楔子模式的运用，只是作为一种叙述框架而已，无涉于小说的寓意。他的这些见解，确实引人深思，富有启示，但也仍然有待商榷，必须再作深入的讨论。

李志宏《"演义"：四大奇书叙事研究》一书，无论是对于小说的寓意或叙事艺术的探讨，都难以超越浦安迪的范畴。他对于四大奇书文体属性的意见，主要是基于浦安迪的"文人小说""奇书文体"之论的阐述。他所谓的"讲史、经世、知命"的寓意论，基本上也是在发挥浦安迪的"修身、齐家、治国、平天下"的论点。况且书名虽然称作"叙事研究"，但全书大多在探讨四大奇书的义涵。少部分涉及"叙述程序"，则是演绎了韩南、王德威等学者对于"说话"叙述模式的分析的既有见解，立基于西方的叙事学，未能多汲取中国叙事传统的成就，从而不容易有太多个人独到的创见。

---

❶ 季羡林：《海外中国学人丛书序》。见浦安迪《明代小说四大奇书》，中国和平出版社1993年版，第192页。

❷ 同上，第171页。

浦安迪在时隔二十多年之后，对于当年写作《明代小说四大奇书》所做的论断以及采取的研究方法，也有自我的检讨、省思：

> 正如二十多年前拙作《明代小说四大奇书》"作者弁言"里所供承："对中国文化的基本知识恐仍有颇多不如初学小儿之处"……为了自我辩护，只能辩解说本人的研究角度是以外国学术界的眼光来治中国文学遗产……因为我从小受美国学术的训练，时常应用欧美文学，尤其是比较文学的理论观念与研究方法，在修辞与结构分析中特别着重于反讽、寓言等的多层话语。❶

中西方文学各自有悠久的历史、深厚的文化，相互借鉴之时，必须考量诠释的适切性、合法性问题。明代小说四大奇书的内涵丰富，不论是内容、寓意或者修辞、结构，都有许多值得探讨之处，我们无论是否同意浦安迪的说法，都必须再作更深入、细致的检视与论证，以为回应。本书在后面的章节中，将会针对浦安迪的几项重要的论点，有更为详细的讨论。

第三节　研究的取向

本文的写作取向，除了考虑所拟定的论题内容与期待成果之外，也针对当前研究现状的不足与个人所认为的缺失，提出一些写作的方向与原则。

一、小说叙事之形式与寓意的研究不能割裂

对于中国小说叙事的研究，学者往往割裂了形式与内容，只专注在其中之一。然而，优秀的小说家在创作一部作品时，总是顾及这两个方面，而并未分别考虑。伟大、成功的小说，也总是形式与内容浑合无间，相辅相成。小说的寓意从文本这一角度来说，它的揭示与确立在某种程度上就有赖于对形式的分析，因为形式的结构与寓意的建构有着深层的内在联系，寓意时常潜藏在文本的形式之中。况且，形式主要是为了凸显、表达意义而存在，受到意义的左右。"作家的叙述乃是他的线性运动，他的寓意才是其作品形式完成后的整体。"❷ 对于小说叙事的研究，必须同时兼顾到这两个方面，才能够获致一个完整的认识。只有明确知道了作品的寓意，才能够清楚和正确的分析、评断其叙事表现的优劣。因

---

❶　[美]浦安迪，刘倩等译：《作者小序》，《浦安迪自选集》，北京三联书店 2011 年版，第 1 页。

❷　[美]弗莱（Frye, Northrop）著，黄志纲译：《文学的原型》，《弗莱文论选集》，中国社会科学出版社 1997 年版，第 88 页。

此叙事学便主张，寓意的探讨不能够脱离形式的分析，两者必须一并处理，作品的寓意有其一定的范围，也受到作品形式的制约。

叙事文的寓意应当如何确定？此一问题，若是以当代盛行的读者反应理论、接受美学以及解构主义的立场来看，认为应当留给读者解读作品的充分空间，对于作品的寓意要抱持开放的态度，因此也就造成了诠释作品的困难。❶

卡勒认为，寓意深藏在文本之中，必须考虑周延，不是可以轻易决定的。他指出，决定作品寓意的至少有四个因素：作者的意图、文本、语境、读者，不能仅凭这四个因素中的任何一个来决定。❷换言之，作品的寓意不是任何单一方面所能决定的，也不是无边无际的。

针对作品寓意难明的问题，艾柯在肯定诠释的不确定的同时，反对一些批评家过度强调读者诠释的权力。他认为：

> 我所提倡的开放性阅读必须从作品的文本出发（其目的是对作品进行诠释），因此它会受到文本的制约……说诠释潜在地是无限的，并不意味着诠释没有一个客观的对象，并不意味着它可以像水流一样毫无约束地任意"蔓延"。❸

艾柯认为，作品的寓意不能是读者的自由创造，他否定诠释的无限可能。为了说明诠释的限度问题，艾柯吸收了现代语言学家皮尔斯等人的一些符号理论，进而提出了他自己的开放的"三元符号模式"，强调了符号（文字、语言）、文本（内容、所指）、诠释符（文化、社会、历史、读者诠释）这三者对于寓意确定的重要性。❹艾柯的诠释符，间接说明了"经典叙事学"舍弃文化、社会等外在因素的不足。也说明了，借由文本当时或稍后的读者之解读、批评家的意见，可以更适切的掌握文本的寓意，但并非完全由其所决定。

艾柯进而认为在"作者意图"与"读者意图"之间，还存在着第三种可能："文本意图"❺。文本意图包含了两重含义：首先是语法层面的语文习规以及这种语文所产生的"文化成规"；其次则是从读者的角度对于文本进行诠释的全部历史。读者诠释文本之时至少

---

❶ 德希达（Derrida, Jacques）批判了西方传统的偏重理性的逻各斯中心主义（话语中心主义）（logocentrism），解放了文字的潜藏意义，强调文本寓意的不确定性，读者可以有自己的诠释，误读才是正确的阅读。可参阅 [美] 卡勒（Culler, Jonathan）著，陆扬译：《论解构》，中国社会科学出版社 1998 年版，第二章。

❷ [美] 卡勒（Culler）著，李平译：《文学理论》，牛津大学出版社 1998 年版，第 70—73 页。

❸ [美] 艾柯：《诠释与历史》，见 [美] 柯里尼（Collini, Stefan）编，王宇根译：《诠释与过度诠释》牛津大学出版社 1995 年版，第 23—24 页。

❹ [美] 艾柯著，卢尔德平译：《符号学理论》，中国人民大学出版社 1990 年版，第 57—78 页。

❺ [美] 艾柯：《诠释与历史》，见 [美] 柯里尼（Collini, Stefan）编，王宇根译：《诠释与过度诠释》，牛津大学出版社 1995 年版，第 25 页。

受到这双重的限制：他不能无视于作品所用语文的习规和先前的读者对之所做的全部诠释。正是"文本意图"与"作者意图"，主要是前者，在给作品的寓意划界设限，使我们能够将某些诠释斥之为"过度诠释"，而排除于合理诠释的范围之外。

> 我们必须尊重文本，而不是实际生活中的作者本人。然而认为可怜的作者与文本诠释毫不相干而将其排斥出去的作法可能会显得极为武断。在语言交往过程中存在着许多同样的情况：说话者的意图对理解他所说的话至关重要。❶

> 怎样对"文本的意图"的推测加以证明？唯一的方法是将其验之于文本的连贯性整体……对一个文本某一部分的诠释如果为同一文本的其他部分所证实的话，它就是可以接受的；如不能，则应舍弃。❷

文本乃是"诠释在论证自己合法性的过程中逐渐建立起来的一个客体"❸。它必须符合文本的连贯性、整体性，不能够与其中的某些部分有所矛盾、冲突。这些可能的文本意图在不断的来回与整个文本协调、折冲、过滤之下，最终，才能够筛选而出，建构完成。我们可以借由检验一些可能的文本意图在整体作品的有效程度大小，推断出小说的主题。

至于叙事形式的分析，又应当针对哪些要素？王靖宇研究中国古代叙事文之际，对于应当分析那些要素或成分也做了一番考虑。他提及了著名的相关论著，佛斯特的《小说面面观》、韦勒克和华伦的《文学论》等书，并且考察它们所分析的一系列叙事文要素。最后他认为：

> 目前，由罗伯特·斯科尔斯和罗伯特·凯洛格在《叙事文的特性》一书中提出的四种要素，在我看来，是在任何时候、任何地方、任何类型的叙事作品中都可以找得到的，是最低限度的、不可缺少的要素。它们是：情节、人物、观点和意义。❹

虽然各家所列的要素有所不同，对于它们的重视程度也不一，但是小说叙事的分析，至少必须涵盖情节、人物、观点与意义，才能够获致一个较为周全的阐述。

---

❶ [美]艾柯：《过度诠释文本》，《诠释与过度诠释》，第65—66页。

❷ 同上，第65页。

❸ 同上，第64页。

❹ 王靖宇：《从〈左传〉看中国古代叙事作品》，《中国早期叙事文研究》，上海古籍出版社2003年版，第23页。

二、不能以狭隘的单一主题之说，抹煞小说丰富的寓意

四大奇书几乎都是作者晚年毕生心血之作，甚至是唯一的小说作品，投注了一生的精力，其中蕴含了对于人生种种的感悟，因此内涵丰富。再加上文本形成之后，经过了漫长时期的多人增删、润饰，混杂了不同的社会、文化、历史甚至政治的因素，使得文本的寓意更为复杂甚至有所矛盾。因此历来的研究者纷纷提出了自我的解读，见仁见智，赋予了小说各种的主题，造成了多主题的现象。此一情况说明了以单一主题来诠释四大奇书，必然有所不足，势必顾此失彼，成为一种偏见。著名的小说研究者何满子主张放弃单一主题的研究模式，他说：

> 在《三国演义》和其他许多小说的研究实践中，已证明用单纯、抽象的"主题"来概括一个生活内容丰富的作品是无能为力的。人们可以就作品所反映的生活的各个侧面抽出自己所认可的"主题"，众多的"主题"都不能统帅作品的全盘内容。把十几个或几十个"主题"加在一起，又不成其为一个单一的主题（哪怕再标一个两个所谓"副主题"）；抽象到最后，结果还只能是归结为作品的题材或题目。❶

林辰研究《西游记》的主题，面对历来的各种主题之说，他也表示必须从较为宽广的角度来看待小说的主题，因为小说中的主题是多元的而非单一的：

> 试想旧说、新说、今说，都有道理，又都不能完全自圆其说而否定他说。这正像那个瞎子摸象的故事：摸着腿的说是柱，摸着肚的说是壁，摸着鼻的说是蛇。因此，笔者认为：像《西游记》《水浒传》《三国演义》这样经过长期积累的集大成之作，内容十分庞杂，主题是多元的而不是单一的，不宜于用什么单一的主题去套它。❷

此种论点引起了学界许多正反不同的意见，面对这种主题之争的困境，有学者分别主张"多主题"与"无主题"之说，以解决四大奇书寓意纷乱的现象。但是既然称之为"主题"，无论是"多"或"无"，都显得名实不符。冯文楼便主张要"打破一元化的思维模式和同一性的观照角度"，他说：

> 可行的方法恐怕是重在发掘它们的多重文化内涵，从不同角度探讨造成其内

---

❶ 何满子：《"主题"问题献疑》，《光明日报》1984年11月27日。
❷ 林辰：《神怪小说史》，浙江古籍出版社1998年版，第301页。

在矛盾的症结所在，解释作家的思想困惑，而不是为图省事，以牺牲部分内容为代价而寻求单一的主题，或站在高人一等的立场上，以"局限性"一笔括之。❶

如此的思路基本上是较为可行的，能够免除许多主题之说的争论。长篇小说的寓意、主题或旨趣是很复杂并且很难厘清的。因此，近代的文学批评，接受理论、读者反应理论，都主张文本的多义性、丰富性。尤其是四大奇书此种世代累积的小说，在其成书的过程里，汲取了许多人的智慧、想象，染指过的作者很多，时代、身份不一，内容也不断地在增删变动。因此，我们不宜断然地认定何者为其主题，同时，也不宜武断地认为作者必然是基于某一种思想潮流而来创作的。❷

张志和也认为主题之说无法涵盖一部内涵丰富、复杂的长篇说部，主张要以"文化底蕴"，"这个比较宽泛的概念"，取代单一"主题"的狭隘。❸关四平对此也有相同的看法：

> 在古典长篇小说的研究中，我们不能再陷于主题研究的泥淖中去争讼不休了，而应有新的理论，新的眼光，去深入具体地把握作品的思想内涵。❹

他主张以"文化意蕴"一词，用以包容长篇小说的丰富内涵，以及作者与读者在文化、社会、身份、时代等层面的差异：

> 作家是立足于一定的文化背景、以一定的文化观念、文化素养进行创作的，读者亦是在不同时代文化背景上以特定文化眼光来欣赏作品的，创作与接受在文化的层面上可达成某种互通与共识。据此，若以"文化意蕴"来涵盖这三个方面的东西或许是比较合适的选择。❺

四大奇书出自于明代的中、下层社会，其思想的特点是混合的，儒释道三教的概念兼容并蓄，呈现出民间文化的丰富性。历来参与增删、润饰的作者与读者，基本上来自于社会的较下层，其文化、意识等形态大致相近。从而可以抛开狭隘的主题之说，改采"文化底蕴"或"文化意蕴"的概念，用以涵盖"多主题"的内容，从较宽广的层面来审视四大奇书的丰厚内涵。但"文化意蕴"与"多主题"之间仍有差异，"文化意蕴"显得更浑然一体，较具整体性，不仅能够包容那些无法被多主题之说涵盖的部分，也能够融通各个主

---

❶　冯文楼：《四大奇书的文本文化学阐释》，中国社会科学出版社2003年版，第5页。

❷　[美] 韦勒克，华伦（Rene Wellek & Austin Warren）著，王梦鸥，许国衡译：《第十章文学与观念》，《文学论》，志文出版社1987年版，第198—202页。

❸　张志和：《前言》，《三国演义黄正甫刊本》，中国人民大学出版社2000年版，第30页。

❹　关四平：《三国演义源流研究》（修订版），黑龙江教育出版社2003年版，第247页。

❺　同上，第248页。

题。对于有所争议或冲突之处，也可以凭借艾柯的文本理论，检验其在整个小说中的有效性程度，推断此意蕴能否成立。同时，我们还可以进一步比较这四部奇书的"文化意蕴"，考察它们的共同点与差异之处，分析其中的意义。

三、小说叙事的外部研究与内部研究应当并重

叙事文学既然以人物及社会的描写、呈现为目标，当然便与外在的文化、历史与社会的关系密切，远比抒情文学更需要文学的外部研究。四大奇书以世态人情为题材，根植于市井社会，其源头可以远遡至话本，具有很丰厚的民间文化，更不能轻视外在环境的影响。因此，除了必须注重文本的情节、结构等方面的分析之外，也要关注当时的文化、历史与社会的背景。因为叙事形式的演变不仅在于文学传统，也与外在的文化、社会条件有关，虽然一般来说，文学传统本身的影响更大。❶

陈平原在探讨中国小说叙事模式的转变因素时，也看重文学外部的影响，他说：

> 本书写作的一大愿望是沟通文学的内部研究与外部研究，把纯形式的叙事学研究与注意文化背景的小说社会学研究结合起来。❷

只有兼顾文学的内部与外部的研究，对于小说艺术的发展才能有确切的认识，深刻的阐释。西方文学体裁研究的著名学者弗莱援引亚里士多德的四因说，以说明他重视外部研究的理由。弗莱主张若要探索文学体裁的来源，"首先考察促使不同体裁产生的社会条件和文化要求，换言之，便是寻找艺术作品的质料因。"❸ 因为对于小说叙事艺术发展的制约因素，并非仅仅只有作家的意志，还有着更为广泛的社会、历史、文化等外部方面的多种原因，不能不加以考虑。

在当前多种文学理论走向综合的趋势下，小说叙事的研究必须超脱单纯语言学方法论的模式，必须采纳外部研究在意义阐释方面的长处，借助对于当时社会、文化等创作背景的深入了解，并且经由形式分析以进入寓意的阐释，才是一个比较周延、确实的研究方法。

四、不能忽略中国叙事的传统、精神、笔法

史传叙事在中国是一种很强势的文类，叙事文学莫不受其影响，小说尤其长久受到它

---

❶ [美]韦勒克，华伦：《第九章文学与社会》，《文学论》，志文出版社1987年版，第168页。

❷ 陈平原：《自序》，《中国小说叙事模式的转变》，北京大学出版社2003年版，第2页。

❸ [美]弗莱：《文学的原型》，《弗莱文论选集》，中国社会科学出版社1997年版，第84页。

的滋养与庇荫。中国的叙事文，主要的源头便是历史叙事。孔子的《春秋》书法影响深远，在很大的程度上奠定了中国史书撰作的基本形态与义涵，《左传》《史记》则将其更加丰富化和生动化。宋代真德秀有"叙事起于古史官"之说❶，清代章学诚也认为"古文必推叙事，叙事实出史学。"❷ 李绂《秋山论文》则称："文章惟叙事最难，非具史法者，不能穷其奥窔也。"方苞（1668—1749 年）《古文约选·序例》也说："序事之文，义法备于《左》《史》。"钱钟书（1910—1998 年）先生也认为"正史稗史之意匠经营，同贯共规"❸，中国小说叙事的笔法多承袭自史传的史法。今人潘万木研究《左传》一书的叙述模式之后，亦有深刻的体认：

> 中国叙述作品有一个史的传统，叙述技法均由占统治地位的历史叙述而来，所以对历史叙述作品的分析尤为重要。正因为如此，研究历史叙述是解开中国叙述之谜的关键因素，弄清了中国的历史叙述，中国叙述之内在本质和精神也就不证自明了。❹

志怪、志人、传奇等文言小说固然追摩《左传》《史记》等正史，其虚构叙事更直接获益于史部的杂史、霸史、杂传等较为通俗的史书类别。白话小说从民间"说话"演进而成，在它从口头讲述落实到书面文字的话本、演义、章回体小说的过程里，也一直都是取法史传，进而逐渐脱化成自己的叙事艺术。史传的叙事方式与规法始终是小说虚构叙事的模范，如果抛开实录和虚构之本质差异，在叙事形态上小说与史传几乎没有不同。

明代高儒的《百川书志》便把《三国志演义》《水浒传》归类在史部的野史类，而非子部的小说家类，由此可见，明初仍然有人把这些小说视为史书之一。因此，对于四大奇书这类初期的长篇说部叙事的分析，如果弃而不顾史传的叙事传统，真可谓舍本逐末了。张高评（1949 年—）因此主张，即使是研究小说的叙事艺术也不能不对于史传叙事有深刻的认识：

> 研究传奇小说，以及历代文言小说，甚至白话小说，近来学界喜好拿西洋小说理论，进行比较附会，所谓比较文学研究，这当然可行。笔者以为：小说既然是叙事文学之一支，它的根源应该是史传文学的《左传》《史记》，何以研究中国古典小说者很少寻根究源，从事影响或接受之探讨？别的不说，唐代传奇的叙

❶ [宋]真德秀：《纲目》，《文章正宗》（四部丛刊广编），台湾商务印书馆 1981 年版，第 2 页。

❷ [清]章学诚：《上朱大司马论文》，《文史通义新编新注》，浙江古籍出版社 1995 年版，第 767 页。

❸ 钱钟书：《左传正义·杜预序》，《管锥编》册一，书林出版公司 1980 年版，第 166 页。

❹ 潘万木：《左传叙述模式论》，华中师范大学出版社 2004 年版，第 23 页。

事法式绝对跟《史记》《左传》之叙事艺术有关；有何相关？这得进行系统研究，才能得知真相。❶

对于四大奇书的叙事研究，绝不能不顾及中国千百年来行之久远的史传叙事传统与精神，不仅注意其长处，也必须考虑它的局限性。并且还要考察它对于其他叙事文学的影响，以及彼此之间的关联性，包含有意的模仿与疏离。如此，才能正本溯源，深刻认识中国小说叙事的形成与发展。

五、作品的共性与个性并存，不可简单套用西方叙事学

西方叙事学的理论周延而精微，对于中国小说的研究确实有不少值得借鉴之处。但是它的理论模式乃是基于英文、法文等欧美语言学而来，毕竟是孕育于西方的文化、文学与历史的语境之中，乃是对于西方叙事传统的归纳与概括。而中国固有的小说叙事，则取法于中国的史学、文章学、戏曲学、评点学和诗学，两者的渊源、性质、表现极为不同。因此运用西方叙事学理论来研究中国古代小说，势必有许多的扞格，不足以成为研究中国小说叙事的万灵丹。把西方叙事学的理论模式简单套用到中国古代小说的分析，其缺点显而易见，原本元气淋漓的小说在一番拆解之下，支离破碎的被镶嵌到西方叙事学体系的相应位置，而沦为其理论操作的例证，并且丧失了原本独特的丰富意涵。这种操作模式可以套用到任何一部中国古代小说，但其中的阐述往往是浅薄的，大同小异的。当然其中也有可取之处，借由西方叙事学在叙事类型和叙事层次上的精细划分，它可以把中国固有的印象式、零散式的批评重新归纳、整理，进而统合成一个体系。

基于这样的清楚认识，杨义便强调立足于中国文化语境对于深入赏析中国古代小说的重要性：

> 不深得中国文化之三昧，就难以深刻地把握古典小说名著的读法。照搬西方文学概论的话头，也许只得古典小说名著的皮毛……古典小说名著留下太多的文化之谜，需要我们创造"中国新读法"予以破解。❷

叙事文的形式与内涵都不是在历史上凭空而来的，它的存在都有其文化、社会、历史、文学传统的种种条件，如果舍弃了这些孕育它的背景而不顾，必然只能得其骨架，而丧失了重要的血肉、神魂及其风韵。关键不在于是否可以运用西方理论来审视中国小说，而在于这种审视必须有一个前提——必须确切理解中国古代小说的创作与中国文化、社

---

❶ 张高评：《唐宋文学研究概况》，《五十年来的中国文学研究》，学生书局 2001 年版，第 213 页。

❷ 杨义：《中国古典小说十二讲》，上海三联书店 2007 年版，第 1 页。

会、叙事传统的关联。只有具备了这种背景的深入、确实的认识之后，才能够恰如其分的运用来自其他文化、文学的理论去解析中国古代小说，而不会产生错误或过度的诠释。

四大奇书固然有密切的文体关联，彼此之间有许多的共同之处，但毕竟出之于不同时期多人的手笔，因此也势必存在不少的差异。必须以务实的态度，不仅要归纳、研究其中共同的美学精神、文化义涵、叙事规法，也要重视其间的分歧、独特之处。四大奇书的共性与个性同样具有价值，分别传达了某些重要的信息。

六、必须摆脱长久陷入考察作者身份与成文时代的泥淖

四大奇书的确切作者，迄今仍然存有一些争议，连带使得初期文本完成的年代也难以认定。况且，纵然确定了作者的身份，对于文本寓意的探讨仍然具有困难。这些世代累积型的小说，中间经过了许多人的染指，而且历时久远，受到不同的社会、文化变迁的影响，文本的寓意显得更加复杂。何况版本众多，《水浒传》一书甚至多达四十余种以上。如果仍然依照旧有的考据等方法，这些问题势必无法在短期内有一明确的定论，从而必然要采取不同的思路、方式来处理这一棘手的困扰。

这几部奇书，虽然历经了漫长时期与多人的增删、润饰，但是其中的叙事规范与寓意的变化情形，两者并不相同。一般来说，文本的变化主要在叙事的规范、体制与修辞等形式方面，而寓意的改变较小，基本上维持了初期文本的精神、思想。基于此一特点，原则上在论述小说的寓意之时，应当以早期的文本为主，越接近作者的定本越好，再考量其他后期版本的变化。至于叙事规范、美学方面，早期的文本经过了长时期多人的增删润饰之后，确实是后出转精，因此应改以后期的文本为主要分析的对象。但也必须厘清其叙事体式、规范的源头，以及早期的文本样貌。如此的变通方式，可以减少在作者不明以及版本众多的情况之下，所造成的研究上的妨碍与困扰。

《三国志演义》叙事的研究，即是以清初毛纶、毛宗岗父子增删润饰之后的所谓毛评本为主，并参考目前所见最早的完整版本——明代嘉靖元年刊刻的《三国志通俗演义》。

《水浒传》叙事的分析则是以明万历三十八年一百回本的容与堂刻本，以及明末清初金圣叹删改过的贯华堂七十回本《水浒传》。学者一般认为容与堂本就其内容而言，最真实地保留了原貌。❶因此受到研究者的普遍重视，乃是"现存明刻本中最完善的版本。"❷

《西游记》成书以来，文字并没有太多的变动，基本上维持了吴承恩的原本。迄今所

❶ 黄俶成：《施耐庵与水浒》，上海人民出版社2000年版，第166页。马幼垣也有相近的意见，《水浒二论》，联经出版公司2005年版，第11、87、453页。

❷ 李永祜：《前言》，《诸名家先生批评忠义水浒传》，中华书局1998年版，第26页。

知最早的刻本是刊刻于万历二十年的金陵世德堂刊本《西游记》二十卷一百回。清初的《西游记》刊本，主要是插入了一回唐三藏出身的情节，因此也参考了张书绅《新说西游记》。他所作的《总批》以及每回之回评，多从章法的角度来解析文本，颇有助于《西游记》叙事艺术的认识。

《金瓶梅》的版本主要有三种系统：《金瓶梅词话》《新刻绣像批评金瓶梅》以及《皋鹤堂批评第一奇书金瓶梅》。第一奇书本乃是清初人张竹坡以绣像本为底本的批评本，正文的字词仅略做修改，刊行于清初康熙年间。本文对于《金瓶梅》叙事的分析即是以第一奇书本为主。

第四节　研究的方法与架构

四大奇书是中国小说的经典，投入其中研究的古今优秀学者众多，也已有丰硕的成果。新的研究者若无新的材料、新的角度，尤其是新的理论以资突破，不仅无法比肩前贤，更常会流为一种个人主观的零散感想，难以有较高的成绩。"没有理论的具体研究是盲目的，而没有具体研究的理论则是空洞的。"[1] 谨慎采用某种适当而有效的理论以作为探讨的方法、依据甚至是利器，乃是能够收获丰硕的必要条件。

缘于小说叙事规法的研究，在中国传统学术中尚未构成严密精微的理论体系，多属于简短、零星的评论，但近代以来，西方文学界对此有很大的关注，也有较好的成绩。从而对于小说叙事的研究，目前学界主要是以西方的叙事理论为主。在对于中国文化、叙事传统有深入认识之下，此一利器我们没有理由不酌予采用，因此，我们有必要针对它的所长、所短，有一个更加清楚的了解。

一、西方叙事学的发展

叙事学（Narratology）源起于 20 世纪 60 年代的欧洲，它所涉及的学说与理论，主要有"俄国形式主义""语言学""结构主义"以及"符号学"等。尤其是深受西方现代语言学的方法与概念的影响，逐渐发展成一套体系完备的叙事理论系统。[2] 由于理论的深刻、精微，西方学界普遍应用于神话、民间传说、小说与童话等文类，获得了重大的成果和创见。80 年代之后，"叙事理论已经取代小说理论而成为文学研究主要关心的一个论题。"[3]

---

[1] ［法］布迪厄&华康德（Bourdieu, P. & Wacquant, I.）著，李猛、李康译，邓正来校：《实践与反思：反思社会学导引》，中央编译出版社 2004 年版，第 214 页。

[2] 高辛勇：《形名学与叙事理论》，联经出版公司 1987 年版，第 2 页。

[3] ［美］马丁（Martin）著，伍晓明译：《导论》，《当代叙事学》，北京大学出版社 2005 年版，第 1 页。

迄今为止，陆续出现了许多有代表性的叙事学家，主要有列维－施特劳斯、布雷蒙、巴特、格雷马斯、托多洛夫、热奈特、里蒙－凯南、理查德森、马丁、查特曼、巴尔以及贺尔曼等人。早期比较重视故事（story）本身结构的分析，探讨蕴藏其中的意义，之后逐渐偏重在叙事话语（discourse）的研究。他们从作品的各个层面发表富有创见的论述，使得这一学科得以确立、发展，但也留下了许多的问题和争议。

叙事学可谓当前欧美对于小说叙事理论研究的最新成果，体系最为精微周延，可以避免研究层面的任意性与挂一漏万。况且叙事学借助语言学的方法而施用于文学作品的分析，这种建构于语言叙说性质的理论，颇为符合中国白话小说根源于"说话"艺术的特质。中国白话小说源起于"说话"此一口头的说唱技艺，在其后的发展中也不断运用"说话人"与说书的"虚拟情境"的叙述策略，极为注重作者（虚拟的说书人）和读者（那些虚拟的书场听众）之间的信息交流和沟通，明代的四大奇书并且据此逐渐形成一种独特文类。王德威便言：

> 中国古典白话小说的主要特征之一，可能是其不断运用说话人的虚拟修辞策略（simulated rhetoric of the storyteller）。尽管在叙事模式上，中国古典白话小说写作、阅读的活动，和它成熟精炼的程度，与最初市井中的说书人已有很大的差异，此一特征却绵延不辍。自宋朝的"话本"式微后，说话的修辞策略即为文人所模仿，以写作精致的短篇故事或长篇小说。虽然明、清二代的非韵文故事（prose fiction）经由文人愈趋细腻的描述润色而变得繁富起来，因而从纯粹的脚本形式向前跨了一大步，但说话人引生的"现场情境"（situational context）几乎仍是所有白话小说在结构和风格上的常规……中国古典小说的叙事模式沿用说话的虚拟情境近七百年之久，其在风格上所呈现的特殊延续性……说话的虚拟修辞策略可以视为一个基本指标，引领我们对中国古典小说作一总体的认识，而期待能于其下发掘一些可言之成理、引人置信的规律性（rules of intelligibility）……作品中说话的情境虽然借着建立某一语言传达状况，而呈现出强烈的模拟现实倾向，终究也只不过是一种记述的形式（diegetic form）。由于这个事实，当我们讨论说话的虚拟情境时，必须对其下的叙事要素再作审视。❶

我们有必要凭借西方叙事学对小说叙事的精微研究，适切而有效的分析此类运用"说话"模式与白话文写成的小说。

不少知名的学者早已各自选用叙事学的不同理论体系来阐述中国文学的内涵，多能

---

❶ 王德威：《"说话"与中国白话小说叙事模式的关系》，《想象中国的方法：历史、小说、叙事》，北京三联书店1998年版，第80—82页。

获取精辟独到的见解。诸如张汉良《〈水浒传〉的主题与有机结构》（1976 年版）、高辛勇《〈西游补〉与叙事理论》（1984 年版）、王德威《"说话"与中国白话小说叙事模式的关系》（1984 年版）、陈平原《中国小说叙事模式的转变》（1987 年版）、杨义《中国叙事学》（1997 年版）、刘宁《史记叙事学研究》（2004 年版）等长短篇不同的论著。

当前的叙事学依据所关注的不同，大致可以分成"经典叙事学"与"后经典叙事学"两个阶段。经典叙事学偏重在叙事话语的分析，而后经典叙事学则弥补以文化、社会、历史与作者的研究。

二、热奈特的叙事理论

经典叙事学部分，以上述学者中的热奈特的理论最为精微、周延，所建构的体系已尽可能地把各种叙述技巧容纳进去，普遍认为是这方面的集大成者。虽然他所建构的小说叙述模式，也受到了一些理论家的批评，遭到了一些修正❶，但其周延细密的体系，已经足以作为解析中国白话小说的主要理论。

王德威即选用热奈特的理论解析了"说话"与中国白话小说叙事模式的关系，并发表为专文，足见其体系模式的适切、缜密。因此，以热奈特的理论为代表，说明经典叙事学的分析方法，而他的理论模式也是本文所要特别借重的。热奈特认为，整个叙事文大致可以分成三个层次讨论："故事层"（story）、"叙事话语层"（the narrative discourse / text）和"叙述行为层"（narration）。

首先是故事层——未经叙述安排的故事内容层次，它是指"用于讲述某一事件或一系列事件的口头或书面形式"，涵盖了真实或者虚构的事件。

其次是叙事话语层——叙事本身呈现的表层，亦即实际编排、讲述这些事件的话语或文本，包括了说话者或作者对于"故事"的添加或删减，以及对于原有"故事"的时间或因果次序的改变。

最后是叙述行为层——叙说的策略，所谓产生话语或文本的叙说规则与技巧，它牵涉到说者（作者）、听者（读者）、叙事话语之间的各种复杂关系，而可以从时态（time）、语气（mood）、语态（voice）等方面来探讨。❷

---

❶ 可参考申丹：《叙述学与小说文体学研究》（第 3 版），北京大学出版社 2004 年版，第 175—286 页。

❷ 对于热奈特等人的理论说明，主要参考下列诸人的有关阐释。王德威：《"说话"与中国白话小说叙事模式的关系》，《想象中国的方法》，北京三联书店 1998 年版，第 80—91 页。高辛勇《形名学与叙事理论》，联经出版公司 1987 年版，第 157—169 页。[美]休斯（Scholes, Robert）著，刘豫译：《文学结构主义》，桂冠出版社 1992 年版，第 186—189 页。申丹：《叙述学与小说文体学研究》，北京大学出版社 2004 年版，第 175—286 页。史忠义：《20 世纪法国小说诗学、比较文学和诗学文选》，河南大学出版社 2008 年版，第 122—145 页。

当我们想要对于叙事本身做全面的分析和理解，我们必须探讨三个问题：怎样讲述？讲述什么？由谁讲述？而这三个问题的解答，则必须通过对于故事、叙事话语以及叙述行为，这三者之间的相互关系来解析。

三、后经典叙事学

经典叙事学坚持纯形式的研究，将文本看作一个独立自主的封闭的对象来进行细读式批评，虽然颇能够从形式的层面看出一个时期文学发展的规律及其特有的审美特性，但是，它切割了文本与文化语境的联系，所揭示的文化内涵和审美内涵终究非常有限。谭君强说明了后经典叙事学兴起的必然性：

> 叙事作品与外在于它的社会、人际关系等的不可分性，实际上，是要破除叙述学画地为牢将自己的研究仅仅限制在文本之内的这种局限，将它的批评视野加以扩充。在这样一种理论趋向下，文学研究出现了某些转变，从强调对作品内在的文本研究转变为不仅仅关注对文本内在的研究，同时，我们也关注对文本与其外在关联的研究。反映在叙事理论的研究中，尤其是 20 世纪 90 年代以来的叙述学研究、即所谓后经典叙述学研究（postclassical narratologies）中，这种理论转变产生了明显的反应。叙述学跳出了长期以来将其自身限定于叙述文本内在的封闭式研究的窠臼。❶

许多叙事学家早已认识到了对文本纯形式研究的缺陷，而主张叙事学应当突破经典叙事学的关注范围，吸收其他学科良好的研究方法，进而成为审美文化叙事学。

审美文化叙事学不仅能保留叙事学作为一门独立的学科，同时又将文本置于一个更为深广的文化语境中，使其社会、历史、文化及审美价值得以彰显。谭君强认为在实际的操作上，可以分别从形式层面、社会历史层面、精神心理层面、文化积淀层面，去进行审美文化意义上的分析和研究。他进一步说明他的理由：

> 叙事作品与其他任何文学作品一样，本身就属于一种思想交际活动，即一种社会文化的活动。一部作品不可能离开创作主体，离开与其他作品的参照而存在，也不可能脱离特定的社会文化范围而独立特行。就叙事作品的结构形态而言，应该意识到，结构形态总是难于说明和论证其自身，它总要诉诸于其他非形式的东西。对于文学研究来说，探讨"作品如何说"的问题是十分必要的，但如果在探讨了这样的问题之后，再继续探讨"作品为什么这么说"应该会显得更为

❶ 谭君强：《叙事理论与审美文化》，中国社会科学出版社 2002 年版，第 228 页。

完备、更有意义，也更有说服力。也就是说，如果我们既能对结构形态这一类问题进行精细的研究，同时又关注结构形态背后的文化符码，关注更大范围内的文化审美问题，我们将会更深入地理解文学作品。❶

这一看法确实顺应了叙事学理论发展的大趋势，并且更为周延、合理，对于不同文化、社会、历史与文学传统的作品也更具有包容性和有效性。此种做法，不仅能够分析"作品如何说？"也回答了"作品为何这样说？"甚至可以解决"作品究竟说了什么？""作者何以要说？"等问题。

申丹（1958 年—）认为，"经典叙事学"对于小说的分析仍然是不可或缺的，但是叙事形式的研究应当结合文化、社会、历史的研究，两者相辅相成，不可偏废：

> 诚然，作为以文本为中心的形式主义批评派别，叙事学也有其局限性，尤其是它在不同程度上隔断了作品与社会、历史、文化环境的关联。这种狭隘的批评立场无疑是不可取的，但其研究叙事作品的建构规律、形式技巧的模式和方法却大有值得借鉴之处。❷

> 我们必须区分结构模式与实际批评。就前者而言，经典叙事学并没有过时，后经典叙事学家依然在采用经典叙事学的结构模式，依然在建构脱离语境的叙事诗学（叙事语法），经典与后经典叙事学在这一方面实际上构成一种互为补充、互为促进的关系。但就后者而言，经典叙事学仅关注文本的狭隘批评立场无疑是不可取的，后经典叙事学对社会历史语境的关注极大地推动了叙事批评的发展。❸

结合经典叙事学与后经典叙事学两者的优点❹，对于四大奇书叙事的分析，无论是形式或者寓意，必然较有可能获得一个周延、深入而确切的分析和诠释。

四、以中国传统叙事理论为主，再以西方叙事学为辅

理想的研究方法应当是以中国史传叙事理论为主，其次加上中国诗学、文章学、戏曲美学等的相关理论，然后再以西方叙事学为辅。

试图结合西方叙事学与中国传统叙事理论，或者是把西方叙事学予以中国化的尝试早

---

❶ 谭君强：《叙事理论与审美文化》，中国社会科学出版社 2002 年版，第 232 页。

❷ 申丹：《新叙事理论译丛总序》，《新叙事学》，北京大学出版社 2002 年版，第 1 页。

❸ 同上，第 203 页。

❹ 同上，第 233、240 页。

已开始了。20 世纪 80 年代后期以来，大陆的文艺理论界反省以往的"文化失语症"❶，致力于寻求中国式的叙事理论，开始注重分析中国传统的各类叙事文，试图归纳、演绎出中国的叙事原理与体系。

在中国古代小说领域，叙事学研究的主要成果从 20 世纪 90 年代开始涌现，浦安迪、杨义各有一部泛论古代小说的《中国叙事学》问世。每一部一流的古代小说，也都有人为它们撰写"叙事艺术"的研究论文。

杨义根植于中国文化的中国叙事学体系与诠释方式，尤其值得借鉴。他检视大量的古代文献，沟通古今，解析作为独特存在形态的中国叙事学的内涵，初步建立起我国自己的叙事学体系。他的《中国叙事学》一问世，便受到不少学者的高度评价，杜书瀛指出：

> 杨义同志的《中国叙事学》填补了一项学术空白，第一次建立了具有中国特色的、与西方体系可以对峙互补的叙事学体系，因此，该书在理论上和实践上具有重要的价值，具有开创性的意义。❷

杨义认识到中西异质文化对话的必要，只有同时理解精深的西方文化理论和广博的中国文化之后，才能建构和驾驭一种植根于中国文化，同时又汲取西方精华的中国叙事学。杨义把建构中国叙事学定位在返回中国历史文化的原点，他认为一种文化中最习以为常的部分往往隐藏着它最本质的密码。他从先秦诸子的哲学观念入手，探究中国文化的心理结构，参照文字学进行梳理，并结合语源学及语义学，力图从传统国学中寻求切入点，剖析中国文学作品的叙事特征和规律。杨义主张：

> 本书的学术思路可以概括为四句话：返回中国文化原点，参照西方叙事学理，贯通古今文史，融合以求体系创造。这四句话也可以约简为八个字：还原——参照——贯通——融合。❸

具体的谈论到中国古代小说的研究方法，杨义也有他一贯的主张。他在写作《中国现代小说史》之际，对于当代研究小说的直接套用西方理论的现象，深感不妥，认为颇有削足适履的弊病：

> 西方某些叙事学学者是从现代语言学的角度进入自己的专业领域的，他们在进行叙事作品分析常常套用语言学术语，诸如叙事语法、时态、语态、语式之

---

❶　意指在与世界各国来往、交流之际，文化、学术长期"处在倾斜的或不平等的状态"，"在引进远远大于输出中，造成了长期的'文化赤字'。"杨义：《序言》，《中国叙事学》，南华管理学院出版社 1998 年版，第 1 页。

❷　杜书瀛：《中国社会科学院推荐意见》，见杨义《中国叙事学》，人民出版社 1997 年版，第 425 页。

❸　杨义：《序言》，《中国叙事学》，南华管理学院出版社 1998 年版，第 3 页。

类。但是所有这些，对于中国人都是"洋腔洋调"，完全是建立在西方语言的认识基础上的。❶

要谈中国的小说学如果只是把西方的小说观念加上一些中国现代小说的实例感受，就编排章节，凑合成书，到底于心不安。这就需要由现代文学进入古典文学的领域，探索中国小说的发生和发展的过程，探索中国小说的本来面目、本然意义以及它的深层结构、形式特征。❷

杨义有别于西方语言学的原理，改采文化学的思路来研究中国叙事学，大量阅读古代的经典文献，从中发掘中国文化的密码、基因，分成结构篇、时间篇、视角篇、意象篇、评点家篇，建立中国自己的叙事学体系，并且在此一架构之下，具体阐释中国叙事作品的种种现象。

五、本文尝试建构的中国叙事学体系

本文检讨杨义此一架构的做法，另行做了结合中西叙事学理论的新框架，以便更有效涵盖中国古代小说发展、演变的诸种现象，并且汲取西方叙事学所长。此一框架是以热奈特的模式为基型——故事层、叙述行为层、叙事话语层。但其中所涉及的内容，做了符合中国古代小说实际情况的调整。因此，名称也略有改变。把故事层改为故事孕育层，以便把后经典叙事学所强调的文化、历史、社会、政治等语境涵盖在内。把叙述行为层改为叙述形态层，以便把多种文类和文体的规法、体例或模式包括进去。当然，每一层的内涵也与热奈特的原意有差异了。

（一）故事孕育层

明代四大奇书是属于世代累积型的小说——《金瓶梅》一书在此处仍然存有争议，因此在其历代的演变发展之中，故事不断在发展、变化。故事的旨趣、寓意，人物扮演地位的轻重、正反，也都有变异。此外，其取材的来源也很多元，不局限在白话小说与文言小说。神话、史传、戏曲、民间传说都是故事取材的来源，对于四大奇书的内涵都发生或大或小的影响。

因此，在这一层面，预计探讨几个部分。

1.四大奇书所因袭的早期故事与演变。以《水浒传》来说，即有《宋江三十六人传

---

❶ 杨义：《序言》，《中国叙事学》，南华管理学院出版社1998年版，第5页。

❷ 同上，第2页。

赞》《宣和遗事》等。从主要人物、主题、情节、人物评断等几个角度来探讨故事内容的演变。因为从这些要素的改变，可以明白《水浒传》自身的意义与价值。

2. 历代涉及编写四大奇书故事的人，包括说话人、书会才人以及最初的小说写定者与后来的修订者。

3. 四大奇书问世之后，不同的版本之间的差异，主要集中在故事内容方面。

4. 四大奇书的读者部分，包括市民听众与读者的社会阶层分布，特殊的审美心理、意识形态。这些也会影响到故事的走向。

5. 四大奇书发行问世的环境，包含社会、政治、文化、经济等方面。

（二）叙述形态层

这一个层面主要在回答这几个问题：四大奇书的叙述模式从何而来？受到哪些文类的规法的影响？其演变的过程如何？

1. 叙述人性质，从早期的说书现场的说话人，以及话本、讲史、演义的模仿说话人，进而成为四大奇书的叙述者，其性质从市井说书人的身份口吻，转而成为模拟史传的史官身份。从显性的叙述者，日益成为隐性的叙述者。

2. 四大奇书的叙事写人之法，其规法其来有自，并不是凭空而成。《春秋》笔法的比事属辞、《春秋》五例，以及《左传》《史记》的叙事写人史法。

3. 中国史书的体例，编年体、纪传体、纪事本末体的优劣与特点。

4. 说话模式的分析，此处必须特别倚重西方叙事学的理论，以深刻分析。

5. 传统戏曲，包括杂剧、传奇的表演方式、美学特点的影响。中国文章学的写作理论、结构布局、修辞方法。古文与时文的写作学。诗词的写作理论。

（三）叙事话语层

四大奇书把世代承袭的故事改写成什么话语？如何编写？为了更有效地探讨这些问题，特别从作者的角度来思考。因为西方文学理论主要是从"美学、哲学的形而上学"来审视文本，"拘执于哲学化的形而上学的普遍性抽象"，以及"一味执着于从定义、原理出发演绎"❶，基本上这是一种读者的角度，因此对于个案文本的解析显得力不从心，难以具体而微。弥补之道，可改从作者的立场来审视文本的编写、设计，孙绍振发挥鲁迅的见解进而主张：

> 拘于读者身份，只能顺着文本的程序驯服地追随，阅读必然陷于被动，而被

---

❶ 孙绍振：《导言》，《经典小说解读》，上海教育出版社 2016 年版，第 2 页。

动则会产生自卑感，对文本采取仰视甚至"跪着"阅读的方式，救助之道乃是改仰视为平视，站起来和作者对话，必要时甚至俯视，不但要看到作者这么写了，而且看到作者为什么不那么写……和作者一起想象写作过程中的提炼和升华，才有可能洞察文本意蕴生成的奥秘。❶

从作者的角度来思考文本的创作，更能够体悟作品的艺术匠心，以及暗藏其中的机杼手法。因此尝试运用中国传统诗文写作的一般谋篇布局方式，亦即《文心雕龙》所主张的五项"附会"原则：

> 何谓附会？谓总文理，统首尾，定与夺，合涯际，弥纶一篇，使杂而不越者也。若筑室之须基构，裁衣之待缝缉矣。❷

"附会"即是"附辞会意"的简称，"附辞"指的是文辞方面，"会意"指的是文意方面，基于文章的主题，两者必须统合一致。纪昀曾有评析："附会者，首尾一贯，使通篇相附而会于一，即后来所谓章法也。"❸ 其中的章法可细分成五项："总文理""统首尾""定与夺""合涯际""弥纶一篇"。至于其中的义涵何在？詹锳也有所说明：

> "总文理"就是把文章义理综合在一起，来确定主题。"统首尾"是使整篇文章从头到尾保持统一；"定与夺"是决定哪些应该保留，哪些应该去掉；"合涯际"是使文意上下相承接的地方密合无间；"弥纶一篇"是把全篇综合组织起来。❹

这五项"作文的谋篇命意、布局结构之法"❺，不仅适用于文章写作，其他体裁也是不能悖离的，从而本书依照这五项谋篇之法，分类探讨四大奇书的叙事文法。并且以叶昼、李贽、李渔、金圣叹、毛宗岗、张竹坡、张书绅等人的评点意见为主要参酌的依据。

---

❶ 孙绍振：《导言》，《经典小说解读》，上海教育出版社 2016 年版，第 2、4 页。

❷ [南梁] 刘勰著，詹锳注：《附会》，《文心雕龙义证》，上海古籍出版社 1989 年版，下册，第 1591 页。

❸ [清] 纪昀：纪昀眉批《附会》篇首之语，见黄霖编《文心雕龙汇评》，上海古籍出版社 2005 年版，第 140 页。

❹ [南梁] 刘勰著，詹锳注：《附会》，《文心雕龙义证》，上海古籍出版社 1989 年版，下册，第 1592 页。

❺ 王元化：《释附会篇杂而不越说》，《文心雕龙创作论》，上海古籍出版社 1984 年版，第 261 页。

上篇：故事孕育层

第一章　中国叙事传统的建构

明清时代不少文人异口同声地认为，四大奇书之中多有不同于一般的白话小说者，其写作直接取法于《史记》或《左传》。明代人李开先（1501—1568 年）认为"《水浒传》委曲详尽，血脉贯通，《史记》而下，便是此书。且古来未有一事而二十册者，倘以奸盗诈伪病之，不知序事之法，学史之妙者也。"❶金圣叹说"《水浒传》方法，都从《史记》中来，却有许多胜似《史记》处。若《史记》妙处，《水浒》已是件件有。""《水浒传》一个人出来，分明便是一篇列传。"清初人毛宗岗则说"《三国》叙事之佳，直与《史记》仿佛。而其叙事之难，则有倍难于《史记》者。"张竹坡（1670—1698 年）说"《金瓶梅》是一部《史记》。然而《史记》有独传，有合传，却是分开做的。""《金瓶》却全得《史记》之妙也。"❷

李开先、金圣叹把《水浒传》比成《史记》，毛宗岗把《三国志演义》比成《史记》，张竹坡也把《金瓶梅》比作《史记》。足见史传叙事中的佳作，尤其是《史记》，乃是中国古代小说模仿的典范。至于内容以宗教、神魔为主的《西游记》也不例外，其叙事的规范与章法，清初的评点家张书绅也把它媲美于《史记》《左传》：

> 世人徒称西汉为绝世之奇文，殊不知《西游》之文更奇，虽《左传》《史记》实未有此精妙。至其字句之工巧，匹敌《檀弓》，而气势之洪博，实又过之。皆因阳春白雪，以致调高寡和。人不知《西游》之美，何由知《史记》？又何由知《左传》《檀弓》也？❸

虽然此一论述仍有待商榷，但可见《西游记》不只是以内容取胜而已，其文笔精妙，备受推崇足以与经、史并论。

缘于经书、史传在中国学术文化中的崇高地位，要抬高小说的价值，最有效的方式便

---

❶ [明]李开先：《一笑散》、时调，见朱一玄、刘毓忱编：《水浒传资料汇编》，南开大学出版社 2002 年版，第 167 页。

❷ [清]张竹坡：《第一奇书金瓶梅读法》。

❸ [明]吴承恩撰、[清]张书绅评：《西游记注评本》，上海古籍出版社 2014 年版，第 71 回，第 876 页。

是与它们攀亲带故，称许小说可以作为"正史之余""国史之补"或者"稗史之阙"。至迟在六朝之后，小说便寄寓在史部之中，小说家追摩史传叙事的形态、笔法，也以实录、褒贬为标榜，评点家更以史传为典范来要求和品评小说。尽管白话小说的作者与评者动辄以《左传》《史记》为尚，颇受"高攀"之讥，但是两者的文心运作、笔法与体例，确实是相通的。钱钟书认为章回体小说攀附史传以提高声价虽然是事实，但也确实有从史传中取得叙事写人的体例、规法：

> 明、清评点章回体小说者，动以盲左、腐迁笔法相许，学士哂之。哂之诚是也，因其欲增稗史声价而攀援正史也。然其颇悟正史稗史之意匠经营，同贯共规，泯町畦而通骑驿，则亦何可厚非哉。❶

明清文人李贽、金圣叹、毛宗岗与张竹坡等人以为白话小说源自《史记》，固然是有鉴于正史的地位，但也是着眼于两者叙事笔法的同出一源，性质相通。他们认为明代四大奇书的根源，更应上溯到先秦两汉的史传。他们在评点《三国志演义》《水浒传》与《金瓶梅》之际，便刻意把小说的写作技巧比附到《史记》等书。不只是具有历史性质的小说如此，即使是所谓的"世情小说"如《金瓶梅》者，其叙事写人之艺术也不免要学步史传。

第一节　史传与叙事

中国小说自始以来即长期依附于史传，"实录无隐""劝善惩恶"等一些史学理念始终笼罩着它。因此，中国小说叙事研究的首要课题，便是在辨明叙事与史传、小说的关系。"叙事"乃中国固有的名词，《周礼》之中早已有之，其《春官·乐师》一节说：

> 乐师掌国学之政，以教国子小舞……凡乐掌其序事，治其乐政。❷

对此，郑玄（127—200 年）注云："序事，次序用乐之事。"❸唐人贾公彦疏："云掌其叙事者，谓陈列乐器及作之次第，皆序之，使不错缪。"❹把"序事"改换为"叙事"。❺东汉许

---

❶ 钱钟书：《左传正义》，《管锥编》册一，北京三联书店 2008 年版，第 272—273 页。

❷ [周] 郑玄注、[唐] 贾公彦疏：《周礼注疏》，艺文印书馆 1982 年版，第 350—351 页。

❸ 同上，第 351 页。

❹ 同上，第 351 页。

❺ 此处对于"叙事"一辞义涵的讨论，多有参考杨义所撰《导言：叙事理论与文化战略》，《中国叙事学》，南华管理学院 1998 年版，第 1—36 页。

慎（30—124 年）《说文解字》言"叙，次第也。"清人段玉裁（1735—1815 年）注："叙，绪也，古或假序为之。"❶许慎又云"绪，丝端也。"段玉裁注："端者，草木初生之题也。因为凡首之称抽丝者，得绪而可引，引申之，凡事皆有绪可缵。"❷"次第谓之叙，经传多假序为叙。《周礼》《仪礼》序字注，多释为次第，是也。又《周颂》继序思不忘。传曰：序，绪也。此谓序为绪之假借字。"❸可知叙事的"叙"、次序的"序"、头绪的"绪"，这三个字在古代有相互假借的通用关系，"在语义学上，叙与序、绪相通，这就赋予叙事之叙以丰富的内涵，不仅字面上有讲述的意思，而且暗示了时间、空间的顺序以及故事线索的头绪。"❹从而"叙事"一词便是指"有秩序的记述"，把事件的顺序、因果、时空等各种关系有条不紊地陈述清楚。这种有关叙事的理念，来自先秦以来历史撰作积累的成就，而非凭空产生。

史，原为掌书记事之官。《周礼·天官·宰夫》："史，掌官书以赞治。"郑玄注："赞治，若今起文书草也。"❺许慎《说文解字》也提到"史，记事者也，从又（手）持中，中正也。"段玉裁注："不云记言者，以记事包之也。""君举必书，良史书法不隐。"❻强调史官必须"中正""不隐"，尽管这些意义未必与史字当初造字时的本义有关❼，但记事、记言原为史官的重要职务，与史书有密切关联，则是可以确定的。刘勰（464—522 年）《文心雕龙·史传》一篇称：

> 轩辕之世，史有仓颉，主文之职，其来久矣。《曲礼》曰："史载笔。"史者，使也。执笔左右，使之记也。古者左史记事者，右史记言者。言经则《尚书》，事经则《春秋》也。

历史叙事乃是我国最早能够成为叙事文类范式者，从而中国叙事文的根源也就在于史传。先秦典籍中的《尚书》《春秋》《左传》《国语》《战国策》，两汉以来的"四史"——《史记》《汉书》《后汉书》《三国志》等，积累了丰富而良好的资产，共同滋养中国叙事文的发展和创新，尤其是《左传》《史记》二书更为重要。两者不仅是史学的巨著，也是文

---

❶ ［汉］许慎撰，［清］段玉裁注：《说文解字注》，黎明文化公司 1988 年版，第 127 页。

❷ 同上，第 650 页。

❸ 同上，第 448 页。

❹ 杨义：《中国叙事学》，南华管理学院 1998 年版，第 10 页。

❺ ［周］郑玄注，［唐］贾公彦疏：《周礼注疏》，艺文印书馆 1982 年版，第 47 页。

❻ ［汉］许慎撰，［清］段玉裁注：《说文解字注》，黎明文化公司 1988 年版，第 117 页。

❼ 可参阅沈刚伯、戴君仁、劳干等人相关讨论的论文。见杜维运、黄进兴编：《中国史学史论文选集》，华世出版社 1979 年版，第 7—40 页。

章的典范，无论叙事、写人，都臻于极高的成就，成为历代史家、文人竞相取法的楷模。

《左传》之前的史书，记言、记事均未见成熟，"或为形式的官书，或为备忘的随笔，皆未足以言著述。"❶ 迄至《左传》为求阐明孔子《春秋》之微言大义，以事解经、以叙为议，叙事力求详明，从而促成了叙事文的长足进步，洵为"叙事之轨范，史界之太祖。"❷ 刘知几（661—721 年）便推崇说："左氏为书，叙事之最。"❸ 其后史家对于史书的撰作，都力求叙事的良善。刘知几《史通》特设有《叙事》一篇，论述史书的编写方法，认为"史之称美者，以叙事为先。""国史之美者，以叙事为工"。❹ 叙事乃是史家撰作史籍的首要研究课题。司马迁对于《左传》的叙事解经之法，有所说明：

> （孔子成《春秋》）七十子之徒口受其传指，为有所刺讥褒讳挹损之文辞不可以书见也。鲁君子左丘明惧弟子人人异端，各安其意，失其真，故因孔子史记，具论其语，成《左氏春秋》。❺

所谓"具论其语"，"论"指的是"编次纂集"，"语"指的是"事迹记载"。《左传》虽然也如同《公羊传》《谷梁传》一般讲论"义例"，但侧重在"备纂其相关的事迹记载"，以诠解《春秋》经文。❻《汉书·艺文志》也说："丘明恐弟子各安其意，以失其真，故论本事而作传，明夫子不以空言说经也。"❼ 所谓"本事"即是"原事、旧事"，原本的事迹。一件事情之何以发生、如何发展、演变的结果及其所造成的影响之完整过程。这个重建史事的过程，首先必须要"采摭群言""博总群书"然后"考其真伪"以求得真相，才能借此以理解整个事件的因果关联，而主要目的还在于察考其间人物的心态、动机，以做出适当的褒贬裁断。故董仲舒云："《春秋》之论事，莫重于志。"❽"《春秋》之听狱也，必本其事而原其志。志邪者不待成，首恶者罪特重，本直者其论轻。"❾ 苏舆（1873—1914 年）云："事之委屈未悉，则志不可得而见，故《春秋》贵志，必先本事。"❿ 判断一个人的功过是非，不能只是看事情的表面，还必须深究其心志、动机。

---

❶ 梁启超：《中国历史研究法》，里仁书局 1984 年版，第 57 页。

❷ 张高评：《左传之文学价值》，文史哲出版社 1990 年版，第 154 页。

❸ [唐] 刘知几著，[清] 浦起龙注释：《模拟》，《史通通释》，里仁书局 1980 年版，第 222 页。

❹ 同上，第 165—168 页。

❺ [汉] 司马迁：《十二诸侯年表序》，《史记三家注》，七略出版社 1991 年版，卷 14，第 229 页。

❻ 张素卿：《叙事与解释：左传经解研究》，书林出版公司 1998 年版，第 24 页。

❼ [汉] 班固撰，[唐] 颜师古注：《艺文志》，《汉书》，宏业书局 1984 年版，卷 30，第 436 页。

❽ [汉] 董仲舒撰，[清] 苏舆义证：《春秋繁露义证》，中华书局 1992 年版，第 25 页。

❾ [汉] 董仲舒撰，[清] 苏舆义证：《春秋繁露义证》，中华书局 1992 年版，第 92—94 页。

❿ 同上，第 92 页。

中国史传叙事的撰作完成，史家在其中已经历了一个搜集、考辨、理解与诠释史料的过程。事件既已详述完备，然后，才可诉之于公论，付诸读者的自我评断，而不须再多所议论。故杜预云："将令学者原始要终，寻其枝叶，究其所穷。""使自求之""使自趋之""然后为得也"。孔颖达也说："将令学者本原其事之始，要截其事之终；寻其枝叶，尽其根本。则圣人之趣虽远，其赜可得而见。"❶唐人啖助对此也有所评述："（左氏）博采诸家，叙事尤备，能令百代之下，颇见本末。因以求意，经文可知。"❷《左传》依据《春秋》经文而"具论其语"，后人对于史事自然能够"颇见本末"。刘勰也以为孔子《春秋》"睿旨幽隐，经文婉约"，左氏乃"原始要终，创为传体。"❸《左传》这种力求记载历史完备，本末原委详明的行文风格，缔造了中国史传叙事之特点。从而"原始要终""以时间为叙述的参照系，注重历史事件之间的因果联系"❹，便成为中国史传叙事共同的模式与形式特征❺，也是后世评断叙事优劣与否的标准。从而所谓"史才"便是指"叙事之才"，良史的条件主要在于记事、记人的真实、完备而简明。《史记》继承了《左传》此种存真核实的笔法，能够"不待论断而于序事之中即见其指"❻。班彪、班固父子的《汉书》便据此推崇司马迁"善序事理"，称许为具备"良史之材"❼。

《左传》《史记》的叙事成就素为文人、学士所宗仰，其影响的效应也从史传的写作，扩及于文学。两汉之际，文、史的界限模糊，司马迁采取了一些文学的写作手法，《史记》里不少人物传记富有文学色彩。古代文人因此常把《史记》当作文学看待，学习它的叙事方法。清儒章学诚表示：

> 文章以叙事为最难，文章至叙事而能事始尽。而叙事之文，莫备于《左》《史》……故学叙事之文，未有不宗《左》《史》。❽

章学诚主张叙事笔法的研究，必须远溯至《左传》，因为"叙事之文，莫备于《左氏》"❾。在章氏的《论课蒙学文法》一文中，进而把《左传》的叙事手法，细分成了 23 种。

❶ [周] 左丘明著，[晋] 杜预注、[唐] 孔颖达疏：《春秋左传注疏》，艺文印书馆 1997 年版，第 11 页。
❷ [唐] 陆淳集传：《春秋集传纂例》卷一，艺文印书馆 1966 年版，第 4—5 页。
❸ [南朝梁] 刘勰著，王更生注译：《史传》，《文心雕龙读本》，文史哲出版社 1986 年版，第 278 页。
❹ 陈才训：《源远流长：论春秋、左传对古典小说的影响》，中国社会科学出版社 2008 年版，第 130 页。
❺ 详细的讨论可参阅张素卿：《叙事：解释春秋的基础》，《叙事与解释：左传经解研究》第二章，书林出版公司 1998 年版，第 73—108 页。
❻ [清] 顾亭林：《原抄本顾亭林日知录》卷二十六，文史哲出版社 1979 年版。
❼ [汉] 班固撰：《司马迁传》，《汉书》卷六十二，宏业书局 1984 年版，第 692 页。
❽ [清] 章学诚：《论课蒙学文法》，《文史通义新编新注》，浙江古籍出版社 2005 年版，第 415 页。
❾ [清] 章学诚著：《丙辰札记》，《章实斋札记四种》，广文书局 1971 年版。

清人冯李骅对《左传》更有详细而精到的评点。其《左绣》一书，分析其叙事笔法，竟多达三十几种。林纾也推崇《左传》为"万世古文之祖"❶，张高评综合历来诸家的研究，归纳其中的叙事之法，包括正叙、原叙、顺叙、逆叙、对叙、类叙等法也有三十种。❷南宋年间，朱熹（1130—1200年）的弟子真德秀编选《文章正宗》一书，把文章分成四大类：辞命、议论、叙事、诗赋，已经把"叙事"独立成一大文体。真德秀以为"叙事起于古史官"❸，并且分析此文体的源起与内容：

> （叙事）其体有二：有纪一代之始终者，《书》之《尧典》《舜典》，与《春秋》之经是也，后世本纪似之。有纪一事之始终者，《禹贡》《武成》《金滕》《顾命》是也，后世志记之属似之。又有纪一人之始终者，则先秦盖未之有，而于汉司马氏，后之碑志事状之属似之。今于《书》之诸篇与《史》之纪传，皆不复录，独取《左氏》《史》《汉》叙事之尤可喜者，与后世记序传志之典则简严者，以为作文之式。若夫有志于史笔者，当深求《春秋》大义而参之以迁、固诸书，非此所能该也。❹

真德秀把叙事文分成了三大类，分别以时代、事件、人物为主。因此，最迟在南宋时期，叙事文已经成为文学作品的一大类别，并且把《左传》《史记》《汉书》中的史传叙事作为文章写作的模范。《四库全书总目》卷三十一曰："《春秋左传》本以释经，自真德秀选入《文章正宗》，亦遂相沿而论文。"真德秀又以为"叙事"一体在文章写作与历史撰作之中是相同的，无非是写人、记事的一种文体，表现的技法与形式皆相同，两者主要的差异在《春秋》大义的有无。再次的佐证了史传叙事即是中国叙事文的根源。中国传统的文学批评和史学理论都将叙事当作一个重要的范畴来研究，中国叙事传统及其理论同时并存于史学和文学两个领域，并且相互影响。

真德秀所称之"体"则当指史学体裁：编年体、纪事本末体、纪传体。但中国史传的主要体裁则是编年体及纪传体。明代人焦竑《国史·经籍志》也论及这两种史传的主要体裁：

> 编年者，以事系年，详一国之治体，盖本左氏；纪传者，以人系事，详一人之事迹，盖本史迁。

---

❶ ［清］林纾：《左传撷华序》，《左传撷华》，复文图书公司1981年版，第2页。

❷ 张高评：《左传之文学价值》，文史哲出版社1990年版，第154页。

❸ ［宋］真德秀：《文章正宗纲目》，《文章正宗》，台湾商务印书馆1981年版，第2页。

❹ 同上。

这两种主要体裁分别以年代、人物为中心，《左传》《史记》各自为其典范，成为后世史家、文士取法的楷模。刘知几在《史通》一书中区分史书为"六家"，这六家也可大别为编年、纪传"二体"，足见这两种叙事体裁的重要地位与影响力。至于以事件为中心的历史记载，所谓的"纪事本末体"，虽然起源甚早，《尚书》可为其初祖，但在中国却反而成熟较晚，影响力较小，直到南宋袁枢的《通鉴纪事本末》才再出现。❶此一原因实与《左传》《史记》的卓越成就有密切关系。但无论是人物的生平或者事件之发展，皆不能不与时间相关，故纪传体、纪事本末体都隐含有编年体的形式。《左传》此一编年体史书也早有纪传体、纪事本末体的具体运用，例如晋文公的生平事迹，便集中在僖公二十三年等几年之中来记述，而不是如账簿一般的逐年分散登录。但在西方，以事件为主的叙事，却是主要的体裁，也最受重视，其目的在借此以发表个人对于历史演变之独特的解释与议论。东西方的此种叙事重心的差异，形成了各自的特色。❷章回体小说的写作更为自由，在多达一百回的漫长篇幅之中，基本上依循时间的年月顺序，灵活变换纪传体或纪事本末体的形式，尽可能把"故事"讲述得曲折生动。

对于中国叙事文的研究，杨义主张应从史学文化中开拓思路，寻找事实依据，以充分见出中国叙事文的真实历史面貌，即所谓"原生态"。对于作为文类概念的"叙事"之考释，他除了从语源学、语义学的角度加以深究，以及详细考辨历代诗文评著作中的各种见解之外，更大量地征引许多历史著作和史学评论里的有关说法，以充分彰显其形成、演变以及内在涵义。此外，对于中国叙事传统之结构手段、视角方式及意象特点的研究，杨义也强调要以《左传》《战国策》《史记》《资治通鉴》等不同体例的史学著作的叙事为例，作细致的文本分析。

杨义认为，明清小说尽管将叙事艺术推向了高峰，"但始终是以历史叙事的形式作为它的骨干的，在一个相当长的时间中存在着历史叙事和小说叙事一实一虚，亦高亦下，互相影响，双轨并进的景观。"❸除了形式上的因素之外，历史叙述之所以成为小说的先声，也在于它所具有的对人生事件的记载与讲述的功能。浦安迪也把中国的史传叙事视为中国小说的根源，认为它们在本质上是相同的，都在传达一个"故事"，外形上也有相同的叙事单元。他说：

> 历史和虚构文学一样，也是在人生经验上套上一定的外形……我们之所以视
> 历史为叙事文的典范是因为史书有同其他虚构文学一样的一系列定型的惯用叙事

❶ 钱穆：《中国学术通义》，台湾学生书局 1984 年版，第 22 页。

❷ 杜维运：《与西方史家论中国史学》，东大图书公司 1966 年版，第 96 页。

❸ 杨义：《中国叙事学》，南华管理学院出版社 1998 年版，第 16 页。

单元。人们把"事"作为中国叙事文学的分段标准……如果我们把《史记》各个列传中的许多片段节取下来，就会发现，它们与虚构文学有许多相似的地方。列传往往以某某者某郡人也开端，然后继之以传主的经历，再在危机、大功、大败等一系列既定的美学外形中过滤，组成一种定型的模式。这种定型的叙事单元（或 topos）不仅是历史书而且也是全部中国叙事文学的惯用单位。古史的两大门类纪传体和编年体，都是把一段段的小单位组合成长篇巨制的成功之作。❶

此种看法，颇为符合后现代历史学的精神，"企图取消历史与文学之间的界限、过去与现在的界限以及真实与虚构的界限。"❷ 西方当代史学家海登·怀特便认为历史学家记载历史人物、事件的方法，与小说家讲述故事的方法是相同的。他把历史叙事看作是"情节的建构""小说创作的运作"，一种文学想象性的解释。他否定历史叙述的客观中立，因为史家终究无法完全去除意识形态的作用。从而历史事件与人物可以分成喜剧、悲剧、浪漫、讽刺等不同的类型来处理。❸ 浦安迪也认为，一般区分史传与小说的标准，亦即实录或虚构，很不容易划分清楚两者的界限：

> 中国的史文对于虚构与实事从来就没有过严格的分界线。从中国文化的审美叙事角度来看，实与虚并非简单地处于对立状态，二者常有互补的部分。❹

中国史书中的《左传》《史记》等书，成为后世小说创作的主要模仿对象，而它们叙事的生动、传神与感人之处，却不得不归功于作者为求建构出一个完整的、连续性的人或事，所作的某些合乎情理的推想，以弥补文献的不足。基于这一原因，无论是文言小说或者白话小说，包括几部最杰出的经典之作，其源头都在于中国的史传叙事文。

中国叙事文的根源既在于史传，因此对于史传叙事理论影响巨大者，自然必须追本溯源，有一番深入的认识与分析，如此方能够更理解小说叙事的文心运作。《左传》《史记》之叙事方法，也是其来有自，同样必须探讨其根源。张高评即言：

> 殊不知所谓《左》《史》义法，其根源滥觞，仍是《春秋》书法。因为就古文论，称为义法，或文法；其在史志，通称史法，或史义；若为经术，则称书法，或仪法，其名号虽不同，其实质则是近似的。论其要归，则统称为《春秋》书

---

❶ [美] 浦安迪：《中国叙事学》，北京大学出版社 1996 年版，第 59—60 页。

❷ 古伟瀛，王晴佳：《后现代与历史学：中西比较》，巨流图书公司 2000 年版，第 200 页。

❸ [美] 海登·怀特（Hayden White）著，陈永国，张万娟译：《后现代历史叙事学》，中国社会科学出版社 2003 年版，第 175—178 页。

❹ [美] 浦安迪：《中国叙事学》，北京大学出版社 1996 年版，第 31 页。

法。盖史义原于书法，而文法又从史法中来也。❶

探讨《左传》《史记》的史法固然不能轻忽孔子的《春秋》书法，各种叙事文学之写作，诸如古文、戏曲、文言小说、白话小说，也都在其笼罩之中。著名的文论家与美学家敏泽便说：

> 钱钟书先生在 1980 年曾指示我：汉代对后世文学理论批评影响最大的，并非《诗大序》等，而是"《春秋》书法"问题。❷

> "《春秋》笔法"本属史学领域中的问题，由于早期《诗经》和史的特殊的关系，所谓"诗亡然后《春秋》作"，"《春秋》笔法"遂逐渐由史学而推及于文学及文学理论，成为两汉时期对后世影响最大的理论问题之一。❸

汉代由于董仲舒的主张，儒家位居显要地位，孔子被尊为"素王"，他编修《春秋》的"义例"，被标举为崇高的叙事法则。司马迁对此有所说明：

> （孔子）约其文辞，去其繁重，以制义法，王道备，人事浃。❹

司马迁此处所言之"义法"，即是《春秋》书法，涉及修辞原则以及王道、纲常之义涵，这两方面都给予后世叙事文学极深远的影响。唯有探本溯源，明了叙事规法的何以然及其所以然，才能确切窥见中国叙事文学的堂奥，对于其中一些纷杂奇特的形态与演变方能有切实的认识与诠释。

第二节　中国叙事传统的建构

一、孔子与《春秋》书法

古代"史官本为神职，有自己的神圣的职守，这就可能要求最大的忠实。"❺在此情形之下，孔子原本没有必要再重复相同的历史纪录之事，更何况，他的《春秋》一书即是改写自鲁国的同名史书。由此可见，孔子的重新编写《春秋》，有其不同于一般史官的考虑、

---

❶ 张高评：《春秋书法与左传学史》，上海古籍出版社 2005 年版，第 300 页。

❷ 敏泽：《中国文学理论批评史》，吉林教育出版社 1993 年版，第 2 页。

❸ 同上，第 103 页。

❹ [汉] 司马迁：《十二诸侯年表序》，《史记三家注》，七略出版社 1991 年版，第 229 页。

❺ 白寿彝：《中国史学史》第一册，上海人民出版社 2006 年版，第 238 页。

目的与写法，从而《春秋》具有异于一般史书的性质、价值及功用。

孔子这一特殊的写作动机与目的主要缘于春秋时代的政治、社会环境。当时是一个"礼废乐崩"的衰乱局势，这对于终身宣扬"王道"理想，崇奉礼仪纲常的孔子来说，必然深感忧愤。为此，孔子做了许多方面的努力，试图予以补救。他的周游列国、编述《诗》《书》等典籍，也无非是为了实现王道政治。这种时局上的现实考虑，以及写作史策之目的，孟子有深刻的体认：

> 世衰道微，邪说暴行有作，臣弑其君者有之，子弑其父者有之。孔子惧，作
> 《春秋》。❶

孟子把孔子私人修史的原因与周天子势力衰微的时代因素相结合，他认为王道凌夷不彰之下，孔子只得借助于史书的褒善贬恶之力，庶几能够维系君臣纲常于不坠。司马迁对于孔子写作《春秋》之动机与目的也有相同的阐述：

> 周室既衰，诸侯恣行。仲尼悼礼废乐崩，追修经术，以达王道，匡乱世反之
> 于正，见其文辞，为天下制仪法，垂六艺之统纪于后世。❷

足见孔子之所以写作《春秋》，乃是基于"王道"废坠的现实，试图通过编述文献、制订仪法、褒贬善恶以获得传道、救世之目的。

为了发挥褒贬的功能，《春秋》对于史事、史文、史义这三个层面都有其不同于一般史官的处理方式，从而构成了所谓的《春秋》书法。自从三《传》《孟子》《礼记》等典籍对于《春秋》书法有所论述之后，历代学者也多有发挥。《左传》偏重于"叙事"，后世研究此书的学者诸如杜预等人深入推求其凡例、义例，更加丰富与确立了《春秋》书法的内涵。《公羊传》《谷梁传》对于《春秋》书法则另从"义例"的角度来阐释，虽然与《左传》之说"互有异同，亦得统名《春秋》书法。"❸张高评总结学者们的意见，对于《春秋》书法的内涵有一个清楚的分析与概括：

> 历代所谓《春秋》书法，可归纳为二类：其一，侧重内容思想者，如《左传》
> 所谓"惩恶而劝善"，"上之人能使昭明，善人劝焉，淫人惧焉"，以及《公羊》
> 学家阐扬之"微言大义"，多属焉。其二，侧重修辞文法，如《左传》所谓"微

❶ 《孟子·滕文公下》。
❷ [汉]司马迁：《太史公自序》，《史记三家注》，七略出版社1991年版，第229页。
❸ 张高评：《春秋书法与左传学史》，上海古籍出版社2005年版，第177页。

而显，志而晦，婉而成章，尽而不污"；"微而显，婉而辨"，杜预所谓正例变例，皆属之。❶

《春秋》书法不只是修辞文法，也包含内容思想，而其中最为明确可信者即是褒贬与实录之主张。"惩恶而劝善"乃是孔子的褒贬态度与目的，直书实录则是其实行的笔法。惩恶是最主要的写作动机，既然针对的是乱臣贼子，对于一般人的言行，也就没有必要严格追究。《公羊传》闵公元年提及了避讳的对象："《春秋》为尊者讳，为亲者讳，为贤者讳。"《谷梁传》成公九年、秋七月则有较为明确的避讳内容："为尊者讳耻，为贤者讳过，为亲者讳疾。"孔子曾经说过"畏大人"❷，对于当世拥有权势的大人物有所忌惮，所以执笔行文"义不讪上，智不危身，故远者以义讳，近者以智畏。"❸基于尊君抑臣、伦理纲常以及避祸远害的现实顾虑，孔子对于尊者、亲者、贤者的某些言行采取了隐微的侧笔，"以示尊敬"，甚至有"隐而不书"的情形。更何况，"尊尊、亲亲、贤贤"符合孔子一贯的主张，他曾表示："子为父隐，父为子隐，直在其中矣。"孔子之所以没有彻底执行实录，显然有亲疏尊卑等纲常上的考虑，盖此乃"天理人情之至也。故不求为直，而直在其中。"❹

除了义涵方面，《春秋》《左传》对于史传的叙事形态也有其影响。刘知几总结中国史传的体例，有六家二体之说，二体即是指编年体、纪传体，这是元代之前中国历史撰作主要的两种叙事体裁。在世界文化中，编年体史书大多为各国历史纪录初期的普遍形式，依照时间的先后顺序以记载历史大事。《春秋》《左传》都采取了这种以时间为主的体裁，而有其独特的价值。刘知几云：

> 夫《春秋》者，系日月而为次，列时岁以相续，中国外夷，同年共世，莫不备载其事，形于目前。理尽一言，语无重出。此其所以为长也。至于贤士贞女，高才俊德，事当冲要者，必盱衡而备言；迹在沉冥者，不枉道而详说。如绛县之老，杞梁之妻，或以酬晋卿而获记，或以对齐君而见录。其有贤如柳惠，仁若颜回，终不得彰其名氏，显其言行。故论其细也，则纤芥无遗；语其粗也，则丘山是弃。此其所以为短也。❺

❶ 张高评：《春秋书法与左传学史》，上海古籍出版社2005年版，第177页。
❷ [宋]朱熹集注：《论语集注·季氏》，《四书章句集注》卷八，汉京文化公司1987年版，第172页。
❸ [汉]董仲舒撰，朱永嘉、王知常注译：《楚庄王》，《新译春秋繁露》，三民书局2007年版，第25页。
❹ [宋]朱熹集注：《论语集注·子路》，《四书章句集注》卷七，第146页。
❺ [唐]刘知几撰，[清]浦起龙注释：《二体》，《史通通释》，里仁书局1980年版，第27—28页。

史官逐年逐月纪录，"初不知避忌，亦无可为避忌"，可以及时地保存重要的各方面史实，"可以更客观，更易把捉到历史演进之真相。"❶ 其优点即在于能够显现出历史演变的连续性、变化性以及复杂性。《春秋》《左传》一类的编年体史书，其长处即在于按照年月先后顺序记述历史，各国史事能够同时比观、一起并呈、不会重复，但其缺点则是由于以国家大事为脉络，在记述人物方面无法多方兼顾、详略得当。和历史大事有关的，必详细记载；和历史大事无关的，尽管是著名的仁者贤士如柳下惠、颜渊等人，也未能够提及其姓氏。梁启超也曾指出其长短所在：

> 编年体以年为经，以事为纬，使读者能了然于史迹之时际的关系，此其所长也。然史迹固有连续性，一事或亘数年或百数十年。编年体之纪述，无论若何巧妙，其本质总不能离账簿式。读本年所纪之事，其原因在若干年前，或已忘其来历；其结果在若干年后者，苦不能得其究竟。非直翻检为劳，抑亦寡味矣。❷

此种逐日记载的体裁，容易流为账簿式的片段记载，信息杂乱而破碎，如果没有再经过史家个人意识的处理，便只是一种原始的材料。即使史家重新拣择，汰芜存菁，也难以凸显历史事件发展演变的情形，不易看出其中的意义。况且《春秋》此类崇尚简要的初期编年史，仍然只是简略的条列大事，"举其大纲而简于叙事，是以多阙载、多逸文。"❸ 没有妥善发挥编年体史书原本应有的优点，因此其中的不足之处也更显而易见。

西方当代史家把历史著述区分成五种层次，而编年体裁居于最初级，仍然有待史家进一步诠释史料，并赋予其意义。它们依序是：编年史（chronicle）、故事（story）、情节化模式（emplotment）、论证模式（argument）、意识形态蕴涵模式（ideological implication）。❹编年史是史书的重要基础，乃是深化史料不可或缺的过程，但仍然存有进一步处理的空间，而纪传体等史书之出现，即是史学演进的必然结果。在《史记》此种新的体裁问世之前，《左传》的记事已非纯粹的编年体裁，实是"体则编年，而用为传记。"❺其中许多部分很自然的采用了纪传体或纪事本末体的写法，已经透露了编年体的不足与演进的痕迹。甚至有学者认为，《左传》原为纪事本末体。例如有名的晋公子重耳之事迹，《左传》把鲁僖公四年以后重耳流亡19年的经历，都集中在鲁僖公二十三年。它写的是重耳的个人事迹，可以说是纪传体；但也是重耳流亡的整个过程，因此也可以视为纪事本末体。这种把纪事

❶ 钱穆：《四部概论》，《中国学术通义》，学生书局 1984 年版，第 19 页。

❷ 梁启超：《中国历史研究法》，里仁书局 1984 年版，第 64 页。

❸ [唐] 皇甫湜：《编年纪传论》，《全唐文》卷六八六。

❹ [美] 怀特撰，陈新译：《元史学：19 世纪欧洲的历史想象》，译林出版社 2005 年版，第 6 页。

❺ 张高评：《左传之文学价值》，文史哲出版社 1990 年版，第 149 页。

本末体、纪传体运用于编年史之中，以弥补编年体的不足，对于后来的史传叙事体裁具有很大的示范意义与启示。这也显示了，各种史传体裁没有绝对的界限，彼此不会扞格不入，相互之间是可以跨越、融通的。❶史传尚且如此，小说叙事也就更加自由了。

二、《春秋》书法

刘勰在探讨各类诗文写作的根源与规范之时，即表示《春秋》在修辞行文以及义涵两方面对于后世都产生了重大的影响：

> 《春秋》五例，义既挺乎性情，辞亦匠于文理，故能开学养正，昭明有融。然而道心惟微，圣谟卓绝，墙宇重峻，吐纳自深。❷

> 《春秋》一字以褒贬……五例微辞以婉晦，此隐义以藏用也……虽精义曲隐，无伤其正言；微辞婉晦，不害其体要。体要与微辞偕通，正言共精义并用；圣人之文章，亦可见也。❸

《春秋》的义涵隐微而正大，文字简要而有规法，体例与内容相得益彰，主要表现为"《春秋》五例"。钱钟书同样认为，《春秋》五例"乃古人作史时心向神往之楷模，殚精竭力，以求或合者也。"❹从而"对于史传文学、传记文学，乃至于中国叙事学，影响皆极深远。"❺

《春秋》五例对于《春秋》书法的说明，乃是最早、最为明确而且影响最大者，出自于《左传》成公十四年九月：

> 《春秋》之称：微而显，志而晦，婉而成章，尽而不污，惩恶而劝善。

前四者为"载笔之体"，亦即史传叙事之写作体裁与规范，可谓对于"实录"的具体要求，属于修辞学、文章学的范畴。"惩恶而劝善"则是"载笔之用"❻，乃是史传文体所要获取的功效，可谓"褒贬"的具体主张，涉及纲常教化。❼杜预认为"仲尼因鲁史策书

❶ 白寿彝：《中国史学史》卷一，上海人民出版社2006年版，第153页。
❷ [南朝梁]刘勰撰：《宗经》，《文心雕龙读本》，文史哲出版社1986年版，第34页。
❸ 同上，第19—20页。
❹ 钱钟书：《左传正义》，《管锥编》册一，北京三联书店2008年版，第267页。
❺ 张高评：《春秋书法与左传学史》，上海古籍出版社2005年版，第77页。
❻ 《春秋》五例的体用，见钱钟书：《左传正义》，《管锥编》册一，北京三联书店2008年版，第269页。
❼ 张高评：《春秋书法与左传学史》，第126—127页。

成文"❶，《春秋》一经乃是孔子依据鲁史旧文笔削而成，用字遣词存在着不少隐微的含义。"左丘明受经于仲尼"❷，《左传》中有解经的义例，但这些书法义例必须凭借《左传》的记载来解读。

历代诸家对于《春秋》五例的解说不一，杜预列举事例以阐述，简明而最受重视：

> 为例之情有五：一曰微而显，文见于此而起义在彼："称族，尊君命；舍族，尊夫人""梁亡""城缘陵"之类是也。二曰志而晦，约言示制，推以知例："参会不地""与谋曰及"之类是也。三曰婉而成章，曲从义训，以示大顺："诸所讳辟""璧假许田"之类是也。四曰尽而不污，直书其事，具文见意："丹楹刻桷""天王求车""齐侯献捷"之类是也。五曰惩恶而劝善，求名而亡，欲盖而章："书齐豹盗""三叛人名"之类是也。❸

所谓"微而显"乃是指文辞简要但是意义明显，"措辞精要，而旨趣显豁"，"犹诗论家所谓'文约义丰'"。❹具体的作法便是借由文辞的变动，以表达不同的含意。杜预举出了几个例子，例如，鲁僖公十九年冬《春秋》曰："梁亡。"记事很简略。《左传》则有较为详细的记载："梁亡，不书其主，自取之也。初，梁伯好土功，亟城而弗处。民罢而弗堪，则曰：'某寇将至'。乃沟公宫，曰：'秦将袭我。'民惧而溃，秦遂取梁。"从中可知，《春秋》只说"梁亡"，而不说秦国灭掉梁国，这是贬斥梁国的君主过度劳役人民，民不能堪，四散逃去，这是自取灭亡。

"志而晦"，孔颖达《疏》曰："志，记也。晦，亦微也。谓约言以记事，事叙而文微。"❺亦即"明载史实，而意蕴深远"，如同诗家之"蕴藉隐秀"❻。意谓记载史事，用词简约而含义隐微，必须依例推求其意义。杜预也举例说明了，例如，《春秋》宣公七年："夏，公会齐侯伐莱。"《左传》："夏，公会齐侯伐莱，不与谋也。凡师出，与谋曰'及'，不与谋曰'会'。"这是对于诸侯盟会记载的一种义例之说明：凡是出兵，曾参与谋划的便称作"及"；没有参与谋划，只是不得已而配合前往者就称作"会"。《春秋》在此记作"会"，即是意指鲁宣公没有参与伐莱的谋划。"此二事者，义之所异，在于一字。约少其言，以

❶ [晋] 杜预撰，[唐] 孔颖达疏：《春秋序》，《春秋左氏传注疏》，艺文印书馆 1997 年版，第 10 页。

❷ 同上，第 11 页。

❸ 同上，第 13、14 页。

❹ 张高评：《春秋书法与左传学史》，第 138 页。

❺ [晋] 杜预撰，[唐] 孔颖达疏：《春秋序》，《春秋左氏传注疏》，第 13 页。

❻ 张高评：《春秋书法与左传学史》，第 138 页。

示法制，推寻其事，以知其例。"❶ 依据这种义例，吾人便可以从事件记载的用字遣词之差别，推知其隐微的意义。

所谓"婉而成章"即是文意之表达"委婉曲折，而顺理成章"❷。指的是文辞上的避讳之道，对于周天子与鲁国君主，基于君臣伦常的关系，替他们掩恶扬善。"屈曲其辞，有所辟讳，以示大顺。"❸ 必须避讳的事情不少，"言'诸所讳辟'者，其事非一，故言'诸'以总之也。"❹ 例如，《春秋》鲁桓公元年三月："公会郑伯于垂，郑伯以璧假许田。"此事的原委可见于《史记·鲁世家》："桓公元年，郑以璧易天子之许田。"可知实情是郑国以枋田再加上"璧"换取了鲁国的许田，但根据周礼，诸侯之间不可擅自交换土地，必须获得天子的允许。所以，《谷梁传》解说曰："非假而曰假，讳易地也。"明明是交换土地，《春秋》却写成了借用，这是在替周天子与鲁君掩饰。《左传》之外，其他《春秋》二传则提及了避讳的对象与内容，《公羊传》闵公元年称："《春秋》为尊者讳，为亲者讳，为贤者讳。"《谷梁传》成公九年更明确的分别指出其情况："为尊者讳耻，为贤者讳过，为亲者讳疾。"对于尊者、贤者、亲者，都有所维护。

此外，基于现实的困境，为了回避政治忌讳，对于某些当权者也不得不采用隐晦委婉的"微言"，所谓曲笔、侧笔，以传达"刺讥褒讳挹损"之意。❺ "曲笔实际是直书实录的变奏"❻，而非完全不予以记载。

《春秋》五例中所谓"微""晦""婉"，都是以含蓄而曲折的手法来记事，与儒家强调"温柔敦厚"的诗教有关，这与歪曲史事有根本上的差异。❼

"尽而不污"一语的意义，由于对"污"字的解释不同，而有一些差异，但大体上来说，多依循杜预的注解："直言其事，尽其事实，无所污曲"❽，把"污"视为"纡曲"❾，从而认为"无所隐讳，故曰不污。"❿ 一种"直书无隐""由事见义"的笔法。例如，《春秋》桓公十五年春二月："天王使家父来求车。"依据周朝的礼制，"诸侯不贡车、服，天子不私

---

❶ [晋]杜预撰，[唐]孔颖达疏：《春秋序》，《春秋左氏传注疏》，艺文印书馆1997年版，第14页。

❷ 同上，第138页。

❸ 同上，第14页。

❹ 同上，第14页。

❺ [汉]司马迁：《十二诸侯年表》，《史记三家注》卷一四，七略出版社1991年版，第229页。

❻ 张高评：《春秋书法与左传学史》，上海古籍出版社2005年版，第77页。

❼ 白寿彝：《第五章历史知识的运用》，《中国史学史》卷一，上海人民出版社2006年版，第238页。

❽ [周]左丘明撰，杜预注、孔颖达疏：成公十四年九月，《春秋左氏传注疏》卷二七，第465页。

❾ [周]左丘明撰，杨伯峻注：《春秋左传注》，复文图书出版社1986年版，第870页。

❿ [周]左丘明撰，[日]竹天光鸿会笺：《左氏会笺》，新文丰出版公司1978年版。

求财。"❶"车与戎服，乃在上者赐与在下者，故诸侯不用以贡于天子。"❷周天子求车于鲁桓公，"非礼而动"，违反了周朝的礼制，《左传》直言其"非礼也"。《春秋》照实直录此事，以传达讥斥之意。

对此，钱钟书有不同的看法。他把"污"训释为"夸"，夸大、夸饰之意，分析精辟而更有道理：

> "直"不必"尽"，未有"尽"而不"直"者也。《孟子·公孙丑》章："污不至阿其所好。"焦循《正义》："污本作洿，盖用为夸字之假借，夸者大也。"……言而求"尽"，每有过甚之弊，《庄子·人间世》所谓"溢言"。不隐不讳而如实得当，周详而无加饰，斯所谓"尽而不污"耳。❸

一般而言，叙事详尽即是直书而不纡曲了，但容易造成事迹夸大与文辞浮夸的弊病，所以要戒之在"夸"。若原文为"直而不污"，则"污"宜解释为"纡曲"。但原文为"尽而不污"，则"污"训释为"夸大""夸饰"更为合乎文意。况且，不可"纡曲"之传统说法，与前述书法所主张之用晦、贵婉之笔法扞格不通。从而"尽而不污"应当理解为，强调客观中立的实录精神，不可夸大但并不排斥纡曲的笔法。借由事件的详尽记载，不偏不倚，忠实而自然的凸显出其中的意义，让史料自己说话。

所谓"惩恶而劝善"，即是对于恶人、恶事须贬斥，善人、善事须褒扬。例如，《春秋》襄公二十一年："邾庶其以漆、闾丘来奔。"昭公五年："莒牟夷以牟娄及防、兹来奔。"昭公三十一年："黑肱以滥来奔。"邾庶其、莒牟夷、黑肱，三人位卑皆为小国大夫，都以其封邑背叛本国而入于鲁国求荣，恶行重大。"诸侯之臣入其私邑而以之出奔者，皆书为叛。""叛者，背其本国之大辞也。"❹依照义例，原本不必写出名字，但《春秋》欲使恶名昭彰，以为惩戒，"贱而书名"，所以把三人明白写出。《左传》昭公三十一年："君子曰：'名之不可不慎也如是：夫有所名而不如其已。以地叛，虽贱，必书地，以名其人，终为不义，弗可灭已。是故君子动则思礼，行则思义；不为利回，不为义疚。或求名而不得，或欲盖而名章，惩不义也。'"

《春秋》五例即是《春秋》书法的核心内涵，"包括修辞原则和劝善惩恶的社会作

---

❶ [晋] 杜预撰，[唐] 孔颖达疏：《春秋序》，《春秋左氏传注疏》，艺文印书馆 1997 年版，第 14 页。

❷ [周] 左丘明撰，杨伯峻注：《春秋左传注》，第 142—143 页。

❸ 钱钟书：《左传正义》，《管锥编》册一，北京三联书店 2008 年版，第 269 页。

❹ [周] 左丘明撰，[晋] 杜预注，[唐] 孔颖达疏：襄公二十一年经文正义，《春秋左氏传注疏》卷三四，艺文印书馆 1997 年版，第 589 页。

用"。❶ 综合起来，主要有三点：其一，"叙事不合渗入断语"❷，必须维持叙述的客观，作者直书其事，呈现真实且完整的事件于读者面前，自然的凸显其中的善恶是非。其二，以委婉隐晦的侧笔、微词，传达作者的褒贬倾向。在实录与褒贬必须兼容并蓄的考虑之下，两者都做了一些调整。从而"'微'之与'显'，'志'之与'晦'，'婉'之与'成章'，均相反以相成，不同而能和。"❸ 其三，褒善贬恶，使善人名声显扬，恶人不能遁逃，姓名昭彰于世，以发挥劝惩、教化的功用。

三、《春秋》《左传》建构了中国叙事的义法

后世所推崇的《左传》《史记》二书，中国叙事文的两大典范，其写作也深受《春秋》书法的启沃，"《春秋》五例此种书法，经《左传》《史记》发挥，独立而成史法。"❹ 总结来看，《春秋》书法以及《左传》叙事艺术至少有以下几项重大的影响：

（一）叙述原始要终、言事相间

中国史书的撰作，古代原本分为记言、记事两大类，分别由左史、右史两人执掌，《尚书》《春秋》即是其中的典范。自《左传》"不遵古法"之后，"言之与事，同在传中"❺，"原始要终，创为传体"❻，刘知几列之为史体六家之一，称之为"《左传》家"，并且概括其叙事艺术为"其言简而要，其事详而博"，推崇为"述者之冠冕"❼。宋儒陈傅良也说："自夫子始以编年作经，其笔削严矣；左氏亦始合事、言二史与诸书之体。"❽《左传》借鉴于古代史书的多种体裁，取菁去芜，镕铸成一种"言事相间，烦省合理"，堪称创新、便利且合宜的体裁，一部真正成熟的编年体史书。再加上其叙述史实能够脉络详尽、枝叶纷陈，笔法摇曳多变，文章意趣横生，后世史家之撰作莫不效法《左传》，从而成为中国史传叙事的典范，甚至也被历代文人奉为文章写作的正宗。❾ 刘熙载也推崇《左传》的叙

---

❶ 敏泽：《中国文学理论批评史》，吉林教育出版社 1993 年版，第 103 页。

❷ [清]刘熙载：《文概》，《艺概》，华正书局 1988 年版，第 12 页。

❸ 钱钟书：《左传正义》，《管锥编》册一，第 269 页。

❹ 张高评：《春秋书法与左传学史》，上海古籍出版社 2005 年版，第 143 页。

❺ [唐]刘知几著，[清]浦起龙注释：《六家》，《史通通释》，里仁书局 1980 年版，第 11 页。

❻ [南朝梁]刘勰著，王更生注译：《史传》，《文心雕龙读本》，文史哲出版社 1986 年版，第 278 页。

❼ [唐]刘知几著：《六家》，《史通通释》，第 11 页。

❽ [宋]陈傅良，周梦江点校：《徐得之左氏国纪序》，《陈傅良先生文集》卷四〇，浙江大学出版社 1999 年版，第 510 页。

❾ 《四库全书总目提要》称："《春秋左传》，本以释经，自真德秀选入《文章正宗》，亦遂相沿而论文。"[清]纪昀等：《左传评》提要，《四库全书总目提要》册一，台湾商务印书馆 1985 年版，卷三一，经部三一，第 644 页。

事成就，认为"百世史家，类不出乎此法。"❶中国史书的撰写，因此开启了一个新的纪元。

（二）叙事尚简用晦，写人拟言代言

刘知几认为史家之撰作，除了叙事简要之外，还必须效法《左传》的"用晦之道"：

> 然章句之言，有显有晦。显也者，繁词缛说，理尽于篇中；晦也者，省字约
> 文，事溢于句外。然则晦之将显，优劣不同，较可知矣。夫能略小存大，举重明
> 轻，一言而巨细咸该，词组而洪纤靡漏，此皆用晦之道也。❷

人事日渐烦多，"国史之文，日伤烦富。"所以，叙事的最高准则在于"文约而事
丰"❸，以精简的文字包涵丰富的人事。至于人物的刻画，《左传》也开创了拟言、代言的叙
述形式，不仅成为后世史家写人之法，更为小说、戏曲所乐用。钱钟书云：

> 吾国史籍工于记言者，莫先乎《左传》，公言私语，盖无不有……非记言也，
> 乃代言也，如后世小说、剧本之对话独白也。左氏设身处地，依傍性格身份，假
> 之喉舌，想当然耳……《左传》记言而实乃拟言、代言，谓是后世小说、院本中
> 对话、宾白之椎轮草创，未遽过也。❹

由于《春秋》《左传》文辞"尚简""用晦"的影响，叙事写人不能有冗长的描写，几
乎没有写景的文字。西方小说那种心理刻画更绝无仅有，因为违离了客观的写实要求。客
观实录的精神，使得中国叙事文学崇尚写实主义的手法，也使得第三人称叙述成为史传叙
事的唯一形式，绝无第一人称的主观描述。

《春秋》《左传》开创了直书其事的客观叙述，在西方叙事学的分类中，这是一种有限
的叙述观点而非全知式的，亦即作者不能随意进入人物的内心世界，不能做心理、意识之
分析，否则，读者将察知叙述者的存在，从而损失了客观性、真实性。此种叙事形态，无
意中符合了西方现代小说理论所强调的客观写实的精神。"尽而不污"，使得叙事文注重客
观的呈现完整史实，不加入作者主观的评断，如同现代小说理论的"显示"（showing）方
式。缘于这也是一种避祸远害之法，同样具有"言之者无罪，闻之者足以诫"的功效，所
以成为后世心怀顾忌的文人所乐于实行的隐讳笔法。作者寓讥弹于叙事，让被讽刺的对象
通过他们自己的言行以自我否定，而作者的褒贬则隐喻其中。但也因此对于人物的真正想

---

❶ [清] 刘熙载：《文概》，《艺概》，华正书局 1988 年版，第 2 页。

❷ [唐] 刘知几著：《叙事》，《史通通释》，第 173 页。

❸ 同上，第 168 页。

❹ 钱钟书：《左传正义》，《管锥编》册一，北京三联书店 2008 年版，第 271—273 页。

法，容易造成许多的猜测与争议。例如，《左传》隐公元年"郑伯克段于鄢"一文，郑庄公的性格究竟如何？是否蓄意加害其弟共叔段？由于《左传》并未明言，所以造成许多臆测。王靖宇有鉴于此，即表示"要是作者能揭示庄公行动后面的真正动机，哪怕是一点点，那么许多混乱和误解就一定可以避免。"❶ 尽管如此，毕竟作者不是当事人，真相确实难明，史家不该主观的论断，而应当只录其完整的言行，不宜妄自断定郑庄公内心真正的想法，其人之善恶可以留给世人公评。

（三）题材广泛，不排除神怪

古史官本兼天官，职掌星历占卜之事，故左氏"侈言神怪"❷，不免有浮夸之弊，"盖知作史当善善恶恶矣，而尚未识信信疑疑之更为先务也。"❸ 尽管"左氏记贤人君子之言鬼神，即所以垂戒劝"❹"意主劝惩"❺"凡所谓浮夸，尽寓福善祸淫之劝惩旨趣"❻，但史书中采录妖祥鬼神之事，尤其是位居儒家经典的崇高地位，则给予后世文学创作者采用鬼神浮夸之题材以正当性。刘知几《史通·书事》篇，标示史料编撰的原则，在前人所主张的"达道义、彰法式、通古今、着功勋、表贤能"五科之外，又特别增列了三种，其中便有"旌怪异"一科以配合《左传》的内容，主张"幽明感应，祸福萌兆则书之"。他认为如此取材，"则史氏所载，庶几无阙。"以小说而论，六朝志怪、唐人传奇莫不如此，其中多有鬼神之说。宋元话本、明代拟话本以及章回体小说多以此作为因果报应之准据，四大奇书的写人叙事中也都有不少神怪的成分。

第三节 司马迁与《史记》

《左传》文字典奥，与《史记》相较之下，叙事更为简要，况且"逐段各自成文，不相联属"❼，对于作品的普及与接受确实造成一定的阻碍。此外，一为编年体，一为纪传体，

---

❶ 王靖宇：《中国早期叙事文研究》，上海古籍出版社 2003 年版，第 34 页。

❷ 刘培极此说见于韩席筹：《左传分国集注》卷五，华世出版社 1975 年版，第 241 页。

❸ 钱钟书：《史记会注考证》，《管锥编》册一，北京三联书店 2008 年版，第 418 页。

❹ 钱钟书：《左传正义》，《管锥编》册一，第 304 页。

❺ [明] 袁无涯：《忠义水浒全书发凡》，见朱一玄、刘毓忱编：《水浒传资料汇编》，南开大学出版社 2002 年版，第 132 页。

❻ 张高评：《管锥编论左传之叙事与记言》，《国学研究》第 15 卷，北京大学中国传统文化研究中心 2005 年，第 364 页。

❼ [清] 毛宗岗：《读三国志法》，见毛宗岗批《三国演义》，考古文化公司 1991 年版，第 17 页。

两者的体例不同，描写的焦点也相异。中国古代小说一般以人物为主，偏重写人，因此论及史传对于古代小说的影响程度，《左传》不得不让位于司马迁的《史记》。明儒叶盛即言："夫六经而下，左丘明传《春秋》，而千万世文章实祖于此。继丘明者，司马子长，子长为《史记》，而力量过之，在汉为文中之雄。"❶ 方苞也称："《春秋》之制义法，自太史公发之，而后之深于文者亦具焉。"❷ "序事之文，义法备于《左》《史》。"❸ 这些论述都认为《春秋》《左传》《史记》三部书在叙事义法上有继承与开拓的关系。

司马迁之前，我国早已累积了丰富的史册典籍，但史学尚未独立而成熟。"然有史书未遽即有史学，吾国之有史学，殆肇端于马迁欤。"❹ "司马迁以前，无所谓史学也。"❺ 直到《史记》问世之后，史学意识才由模糊转为明朗。梁启超因此认为"史界太祖，端推司马迁。"❻

《史记》之前，史书已有其一定的体裁与写法，文辞崇尚简要，并以编年体为主，但伟大的作家往往能够"执正以驭奇""以意新得巧"。司马氏家族世袭史官，可以取阅官方档案、历史文献等资料，因此，司马谈父子都有渊博的学识。对于史书的体裁和撰写，有深入的认识，也有较为强烈的历史感与使命感。宋儒郑樵便说：

> 司马氏世习典籍，工于制作，故能上稽仲尼之意，会《诗》《书》《左传》《国语》《世本》《战国策》《楚汉春秋》之言，通黄帝、尧、舜至于秦、汉之世，勒成一书，分为五体……使百代而下，史官不能易其法，学者不能舍其书。六经之后，惟有此作。❼

《史记》一书不仅是史学的巨著，也是文章的典范，尤其是在史传的笔法与体裁两方面有重大的建树。体裁方面即是创立了纪传体，取代了原本依照时间逐年逐月记载的编年体史书，人物的描写、塑造也从而成为叙事的重心之一，并且开创了不少新的笔法。《史记》无论是叙事、写人，都臻于极高的成就，影响及于后世各种叙事文类的写作，而这一切皆与孔子以及《春秋》有密切的关联。

司马迁《史记》的价值与成就，可以分成下列几项说明：

---

❶ [明] 叶盛：《李性学文章精义》，《水东日记》卷二三，汉京文化公司 1984 年版，第 230 页。

❷ [清] 方苞：《又书货殖传后》。

❸ [清] 方苞：《古文约选·序例》。

❹ 钱钟书：《史记会注考证》，《管锥编》册一，北京三联书店 2008 年版，第 418 页。

❺ 梁启超：《过去之中国史学界》，《中国历史研究法》，里仁书局 1984 年版，第 60 页。

❻ 同上，第 59 页。

❼ [宋] 郑樵：《通志总序》，《通志》，上海古籍出版社 1990 年版，第 1 页。

一、以人为本，刻画社会众生相

对于历史演进的看法，司马迁认为应是以人为中心。人物才是事件的主导者，所谓的褒贬善恶所针对的是人，而非时间和事件。钱穆（1894—1990 年）便认为史传体裁应以人物为中心：

> 历史应把人物作中心，没有人怎么会有历史？历史记载的是人事，人的事应以人为主，事为副，事情只是由人所表演出来的……所以司马迁以人物来作历史中心，创为列传体，那是中国史学上一极大创见。❶

历史上有许多重要的人物，本身对于所谓的军国大业虽然没有建树，但是对于历史确实有所影响，或者在其他领域有其贡献或特点，不能予以忽视。但是却在《尚书》《春秋》《左传》《国语》《战国策》等古籍之中缺席。即使在宋代司马光写作编年体史书《资治通鉴》，其取材也"专取关国家盛衰，系生民休戚，善可为法，恶可为戒者。"足见以事件或时间为重的史书存有不小的缺憾。钱穆曾经不满于《左传》的不记载颜渊，《资治通鉴》的不记载屈原、鲁仲连、商山四皓、剧孟、严光，他说：

> 《左传》不载孔门教学，编年史里就有许多事要丢掉……颜渊似乎无事可写，但却特别重要。历史上有许多无事可写的人，而特别重要的。太史公就懂得这个道理。纪传体的伟大，也伟大在此。无事可写的，他写了……周武王怎样打进商朝的都城，商纣被杀了，这些易写。忽然加进伯夷、叔齐两人，这一段事，不好写。所以太史公要作纪传体，而把伯夷、叔齐作为七十列传第一篇。❷

这一新开创的纪传体便改以人物为主，并且吸收了《尚书》体与《春秋》体两者的长处，作者得以更多的笔墨来描摹人物的精神血肉。由于自身的境遇，司马迁对于先前史籍只记载军国大事、王侯将相，明显忽视了其他社会阶层的现象，颇感不满。例如游侠一类人物，他认为"古布衣之侠，靡得而闻也""至如闾巷之侠，修行砥名，声施于天下，莫不称贤，是为难耳。然儒墨皆排摈不载。自秦以前，匹夫之侠，湮灭不见，余甚恨之"❸。因此，《史记》中的人物涵盖了社会各阶层，甚至是一些位处边缘、落魄失意者，《史记》也记录了他们的一些琐事轶闻，小人物从此得以现身在历史舞台。进而能够借由一些特定历史人物的生平事迹，生动而形象地呈现历史事件与场景，反映社会的整体面貌。刘勰

---

❶ 钱穆：《中国史学名著》，兰台出版社 2001 年版，第 79 页。

❷ 同上，第 262 页。

❸ [汉] 司马迁：《游侠列传》，《史记三家注》卷一二四，七略出版社 1991 年版，第 1301 页。

《文心雕龙·史传》即说：

> 观夫左氏缀事，附经间出，于文为约，而氏族难明。及史迁各传，人始区详
> 而易览，述者宗焉。

先秦史书如《尚书》，重大的事件几乎总是夹杂了不少的官方档案，难以反映日益复杂的生活与社会的整体性。编年体的《春秋》《左传》等书，把事件与人物之间的关连割裂得很零碎，少有贯串的头绪，犹如一本官方"账簿"，人物往往沦为附庸而无法尽情刻画，形象零散而不完整，容易淹没于时间或事件之中，不易赋予人物真实的生命与血肉。

司马迁有鉴于此，一方面吸收了《尚书》《春秋》等旧有史籍的优点，另一方面则转而以人物作为历史的中心，倾尽全力于人物的传神写貌，也可借以传达对其生平事迹的感动，因而开创了中国史传叙事的新纪元。梁启超因此说：

> （《史记》）其最异于前史者一事，曰以人物为本位。❶

司马迁特别着重人物的精神、面貌的突出，不贪求事件的巨细靡遗，而侧重人物的栩栩如生。行文因此不枝不蔓，避免了叙事中断、分散笔力。

既然以人物为重，在塑造人物的前提下，必然要对于所处的社会环境、历史条件有更大的关注与描述，这也是他的贡献之一。此外，他善于以人物的生活琐事概括其一生的活动，这些日常小事看似不重要，其实正是作者的匠心所在，可借此突显出人物的性格、思想与情意，同时也是司马迁的文学才华之表现。

二、体圆用神，开创纪传体

司马迁写作《史记》的主旨，在于探求天道与人事之间的关系，了解古往今来的变化。他说：

> 网罗天下放失旧闻，略考其事，综其终始，稽其成败兴坏之纪，上计轩辕下
> 至于兹……亦欲以究天人之际，通古今之变，成一家之言。❷

在探寻历史事实、寻求真理、"成一家之言"的企图之下，司马迁并不以《左传》的"以事传经"，解说《春秋》叙事为满足。他处理史料、看待人世的视野与一般史家、特别是官史的编写者不同。"法从义生""因事成法"，从而他构设出一套新的体裁和笔法来符合这样的要求。他把史传叙事发展成具有呈现、记录、分析、抒情与评断的多种性质与功

---

❶ 梁启超：《中国历史研究法》，里仁书局 1984 年版，第 59 页。
❷ ［汉］司马迁：《报任少卿书》，见［南朝梁］萧统编《文选》卷 41，华正书局 1987 年版，第 581 页。

能，甚至成为传记文学。以史学的发展来看，司马迁的纪传体史书，赋予历史以人物、故事与意义，乃是必然的走向，也是史学的一大进步。《后汉书》的作者范晔即大为推崇纪传体之长：

> 《春秋》者，文既总略，好失事形；今之拟作，所以为短。纪传者，史、班之所变也；网罗一代，事义周悉，适之后学，此焉为优，故继而述之。❶

随着时代的发展，国家版图日渐扩大，事件纷杂，人物众多，以往的《春秋》《左传》等编年体史书，已然难以良好地肩负历史叙事的任务，而势必要有所调整、变通。纪传体的创建便是《史记》的重大价值之一，这一体裁虽然有所承袭，但司马迁统合会通之功仍不可没。梁启超对此有精辟地分析：

> 以十二本纪、十表、八书、三十世家、七十列传组织而成。其本纪以事系年，取则于《春秋》；其八书详记政制，蜕形于《尚书》；其十表稽牒作谱，印范于《世本》；其世家、列传，既宗雅记，亦采琐语，则《国语》之遗规也。诸体虽非皆迁自创，而迁实集其大成，兼综诸体而调和之，使互相补而各尽其用，此足征迁组织力之强，而文章技术之妙也。班固述刘向、扬雄之言，谓"迁有良史之材，善序事理"。郑樵谓"自《春秋》后，惟《史记》擅制作之规模。"谅矣。❷

《史记》全书分成了五个部分：本纪、表、书、世家、列传，分类记载从黄帝以下到汉武帝几千年间政治、军事、社会、经济、文化、制度等诸多方面的演变轨迹以及种种人物的言行。这一新的体裁，吸收了古代各类史籍的优点，镕铸成一个有系统的、周全的新体裁，各自具有不同的功能，彼此相辅相成，分工灵活而不僵硬。章学诚对此极为称赏：

> 史氏继《春秋》而有作，莫如马、班，马则近于圆而神，班则近于方以智也。《尚书》一变而为左氏之《春秋》，《尚书》无成法而左氏有定例，以纬经也。左氏一变而为史迁之纪传，左氏依年月而迁书分类例，以搜逸也。迁书一变而为班氏之断代，迁书通变化，而班氏守绳墨，以示包括也。盖迁书体圆用神，多得《尚书》之遗；班氏体方用智，多得官礼之意也。迁书纪、表、书、传，本左氏而略示区分，不甚拘拘于题目也。亦知迁书体圆而用神，犹有《尚

---

❶ 范晔此言，见 [唐] 魏征等撰：《魏澹》，《隋书》卷五八，宏业书局 1974 年版，第 360 页。

❷ 梁启超：《中国历史研究法》，里仁书局 1984 年版，第 59 页。

书》之遗者乎！ ❶

《史记》的体例圆活而周延，能够符合新的社会形态，可以更有效地反映出整体的、动态的历史大势。司马迁把全书的架构和他所欲探讨的历史哲学紧密联系起来，意义与形式谐和无间。梁启超称：

> 其本纪及世家之一部分为编年体，用以定时间的关系；其列传则人的记载，贯澈其以人物为历史主体之精神；其书则自然界现象与社会制度之记述，与"人的史"相调剂。内中意匠特出，尤在十表……表法既立，可以文省事多，而事之脉络亦然。《史记》以此四部分组成全书，互相调和，互保联络，遂成一部博大谨严之著作。❷

历史毕竟是时间的纪录，虽然《史记》改以人物为重心，但司马迁所开创的纪传体，没有轻视时间的重要性，隐然保留了编年体史书的轮廓，在此架构下投注了他对于不同阶层人物的重视，以及名物制度的记载。

本纪、世家效法《春秋》编年，用以包举大端，提纲挈领。两者在编年记事大致上相同，都有"纲纪庶品，网罗万物"的功能，差别只在事件的大小。本纪作为天下之纲纪，记载帝王或其他实际掌控天下之人物。全书以《五帝本纪》始，时间从荒渺的远古开端，而后依次历经夏、商、周、秦、汉，成为"究天人，通古今"的时间轴线。世家之体则分国记事，作为一国之纲纪，主要记载与诸侯、封国兴衰存亡之人物与大事。

列传一体更是司马迁的重大创建，根据其《自序》，当中主要是"扶义倜傥，不令己失时，立功名于天下"的人物。唐代人张守节《正义》云："其人行迹可序列，故云列传。"七十列传，有以类相从的类传，如刺客、循吏、儒林、酷吏等；也有以国族分别者，如匈奴、南越、东越、朝鲜等。一般的人物传记中也有专传、合传、附传等不同的类型，各有一定的格式和写法。刘知几云：

> 夫纪传之兴，肇于《史》《汉》。盖纪者，编年也；传者，列事也。编年者，历帝王之岁月，犹《春秋》之经；列事者，录人臣之行状，犹《春秋》之传。《春秋》则传以解经，《史》《汉》则传以释纪。寻兹例草创，始自子长。❸

本纪、世家、列传三类同为人物传记，组成了一个纲目等级，彼此有从属的关系，本

❶　[清] 章学诚撰：《书教下》，《文史通义新编新注》，浙江古籍出版社 2005 年版，第 36 页。

❷　梁启超：《要籍解题及其读法》，华正书局 1989 年版，第 27 页。

❸　[唐] 刘知几撰：《列传》，《史通通释》，里仁书局 1980 年版，第 46 页。

纪是纲领，世家、列传两者都是本纪的补充，具有细目的性质，这三者在体例上各有不同的标准和写法。班彪虽然称许司马迁为"良史之才"，但对于其中人物的选择与处理不甚满意，以为"细意委曲，条例不经"❶。明代人何乔新则肯定了《史记》对于人物的位置安排所寄寓的深意：

> 司马迁负迈世之气，有良史之才，其作《史记》也，措辞雄健，寓兴深远，
> 三代而下，秉史笔者未能或之先也。今观其书，本纪者天下之统，世家者一国之
> 纪，列传者一人之事，书着制度沿革之大端，表着兴亡理乱之大略，此其大法
> 也。本纪始于黄帝以见帝王之统绪，世家始于太伯以见封国之先后。怀王既泯，
> 而项羽主命，故纪项羽焉；惠帝幼弱而吕后擅朝，故纪吕后焉，盖从实录也。孔
> 子在周则臣道，在后世则师道，故以世家别之；陈涉在夏商为汤武，在秦为陈涉，
> 故以世家系之，盖有深意也。❷

这种在形式上所表现出的实录，确实有其褒贬的意涵。例如他明知孔子无尺土之封，却仍将其列为世家，后世学者如王安石等人对此多有批评。但明代人李景星则看出了其中的意义：

> 太史公作《孔子世家》，其眼光之高，胆力之大，推崇之至，迥非汉唐以来
> 诸儒所能窥测。故刘知几、王安石辈，皆横加讥刺，以为自乱其例。不知史公之
> 不可及处，正在此也。❸

孔子垂教后世，流芳百代，学者无不宗仰，司马迁借此表达崇敬之意。其他诸如项羽才力过人，曾经号令天下多年，却功败垂成，令人惋惜，从而曰《项羽本纪》。吕后干政擅权，牝鸡司晨，迫害韩信等忠良，他借此予以讥讽，故有《吕后本纪》。陈涉率先起义，各方揭竿响应，方能推翻暴秦，功莫大焉，所以谓《陈涉世家》。在这些人物的位置安排上，《史记》寄托了褒贬的微意，可谓孔子《春秋》"比事属辞"的深刻发挥。《史记》体裁"由于结构各部分存在着非同构型和非同位性，在部分和部分之间就存在着正反、顺逆、主次、轻重、抑扬、褒贬一类联结性或对比性的关系。"❹而《春秋》书法对于大义的传达，大多依据史事与文辞的对比、差异关系，"须考究前后、异同、详略，以见圣人笔削

❶ [南朝宋] 范晔撰：《班彪列传》，《后汉书》卷四〇上，中华书局 2005 年版，第 891 页。

❷ [明] 何乔新：《何文肃公文集》卷二，见杨燕起，陈可青，赖长扬编：《历代名家评史记》，博远出版公司 1990 年版，第 122、123 页。

❸ 李景星：《史汉评议》卷二，见杨燕起等编《历代名家评史记》，博远出版公司 1990 年版，第 585 页。

❹ 杨义：《中国叙事学》，南华管理学院 1998 年版，第 42 页。

之旨。"❶故而《史记》的体裁安排，也有其深远的用意。

纪传体史书，长处在于它是分类记载的，所以历史的各个方面、社会的各个阶层，无论是贵族或平民，都得到了关注。它的短处则在于事件发展的脉络不够清楚、全面，可能分别出现在几个相关的篇章，也有重复出现甚至相互抵触的弊病。班彪父子便指出"分散数家之事，甚多疏略，或有抵悟。"❷刘知几、刘勰也都曾评论其得失：

> 《史记》者，纪以包举大端，传以委曲细事，表以谱列年爵，志以总括遗漏，逮于天文、地理、国典、朝章，显隐必该，洪纤靡失，此其所以为长也。若乃同为一事，分在数篇，断续相离，前后屡出，于《高纪》则云语在《项传》，于《项传》则云事具《高纪》。又编次同类，不求年月，后生而擢居首帙，先辈而抑归末章，遂使汉之贾谊将楚屈原同列，鲁之曹沫与燕荆轲并编。此其所以为短也。❸

> 然纪传为式，编年缀事，文非泛论，按实而书。岁远则同异难密，事积则起讫易疏，斯固总会之为难也。或有同归一事，而数人分功，两记则失于复重，偏举则病于不周，此又铨配之未易也。故张衡摘史班之舛滥，傅玄讥《后汉》之尤烦，皆此类也。❹

司马迁"承敝通变"，有感于编年体史书之不足而有所改革，谋划了纪传体的五体结构，然而此一体裁也有其难以免除的短处，因而后世又有所谓的"实录体""纪事本末体"出现。《四库全书总目提要》在评论南宋袁枢的纪事本末体之时分析了纪传、编年两种体裁的缺点：

> 纪传之法，一事而复见数篇，宾主莫辨。编年之法，一事而隔越数卷，首尾难稽。❺

但两者也各有其优点，如晁公武所称：

> 编年、纪传则各有所长，殆未易以优劣论。虽然，编年所载，于一国治乱之事为详；纪传所载，于一人善恶之迹为详。❻

❶ [元]赵汸：《春秋师说》，《通志堂经解》册二六，台湾大通书局1969年版，第2页。
❷ [汉]班固撰：《司马迁传》，《汉书》卷六二，宏业书局1984年版，第692页。
❸ [唐]刘知几撰：《二体》，《史通通释》，里仁书局1980年版，第28页。
❹ [南朝梁]刘勰撰：《史传》，《文心雕龙读本》，文史哲出版社1986年版，第280页。
❺ [清]纪昀等：《四库全书总目提要》，台湾商务印书馆，1985年版。
❻ [宋]晁公武：《郡斋读书志》卷二上，台湾商务印书馆1978年版，第95页。

编年、纪传、纪事本末这三种主要的史传体裁都有其难以免除的局限，同时也有其各自的特长，彼此之间无法完全取代。只有截长补短，圆活变通，例不拘常，针对所要描述、记载的题材，选择适合的体裁来叙事写人。

三、向慕孔子，继承《春秋》书法

对于司马迁写作《史记》有重大影响的是孔子，其理想的崇高和人格的伟大，尤其是身处困厄却仍然能够坚持信念，引发了司马迁强烈的向往孺慕之情。司马迁不仅敬仰孔子，对于《春秋》也高度的肯定。他认为此书寄寓了孔子经世的理念，意欲在乱世中发挥无形的安定力量：

> 上明三王之道，下辨人事之纪，别嫌疑，明是非，定犹豫，善善恶恶，贤贤贱不肖，存亡国，继绝世，补敝起废，王道之大者也。❶

他认为这是在替天子立法，力图维持社会、政体、伦常于不坠。司马迁在认同、感动之余，勇于以孔子的后继者自任，他说：

> 先人有言："自周公卒五百岁而有孔子。孔子卒后至于今五百岁，有能绍明世，正《易传》，继《春秋》，本《诗》《书》《礼》《乐》之际？"意在斯乎！意在斯乎！小子何敢让焉。❷

他以孔子为效法的榜样，立身行事、为文著述多可见孔子的身影存在。司马迁曾就学于公羊学大师董仲舒，对于《春秋》的微言大义、《春秋》书法，必然有深入的了解。从而"《史记》之史法，当有《春秋》之书法、义法在。"❸

司马迁因李陵之祸，仗义执言而被处以腐刑，他对此深感悲愤、耻辱，"悲莫痛于伤心，行莫丑于辱先，诟莫大于宫刑。"❹但由于当时已开始撰写的《史记》尚未脱稿，有感于"君子病没世而名不称焉""鄙没世而文采不表于后"，他隐忍苟活，全心投入《史记》的写作，意欲以此流芳后世，实现自我的理想。他以先圣前贤的发愤著述以自勉，特别是以孔子为榜样：

> 夫《诗》《书》隐约者，欲遂其志之思也。昔西伯拘羑里，演《周易》；孔子厄陈蔡，作《春秋》；屈原放逐，着《离骚》；左丘失明，厥有《国语》；孙子膑脚，

---

❶ [汉]司马迁：《十二诸侯年表序》，《史记三家注》卷一四，七略出版社1991年版，第229页。

❷ 同上。

❸ 张高评：《春秋书法与左传学史》，上海古籍出版社，2005年版，第66页。

❹ [汉]司马迁：《报任少卿书》，《史记三家注》。

而论《兵法》；不韦迁蜀，世传《吕览》；韩非囚秦，说难、孤愤；《诗》三百篇，大抵贤圣发愤之所为作也。此人皆意有所郁结，不得通其道也，故述往事，思来者。❶

《史记》之中，寄托了司马迁对于自己际遇的感伤与回应。孔子开启了私人修史的序幕，司马迁在其不幸的际遇之下继承了此一传统，有别于不得不仰息君王、政权的官方史学。但由于两人之身世、遭遇、时代环境等情形有同有异，《春秋》和《史记》便有某种承接与发展的关系。阮芝生对于这两部书做了比较，从书本之外部与内部进行考察，其内部考察的结论尤其精辟，值得引述：

（1）是非褒贬：《春秋》是非二百四十二年之中，假褒贬以示法；《史记》则是非二千余年之中，其是非褒贬多引孔子《春秋》之义，未见有矛盾者。（2）书法微辞：《春秋》有笔削，中有书法，"其词微而指博"。《史记》是史书，不能全仿《春秋》，但亦时而参用《春秋》之义理书法。……（3）主题思想：《春秋》继天奉元，重义轻利，贵信贱诈，任德不任力，守经达权，这些思想在《史记》书中均有某种反映或应用。但总的来讲，《春秋》为"礼义之大宗"，《史记》论治，全书主张"以礼义防于利"，"一之于礼义"，即归本于《春秋》也。（4）成书性质：《春秋》借事明义，"立一王之法"以"拨乱反正"，似史而实为经。《史记》寓理于事，是史而不仅于史，实乃论治之史书，为百王之大法。❷

阮芝生以为这两部书的继承关系，"不是于取材与体裁上说，而应就思想与精神言。"他认为《史记》分别在"是非褒贬""书法微辞""主题思想""成书性质"等精神思想层面继承了《春秋》。

然而，"书法微辞"即牵涉到了修辞、笔法，《春秋》书法"也体现于《史记》之中。苏洵以为《史记》"得仲尼遗意焉"有四："其一曰隐而章，其二曰直而宽，其三曰简而明，其四曰微而切。"❸若细加考察苏洵在其文章的举例与说明，这四点的内涵其实即是《春秋》五例"的杂糅变奏。

❶ [汉]司马迁：《太史公自序》，《史记三家注》卷一三〇，第1353页。
❷ 阮芝生：《〈史记〉如何"继春秋"》，台湾科学委员会专题研究计划精简报告1999年（计划编号：NSC 88-2411-H-002-013）。
❸ [宋]苏洵撰，曾枣庄等注：《史论中》，《嘉祐集笺注》卷九，上海古籍出版社1993年版，第232页。

四、《史记》启迪了史传文学与中国小说

孔子编写《春秋》，开创了私人而且是平民的身份编写私史的风气与传统，使得后世具有一种与官方史书不同的历史撰作，其中的精神更贴近民众，也具有不同于官史的价值观以及评断是非的立场与角度。《史记》的叙事写人，从孔子基于经学、礼教的态度，转而为史学的角度，叙事写人兼采文学的笔法，从而更为生动感人。

（一）写人、叙事"不拘史法"

司马迁的《史记》，在叙事写人方面继承了《左传》的良好史法，原始要终，完整的纪录事件，更能够予以解释和分析，把史家笔法发挥到了极致。尤为难得的是，把文学写作的技巧也用上了，把人物的性情、血气予以生动传神地表现出来，完美地融合了史家的笔法与文学的技法，成为"史传文学"乃至于"小说"写作的典范。

《左传》以来的一般史家，文辞以简要为尚，叙事、写人并不着重细节，战役的记载只重前因后果的交代，而轻忽过程的叙述，景物环境的描摹更是少有。然而，司马迁常以文学的手法来塑造人物，以一些生活琐事、小人物来烘托传主的精神、品德、性情。这些"不拘史法"的运用，常使他受到訾议，刘知几便批评他"迁之纰缪，其流甚多。"❶然而这正是司马迁的不可及之处，这种"体圆用神""例不常居"的圆活、变通❷，章学诚认为正可以补救后世史家手法呆板、僵化的毛病。

章学诚检讨先秦以来史学著作的弊病，归咎于刻板的模拟《尚书》《春秋》等经典，亦步亦趋，受其牢笼，不敢稍有逾越。"史为例拘""斤斤如守科举之程序，不敢稍变，如治胥吏之簿书，繁不可删。"❸笔法逐渐僵化，失去了活力：

> 唐宋以后，史法失传，特言乎马、班专门之业，不能复耳。❹

> 古人文成法立，未尝有定格也。传人适如其人，述事适如其事，无定之中，有一定焉。❺

> 夫史为记事之书，事万变而不齐，史文屈曲而适如其事，则必因事命篇，不

❶ [唐]刘知几著：《探赜》，《史通通释》，里仁书局 1980 年版，第 211 页。

❷ [清]章学诚著：《书教下》，《文史通义新编新注》，浙江古籍出版社 2005 年版，第 36—37 页。

❸ 同上，第 37 页。

❹ [清]章学诚著：《和州志前志列传序例下》，《文史通义新编新注》，第 938 页。

❺ [清]章学诚著：《古文十弊》，《文史通义新编新注》，浙江古籍出版社 2005 年版，第 153 页。

为常例所拘，而后能起迄自如，无一言之或遗而或溢也。❶

史书的撰写方法，乃是从无法之中，寻求、摸索到有法，然后力求守法，却导致了僵硬成死法，从而最后只有再打破成法，才能够开创新局。司马迁"乃以哲人析理之真通于史家求事之实"，"寓规于颂，文微义严""言择雅驯，笔削谨严"❷，对于《春秋》书法有所继承，但也有所变通与发展。史官记录历史的史学精神显著，史学超越了经学，迈入了求真求实之路。班固父子批评《史记》"是非颇谬于圣人"，鲁迅也称"背《春秋》之义"❸，《史记》对于《春秋》以及《左传》，乃是在继承之中又有所开创。他有意识地发展了叙事性的批评方式，重视历史真相的传达与维护。司马迁之后，这种重视客观事实而暗藏个人批评的趋势逐渐强大，使得历史撰作走向了"实证性的史学"之路。刘知几称许太史公笔法乃是史家叙事艺术的极致表现：

> 史之叙事也，当辩而不华，质而不俚，其文直，其事核，若斯而已矣。❹

司马迁勇于自成一家，不拘于史家的成规，而以更为灵活的笔法、章法来塑造人物。"以文运事""为情造文"，运用了文学性的修辞技巧，写人、叙事有长足的进步，文章雄深雅健、奇伟疏荡，突显出司马迁个人强烈的风格。《史记》一书不仅是史学叙事的楷模，也是文学抒情的绝佳借鉴。从而必须回归《史记》灵活变通的笔法，体圆而用神，写人、叙事才能获致更好的效果。唐宋以来的历史撰作，却大多受限于史馆集体编纂的格局，相互推诿卸责，因袭陈年之绳墨，卷帙芜累而不知剪裁，行文僵化而不知变通，个性湮灭无复精神。❺

（二）史传文学与中国小说的典范

中国古代小说家，无论是文言或白话，对于材料、人物的选择，一改传统史家以军国大业为标准，而改以新奇、奇特为重。清代人何昌森便强调"奇"在小说内容的重要：

> 从来小说家言，要皆文人学士心有所触，意有所指，借端发挥以写其磊落光明之慨。其事不奇，其人不奇，其遇不奇，不足以传。即事奇人奇遇奇矣，而无幽隽典丽之笔以叙其事，则与盲人所唱七字经无异，又何能供鉴赏。❻

❶ ［清］章学诚著：《书教下》，《文史通义新编新注》，第38页。
❷ 钱钟书：《史记会注考证》，《管锥编》册一，北京三联书店2008年版，第417—419页。
❸ 鲁迅：《汉文学史纲》，风云时代出版公司1990年版，第158页。
❹ ［唐］刘知几著：《鉴识》，《史通通释》，里仁书局1980年版，第205页。
❺ 梁启超：《中国历史研究法》，里仁书局1984年版，第61—62页。
❻ ［清］何昌森：《水石缘序》，见朱一玄《明清小说资料选编》，南开大学出版社2006年版，第733页。

司马迁以文学性的手法刻画人物，以小说化的故事情节来深化人物。后世常以白话小说与《史记》相提并论，因为前者之说"故事"、塑造人物的手法是借鉴于后者再给予变通的。毛宗岗极力推崇《三国志演义》的叙事艺术，甚至高于《史记》：

> 《三国》叙事之佳，直与《史记》仿佛，而其叙事之难则有倍难于《史记》者。《史记》各国分书，各人分载，于是有本纪、世家、列传之别。今《三国》则不然，殆合本纪、世家、列传而总成一篇。分则文短而易工，合则文长而难好也。❶

张竹坡在其《第一奇书金瓶梅读法》中声称"《金瓶梅》，纯是太史公笔法。""《金瓶梅》断断是龙门再世"：

> 《金瓶梅》是一部《史记》。然而《史记》有独传、有合传，却是分开做的。《金瓶梅》却是一百回共成一传，而千百人总合一传，内却又断断续续，各人自有一传，固知作《金瓶》者必能作《史记》也。❷

金圣叹把《水浒传》与《史记》相提并论，并且视两者均为不朽的文学杰作：

> 某尝道《水浒》胜似《史记》，人都不肯信，殊不知某却不是乱说。其实《史记》是以文运事，《水浒》是因文生事。以文运事，是先有事生成如此如此，却要算计出一篇文字来，虽是史公高才，也毕竟是吃苦事。因文生事即不然，只是顺着笔性去，削高补低都由我。❸

不论是无中生有的"因文生事"之文笔，或者是确有其事的"以文运事"之史笔，都必须具有高超的讲述"故事"的行文能力。司马迁所描写的虽然是历史人物，必须根据历史事实，不能凭空虚构，但在挑选、剪裁材料时，又包含着他本身对于事实的认识、诠释和想象。因此，他的描写人物也属于一种创造，必须具有良好的文学创作才华。金圣叹便认为司马迁不只是一位良史，同时也是一位文学家。《史记》不只是一部伟大的史书，更是一部"绝世奇文"：

> 夫修史者，国家之事也；下笔者，文人之事也。国家之事，止于叙事而止，文非其所务也。若文人之事，固当不止叙事而已，必且心以为经，手以为纬，踌躇变化，务撰而成绝世奇文焉。如司马迁之书，其选也……能使君相所为之事必

---

❶ [清] 毛宗岗：《读三国志法》，见毛宗岗批《三国演义》，考古文化公司 1991 年版，第 16 页。

❷ [清] 张竹坡：《第一奇书金瓶梅读法》，见朱一玄编《金瓶梅资料汇编》，南开大学出版社 2002 年版，第 433 页。

❸ [明] 金圣叹批点：《读第五才子书法》，《第五才子书施耐庵水浒传》，三民书局 1970 年版，第 34 页。

寿于世，乃至百世千世以及万世，而犹歌咏不衰，起敬起爱者，是则绝世奇文之力，而君相之事反若附骥尾而显矣。是故马迁之为文也，吾见其有事之巨者而骤栝焉，又见其有事之细者而张皇焉，或见其有事之阙者而附会焉，又见其有事之全者而轶去焉，无非为文计，不为事计也。❶

《史记》对于小说创作的一个重大影响即是凸显了说故事能力之重要，以及叙事、写人的文笔运用。无论事实如何，都必须要有一个很好的组织材料、编织情节、设想情境、赋予意义的文学才华。"以文运事"或者"因文生事"，都必须具备良好的说故事的技艺。因为同样的内容，经由不同的人叙述便会产生差异甚大的效果。

明清几部优秀的长篇白话小说，特别是明代小说四大奇书以及清代的《儒林外史》《红楼梦》，成书于民间的文士、才子，没有太多的成规、条例需要墨守，反而能够深入汲取《史记》的精髓，借小说以抒怀写志，充分发扬了太史公笔法的精神。

第四节　太史公笔法

司马迁在改以人物为历史演进之重心下，基于纪传体的体例不同于编年体，必须考虑到史料之间彼此重叠的情形，以及塑造人物的方法，所以笔法势必要有所调整与变化。太史公笔法既有所继承，也有所开拓，可分成下列几点细说：

一、善序事理，据事直书

班彪、班固父子对于《史记》的写作，虽然在体例上、取材上、人物上多有批评，认为"采经摭传，分散数家之事，甚多疏略，或有抵悟。""轻仁义而羞贫穷""贱守节而贵俗功""是非颇谬于圣人"。但是对其叙事笔法则有颇高的评价，允为中肯之论，普遍受到学者们的重视，而可以借此一窥太史公笔法。班固《汉书·司马迁传》称：

> 然自刘向、扬雄博极群书，皆称迁有良史之材。服其善序事理，辨而不华，质而不俚，其文直，其事核，不虚美，不隐恶，故谓之实录。

"善序事理"，即是能把历史事件的前因后果，交代得清楚而完整，然后深刻地阐述自己的见解。方法便是"原始察终，见盛观衰"❷"综其终始，稽其成败兴坏之纪"❸，对整个发

---

❶ [清]金圣叹：《水浒传》第 28 回总批。

❷ [汉]司马迁：《太史公自序》，《史记三家注》，七略出版社 1991 年版。

❸ [汉]司马迁：《报任少卿书》，《史记三家注》。

展过程进行全面的考察，追根究底以发现真相，而不是孤立、片面、选择性的看人事。所谓"辨而不华，质而不俚"，则是指内容翔实而不空疏，文辞质朴而不俚俗。

"其文直，其事核"，简言之乃是直书其事，内容核实，范晔也颇为认同，因此据以称许司马迁"文直而事核"❶。文直，即直笔无隐、据事直书，完整而客观的把事件呈现出来。章学诚《文史通义·繁称》云："夫据事直书，善恶自见，《春秋》之意也。"事核，即不作空言，确实有据，"疑者阙之"。《伯夷列传》中司马迁自述其取材的谨慎态度："学者载籍极博，犹考信于六艺。"司马迁的著述以六艺为根据，不采信荒诞之传闻，尤其摒弃古史中遗留的怪力乱神之说。何乔新以为：

> 上自黄帝，下迄汉武，首尾三千余年，论著才五十万言，非文之直乎？纪帝王，则本《诗》《书》；世列国，则据《左氏》；言秦兼诸侯，则采《战国策》；言汉定天下，则述《楚汉春秋》，非事之核乎？❷

他认为《史记》之文辞简要，能用简洁的文字叙述悠久的历史，而且言不凿空，必有可信的依据。20世纪以来，大陆考古挖掘几次地下铜器、简帛等文物的出土，大多证实了《史记》的记载是可信的。

"不虚美，不隐恶"，亦即"美善"之事不浮夸，"奸恶"之事不隐讳。即是《春秋》笔法中的"尽而不污"，写作态度"不隐不讳而如实得当，周详而无加饰。"何乔新具体举例说明：

> 伯夷古之贤人，则冠之于卷首；晏婴善与人交，则愿为之执鞭；其不虚美可知。陈平之谋略，而不讳其盗嫂受金之奸；张汤之荐贤，而不略其文深意忌之酷，其不隐讳可见。❸

司马迁依照历史事件、社会生活以及人物的本来样貌来摹写，对于其中的善恶是非，力求以完整呈现事实真相来说明。例如《封禅书》记汉武帝时事，武帝名为巡祭山川而封禅，实为求仙以冀不死。文中历叙李少君、少翁、栾大、公孙卿等方士许多诈伪荒诞之事，"微文见意"，用以讥讽武帝之贪妄。"写人主迂呆惑溺，全在事理明白易晓处见之。"❹太史公发挥春秋"属辞比事"之书法，连比并叙秦始皇求仙虚妄之事以为映衬，如牛运震所言：

---

❶ [南朝宋]范晔撰：《班彪列传》，《后汉书》卷四〇下，中华书局2005年版，第935页。

❷ [明]何乔新：《何文肃公文集》卷二，见聂石樵：《司马迁论稿》，北京师范大学出版社1987年版，第238页。

❸ 同上。

❹ [明]钟惺：葛氏《史记》卷二八，见杨燕起等编《历代名家评史记》，博远出版公司1990年版，第517页。

封禅求仙，秦皇汉武事迹略同，太史公叙二君事多作遥对暗照之笔。盖武帝失德处，不便明加贬语，而借秦皇特特相形，正以见汉武无殊于秦皇也。❶

太史公直记方士怪妄之言行，不用贬词，而汉武帝之失德无道已自现，褒贬之深意寄寓在其中。顾炎武推崇它：

古人作史，有不待论断而于序事之中即见其指者，唯太史公能之。❷

"于序事中寓论断"原本即是孔子写作《春秋》所实行的原则，孔子称"我欲载之空言，不如见之于行事之深切着明也。"即是发挥了《春秋》书法中之"尽而不污"之笔法所获得的功效。展示了一切事实之后，读者自有公断、定见，而无待于作者评议。《春秋》只有历史的轮廓，事件的过程和人物的生平都简略不详，从而，难以论断其间的是非功过。《史记》详尽如实地呈现了事件和人物发展演变的整个过程，让事实本身来说话，而不必多作评论。

司马迁肯定《左传》的"具论其语"，详述事件的原委。而对于《春秋》的"有所刺讥褒讳挹损之文辞，不可以书见也"，对史事有所隐讳，则认为有碍于后人对历史真相的认识。《史记》真正确实做到了"贬天子，退诸侯，讨大夫"，发扬先秦古史实录的精神，勇于揭露政权统治之下的种种真实面貌，树立了直笔的新典范。

二、尚义爱奇，不拘史法

司马迁写作《史记》虽然取径于孔子，但两人毕竟同中有异，扬雄提出了"爱奇说"，分析了《春秋》《史记》两者的异同，他说：

仲尼多爱，爱义也。子长多爱，爱奇也。❸

孔子由于"爱义"，一心维护礼义，所以不惜隐讳了一些实事；司马迁由于"爱奇"，从而保留了一些难以证实、看似虚幻的传闻。司马迁虽然不像其父司马谈崇尚黄老之学，但对于道家思想也有深厚的濡染，他的爱奇或许是"道家自由和反抗精神的具体反映"❹，也或许是他的"浪漫的性格"所致❺。司马迁也"爱义"，但爱的是道义、公义、情义，与孔子一心所要维护的封建礼义不尽相同。孔子写作《春秋》正是要维护君王之道、礼法、

❶ [清]牛运震：《史记评注》卷四，见杨燕起等编《历代名家评史记》，第521页。
❷ [清]顾炎武：《原抄本顾亭林日知录》卷二十七，文史哲出版社1979年版，第737页。
❸ [汉]扬雄：《法言·君子》，见郭绍虞编《中国历代文论选》，华正书局1987年版，第70页。
❹ 何世华：《史记美学论》，水牛出版社1993年版，第34页。
❺ 李长之：《司马迁之人格与风格》，台湾开明书店1990年版，第107—111页。

纲常，所以说"《春秋》，礼义之大宗也"。❶梁启超即认为"《春秋》，经也，非史也；明义也，非记事也。" ❷

司马迁"爱奇"，尤爱人中之奇，人才便是人中之奇，他常称之为"奇士"。"好奇和爱才是一事，因为爱才还是由好奇来的。" ❸奇才异能之士在他的笔下，经历过一些不凡的遭遇，特别具有感人的力量，而其中的关键在于他自身的人生体验。鲁迅即表示：

> （司马迁）恨为弄臣，寄心楮墨，感身世之戮辱，传畸人于千秋，虽背《春秋》之义，固不失为史家之绝唱，无韵之《离骚》矣。惟不拘于史法，不囿于字句，发于情，肆于心而为文。 ❹

奇，也显现在每个人物的故事多具有"戏剧性"，不平凡的遭遇。这类奇人本身具有特殊性，因此其生平事迹自然多具有传奇色彩，与众不同。《史记》塑造这类"畸人"的成功，以及故事的曲折动人，对于后世小说的写作，有重大的影响。《三国志演义》之所以能够脍炙人口，一大原因便是当时的奇人原本即众多，加上塑造奇人、编织奇事成功所致。

《史记》的"奇"，尚可以从有关的评论中窥知其义涵。班彪父子评论《史记》"分散百家之事，甚多疏略，不如其本，务欲以多闻广载为功，议论浅而不笃。""崇黄老而薄五经""轻仁义而羞贫穷""贱守节而贵俗功" ❺。"是非颇谬于圣人" ❻。再加上之前所引的"善序事理，辨而不华"等正面的推崇。从这些重要的评论中可知，所谓的"奇"涵盖了《史记》的取材、思想与笔法三个层面。班彪父子"宗经矩圣" ❼，站在汉代官方意识亦即儒家经学思想之立场来批判《史记》，对于前两者持有负面的批评态度，意图排摈《史记》成为一种非官方、非儒学的论述 ❽。然而，司马迁的可贵之处，便在于褒贬善恶的价值观，不再完全是儒学的或官方封建意识的立场，而能够从他个人的或史学专业的角度来衡情论理、审视人世。

汉武帝之后，儒家文化获得了官方特别的尊崇，与儒家不同的文化、价

❶ [汉] 班固撰：《司马迁传》，《汉书》，宏业书局 1984 年版，第 687 页。

❷ 梁启超：《中国历史研究法》，里仁书局 1984 年版，第 33 页。

❸ 李长之：《司马迁之人格与风格》，台湾开明书店 1990 年版，第 111 页。

❹ 鲁迅：《汉文学史纲》，风云时代出版公司 1990 年版，第 158 页。

❺ [南朝宋] 范晔撰：《班彪列传》，《后汉书》卷四〇上，中华书局 2005 年版，第 890—891 页。

❻ 同上，《后汉书》卷四十下，第 935 页。

❼ [南朝梁] 刘勰撰：《史传》，《文心雕龙读本》，文史哲出版社 1986 年版，第 279 页。

❽ 李纪祥：《中国史学中的两种"实录"传统："鉴式实录"与"兴式实录"之理念及其历史世界》，《汉学研究》第 21 卷第 2 期，2003 年 12 月，第 367—390 页。

值，往往受到贬抑。由于爱奇之人，大多"莫顾实理"❶，所以"奇"多是与"常""经""正""雅""信""实""同"等义相对而言，所谓"离经反常""反正为奇"❷，代表了一种非正统、非主流、非经典的偏于负面的评价。司马迁对于新奇、奇特的人与事，往往多予以收录。因为"迁之学不专纯于圣人之道，至于滑稽、日者、货殖、游侠，九流之技皆多爱而不忍弃之。""不可以垂世立教者，司马迁皆序而录之。"❸这些"倜傥非常之人"诸如伍子胥、勾践、陈涉、项羽、韩信、张良、李广、李陵等人多活跃于战乱年代，其"行为往往与儒家的道德规范相距甚远。"❹刘勰在《文心雕龙·体性》中，举出了八种诗文风格，其中列有新奇、典雅两种，而"雅与奇反"，彼此相对立。他认为"新奇"乃是"摈古竞今，危侧趣诡"；"典雅"则是"镕式经诰，方轨儒门"。"新奇"意谓着偏离了儒家经典的思想与体式，"摒弃旧法，竞逐新格，措辞险僻，用事诡异之作也。"❺从而刘勰认为司马迁乃为"爱奇反经之尤"：

> 立义选言，宜依经以树则；劝戒与夺，必附圣以居宗。然后诠评昭整，苛滥不作矣……盖文疑则阙，贵信史也。然俗皆爱奇，莫顾实理。传闻而欲伟其事，录远而欲详其迹。于是弃同即异，穿凿傍说，旧史所无，我书则传。此讹滥之本源，而述远之巨蠹也。❻

司马迁为了使文采显扬于后世，因此对于《史记》的体裁、内容、笔法等皆有其独到的创见，"承弊通变"有所革新。袁枚即言：

> 史迁叙事，有明知其不确，而贪其所闻新异，以助己之文章，则通篇以幻忽之语序之，使人得其意于言外，读史者不可不知也。❼

奇特的传闻、事迹正好可以驰骋笔墨，也能够借此烘托人物的性情、品德，使文章增色不少。故而苏辙称许史公"其文疏荡，颇有奇气。"❽鲁迅则说"传畸人于千秋，虽背《春秋》之义，固不失为史家之绝唱，无韵之《离骚》矣。"❾这些奇人、奇事有些并不符

---

❶ [南朝梁]刘勰撰：《史传》，《文心雕龙读本》，文史哲出版社1986年版，第281页。

❷ 同上，《定势》，第64页。

❸ [汉]扬雄撰，汪荣宝疏：《法言义疏》下册，世界书局1965年版，第747页。

❹ 陈曦：《史记与周汉文化探索》，中华书局2007年版，第12页。

❺ 李曰刚：《文心雕龙斠诠》下册，公立编译馆1982年版，第1187页。

❻ [南朝梁]刘勰撰：《史传》，《文心雕龙读本》，第280页。

❼ [清]袁枚：《随园随笔》卷二，《袁枚全集》册五，江苏古籍出版社1993年版，第24页。

❽ [宋]苏辙：《上枢密韩太尉书》，见郭绍虞编《中国历代文论选》，华正书局1987年版，第82页。

❾ 鲁迅：《汉文学史纲》，风云时代出版公司1990年版，第158页。

合《春秋》褒善贬恶、垂训后世的标准，往往都被视为不值得记载。刘知几便认为史书取材必须谨慎，不可"故立异端，喜造奇说"。❶ 为了获致"文约而事丰"的效果，史传的作者对于史料的取舍抉择必须有所讲求，只能记录"干纪乱常，存灭兴亡"的重大事件与人物，至于"凡人小事"则没有记录的价值。他说：

> 至若不才之子，群小之徒，或阴情丑行，或素餐尸禄，其恶不足以曝物，其罪不足以惩戒，莫不搜其鄙事，聚而为录，不其秽乎？亦又闻之，十室之邑，必有忠信，而斗筲之才，何足算也？若《汉》传有傅宽、靳歙……或才非拔萃，或行不逸群，徒以片善取知，微功见识，缺之不足为少，书之唯益其累。而史臣皆责其谱状，征其爵显，课虚成有，裁为列传，不亦烦乎？❷

刘知几强调史书的内容不必记载"州闾细事，委巷琐言"❸，人物也不能"愚智毕载，妍媸靡择"❹，以求简要。更要注意到人物的类聚群分，"区别流品，使小人君子臭味得朋，上智中庸等差有叙"❺，以示善恶贵贱有别。

确切而客观的记录史实，以作为官方施政鉴戒之用，乃是传统史官的自我期许和要求。他主张史书的功用在于"记功司过，彰善瘅恶"❻，记载史事应该"善恶必书"❼，反对虚伪的溢美之词，不能"曲笔阿时""谀言媚主"❽。反对以个人的主观好恶去编写历史，提倡客观的纪录，"直书其事"❾，做到"事皆不谬，言必近真"❿。《汉书》《资治通鉴》等官史性质浓厚的史籍，便是从此一史学的立场编写史书，以作为帝王、大臣施政鉴戒之用，有论者称之为"鉴式实录"⓫。

司马迁的写作《史记》乃是效法孔子，他继承了《春秋》直书实录、褒善贬恶的精神，其《自序》说明了他写史书是要"采善贬恶""非独刺讥而已"。对于历史的功过是

❶ [唐]刘知几撰：《杂说下》，《史通通释》，里仁书局1980年版，第529页。

❷ [唐]刘知几撰，浦起龙注释：《人物》，《史通通释》，里仁书局1980年版，第240页。

❸ [唐]刘知几撰，浦起龙注释：《人物》，《史通通释》，里仁书局1980年版，第230页。

❹ 同上，《人物》，第240页。

❺ 同上，《品藻》，第188页。

❻ 同上，《曲笔》，第199页。

❼ 同上，《惑经》，第402页。

❽ 同上，《曲笔》，第197页。

❾ 同上，《直书》，第192页。

❿ 同上，《言语》，第153页。

⓫ 李纪祥：《中国史学中的两种"实录"传统："鉴式实录"与"兴式实录"之理念及其历史世界》，《汉学研究》第21卷第2期，2003年12月，第367—390页。

非，他表达了自己的观察与分析，因此《史记》无愧于"鉴式实录"的传统史学要求。然而，司马迁又何以要记载这批不合乎《春秋》笔录条件的人物？这与其落寞失意的生平遭逢、性情以及心理有关，更与其力求"成一家之言"的理想一致。《史记》的最后完成，乃是在他刑余之后，如此不堪的遭遇以及所感受到的世态炎凉，对他势必是很大的冲击。《史记》是一部私修史书，其写作的意识、立场及其视野与官史大相径庭，拥有较大的表述自由与空间，所以他能够"述往事"以发愤抒情。

《史记》撰写了许多豪俊之士孤身一人建功立业的事迹，这些人遭逢困厄，终能克服逆境，创建不朽的大业。他对屈原、贾谊等人受到小人的排挤构陷，不为君王信用，报国无门的忠贞情怀做了细致的刻画。司马迁之所以崇仰孔子，怜惜屈原、信陵君、项羽、李广、聂政等人，在相当程度上是因为这些人与他材质相当、精神相通、际遇相近。北宋的张耒说：

> 司马迁尚气好侠，有战国豪士之余风，故其为书，叙用兵、气节、豪侠之事特详。

司马迁阅读了这些"倜傥非常之人"的史料，产生了极大的同情与共鸣，在感动与怜惜之余，试图为这些怀才不遇之人传神写照，以流芳于后世。他对于这些奇人的关注，其实皆与他自己的内心世界有关，有同病相怜的因素存在。所以今人李纪祥特别称之为"兴式实录"：

> "实录"有两种形态：一是以扬善贬恶为主的"鉴式实录"；另一种则是以写尽历史人物的生命淋漓，以现实生命中的尽性、不平处去照见历史真实的"兴式实录"。前者的历史，是令人作镜以知鉴；后者的历史，使人更知生命真实往往不在"善者恒善"，而更在于"善者早夭"的不平之处、现实人间。
>
> 传统以鉴式实录观为中心，对"奇"的世界有所遮蔽。把奇的历史叙述打入、排摈至边陲与非正统、非官方实录的论调，显然忽略了传奇是另一种以人间的现实性作为立足点的历史观照，由是以此作为视角进入所能再现与窥见的历史真实、人的真实之强度，往往有可能超越了政治——帝纪主轴历史叙述所能传真的程度。❶

从这个角度来看，便能够理解何以《史记》特别偏爱纪录那些"倜傥非常之人"，

---

❶　李纪祥：《中国史学中的两种"实录"传统："鉴式实录"与"兴式实录"之理念及其历史世界》，《汉学研究》第21卷第2期，2003年12月，第367—390页。

甚至是一些困处社会边缘的人物了。因为所谓的天道、历史真相，并非都是"福善祸淫""彰善贬恶"，而有更多的是不符合道德评价的"祸福无常""善而无报"。传统上的"鉴式实录"，含有浓厚的官方意识形态与纲常伦理，并不能深刻而全面地反映出历史与人生的真实，从保存历史真相的立场来看是有所不足的。

"兴"为《诗经》六义之一，朱子解释为"先言他物，以引起所咏之辞也。"❶《史记》不仅具有可资鉴戒的传统功能，尚有"兴式实录"之用，借历史人物、事件以寄托个人的情志、理想。司马迁在《自序》中说："夫《诗》《书》隐约者，欲遂其志之思也。"又说："《诗》三百篇，大抵贤圣发愤之所为作也。"他认为古来先贤创作诗文，乃是心有所郁结，不得不借此以抒愤。《史记》的写作，何尝不是司马迁有意借古人古事以抒怀言志？从而"作为传主的叙述客体与作者的叙述主体早已经由兴式的书写而交感为一了。"❷班固《汉书·司马迁传赞》云："既陷极刑，幽而发愤。"章学诚则说："（司马迁）发愤著书，不过叙述穷愁，而假以为辞耳。"❸范文澜（1893—1969年）也称："发愤著书，辞多寄托。""彼本自成一家之言，体史而义诗，贵能言志云尔。"❹茅坤在其《史记钞序》认为《史记》"指次古今，出风入骚。"金圣叹说得更明确：

> 大凡读书，先要晓得作书之人是何心胸。如《史记》须是太史公一肚皮宿怨发挥出来，所以他于《游侠》《货殖》传特地着精神。乃至其余诸记传中，凡遇挥金杀人之事，他便啧啧赏叹不置。一部《史记》，只是"缓急人所时有"六个字，是他一生著书旨意。❺

章学诚举例说明："《屈贾列传》所以恶绛、灌之谗，其叙屈之文，非为屈氏表忠，乃吊贾之赋也。"❻再者，司马迁把《伯夷列传》安放在列传之首的明显位置，引起了历代学者的高度注意，两人的事迹仅占全文极小的篇幅。司马迁主要不是记述伯夷、叔齐的事迹，而是颂扬他们高洁的品德，"末世争利，维彼奔义；让国饿死，天下称之。"❼孟子称颂两人是"圣之清者也。"司马迁藉伯夷、叔齐的遭遇以发表议论，"以为善而无报也"。

---

❶ [宋]朱熹集注：《关雎》注，《诗经集注》卷一，群玉堂出版公司1991年版，第1页。

❷ 李纪祥：《中国史学中的两种"实录"传统："鉴式实录"与"兴式实录"之理念及其历史世界》，《汉学研究》第21卷第2期，2003年12月，第367—390页。

❸ [清]章学诚撰：《史德》，《文史通义新编新注》，浙江古籍出版社2005年版，第267页。

❹ [南朝梁]刘勰撰，范文澜注：《史传》注，《文心雕龙注》卷四，台湾开明书店1985年版，第46页。

❺ [明]金圣叹批点：《读第五才子书法》，《第五才子书施耐庵水浒传》，三民书局1970年版。

❻ [清]章学诚撰：《书教下》，《文史通义新编新注》，浙江古籍出版社2005年版，第37页。

❼ [汉]司马迁：《太史公自序》，《史记三家注》卷一百三十，七略出版社1991年版，第1358页。

《史记》一书兼有"鉴式实录"与"兴式实录"两种功能与笔法。其中以"兴式实录"更足以代表他的"一家之言"，写人记事出之于诗心、文心❶，所以笔法高妙，"义指深远，寄兴悠长"❷。洵为"史家之绝唱，无韵之离骚"。奇与才，两者多相提并论。有才始有奇，无才便平庸。司马迁本身就是一奇人，有一奇事。司马迁与这类"畸人"同样怀才不遇，从而同病相怜。因此传扬他人之畸，便是怜惜自己之畸。借旁人之遭遇，以抒发自我心中之垒块，从而也易于激动人心。

三、善体人情，笔补造化

《史记》的成就有许多方面，但能够令人感动，吸引广大读者的主要是人物的塑造成功，其中的"故事"奇特而动人。

司马迁采用了一种"显示"（showing）❸的叙述形式，模拟现实人世，并非单纯的只是条列生平事迹而已。人物的言谈对话恰如其分，符合各人的性情、品德以及当时的处境，能够让读者感到历历如绘，生动而真实。但在史料有限、文献短少，"生无旁证，死无对证"的情形之下，对于人物的描写势必要借助一些合乎情理的想象以填补其间的缝隙，因而有了虚构的实质。周亮工对于垓下突围之前夕，项羽与虞姬两人对话的情景，即认为是司马迁的自我推想，而非有任何文献上的依据：

> 垓下是何等时？……亦谁闻之？而谁记之欤？吾谓此数语者，无论事之有
> 无，应是太史公"笔补造化"，代为传神。❹

纪传体史书力求客观的呈现人物的性情、事迹，往往会选择某几个重要的人生片段，采取西方叙事学所谓的第三人称全知的叙述形态，具体而微的如同戏剧一般展示在读者眼前。钱钟书认为这是史家写史的必要措施，而且实质上与小说、戏曲的编织情节相同：

> 史家追叙真人实事，每须遥体人情，悬想事势，设身局中，潜心腔内，忖之
> 度之，以揣以摩，庶几入情合理。盖与小说、院本之臆造人物、虚构境地，不尽

---

❶　可参考钱钟书对于"史有诗心、文心"的论述。钱钟书：《左传正义》，《管锥编》册一，北京三联书店 2008 年版，第 270—271 页。

❷　[宋] 吕祖谦评语，见杨燕起等编《历代名家评史记》，博远出版公司 1990 年版，第 234 页。

❸　西方近代的叙事理论，一般认为叙述形式有两种：讲述（telling）和显示（showing）。而"显示"要优于"讲述"。它是一种"客观的""非人格化的""戏剧式"的叙述方式。由故事自己来呈现自己。参考布斯（Booth，W.C.）:《小说修辞学》，北京大学出版社 1989 年版，第 10 页。

❹　[清] 周亮工:《尺牍新抄》三集，卷二释道盛《与某》。

同而可相通。❶

这种合乎情理的历史现场的推想、建构，并不违背实录的要求，不能视之为曲笔、作假，反而有助于传达历史的真相。希腊哲人亚里士多德便认为，"诗比历史更哲学与更庄重"❷"诗比历史更具有普遍性与可能性，诗提示了更高的真实。"❸西方当代的历史叙述学更将之视为真实呈现历史的必要方式，尤其是海登·怀特把历史叙事看作是"情节的建构""小说创作的运作"，一种文学想象性的解释❹。他否定历史叙述的客观中立，因为无法去除作者意识形态的影响。他把情节分成了浪漫、悲剧、喜剧、讽刺等不同的形态，然后据此以评述人物的是非功过。

《史记》对于人物的描写，有时采取侧面烘托，未必全然都是正面实写。因此，对于人物的塑造，也必须借助文学性的修辞技巧，运用对比、烘托、夸饰、铺垫等手法，方能在简要的篇幅中，使人物栩栩如生，而文章却简峻不烦。文学性的修辞，本是虚实相济，不必尽然属实，从而许多的生活琐事便被史家采用到史传的叙述之中。既然这些生活琐事无关乎军国大业，即使只是传言而非事实，也并不影响历史大事的真实性，但却能够使人物的面目、神情因之而凸显，所以，《史记》经常可见采录一些传闻轶事以塑造人物。以魏公子信陵君的刻画为例，其中记录了不少难以证实的琐事与小人物，诸如侯生、朱亥、如姬、毛公、薛公等人之言行事迹，尤其是侯生自刭一事尤其令人难以置信，但却能让读者动容，使人"读至此，令人不寒而栗，非此不足以见大侠。"❺清人姚祖恩针对其笔法有如下的分析：

> 不知文者，尝谓无奇功伟烈，便不足垂之青简、照耀千秋。岂知文章予夺，都不关实事。此传以存赵起，抑秦终；然窃符救赵，本未交兵，即逐秦至关，亦只数言带叙，其余摹情写景，按之无一端实事，乃千载读之，无不神情飞舞，推为绝世伟人。文章有神，夫岂细故哉！❻

以传统史学观点而论，本为琐碎小事，无关军国大业、王公大臣，正宜一笔带过，以免冗赘。刘知几便如此主张：

---

❶ 钱钟书：《左传正义》，《管锥编》册一，北京三联书店 2008 年版，第 272—273 页。

❷ [古希腊] 亚里士多德撰，姚一苇译注：《诗学笺注》，台湾中华书局 1992 年版，第 86 页。

❸ 同上，第 19 页。

❹ [美] 海登·怀特（Hayden White）撰，陈永国，张万娟译：《后现代历史叙事学》，中国社会科学出版社 2003 年版，第 175—178 页。

❺ [清] 姚祖恩：《史记菁华录》，联经出版公司 1997 年版，第 119 页。

❻ 同上，第 122 页。

　　夫国史之美者，以叙事为工，而叙事之工，以简要为主。简之时义大矣哉！

历观自古作者权舆，《尚书》发踪，所载务于寡事；《春秋》变体，其言贵于省

文。斯盖浇淳殊致，前后异迹。然则文约而事丰，此述作之尤美者也。❶

　　但举其宏纲，存其大体而已。非谓丝毫必录，琐细无遗者也。❷

　　司马迁却反而加意渲染，详加刻画，分从多种角度侧写烘托。其目的皆在突出传主的
精神，故不惜花费较多的笔墨。使得信陵君的"故事"曲折顿挫，慷慨悲烈、奇诡豪壮，
确实能够引人入胜，足以增添"文章色泽之妙"。

　　某些历史人物的事迹，先秦古籍中即使有所提及，但往往只是史料的排比，难以"知
其为人"。这是缘于编年体史书偏重事件的完整交代，难以得见人物的精神、面貌。故而
司马迁对于人物的描述，在"想见其为人"的推想之下，材料的详略、轻重、前后、虚
实、取舍，都重新考量，"于辞无所假"，不完全袭用古籍中的旧文，而把原本割裂零散四
见的人物事迹，重新取舍编排、汇聚镕铸，"绝无剩笔"，史料也得以避免重复太多。近人
邱逢年因此说：

　　太史公凡纪、表、书、传、世家，每作一篇，必综会其世、其帝、其国、其
人、其事之始终曲折，审其孰重孰轻，炯若观火，然后即其重者以立主意，复执
此以制一切详略虚实之宜。❸

　　对于历史人物及其事迹的重要性，司马迁有自己的评断。他体认到只以军国大事的成
就来评价人物实在失于片面，同时也不该唯成败论英雄。他的此种见解，不仅与先秦史籍
不同，也与后世一般史家的看法有别，但却能够引发世俗大众的共鸣。

————————

❶　[唐]刘知几撰：《叙事》，《史通通释》，里仁书局1980年版，第168页。

❷　同上。

❸　邱逢年：《史记阐要·诸法皆归于浑融》，见杨燕起等编《历代名家评史记》，博远出版公司1990年版，第245—
246页。

第二章　民间叙事传统的流衍

第一节　抒情言志与缘事而发

抒情与叙事两者可谓文学创作的两大形态与美学表现，彼此也能够相互影响，但中西方对这两类作品各有不同的偏重与喜好，并且也各自从中发展出不同的文艺传统、美学与文化。

一、抒情传统的形成与影响

"中国抒情传统"此一概念陈世骧曾撰文讨论，不少学者接连研究，从不同的角度提出许多精辟的看法。正如陈世骧所言："中国文学的道统是一种抒情的道统"❶ "在中国传统中抒情诗就像史诗戏剧在西方传统中那样自来就站在最高的地位上"❷。高友工也说："抒情诗的美学在中国传统中，确曾被普遍视为文学的最高价值所在。"❸ 学者普遍以为中国传统文学偏重抒情，有所谓的"抒情传统"的主导潮流，其影响力遍及历代的各种文类。

反观中国叙事诗的发展，自始即无史诗一类的源头以资凭借、取法，史诗在中国古代被视为极度稀少甚至是不存在的，民国以来，学者对此一问题曾有热烈的讨论，也提出了各种可能的因素。陈平原认为，主要有三种原因：

> 真正限制中国叙事诗发展的是如下"三座大山"：第一，中国没有史诗传统；第二，表意文字的文、言分离；第三，中国诗歌的高度形式化。❹

---

❶ 陈世骧：《陈世骧文存》，辽宁教育出版社1998年版，第3页。

❷ 同上，第6页。

❸ 高友工：《中国叙述传统中的抒情境界：〈红楼梦〉与〈儒林外史〉读法》，《美典：中国文学研究论集》，北京三联书店，2008年版，第295页。

❹ 陈平原：《说诗史》，《中国小说叙事模式的转变》附录二，北京大学出版社，2004年版，第289页。

中国诗歌的语文、形式，均有利于抒情旨趣的表现而不利于记叙人事，这代表了中国古代的文化与文学环境不适合叙事诗的形成和发展，中国抒情诗的兴盛也间接反映了这个情况。不唯诗歌方面有此现象，叙事文学在中国多显得贫弱而无生气，既不受重视，写作与研究者也相对少得许多。

（一）诗的三种原始功能

何以汉末魏晋乐府诗之中有许多叙事诗？抒情诗反而较少？叙事诗的创作为何大多集中在动乱的年代？这些问题较少有人重视与研究。问题的解答，必须回归到诗歌的原始功能。

闻一多曾经从训诂的角度入手探索"诗言志"里的"志"的含义，从而认识到诗歌的原始功能。他认为歌与诗原本的性质不同，"歌的本质是抒情的""诗的本质是记事的""诗即史"❶。"古代歌所据有的是后世所谓诗的范围，而古代诗所管领的乃是后世史的疆域。"《三百篇》有两个源头，一是歌，一是诗，而当时所谓诗在本质上乃是史。"❷

他认为"志与诗原来是一个字。志有三个意义：一记忆，二记录，三怀抱，这三个意义正代表诗的发展途径上三个主要阶段。"❸闻一多表示：

> 古时几乎一切文字记载皆曰志……一切记载既皆谓之志，而韵文产生又必早于散文，那么最初的志（记载）就没有不是诗（韵语）的了。❹

> 属于史类的《书》（古代史）、《春秋》（当代史）、《礼》（礼俗史）称志，《诗》亦称志，这是什么缘故？原来《诗》本是记事的，也是一种史。在散文产生之后，它与那三种仅在体裁上有有韵与无韵之分，在散文未产生之前，连这点分别也没有。诗即史，所以孟子说："王者之迹熄而《诗》亡，《诗》亡然后《春秋》作……"《春秋》何以能代《诗》而兴？因为《诗》也是一种《春秋》。❺

中国诗发展的这三个阶段：记忆、纪录与怀抱，也显示了诗与史传，亦即文学与史学，在初期是混沌不分的情况。在远古时期，书写的工具等物质条件欠缺，事件与人物的记载有赖于口头传诵，因此诗除了抒情等作用之外，还兼具了史书的记载任务。因此清代人钱谦益有所谓"《春秋》未作以前之诗，皆国史也。"❻迄至汉代仍有官员至民间采诗以"观风

---

❶　闻一多：《歌与诗》，《闻一多讲国学》，吉林人民出版社 2009 年版，第 244 页。

❷　同上，第 247 页。

❸　同上，第 241 页。

❹　同上，第 244 页。

❺　同上，第 244 页。

❻　[清] 钱谦益：《胡致果诗序》，《有学集》卷十八，《钱牧斋全集》五，第 800 页。

俗，知厚薄"❶的制度，从而明初以来不少文士特别重视民间的作品，李梦阳提出了所谓
"真诗乃在民间"❷的口号，李开先❸、何景明、王世贞❹、袁宏道❺、冯梦龙❻等人起而响应。

中国的史官制度发展得很早，国家大事都有专门史官负责纪录，因此贵族阶层的事
件、人物等记载，不再仰赖诗歌的传唱，史书的叙事功能得到了重大发展。从而诗歌专务
于抒情，而把记事的功能交托给了史传。但是庶民阶层的事件与人物，不受到重视，无法
被记载于史书，民间仍然需要叙事诗，特别是在动乱的年代，伤痛的人、事更多。

写诗最早之目的不在于抒情，与歌不同，作为事件记录之用应当更符合实际的需求，
口头传颂确实是远古时期一种主要的记忆方式，中国的叙事诗在先秦时期也是存在的。

《诗经》中已经有叙事诗，部分甚至可以视为史诗。陆侃如、冯沅君便认为《大雅》
中的《生民》《公刘》《绵》《皇矣》《大明》《崧高》《烝民》《韩奕》《江汉》《常武》十篇，
可谓"史诗片段的佳构"❼。雅、颂之中的叙事诗，主要是贵族阶层之作，体裁大多属于记
事，注重事件的始末，具有史书的性质。

《诗经》中的十五国风，大多自民间收集而来，"或者说是民间的集体创作"。最初可
能传唱于庶民的口头之间，写成文字则主要出自"士"这种身份的知识分子之手❽，至少大
部分是经过了"士"的润饰、改写。❾其中的叙事诗，内容以庶民生活为主，体裁大多属
于故事体，多利用人物的对话、独白来表达，人物的性格生动，具有写实的精神。

国风中的诗篇，更多的是具有抒情性质的内容，"男女有所怨恨，相从而歌。饥者歌
其食，劳者歌其事。"❿庶民有感于生活中的哀乐所作的歌谣，与文人的抒情写志之诗歌颇
有差别。庶民主要是缘于物质层次的匮乏，生活的劳苦、困顿，关心的是饮食男女的基本

---

❶ [汉]班固撰：《汉书》，宏业书局，1984 年版，第 447 页。

❷ [明]李梦阳：《诗集自序》，《李空同全集》卷五〇，见郭绍虞编选《中国历代文学论著精选》，华正书局 1984 年
版，第 283 页。

❸ [明]李开先：《市井艳词序》，见郭绍虞编选《中国历代文学论著精选》，华正书局 1984 年版，第 427 页。

❹ [明]王世贞：《邹黄州鶺鶦集序》，见王运熙，顾易生主编《中国文学批评通史：明代卷》，上海古籍出版社 1996
年版，第 267 页。

❺ [明]江盈科：《敝箧集引》中引述袁中郎的话，见叶庆炳，邵红编选《明代文学批评资料汇编》，成文出版社 1978
年版，第 726 页。

❻ [明]冯梦龙：《序山歌》，见郭绍虞编《中国历代文学论著精选》，华正书局 1984 年版，第 425 页。

❼ 陆侃如、冯沅君：《中国诗史》上卷，蓝田出版社，第 48 页。

❽ 裴普贤：《诗经几个基本问题的简述》，《诗经研读指导》，东大图书公司 1987 年版，第 8 页。

❾ 周代"士"的身份性质，一般认为是贵族的最下阶层，受有良好的诗书礼乐等教育，与庶民的关系最为接近。可
参考余英时：《古代知识阶层的兴起与发展》，《士与中国文化》，上海人民出版社 1987 年版，第 1—83 页。

❿ [汉]何休注、徐彦疏："什一行而颂声作矣"，宣公十五年何休注，《春秋公羊传注疏》，艺文印书馆 1982 年版，第
208 页。

需求，反映各地的风土民情。故而袁枚云："诗言志，劳人思妇都可以言，《三百篇》不尽学者作也。"❶

汉末魏晋的乐府诗继承了《诗经》写实的精神，侧重社会写实以及人生百态的反映，表现的形态更是以叙事为主，民众"感于哀乐，缘事而发"❷，刘大杰如此描述汉代的乐府古诗：

> 男女恋爱的歌唱，豪强对于百姓的压迫，旧式制度下的婚姻悲剧，妻离子散的别情，兵役制度的腐败，孤儿寡妇的悲惨生活，知识分子的苦闷等，都能生动形象地表现出来。这种现实主义精神和富于社会性的思想内容，继承并发展了《诗经》的优良传统，对于后代诗人，发生很大的启发作用。❸

"如婆媳之间的纠纷（《孔雀东南飞》），吉屋出租后引出的风波（《艳歌行》），绑票事件与赎金（《平陵东》），战争残酷的报道（《战城南》），殉情记（《公无渡河》），以及贫士失职（《东门行》）、垂死病妇（《病妇行》）、孤儿受虐待（《孤儿行》）"❹。庶民生活的各种情况都可以成为乐府诗的题材，作者大多是庶民阶层，他们"极摹人情世态之歧，备写悲欢离合之致"❺，正如同明代小说"三言""二拍"的内容。其中，除了刻画现实生活的苦痛之外，尤其难得的是表现了人民纯朴敦厚的性情，例如展现夫妇之间贞定之情的《陌上桑》《羽林郎》《白头吟》《上邪》《艳歌何尝行》等，特别让人感受到贫苦百姓的善良与无奈。

（二）诗言志与诗缘情

所谓的抒情传统，实际上包含了"诗言志"与"诗缘情"两大诗学主张。言志之说是中国古代诗学的主要意见，普遍见于汉代之前的典籍。这里所谓的"志"，闻一多认为"志的本义是'停止在心上'，也可说是'蕴藏在心里'，记忆一义便是由这里生出的。"❻但发展到后来，"志"的意义则是指心志、怀抱方面。因为"情思、感想、怀念、欲慕等心理状态，何尝不是'停在心上'或'藏在心里'？"❼从而先秦文献中的"志"，指的是心志、志意，但多具有政治教化之目的。《尚书·尧典》云："诗言志"，《尚书正义》言："作诗者自言己志，则诗是言志之书。"《左传》襄公二十七年："诗以言志。"《左传正义》曰：

---

❶ [清] 袁枚：《与邵厚庵太守论杜茶村文书》。

❷ [汉] 班固撰：《汉书》，宏业书局 1984 年版，第 447 页。

❸ 刘大杰：《第七章汉代的民歌》，《中国文学发展史》，华正书局 1988 年版，第 234 页。

❹ 张春荣：《乐府诗试论》，《诗学析论》，东大图书公司 1987 年版，第 50 页。

❺ [明] 笑花主人：《今古奇观序》，见朱一玄编《明清小说资料选编》，南开大学出版社 2006 年版，第 911 页。

❻ 闻一多：《歌与诗》，《闻一多讲国学》，吉林人民出版社 2009 年版，第 246 页。

❼ 同上。

"是诗所以言人之志意也。"《礼记·乐记》云："诗，言其志也"。郑玄注："诗所言人之志意"。《荀子·儒效》："诗言是其志也。"《庄子·天下》："诗以道志"。《毛诗序》："诗者，志之所之也，在心为志，发言为诗。"其中的"志"便是指心志、志意，但必须合乎纲常伦理，必须"发乎情，止乎礼义"。因为诗具有"经夫妇，成孝敬，厚人伦，美教化，移风俗"的功用和价值，而其表达也必须借由美刺、讽谕的方式。

文人写诗作文以抒发志意、表露心志，在这样的传统影响之下，当文人写作戏曲、小说之时，也往往借此来陈述自我的心志。

《毛诗序》继承了诗言志的主张，又吸收了《乐记》对于"音声"的认识，添加了"情动于中而形于言"的说法，自此之后，"情"有了较为明显的地位，不再依附于"志"，两者互为表里。唐人孔颖达即言："在己为情，情动为志，情志一也。"❶ 现代人周振甫也说："'诗言志'具有两个含义，一是表达意志，一是表达感情，'志'是意和情的结合。"❷ 后世"诗以道性情"、❸ "作诗者在抒写性情"❹ 的见解至迟在汉代已经显露了端倪。

六朝以来，由于张华的倡导，以及陆机、陆云兄弟二人的响应，缘情说逐渐获得文人的普遍认同，对于文学的自觉也有所帮助。陆机《文赋》："诗缘情而绮靡。"刘勰《文心雕龙·明诗》："人秉七情，应物斯感，感物吟志，莫非自然。"钟嵘《诗品序》说："凡斯（现实社会的悲苦）种种，感荡心灵，非陈诗何以展其义？非长歌何以骋其情？"文人一般认为诗歌的创作是基于情意的触发，而非政教倡导之目的。

这两种诗学主张都强调文人创作之目的在于表达个人的心志、怀抱，并且抒发自我的情感。缘情说虽然来自于言志说，但更倾向于审美，也更符合诗歌创作的原初心理。虽然，情与志两者往往并存而难分，"但只有在诗歌创作以'情'为本体之后，诗歌才真正与其他文学有明显的区别。"❺

（三）诗以抒情，史以叙事

然而，创作的动机无论是言志或者缘情，两者都属于抒情诗，抒情是中国诗歌的本质，《诗经》《楚辞》大多是抒情诗。中国自古以来叙事诗不发达，显然有许多不利于叙事诗发展的因素，相对来看，却是极有利于抒情诗的发展，从而使抒情传统成为主流。中国

---

❶ ［周］左丘明撰，杜预注，孔雅达疏：昭公二十五年"是故审则宜类以制六志"句正义，《春秋左传注疏》，艺文印书馆 1982 年版，第 891 页。

❷ 周振甫：《文论漫笔》，《周振甫讲古代文论》，江苏教育出版社 2005 年版，第 199 页。

❸ ［明］杨慎：《升庵诗话》卷十一，见丁福保辑《历代诗话续编》，木铎出版社 1988 年版，第 868 页。

❹ ［清］叶燮：《原诗》卷三外篇上，见丁福保编《清诗话》，木铎出版社 1988 年版，第 596 页。

❺ 罗书华：《中国叙事之学》，中国社会科学出版社 2008 年版，第 274 页。

古典诗学"有'诗言志'、'诗缘情'之分，而没有'诗叙事'之说"❶，这代表了在传统文人的心目中，"叙事"不是中国诗歌的"本色""正宗"与"本分"。明人杨慎便表示：

> 若诗者，其体其旨，与《诗》《书》《春秋》判然矣……至于变风、变雅，尤其含蓄，言之者无罪，闻之者足以戒……至于直陈时事，乐于讪讦，乃其下乘末脚……如诗可兼史，则《尚书》《春秋》可以并省。❷

言志抒情的传统又与儒家的诗教有所结合，乐而不淫、哀而不伤、怨而不怒的温柔敦厚精神也成为文人写作抒情诗所崇尚的美学标准，从而发生了影响。

这一抒情诗学对于中国文学的影响极大，跨越了不同的文学类别，甚至笼罩了《史记》等叙事文在内，对于白话小说的写作也具有一定程度的影响，特别是文人参与了写作之后。

《史记》的记传文已经是一种文人化叙事的表现，受到诗骚言志抒情传统的影响，以及司马迁个人的不幸遭遇，抒情色彩明显，不强调巨细靡遗的记事，着重在写意传神，呈现人物独特的心志、情意，从而使文章更加生动感人。高友工认为：

> 司马迁的传记及庄子的寓言毫无疑问的是历史与哲学性的作品，但若有人试图证实司马迁所用史料的对错或庄子议论的真假，必然会错失这些作品的真正价值与旨趣。此二文学巨构，其伟大全于具现了抒情境界的精髓部分，而不在其他功利之用上。唯有有了这样的认识，我们方能了解何以国人如此推崇《伯夷叔齐列传》，虽然其背后只有极少量的史实。❸

> （抒情境界）尤见于司马迁之《刺客列传》及其为项羽、李广等武人所作之传。❹

《史记》通过人物与事件的叙述，成功地塑造了令人感伤的意境，从而成为叙事文的美学典范，后世白话小说仿效者也不少。浦安迪认为，中国上古时代虽然没有西方那种长篇史诗，但史诗的美学、精神则落实在司马迁的《史记》以及随后步武的中国史书。浦安迪表示：

> 中国古代文学中虽然很难找到史诗文学作品，但史诗的美学作用还是存在

---

❶　陈平原：《说诗史》，《中国小说叙事模式的转变》附录二，北京大学出版社 2004 年版，第 290 页。

❷　[明] 杨慎：《升庵诗话》卷十一，见丁福保辑《历代诗话续编》，木铎出版社 1988 年版，第 868 页。

❸　高友工：《美典：中国文学研究论集》，北京三联书店 2008 年版，第 295—296 页。

❹　同上，第 305 页。

的，并不缺乏。因为史书在中国文化中的地位有类似于史诗的功能，中国文学中虽然没有荷马，却有司马迁。《史记》既能"笼万物于形内"，有类似于史诗的包罗万象的宏观感，又醉心于经营一篇篇个人的"列传"，而令人油然想起史诗中对一个个英雄的看法的描绘，从而无愧于古代文化大集成的浓缩体现。我们甚至可以这样说，中国古代虽然没有史诗，却有史诗的美学理想。❶

浦安迪认为史诗涵盖了某一时代、某一民族的完整生活情况，对于英雄人物的描绘偏重其悲凉的命运。中国古代文化里存有一个潜在的史诗源流，明清长篇小说杰作所显露的"抒情境界"正是从《史记》汲取源泉，小说中主要人物的内心世界往往与《史记》诸篇悲凉的人物列传遥相暗合。尤其是明代小说四大奇书蕴藏有宏大的史诗气魄，迥异于市井的通俗文学，它们的美学根源在于《史记》，都表现出某种悲凉的抒情境界。

二、叙事诗的本质与表现

（一）大动乱的年代多有叙事诗

中国历史上社会动荡剧烈的时代，诸如东汉末年的建安到黄初年间、盛唐天宝到元和年间、唐末以及明末清初等，这几个时期产生了较多的叙事诗。何以叙事诗多产生于动乱的年代？除了"人心震痛，有事可纪"的原因之外，借由近代精神分析学说的了解，可知这是属于一种"创伤叙事""叙事治疗"❷。

近代心理学家认为，说故事或叙事是一种自我疗伤止痛的心理治疗方式，受到挫折或伤痛之人，有讲说自我的故事、倾诉自己的遭遇，渴望他人见证或同情的心理需求❸，称之为"叙事治疗"或"创伤叙事"。民众借由叙说自己的故事，对于事件过程的详细记载，重回事件的情境之中，可以获致心理的慰藉。这显示了民间社会需要一种记录事件、诉说自己故事的文体，这是众多民间讲唱文艺、伎艺兴盛的原因。它们的形态各异，但是功能与本质相近。

（二）庶民以诗歌记录与疗伤

汉魏时代书写的器具仍然不普及，庶民百姓大多只能借助口头传唱的方式来记录人事。史传记载的内容一向偏重贵族阶层，历史大事自有史官的记载，言与事都有细密分

---

❶ [美]浦安迪：《中国叙事学》，北京大学出版社 1996 年版，第 30 页。

❷ [美] Michele L. Crossley 撰，朱仪羚，康萃婷，柯禧慧等译：《叙事心理与研究：自我、创伤与意义的建构》，涛石文化公司 2006 年版，第 202—205 页。

❸ 同上。

工，自然不必寻求口头的传诵。庶民阶层则不同，一方面由于史官的忽视，庶民、琐事无法进入史传的殿堂，再者对于文字修辞的学养不足、书写的物质条件欠缺，不得不利用口头讲唱的方式来纪录，以备遗忘。刘知几的《史通》即强调史传记录军国大事的基本原则。

苦难的生活容易产生写实的叙事作品，安详和乐乃至于华靡的文学则大多来自太平的环境。《诗大序》称："情动于中而形于言"。变风、变雅之作的产生，便是与时代的衰微有关。《礼记·乐记》也强调"治世之音安以乐""亡国之音哀以思"。治乱不同的时代，便会有不同风格样貌的作品产生。《汉书·艺文志》主张："感于哀乐，缘事而发"。柳冕云："文生于情，情生于哀乐，哀乐生于治乱，故君子感哀乐而为文章，以知治乱之本。"❶诗人对于人世的哀乐之情，可以借由事件来呈现，写实的表现手法直接而近人因此更有力度。

汉末魏晋年间现实生活的苦难，战乱饥荒频仍，民不聊生，促使民间有许多叙事诗产生。作者多为庶民、下层文人，创作的动机、目的明显与上层文士不同。因为抒情诗对于现实事件与人物的指涉较为抽象、简略，一般民众难以获致纾解、宣泄与记录之作用，而必须有叙事诗较为具体而完整的描摹，方能有效的治疗心理创伤，从而得以"泄哀乐之情"❷。

从而历代主张讽谕、美刺的内容者，都强调事件的必要性。"劳者歌其事""缘事而发""即事名篇"❸"为事而作"❹。诗歌必须叙事，有事件与人物，方能据之有所批判，才有针对性。

南北朝时期的吴歌、西曲，则是以抒情为主，反映了不同时空之下民众生活的差异。吴歌盛行的江南水乡，以及西曲盛行的荆楚平原，当时都是商业经济繁盛的地带，"'别有幽情'是南朝乐府的特色，'野性的呼声'则是北朝乐府的写照"❺。

（三）民间叙事诗的笔法与义涵

这种记录庶民人事与创伤治疗之目的，影响到民间叙事诗的内容与形式。民间叙事诗一般来说，事件的记载详细，很少格律上的限制，形式自由，风格显露，情感遒劲而奔放，从而与文人写作的抒情诗有很大的不同。两者的美学差异大致如下：

❶ [唐]柳冕：《与滑州卢大夫论文书》。

❷ [汉]王符：《潜夫论·务本》。

❸ [唐]元稹：《乐府古题序》，见郭绍虞编《中国历代文学论著精选》，华正书局1987年版，第422页。

❹ [唐]白居易：《与元九书》，见郭绍虞编《中国历代文学论著精选》，第411页。

❺ 张春荣：《乐府诗试论》，《诗学析论》，东大图书公司1987年版，第51页。

　　乐府之异于诗者，往往叙事；诗贵温裕纯雅，乐府贵道深劲绝，又其不同也。❶

　　古乐府多俚言，然韵甚趣甚。❷

　　古诗贵浑厚，乐府尚铺张，凡譬喻多方、形容尽致之作，皆乐府遗派也。❸

民间乐府叙事诗发扬了《诗经》国风"饥者歌其食，劳者歌其事"的精神，"感于哀乐，缘事而发"。这些来自民间的叙事诗，故事中的人物性格分明，事件的细节清楚而完整，追求戏剧性的张力。使用白描的笔法，善用人物的对话、内心独白与意识活动，小说的场景描写逼真，力求还原事件的现场。

《诗经》写作的赋、比、兴三种笔法，原是以"赋"的写作较为容易，"比、兴"修辞技法的运用，则需要较高的文学修养与写作才华，庶民百姓不容易掌握，也不以此为善。从而文人在诗文写作上力求比兴修辞的表现，重视情感的抒发，而较少赋法的详细铺陈，风格多崇尚含蓄、深婉、精约、隽永，并不以叙事详尽为难得。相反的，庶民百姓则多使用赋法来铺陈故事，在叙事上力求详细，描写上也较为夸张而显露。

汉魏乐府叙事诗，显现出民间叙事的特色，质朴、白描、细节、顺叙，人物也较多而完备，故事也较为清楚而完整。由于汉代盛行的辞赋偏重于赋的笔法，从而汉魏时期的乐府诗笔法也偏重于赋而较少使用比、兴。叙事诗所铺陈的故事情节，颇具有戏剧性，主要依靠日常生活化的质朴对话来刻画人物的性格，叙述者的态度客观而冷静，力求场景的真实呈现。

民间乐府诗之所以叙事偏重于详尽，其目的与疗伤止痛、抒发哀乐之情有关：

　　悲痛之极辞，若此者又以尽言为佳。盖言情不欲尽，尽则思不长。言事欲尽，不尽则哀不深。❹

叙事详尽才能够使哀怨深刻，以及清楚呈现所以哀怨的缘故，因此随着时代的发展与文学的演变，民间乐府诗的叙事特长及其功能，终将被新起的白话小说所替代。无论是变文、话本、演义、章回体小说，其文类的特质便是社会写实的精神，强调叙事详尽，描摹人情世态，表现庶民阶层的情感、思想、价值观与意识形态，显现出与雅正文学不同的面

---

❶　[清] 张实居等人：《师友诗传录》，见丁福保编《清诗话》，木铎出版社 1988 年版，第 132 页。

❷　[明] 陆时雍：《诗镜总论》，见丁福保辑《历代诗话续编》（下），木铎出版社 1988 年版，第 1404 页。

❸　[明] 施补华：《岘庸说诗》，见丁福保编《清诗话》，木铎出版社 1988 年版，第 976 页。

❹　[清] 陈祚明：《采菽堂古诗选》卷一（清康熙四十八年翁嵩年订定本）。

貌与风格。

（四）文人叙事诗的笔法与义涵

由于民间叙事诗的独特表现形式、手法与精神，对于现实社会的批判更为有力，有其独擅胜场之处，唐代以来的文人也开始仿效。

文人写作的叙事诗，同样也受到抒情传统强大的影响，除了杜甫、白居易等少数诗人之外，一般诗人所写作的叙事诗应当正名为感事诗或咏事诗，因为所重仍然在于抒情言志。如同咏史诗、咏物诗一般，事件、人物等只是作为起兴、兴感的媒介，而不是主体。着重在事件的感怀、情感的抒发，而非事件的纪录。宋代人魏泰便称：

> 诗者述事以寄情，事贵详，情贵隐，及乎感会于心，则情见于词，此所以入人深也。❶

文人要求叙事诗的写作必须"事与情会，因寄所感，固不待比拟而自见。"❷重点在于所引发的感触、情怀，而不在于事件本身，从而有学者称之为"抒情叙事诗"。例如白居易的名篇《琵琶行》，这类具有文人风格的"抒情叙事诗"，或者称之为感事诗、咏事诗，把抒情诗的典雅、精致、蕴藉的风格特点、修辞手法等加入了，运用文人擅长的比、兴技巧，侧重个人情感的抒发，减少人物对白的运用。这首诗的抒情性还表现在白居易对于意境的塑造，从而降低了民间叙事诗的故事性。

中国抒情传统的影响很深远，文人投入乐府诗的写作改变了乐府诗的美学，文人乐府诗重视抒情，侧重场景的描绘而忽略事件的过程，事件的记载大多很简略，只挑选其中几处代表性的场景，借以生发诗人主观的情感与议论。如果叙事过多，反受批评。苏辙尝讥白居易"长篇拙于叙事，寸步不遗，不得诗人法"。❸即使是杜甫的《石壕吏》，也难避"于史有余，于诗不足"的讥讽。❹迄至明代，仍然有人大声疾呼，诗歌之中不宜于叙事：

> 叙事、议论，绝非诗家所需，以叙事则伤体，议论则费词也。❺

诗人"述事以寄情"，作诗之目的是抒情，而叙事只是修辞的手法而已。

---

❶　[宋]魏泰：《临汉隐居诗话》，见何文焕辑《中国历代诗话》（上），中华书局1981年版，第322页。

❷　[明]王夫之：《九歌》，《楚辞通释》，上海人民出版社1975年版，第39页。

❸　[清]叶燮：《原诗》卷四外篇下，见丁福保编《清诗话》，木铎出版社1988年版，第609页。

❹　[清]王夫之：《古诗评选》卷四《上山采蘼芜》评语。

❺　[明]陆时雍：《诗镜总论》，见丁福保辑《历代诗话续编》（下），木铎出版社1988年版，第1419页。

三、白话小说兼具叙事与抒情的功能

（一）白话小说继承汉魏乐府诗的写实精神

五言诗发展的早期阶段，汉魏乐府诗即表现出明显的写实精神，从而形成了一股写实诗潮，这一写实潮流在晋代由于一些游仙诗、玄言诗以及南北朝的吴歌、西曲的兴起而有短暂的中断，直到唐代的杜甫、白居易等人出现，此一写实传统才又见发扬起来。

宋元时代，民间说唱伎艺兴盛而多样，汉魏乐府叙事诗的功能与精神逐渐转移到了各类说唱伎艺之中，之后又转移到了白话小说长、短篇不同体制的作品。毕竟白话小说记录事件的功能更强，远比官方的史传更为自由，更少规范的限制。白话小说可以再现一个真实的世界，借由逼真的场景、生动的人物与故事转变的细节，更容易达到抒发情感与表现思想之目的，甚至更便利于获取情景交融的抒情效果。因此，长篇白话小说是史传与诗骚两大传统的汇流，兼具抒情与叙事两种美学与功能。这些说唱伎艺的身份，与汉魏乐府诗一般，大多是庶民阶层的文人、百姓。

叙事与民众关系的紧密性，还可以从悲剧的构成这一方面来理解。悲剧只能从事件中显现，因此必须借由叙事来呈现。亚里士多德即强调事件的重要性：

> 事件的组合是成分中最重要的，因为悲剧摹仿的不是人，而是行动和生活……事件，即情节是悲剧的目的……没有行动即没有悲剧……情节是悲剧的根本，用形象的话来说，是悲剧的灵魂。❶

史诗或叙事诗得以借由展现事件的兴衰转变之过程，以及人物在其中的际遇、抉择、苦难，用以传达更强烈情感的悲剧意识或悲剧意境。至于抒情诗，由于表现的媒介是自然景物的描摹、变换，没有记载事件内容，所以可以抒发情感，但不能表现悲剧意境。

白话小说之所以远比叙事诗更适合表现悲剧意境，正在于它是一种摹仿、再现人生的文类，也是一种诗文复合的文体。对于事件的前因后果能够详尽地叙述，场景及其氛围的描写更为逼真，更能够清楚地交代人物的生平、性格、面貌与言行。

（二）文人以白话小说抒情言志

汉魏民间的叙事诗，某些成功之作，即兼具抒情与叙事的效果。中国古代一般文人，不少人"只知诗具史笔，不解史蕴诗心"❷。其实，不只是杜甫的诗歌"以韵语纪时事"，被

---

❶ ［古希腊］亚里士多德撰，陈中梅译注：《诗学》第六章，台湾商务印书馆 2001 年版，第 64—65 页。

❷ 钱钟书：《谈艺录》（补订本），书林出版公司 1988 年版，补订（第 39 页），第 363 页。

推崇为"诗史"，成功结合了抒情与叙事两者；司马迁的《史记》刻画人物栩栩如生，叙事生动感人，具有诗歌一般的效果，被称许为"无韵之《离骚》"❶。白居易的叙事诗，某些杰作甚至可以把抒情、言志与叙事三者共冶于一炉，获得了完善的整合。《缚戎人》《新丰折臂翁》以及《井底引银瓶》等篇，叙事详尽又具有抒情的意境，足可称作"诗体小说"❷。抒情、言志与叙事三者，文人已经在诗歌中尝试做了初步的结合，也取得了不俗的成绩。

中国文人写作的诗词，所能达到的至高抒情地步，即是创造了某种"境界"。王国维认为"词以境界为最上。有境界则自成高格，自有名句。"而"境界"的产生则有赖于情和景的高度融合，彼此衬托、相互生发。至于何谓"景"？何谓"情"？王国维认为：

> 文学中有二原质焉：曰景，曰情。前者以描写自然及人生之事实为主，后者则吾人对此种事实之精神的态度也。❸

亦即所谓"景"，不仅包括自然界的景物，也包含世态人情等人生的活动、事件在内。所谓"情"，便是对于这些自然与人生之事实的认知与处理等态度。对于这些"景"与"情"的处理态度与修辞表现，必须达到某种标准或程度才算是有"境界"。这一标准，王国维认为是"情深景真"：

> 境非独谓景物也，喜怒哀乐，亦人心中之一境界。故能写真景物、真感情者，谓之有境界，否则谓之无境界。❹

> 文学之工不工，亦视其意境之有无与其深浅而已。❺

自然景物的描写要能够生动、逼真，令人如临其境。人心中的喜怒哀乐等情思、意志，也必须真诚深刻，如此才能有"境界"。元代人关汉卿、马致远等人的杂剧，以写实的精神刻画人世，颇富真情实感，王国维即推崇为"有意境"：

> 然元剧最佳之处，不在其思想结构，而在其文章。其文章之妙，亦一言以蔽之，曰：有意境而已矣。何以谓之有意境？曰：写情则沁人心脾，写景则在人耳目，述事则如其口出是也。❻

---

❶ 鲁迅：《汉文学史纲》，风云时代出版公司 1990 年版，第 158 页。

❷ 萧驰：《中国诗歌美学》，北京大学出版社 1986 年版，第 113 页。

❸ 王国维：《文学小言》四，见郭绍虞编《中国近代文论选》，木铎出版社 1982 年版，第 767 页。

❹ 王国维：《人间词话》六，《人间词话汇编、汇校、汇评》，万卷出版公司 2009 年版，第 38 页。

❺ 王国维托名樊志厚所写的《人间词话序》，王国维撰，周锡山编校《人间词话汇编、汇校、汇评》，万卷出版公司 2009 年版，第 3 页。

❻ 王国维：《元剧之文章》，《宋元戏曲史疏证》，复旦大学出版社 2004 年版，第 177 页。

王国维对于"境界"或"意境"的看法 ❶，具有中国传统美学的精神，明人李贽的"童心说"，也有近似的看法。朱光潜对于审美活动的看法与此相近，他也认为"美"的产生有其必要的条件：

> 无论是艺术或自然，如果一件事物叫你觉得美，它一定能在你心眼中现出一种具体的境界，或是一幅新鲜的图画。❷

亦即"美"的产生必须创造出一种可以感知的"景象"或"境界"，以便于"心知物"的赏鉴活动得以进行，从而"必须使抽象的人事物化为具体""必须使感觉器官产生鲜明印象"。

抒情诗之所以能够产生美，发挥抒情的功效，"景象"或者"境界"的塑造是很大的关键，否则，没有一个具体可感的景象或境界，就很难达到"以景抒情"或"情景交融"的地步。

叙事诗产生美或达到抒情功效的方式不同，事件的清楚交代或场景的具体呈现是其关键。一个完整的事件，即具有丰富的人情世态及场景，可以作为读者产生抒情效果的凭借。故王国维认为所谓的"境界"，不只是景物而已，也包括自然之景物与人心之情意在内。

既然所谓的"景"也包含人生事件在内，叙事文学便可以借由事件的编织、人物的刻画、场景的描绘、生活的再现，以获致"境界"的产生，美感的产生。

话本小说初期主要是民间艺人的作品，因此抒情传统的影响甚小，然而元代的平话小说已有文人投入写作，文人开始借由白话小说来抒情言志。由于白话小说具备了叙事的特长，对于事件的前因后果、转折变化可以有更细腻的呈现，人物心理与情感的传达远胜于诗词，也远比官方史传更拥有虚构情节的自由，人物与事件在其中更容易获得完美的呈现。因此白话小说更易于塑造王国维所言的"境界"，从而产生诗意，进而有可能因此得以成为一部伟大的杰作，如果欠缺诗意，白话小说的美学成就势必逊色许多。

------

❶ 王国维应当是把"意境"与"境界"两词汇视为同义词的。如同李珺平所称："《人间词话》最重要概念是'境界'。此词来自佛教，王国维有三种表述，单言之，叫境；双言之，叫境界；换言之，叫意境。"李珺平：《中国古代抒情理论的文化阐释》，北京大学出版社 2005 年版，第 260 页。但一般来说，境界的义涵大于意境，韩林德即认为"'境界'乃中国古典美学基本范畴。明清之后出现'境界'与'意境'概念互用的现象，但境界概念的外延大于意境，除了指诗画等古典艺术中情景交融、意味深长的艺术化境外，还指美的自然景致（自然美）以及个体在道德学问的自我完善过程中所入之高层次精神世界（社会美）。"韩林德：《境生象外：华夏审美与艺术特征考察》，北京三联书店 1996 年版，第 67 页。

❷ 朱光潜：《文艺心理学》，建宏出版社 1987 年版，第 6 页。

第二节　变文、话本与"说话"

中国白话小说的根源何在？宋元话本如何形成？以往在文献不足的情况之下，对此终究存有一些臆测，难以确切的说明。自从发现了敦煌所藏的许多文物之后，尤其是敦煌变文，对于白话小说的发展，于是，就有了较为确切的认识。郑振铎感叹："在变文没有发现以前，我们简直不知道，平话怎么会突然在宋代产生出来？"❶向达也说：

> 宋代说话人在中国文学史，特别是民间文学方面，占有相当重要的地位。但是过去对于说话人的渊源关系很模糊，讲文学史的谈到这里戛然而止，无法追溯上去。自从发现了俗讲和保存在敦煌石室藏书中的俗讲话本以后，宋代说话人的来龙去脉，才算弄清楚了……从研究中国文学史的眼光来看，其价值最少应和所谓宋元话本等量齐观。❷

向达指的即是敦煌"变文"，自从清末发现了藏在洞窟里的这批文献，即有学者投入研究，王国维、罗振玉等人相继发表研究的文章，起初称之为"通俗小说""佛曲""俗文""唱文"，或"讲唱文"等，名称之多，正可见其文体之新奇，而为学者所难以确认。由于这批文献中，不少作品本身题目原本即有"变文"二字，从而郑振铎在 1927 年首先主张应称之为"变文"❸，而为学术界采用至今。郑振铎也据此断定："宋元话本和六朝小说及唐代传奇之间并没有什么因果关系。"❹学者多根据敦煌"变文"，重新探讨中国各类说唱文学的发展演变，包括宋元话本乃至于中国白话小说，足见敦煌"变文"的重要性。

对于这些所谓的敦煌"变文"，民初以来前辈学人郑振铎、王重民、向达、傅芸子、孙楷第、周绍良、关德栋、周一良等学者分别提出了许多不同的见解。然而由于当时所能掌握的资料不足，其中不少人过于偏重印度佛教的外来影响，对于"变文"的探讨，虽然多能言之有据，但往往忽略了中国本土的文化、文学，尤其是说唱伎艺，悠久而丰厚的根基。从而对于"变文"的渊源、性质、范畴、体制与价值等认识，存有不少颇可以商榷之处，无法圆满地解答所有问题，所以迄今仍然有一些争议，没有定论。潘重规先生在晚年综合了这些新旧学说，提出了自己的心得：

---

❶　郑振铎：《第六章变文》，《中国俗文学史》上册，台湾商务印书馆 1992 年版，第 180 页。

❷　向达：《敦煌变文七十八种引言》，《敦煌变文》，世界书局 1989 年版，第 6 页。

❸　郑振铎：《敦煌的俗文学》，《小说月报》第 20 卷 3 号，1929 年。

❹　郑振铎：《第六章变文》，《中国俗文学史》上册，台湾商务印书馆 1992 年版，第 180 页。

各家的说法，综合起来，可分新旧二说，旧说认为变文与变相的得名颇为相似。其起源是由僧徒为了宣传教义，运用讲唱方式而产生发展出来的一种通俗文体。所以最早的变文，是引据经文，穿插故事，使之通俗化，既说且唱，用以吸引听众……再进一步的开展，便是讲唱变文，不向佛典而向中国文书史传中寻找故事……追溯变文的源流，是由说唱兼施，散韵兼用，敷演故事，阐扬佛教的讲经文，蜕变为讲史传俗书的作品，也称为变文。这种说法，解释变文的名义和源流演变都很正确，所以在文学界似乎已普遍被接受。不过向达、程毅中创立新说……根据写本的原题来区别变文的归属，同时划分了俗讲经文和变文的界限。于是讲经文、俗讲和变文的沿袭演变的过程也必须重作评估和探测。❶

从中可知，旧说主要认为"变文"来自于俗讲，起初是有说有唱的形式，内容是佛教故事，但随着后来的发展，也产生出历史故事一类与佛经无关的内容，形式也可以有说无唱，甚至演变成了话本，而成为中国白话小说的源头。新说则是对于"变文"有较为严格的定义、要求，重视中国本身的孕育环境，重新探讨了变文的源头，并且做了明确的分类。新旧的不同说法，主要在于"变文的来源"以及"变文的界定"两大方面。

由于敦煌"变文"关系到中国白话小说的根源与发展演变，从而有必要重新来深入探讨，给予它适当的认识和评价。

一、变文的旧说

"变文"中的"变"，究竟是什么涵义？这是了解"变文"的一个初步的必要课题。大约 1938 年，郑振铎对此作了较为明确的解说：

> 所谓"变文"之"变"，当是指"变更"了佛经的本文而成为"俗讲"之意。（变相是变"佛经"为图相之意。）后来变文成了一个专称，便不限定是敷演佛经之故事了（或简称为"变"）。❷

郑振铎的此一看法广为学者所采用，但也有不少其他的说法，从音义各方面来解释"变"与"变文"的涵义。其中以孙楷第 1951 年的说法，影响较为深远：

> 变者，奇异非常之谓也。《白虎通》卷四《灾变》篇云："变者何谓？变者，非常也。"《文选》卷二张平子《西京赋》："尽变态乎其中。"薛综注："变，奇

---

❶ 潘重规：《敦煌变文新论》，《敦煌变文集新书》，文津出版社 1994 年版，第 1300 页。

❷ 郑振铎：《第六章变文》，《中国俗文学史》上册，台湾商务印书馆 1992 年版，第 190 页。

也。"非常事之属于妖异者，谓之"变怪""妖变"……非常事之属于灵异者，谓之"神变""灵变"……更以图像考之，释道二家凡绘仙佛像及经中变异者，谓之"变相"……亦称曰"变"……然则变文得名，当由于其文述佛诸菩萨神变及经中所载变异之事。❶

孙楷第对于"变"字意义的解释，一直获得众多学者的认同，至今依旧如此。对于"变文"的来源，前辈学者大多从印度佛教典籍和语文中寻找，郑振铎、胡适、徐调孚、周一良、关德栋、施蛰存、饶宗颐、金克木等人即主张"外来说"❷。郑振铎强调"变文的来源，绝对不能在本土的文籍里来找到。""变文是讲唱的，讲的部分用散文，唱的部分用韵文，这样的文体，在中国是崭新的，未之前有的。"❸

至于"变文"的范畴为何？王重民、向达、周一良、启功、王庆菽、曾毅公等六位学者广泛搜集了流落各地的敦煌遗书，编订有《敦煌变文集》（1957年）一书，资料完备而大受推崇，极有助于学者的研究。多年之后，潘重规针对书中的若干瑕疵，继之编成了《敦煌变文集新书》（1982年），内容更为完善。这些前辈学人大多主张《敦煌变文集》里凡是可以说唱的作品，一律可以视之为"变文"。他们大多认为，俗讲与"变文"的关系是直接的，俗讲的文本即"变文"，"变文"是各类俗讲文本的总称。向达也曾经说："唐代寺院中所盛行的说唱作品，乃是俗讲的话本。变文云云，只是话本的一种名称而已。"❹ 他们认为其中所收录的作品，尽管内容、题名、功能、形式各异，其实都属于"变文"的异称，而"变文"是其泛称，不必拘牵于原本的题名。题名的不同，反映了"变文"发展的不同时期，题材的性质与篇章旨趣。"变文"发展的先后，则依序是讲经文、佛教故事变文、历史故事变文、敦煌话本。王重民表示：

> 《敦煌变文集》根据变文的形式和内容分成两大类：一类是讲唱佛经和佛家故事的，一类是讲唱我国历史故事的。第一类又可分成三种：一是按照佛经的经文，先作通俗的讲解，再用唱词重复地解释一遍；二是讲释迦牟尼太子出家成佛的故事；三是讲佛弟子和佛教的故事。后两种都是有说有唱。第二类也可分为三种，但不以故事内容分，而是按体裁分的。第一种有说有唱，第二种有说无唱，第三种是对话体。这一分类和分类的排列次序，也正好反映了变文的发生、发展

---

❶ 孙楷第：《读变文》，《沧州集》，中华书局1965年版，第61—65页。

❷ 详细内容请参考杜晓勤：《隋唐五代文学研究》，北京出版社2003年版，第1221—1240页。张鸿勋：《敦煌俗文学研究》，甘肃教育出版社2002年版，第66—79页。

❸ 郑振铎：《变文》，《中国俗文学史》上册，台湾商务印书馆1992年版，第191页。

❹ 向达：《敦煌变文七十八种引言》，《敦煌变文》，世界书局1989年版，第3页。

和转变为话本的全部过程。❶

潘重规先生也力主此种旧说，进而解释了其中的缘由：

> 变文是佛教的产物，它是用讲经仪式，讲唱佛经教义，着重佛教故事的俗讲。通俗叫它做变文。在佛教里。凡是用绘画或雕刻表现出佛经中故事的场面，叫做变现、变相，或省称为变……同样用讲经仪式，依据经文，科别义旨，便是正式的讲经文。用讲经仪式，讲唱经文，着重宣演故事以吸引听众，便是俗讲。由于它的故事性非常突出，通俗也称它为变文，或省称变。为了吸引听众，渐渐演变成不援引经文，只是讲唱佛教故事，当然还是称它为变文。甚至只是沿袭变文讲唱对话的风格，用中国固有文体，如词、赋、传、记等来铺叙故事，以娱听众，也还是叫做变文。开始是在寺院内演唱，影响所及，流传到寺院以外的艺人……影响传播，深入民间，甚至移植于异教。演变成千枝万派，波澜壮阔的各种俗文学。❷

这一传统的说法，在学界一直很有影响力，他们大多认为"变文"出自于佛教的俗讲。起初是中规中矩的讲经文，但之后缘于俗讲的活动走出了寺院，内容逐渐增多历史与民间的题材，形式也随之有所调整，"变文"逐渐歌场化与世俗化。初期"变文"的讲唱体逐渐有了转变，一部分仍强调韵文的讲唱，而演变成为后世的大曲、诸宫调、宝卷或弹词；另外一支则只剩下演说的散文部分，并与市井的"说话"伎艺日渐混合。从而依据说唱形式的不同，王重民等人便把"变文"分成有说有唱、有唱无说、有说无唱三种。并且指出了宋元话本的源头在于"变文"，而"变文"中以"有说无唱"的形式讲述中国历史故事者，实际上已经与话本无异：

> 讲纯粹中国历史故事的变文，应该后于讲经文，可能与讲佛教故事的变文同时产生或稍后……有说无唱的变文凡八篇，是：《舜子变》《韩朋赋》《秋胡变文》《前汉刘家太子传》《庐山远公话》《韩擒虎话本》《唐太宗入冥记》《叶净能诗》……有说无唱的变文的产生，我认为又当在有说有唱的之后，而它们是向着后来的话本过渡，如《舜子变》有诗，《秋胡变文》有赠诗，《庐山远公话》以偈代诗，《叶净能诗》直然以诗标题，这些变文的描写比有说有唱的细腻，而在应该特别加重描写的地方，插入诗句，代替了七言唱词，这在体裁上是一大变革，

---

❶ 王重民：《敦煌变文研究》，见周绍良编《敦煌变文论文录》，上海古籍出版社1982年版，第273页。

❷ 潘重规：《敦煌变文新论》，《敦煌变文集新书》，文津出版社1994年版，第1315页。

实际上已经进入了初期话本的结构，所以也用"诗""话"来标题。❶

在此种推论之下，学界大多认为中国白话小说源自敦煌话本，它们主要创作于"变文"发展的后期，当时的写作态度已非早期基于宣扬教义的初衷。"有说无唱"的"变文"，根据王重民、潘重规等人的分类，主要包括《舜子变》《韩朋赋》《秋胡变文》《前汉刘家太子传》《庐山远公话》《韩擒虎话本》《唐太宗入冥记》以及《叶净能诗》等。《中国通俗小说总目提要》一书的编选原则也依据此说，但较为严谨，只把其中的五篇:《庐山远公话》《韩擒虎话本》《唐太宗入冥记》《叶净能诗》与《秋胡变文》，视之为宋元话本的前身，中国白话小说的源头。

这些旧说的意见偏重于"外来说"，亦即把"变文"的来源归之于印度佛教典籍，轻忽了中国本土的社会、文化以及文学传统已经有足够的孕育条件。这种重外轻中、舍近求远的态度，如同早期研究《西游记》的学者们，大多把孙悟空的原型归之于印度史诗《罗摩衍那》中的猴王哈奴曼，忽视了中国早有精怪的文化、民间传说与神话。从而这些有关"变文"的旧说，其中有不少结论颇值得商榷，不尽然全是事实。因此，向达、程毅中、罗宗涛等人都分别对于旧说中的某些意见提出了质疑。程毅中认为"变文是在我国民族固有的赋和诗歌骈文的基础上演进而来的。"❷王庆菽、杨公骥等人认为变文源自中国的传统文学或文化❸，牛龙菲、李骞、颜廷亮、金曲良、高国藩❹、张鸿勋❺等人也转而从中国自古已有的说唱伎艺传统来思考❻，对于旧说予以辩驳，从而对于敦煌变文与话本有了更为确切的认识。

二、变文旧说的质疑

以郑振铎、孙楷第、王重民为代表的旧说，其中令人不尽同意或者无法解答的问题，至少有下列几个方面:

（一）敦煌洞窟中所发现的韦庄《秦妇吟》长篇叙事诗，王梵志的近百首五言白话诗，以及一些民间歌谣、谚语、谜语、俚曲小调、曲子词，大多与佛教无关。《叶净能诗》则

---

❶ 王重民:《敦煌变文研究》，见周绍良，白化文编:《敦煌变文论文录》，上海古籍出版社 1982 年版，第 279—280 页。

❷ 程毅中:《关于变文的几点探索》，见《文学遗产增刊》第 10 辑，1956 年 7 月号。也收录于《敦煌变文论文录》，上海古籍出版社 1982 年版。

❸ 王庆菽:《试谈变文的产生和影响》，《新建设》1957 年 3 月号。也收录于《敦煌变文论文录》，上海古籍出版社 1982 年版。杨公骥:《变相、变、变文考论》，《唐代民歌考释及变文考论》，吉林人民出版社 1962 年版。

❹ 高国藩:《敦煌民间文学》，联经出版公司 1994 年版，第 17—21 页。

❺ 张鸿勋:《敦煌俗文学研究》，甘肃教育出版社 2002 年版，第 13—26 页。

❻ 详细内容可参考萧欣桥，刘福元:《话本小说史》，浙江古籍出版社 2003 年版，第 21—34 页。

是道教故事的综合产物，而非佛教。可见敦煌洞窟中的文献，未必都与佛教相关，只能说是大陆西北地区性的民间俗文学之作。而且，这些作品的体制差别很大，内涵也很不同，不能简单地以"变文"一名来概括，而抹杀了其中的差异性、特殊性。所以《庐山远公话》等敦煌话本并不必然与佛教相关，未必是"变文"演进之物，话本与"变文"之间的关联性并不密切。

（二）"变文"的出现过于突然，之前应有其演进的痕迹。不少文献记载，中国民间说唱伎艺中，早有"说话"与"转变"等项目。"说话"的起源可以追溯到汉代，"转变"至迟也已经盛行于唐代。唐人郭湜《高力士外传》提到了说唱伎艺中的"转变"：

> 上元元年（760年）七月，太上皇移仗西内安置。每日上皇与高公亲看扫除庭院，芟薙草木，或讲经、论议、转变、说话，虽不近文律，终冀悦圣情。

唐人吉师老有一首诗《看蜀女转昭君变》，诗云：

> 妖姬未着石榴裙，自道家连锦水滨，檀口解知千载事，清词堪叹九秋文。翠眉颦处楚边月，画卷开时塞外云。（《才调集》卷八）

这说明了唐代有一种叫作"转变"的民间说唱艺术，有讲有唱，也有图画辅助。图画叫"变相"，讲唱的内容叫"变文"。转变最初表演的地点，并不在寺院中，而是跨越社会的上、下阶层，街市、路边或宫廷都有，更有的是在专门的"变场"中进行。转变这种出自中国民间的独特的说唱伎艺，遂被唐代僧侣们运用在他们的俗讲中，把佛教故事纳入了民间的"转变"，于是，便形成为佛教故事变文。孙楷第对于"转"字有所解释：

> "转"等于"啭"，意思是啭喉发调。《淮南子·修务训》："秦、楚、燕、魏之歌，异转而皆乐。"高诱注："转，音声也。"唐朝太乐及教坊乐人叫音声人。可见转就是歌。[1]

唐玄宗时有少女莫氏，受命入王宫充当才人，擅长秦地的歌谣，号为"莫才人啭"。[2]唐人薛能《赠歌者诗》："一字新声一颗珠，啭喉疑是击珊瑚。"可见"转"有歌唱之意。至于"转变"与"变文"之中"变"的含意为何？"'变'乃六朝隋唐人常语"[3]，其意义应当如周绍良所言：

> 要弄清楚"变文"的涵义，并不需要多绕圈子去考证它，因为当初创造这

---

❶ 孙楷第：《中国短篇白话小说的发展》，《沧州集》，中华书局1965年版，第72页。

❷ [唐]段成式：《语资》，《酉阳杂俎》前集卷之十二，汉京文化公司1983年版，第115页。

❸ 孙楷第：《读变文》，《沧州集》，中华书局1965年版，第64页。

一名词的人，未必经过考古证今地考虑后才提出的，相反的却是要创立一个名词，一定要使群众易于了解和接受的才好，故"变"之一字，也只不过是"变易""改变"的意思而已，其中并没有若何深文奥义。如所谓"变相"，意即根据文字改变成图像，"变文"意即把一种记载改变成另一种体裁的文字……并不一定因为"其文述佛诸菩萨神变及经中所载变异之事"才叫做"变文"的。❶

周绍良认为不应当把问题复杂化，主张把"变"字解释为"变易""改变"等平常的语意。梁代刘勰《文心雕龙·通变》一篇有："设文之体有常，变文之数无方。"姜伯勤在隋代吉藏的《中观论疏》中也找到了"释此八不，变文异体"的文句，其中的"变"字都作一般的"改变"之意，从而得到了佐证❷。这样的做法，也得到了一些学者的赞同❸。

可见所谓"转变"，就是讲唱故事或讲唱变文之意。"变文"则是"把一种记载改变成另一种体裁的文字"，"变"也是"变文"的省称。从而"说话"与"转变"都在叙述一个故事，两者都可以有说有唱，但"说话"偏重于"说"，"转变"偏重在"唱"。说话的底本是话本，转变的底本是变文，两者的题材都不限于佛教故事。

（三）中国的"说话"伎艺至迟在汉代已有，史书、笔记中有明确的记载。隋唐社会经济繁荣，市民阶层人数大增，民间说话颇为盛行。《太平广记》卷248侯白条引《启颜录》：

> 隋侯白，州举秀才，至京，机辩捷……杨素，爱其能剧谈，每上番日，即令谈戏弄……逢素子玄感，乃云："侯秀才，可以玄感说一个好话。"

所谓"话"，应当是故事之意，"谈戏弄"则是指"说话"以及额外的表演活动。可知，隋代之时"说话"已经风行，也受到仕宦阶层的喜爱。唱演杂戏等活动时也常有民间艺人表演"说话"。唐人段成式提道：

> 予太和末（835年），因弟生日观杂戏。有市人小说呼扁鹊作褊鹊，字上声，予令座客任道升字正之。市人言二十年前尝于上都斋会设此，有一秀才甚赏某呼扁字与褊同声，云世人皆误。予意其饰非，大笑之。❹

> 元和十年韦绶罢侍读。绶好谐戏，兼通人间小说。❺

---

❶　周绍良：《敦煌变文论文录》，上海古籍出版社1982年版，第407—408页。

❷　姜伯勤：《变文的南方源头与敦煌的唱导法匠》，《文学遗产》1989年第1期。

❸　张鸿勋：《敦煌俗文学研究》，甘肃教育出版社2002年版，第78页。

❹　[唐] 段成式：续集卷之四《贬误》，《酉阳杂俎》（正续集），汉京文化公司1983年版，第240页。

❺　《唐会要》卷四《杂录》。

包含在杂戏中的市人小说、人间小说，即是"说话"伎艺，雅俗共赏，观众涵盖了整个社会。"说话"伎艺除了在街市上演出，还常在宫廷、府第、斋会中表演。元稹《酬翰林白学士代书一百韵》诗："翰墨题名尽，光阴听话移"，自注云："乐天每与予游从，无不书名屋壁。又尝于新昌宅说一枝花话，自寅至巳，犹未毕词也。"❶《一枝花话》就是"说话"的故事之一，后来，被白行简据以写成了《李娃传》。从以上资料可知，"说话"伎艺在隋唐社会风行的情形，不仅吸引市民百姓，也受到士大夫阶层的喜爱，甚至乐于亲自表演。

"说话"在唐代已经相当成熟，已经职业化、伎艺化了。但何以没有留下"说话"的抄本？敦煌话本的出现，可以填补这个空白，可以解答这个疑问。

敦煌话本即是宋元话本小说的雏形，它的显著特点，便是全为散文叙述。从而我们可以推断，《清平山堂话本》中这种单纯散文叙述形式的宋代话本小说，在唐代已然成形了。《庐山远公话》直接标名为"话"，而《叶净能诗》的"诗"有一些学者主张可能是"话"或"诗话"之误。《韩擒虎话本》尾题为"画本既终，并无抄略。""画本"应该是"话本"之误写。因此"话本"一名在晚唐社会或许已经出现了，而不必迟至宋代才有。

敦煌话本正是中国说话伎艺在唐代的底本，虽然可能受到了"转变"的底本"变文"的影响，但"话本"与俗讲及其讲经文并没有太大的关系。敦煌话本纯粹只是散文叙述，只说不唱，明显的与变文那种"说唱兼施，散韵兼用"的说唱体不同。

综合来看，话本的体制较为简单，渊源更早，更有可能早于变文的产生，只是长时期以简略的抄本形态存在于少数说话人手中，师徒相授，没有流通在外，从而也不为人所知。

（四）"变文"是一种骈散兼用、说唱并行的文体。变文的散文部分，使用了简单的白话文，并且夹杂着浅显的古文，另外也有一部分使用（四六）骈体文。韵文部分则是以七言唱词为主，有时也夹杂了五言或六言句式的唱词。用韵自由，可以换韵，不限平仄。韵文唱词的用韵等使用现象，大致上与乐府诗相同，没有太多的限制，不需要太专门的知识。

变文的文体并不是外来形式，而是在中国旧有的说唱形式之下，韵文、散文两条文学大河在唐代汇聚之下所横生出来的一条支流。汉赋即是一种散文与韵文结合的文体，魏晋的骈体赋，更加入韵文的诗歌。中国悠久的诗歌传统，已经足以提供变文中的韵文创作所需的声韵常识。六朝的乐府诗在民间不仅是歌唱，也往往用于叙事，其中的文字大多很质

---

❶ ［唐］元稹:《元氏长庆集》卷十。

朴，不避俗语。唐代除了骈体文依旧盛行之外，古文运动也已经鼓动风行起来了，散文的写作有了很大的进展。种种的良好条件，已提供了变文茁长足够的养料。佛教文学，尤其是佛经的传译，传入了古印度偈颂与讲述互相配合的文体，对于发展中的变文固然有其影响，但不是主要的力量。

（五）著名的《降魔变文》《大目干连冥间救母变文》是佛教故事一类的变文，情节精彩，想象力丰富。在所有变文之中，两者的篇幅已算是极长的，艺术性也较高，已经非常成熟。依照文类发展的常理，不应产生于初期，而应当是晚期的变文，甚至可能晚于敦煌话本。况且，敦煌莫高窟所有的唐窟中，都没有敦煌遗书中大量佛教故事变文的相关壁画，但讲经文的壁画却非常齐备。❶ 此一现象最有可能的解释，便是佛教故事变文是产生于晚唐、五代的，属于变文晚期的作品。

然而，王重民认为现存最早的变文即是《降魔变文》，因为变文开端有"伏惟我大唐汉朝圣主开元天宝圣文神武应道皇帝陛下"❷ 等文句，因此主张此一变文写作的年代在唐玄宗"开元天宝"年间（713—755 年）。《庐山远公话》文末的抄写日期则明白写出"开宝五年"（宋太祖）（972 年）。从而王重民推论，"从变文转变为话本，大约只有两百五十多年的时间（8 世纪到 10 世纪下半世纪初）。"❸

事实上，《降魔变文》中虽然出现了"开元天宝"年号，但行文中显然是以追思、追溯、回顾的语气来提及玄宗皇帝，颂扬他对于佛经的推广、护持。这只能视为变文写成的上限，而不是时间的下限，因此只能说《降魔变文》写成的最早时间不会超过玄宗天宝年间，至于最晚的时间，则不无可能是在晚唐。至于《庐山远公话》文末所记的时间乃是传抄的日期，应当视为是文本完成的下限，而非文本创作完成之时，因此话本的完成时间不会晚于北宋"开宝"年间，但年代有可能更早。从而王重民据此对于佛教故事变文产生的年代，以及变文演进成为话本的种种推断都是有待商榷的。

（六）唐代佛教俗讲的兴盛，产生了讲经文的写作，以传播教义为目的。至于佛教故事类的变文，乃是唐代僧侣们有鉴于民间故事变文与历史故事变文在社会上的盛行，因此运用变文来作为俗讲的形式之一。

佛教故事变文主要是讲述佛祖和弟子们诚心修道，以及佛法战胜邪魔的故事。偏重神奇虚幻的情节，强调对佛教的虔敬信仰，而非佛典的阐释，世俗传教之目的明显。历史故事与民间故事的变文，其内涵一般大多是保卫家国、爱护民族与文化，对抗外族的侵略，

---

❶ 高国藩：《敦煌民间文学》，联经出版公司 1994 年版，第 33—34 页。

❷ 潘重规编：《降魔变文》，《敦煌变文集新书》，文津出版社 1994 年版，第 609 页。

❸ 王重民：《敦煌变文研究》，见周绍良《敦煌变文论文录》，上海古籍出版社 1982 年版，第 278 页。

显示了初唐时期边疆的动乱及国力的不振，其显著的特征就是与佛教教义无关，而基本上反映了儒家的传统文化。《王昭君变文》强调爱乡土爱国家与民族团结的思想情操。《孟姜女变文》则是曲折地反映了边疆地区的百姓不断遭受外族侵犯的社会悲苦现实，并且谴责了发动战争的罪恶。《舜子至孝变文》推崇了儒家的孝道精神。《伍子胥变文》《王陵变文》宣扬忠君思想，号召人民团结对抗外敌的侵略。《张义潮变文》《张淮深变文》也充满了爱国的思想情感，歌颂保家卫国的英雄。因此，佛教故事变文在形式上与内涵上都不同于其他的变文，乃是变文发展中较为晚期的作品。

佛教故事变文，在原文末尾往往题有"变"字，讲经文的末尾则没有"变"字，只有佛教典籍的名称。况且，虽然都是讲说佛教故事，但"讲经文取材的是大乘佛经的故事，变文取材的是小乘佛经的故事。"❶

三、变文新说的修订

综合以上的辨析，我们知道旧说有种种的不足之处，因此，除了不少的学者主张新说之外，一些文学史、小说史的写作，也已经改从了大部分的新说。包含刘大杰《中国文学发展史》、袁行霈主编的《中国文学史》，以及萧欣桥、刘福元合着的《话本小说史》在内。从而我们应当对于旧说有一些修正，以便能够更完善而确切的解答中国白话小说发展演变等问题。但主张新说的学者们，也尚未有全然一致的结论，彼此之间仍然有分歧之处。

（一）讲经文来自于"俗讲"，变文来自于中国说唱伎艺中的"转变"，而话本则来自于"说话"。唐代的说唱伎艺，唱重于说，"转变"盛于"说话"；宋代则相反，说重于唱，"说话"盛于"转变"。❷"说话"与"转变"虽然都是在叙述故事，但"说话"偏重于"说"，而"转变"偏重于"唱"。此外，"说话"的渊源与时代都要比"转变"久远得多。敦煌话本虽然与变文彼此之间互有影响，但与讲经文并没有直接的关联。

（二）《敦煌变文集》中的作品并非全是变文，有些与佛教无关，内容及其形式的差异很大，虽然都是民间俗文学，但不能一律称之为变文，而有其自己的题名。张鸿勋、高国藩等人的五类之分颇值得参考：敦煌讲经文、敦煌民间话本、敦煌民间词文、敦煌民间故事赋、敦煌变文。❸

（三）变文的演变先后，应当是民间故事变文与历史故事变文在前，而佛教故事变文

---

❶ 张鸿勋：《敦煌俗文学研究》，甘肃教育出版社 2002 年版，第 64 页。

❷ 孙楷第：《俗讲、说话与白话小说》，河洛图书公司 1978 年版，第 4 页。

❸ 张鸿勋：《前言》，《敦煌讲唱文学作品选注》，甘肃人民出版社 1987 年版。高国藩：《敦煌民间文学》，联经出版公司 1994 年版，第 17 页。

最后产生。大部分的佛教故事变文，乃是俗讲僧吸收了民间"转变"的表演形式所产生的作品。❶ 此一论点不仅符合了历史的发展，也与作品的艺术性高低相吻合。孙楷第所主张的"由经变（指俗讲文、变文）到俗变（指世俗变文）"❷ 的变文发展过程，正好与事实相反。

（四）对于变文文体形成的影响力，中国重于印度。我们不能忽视印度佛教文学的外来催生作用，尤其是佛典韵散兼用的形式，以及对于讲唱音声的重视与运用。然而，中国本土文学与文化的影响毕竟还是最主要的部分。敦煌变文正是"在我国原有的叙事诗、讲故事传统形式基础上，又吸收佛教讲经形式而嬗变产生的具有中华民族特色的一种新型说唱文学形式。"❸

（五）敦煌话本与俗讲没有直接关系，不能视之为变文在后期的演变。敦煌话本与变文之间，无论是义涵或形式上，都有不小的差别。"话本纯说不唱，变文却是说唱结合。"❹ 但是"变文的散文说白，是以第三人称全知全能视点来叙述事件"❺，这种叙述方式则与敦煌话本相同。敦煌话本是"说话"伎艺的底本，其形式与义涵都影响到宋元话本、明清长短篇白话小说。

由于话本不是从变文演变而来，因此，话本中的诸多程规、体制，应当是说话人从实际的讲说过程与经验中自然形成的，包括入话、头回、正话、卷首卷尾的诗词、正话中诗词的运用，以及讲史平话的分段分节讲述。

讲经文与佛教故事变文对于中国白话小说也确实有其贡献，主要是宗教鬼神之说，加速推动了历史与人物的虚构化。中国史传重视实录的传统，其牢固的规范在此得到了更大的松绑，叙事文更能够容许虚构、幻想的成分，作者的想象力得到了更好地发挥。

四、敦煌话本的体制与内涵

《庐山远公话》杂凑南朝以来《广弘明集》《出三藏记集》《高僧传》与《莲社十八高贤传》等有关东晋名僧惠远的记载，又附会民间传说，然后张大其事、"装饰虚辞"，以宣扬佛家轮回报应、宿债前缘等因果思想，并且生硬、大段的演绎佛经。虽然讲说众生平等、佛性平等、众生皆具佛性、一阐提也能成佛的佛教思想，却也提及了山神、树神、

---

❶　高国藩：《敦煌民间文学》，联经出版公司 1994 年版，第 19—33 页。萧欣桥，刘福元：《话本小说史》，浙江古籍出版社 2003 年版，第 29 页。

❷　孙楷第：《中国短篇白话小说的发展》，《沧州集》，中华书局 1965 年版，第 72—74 页。

❸　姜昆，倪钟之主编：《中国曲艺通史》，人民文学出版社 2005 年版，第 142 页。

❹　张鸿勋：《敦煌话本词文俗赋导论》，新文丰出版公司 1993 年版，第 14 页。

❺　姜昆，倪钟之主编：《中国曲艺通史》，人民文学出版社 2005 年版，第 145 页。

精灵、帝释等神仙、道教术语，可见作者对于佛、道的区别不甚讲究，具有三教混合的意识。

小说中的文字，颇受到六朝骈文的影响，四六对偶骈俪之处不少，作者颇为重视文辞的润饰，并非只是作为讲说时的底本而已，显然有意作为书面读物，从而以文学写作的笔法来经营。例如"是时也，秋风乍起，落叶飘飘，山静林疏，霜沾草木。风经林内，吹竹如丝，月照青天，丹霞似锦。长流水边，心怀惆怅。"❶写景的文辞优雅，并不俚俗。

《韩擒虎话本》的主题在于表扬打退异族侵略，保卫国家的独立与统一，富有爱国民族意识。本文作者颇为认同佛教，以为即使贵为帝王"不有三宝，毁拆伽蓝"，最终也会被推翻，丧命亡国，否则便会有天佑神助。话本中为了宣扬此一观念，不是口号式的宣传，而能够发挥想象，以戏剧化的虚构情节来表现。文章开头便请出了龙王听法现身，增加了惊听的效果，又把韩擒虎的年龄改变了，说他是"一十三岁奶臭未落"的少年，增加了新奇、耸动的效果，又故意把与韩擒虎对阵的南陈镇国大将军任蛮奴安排成是韩擒虎的父执辈，这就使之后的劝降、破阵和任蛮奴的自缚投降，增添了许多波澜、曲折、紧张的戏剧性。又把历史上原是属于贺若弼的一些英伟事迹，例如一箭射落争食的双雕使单于悦服求和，也张冠李戴在韩擒虎身上，借以增大他的能力。后世小说对于主要人物的塑造，一般也都采行这种方法，《三国志演义》对于孔明才智的塑造便是此法。

《唐太宗入冥记》乃是一篇反专制皇帝之作。描述太宗生魂被拘入冥府，因为与判官崔子玉达成了交易，许诺他日后在阳世升官，故而得以延寿之事。其内容虽然已见于唐人张𬸦《朝野佥载》，但是本文在处理这类先前已有的题材时，改由民间百姓的角度、价值观来看待。皇帝与判官崔子玉的暗中勾结，曲折反映了唐代官吏的贪赃枉法和营私舞弊的现实情况。尤其是安排唐太宗下地狱受审判，反映了人民对于专横帝王的痛恨。

其中最耸动的是崔子玉质问唐太宗在玄武门杀害兄弟、夺取王位之事，令太宗无词可答，然后要挟得官的情节。对于当朝一代英主进行嘲讽，揭露鬼神世界与人间帝王的互相收买、作弊的恶行劣迹，这种大胆的批判流露出了市井庶民的意识，而与深受儒家文化熏陶的士大夫阶层不同。虽然以佛家因果报应思想来掩护，但是遮掩不住一股人民对于玄武门事变"杀兄弟于前殿，囚慈父于后宫"的不平，作者巧妙的借由具有佛教色彩的情节来批判违背伦常亲情的政治斗争。

《叶净能诗》属于道教故事，叶净能是道教人物，其中的太一、华岳也是道教之神，因此本篇可能是出自道教自身"道讲"的底本❷，内容主要在抨击唐代宫廷生活的险恶。故

---

❶　潘重规编：《敦煌变文集新书》，文津出版社 1994 年版，第 1052 页。

❷　张鸿勋：《敦煌话本词文俗赋导论》，新文丰出版公司 1993 年版，第 18 页。

事大多有其根据，分别取材于《集异记》《仙传拾遗》《朝野佥载》等书。叶净能汇集了叶法善、罗公远等其他道教人物的传闻于其一身，从而把一个在正史中无传的人物，夸张到了"与太上老君无异"的地步。起初叶净能受到了皇室的宠遇，最后只因他一时的过失，竟然几乎招致杀身之祸，其矛头也是指向薄情寡义的唐玄宗。如此肆无忌惮地批评当朝的英主，与宋元话本的庶民意识一致。故事的叙述语气也是一种说书人的口吻，正是宋代流行话本常用的语词。

《秋胡变文》里秋胡辞亲远游所带的"十袱文书"，包括八部儒家典籍和《庄子》《文选》，而竟以《孝经》居其首。秋胡为了学问增进、仕途显达，无奈之下抛妻弃母，离家在外求学奋斗九年之久。强调伦理美德的子孝、妻贤，以及文人踏入仕途官宦的艰辛过程、家庭变动，内容颇能够掌握当时社会的脉动，反映了下层文人的处境与心理。

《庐山远公话》《韩擒虎话本》《唐太宗入冥记》《叶净能诗》与《秋胡变文》等已非单纯的佛教故事，特别加意虚构，使情节曲折动人，增添引人的戏剧性效果。并且讲述一些社会、历史的题材，以拉近与听众的距离，其中流露的思想因而也夹杂有世俗的价值观。这几个敦煌话本，数量虽然不多，取材却颇为多样，已然开启了后世"说话四家"的迹象。

话本与变文相较，形式上，变文为有说有唱，话本则是有说无唱。内容上，话本增加了更多的世俗题材，从浪漫的神鬼天地逐渐趋向于现实的社会人生。经由以上几篇具有代表性话本的分析，可知敦煌话本具有以下几个特点。

1. 运用通俗易懂的口语、修辞。话本讲说的口语化，以及有说无唱的形式，使得小说逐渐得以摆脱繁缛的文言，朝向符合现代小说意义的方向发展。

2. 集中塑造一两个典型人物，性格分明。话本原是用于实际的说书，所以尽量避免脱离故事情节、静止地描写人物性格，而是善用人物的言行动作，以及相互之间的矛盾冲突，随着情节的展开来刻画人物。

3. 情节的安排注重戏剧性与故事性。故事完整连贯，脉络分明，有开头有结尾，也讲究设置悬念，情节离奇曲折、扣人心弦。

4. 流露强烈的庶民的特殊阶层意识，大异于官方与士大夫之族。

5. 奠定了基本的白话小说叙述模式。具有头回或入话功能的部分，虽无其名，但已有其实。这种独特的结构，在敦煌话本中即已出现。敦煌话本开启的这一说书模式，也为后世的话本、演义、章回体小说所继承。

6. 此时的话本已有"说话艺人采用第三人称全知全能的叙事观点，时而成为故事里的人物，以第一人称话白。"❶此种自由转换身份口吻的评述故事方式，方便与听众交流，讲说的过程不至于单调，因此，在后世的白话小说中经常可见。

中国白话小说源自"说话"伎艺，"说话"伎艺对于白话小说有根本性的重大影响，包含内容与形式。因此对于"说话"伎艺的起源、发展，以及话本的形成，都有必要深入的了解。

五、"说话"伎艺的起源

"说话"伎艺至迟在汉代已有，甚至早在先秦时代便已存在。近年来陆续在四川的成都、郫县及杨州等地发掘到汉代的"击鼓俑"或称作"说书俑"❷，可见民间说唱艺人在我国两千年前便已存在。刘向《列女传》："夜则令瞽诵诗，道正事。"所谓"诵诗道事"便是韵散合一的叙述形式。《汉书·艺文志》中所谓的"小说家者流"，实际上包含了不少的民间说唱艺人。

这类"说话"表演，不全然只是讲说故事。考察有关的文献，三国时代有所谓"俳优小说"❸，隋朝称"俳优杂说"，《太平广记》记载隋朝已有讲说故事之人。❹唐代则有"市人小说"❺、"人间小说"❻。大约可以据此推测，这些"说话"伎艺不仅是依靠辩才来讲说故事，还兼有滑稽调笑或歌舞扮演等在内的表演，其特质在于着重口说的技巧、鲜活的感染力。唐代时，"说话"伎艺已然成熟，城市里已经有专门的说话艺人存在，内容精彩生动，而文士也是喜好的听众之一。宋代之前，印刷技术尚未成熟，"小说"的地位低下，在很长的一段时间，"话本"是以口头文学或写本的方式存在，这些早期的写本已经无法得见，大约是以简单甚至粗糙的文言文写成，如同《绿窗新话》的笔记形式，目的只是提供给说话人参考备忘而已，不是作为文学读物。

中国白话小说源自口头"说话"的伎艺，这一特殊的起源，使得"说话"伎艺本身所具有的通俗性、娱乐性、商业性、庶民性与叙述形态，也从口头文学因袭沿用到了书面的文本之中，成为各类白话小说的特色。

---

❶ 姜昆，倪钟之主编：《中国曲艺通史》，人民文学出版社 2005 年版，第 156 页。

❷ 同上，第 97—99 页。

❸ 《三国志·魏志》卷二一，《王粲传》裴松之注引《魏略》。

❹ 《太平广记》卷二四八引，侯白《启颜录》记载：杨玄感曾要求侯白"说一个好话"，侯白乃说"有一大虫，欲向野中觅肉"云云。

❺ [唐] 段成式：《酉阳杂俎续集四·贬误编》。

❻ 《唐会要》卷四。

第三节 宋元话本小说的编写与刊行

一、宋元"说话"的家数与发展

长久流行在民间的"说话"伎艺吸收了俗讲的优点，到了宋代有了新的发展。宋代人的话本着重讲唱结合，有散文有韵文，与唐代敦煌话本以讲说为主，明显不同。北宋真宗时期，明令禁止僧人讲唱变文，这对变文的衰微，乃至消亡 ❶，产生很大的影响。"说话"则日渐兴盛。"话本到宋元发展为平话、演义小说，变文到宋元发展为诸宫调、词话，以及弹词、鼓词，各有各的道路。"❷

北宋之时，城市已颇为繁华，不但人文荟萃，而且工商百业兴盛，市民阶层人数大增，城市中的瓦肆勾栏有许多艺人以"说话"为业来谋生。到了南宋，"说话"更为发达，艺人更多，分工趋于细密，其中，尚可见到俗讲残留的痕迹。宋元笔记中诸如《东京梦华录》《都城纪胜》《西湖老人繁胜录》《梦粱录》与《武林旧事》等记载了"说话"的内容，或云三家，或分四家，详略有所不同，但一般多主张四家之说。南宋灌圃耐得翁《都城纪胜》首倡"四家"之说：

> 说话有四家：一者小说，谓之银字儿，如烟粉、灵怪、传奇。说公案，皆是朴刀杆棒，及发迹变态（泰）之事。说铁骑儿，谓士马金鼓之事。说经，谓演说佛书。说参请，谓宾主参禅悟道等事。讲史书，讲说前代书史文传、兴废争战之事。最畏小说人，盖小说者能以一朝一代故事，顷刻间提破。合生与起令随令相似，各占一事。商谜，旧用鼓板吹《贺圣朝》，聚人猜诗谜、字谜、戾谜、社谜，本是隐语。❸

此段文字的叙述不清、段落不明，学者之间的解读不同，造成了家数认定上的困难。宋元"说话"的四大家数，前三家"小说"、说经、讲史，较少争议，但第四家或谓"说参请"（王国维、谭正璧），或谓"合生"（鲁迅、郑振铎、孙楷第、严敦易、刘大杰、叶庆炳、程毅中、刘兴汉），或谓"说铁骑儿"（陈汝衡、李啸仓、王古鲁、胡士莹、赵景

---

❶ 郑振铎：《中国俗文学史》，东方出版社 1996 年版，第 204 页。

❷ 张鸿勋：《敦煌话本词文俗赋导论》，新文丰出版公司 1993 年版，第 14 页。

❸ [宋]《都城纪胜》卷十九，"瓦舍众伎"，见《西湖老人繁胜录》三种。收于王民信主编：《宋史资料萃编》第三辑，文海出版社 1981 年版，第 82 页。

深、张兵、李悔吾、李剑国）。❶

从后世白话小说的发展、题材的分类来说，说铁骑儿的重要性远超过说参请、合生与说诨话等类别。况且，"合生、商谜、说诨话则是非叙事性伎艺。"❷与"小说""说经""讲史"这些"讲说故事，追求故事趣味"❸，具有叙事性质的伎艺不同，难以相提并论。因此，对于说铁骑儿有必要做详细的探讨。严敦易从历史背景与社会现实方面对于"说铁骑儿"的内涵有所解释：

> 自北宋灭亡以来，民间艺人们所津津乐道，与夫广大听众所热切欢迎的，包括了农民暴动和起义以及发展为抗金义兵的一些英雄传奇故事，一些以近时的真人真事作对象的叙说描摹，当即系在这个"说铁骑儿"的项目下，归纳，隶属，与传布着。（这里面当也包括进了抗金以前的农民起义，和南渡后的内部斗争等事件在内。）铁骑，似为异民族侵入者的军队的象征。女真人原是拥有大量骑兵的剽悍的部伍，更有称作"拐子马"的特种马军，践踏蹂躏中原土地的便是他们，所以，"说铁骑儿"便用来代替了与金兵有关的传说故事的总名称，而叙说国内阶级矛盾冲突的农民起义传说故事，因为起义队伍的大多数参加了民族斗争，便又借着这个总名称的掩蔽而播传着……当时的"盗寇"的活动，是应行在这士马金鼓的概括之内的，"盗寇"不论是受了"招安"，或仍行啸聚，与抗金的战争多是分不开的……受到统治阶级钳束和禁约。❹

胡士莹本人对于"说铁骑儿"之所以应当独自成一家，有进一步的申论：

> （说铁骑儿）它和"讲史"不同，与"小说"（银字儿）对称，专门讲说宋代的战争，具有现实性。从南宋及后世存在的有关宋代战争的作品来看，当时"铁骑儿"的具体内容，很可能是《狄青》《杨家将》《中兴名将传》（张、韩、刘、岳）以及参加抗辽抗金的各种义兵，直至平民起义的队伍。如果这论断不误，那么，"铁骑儿"显然是以民族战争中的英雄为主体而不是以一朝一代的兴废为主体的。正因为如此，在多忧患的南宋，这种说话当然会受到广大平民的欢迎，因而能自成一家数。❺

---

❶ 李剑国，陈洪主编：《中国小说通史》，高等教育出版社 2007 年版，第 838 页。萧欣桥，刘福元：《话本小说史》，浙江古籍出版社 2003 年版，第 137—145 页。

❷ 姜昆，倪钟之主编：《中国曲艺通史》，人民文学出版社 2005 年版，第 212 页。

❸ 于天池，李书：《宋金说唱技艺》，秀威信息科技公司 2008 年版，第 66 页。

❹ 严敦易：《水浒传的演变》，里仁书局 1996 年版，第 69 页。

❺ 胡士莹：《话本小说概论》，丹青图书公司 1983 年版，第 107—108 页。

所谓的"说话"四家，应当是以口头叙说故事为前提之下的一种题材分类，基本上都具有叙事性质，差别主要在题材内容上，从而基于"说铁骑儿"的题材显然在宋元时代相当的重要，胡士莹等人对于"说话"四家的论断与解说较为符合实际。学者程千帆、吴新雷在元人陶宗仪所编的《说郛》卷三的《古杭梦游录》，发现到其中也有对于"说话"四家的记载❶，内容与胡士莹的看法很接近。胡士莹对于说话四家数的分类如下：

（1）小说（即银字儿）——烟粉、灵怪、传奇、说公案，皆是朴刀杆棒及发迹变泰之事。（2）说铁骑儿——士马金鼓之事。（3）说经——演说佛书；说参请——宾主参禅悟道等事；说诨经。（4）讲史书——讲说前代书史文传兴废争战之事。❷

"说话"四家对于白话小说的发展都有其影响，但以往学者多偏重于"小说""讲史"两家。然而这四家既然能够卓然独立，必定反映了社会的实际需求，因此对于通俗性质的白话小说自然都有其一定程度的影响力。事实上，"小说"影响到长篇世情小说诸如《金瓶梅》的发展；"讲史"影响到长篇历史小说，诸如《三国志通俗演义》的发展；"说铁骑儿"影响到民族战争或民众起义的长篇小说，诸如《水浒传》的发展；"说经"影响到长篇神魔小说，诸如《西游记》的发展。❸

讲史是最早发展起来的说话门类，并且早已有初步的分工❹，这应当与中国史学的发达、丰富、成熟有关。北宋时期讲史比较盛行❺，艺人的社会地位也较高，这应当与他们"记问渊源甚广"，背后所具有的丰富历史文化知识有关。文献记载中，民众一般敬称之为"解元""进士""贡士""宣教""万卷"，并且留有不少姓名、事迹❻。讲史一家讲说"《通鉴》、汉唐历代书史文传、兴废争战之事"❼，需时较久，必须分成多次讲述，故此讲史话本的篇幅一般都较长，文字半文半白，对于长篇章回体小说体制的形成有很大的影响。留存至今的宋元话本，也以讲史话本最多。

然而"小说"后来居上，更受欢迎，纵然是讲史者也"最畏小说人"。"小说"一词在

❶ 程千帆，吴新雷：《两宋文学史》，丽文文化公司 1993 年版，第 570—571 页。

❷ 胡士莹：《话本小说概论》，第 102 页。

❸ 欧阳代发：《话本小说史》，武汉出版社 1994 年版，第 62 页。

❹ 于天池，李书：《宋金说唱技艺》，秀威信息科技公司 2008 年版，第 129 页。

❺ 程毅中：《宋元小说研究》，江苏古籍出版社 1999 年版，第 223 页。

❻ [宋] 周密撰，李小龙，赵锐评注：《武林旧事》，中华书局 2007 年版，第 180 页。

❼ [宋] 吴自牧：《梦粱录》卷之二十，"小说讲经史"条，广文书局 1986 年版。

此可以顾名思义，表明"说话人"能够在短时间中交代完故事的来龙去脉，所谓"顷刻间捏合""提破"之意，在形式上影响到后世短篇白话小说的体制。鲁迅比较这两家的不同，而称："讲史之体，在历叙史实而杂以虚辞，小说之体，在说一故事而立知结局。"❶ 胡士莹认为"小说""更多地以人物命运为中心来叙述"，讲史则是"以史实为主线"。两家的不同，除了题材之外，主要在于篇幅的长短。

> "小说"的内容繁多，涵盖烟粉、灵怪、传奇、公案、朴刀、杆棒、发迹变泰等事，主要关注现实社会，富于生活气息，又对人生作出评价，"讲论只凭三寸舌，秤评天下浅和深"，听众容易产生感情的共鸣、心灵的寄托。题材符合中下层社会民众的心理与审美趣味，反映了民间大众好奇尚异的心态。其中所流露的道德与价值观也刻意迎合市井之间的世俗想法，从而能让民众感到认同而受到欢迎，这远非单纯凭借历史人物事迹或者妖魔精怪的荒诞奇闻可以比拟的。

南宋时期居于主流的"小说"，到了元代，讲史又逐渐取代了"小说"的地位，其中部分原因与元代的异族统治有关。蒙古人对于"说话"采行管束，多次颁布禁令，预防有心人借此聚众倡导抗元起义的思想。《元史·刑法志四》：

> 诸民间子弟，不务生业，辄于城市坊镇演说词话、教习杂戏、聚众淫谑，并禁治之。

《元典章》卷五十七《刑部》十九"杂禁"条也有类似的记载。"说话"艺人对于当代现实社会生活的评说颇感忌讳，因此"小说"逐渐衰落。另一方面，宋元易代，民族矛盾尖锐，战争频繁，使得"历代兴废争战之事"更容易引起民众的兴趣。❷ 艺人讲说历史大事与英雄人物，借古讽今，寄托感慨，听众也从中得到情感的抒发。

讲史所写成的文本，称之为"平话"。之所以称作"平话"，则如鲁迅所言："以俚语著书，叙述故事，谓之'平话'，即今'白话小说'者是也。"❸ 浦江清更明白的指出"评话原作平话，平话者平说之意，盖不夹吹弹，讲者只用醒木一块，舌辩滔滔，说历代兴亡故事。"❹ 亦即"平话"是指纯粹口头讲说故事，运用当时的主流方言白话来讲说，不搭配器乐弹唱，以区别于一些采用韵文讲唱的"词话""诸宫调""货郎儿"等。而且"平"在当初并不特别意指"评"，不是"评议""评论"之义。虽然各类话本之中，包括平话在内，

---

❶ 鲁迅：第12篇《宋之话本》，《中国小说史略》，上海古籍出版社2005年版，第94页。

❷ 姜昆，倪钟之主编：《中国曲艺通史》，人民文学出版社2005年版，第299页。

❸ 鲁迅撰，周锡山释评：《中国小说史略》，上海文化出版社2005年版，第94页。

❹ 浦江清：《浦江清文录》，人民文学出版社1989年版，第207页。

说话人夹叙夹议，在讲说故事的过程之中有许多评论，并且多要仰赖此种对于人物言行与情节的评议，以挑起听众的兴趣。但"平话"在元代并不称之为"评话"，"平话"之另行称作"评话"，开始于明初❶，且明代多用"评话"一名称之。

　　"小说"的题材包罗众多，许多内容都不免涉及历史、宗教或征战之事，"说话"四家的题材相互关联、牵涉。况且"小说"一家所讲述的题材又逐渐拓展，从而彼此的界线逐渐泯灭不明，不同家数的"说话"逐渐合流而不分。❷

　　再者，"小说"一词来源甚早，《庄子》将之意指一种浅陋的言论。《汉书·艺文志》把"小说家"列为"诸子略"的十家之一，视为"街谈巷语、道听途说"的"刍荛狂夫之议"，亦即一种内容浅薄浮夸的书籍，涵盖六朝志怪等文言笔记在内。此后，无论是官方或私人的书目，也都沿袭此意。"小说"一词既然早已广为人所知与使用，于是统合了"说话"伎艺，而不再拘泥于长短的篇幅和题材的性质。鲁迅表示：

　　南宋亡，杂剧消歇，说话遂不复行，然话本盖颇有存者，后人目染，仿以为书，虽已非口谈，而犹存囊体……惟世间于此二科，渐不复知所严别，遂俱以"小说"为通名。❸

"小说"成为通名，指称通俗小说，时间至迟不会晚于明代嘉靖年间。❹郎瑛即是如此："若夫近时苏刻几十家小说者，乃文章家之一体，诗话、传记之流也。"❺冯梦龙编写的话本小说，书名便称作《古今小说》。天许斋《古今小说识语》云："小说如《三国志》《水浒传》称巨观矣，其有一人一事可资谈笑者，犹杂剧之于传奇，不可偏废也。"也已经把长篇的演义都视为"小说"了。

　　小说另外还有"词话"之称，最早见于元代，专指当时流行的一种说唱伎艺，从变文或词文发展而来，以韵文为主。到了明代，由这种说唱伎艺转换而来的书面文学读物也称为"词话"，主要使用在诗词韵语相对较多的小说。明代中、后期，一些非词话形式的通俗小说也被称为词话，《金瓶梅词话》即是最显著的例子。❻

　　明初实施严酷的思想统治，明太祖有鉴于"说话"四家中的"小说"影响力大，而且

---

❶　姜昆，倪钟之主编：《中国曲艺通史》，人民文学出版社 2005 年版，第 346 页。

❷　萧欣桥，刘福元：《话本小说史》，浙江古籍出版社 2003 年版，第 233 页。

❸　鲁迅撰，周锡山释评：《中国小说史略》，上海文化出版社 2005 年版，第 99 页。

❹　可参见王庆华：《话本小说文体研究》，华东师范大学出版社 2006 年版，第 27 页。

❺　[明]郎瑛：《七修类稿》卷二二，"小说"条，世界书局 1984 年版，第 330 页。

❻　王庆华：《话本小说文体研究》，华东师范大学出版社 2006 年版，第 33 页。

内容多有伤教化，因此强力干预，使得"小说"衰微，几乎没有留下有关的记载。在恐怖高压的统治之下，"讲史"因为主要是讲说过往的历史，加上明太祖喜听评话，从而尚且能够通行，《永乐大典》中收录许多当时的评话话本。❶ 而"小说"以现实社会事件为主，所以颇多顾忌而衰微不振。❷ 明代中叶，经由讲史评话发展而来的历史演义，在民间大受欢迎，成为通俗的娱乐读物。从而"说话人"便根据这类现成的书来讲说，"说话"就逐渐被"说书"取代了。

明代已很少使用"讲史"一名，代之而起的是"演义"，融会了传统史学与民间讲史的成果，因此具有文人叙事的特质。明代小说以"演义"为书名者，实起自《三国志通俗演义》。除了"演义"之外，同时还有"志传"一名，例如，明世宗嘉靖二十七年（1548年）的叶逢春刊本《三国志传》。"演义"与"志传"如此的名称，反映了经史学术传统对于白话小说写作的影响。

明代中叶之后，明代帝王昏庸腐败淫乐者多，社会风尚也趋于奢靡，政治、文化上的打压松懈下来，市井伎艺、民间文艺也随之兴盛起来，"说话""话本"又开始出现。书坊开始把宋元话本重新刊印发行，嘉靖年间洪楩所编的《六十家小说》（书名中的"小说"是指"小说"话本。《清平山堂话本》则是近人马廉对其残本的称呼）即是在如此的时空背景之下编印的。❸ 之后又有冯梦龙、凌蒙初等文人的拟话本集"三言""二拍"出现。

二、话本小说的分类

"话本"一名，原不是专门指称"说话"伎艺的底本而言。"从隋唐以来，口头讲的故事称作'话'""话本就是记载'话'的文本，但并不限于说话"❹。傀儡戏、影戏、杂剧、诸宫调等具有故事内容的伎艺的底本，当时也称作"话本"。❺

至于专指"说话"伎艺的话本最早产生于什么时期？唐代或宋代是否有话本？现今所能得见的话本是否有宋代人的作品？若要确切回答这些问题，首先要对于话本的形态、性质与功用有确切的认识。

宋元时期，一些原本属于伎艺的名称，有不少转化为文体或文类之名，例如诸宫调、鼓子词、词话，也包括"小说"在内。

---

❶ 姜昆，倪钟之主编:《中国曲艺通史》，人民文学出版社 2005 年版，第 347 页。

❷ 欧阳代发:《话本小说史》，武汉出版社 1994 年版，第 134—139 页。

❸ 常金莲:《〈六十家小说〉研究》，齐鲁书社 2008 年版，第 4—9 页及第 35 页。

❹ 程毅中:《宋元小说研究》，江苏古籍出版社 1999 年版，第 238 页。

❺ 欧阳代发:《话本小说史》，武汉出版社 1994 年版，第 6—7 页。

　　"小说"在元代成为短篇的话本小说，元刻本即有《新编红白蜘蛛小说》（今仅存残页），讲史则成为较长篇幅的"平话"，有《三国志平话》等书。但两者的差异主要在篇幅的长短。虽然在宋元"说话"四家之中，"小说"因为能够"顷刻间提破"，篇幅较为短小。但"小说"话本具有敷衍成更长结构和篇幅的条件。同一个"小说"经过了历代不同"说话人"的增添情节或人物之后，也会逐渐增长。另一种常见的情形则是把原本独立的"小说"话本中的相关故事和人物加以拼凑、合并，形成另一个较长的故事，甚至成为了"讲史"话本。例如本来分属于"小说"公案类的《石头孙立》，朴刀类的《青面兽》，杆棒类的《花和尚》《武行者》❶，这些英雄豪杰的故事在《宣和遗事》被重新拼凑、串联在一起，使得篇幅加长了。❷

　　鲁迅等早期的学者，对于话本主张"底本说"，大多把话本视为"说话人"讲说故事参考之用的"底本"，以为"说话人"是依据这些话本来讲说故事的。然而，话本也有其不同的发展阶段、功用与形态，不能如此简单的看待。初期的话本大约是记载一些故事或摘抄一些资料的梗概，以供"说话人"参考、备忘，因此多为简略、粗糙的文言笔记形式，如同《绿窗新话》一类的形态，不是作为读者阅读之用的文学读物。这种性质的话本，早已不存在了，甚至从未公之于世。鲁迅等人的"底本"之说，比较符合这类早期的话本，但对于后期的一些重新润饰修订较为完善的话本并不适切。因此，近来有不少学者主张"录本说"，他们认为现存的大多数话本，包括少数的一些变文在内❸，可能是书坊主人找来一些文人，就社会上流行已久或普遍受到欢迎的"说话"内容，特意将之编写成以供阅读的通俗读物，而不再是口头故事的底本形态。现今流传后世的话本，大多应属于此类。因此胡士莹等人主张，这类经过加工、润饰之后的作品，应当称之为"话本小说"❹，以与那些真正是"说话人底本"的"话本"有所区隔。时至今日，学者们对于"话本小说"的概念又有所扩大，王庆华认为：

　　　　作为小说史之文类概念，它主要指具有"话本"性质的小说作品的总称，即唐代话本、宋元小说家话本、讲史平话和明清拟话本；作为小说史之文体类型概念，它主要指宋元小说家话本和明清模拟小说家话本文体形式创作的拟话本，即具有小说家话本体制的短篇白话小说。❺

---

❶　《醉翁谈录·小说开辟》，录有话本 107 种，分为八类。

❷　郑振铎《水浒传的演化》一文，把《宣和遗事》看作话本。

❸　王庆华：《话本小说文体研究》，华东师范大学出版社 2006 年版，第 43 页。

❹　胡士莹：《话本小说概论》，丹青图书公司 1983 年版，第 161 页。

❺　王庆华：《话本小说文体研究》，华东师范大学出版社 2006 年版，第 2 页。

从历史的演变发展来看，这些源自"说话"伎艺然后加工润饰而来的通俗文学，派生繁多，依序有唐代话本、宋元小说话本、讲史平话以及明清拟话本，不妨统名为"话本小说"。韩南比较中国长短篇白话小说的异同后，认为："（中国小说）长篇和短篇小说的来源、叙述型式、历史，大体上相同，惟一的区别只在篇幅。"❶ 话本小说乃是中国白话小说的基本形态，明清长篇章回体小说也是以它为基础发展而来，无论其题材性质如何，叙述模式是相似的。

三、话本小说的刊行与内涵

目前学术界对于这类录本性质的话本小说的产生时期，大致分成宋代与元代两种意见。尽管目前所能得见的文献显示出这一类话本小说刊印于元代，而未曾发现有宋代留存至今的刻本或抄本，但这并不能否定宋代已有话本小说的可能性。

话本小说在宋元当时是以单篇的形式流传，经过后人的汇集而成书于明代。❷ 许多作品传承自宋代而或经元代人甚至明代人的修订，然后刊刻于元代或其后。宋元话本小说最初大概以抄本流传为主，刻本到了元代才渐多。现存的话本小说，最早的刊刻于元代。这些作品具有民间文学的特性，亦即口头性、集体性和变异性。

（一）短篇部分

迄今已发现的可靠元代白话小说，短篇的有《新编红白蜘蛛小说》（残页）以及《清平山堂话本》。《清平山堂话本》是现存最早的小说话本集，应当也是最为可信的，共有29篇。其中大部分是宋元小说话本，虽然可能经过了元代人甚至是明代人的修订，但基本上保存了初期话本的原貌。❸ 它是明代嘉靖年间钱塘人洪楩刊印的《六十家小说》残存的小说话本的合集。《六十家小说》，分为《雨窗》《长灯》《随航》《欹枕》《解闷》《醒梦》六集，每集十篇，共六十篇，分别出自不同作者之手。学者认为，其中的《简贴和尚》《蓝桥记》《快嘴李翠莲记》《洛阳三怪记》《阴骘积善》《陈巡检梅岭失妻记》《五戒禅师私红莲记》《杨温拦路虎传》《花灯轿莲女成佛记》《错认尸》等十篇是宋代话本。❹ 因此，宋代小说话本是存在的，虽然是迟至元代才刊印。

至于1915年缪荃孙号称摹刻自"元人写本"的《京本通俗小说》，则存在真伪的问

---

❶ ［美］韩南（Hanan）撰，尹慧民译：《中国白话小说史》，浙江古籍出版社1989年版，第23页。

❷ 李悔吾：《中国小说史》，洪叶文化公司1995年版，第185页。

❸ 常金莲：《六十家小说研究》，齐鲁书社2008年版，第61页。

❹ 同上，第62—93页。

题，今实际存者卷十至卷十六共七篇。包括《碾玉观音》《菩萨蛮》《西山一窟鬼》《志诚张主管》《拗相公》《错斩崔宁》《冯玉梅团圆》等。此书原被罗振玉、王国维、鲁迅、胡适、孙楷第等学者认同是元人编选行世的宋代话本小说集。但后来有日人长泽规矩也、马幼垣兄弟、胡万川、苏兴等多位学者判定其为伪书。无论如何，不能完全抹煞其中的价值，所以"不妨把《京本通俗小说》中的作品看成宋明合璧，看成宋代说话人、元代书会才人和明代文人改写者在几个世纪间的共同创造。"❶ 可以作为一种旁证，但不宜直接看待成初期的话本小说集的典范。

到了明代后期，冯梦龙、凌蒙初根据部分话本的内容润色、编写，作品分别留存在"三言"与"二拍"之中。

（二）长篇部分

明代几部著名的长篇小说，多是从宋元话本小说的基础上发展而来，逐渐增删润饰而成，学者称这类作品为"世代累积型小说"，包括《三国志通俗演义》《水浒传》《西游记》等。❷

以"诗话"为名的宋元小说只有一部《大唐三藏取经诗话》，它的另一个名称《大唐三藏取经记》应当更切合它的实质。之所以有"诗话"之称，大约与俗讲有关，由于俗讲的活动有说有唱，过程穿插了不少的诗歌，变文也反映了此种实况，所以书中许多处都以诗歌作结，其性质近似于佛经的颂偈。此外，本书也使用白话文来叙述故事。

《大唐三藏取经诗话》的内容已经具有明代《西游记》的基本模型，其中也有许多相异之处。取经一行人有七位，除了三藏与猴行者之外，其余五人面目模糊。孙悟空在此称为猴行者、白衣秀才，沙悟净称之为深沙神，曾经吃了三藏两回，也尚未成为三藏的弟子。猪八戒、白马都尚未出现，妖魔的规模和法力也尚小。三藏有难时，对空呼喊的是"大梵天王"而非观音菩萨。作者对于《心经》一书特别看重，强调心性的修持。西天取经的结尾也是欠缺最重要的《心经》一部，而由定光佛来转授。取经之目的地是鸡足山。

本书的撰作年代，王国维考证出刊印的书坊"中瓦子张家"为南宋临安（杭州）的书籍铺，因此认为此书刊行于南宋，乃是南宋人的话本，出自于"说话"。由于本书分成上中下三卷，十七节，每节有标题，王国维认为本书为"后世小说分章回之祖"❸，从而更具有价值。鲁迅则认为也有可能是南宋的版片在元代重印，不能排除是元代的刊本。近人研

---

❶ 杨义：《中国古典小说史论》，中国社会科学出版社 2004 年版，第 326 页。

❷ 徐朔方：《古代戏曲小说研究》，浙江大学出版社 2008 年版，第 473 页。

❸ 王国维：《王国维跋》，《大唐三藏取经诗话》（古本小说集成本），上海古籍出版社 1994 年版。

究的结果逐渐趋于一致，多数认为当在宋代，最初可能出自俗讲，可视之为"宋元说经话本"❶。但李时人等学者从全书的体制形式、思想内容和语言现象来考察，以为《大唐三藏取经诗话》应是更早的"晚唐、五代寺院俗讲的底本，和敦煌藏经洞所发现的许多讲唱文学写卷是属于同一时代、同类型的作品。"❷仔细审察此书，它的语文、体裁都比较特殊，与南宋的话本确实有所不同，应当产生于宋人说话分家数之前，体裁与敦煌变文有许多相似之处，至迟应当写成于北宋，甚至有可能上推到晚唐、五代。

《宣和遗事》乃是以宋徽宗为中心，采取编年体的叙述方式，逐年逐月记事，"体裁类乎讲史"，因此，罗振玉等文人判定为平话❸，清代吴郡修绠山房刻本在卷四末尾也有"新镌平话宣和遗事终"一行，可以为旁证。前人多认为《宣和遗事》是宋人作品，但书中叙及陈抟预言宋朝"卜都之地，一汴、二杭、三闽、四广"，已经涉及宋末的历史，应当是在幼帝赵昺崖山殉国，宋亡之后所追写的，况且对宋代帝王毫无顾忌地直斥批评，并且公然刊行贩卖，应当是异族统治的元代才有可能。从而"此书至少经过元人的修订，不可能出于宋刊"❹，马幼垣也说"从内证立论，今本宣和遗事绝无可能为宋人之作。"❺大约是由宋入元的遗民在元初所完成的，作者的身份应当是元代的书会才人一类下层社会的文人。

《宣和遗事》的版本较多，可分两个系统。一种是两卷本，题作《新编宣和遗事》，书前有目录293条，似为原本所有，年代应当较早。另一种是四卷本，题作《新刊大宋宣和遗事》，分元、亨、利、贞四集，"为强拆二卷本而成者"❻；清代吴郡修绠山房刻本，虽然也是四卷本，但分成一、二、三、四集。整部书的体例并不一致，有时文言，有时白话，时有叙述，时有议论。前、后的风格也不同，前半部主要是节录、连缀各种话本，许多地方保留了"说话"的口吻和套语。更重要的是，《水浒传》的故事在此已经粗具规模，已经把宋江作为这批梁山泊好汉的中心人物来发展情节，并且已有36将出现，但与《水浒传》的36员天罡星有出入。后半部主要是杂抄、拼凑多种宋代人的史书、笔记而成。

> "水浒"故事在民间流传久远，民众对于其中的人物、行事的看法，也随着时代的不同而有所变易。《宣和遗事》是"水浒"故事的一个巨大发展，为后来的《水浒传》奠定了基本线索和框架。

❶ 程毅中：《宋元小说研究》，江苏古籍出版社1999年版，第370页。
❷ 李时人，蔡镜浩：《前言》，《大唐三藏取经诗话校注》，中华书局1997年版，第2页。
❸ 罗振玉：《罗振玉跋一》，《大唐三藏取经诗话》（古本小说集成本），上海古籍出版社1994年版。
❹ 程毅中：《宋元小说研究》，江苏古籍出版社1999年版，第298页。
❺ 马幼垣：《水浒二论》，联经出版公司2005年版，第36页。
❻ 同上。

　　两卷本《宣和遗事》的前集先以八句诗引起一段入话，诗云："暂时罢鼓膝间琴，闲把遗编阅古今。常叹贤君务勤俭，深悲庸主事荒淫。致平端自亲贤哲，稔乱无非近佞臣。说破兴亡多少事，高山流水有知音。"入话叙述的是古代治乱兴亡之历史，把历代君王分为治天下的贤君和乱天下的昏君两类。正话部分大体包括三部分内容。首先概述赵宋王朝由兴而衰的历史，赵匡胤陈桥兵变登基，经宋太宗、宋真宗、宋仁宗、宋英宗、宋神宗等在位的得失，至宋徽宗才开始细写。其次讲述宋江聚义梁山的故事。朝廷命呼延灼、李横收捕宋江，屡战屡败，后竟投降宋江。朝廷无可奈何，只好招安宋江，各授官职。宋江因收擒方腊有功，官封节度使。第三部分叙宋徽宗与李师师的故事。宋徽宗在高俅、杨戬的引领下，结识了京师名妓李师师，且为之痴迷颠倒。后来，宋徽宗又在奸臣的唆使下，无视礼法，册封她为李明妃。

　　后集叙述宋王朝的南渡。北宋末年连年天灾，饥民并起为盗。金人屡犯边境，徽宗、钦宗最后竟被双双掳去。康王即位为高宗，移都临安。满朝文武甘心讲和，偏安一隅，醉心于湖山歌舞之娱。

　　现存文献，书名为平话的有六本书：《武王伐纣平话》（别题《吕望兴周》）《乐毅图齐七国春秋后集》《秦并六国平话》（别题《秦始皇传》）《续前汉书平话》（别题《吕后斩韩信》）《三国志平话》以及《新编五代史平话》。前五种为元英宗至治年间（1321—1323 年）建安（今福建）虞氏所刊，常合称作"全相平话五种"，这是现存最早的宋元讲史话本。此外，尚有不以平话名之，而实际上性质相同的小说，包括《宣和遗事》《三分事略》《薛仁贵征辽事略》《梁公九谏》等作品。名称的多样不一，这与其所参考、采用的史料有关，也反映了宋元之际对于这种新的文体的定位尚且混沌不明。而传闻中所谓的《西游记》平话确实存在，大概出现于元末明初❶，虽然篇幅可能较长，情节也更为丰富，但原书名并没有"平话"二字，当时的名称应当称之为《唐三藏西游记》。❷

　　现存《三国志平话》的元代刻本扉页上有"至治新刊"四字，既云"新刊"，它编纂完成的时间应当更早。从书里的"定州"等地名来看，"今本《三国志平话》大约定稿于金代"。❸在"全相平话五种"里，《三国志平话》字数最多，但仍只是一个经过删削的简本，此书只是诸种有关三国故事话本中的一种版本。书里有许多故事只有几句话一笔带过，情节不完整，文字不连贯。有些人物，例如关索，突然出现，后来也不见踪影。本书

❶　蔡铁鹰：《西游记的诞生》，中华书局 2007 年版，第 195 页。

❷　朝鲜人编写的《朴通事谚解》，其中有"买《赵太祖飞龙记》《唐三藏西游记》去"等词句。见于《西游记资料汇编》，第 110 页。郑明娳也有近似的看法，《西游记探源》，里仁书局 2003 年版，第 11 页。

❸　程毅中：《宋元小说研究》，江苏古籍出版社 1999 年版，第 279 页。

的内容略本于史传，但偏重描写蜀汉刘备一面。主要情节和人物大多可见于史书，但是也有一些重要的情节，诸如桃园结义、三战吕布、献貂蝉、千里独行、古城聚会、孔明杀曹使等，都是不见于正史而在民间早已流传的故事。毕竟是民间讲史，出自传说及虚构的东西不少。由于受到民众的喜爱，符合市民阶层的审美趣味，故说书人多采用。人物的塑造上，军师方面偏重孔明法术的高明；武将方面，偏重张飞的描写，其武勇甚至胜过关公。开卷以"司马仲相断阴狱"为入话，结尾以刘渊灭司马氏的晋朝而兴汉为尾声，颇有因果报应、复仇意识等庶民常有的想法，有明显的民间文学的色彩。

《三国志平话》的另一种版本，题作《三分事略》，这两部书"无论情节、文字、版式、图像，都几乎是完全一致""两者是同一部书的两家刻本"❶。《三分事略》现存元刻本，乃元代李氏建安书堂所刊行。上卷、中卷的第一行都标明"至元新刊"，而扉页中间又刻有"甲午新刊"四字，学者刘世德据此考定时代当为元世祖至元三十一年（1294 年）❷，从而大约早于《三国志平话》三十年，成书时间更可以上推至宋末元初。

❶ 袁世硕：《前言》，《三分事略》（古本小说集成本），上海古籍出版社 1994 年版。

❷ 刘世德：《谈三分事略》，《文学遗产》1984 年第 4 期。

第三章 累积的奇书与失意的才子

第一节 白话小说家的特质

一、私人作史的精神与演变

孔子开创了中国史学私人私史的风气，"古者惟史官为能作史。私人作史，自孔子始。然孔子非史家。"❶ 左丘明、司马迁等人相继投入私人作史，蔚为一种传统。他们并非单纯的纪录历史，"大率别有一'超史的'目的，而借史事为其手段。"❷ 孔子之《春秋》，蕴含许多"微言大义"，《左传》则可用以解经，而司马迁也私淑孔子，其《史记》"窃比《春秋》"，目的在于发表他的"一家之言"，借由史书以"究天人之际，通古今之变"。此一非官方甚至反官方论述的叙事传统，有别于官方的价值观、思想、精神与功能，而涵盖了整体社会的人民。阮芝生便指出：

> 《史记》继《春秋》，不是于取材与体裁上说，而应就思想与精神言。二人
> 异时异事，遭际各别，二书不可能雷同，但论治济世之心则一，而皆未能见诸实
> 行。但圣贤千古不磨者唯此一心耳。❸

此种"论治济世之心"，后代历朝官史之中罕能得见。梁启超即批评中国的正史，所关注的乃是帝王家之事业，而非整体社会、民众之事：

> 《史记》以社会全体为史的中枢，故不失为国民的历史;《汉书》以下，则以
> 帝室为史的中枢，自是而史乃变为帝王家谱矣。

---

❶ 梁启超：《过去之中国史学界》，《中国历史研究法》，里仁书局 1984 年版，第 60 页。

❷ 梁启超：《史记》，《要籍解题及其读法》，华正书局 1989 年版，第 24 页。

❸ 阮芝生：《史记如何"继春秋"》，台湾科学委员会专题研究计划精简报告 1999 年（计划编号：NSC 88-2411-H-002-013）。

官史每每慑于当朝权贵的干涉，以及受限于尊君的意识形态，实录无隐、褒善贬恶的史学传统与精神难以在其中存在。纵然是属于私撰性质的《汉书》，也无法免除官方的影响。傅玄曾讥贬班固：

> 论国体则饰主阙而折忠臣，叙世教则贵取容而贱直节，述时务则谨辞章而略事实。此其所失也。❶

史官与政权两者之间存在一种先天难以调和的矛盾，史官为官府所任用，便欠缺独立自主的写作空间，不能自由选择与诠释史料，不能不以帝王的意识为意识。史官效命于政权，从而有扭曲历史事实，丑化异己者之曲笔存在：

> 史名而冠以朝代，是明告人以我之此书为某朝代之主人而作也。是故南朝不得不谓北为索虏，北朝不得不谓南为岛夷，王凌、诸葛诞、毋丘俭之徒，着晋史者势不能不称为贼；而虽以私淑孔子自命维持名教之欧阳修，其《新五代史》开宗明义第一句，亦不能不对于积年剧盗朱温其人者，大书特书称为"太祖神武元圣孝皇帝"也。❷

梁启超以为这一原因，除了正史采取了断代史的体例之外，主要与后世史书的撰作方式有关：

> 唐以前书皆私撰而成于一人之手，唐以后书皆官撰而成于多人之手也。最有名之马、班、陈、范四史，皆出私撰……官撰合撰之史，其最大流弊，则在著者无责任心……著者之个性湮灭，而其书无复精神……若隋、唐、宋、元、明诸史，则如聚群匠共画一壁，非复艺术，不过一绝无生命之粉本而已。坐此之故，并史家之技术，亦无所得施。史料之别裁，史笔之运用，虽有名手，亦往往被牵掣而不能行其志……我国古代史学，因置史官而极发达，其近代史学，亦因置史官而渐衰敝。则史官之性质，今有以异于古所云也。❸

朝廷设置史馆，征召多人合力修史，对于史书的撰写也有其流弊，除了篇幅、体例上"卷帙愈增，而芜累亦愈甚"，史书固有的"实录""褒贬"的精神与功能更显见失落。

孔子之时"上无明君，下不得任用。""诸侯害之，大夫壅之。"❹"疾没世而名不称焉"，

❶ 傅玄著有《傅子》，书已佚。引文见于[唐]刘知几著：《书事》，《史通释》，里仁书局1980年版，第230页。
❷ 梁启超：《过去之中国史学界》，《中国历史研究法》，里仁书局1984年版，第61页。
❸ 同上，第61—62页。
❹ [汉]司马迁：《史记·太史公自序》。

《论语·述而》有云："不愤不启，不悱不发。"司马迁也感伤自己"身毁不用""恨私心有所不尽，鄙陋没世，而文采不表于后世"❶，两人皆致力于著述以寄托个人的心志、理想，意欲留美名于后世。此种人生目标与苦衷皆与历代怀才不遇、仕途失意，甚至落拓潦倒、孤愤不平者相同。司马迁说明了自己以及同类人的相同创作心态：

> 夫《诗》《书》隐约者，欲遂其志之思也。昔西伯居羑里，演《周易》；孔子
> 厄陈、蔡，作《春秋》；屈原放逐，着《离骚》；左丘失明，厥有《国语》……《诗》
> 三百篇，大抵贤圣发愤之所为作也。此人皆意有所郁结，不得通其道也。❷

太史公叙说自身失意的困境，那种"负下未易居，下流多谤议""邻里所戮笑，以污辱先人"❸的落拓处境，促使他借着写作《史记》以求"成一家之言"，而得以"藏诸名山"、传于"通邑大都"显名后世。显示了失意的文人，尤其是素负壮志者写作的心理需求，借助作品以求得生活的意义，实现理想。因此《史记》的叙事也就具有某种特殊的个人色彩，尤其表现在描写那群"俶傥非常之人"的纪传体中，不看重人物的身份、职位与功业所具有的社会地位，而刻意凸显这些人的才能、性情与言行所展露的主体生命情调。

后世这类才高而失意的文人也"恐没世之后，谁知予者？"有感于"古来贤俊，立言垂后，何必身居廨宇，迹参僚属，而后成其事乎？是以深识之士，知其若斯，退居清静，杜门不出，成其一家！"❹从而往往效法孔子、太史公以创作具有褒贬性质的叙事文类来寄托心志、抒发情意、表现才华。

孔子"贬天子，退诸侯，讨大夫。""成《春秋》而乱臣贼子惧。"这一先例使得后世批评昏君佞臣具有合法性，而成为修史者崇高的理想与使命，史家也因此多以天道、人伦纲常的维护者自居。❺刘知几主张"君臣邪僻，国家丧乱则书之。"❻他们往往以孔子撰作《春秋》的理想自诩，追求个人的作品能够达到"自得""独断"的境界，不甘于一般的世俗之作。

二、史统散而小说兴

史书的撰写，有其一定的笔法、体例必须讲究，所能够描述的人物、事件也有其特

---

❶ [汉] 司马迁：《报任少卿书》，见 [南梁] 萧统编《文选》卷四一，华正书局 1987 年版，第 580 页。

❷ [汉] 司马迁：《史记·太史公自序》。

❸ [汉] 司马迁：《报任少卿书》。

❹ [唐] 刘知几著：《辨职》，《史通通释》，里仁书局 1980 年版，第 284 页。

❺ [清] 章学诚：《答客问上》，《文史通义新编新注》，浙江古籍出版社 2005 年版，第 252 页。

❻ [唐] 刘知几著：《书事》，《史通通释》，第 229 页。

定的对象，因此，一种较为自由，甚至可以想象的叙事文类也就应运而生。晋朝史官干宝，所作史书《晋纪》"时称良史"，谨守作史的规范，但写作志怪小说《搜神记》便比较不受束缚，能够以"传录舛讹"❶为借口。六朝时期另有一些文人，为了不受写实的条框限制住个人的才思，因此也写作这类能够发挥个人想象力的文言小说，例如王嘉《拾遗记》、张华《博物志》、刘敬叔《异苑》、祖冲之《述异记》、吴均《续齐谐记》、王琰《冥祥记》等。

即使是私家撰写私史，也须具备一定的身份条件，仍有一定的笔法、体例的限制。魏晋南北朝以来私人修史的风气盛行，但隋文帝在开皇十三年下令禁止：

> 人间有撰集国史、臧否人物者，皆令禁绝。❷

这表明了皇家开始要垄断修史的权利了。唐朝进一步加强管控的力道，唐太宗贞观三年（629年）正式设立史馆，分工明确，各有专职，通力合作，宰相负责监修，往后历朝大致沿用此制度。❸因此，后世身居草野的文人，纵然是私史的著述也已有所不便，只能从事稗官野史的写作了。而有意仕途或晋身上层社会的唐代文士，则写作能够展现"史才、诗笔、议论"❹才华的传奇小说，因此"藻绘可观"，必然出自于"文人才士之手"。胡应麟即云：

> 小说，唐人以前，纪述多虚，而藻绘可观。宋人以后，论次多实，而彩艳殊乏。盖唐以前出文人才士之手，而宋以后率俚儒野老之谈故也。❺

然而，唐人传奇的内容乃是承袭六朝志怪而来，以精怪鬼神为主，至少也须是奇人、奇事，普通的市井小民及其生活琐事不被重视。对于读者的设定，也主要在文士、学者圈内，以文言撰写，尚未普及于民众。

主要作为士人阶层逞才述异的唐人传奇，完成了古典小说的文学化与文人化，落实与肯定了叙事的虚构性质。但是当描写的对象涉及市井民间，描写效果要求"传神逼肖"的时候，也就捉襟见肘。所以只能算是一种特定时空下的文学现象，后世难以为继而盛况不再。毕竟一味地追求"奇幻不俗"只能侷促人生的一隅，无法为世俗社会与人民大众"传神写照"。

---

❶ [明] 胡应麟：《少室山房笔丛》卷三六，二酉缀遗中，世界书局1980年版，第486页。

❷ [唐] 魏征：《隋书·高祖纪下》。

❸ 瞿林东：《魏晋南北朝隋唐时期》，《中国史学史》，上海人民出版社2006年版，第121—132页。

❹ [宋] 赵彦卫：《云麓漫钞》卷八。

❺ [明] 胡应麟：《少室山房笔丛》卷二九，九流绪论下，第375页。

经、史之典籍，文深义奥，只有少量的读者。随着宋代社会经济的发展，城市新兴的市民阶层需要适合自己的娱乐，富丽的世俗城市生活也给予了更多小人物表演的舞台。于是六朝志怪、唐人传奇这类以虚幻的鬼怪精魅、作古的英雄美人为主角的文言小说，也须退位给通俗的白话小说。冯梦龙《古今小说序》称：

> 史统散而小说兴。始乎周季，盛于唐，而浸淫于宋……大抵唐人选言，入于文心，宋人通俗，谐于里耳。

袁宏道回顾自己的阅读经验，明白坦言白话小说的吸引力远胜于经史一类的典籍：

> 予每检"十三经"、或"二十一史"，一展卷，即忽忽欲睡去，未有若《水浒》之明白晓畅者，语语家常，使我捧玩不能释手者也。❶

后起的白话小说之所以采取白话等通俗的形态，也是一种美学上不得不如此的考量。因为强调通俗，从而白话小说再现一个真实、生动世界及人物的能力便远胜于传统的史传。明人张尚德认为历史著作"事详而文古，义微而旨深"，小说则能够"入耳而通其事，因事而悟其义，因义而兴乎感。"❷ 明代人蒋大器也认为《三国志通俗演义》之所以盛行的缘故在此：

> 然史之文，理微义奥……（《三国志通俗演义》）文不甚深，言不甚俗，事纪其实，亦庶几乎史。❸

文言究竟是一种雅言，它与实际生活，特别是与口语有所隔阂，使它只能流通于文人、学者之中。志怪、传奇等文言小说的创作和接受，因而受限于狭小的社会圈子里。明儒李梦阳称"今真诗在民间"，重视民间文学的价值。在某一层面来说，到了明代，以往雅正的诗词文赋及史传等文类已经发展演变到了极致，当时盛行的复古运动其本身就是对于因袭定型的一种反驳。

从文人的传奇到民众的白话小说，从反映上层社会生活到反映市井风貌，古典小说为了适应时代的需求而有了"从雅到俗"的重大转变。

三、白话小说家的境遇

中国古代各类文学、体裁的发展演变，不免普遍存在一种现象。大多起源于民间，逐

❶　[明]袁宏道:《东西汉通俗演义序》。

❷　[明]张尚德:《三国志通俗演义引》。

❸　[明]蒋大器:《三国志通俗演义序》。

渐成熟之后，便吸引了文化修养较高的文人投入创作，从而在风格、内容与形式各方面都有所转变。例如整齐的五言诗大约首见于西汉时期的民谣，汉魏的乐府民歌之中更为常见，具有率真显露的民间文学色彩。流通既久，遂吸引了许多中下阶层的文士大量仿作，而促成了性质截然不同的所谓古诗与文人乐府，风格温雅婉转，抒情言志也更加高妙。

白话小说的创作也有相同的情形，初期话本的写作，出自于民间的"说话"艺人。话本通行了一段时期之后，才吸引了一些文士开始改写、仿作。从宋元至明清，历代白话小说家几乎都是一些社会上失意困顿的文人。

中国古代随着"说话"的兴盛和发展，南宋出现了"说话人"的专门行会组织，例如"雄辩社"。❶此外，还有专门编写话本的团体——书会，经由其中专业的"书会先生""才人""名公""老郎"，此种"门第卑微，职位不振，接近市民阶层的文人"，编写适合的话本来供应市场的多种需要。这些人多半是社会下层失意的文人，以此谋生，但其中不乏颇有才华之人，借此来抒发一些个人的情志。话本中多处明言这些人的参与写作，《杨温拦路虎传》便说："才人有诗说得好：'求人须求大丈夫。'"《简帖和尚》也有："当日推出这和尚来，一个书会先生看见，就法场上做了一只曲儿，唤做《南乡子》。"

"说话人"对于自己本身的要求很高，已经自觉是一项难度颇高的技艺，而有心以此成名立业，所以从小便计划培养。宋末或元初的罗烨在其《醉翁谈录》里对此有详细的说明，说话人"幼习《太平广记》，长攻历代史书"《夷坚志》无有不览，《琇莹集》所载皆通"，要求"记问渊源甚广""论才词有欧、苏、黄、陈佳句；说古诗是李、杜、韩、柳篇章"。可见当时"说话"的题材主要取自传统的文史典籍，包括史书、笔记、传奇、志怪、诗词文集等，因此，"说话人"一般皆"尤务多闻。非庸常浅识之流，有博览该通之理"。不仅临场的反应要好，口才须便捷无碍，更强调要有丰富的经史知识，"小说纷纷皆有之，须凭实学是根基。开天辟地通经史，博古明今历传奇。"❷

"说话"伎艺历经了宋、金、元三代，投身此一行业的人，阶层越来越广，甚至包含了妇女。尤其是在金、元时期，由于战乱频繁、社会动荡，以及对于文人的压迫，不少原本家世不低、才学颇高的文士也只好借此谋生。从元人杨维桢的《送朱女士桂英演史序》可知❸，这位朱女士出身钱塘（杭州）衣冠世族，颇有文史的涵养，在元朝政府的统治之下，却只能卖艺为生。她不但能讲"小说"，也能讲说《三国志》《五代史》，以及宋徽宗

❶ ［宋］周密：《武林旧事》卷三"社会"，见《西湖老人繁胜录》三种。收入王民信主编：《宋史资料萃编》第三辑，文海出版社1981年版，第210页。

❷ ［宋］罗烨：《醉翁谈录》，"小说开辟"，世界书局1975年版，第5页。

❸ ［元］杨维桢：《东维子文集》，卷六。

的一些轶事。出身世族的妇女已然被迫须以"说话"为业，当众讲说表演，一般的文士可知其处境的艰辛。

《全相平话五种》据学者研究，应该是元代至治年间建安虞氏书坊雇请社会下层文人写作的，其身份应当是村塾教师、书会先生等所谓的"俚儒野老"❶"村学究"之流，他们的社会地位很低，生活困苦。其中的《三国志平话》一开始详细写了一个孙学究的故事，对于他的穷困不得志的生活，刻画细腻生动。作者在讲说史事之时，又经常引用胡曾的《咏史诗》，这类诗歌在当时主要是作为私塾蒙童教育之用，可见作者或许是一名蒙童老师。

《新编五代史平话》也有一位朱五经教授，《宣和遗事》中的"智多星"吴加亮（吴用）也是一个学究，可见平话的作者对于学究的生活十分熟悉。《新编五代史平话》的作者常在书中插入自己的诗词、奏章、书信，流露出一种浓厚的向往科举及第、在朝为官的理想，这是仕途失意的落寞文人常有的心态。

> "说话人"本身是市民，听众也多数是市民，所讲说的题材及其意识也都刻意迎合市民阶层，因此在社会上具有很大的影响力。元末陶宗仪记载一个讲史家聚众起义之事：

> 胡仲彬，乃杭州勾阑中演说野史者，其妹亦能之。时登省官之门，因得夤缘注授巡检。至正十四年（1354 年）七月内，招募游食无籍之徒，文其背曰"赤心护国、誓杀红巾"八字为号，将遂作乱。❷

胡仲彬以一个讲史家的低微身份，居然在群众中拥有很大的号召力量，能够聚众至千余人。可见"说话"的听众很多，如果有人刻意鼓吹某种信念、意识，可以聚集很多的民众。相传写作《三国志通俗演义》《水浒传》的两位作者，元末明初的罗贯中、施耐庵或许即是类似胡仲彬之"有志图王者"。

罗贯中与施耐庵两人都曾经在元末时期定居于临安（杭州），以书会才人为职业。他们两人有可能即是着眼于"说话"伎艺与民间通俗文艺的影响力，从而投身于"书会"，写作了平话、戏曲，借此传播抗元的民族意识。从中可知，金元时期，写作小说、戏曲的文士，有些人怀抱颇高的理想、特殊的情志。从而小说、戏曲等原属于不登大雅之作，也因此提升了价值、润饰了文辞、丰富了义涵，逐渐得到了一些开明的文人学士所重视。元末明初已经有文艺修养较高的文士对这些话本小说加以增删润饰，甚至是更大规模的改

---

❶　[明] 胡应麟：《少室山房笔丛·九流绪论下》二酉缀遗。

❷　[元] 陶宗仪：《南村辍耕录》卷二七，中华书局 1997 年版。

写。长篇的平话，经过改写之后，成为规模体制更大的演义体小说。其中成就最高，也是初期的作品即是《三国志通俗演义》与《水浒传》。然而，受此影响，后来出现的众多历史演义小说，则是出于一般"俚儒野老"之手，其成就远不及《三国志通俗演义》。明代后期可观道人《新列国志序》即称：

> 自罗贯中氏《三国志》一书，以国史演为通俗演义，汪洋百余回，为世所尚。嗣是效颦日众，因而有《夏书》《商书》《列国》《两汉》《唐书》《残唐》《南北史》诸刻，其浩瀚几与正史分签并架，然悉出村学究杜撰。

这些历史演义，只是把原本"理微义奥"的史书内容加以通俗化，欠缺良善的编写情节、塑造人物的技巧，所以未见精彩，成就不高，但构建了一系列完整的历史演义小说。

一般仕途顺遂的文士由于生活的优渥、官场的文化和局限，对于人生、社会缺乏真切的感受，吟诗、作文只能依循传统雅正的体裁。对于作品的内容、形式没有创新的能力或意愿。多数只能写作一些远离现实、内容贫乏、附庸风雅的士大夫文学。至于白话小说家，由于他们较差的出身、际遇，写作雅正的诗、赋、文、史对于他们并无太大意义。促使他们能够以较为宽广、客观的心态，跳脱传统的束缚，接纳新的变革，另辟文学天地。

此种情况不免与历代科举考试取才有关，他们之中几乎没有一个人在科举失利之前写过白话小说。以明代万历年间编写话本小说集《西湖二集》作者周楫为例，他自负才学，却科举失利，深感"怀才不遇，蹭蹬厄穷""不得已而借他人之酒杯，浇自己之磊块，以小说见。"❶往往借由书中人物来自述生平，"发抒胸中意气"：

> 看官，你道一个文人才子，胸中有三千丈豪气，笔下有数百卷奇书，开口为今，阖口为古，提起这枝笔来，写得飕飕地响，真个烟云缭绕，五彩缤纷，有子建七步之才，王粲登楼之赋。这样的人，就该官居极品、位列三台，把他住在玉楼金屋之中，受用些百味珍馐，七宝床、青玉案、琉璃钟、琥珀浓，也不为过。时耐造化小儿，苍天眼瞎，偏锻炼得他一贫如洗，衣不成衣，食不成食，有一顿，没一顿，终日拿了这几本破书，"诗云子曰""之乎者也"个不了，真个哭不得、笑不得、叫不得、跳不得，你道可怜也不可怜？所以只得逢场作戏，没紧没要做部小说，胡乱将来传流于世。❷

仕途无望之后，部分人以编写白话小说为生或娱心，或者谋求名利，而成为主要的创

---

❶ ［明］湖海士《西湖二集序》，见周楫纂，陈美林校注《西湖二集》，三民书局 1998 年版，第 721 页。
❷ ［明］周楫纂，陈美林校注：《吴越王再世索江山》，《西湖二集》，三民书局 1998 年版，第 4—5 页。

作者。明代的这类白话小说家姓名比较可考，他们最初多与书坊出版业有关，包括熊大木、余邵鱼、余象斗、邓志谟等。

四、奇书与才子小说家

另有一类人深感"怀才不遇"，致力完成一种"发愤之作"，求取某种心理补偿。或者出于感时忧国、关怀民生疾苦。包括施耐庵、罗贯中、吴承恩、董说、周楫、陈忱、吴敬梓、曹雪芹、文康、夏敬渠、李绿园、李汝珍、韩邦庆与刘鹗等人。

文人写作白话小说本身就是从主流文化里自我放逐进入亚文化，甚至在某种意义上可以称之为社会和文化的"边缘人"（marginal men）。因此，不免会有意或者无意的"故为诡异之行"，包括写作此类素来被人轻视，"壮夫不为"的白话小说，其中有某种特殊的心理需求与创作动机，自然也会形成特殊的叙事美学。这类失意文人的创作心理与动机，可以上溯至孔子、司马迁。

马斯洛的"动机阶层论"依照人类需求满足的基本优先级，列出了五种，由下而上依次是：生理的需求、安全的需求、爱和归属的需求、自尊的需求以及自我实现的需求。第一类的小说家着眼于牟利的动机不过是为了满足生活等较低的生理及安全需求层次，而第二类的小说家则是为了寻求那种"爱和归属""自尊"及"自我实现"等较高层次的需求，而从事此类创作。因此，白话小说家身份的转变，使得需求的种类和层次有了相应的变化，也影响到小说的主题、题材与寓意。

然而，这类发愤抒情的白话小说家，其才华有高有低，作品因此有高下的分别。王钟麒（天僇生）便说：

> 盖小说者，所以济《诗》与《春秋》之穷者也……吾国之作小说者，皆贤人君子，穷而在下，有所不能言、不敢言而又不忍不言者，则姑婉笃诡谲以言之……士之不得志于时，而能文章者，乃著小说以抒其愤……吾尝谓，吾国小说，虽至鄙陋不足道，皆有深意存其间，特材力有不齐尔。❶

小说成为社会下层文人借以逞才抒愤的典型文类，尤其是一些怀才不遇、饱经忧患、胸怀理想的失意文人，时常借此"微言""俳语"以表达其不能明言的苦衷。

其中少数的"高才文人"即所谓"才子"投入写作，因而产生了一批卓然不同的杰作，有所谓的"奇书""才子书"之称，而少数的这几位创作者，足以称之为"才子小说

---

❶　王钟麒：《中国历代小说史论》，见梁启超等著：《晚清文学丛钞：小说戏曲研究卷》，新文丰出版社1989年版，第34—36页。

家"。明代最负盛名的便是"四大奇书",包含《三国志演义》《水浒传》《西游记》与《金瓶梅》。《水浒传》更被金圣叹列入"六大才子书"之一,与《史记》《杜诗》比肩。

四大奇书依照问世的先后,分别属于历史、英雄侠义、神魔与世情小说。关切的主体从国家、社会、家庭到个人的心性。题材由外而内、从大到小、从形而下到形而上。这代表了白话小说反映真实人生日趋成熟的一个发展过程。明代小说"四大奇书",无论在叙事形态或义涵方面,都给予白话小说建立了伟大的典范。

随着时代的发展,社会经济的繁荣,再加上白话小说的杰作逐渐增多,评价渐高,"四大奇书""三言"等书分别树立了长篇与短篇白话小说的典范,愿意投身创作的文人日渐增加,其身份阶层和写作动机也随之扩大。

第二节 《三国志演义》《水浒传》及其作者

白话小说往往都历经了漫长时代的多人改编,明清著名的长、短篇作品有不少是宋元时期的话本改写而成。亦即有名的故事,大多在民间已传说久远,而且往往具有许多不同的内容与说法,形诸书面文字也多经过了长时期多人的改写。明代小说四大奇书,徐朔方认为四部书都属于"世代累积型集体创作"[1]。除了《金瓶梅》一书存有争议之外[2],学者大多能够认同此一论述。世代累积的好处在于原本粗糙的故事情节得以完备、细腻,获得了更为深刻的表达与内容的一致性,艺术效果得到提升。《三国志通俗演义》《水浒传》与《西游记》都是所谓"世代累积型"的小说。改编者对于先前作品的更动,使得此一后世的改定本有时是"原作"的直接改写,有时则是数种先前传本的综合体。此种"改写"的过程涉及了叙述的动机、场合,或者读者对象的转换。改编者解读原作的过程中对于作品的"微言大义"难免有所误解或曲解,于是起初并不强调作品多义性的白话通俗小说也呈现出一种主题纷歧的现象。即以《宣和遗事》为底本而成的《水浒传》来说,后世不同的版本,已使原书的主旨暧昧不明,李贽、金圣叹等人即有相反的解读,而据此而成的多种续书,更持有不同甚至是全然相反的立场。陈忱《水浒后传》、青莲室主人《后水浒传》,这两部续书基本上站在同情梁山泊英雄的立场,肯定了官逼民反的起义行为。俞万春的《荡寇志》(又称《结水浒传》)则是拥护官府的态度,与金圣叹的想法相似,主张盗寇必须"尽数擒拿,诛尽杀光"。

---

❶ 徐朔方:《中国古代早期长篇小说的综合考察》,《古代戏曲小说研究》,浙江大学出版社 2008 年版,第 473 页。

❷ 不少学者主张《金瓶梅》也是集体创作而成的,包含潘开沛、徐朔方、支冲、吴小如、刘辉、陈诏。见于邓绍基,史铁良:《金瓶梅研究》,《明代文学研究》,北京出版社 2001 年版,第 385—388 页。

然而，此种"世代累积型"的小说，融合了历代"说话人"的想象与民间的传说，大多能够镕铸出一种更为动人的情节，艺术性大为增加。因此经由这些话本、平话、拟话本的编写出版之后，白话小说已由"附庸而蔚为大国"，逐渐成为成熟的文学体裁，也渐为一般文人所重视。于是也有"高才文人"对过往的一些作品心有不满，起而以其经史、文学方面之修养亟思有所改革，欲使此种市井文字提炼成为优雅的文艺。从而不仅注意到思想必须依经立义，反映人生的多种问题，也兼及篇章、段落、结构的呼应、安排，以及文句的修饰。

中国早期长篇白话小说大多是"世代累积型"的集体创作，这些大致上是"增修"完成的作品在明代嘉靖至万历年间陆续问世。四大奇书之中的《三国志通俗演义》《水浒传》与《西游记》也涵盖在内。这些白话小说在出版之前，都在"说话"艺人、编刻出版者之间经历了漫长的酝酿和流传过程。

对于四大奇书的作者与成书时间，民国以来经由胡适、鲁迅、郑振铎等人的相继研究，学界逐渐形成了共识。以为《三国志通俗演义》《水浒传》的作者分别为元末明初的施耐庵、罗贯中，《西游记》的作者则是明代中叶的吴承恩。《西游记》与《金瓶梅》，其刊刻的时间相对较晚，已在明代嘉靖年间之后，从而学者们对于作者的臆测，也多集中在此时期。《金瓶梅》的作者至今仍处在争论之中，其最初的署名"笑笑生"大致上是明代中叶的一位文士。近来学界又发现了一些新的材料，对于这四部奇书的作者又各自有一些不同的主张，但尚未完全有定论。

《三国志通俗演义》《水浒传》，明初已有抄本流传，这种祖本应当在社会上流传了百年以上的岁月。目前学界一般认为《三国志通俗演义》成书在前，但也不能完全排除《水浒传》在前的可能性。因为《三国志通俗演义》的题材较少顾忌，没有刊刻的现实考虑，所以才能早于《水浒传》的刊行，但未必成书较早。

一、《三国志演义》及其作者

（一）《三国志通俗演义》的成书

胡适、郑振铎、孙楷第等人当时所了解的《三国志演义》，最早的版本是《三国志通俗演义》二十四卷二百四十则❶，题有"后学罗本贯中编次"，书前有弘治甲寅（七）庸愚子（蒋大器）的序，其中提道：

> 若东原罗贯中，以平阳陈寿《传》，考诸国史……留心损益，目之曰《三国

---

❶　孙楷第：《明清讲史部》，《中国通俗小说书目》，凤凰出版社 1974 年版，第 30 页。

志通俗演义》。文不甚深，言不甚俗，事记其实，亦庶几乎史，盖欲读诵者，人
人得而知之，若《诗》所谓里巷歌谣之义也。书成，士君子之好事者，争相誊
录，以便观览。❶

这说明了作者为罗贯中，并且迟至弘治年间，仍然是以抄本的形式在流传。此书后来
刊刻于嘉靖壬午（1522 年），学术界因此多称之为嘉靖本。前有修髯子（张尚德）的《三
国志通俗演义引》，假托有客请求刊刻，"公之四方"，于是，才有了刻本在嘉靖年间行世。
对于罗贯中的写作动机，庸愚子表示："前代尝以野史作为评话，令瞽者演说。其间言语鄙
俚，又失之于野，士君子多厌之。"故罗贯中考诸国史，增删改订，而成《三国志通俗演
义》。他认为此书可以上继《诗经》，实现古代采诗观风之义。

此后，学界陆续发现了三十余种在明清时代刊行的本子，有数种更被视为早于此嘉靖
本。柳存仁先生便认为在元代至治本《三国志平话》刊刻约四十年之后，罗贯中很可能就
撰写了有关三国的小说，所以他推测在嘉靖本《三国志通俗演义》之前，应当还有更早的
版本。❷ 新近的研究似乎证实了他的推论。张志和为文宣称，现存最早的版本为黄正甫刊
本《新刻按鉴通俗演义全像三国志传》二十卷二百四十段。❸ 此书虽然早已存在，但长期
以来受到学者们的忽视。它刊行于弘治十七年（1504 年）之前，比嘉靖本约早了二十年以
上，张志和并且断定此黄正甫刊本《三国志传》为《三国志演义》的祖本。❹ 当前虽然有
刘世德、章培恒等许多学者不认同此种说法，考证出黄正甫乃是万历年间之人，其所刊行
的其他书籍也都标记为万历年间。❺ 但仍然无法排除黄正甫所刊行的内容，乃是早于嘉靖
本的三国故事版本。也有其他学者肯定志传本比嘉靖本更接近罗贯中的原本，沈伯俊便如
此主张：

> 嘉靖元年本乃是一个加工较多的整理本，而明代诸本《三国志传》才更接近

❶ [明]庸愚子《三国志通俗演义序》，见丁锡根编著：《中国历代小说序跋集》中，人民文学出版社 1996 年版，第
887 页。

❷ 柳存仁：《罗贯中小说之真伪性质》，见《中国古代小说研究》，上海古籍出版社，1983 年版。

❸ 张志和：《黄正甫刊本三国志传乃今见三国演义最早刻本考》，《透视三国演义三大疑案》，中国社会科学出版社
2002 年版，第 106—122 页。本文原发表于《北京师范大学学报》，1994 年第 2 期。

❹ 张志和：《前言》，《三国演义黄正甫刊本》，中国人民大学出版社 2000 年版，第 6—17 页。

❺ 刘先生的考证认为，黄正甫乃是万历年间的人，不是张志和所谓的嘉靖以前之人，所以黄正甫不是《三国志演义》
的作者，黄正甫刊本也晚于嘉靖本。刘世德：《三国志演义的作者》，见傅光明编《插图本纵论三国演义》，山东画报出
版社 2006 年版，第 4—5 页。章培恒：《关于三国演义的黄正甫本》，见辜美高、黄霖主编：《明代小说面面观》，学林出
版社 2002 年版，第 65—86 页。

罗贯中原作的面貌。❶

《三国志传》与《三国志通俗演义》两大系统是分别传承嬗变的（二者之间也互有借鉴吸收）。《三国志传》系统虽然祖本来源较早，刻本甚多，但因此比较粗芜简略而逐渐被淘汰。《三国志通俗演义》系统则因文字较好而更受文人关注，经其评改而不断演进，代表了《三国》版本演变的主流，其演进的主要轨迹是：罗贯中原本→周曰校本或夏振宇本→"李卓吾评本"→毛本。❷

经由众多专家学者长期以来的研究，对于《三国志演义》版本演变的情形，如今已有了更清楚与确实的轮廓。《三国志传》系统的版本应是目前现存最为接近原作的小说，这当中包含了黄正甫刊本。嘉靖本《三国志通俗演义》长久以来都被视为最接近罗贯中之作，当前也有不少学者依然持此看法，仍应受到研究者的重视。

（二）《三国志通俗演义》的作者

对于作者罗贯中的生平原先并不很清楚，文献记载不多，应当曾经在杭州（古称钱塘）生活过一段时间。明人王圻《稗史汇编》中所言颇值得重视：

> 文至院本、说书，其变极矣。然非绝世轶材，自不妄作。如宗秀罗贯中、国初葛可久，皆有志图王者；乃（不）遇真主，而葛寄神医工，罗传神稗史。

可见罗贯中生逢乱世，对于国家的治乱颇为关切，乃是一位有志于国家兴亡大业者，其志未遂之后才投身于小说、戏曲的创作之中。而所谓的"真主"，据明人顾苓《塔影园集》卷四所言即为元末的张士诚。鲁迅结合明清人的记载，所作的推论普遍为学术界所认同："罗贯中名本，钱塘人，""盖元明间人。"❸后来郑振铎等人发现明代抄本贾仲明《录鬼簿续编》，其中有较为完整的记载：

> 罗贯中，太原人，号湖海散人。与人寡合。乐府隐语，极为清新。与余为忘年交，遭时多故，各天一方。至正甲辰复会，别来又六十余年，竟不知其所终。❹

证实了罗贯中为元末明初人的推断，以及《三国志演义》最有可能成书的时间在于明

---

❶ 沈伯俊：《三国演义新探》，四川人民出版社 2002 年版，第 10 页。

❷ 沈伯俊：《罗贯中与三国演义》，远流出版公司 2007 年版，第 27—28 页。

❸ 鲁迅：《中国小说史略》第十四篇，香港三联书店 1999 年版，第 133 页。

❹ [元] 钟嗣成：《录鬼簿》等五种，洪氏出版社 1982 年版，第 102 页。

初❶，对于他的杂剧作品也有了更为明确的了解。至于小说方面，明代人郎瑛的《七修类稿》、高儒的《百川书志》，都说《三国志演义》《水浒传》二书为罗贯中的作品。田汝成《西湖游览志余》、王圻《续文献通考》除了指《水浒传》乃是罗贯中所作之外，则都只提到他"编撰小说数十种"，而没有清楚交代书名。从现存作品的署名来看，只能够找到另外三种：《隋唐两朝志传》《残唐五代史演义传》《三遂平妖传》。统合来看，罗贯中兼通戏曲、小说两者，并与下层社会的通俗游艺活动有密切关联。

但是对于他的生平、籍贯、活动地区仍然莫衷一是。所幸20世纪90年代以来，大陆地区陆续发现了一些有关罗贯中的文物和遗迹，主要为祁县的《罗氏家谱》、罗氏祠堂、罗贯中墓。《家谱》的《序》中有"本朝初，吾祖讳本，字贯中，流他乡，有巨著"❷等语。根据该谱内容，罗贯中为山西省祁县河湾村人，属于元代太原路所辖区域，其生卒年则与鲁迅的推算相差无几。此外，从罗氏祠堂的"扶梁签上的记载，他们一家四代为修祠堂只捐了五钱银子"，以及罗贯中"墓穴几无陪葬来看，生前的罗本只是一个穷困潦倒的文人。"❸

在《三国志通俗演义》成书之前，已有许多相关的平话、杂剧等先行作品问世，其中影响最大的是元英宗至治年间刻本《全相平话三国志》。即使是在明代弘治、嘉靖年间刻本刊行之后，《三国志通俗演义》仍然不断地在增删修订之中，乃是一种动态的文本，它的完善是渐进的。《三国志通俗演义》聚集了历代多位说话人、书会才人以及前后多位修订编写者的多人智慧、想象的成果。张志和详细比对了《三国志通俗演义》的众多版本内容之后，对于此类"世代累积型"小说的作者问题，他主张应当要视为集体创作，而不应归功于某一人：

> 如果一定要找它的作者，那么自宋代开始的众多的"说三分"的书会才人、
> 说书艺人都是它的作者，正是由他们口头创作的"世代累积"，才使该书成为举
> 世瞩目的杰作。不过，我们也承认，该书在长期流传之后，必有一个写定者。❹

张志和的此一观点，可谓是典型的集体创作说对于作者问题的看法。虽然这类世代累积型的小说，汇集了长时间的书会才人、说话人等的集体智慧，但是最后必然有一位主要的写定者，整理、筛选、整合这些繁多杂乱的材料。这种能力固然不如完全独创者的才

---

❶ 关四平：《三国演义源流研究》（修订本），黑龙江教育出版社2003年版，第229页。沈伯俊：《三国演义新探》，四川人民出版社2002年版，第10页。

❷ 田瑞生：《山西祁县河湾村发现的罗贯中有关文物鉴定纪实》，见秦山主编《解读罗贯中》，山西人民出版社2003年版，第85、86页。

❸ 周同馨，王进，尹学华：《罗贯中究竟是哪里人》，见秦山主编《解读罗贯中》，第120页。

❹ 张志和：《前言》，《三国演义黄正甫刊本》，中国人民大学出版社2000年版，第24页。

华，看似平常简易，但是却也需要很高的叙事写人的能力，以及对于历史演变的深刻见解，才足以驾驭这一历时百年、人物上千、头绪纷繁的史料，以一种富有小说美学的叙事形式来重新创作。否则，便会沦为平庸无味的铺陈或杂乱冗长的材料堆砌。因此，写定者的文学才华不容抹杀和小觑。此书在清初的两衡堂刊本，有李渔的眉批及序文，封面即题为"三国志第一才子书"❶。

（三）毛氏父子评改本《三国志演义》

时至清初，毛纶、毛宗岗父子又加以润饰、评改，而成《三国志演义》。书名去除了嘉靖本原有的"通俗"二字。可见其用意，以及对此书的期许。其《三国志演义凡例》详细举出不满之处，所谓"俗本之乎也者等字，大半龃龉不通，又语词冗长，每多复沓处""纪事多讹""题纲参差不对，错乱无章""其诗又甚鄙俚可笑""往往捏造古人诗句"❷，并主张"诞而不经"不若"真而可考"❸。显示出毛宗岗很重视文词的雅洁、回目对仗的工整，以及史事的真实可信。

今日通行的毛纶、毛宗岗父子的评改本《三国志演义》六十卷一百二十回，则问世于清初康熙"约在 1664—1666 年间"❹，主要即为"订正史事，润色文辞，削除论赞，即回目亦改为对偶。"❺与嘉靖本、黄正甫本的差异主要在文辞润饰与史事订正，对于全书的主旨、精神大致上奉行。毛宗岗父子已将白话小说视之为足以与传统文学体裁相抗衡，并且有意识地予以进一步"文人化"，对于白话小说的艺术价值极为肯定且有其贡献。

二、《水浒传》及其作者

（一）《水浒传》的成书

《水浒传》的文本成熟得很早，它的文学价值早在明代中叶即已备受文人的肯定。但是，它同样也经历了一个逐渐完善的过程。我们从《宣和遗事》与龚开的《宋江三十六人赞》里面对于人物的本领、特长描述的差异，可以推知今本《水浒传》成书之前，不但存在有不同的《水浒》说话故事，而且存在有多种的《水浒》话本，并非只有《宣和遗事》

---

❶ 孙楷第：《明清讲史部》，《中国通俗小说书目》，凤凰出版社 1974 年版，第 38 页。

❷ [清] 毛宗岗《三国志演义凡例》，见丁锡根编：《中国历代小说序跋集》下，人民文学版社 1996 年版，第 916、917 页。

❸ 同上，第 932 页。

❹ 江苏社会科学院明清小说研究中心：《中国通俗小说总目题要》，中国文联出版公司 1990 年版，第 36、37 页。

❺ 叶庆炳：《中国文学史》上册，第三十二讲，学生书局 1987 年版，第 322 页。

一种。鲁迅便曾经推测在今本《水浒传》之前"或早有种种简略的书本，也未可知。到后来，罗贯中荟萃诸说或小本《水浒》故事，而取舍之，便成了大部的《水浒传》。"❶

再从文本的内证中，也可以推知"迟至宋末元初，水浒故事的讲述和话本仍处于多家并存，相互竞争的局面。"❷ 这个内证之一就是在今本《水浒传》第 78 回的《入话赋》中，对于李逵、燕青、徐宁、柴进等人本领、特长的描述，与书中的情节不同。足见《入话赋》源自其他的话本，而未及删改。

《水浒传》的版本可以说是中国白话小说之中最为繁杂的，有所谓的繁本、简本两大系统之分，其中又各自有不同的回数、情节。繁本是指"文繁事简本，皆百回，有征辽、征方腊事"。简本按照孙楷第的说法是指"文简事繁本，征辽外增田虎、王庆故事。"目前所知的明清两代版本已超过八十种。❸

今日所见完整的最早刊本，乃刊刻于明万历十七年（1589 年），属于繁本系统的《忠义水浒传》一百卷一百回，此书又称为"天都外臣序本"❹。但在此之前已早有刊本问世，除了只见其名于《晁氏宝文堂书目》中的嘉靖年间武定侯郭勋刻本之外，今日仅能见到两种只留存一些残页的本子，比起天都外臣序本，至少要早三十年以上。其一为《京本忠义传》残页，"未见题署，全书当为二十卷，明正德、嘉靖间书坊所刻"❺，甚至可以再"稍向前靠，定其为正德间刻本最为适宜"，"此残叶为现存最早的《水浒》版本。"❻ 另一种为郑振铎所藏的《忠义水浒传》残本，"全书当为二十卷一百回，题'施耐庵集撰''罗贯中纂修'"，"此书当为嘉靖刊本"❼，就其用纸、字体、版式而言，极有可能如同郑振铎所宣称的即是武定侯郭勋刻本，"退一步讲，也应认为是与郭武定本同时的藩刻姊妹本。"❽

明万历三十八年，从天都外臣序本而来的有所谓"容与堂刻本"。学者一般认为"容与堂本、天（都外臣）序本虽非罗编的最早刻本，就其内容而言，最真实地保留了

❶ 鲁迅：《中国小说的历史的变迁》，《中国小说史略》，香港三联书店 1999 年版，第 337 页。

❷ 李永祜：《前言》，《诸名家先生批评忠义水浒传》，中华书局 1998 年版，第 9 页。

❸ 同上，《凡例》，第 1 页。

❹ 此本实乃清康熙五年石渠阁补修本，并非原刻本，故严格而言，不能称之为现存最早的完整刻本。黄俶成：《施耐庵与水浒》，上海人民出版社 2000 年版，第 165—166 页。李永祜：《凡例》，《诸名家先生批评忠义水浒传》，第 2 页。

❺ 江苏省社会科学院之明清小说研究中心：《中国通俗小说总目提要》，中国文联出版公司 1990 年版，第 32、33 页。刘世德：《论京本忠义传的时代、性质和地位》，见台湾清华大学中文系主编《小说戏曲研究》，联经出版公司 1993 年版，第 164—172 页。

❻ 黄俶成：《施耐庵与水浒》，上海人民出版社 2000 年版，第 162 页。

❼ 江苏省社会科学院之明清小说研究中心：《中国通俗小说总目提要》，第 32、33 页。宁稼雨：《水浒别裁》，中国人民大学出版社 2007 年版，第 13 页。

❽ 黄俶成：《施耐庵与水浒》，第 170—171 页。

施本罗编的原貌。"❶ 容与堂刻本因此受到研究者的普遍重视，公认为"现存明刻本中最完善的版本。"❷

明末崇祯年间，金圣叹的贯华堂本《水浒传》，主要基于社会治乱因素的考虑，删除了七十回之后的征辽、平田虎、平王庆等内容，并且增添了卢俊义的一场噩梦，作为全书的结尾。署名"东都施耐庵撰"，有金圣叹伪撰施耐庵序一篇及金圣叹序三篇。金圣叹的第三序落款时间是"皇帝崇祯十四年"。正传七十回，楔子一回。此一金圣叹腰斩过的七十回本最为流行。

《水浒传》的祖本虽然至今未曾发现，但可以推测为"施耐庵集撰本"，亦即《江湖豪客传》。成书之后不久，又经过罗贯中的增删改写而成"罗贯中纂修本"，这个修改后的本子在明代正德年间高儒的《百川书志》中最早记录了它的存在，即是题署为"《忠义水浒传》一百卷。钱塘施耐庵的本，罗贯中编次。"❸ 的那个版本。这个本子成书于明初之后，应当只是以抄本的形式在小范围地区流传，故而鲜为人知。其后，在弘治、正德之际才出现刻印本。嘉靖年间郭勋（武定侯）据以重刻后，做了分回、删去回前的"妖异语"等整理加工之事，使得全书更为精致，减少了原有的浓重说书味，成为富有文学价值的小说体裁。❹ 天都外臣（即汪道昆）在《水浒传序》中说：

> 故老传闻：洪武初，越人罗氏，诙诡多智，为此书，共一百回，各以妖异之语引于其首，以为之艳。嘉靖时，郭武定重刻其书，削去致语，独存本传。余犹及见灯花婆婆数种，极其蒜酪。

其中提到了早在郭勋武定本之前，明初洪武年间社会上已有《水浒传》存在，但是仍然维持着话本的形式。郭勋刊刻时，极有可能便是要求府内的文士只删除一些怪诞内容，对于其他部分则保持原貌，文中也认为其祖本的编写者为明初的罗贯中。嘉靖人郎瑛《七修类稿》对于成书的过程与作者说得较清楚：

> 《三国》《宋江》二书，乃杭人罗贯中所编。予意旧必有本，故曰编。《宋江》又曰'钱塘施耐庵的本'。昨于旧书肆中，得抄本《录鬼簿》，乃元大梁钟继先作，载宋元传记之名，而于二书之事尤多。据此，见原亦有迹，因而增益编成之耳。

---

❶ 黄俶成：《施耐庵与水浒》，第 166 页。马幼垣也有此意，《水浒二论》，联经出版公司 2005 年版，第 11、87、453 页。
❷ 李永祜：《前言》，《诸名家先生批评忠义水浒传》，中华书局 1998 年版，第 26 页。
❸ [明] 高儒：《百川书志》卷之六，上海古籍出版社 2005 年版，第 82 页。
❹ 李永祜：《前言》，《诸名家先生批评忠义水浒传》，第 19 页。

《三国演义》《水浒传》二书相关的作品，自宋元以来在社会上有很多，提供了编写者丰富的材料。"的本"即真本之意，"不是假的，是原来的，不是后来的，不是冒充的。"❶这是元代刻书业的一个专门用语。因此，"施耐庵的本"这一称呼，可以作为施耐庵为元代人的一个旁证。

（二）《水浒传》的作者

明代胡应麟最早提出施耐庵是元朝人，并认为罗贯中为施耐庵的门人。❷贾仲明的《录鬼簿续编》，也提及与罗贯中在元代"至正年间复会"一事。近代发现的明代人王道生所写的《施耐庵墓志》，对于施、罗二人的关系有更清楚的交代，证实了传统的看法：

> 公讳子安，字耐庵。生于元贞丙申岁（1296 年），为至顺辛未进士。曾官钱塘二载，以不合当道权贵，弃官归里，闭门著述……盖公殁于明洪武庚戌岁（1370年），享年七十有五。届时余尚垂髫，及长，得识其门人罗贯中于闽……先生之著作，有《志余》《三国演义》《隋唐志传》《三遂平妖传》《江湖豪客传》（即《水浒传》）。每成一稿，必与门人校对，以正亥鱼，其得力于罗贯中者为尤多。❸

因此，学术界已很普遍把施耐庵、罗贯中两人视为《水浒传》的并列作者。虽然仍有不少学者专家，包括章培恒、何心、戴不凡、刘世德、何满子、张国光、黄霖等人认为有关施耐庵的文物多属于伪造，不足征信。❹但黄俶成对于这些 20 世纪陆续出土的《施氏长门谱》《施让地照》（施让为施耐庵之子）《处士施公廷佐墓志铭》（施廷佐为其重孙）等相关文物，"耗时近二十年，追踪调查，锲而不舍"。黄俶成深信这些文物的真实性，并且综合归纳出更为清楚的施耐庵生平轮廓：

> 施耐庵，名子安，字彦端，又字肇端、君承、君美，作戏剧时笔名惠，作小说时笔名耐庵，元末明初扬州兴化白驹人。其父名元德，"世居扬之兴化"。耐庵约生于元贞元二年（1296 年），曾"官钱塘二载"，在杭州城隍庙坐贾，充书会才人，着戏文《芙蓉城》《拜月亭》等。后隐居于苏州，着《江湖豪客传》。张士诚攻克苏州时，他正写到第四十五回。洪武三年（1370 年）卒于淮安，归葬兴化施家桥。❺

---

❶ 刘世德：《水浒传的作者与版本》，见傅光明主编《插图本品读水浒传》，山东画报出版社 2005 年版，第 4 页。《汉语大辞典》的词条也有相近的解释。

❷ [清] 胡应麟：《庄岳委谈下》，《少室山房笔丛》卷四一，世界书局 1980 年版，第 573 页。

❸ 朱一玄，刘毓忱编：《水浒传资料汇编》，南开大学出版社 2002 年版，第 120 页。

❹ 黄霖：《中国小说研究史》，浙江古籍出版社 2002 年版，第 302—304 页。

❺ 黄俶成：《引言》，《施耐庵与水浒》，上海人民出版社 2000 年版，第 7 页。

这也证实了曲学大师吴梅早年在其《顾曲麈谈》中的推测，《水浒传》的作者施耐庵就是戏文《拜月亭》的作者施惠。孙楷第也曾从宝敦楼《传奇汇考目》查知"耐庵即施惠号""惠，字君美，一云字君承，钱塘人"❶。明代人徐复祚《三家村老委谈》也早已提到了施耐庵就是施惠。龚鹏程颇为肯定黄俶成的这些考证结论：

> 黄俶成先生则在这个部分用力最多，考辨也最清晰，可以令我们相信文物非伪，施耐庵这个家族确实世居兴化，甚至施耐庵也葬在兴化。❷

综合这些资料，可以大胆推测，施耐庵、罗贯中似乎都是"有志图王者"，都与张士诚有些牵连，所以明初朱元璋建国之后，两人及其子孙行事特别低调，甚至隐姓埋名过活。施、罗两人都在杭州生活过一段不短的时间，对于当地的地理环境、社会、文化很熟悉。由于贫困等原因，都曾经靠着坐馆为塾师或卖文为生，故而两人都有戏曲、话本等作品，都曾经是杭州书会才人。罗贯中所参与的《三国》《水浒》二书之所以文体差异甚大，除了《三国》一书有《三国志》史书的影响、限制之外，《水浒》一书应当保留了施耐庵的大部分原著内容，罗贯中所修改的部分不多。

《三国志演义》《水浒传》二书至迟在明初已经有颇为良善的抄本，内容已经大致完善，在这两部书的演变过程中都是一个质的重大提升，后来的增修改定的规模都没有超过这次明初的修改。因此这两部书写定的功劳乃是属于元末明初的文士施、罗二人，不必等到16世纪的明代中叶的所谓"高才文人"。

第三节　《西游记》《金瓶梅》及其作者

一、《西游记》及其作者

（一）《西游记》的作者

《西游记》的作者，由于最初的明代刻本没有吴承恩的署名，长期以来被视为元代的全真教道士邱处机所作，从而对于小说的成书年代和意涵都有许多错误的推论。但清初开始有了转变，黄虞稷在《千顷堂书目》中记载了吴承恩作有《西游记》，吴玉搢也发现在明末天启六年修纂的《淮安府志》记载了《西游记》的作者为吴承恩。纪昀、阮葵生、焦

---

❶ 孙楷第：《明清小说部》乙，说公案，《中国通俗小说书目》，凤凰出版社1974年版，第181页。

❷ 龚鹏程：《施耐庵与水浒序二》，见黄俶成《施耐庵与水浒》，上海人民出版社2000年版，第5页。

循、丁晏、陆以湉等人也先后论证此问题，作者之谜才逐渐获得澄清。❶民国以来经过胡适、鲁迅、郑振铎、蒋瑞藻、苏兴等人进一步考证，此说目前得到了学术界的普遍接受，对吴承恩也有了更多的了解。

根据天启《淮安府志》、同治《山阳县志》，以及吴承恩少数遗留下来的著作，再加上明末清初一些文人笔记对于他的描述，吾人对于作者的生平、性情、心志，可以得到大致上的认识。吴承恩"家贫无子"❷"贫老乏嗣"❸，目前只遗留后人所辑的《射阳先生存稿》四卷。天启《淮安府志》卷十六记载他：

> 吴承恩性敏而多慧，博极群书，为诗文下笔立成，清雅流丽，有秦少游之风。复善谐剧，所着杂记几种，名震一时。数奇，竟以明经授县贰，未久，耻折腰，遂拂袖而归，放浪诗酒，卒。有文集存于家，丘少司徒汇而刻之。

所谓"谐剧"，即是"诙谐戏谑"之意。焦循《剧说》、阮葵生《茶余客话》，则都写成"谐谑"。由此可见，他个性诙谐，自小聪慧好学，学问广博，颇有文才。吴玉搢的《山阳志遗》卷四也称赞他"英敏博洽""实吾郡有明一代之冠"。他的《西游记》，表面上之所以笔调风趣、嬉戏，情节怪诞，如同一出喜闹剧，也与他的性情诙谐有关。

吴承恩字汝忠，号射阳山人，淮安府山阳县人。据学者研究，大约生于明孝宗弘治十三年（1500年），卒于明神宗万历十年（1582年）。他的曾祖父、祖父都是读书人，曾担任小吏。"家世儒者无资""两世相继为学官，皆不显"❹。他的父亲吴锐转而成为一位卖布的小商人，也并不富裕。虽然身处明代中叶如此一个动乱、奢靡的社会，但是，吴锐颇为刚正而有学识，"谭说史传，上下数千载，能竟日不休。""好谈时政，意有所不平，辄抚几愤惋，意气郁郁。"❺吴锐对于时局、政治的高度关切与评议，应当对于儿子吴承恩颇有影响。吴承恩即是成长于一个由书香世家小吏衰落为小商人的家庭。吴锐为他取名承恩，字汝忠，或许即是期望他能读书中举，承受皇恩，入朝为官，光耀门楣。

吴承恩幼时即聪敏好学，爱好填词度曲。因为他的文才出众，乡人很赏识，认为他科举及第，"如拾一芥"。青年时代的吴承恩虽然清贫，但品行端正、胸怀理想。吴承恩三十

---

❶　详见纪昀《如是我闻》三，阮葵生《茶余客话》，焦循《剧说》卷五，丁晏《石亭记续编》，陆以湉《冷庐杂识》卷四。

❷　[清]同治《山阳县志》卷一二，人物二。

❸　[清]吴玉搢：《山阳志遗》卷四。

❹　[明]吴承恩：《先府君墓志铭》，见吴承恩著，刘脩业辑校，刘怀玉笺校：《吴承恩诗文集笺校》，上海古籍出版社1991年版，第205页。

❺　[明]吴承恩：《先府君墓志铭》，《吴承恩诗文集笺校》，第206页。

多岁时前往南京乡试，他这位誉满乡里的才子竟名落孙山。不久之后，他的父亲怀着遗憾去世了。吴承恩在此后的考试也都不顺利，使他颇感羞愤，再加上父亲的去世，自己又不善谋生，生活陷入了困窘。对于世态炎凉、人情冷暖，感受深刻，他感伤"泥涂困穷，笑骂沓至"❶。嘉靖二十三年，吴承恩四十三岁才补得一个岁贡生，往后的十数年间，他又参加了多次的考试，却始终不能如愿以偿。因为生计所迫，他六十余岁时到北京候补官职，但没有被选上。母老家贫之下，他无奈去做了长兴县丞，屈居小吏，但生活仍旧不得安稳。他感叹"悠悠负夙心，作吏向风尘。家近迟乡信，官贫费俸金。"❷终因施政上妨碍到地方权豪的利益，受人诬告贪赃，就任不到两年，便遭到撤职。这样的一段漫长的应试与做官的经历，使他对于社会的现实、科举的弊病、官场的黑暗，都有很深刻的体验和认识，促使他深入思索政治、社会方面的诸多问题。他在一些诗文作品里常表示对于社会、国事的关怀、忧虑和愤恨：

行伍日凋，科役日增，机械日繁，奸诈之风日竞。❸

世涂颠倒，叹万事纠纷，更无分晓。龙杂常鱼，鳞羣野兽，鸾凤混同凡鸟。❹

我闻古圣开鸿蒙，命官绝地天之通。轩辕铸镜禹铸鼎，四方民物俱昭融。后来群魔出孔窍，白昼搏人繁聚啸，终南进士老钟馗，空向宫围啖虚耗。民灾翻出衣冠中，不为猿鹤为沙虫。坐观宋室用五鬼，不见虞廷诛四凶。野夫有怀多感激，抚事临风三叹惜。胸中磨损斩邪刀，欲起平之恨无力。救月有矢救日弓，世间岂谓无英雄？谁能为我致麟凤，长令万年保合清宁功。❺

他认为"群魔"的横行社会，"民灾"的形成，原因就在于朝廷用人不善，腐败贪婪的官吏猖獗，"五鬼""四凶"当道。他想"致麟凤"，实行王道，廓清乾坤，但是怀才不遇，仕途不顺，只能空怀理想，壮志消磨而已。

从这些诗文的内容来看，吴承恩习惯以鬼怪虫魔来比拟贪官污吏，这与他自幼的嗜好相关。他在《禹鼎志序》自言：

❶ [明]吴承恩：《祭厄山先生文》，《吴承恩诗文集笺校》，第220页。
❷ [明]吴承恩：《春晓邑斋作》，书同上，第38页。
❸ [明]吴承恩：《赠卫侯章君履任序》，书同上，第142页。
❹ [明]吴承恩：《贺吴春洲举善障词》，书同上，第293页。
❺ [明]吴承恩：《二郎搜山图歌》，书同上，第31页。

余幼年即好奇闻。在童子社学时，每偷市野言稗史，惧为父师诃夺，私求隐处读之。比长，好益甚，闻益奇。迨于既壮，旁求曲致，几贮满胸中矣。尝爱唐人如牛奇章、段柯古辈所着传记，善模写物情，每欲作一书对之，懒未暇也。转懒转忘，胸中之贮者消尽。独此十数事，磊块尚存。日与懒战，幸而胜焉，于是吾书始成。固窃自笑，斯盖怪求余，非余求怪也。彼老洪竭泽而渔，积为工课，亦奚取奇情哉？虽然，吾书名为志怪，盖不专名鬼，时纪人间变异，亦微有鉴戒寓焉。昔禹受贡金，写形魑魅，欲使民违弗若。读兹编者，傥慚然易虑，庶几哉有夏氏之遗乎！国史非余敢议，野史氏其何让焉？作《禹鼎志》。❶

他自小即喜欢搜奇猎怪，嗜读描写鬼怪的志怪小说、唐人传奇。这类五光十色的题材，对于他创作《禹鼎志》《西游记》有着重大的影响。他的《禹鼎志》即是一部短篇志怪小说集，内容虽已佚失，但是从此篇序文，可知是借由鬼怪世界以写"人间变异"，象征现实社会；以"魑魅"比喻横行危害世间的恶人。其中寄寓了沉痛的劝诫、讽谕之意。此后，他更把此一笔法发挥得淋漓尽致，用之于《西游记》的写作。

吴承恩一生坎坷，怀才不遇，长久抑郁，于是把他的感慨、愤怨和诗文才华全然寄托在《西游记》。其中所塑造的神仙鬼怪世界更为壮阔，结构精密，情节更加生动离奇，描写穷神尽相，贬剌讥讽的义涵也更加深刻而隐微，甚至直指统治阶层。这或许是此书在他生前并未刊行的原因。明代隆庆初年淮安府太守陈文烛与吴承恩友善，即表示他的诗文寓有隐微的深意：

今观汝忠之作，缘情而绮丽，体物而浏亮。其词微而显，其旨博而深。❷

他个性诙谐，"复善谐剧"，面对黑暗的社会与高压的政治，便选择以诙谐荒诞的笔墨写作精怪故事，以寄托讽刺的大义。焦循便指出了此书的创作动机与主旨：

演义之《西游记》，本唐玄奘《西域志》，白马驮经，松枝西指，亦有所本。若猿龙等，则《目连救母》戏中亦有之。今揆作者之意，则亦老于场屋者愤郁之所发耳。黄袍怪为奎宿所化，其指可见。尤西堂《钓天乐》，奎星始扮鬼状，如绘画塑像形，后则白面扮之，称奎星之位向为鬼夺，与《西游记》黄袍怪用意正同。《茶余客话》云："旧志称吴射阳性敏多慧，为诗文，下笔立成，复善谐谑。所着杂记几种，名震一时。今不知杂记为何名，惟《淮贤文目》，载先生撰《西

---

❶ [明] 吴承恩：《禹鼎志序》。见蔡铁鹰编《西游记资料汇编》下册，中华书局2010年版，第762页。

❷ [清] 吴玉搢：《山阳志遗》卷四。

游通俗演义》。是书明季始大行，里巷细人皆乐道之，而前此亦未之有闻。世称为证道书，有合金丹大旨。"按射阳去修志时不远，未必以世俗通行之小说，移易姓氏，其说当有所据。观其中方言俚语，皆淮之乡音街谈。巷弄市井童孺所习闻，而他方有不尽然者，其出淮人之手，尤无疑。然此特射阳游戏之笔，聊资村翁童子之笑谑，必求得修炼秘诀，亦凿矣。❶

焦循除了确定《西游记》为吴承恩所作之外，并且指出了小说里寄托有作者的愤郁之情，尤其是与科举、官场相关❷，而不仅止于儒学或宗教上有关于修心、修行的旨意。

吴承恩虽然一生抑郁不得志，但在世时已享有颇高的文名，"髫龄，即以文鸣于淮"❸"吾淮才士也"被推许为"近代文苑之首"❹。吴承恩即使没有写作《西游记》，也当得起"才子"之称。从另一方面来说，即使《西游记》不是吴承恩的作品，其作者也必须是一位类似吴承恩条件的明代中叶文人。夏志清便是如此认为：

> 但是任何人要提出一个更令人信服的候选人，却是极不可能的。所有间接证据表明，吴承恩具有创作这部小说作品必须的闲暇、动机和才情。❺

目前学术界仍然视吴承恩为《西游记》最有可能的作者。至于书中的义涵，吾人应当考虑到吴承恩的一生际遇，以及明代中叶的政治环境、社会现况。《西游记》是在游戏笑谑的小说笔墨之中，寄寓了讽刺、愤世的深沉悲凉与大义。书中的主角孙悟空，一心要打破故有的天庭体制、礼法，而终究要顺服接受，其实便是作者处境和心志的自喻、写照。

（二）《西游记》的成书

《西游记》的成书过程及其取材，也与《三国》《水浒》二书有相同的情况，也是历代"说话"累积的产物。吴承恩在长期流传的取经故事话本以及戏曲等多种艺术的基础上最后汇集、加工、写定《西游记》。学界陆续发现了许多先行的相关作品，重要的有唐代的《大唐西域记》《大慈恩寺三藏法师传》、宋代的《大唐三藏取经诗话》、元代人吴昌龄的《唐三藏西天取经》杂剧、明代人杨景贤的《西游记》杂剧。❻此外，尚有众多与故事

---

❶ [明]焦循：《剧说》卷五。

❷ 奎宿，二十八宿之一，因其形状似胯而得名。"古人多因其形亦似文字而认为它主文运和文章。"清代人侯方域《贾生传》："贾生乃辞归里，凡七应举，不第。作长歌云：'自从廿载落魄余，不信天上有奎宿。'"

❸ [明]吴国荣：《射阳先生存稿跋》。见朱一玄等编《西游记资料汇编》，南开大学出版社2002年版，第162页。

❹ [清]吴玉搢：《山阳志遗》。见朱一玄编《西游记资料汇编》，第169页。

❺ 夏志清：《中国古典小说史论》第四章，江西人民出版社2003年版，第120页。

❻ 鲁迅，郑振铎等人疑心吴承恩没有见过《大唐三藏取经诗话》。鲁迅：《中国小说史略》第十七篇；郑振铎：《西游记的演化》。

的内容或人物有关的唐人传奇（《补江总白猿传》）、变文（《唐太宗入冥记》）、话本（《大圣降水母》）、戏文（《陈光蕊江流和尚》）、宝卷（《销释真空宝卷》《清源妙道显圣真君二郎宝卷》）、金院本（《唐三藏》）、杂剧（《龙济山野猿听经》）等各类作品。这些年代早于吴承恩的材料，势必有助于《西游记》小说的成书。但影响最大的则是目前残存于《永乐大典》中的元人《西游记》平话，刘荫柏说：

> 在有关取经故事的各种小说、戏剧中，最接近吴承恩小说的是元人《西游记》平话，它不但是吴承恩重新加工、创作《西游记》小说时的祖本，亦是杨景贤写《西游记》杂剧时的依据。❶

《西游记》虽然也是加工改写了先前的作品，但是吴承恩的文学创作能力仍然是应当给予肯定的，这从他重新赋予人物性格、组织情节、丰富作品意涵等方面可以看出。况且所谓的重新改写，也并不容易。自《武王伐纣平话》《薛仁贵征辽事略》等材料改写的长篇小说《封神演义》《说唐后传》，其文学价值平庸，便可以看出来改写的困难。

《西游记》小说大约是在吴承恩中年完成的，亦即在嘉靖末年已经完稿。❷他生前此书并未刊行，而仅以手抄本的形式流传，影响范围不大。迄今所知《西游记》最早的刻本，乃是每卷题有"华阳洞天主人校"之"新刻出像官板大字本《西游记》二十卷一百回。金陵唐氏世德堂刊本。"卷首有秣陵陈元之的序文❸，题有"时壬辰夏端四月也"，亦即刊刻于万历二十年（1592年）❹。此一刊本乃是吴承恩"仙逝约十年后由他的老友李春芳托名华阳洞天主人校订出版的"❺。明代的主要刊本除此之外，尚有李卓吾批评《西游记》一百回，约刻于明末泰昌、天启年间，两书的"版本极为相近，甚至某些正文的细节部分也雷同""如果不是有承袭的关系，至少也都是袭自相近的本子"❻。清初汪象旭的百回本《西游记证道书》，主要是插入了有关唐三藏出身的"陈光蕊赴任逢灾，江流僧复仇报本"一回情节，"遂为《西游记》定本"❼。其后清代几种较常见的刊本都是沿用汪象旭增补过的内

❶ 刘荫柏：《西游记发微》，文津出版社1995年版，第27页。
❷ 苏兴：《关于西游记的写作时间及吴承恩经历中若干问题》，《西游记及明清小说研究》，上海古籍出版社1989年版，第1—13页。
❸ 另有两个明代版本也同样署名华阳洞天主人，并有陈元之的序文：一、鼎锲京本全像《西游记》，二十卷一百回，闽书林杨闽斋刊本。二、《唐僧西游记》，二十卷一百回，"似从世德堂刊本出者"。详见刘荫柏：《说西游》，中华书局2005年版，第2页。
❹ 郑明娳：《西游记探源》，里仁书局2003年版，第19页。刘荫柏：《说西游》，第2页。
❺ 刘荫柏：《西游记发微》，文津出版社1995年版，第6页。
❻ 同上，第23—25页。
❼ 江苏社会科学院明清小说研究中心：《中国通俗小说总目提要》，中国文联公司1990年版，第73页。

容，包括：张书绅《新说西游记》、陈士斌《西游记真诠》、刘一明《西游记原旨》、张含章《通易西游正旨》。

从中可知，《西游记》成书以来，文字并没有太多的变动，基本上维持了吴承恩的原本。所以，他的文学成就是很大的，足为"才子"之称。而汪象旭统一了《西游记》的内容与回目，也有功于此书的流传。

二、《金瓶梅》及其作者

（一）《金瓶梅》的成书

《金瓶梅》是四大奇书中最晚问世者，但是它的谜团并没有因此减少，反而由于它的题材涉及情色，使其作者有不少的顾忌，也因而增添了更多的神秘和猜测。

《金瓶梅》的版本主要有三种系统：《金瓶梅词话》《新刻绣像批评金瓶梅》以及《皋鹤堂批评第一奇书金瓶梅》。这三种版本，一般习称为词话本、说散本（或崇祯本、绣像本）与张评本（或第一奇书本）。张评本乃是清初人张竹坡以说散本为底本的批评本，每回都有评点，正文的字词仅略作修改，刊行于清初康熙年间。张评本的作者与年代都比较明确，学者之间较无异议。至于词话本、说散本，问题比较复杂，争议迄今不止。

《金瓶梅词话》十卷一百回刊刻于万历四十五年（1617年）❶，但在此之前，社会上早有抄本流传。对于成书的时间，学界分成了嘉靖、万历两派，各有不少的证据。一般认为"书成于嘉靖四十年（1561年）至万历十一年（1583年）间"❷，且至迟在万历十七年开始，已有部分抄本流传于王世贞、董其昌、袁宏道、袁中道、谢肇淛、沈德符等知名文士之中。❸黄霖详细比对了作者在书中所引用的各项材料，尤其是《金瓶梅词话》抄录了万历十七年前后刻印的《忠义水浒传》的事实，利用文本的内证提出了比较令人信服的推论：

> 《金瓶梅词话》的成书时间当在万历十七年至二十四年之间，换句话说，就在万历二十年左右。❹

万历年间刊印的《金瓶梅词话》，内容存在着许多的"破绽、错乱、矛盾"❺，属于书商

---

❶ 魏子云：《金瓶梅研究二十年》，台湾商务印书馆1993年版，第9页。徐朔方：《金瓶梅成书新探》，《论金瓶梅的成书及其他》，齐鲁书社1988年版，第54页。

❷ ·江苏省社会科学院之明清小说研究中心：《中国通俗小说总目题要》，第80页。

❸ 刘辉：《金瓶梅版本考》，《金瓶梅论集》，贯雅文化公司1992年版，第138—143页。

❹ 黄霖：《金瓶梅作者屠隆考》，《名家解读金瓶梅》，山东人民出版社1998年版，第410页。

❺ 刘辉：《论新刻绣像批评金瓶梅》，《金瓶梅论集》，贯雅文化公司1992年版，第100页。

仓促拼集各种抄本而成，显然与作者的原本有不小的差异，所以，不能把文本瑕疵的问题完全归罪于作者。刘辉表示：

> 刻本《金瓶梅词话》是以何种抄本为底本呢？我们认为，系坊贾看到有利可图（王宇泰肯出重资购二帙抄本、冯猷龙又"怂恿书坊，以重价购刻"），拼集各种抄本不全而匆匆付刻，未经文人作家重新加工写定。故词话本的内容，破绽甚多，残留着抄本拼集而不贯通的鲜明痕迹。❶

对于情节、人物的错乱，以及一些官名、制度等不少历史常识的错误，学者有不同的看法，从而对于作者的问题也有不同的意见，主要有主张"文人创作"说与"集体创作，一人写定"说两大类。❷

（二）《金瓶梅》的作者

主张个人创作者，所提出的可能人选，经过不同学者多年来的研究，人数已达二十余位，其中以李开先、王世贞、屠隆三位影响最大也较有可能。❸ 若再结合作者的生平、活动年代，以及上述对于此书的成书时间的推论来看，屠隆最为吻合。此一说法，黄霖首先提出，魏子云、郑闰等人又找出了不少证据，愈为确切可信。❹ 魏子云便高倡"屠隆是《金瓶梅》的作者，可以画成句点了吧。"❺

况且，在词话本《金瓶梅》初期的版本中即有的两篇序，第一篇序题署为"欣欣子"，且称"兰陵笑笑生作《金瓶梅传》"。第二篇序则署名为"东吴弄珠客"。已有学者指出，弄珠客即隐指为"龙"，因此有人认为小说的作者是"冯梦龙"。这个说法带给我个人很大的启示，因为这两篇序的署名颇不寻常，透露着蹊跷，作者姓名或许隐藏在其中。缘于这部小说的内容涉及淫秽甚至宫闱政治，作者不愿署名是可以理解的，但他想必不甘心自己的著作权被埋没，故此很有可能会采取谜语、隐涉、双关等各种旁敲侧击的间接方式来透露。"欣欣子"一名，与此书的作者署名"笑笑生"，可谓同义词。从而"笑笑生""欣欣子"很可能都是作者之化名。"欣"字，《说文解字》作"从欠斤声"，"斤"即是"斧"的本字，"斧"（方矩切）与"屠"（同都切）音近，同属遇摄合口字。况且"斤"与"欠"分别加上"石"（《庄子·列御寇》中提及，若要取得"千金之珠"必须"取石来锻之"，

---

❶ 刘辉：《金瓶梅版本考》，《金瓶梅论集》，第 143 页。

❷ 黄霖：《中国小说研究史》，浙江古籍出版社 2002 年版，第 332—341 页。

❸ 邓绍基，史铁良：《金瓶梅研究》，《明代文学研究》，北京出版社 2001 年版，第 395 页。

❹ 魏子云：《金瓶梅的作者是谁：中国文学史公案试解》，台湾商务印书馆 1998 年版，第 105—215 页。

❺ 魏子云：《金瓶梅研究二十年》，台湾商务印书馆 1993 年版，第 133 页。

参见下文所引），可成"斫""砍"二字，"斫""砍"俱有屠戮之义，从而"欣"可能隐指为"屠"。作者可能考虑到如此解谜过于隐讳、曲折，所以，特意以迭字的方式，重复了"欣"字，以引起注意。

"珠"与"龙"在中国文化中关系密切，《庄子》中有"探骊得珠"的典故：

> 庄子曰："河上有家贫恃纬萧而食者，其子没于渊，得千金之珠。其父谓其子曰：'取石来锻之！夫千金之珠，必在九重之渊而骊龙颔下，子能得珠者，必遭其睡也。使骊龙而寤，子尚奚微之有哉！'"❶

"弄珠客"即隐涉"龙"，而"龙"（力钟切）与"隆"（力中切）谐音双关。此外，《庄子》本篇之中又有"朱泙漫学屠龙于支离益"❷"屠龙"即隐指"屠隆"。所以从初期文本上的三个署名，我们可以大胆的作出如此的推断，虽嫌附会，但不妨作为《金瓶梅》的作者为"屠隆"的旁证之一。

郑闰归纳屠隆一生相关的数据，完成了他的年表，其生平撮要如下：

> 屠隆生于嘉靖二十二年（1543年）宁波府鄞县。六岁时父兄海上经商败，家遂贫困不堪。万历元年三十一岁，娶妻十五岁女杨柔卿。五年殿试第三甲，赐进士及第。除颍上县令。六年调任青浦县令。七年拜晤王世贞，入为门人。十二年四十二岁，传奇《彩毫记》初成，组家班献演，誉满京都。刑部主事俞显卿劾屠隆与西宁侯淫纵。皇上诏令两人削籍。京城名士，纷纷慰诬，扼腕不平。十三年归返鄞城。十七年撰写《超度历劫戕杀众生疏》等多篇相关文章，日益沈迷佛禅。十四年，屠隆奉道，自号娑光道人。二十一年，游金陵，狎妓作淫词，一时喧传屠隆淫纵名声。二十六年，撰成《昙花记》传奇，初刻署名一蚋道人。三十年，病居家中，交游日稀。家益贫，卖文度日。万历三十三年（1605年），六十三岁病逝，汤显祖闻耗作诗悼念，后人从中以此疑屠隆死于花柳病。屠隆一生与当代文人交厚者，计有：王世贞、沈懋学、冯梦祯、胡应麟、王稚登、汤显祖、刘承禧、汪道昆、梅鼎祚、袁宏道、江盈科等人。❸

屠隆确实精通戏曲，与《金瓶梅》内容充斥许多戏曲相符。此外，根据明清笔记、史书等文献记载，我们对他能够有更多的了解。屠隆（1543—1605年），明代著名的文学

---

❶ [周]庄子著、郭庆藩编：《列御寇》，《庄子集释》，木铎出版社1988年版，第1061—1062页。

❷ 同上，第1046页。

❸ 郑闰：《屠隆年表》，《金瓶梅和屠隆》，学林出版社1994年版，第187—194页。

家、戏曲家，字长卿，一字纬真，号赤水，浙江鄞县人。万历五年（1577年）进士，曾任颖上、青浦知县，颇受地方民众的爱戴，之后担任吏部主事、郎中等官职。屠隆喜好游历，有博学之名，颇有文才，尤其精通曲艺。《明史》载其"落笔数千言立就""诗文率不经意，一挥数纸"❶。屠隆的诗文创作，乃是反对拟古的，强调风格的多样化与重要性。每个时代、每位诗人都应当发展其独特的体貌、风格，善于学习古人之长，但不可"模辞拟法，拘而不化"❷：

> 诗之变随世递迁，天地有劫，沧桑有改，而况诗乎？善论诗者，政不必区区
> 以古绳今，各求其至可也。❸

屠隆这种通变的文学观已很接近三袁公安派甚至李贽了，所以，对于通俗文学的态度是开明的。屠隆不但编写戏曲，还亲自上台扮演，戏曲作品有《昙花记》《修文记》《彩毫记》等。其人纵情声色，仕途潦倒，穷困著书，也与一般对《金瓶梅》作者生平的推测相近。

郑闰又写有《欣欣子屠本畯考释》❹一文，主张《金瓶梅词话》作者为屠本畯，举出在其所作杂剧《饮中八仙记》中自谓"家住洗墨溪畔明贤里"。这与《金瓶梅词话序》中的"欣欣子书于明贤里之轩"之"明贤里"相符。然而，郑闰所举的证据恰可作为屠隆的佐证。屠本畯的生平，竺济法于2009年2月特地到浙江宁波天一阁博物馆查询屠氏的族谱《甬上屠氏宗谱》，确定屠隆与屠本畯的关系为从祖孙，只年长一岁，且都世居宁波府鄞县。❺屠家祖籍常州（江苏武进县），古称"兰陵"。既然两人有如此密切的家族血缘关系，屠隆本人也有可能居住在明贤里，明贤里很可能即是屠氏家族群聚世居之处所。此外，屠本畯的性情、嗜好与《金瓶梅词话》的性质差异太大，极不可能是作者。

> 屠本畯鄙视名利，廉洁自持，以读书、著述为乐，到老仍勤学不辍，留有著名的读书"四当论"……"吾于书饥以当食，渴以当饮，欠身以当枕席，愁及以当鼓吹，未尝苦也。"……他热爱生活，热爱大自然，是我国古代最早的海洋动物学、植物学家之一，著有《海味索引》《闽中海错疏》《山林经济籍》《闽中君枝谱》《野菜笺》《离骚草木疏补》和花艺专著《耕史月表》等书，内容涉及植

---

❶《明史》卷二八八，《文苑》四。
❷[明]屠隆：《文论》，《由拳集》卷二三。
❸[明]屠隆：《论诗文》，《鸿苞集》卷一七。
❹载于《社会科学战线》，1992年第1期。
❺竺济法：《晚明宁波四位茶书作者茶事及生平小考》，《中国茶叶》，2010(02)：32—35。

物、动物、园艺等诸多领域。❶

《金瓶梅词话》的作者具有佛教的色空思想，且对于城市纵情酒色的奢靡生活颇为耽溺，这与屠本畯如此一位喜爱耕读生活，廉洁恬淡且钟情于研究大自然花草虫鱼如隐士一般的学者，实有天壤之别。郑振铎即认为：

> 《金瓶梅》的作者是生活在不断地产生出《金主亮荒淫》《如意君传》《绣榻野史》等"秽书"的时代的。连《水浒传》也被污染上些不干净的描写；连戏曲上也往往都充满了龌龊的对话。（陆采的《南西厢记》、屠隆的《修文记》、沈璟的《博笑记》、徐渭的《四声猿》等，不洁的描写与对话是常可见到的。）……大抵他自己也当是一位变态的性欲的患者罢，所以是那么着力的在写那些"秽事"。❷

此外，学者又考察出屠本畯有号为"欣子"❸，屠隆有号为"笑笑先生"❹。如此说来，也有可能屠本畯是《金瓶梅词话》的作序者。

主张世代累积者，认为此书也是属于《三国》《水浒》《西游》一类的话本性质，乃是书会才人搜集、整理各种话本材料，再经由一位文人写定成书。徐朔方、刘辉等人便如此认为。梅节（挺秀）即表示：

> 《金瓶梅词话》……原是"说话"，明朝嘉靖、隆庆、万历间流行于运河区的新兴大众消费性说唱文学。以平话为主，配合演唱流行曲……听众则为河上工商、市井小民。由于这个接枝《水浒》的新段子贴近生活、语言鲜活，骂皇帝，骂贪官，出文人洋相，又穿插性故事，唱曲子，有声有色，受到下层群众欢迎，不久就传进上层社会文人圈子。❺

然而此一说法，由于缺乏相关文献的记载，欠缺历史的根据，没有明显的演进线索可供追寻，从而没有受到学界的普遍接受。魏子云早已有力的加以反驳：

> 《金瓶梅词话》是一部模仿话本形式写成的说唱体小说（与散文体小说相揉

---

❶　竺济法：《晚明宁波四位茶书作者茶事及生平小考》，《中国茶叶》，2010(02)：32—35。

❷　郑振铎：《谈金瓶梅词话》，《西谛书话》，北京三联书店 1998 年版，第 81—82 页。

❸　郑闰认为屠本畯所作之《屠氏先世见闻录》，以及《山林经济籍》中的《五子谐策》，均自号"欣子"。见其《欣欣子屠本畯考释》。

❹　黄霖认为《开卷一笑》的校阅者屠隆，在此书的题名之一有"笑笑先生"。见其《金瓶梅作者屠隆考》，《复旦学报》1983 年第 3 期。

❺　梅节：《金瓶梅词话的版本与文本序》，《金瓶梅词话校读记》，北京图书馆 2004 年版，第 4 页。

合），难道，此类夹入说唱的小说，只有说书人方有此才能吗？……若是出于说书人之口，请问，这位说书人在哪里？……试想，"词话本"如来自"说书人"之口，那么《金瓶梅》这部书该已是多么热闹的在社会间公开流行了。我要再重复发问：何以明朝的当代人没有说唱《金瓶梅》的记录？❶

面对魏子云等学者咄咄逼人的提问，多年之后梅节找出了一条"孤证"，用以答复欠缺文献佐证的质疑。梅节指出在明末文人张岱的《陶庵梦忆》一书中的"不系园"条下，记录了"崇祯七年十月，张岱偕女伎朱楚生游杭看红叶，住汪氏不系园。事先约了一些艺人朋友，'不期而至者八人'，开了一个晚会，串本腔戏、调腔戏，弹三弦、吹箫，唱村落小调，舞竹结鞭"❷：

> （杨）与民复出寸许紫檀戒尺，据小梧，用北调说《金瓶梅》一剧，使人绝倒。

张岱的记载即使确实是一场《金瓶梅词话》的说书情况，也不能证明此书为世代累积之作。因为张岱已经是明末的文人了，崇祯七年（1634年）距离至迟在万历十七年（1589年）已经问世的小说，已经晚了45年以上。因此梅节的种种推论，实在无法自圆其说。针对黄霖、魏子云等先生的屠隆之说，梅节也提出了他的质疑：

> 屠隆颇自负，他写的《彩毫记》《昙花记》多藻彩而少本色，宾白都用骈体。徐麟序《长生殿》，批评《彩毫记》"其词涂金缋碧，求一真语、隽语、快语、本色语，终卷不可得也。"说他换一支笔，就能写出（金瓶梅）《词话》这样鲜活流畅的文字，实在使人难以相信。❸

梅节反对屠隆说的理由，非常薄弱。他认为屠隆只能写作文辞秾丽的诗文、戏曲，而且作品欠缺真情实意，无法以白话文写作生动、写实的小说。事实上，优秀的作家往往具有多种的风格，他会针对题材的不同、文体的需要，写作或雅或俗的作品。白居易、欧阳修，甚至陶渊明都是明显的例子。况且，屠隆本人的文学主张反而是强调自然、真情、神气、质实，超过对于辞藻的重视。屠隆表示：

> 华之发以根，物之贵在质。姝色自然，粉黛为假；造物至妙，剪彩非工。即

---

❶ 魏子云：《怎能忽略历史因素？从大陆学人研究金瓶梅说起》，《小说金瓶梅》，学生书局1988年版，第152—153页。

❷ 梅挺秀：《关于金瓶梅作者的问与答》，《燕京学报》新23期，2007年11月，第193页。

❸ 同上，第189页。

之烂然，索之无味，则工也，假也。❶

他告诫文人不能只顾及文章的形式，否则"形色虽具，神气都无"，"辞虽肖，而情非真也。"修辞固然重要，但是真情实意，更为可贵。从屠隆的文学主张来看，他写作具有"自然主义"色彩的《金瓶梅》，更显可能。

我们从《金瓶梅词话》与《水浒传》在情节上的相承关系，可以大胆的推测，说话人在讲述《水浒》故事时，在潘金莲、武大郎部分，由于明代社会的淫靡风气，确实有少数人可能偏离了《水浒》故事的主线，较多的渲染、发挥了潘金莲的故事，添油加醋以吸引民众，从而产生了一些《金瓶梅》故事的材料。但这方面的内容即使有，应该也不多，无法与另外三部奇书相比，更无法构成一部世代累积的长篇小说。我们考察中国流传久远的民间传说或故事，其中大部分都与真实的历史重要人物有关，因而才能发展成一部长篇小说。除此之外，董永故事、孟姜女、梁祝、白蛇传等长久流传的故事，其中人物具有值得颂扬的美德，或者令人感动的情节，如此才能历代流传，情节不断累积。至于西门庆、潘金莲这类"奸夫淫妇"的偷情寻欢故事，在古代一般市井民间，实在不具备流传久远、世代累积的条件。因此，《金瓶梅》一书的情节应当是由某位文人的构思而成，纵然他参考了甚至抄袭了许多不同的材料。

至于《新刻绣像批评金瓶梅》，魏子云认为，书中的文字对于崇祯皇帝之名"由检"之"检"字有所避讳，应属于崇祯年间的刻本，学者大多认同此说，此后便以"崇祯本"称之❷，王汝梅进而认为此本之评改者为谢肇淛。❸然而，刘辉、沈新林等人主张《新刻绣像批评金瓶梅》出自李渔（1611—1680年）之手，"边改边评"，时间在清初顺治年间。❹本文认同此一看法，因为所谓的"崇祯本"，原刊本上并没有刊印于崇祯年间的直接而明确的证据。书中文字避讳崇祯皇帝名字一事，仅能说明刊刻时间不能早于崇祯年间。学者指出，现存的说散本之一，收藏在北京图书馆者，图后正文之前有"回道人"题的一阕词，"回道人"即是李渔在其短篇小说集《十二楼》曾经使用的化名。清初康熙年间刊行的张竹坡的第一奇书本《金瓶梅》，便是从说散本派生而来，正文大同小异，此书的早期

❶ 屠隆：《皇明名公翰藻序》。

❷ 魏子云：《金瓶梅研究二十年》，台湾商务印书馆1993年版，第194页。王汝梅也认为刊印在崇祯年间，见《新刻绣像批评金瓶梅前言》，《新刻绣像批评金瓶梅》，晓园出版公司1990年版，第2—5页。

❸ 王汝梅：《试解金瓶梅崇祯本评改者之谜》。见周建渝、张洪年、张双庆编：《重读经典：中国传统小说与戏曲的多重透视》下卷，香港牛津大学出版社2009年版，第633—650页。

❹ 刘辉：《论新刻绣像批评金瓶梅》，《金瓶梅论集》，贯雅文化公司1992年版，第99—120页。沈新林：《李渔评传》，南京师范大学出版社1998年版，第380—395页。刘辉《金瓶梅论集》，原刊于大陆，即是《金瓶梅成书与版本研究》，辽宁人民出版社1986年版。

刊本"康熙乙亥本""在兹堂本""皋鹤草堂本"等都署名"李笠翁先生著"。而李渔又是张竹坡的父执辈，两家交谊深厚，张竹坡不至于为了攀附李渔的名声而如此冒名妄为。

《新刻绣像批评金瓶梅》中的评点文字，对于情节的经营、人物的塑造，都有很深刻的评析，符合李渔此一精通戏曲、小说编写大家的身份与能力。而李渔本人对于情色的内容也并不排斥，他所写的小说集《无声戏》《十二楼》已有不少男女情爱的描写。著名的色情小说、近十万字的《肉蒲团》，也有不少学者指称是李渔所撰。况且，明末至清初顺治时期，没有文献提及《新刻绣像批评金瓶梅》此书的存在。此外，一些肯定小说、戏曲具有文学价值的文人，沈德符、冯梦龙、金圣叹、毛宗岗等，都不曾提到此书，从而出现于明末崇祯年间的说法难以成立。《新刻绣像批评金瓶梅》的评改者应当是李渔，评改与刊印时间也必须延后至清初，是以1992年浙江古籍出版社委请黄霖等学者所编辑的《李渔全集》，已把此书纳入李渔的名下。

既然说散本的评改者已经确定为清初的李渔，词话本与说散本的关系便显然是"父子关系"，亦即说散本是根据词话本的内容再加以润饰、修订的。❶刘辉比对了两者内容的差异，更加证实了这一点：

> 其修改写定的工作大致包括两方面的内容：一为删削与刊落；一为修改与增饰，而且以前者为主。修改写定者的着眼点和立足点，主要是改变民间说唱"词话"这一特征，譬如，对词话本的可唱的韵文部分，几乎刊落了三分之二……对词话本的明显破绽做了修补，结构上也做了变动，特别是开头部分，变词话本依傍《水浒》而为独立成篇。❷

学者目前认同两书的关联性为"父子关系"者，远多于"兄弟关系"与其他的主张。❸从文本的差异情形来看，此一说法比较确实可信，两个版本确实有先后继承的情况存在。

三、结语

四大奇书的作者，经过民国以来学者的陆续考证，学术界目前的主流意见，仍然是认为元末明初的施耐庵、罗贯中，以及明代中叶的吴承恩、屠隆等人最有可能，而他们主要都是一些怀才不遇的失意文人。尽管对此不时有一些杂音出现，但是研究古典小说的学

---

❶ 黄霖：《金瓶梅词话本与崇祯本刊印的几个问题》，《河南大学学报》（社科版）第46卷第1期，2006年1月，第4—7页。

❷ 刘辉：《金瓶梅版本考》，《金瓶梅论集》，贯雅文化公司1992年版，第154页。

❸ 梅节在其《金瓶梅词话前言》一文中，力主两个版本为"兄弟关系"。

者们大多认同传统的看法。陈平原对于四大奇书的写作年代与作者问题，即是持传统的意见。以《三国志演义》为例，他便说：

> 在没有更多材料证明罗氏不是本书的作者之前，我倾向于遵守学界的主流意见，将其成书年代大致落实在元明之际。即使成书百年之后才以刊本形式问世，这在中国小说史上也不稀奇，不能构成对罗氏著作权的否定。❶

四大奇书多属世代累积型的小说。文本即使是在明代中叶刊印的，但是在元末明初已经有了故事的雏形，明代中叶主要是在做进一步的增删、润饰。四大奇书必须等到17世纪，明末清初时期，才达到了它们的最完善境界。然而，四大奇书并非一定是"后出转精"，时常在商贾营利等目的之下，四大奇书受到了任意的删改或增添。例如《水浒传》的各种简本，乃是为了迎合社会下层人士喜听故事的阅读趣味。书贾也删改《金瓶梅》，竞相标榜为"真本""古本""足本"，用以招徕读者，到了嘉庆年间，更是"变本加厉，大删大改"，几乎面目全非。❷

四大奇书中至少有两部小说，不是某一位文士在嘉靖、万历年间的创作，乃是逐次渐进的。这种世代累积的小说，结合了宋元以来许多的说话人、书会才人与"村学究"的想象与智慧，经由长时期与多人的增删、润饰。但是施耐庵、罗贯中与吴承恩这类最后写定者的才华，仍然应当受到高度的肯定，否则，这些流传久远的民间传说，始终只是不登大雅的通俗故事而已。❸金圣叹并没有因为王实甫的《西厢记》杂剧，源自元稹的《莺莺传》、赵令畤的商调《蝶恋花》、董解元的《西厢记》诸宫调等作品，就抹杀了他的成就，而仍然推许王实甫为才子。

浦安迪的论点不符合此一历史事实，但是他仍然执意要把四部小说纳入他的理论，而有意无视于历史的真相。推论时，反倒以后出的《金瓶梅》为先，最早的《三国志通俗演义》由于明显与他的说法抵牾，反而沦为其书的最后才附带一提。因此，浦安迪在论证《三国志通俗演义》《水浒传》的成书过程与作者之时，自知无法提出令人信服的证据，只能说些推托之辞：

> 鉴于那些认定罗贯中撰写过一部讲述三国历史的小说的书目文献数量之多和语气之肯定，要否定有过这样一部作品的假设确实是很困难的。但明代藏书家所描述的那个版本是否与我们这里讨论的是同一部书尚有待考证……不过，为本书

---

❶ 陈平原：《中国散文小说史》，上海人民出版社2004年版，第300页。

❷ 刘辉：《金瓶梅版本考》，《金瓶梅论集》，第164—166页。

❸ 侯会：《水浒传的成书过程》，见傅光明《品读水浒传》，山东画报出版社2005年版，第24—33页。

讨论的目的着想，我想再次把举证责任留给那些希望把版权归诸罗贯中的人们，而将基于 1522 年刊本和后来各版本成书的《三国志通俗演义》作为 16 世纪文人小说的范例来对它进行分析和阐释。❶

《三国志通俗演义》最早刊本的出现虽然迟至嘉靖年间，但写本早在明初已经完成，早于刊刻的时间百年以上。虽然抄本在流传期间仍然处于变动修订之中，但其改变主要在于文字的润饰、诗词的删改、回目的整齐、历史典章制度的改正，而全书的主要意涵并没有太大的变动。

四大奇书至少有两本是典型的世代累积型小说，它们的成书时间，在作者并不明确的条件之下，必须考虑到写本、抄本、刻本的差异。而这三个阶段都是属于动态的，其间都可能存在着不同的内容。四大奇书的刊刻时间，虽然都在明代中叶的嘉靖、万历年间（这主要是由于印刷业的发展、社会、经济等外在条件的影响），但这并不表示这四部书的写定时间也是在此一时段，初期抄本的流传时间很可能超过了百年以上。

四大奇书的写定本，除了《西游记》《金瓶梅》之外，早在明初即已大致完成，明代中叶的版本主要是进一步的文字润饰，其主旨、精神大体遵循原本。而它们的最佳写定本，也主要出现在 17 世纪的明末清初：金圣叹的《水浒传》、毛宗岗父子的《三国志演义》以及李渔的评改本《金瓶梅》。

第四节　高才文人与才子小说

中国白话长篇小说的经典之作，学界普遍认为有六部，即明代小说四大奇书，再加上清代的《儒林外史》《红楼梦》。如何概括这六部卓然伟大、奇特不凡的小说及其作者，浦安迪提出了"文人小说"的概念。但此一概念却无视于明初以来的白话小说编写者大多是文人身份的历史事实，因此有待商榷，必须另外拟定。

一、"文人小说"与"奇书文体"

浦安迪把明代小说四大奇书视为一种新兴的文类（genre），特别称作"文人小说"（literati novel）。他的依据便是这几部小说在修辞、章法，以及内涵、寓意上，符合传统文士的审美标准，远比其他的白话长篇章回体小说精致高深。他说：

　　本书的核心论调原来是从比较文学理论的观点出发的，即视明清小说文类为

---

❶　[美]浦安迪撰，沈亨寿译：《明代小说四大奇书》，中国和平出版社 1993 年版，第 319 页。

一种归属书香文化界的出产品，因此始终标榜着"文人小说"的概念。❶

我们要把中国长篇小说纯粹看成一种"通俗"小说，所面临的最大困难，不是起源的问题，而是思想内容上的问题……其中重要的作品都含有一种知人知事的深奥的哲理，显示它与民间智能有别，而实际与上层文士的艺术传统更有渊源。❷

他认为，"文人小说"如同明代中叶的吴门（苏州）文人画、江南文人剧曲，都来自于一个相同的背景，呈现出相似的精致高雅的美学。

从许多意义上说，16世纪小说与戏剧的发展基本上是同一码事。这一共同基础，部分是由这些文化活动的经济和社会背景造成的，因为文人剧与文人小说的繁荣都发生在同一地区，尤其是苏州和南京一隅，它们都由许多相同的书坊刻印，就连它们的读者、观众几乎也是同一批精于此道的人。❸

以"四大奇书"为其顶峰的一些文学发展，呈现出与绘画界所持有的抱负有许多异曲同工之处，它们基于同一种教养和共同的审美标准，而最重要的是都想通过文艺实践来实现自我的一种追求。基于这一点认识，我把这些小说杰作称之为"文人小说"，因为它们展示了不少可以在文人画中见到的高雅机智和深刻性——这一切使这四部作品远远高出于它们脱胎而来的那些通俗数据之上。❹

四大奇书，至少有《三国志演义》《水浒传》与《西游记》，长期以来被学术界视为"不是一人一代之作"，属于所谓的"世代累积型小说"❺，甚至也有梅节、潘开沛、徐朔方、刘辉等学者坚定地认为，《金瓶梅》也同属世代累积型的产物。❻浦安迪对此则是认同学术界的传统看法，亦即《金瓶梅》是某一位富有才华的文士在"16世纪的产物"，而且写成于万历年间。❼但是他所关切的重点在于，这四部书在16世纪都经过了某位高明文士的修改润色，从而在形式、风格上都浑然一体，远远超越了早期的粗糙祖本。而这种改写早先

---

❶ ［美］浦安迪：《作者弁言》，《明代小说四大奇书》，中国和平出版社1993年版，第1页。

❷ ［美］浦安迪：《长篇小说比较研究的理论基础》，见李达三，刘介民主编《中外比较文学研究》第一册下，学生书局1990年版，第639页。

❸ ［美］浦安迪：《明代小说四大奇书》，中国和平出版社1993年版，第25页。

❹ 同上，第13页。

❺ 黄霖，杨红彬：《明代小说》，安徽教育出版社2001年版，第231页。

❻ 徐朔方：《再论水浒传和金瓶梅不是个人创作》，《论金瓶梅的成书及其他》，齐鲁书社1988年版，第108—140页。

❼ ［美］浦安迪：《明代小说四大奇书》，中国和平出版社1993年版，第46—50页。

通俗素材的过程，成为了这类"文人小说的创作模式"❶。

他认为至少有三部奇书最初的祖本，可以追溯到宋代，然后在漫长的岁月中不断增删修改，直到清初康熙年间才告一段落。在这几部小说的长期演变中，书贾、文人基于种种不同的缘由，肆意修改增删，从而都另外有不少的版本问世，在文字、情节、人物、内涵等方面都有差异。

浦安迪并不否认这四部奇书从民间文艺长期演变而来的事实，但是他认为"四大奇书最早的 16 世纪现存版本，在其各自的叙述系统中代表一个崭新阶段"❷。他所谓的"文人小说"，指的正是这一时期明代嘉靖、万历年间这四部书的写定本，而不是在此之前的版本。

明代中叶，一批具有高深艺文修养的文人雅士重新编写了这些材料，赋予了它们新的生命，甚至奠定了新的文类规约，之后又影响到一些通俗小说（涵盖长篇与短篇两种体制）的写法。

> 明清长篇章回体小说的六大名著（再加上儒林外史、红楼梦）与其说是在口
> 传文学基础上的平民体创作，不如说是当时的一种特殊的文人创作，其中的巅峰
> 之作更是出自于当时某些怀才不遇的高才文人——所谓才子——的手笔。❸

他不是着眼于作者的身份是否为文人，而主要是以书中"奇绝"的修辞、"深远"的寓意而论，所以，他又以"奇书文体"（master work）来称呼这四部杰作。至于其余的众多明清白话长篇小说，除了《儒林外史》《红楼梦》之外，虽然大都也是文人所作，但是出于"文藻较差的无名文人之手"❹，修辞与内涵上都远远不及这四部杰作，因此不属于"文人小说"之列。

二、"文人小说"定义不明确

四大奇书与宋代以来的文人画、文人戏曲在精神、美学上确实有共通之处，都是文人情感、思想的寄托，称得上是一种"抒愤"之作。但是"文人小说"一词的使用却远为复杂，如果要作为四大奇书以及《儒林外史》《红楼梦》等六部小说的专有名词，并且排除其他小说入列，必然容易引起错乱。

四大奇书最终都经过了文人的写定，这是确切无疑的。但是文人所写的小说太多了，

---

❶ [美]浦安迪:《明代小说四大奇书》，中国和平出版社 1993 年版，第 50 页。

❷ 同上，第 26 页。

❸ [美]浦安迪:《中国叙事学》，北京大学出版社 1996 年版，第 21 页。

❹ [美]浦安迪:《明代小说四大奇书》，中国和平出版社 1993 年版，第 25 页。

并非只有四大奇书等六部小说。甚至可以说，除了早期的宋元话本出之于说话人、书会才人之外，明代中叶之后的长篇白话小说，几乎都是失意的文人所作。因此，不宜把"文人小说"作为一种专门术语来特别指称这六部作品。否则，远比这六部小说更具有中国文人特质的作品，例如《镜花缘》《儿女英雄传》《封神演义》《东周六国志》等作品是否就不能称之为文人小说？如果可以，那么几乎绝大部分的中国白话小说都要纳入"文人小说"的范畴之中了，此一名称显得过于浮滥而且定义不够明确。

浦安迪表示四大奇书刻本精美、趣味高雅、书价昂贵，因此如同崑曲，只能为少数文人雅士所喜好。事实上，中国的雕版印刷在宋元时期已经有了长足的进步，书籍的印本数量众多，比起唐代，价钱已经大为下降。况且明代中叶之后，出版业蓬勃发展，四大奇书的刊刻已少有官方的限制，各家书贾为求竞争，为了贩售图利，插图自然追求精美。即使书价昂贵，主要的贩售对象也不是文人雅士，文人雅士未必多金，人数也有限，反而是城市新兴的大量中产阶级以及商人，才是四大奇书的主要读者群。他们收入丰富，阅读小说以为娱乐。四大奇书的读者群涵盖社会的不同阶层，人数很多，不偏限在文人一种小圈子内。崑曲文本那类文辞典雅、声腔柔美的案头作品，需要较为高深的艺文涵养，版式精美也远过于四大奇书，那才是文人雅客少数人所能品赏的精致读物。

文人画、文人戏曲名称的使用，并非仅限于某几部作品，它们是开放的，后代相关性质之作都可以涵盖进去。何况，"文人"一词并非只有正面的意义，传统上指的是文人特殊的美学表现，这种表现与文人的阅历狭隘、雕琢词句、为文造情有关，不免有平庸、虚假、矫饰、空洞等负面的意涵。明代开始盛行的色情小说，例如《肉蒲团》《痴婆子》《玉娇李》等几乎都是文人所作。明末清初大批的"才子佳人"小说，编织虚幻的爱情、功名等美梦，更是文人的专利。因此，若要特别标明四大奇书等六部杰作，不如仍然以原有的名称"奇书""才子书"或者另行称作"才子小说"为妥。

三、"文人画"与"文人剧"

白话小说自从宋元话本以来，投身写作之人尽管是"书会才人""俚儒野老"或"村塾教授"，都不能否定他是文人的身份。因此文人的身份与否，并不能作为区隔白话小说雅或俗的依据。这与浦安迪所谓的文人画、文人剧之情况有所不同。因为绘画在文人身份之外，还有一批更为广大的画匠存在。戏剧也在文人身份之外，另有一批职业的艺人依据表演的需求来编写。至于写作白话小说者，大多具有文人身份。

然而文人画、文人剧的精神、美学，及其产生的环境、缘由，却颇值得探讨，可以作为了解四大奇书之助。文人画，亦称"士大夫画"，是画中带有文人情趣，画外流露着文人思想的绘画。泛指中国文人、士大夫所作之画，以有别于民间画工、宫廷画院及职业画家的绘画。文人画的著名画家，自元代以来，著名的有赵孟頫、黄公望、倪瓒、吴镇，明代则有王蒙、沈周、唐寅、文徵明、徐渭、董其昌、石涛等人。文人画家当然也包含一些社会下层的较不知名的文人、隐士。

文人画自宋代开始兴起，与传统画师重视形似的美学风格不同，强调神似的抒情风格，表现文人孤寂苦闷的精神世界，最后在元代政治环境极度恶劣的压抑下，被催生完成。蒋勋解说了文人画的特点以及它兴起的原因：

> 许多文人原来并不一定要走向绘画，因为现世的困顿、阻碍、挫折，转而寄情于笔墨……这些几乎大部分成为"隐士"的文人，在宇宙自然中寻找着他们寥落心情的安身之所，那自然的风景逐渐转化成他们内心的风景，便使文人画在山水的主题下，一步步走向荒率、萧疏、高旷、孤寂的美学特质上去了。❶

> 文人画终在元代完备了。完成于一个沦亡于异族、知识分子感觉着空前苦闷的时代。❷

> 南宋的亡于蒙古，这新来统治者的桀傲自大，却彻底伤害了汉民族原有的"天下"观，知识分子、文人，更是感觉着被歧视的痛苦，采取了全面的不合作态度。……知识分子纷纷成为隐士。一部分混迹民间，去认同百姓的愤怒、伤痛、贫穷、被压迫的处境，为他们编写戏剧、小说《窦娥冤》《水浒传》；另一部分，把他们的挫折、苦闷寄托于山水，走到宇宙自然里，去寻找个人生命的依托。前者使中国知识分子走向民间，推动了民间戏曲、插画、小说的蓬勃发展；后者使文人走向自然，发展了元代意境高渺的文人绘画。❸

明初的文人，在政治极端打压之下，面对着与元代文人相同的境遇，失意不得志的文士也借由绘画来抒情写志：

> 明代早期也有一批文人画家，初始寄希望于汉族建立的新王朝，继而失望于专制的文化统治，纷纷转为隐逸之士，以书画自娱。他们主要继承宋元的文人画传统……为中期"吴门画派"的崛起奠定了基础，堪称"吴门前驱"。❹

---

❶ 蒋勋：《中国艺术思想刍论》，雄狮图书有限公司 2005 年版，第 179 页。

❷ 同上，第 178 页。

❸ 同上，第 179 页。

❹ 单国强：《明代绘画史》，人民美术出版社 2000 年版，第 3 页。

写作《三国志通俗演义》《水浒传》的文人，即是元末明初的失意文士，这些人的情感、思想、心态，以及身份等背景，确实与文人画家有相当程度的类似。

除了文人画之外，元人杂剧也具有一种悲歌慷慨、本色当行的时代风貌。这股文学写实精神，也沾染到当时的小说话本、讲史，况且其中也采用了不少元代的各种地方戏剧的材料，尤其是有关《三国志通俗演义》《水浒传》的故事，因此，四大奇书在元末明初的文本，也具有元杂剧的此种特质。即使明代中叶之后的不同修订版本中，也依然具有此种反映社会生活百态的写实精神。

我们考察唐代以来变文、话本以及词曲发展的历史，可知白话小说不登大雅之堂，传统上历代的文士一般都不屑于写作，只有无法为官的落魄文人才有意于此。

但元代的情形有所不同，在异族统治打压之下，仕途不再是大部分文人努力的目标。我们分析元代以来的杂剧创作者，一直到明代写作传奇的文人，可以发现，这些作者的身份并不局限于下层失意的文人，其中有不少达官显贵。例如，明太祖的儿子宁王朱权、孙子周王朱有炖，两人都擅长写作杂剧。这是因为戏曲也被视为广义的诗歌，比较容易为文士所接受，即使是精于诗文、学问渊博的文士，甚至是一些权贵，也有不少人从事戏曲的创作，借以抒发情志、展现文才，开启了上层文士的撰写通俗艺文，打破了雅俗文学的界线。

在这类颇有才华的文士的投入写作之下，元杂剧的文采颇为可观，不逊于传统诗词的艺术表现。王国维即大表推崇：

> 然元剧最佳之处，不在其思想结构，而在其文章。其文章之妙，亦一言以蔽之，曰：有意境而已矣。何以谓之有意境？曰：写情则沁人心脾，写景则在人耳目，述事则如其口出是也。❶

> 元剧自文章上言之，优足以当一代之文学。又以其自然故，故能写当时政治及社会之情状，足以供史家论世之资者不少。又曲中多用俗语，故宋金元三朝遗语，所存甚多。❷

白话文足以写作优秀的叙事、抒情作品，早在元代便得到了实际的验证，尤其是在关汉卿、马致远等人的作品中，颇富"真情实感"的写实表现。从而明初以来不少文士开始

---

❶　王国维：《宋元戏曲史》，团结出版社 2006 年版，第 122 页。

❷　同上，第 128 页。

重视民间的作品，李梦阳提出了所谓"今真诗乃在民间"❶的口号，李开先 ❷、何景明、王世贞 ❸、袁宏道 ❹、冯梦龙 ❺ 等人群起而响应。从而浦安迪所认为的，具有高深艺文修养的文士投入四大奇书的写作，并非不可能之事。

元杂剧在文士的投入创作之下，文士写作的美学特色也从而产生。在明代即有本色、文采两派之分，王骥德《曲律·论家数》云：

> 曲之始，止本色一家，观元剧及《琵琶》《拜月》二记可见。自《香囊记》以儒门手脚为之，遂滥觞而有文词家一体……夫曲以模写物情，体贴人理，所取委曲宛转，以代说词。一涉藻缋，便蔽本来。然文人学士，积习未忘，不胜其靡，此体遂不能废。

一般说来，文士写作的习惯，主要是针对辞藻来下功夫，用力于修辞、格律的讲究，即使违离了文类的本来样貌，也不顾惜。此外，久处书斋的文人，生活的历练与阅历，往往较为狭隘，从而偏重于风花雪月等空洞之作。这些特点则与一般艺人大为不同，比较能够作为区隔两类作品的依据。

明代人李开先在《西野春游词序》中便以"本色"（金元风格）为标准，区分戏剧为"词人之词"与"文人之词"。今人叶庆炳先生更以"剧人之剧""诗人之剧"来加以判别。❻ 所谓的"词人之词""剧人之剧"指的便是艺人之作，它们偏重情感的表现，比较不讲究文采。清初大量的"才子佳人"小说，其样貌与精神正是典型的文人风格。它们题材狭隘、内容贫乏、情意虚假。小说的分类，仍然是以传统的做法，依照题材来分类比较客观、确切，浦安迪所谓文人的"高雅机智与深刻性"之审美因素，难免有主观的认知，容易引起争议。金圣叹便指责《水浒》所叙，叙一百八人，其人不出绿林，其事不出劫杀，失教丧心，诚不可训。"❼ 这代表了《水浒传》中有非文人的审美与意识的部分，有违文人崇尚之雅趣。

---

❶ [明] 李梦阳：《诗集自序》，《李空同全集》卷五〇，见郭绍虞编选《中国历代文学论著精选》中册，华正书局 1984 年版，第 283 页。

❷ [明] 李开先：《市井艳词序》，见郭绍虞编选《中国历代文学论著精选》中册，第 427 页。

❸ [明] 王世贞：《邹黄州鶺鸰集序》，见王运熙，顾易生主编《中国文学批评通史：明代卷》，上海古籍出版社 1996 年版，第 267 页。

❹ [明] 江盈科：《敝箧集引》中引述袁中郎的话，见叶庆炳，邵红编选《明代文学批评资料汇编》，成文出版社 1978 年版，第 726 页。

❺ [明] 冯梦龙：《序山歌》，见郭绍虞编选《中国历代文学论著精选》中册，第 425 页。

❻ 叶庆炳：《中国文学史》下册，第 28 讲，学生书局 1987 年版，第 232 页。

❼ [清] 金圣叹：《贯华堂本水浒传·序三》。

四、"高才文人"与"才子小说"

四大奇书之所以为"奇"，乃是因为结合了"书会才人"与"高才文人"的双重优点：既有广阔而深刻的生活阅历，又具备修辞润饰之才与丰富的文史学问，因此，达到了雅俗共赏的美学效果。故而"文人小说"一词，既容易造成认知的困扰，且其意涵无法涵盖四大奇书的性质，实不宜作为专有名称来使用。

故而对于这六部明清白话长篇小说的经典巨作，以"才子小说"称之为宜，而其作者则是"才子小说家"，如此更能够符合传统的用语，且不至于含混不清，造成误解。

第四章　政治、社会与文化的孕育

白话小说基本上是较为"媚俗"的一种叙事文类，必须多顾及读者的喜好、反应，不同于诗词文赋着重作者个人主观的抒情言志。白话小说基本上是现实社会的模拟再现，属于写实的文学，其中人物之行为、思想也多会受到环境的制约。这种制约不仅表现在人物的塑造，同时主导了故事情节，也决定了结局的安排与义涵的传达，从而不同的环境也就产生不同的小说样貌。相对来看，白话小说的人事物也只有结合到它的整体环境之中，才能获得确切而深刻的理解。因此，社会、文化、政治等生活层面，对于白话小说的影响比起其他文学体裁更显巨大。创作者不仅无法自外于他所处的时空环境，同时也不能不顾及这些因素对于读者心理的影响，尤其在早期口头讲说阶段，"说话人"在市井勾栏讲说故事，听众的反应是现场而立即的。说话人面临严苛的临场考验，以及现实的市场竞争压力，他必须重视听众的接受程度，特别是选择的题材如果与人民的生活息息相关，则其诠释必须符应人民大众的情感与心理。

所谓民众的情感、心理，指的是社会上大多数人共同信守的价值观、道德伦常等观念。在古代的中国，虽然历代王朝具有大致相似的政治体制、文化形态，民众的情感、心理并没有太大的差异，但也会由于某些较大的环境变动、新的特殊情况，而随着有所转变。

白话小说大体上不属于统治阶层，更不被视为雅正文学，而是属于世俗社会和中下层群众，体现出较多的市井文化精神，并且也多能顺应社会的集体意识（the collective mind）。然而，"说话人"或小说家在编织他的故事之际，除了考虑当时的文化与社会的状况，必然也有其自我的价值观、人生观等理念来主导情节的走向。

对于中国古代社会发展的大势，有诸种不同的理论，但都不能忽略经济、文化、政治等因素，因为"人与人的关系，除了血缘关系之外，无非是经济关系，政治关系，思想文化关系。"这些因素彼此相互作用、牵制，支配着中国古代政权的存在与发展，左右了王朝的兴衰。金观涛、刘青峰二人从系统论与控制论的角度提出了一个"超稳定结构"的理

论 ❶，试图以此解释中国古代社会长期停滞以及历代王朝的周期性崩溃，颇有参考的价值。他们认为中国古代专制社会依靠着政治、经济与意识形态这三种力量的不断调节、平衡以维持其稳定。其中的政治结构是大一统的官僚体系，经济结构是依靠小农生产的地主经济，意识形态结构则是儒家的纲常伦理。当其中的某一力量显得较为强大之时，另外两股力量也必须有相应的调整，以避免王朝的崩溃、解体。

随着历史的发展，宋代以来经济力量逐渐壮大，居住在城市中的民众大量增加，商品经济的繁荣危及传统的地主经济结构。城市中的民众在衣食饱暖之余，更热衷于求新求变，也逐渐形成市民阶层的自我意识、价值观与独特主张。从而官方在政治体制与意识形态两方面也必须相应强化，以使君主专制政体能够得以存在。如此作为之下，虽然带来了古代中国的稳定和文明，也渐次僵化了一个原本可以不断发展的富有生气的社会，扼制了一些新的有益因素的苗长。尤其是当专制集权的君王极度昏庸甚至残暴之时，集权专制的国家体制的缺点更加表露无遗，民众对于权贵阶层的贪腐、无能与欺压也就更难以忍受，官方也就必须在政治与思想意识等方面施加更大的钳制力道，从而民众的不满与反弹也就更大。白话小说反映了宋代以来政治、社会、家庭等许多方面的问题，都与所处的时代相关，显然不能脱离环境的影响。

第一节　世衰道微与市民阶层的崛起

中国古代社会是一种政教结合的特殊环境，家庭的父子、夫妇、兄弟等伦常关系扩及到了社会、国家，建构成了一个牢不可破的"天、地、君、亲、师"或"君臣、父子、夫妇、兄弟、朋友"的礼教体制，这种体制结合了道德、礼仪、法律、制度、习俗、文化在内，形成了不容改变和质疑的固定规范，历代延续下去。人生活在其中，也就受到了这许多层面同时的约束，从而造成了难以突破的各种困境。

中国传统文化要求个人必须奉献、忍让、压抑。因此，个人在面对困境之时，小我的利益如果与大我的利益有所冲突，为了顾全家庭、家族、社会或国家的利益，必须要有许多的牺牲、妥协、退让，而不主张以抗争、毁灭为手段和目的。

五伦关系中，尤其是君臣纲常的更不容许破坏，从而形成了君臣僵化关系的困境。各个朝代借由体制、礼法、学术、道德与武力把君王神圣化、君权绝对化。有德、有志，或

---

❶　金观涛：《在历史的表象背后：对中国封建社会超稳定结构的探索》，谷风出版社 1984 年版。金观涛，刘青峰：《兴盛与危机：论中国社会超稳定结构》（新增订本），风云时代出版公司 1992 年版。

有才之士遇上昏庸无能之君王，就陷入了难以有所作为的困境。君王拥有至高无上的超然地位，臣民是绝对不可以反叛或推翻的，如果胆敢如此，将会蒙受历史上千古的叛逆恶名。从而令许多仁人志士深感悲愤、无奈。郑玄云：

> 君臣之接如朋友然，在于恳诚而已。斯道稍衰，奸伪以生，上下相犯。及其制礼，尊君卑臣，君道刚严，臣道柔顺，于是箴谏者希，情志不通，故作诗者以诵其美而讥其过。❶

在君主专制威权高压下，臣民难以直抒胸臆，往往借古讽今，借由美刺、讽谕的手法，隐晦婉转地表达自己的意见。宋元之前，多借由诗歌来表达，宋元之后，则多利用戏剧、白话小说来呈现。

此外，夫妇之间的男尊女卑的纲常观念，也造成了家庭的困境。中国古代妇女长期在社会受到压抑，没有自主的权力和平等的地位，往往也以悲惨的结局告终。

追溯四大奇书的写作背景，有关于文化、宗教、历史、经济、政治以及文学的诸种层面，最为适切的朝代应是宋朝。吕思勉便说：

> 宋、元、明三朝的思想，都是发源于宋朝的，其规模，也都是成立于宋朝的；元、明只是袭其余绪罢了。❷

四大奇书多为世代累积型的长篇小说，其故事的起源、题材的选择、初期不同形态文本的写作，多与宋代相关。若从唐代论起，则显得过于宽泛而少关联；若只论及明代，也显得掘土未深，不能深入明了其中原因，无法探得足够的根据。然而，宋元明三代的历史繁多，本文无法也不必全然论述，以下将只论及关涉四大奇书的创作与义涵的相关部分。

一、宋代

新王朝开国所制订的基本国策，往往决定了之后的国家命运。宋太祖重文轻武、强干弱枝的中央政策，使得国家无可避免地陷入了长期的战乱之中。辽国、西夏、吐蕃、金人、蒙古人等外患接连入侵，外族侵扰不断，战事失利，国土逐渐沦亡，军民伤亡惨重，民众对于朝廷的积弱不振极感失望。再加上北宋末年以来，各地盗匪作乱，宋江（徽宗宣和元年）（1119 年）、方腊（宣和二年）（1120 年）、杨幺（高宗建炎四年）（1130 年）相继起事，社会颇为动荡，民心普遍期待豪杰英雄之士能够弭平战乱，安邦定国。

---

❶ [汉] 郑玄：《六艺论》，见 [清] 马国翰辑：《玉函山房辑佚书》，文海出版社 1967 年版，第 1944 页。
❷ 吕思勉：《中国文化史》，天津古籍出版社 2007 年版，第 206 页。

　　宋代社会的一个大的时代特征，便是六朝以来的"贵族门第之势力全消"❶，庶民的受教育、从政、经商等机会大增，从而在政治、经济、学术、文化、文学等方面都有重大的改变。政治上由于世家贵族的消失，"政府中官吏，上自宰相，下至庶僚，大都由平地特起"❷，从而益显君尊臣卑，官尊民卑之现象。宰相等公卿大臣常出自庶民阶层，因此较能关怀民生疾苦，多能抱持淑世的理想。经济上也同样由于世家大族的消失，经商牟利之事不再被贵族垄断，庶民致富之事在城市中尤为常见，城市繁荣，商人地位提高，中产阶层市民大增。

　　学术方面，理学此种"新儒教"兴起，"他们既不讲出世，亦不在狭义的门第观念上面来讲功业礼教。他们要找出一个比较更接近平民性的原则，应用于宇宙人生国家社会入世出世等各方面。"❸他们关切现实社会，怀抱改善天下的理想，重视个人心性的存养。他们不再是无条件的支持政权，对于政治与宗教经常有所批评，也因此常遭受官方的敌视，甚至被列为党禁。社会上，妇女的地位，比起唐代明显大为下降，这是由于理学特别重视名教、礼教，对妇女有更多的限制。

　　六朝以来，儒、释、道三教的势力在民间各自拥有广大的影响力，唐朝的统治者更实行儒、释、道三者并重的政策，三教渐趋融合，可见其中颇有可以会通之处。这种调和思想不是一时流行的风气，而是长久普遍存在于民间世俗的信念，甚至也影响及于不少学者的学术论著。

　　在儒家学者提出此种看法之前，佛、道二教人士早已有人不排斥儒学，诸如魏晋之际的葛洪、慧远，而南朝道士陶弘景更是具有明确的融合三教的企图，主张"崇教唯善，法无偏执。"❹"百法纷凑，无越三教之境。"❺宋代的帝王多信奉道教，因此道教在宋代远比佛教昌盛。

　　金人入主中原后，留居中原的一些民众，反抗金人的压迫，不愿出仕金朝，在民间组成一些团体，而与传统的道教有所不同，被称之为新道教，主要有全真教，太一教和正大教等。全真教不尚符箓、烧炼，放弃肉体成仙，而以修身养性为主。创始人王重阳"不独居一教"，主张"三教圆融"，劝人诵读的经典涵盖了三教，包括道教的《道德清静经》，佛教的《般若心经》以及儒教的《孝经》，认为有助于识心见性。❻许多金朝士人投身全真

❶ 钱穆：《国史大纲》（修订本），台湾商务印书馆1988年版，第503页。

❷ 同上，第602页。

❸ 同上。

❹ [南梁]陶弘景：《十赉文》，《华阳陶隐居集》。

❺ [南梁]陶弘景：《茅山长沙馆碑》，《华阳陶隐居集》。

❻ 唐大潮：《明清之际道教"三教合一"思想论》，宗教文化出版社2000年版，第109页。

教，王重阳的弟子就多为士人出身，全真道士也喜与士人交结，因此对于儒生有很大的影响力。

隋代的王通认为三教虽"各有弊"但"不可废"，主张"三教可一"，以儒学为中心来统合三教思想。❶唐初孔颖达以儒学为主，兼取佛、道教义，用以批注五经。儒家经典的诠释已开始吸收不少佛道两家的精义，着重对人的主体研究，提高心性的作用和地位。时至宋代，三教合一的思想已得到社会普遍的认同，给予理学的形成奠定了基础。南宋孝宗也提出了"以佛治心，以老治身，以儒治世"❷的主张。儒释道三教，都重视心的主体性，强调心性的修为，三教在此共通的基础上，更为融合。

书坊的印书，北宋主要为佛经、阴阳杂记、占梦相宅、九宫五纬之流，以及儒家的经史典籍、文士的诗文集。南宋时期，由于印刷技术的进步，民众的阅读人口大增，文学上，贵族所喜好的诗赋文学转而逐渐为俗文学所取代。《大唐三藏取经诗话》已经在临安（杭州）中瓦子张家书铺印行❸，甚至早在北宋、晚唐时期便已可能成书。"几乎与此同时，建阳书坊也印行了《三国志》《宣和遗事》《新雕皇朝事实类苑》等话本小说"❹，给予社会的中下阶层，特别是城市中的市民，一种阅读上的娱乐。

二、元代

元代是"中国第一次整个落于非传统的异族政权的统治。中国的政治社会，随着有一个激剧的大变动。"❺在蒙古人百年左右的统治时期，实施了种族阶级制度，仇视汉人。朝廷多次下诏，禁止汉人田猎、习武艺、持兵器、集众祀祷❻，甚至众多的汉人沦为奴隶，社会上民族矛盾与冲突非常尖锐。各种族的人民被区分成蒙古人、色目人、汉人与南人。汉人与南人便是汉族人士，社会地位最为低下，备受蒙古人和色目人猜忌、防范，受到了极大的压迫。

蒙古人征服了中国之后，在登录中原户籍的同时，开始建立诸色户计制度。这一制度是按照人户承担义务的不同，区别登记为不同的户籍。主要有民、军、匠、儒以及僧、道等户。蒙古人信奉喇嘛教，但对于宗教采取宽容的态度，并未迫害。僧、道人士在社会

---

❶ ［隋］王通：《周公》，《中说》。

❷ ［元］觉岸：《释氏稽古略》，《大正藏》第四十九册。

❸ 张秀民：《中国印刷史》，上海人民出版社 1989 年版，第 73 页。王清原、牟仁隆、韩锡铎编纂：《小说书坊录》，北京图书馆 2002 年版，第 1 页。

❹ 戚福康：《中国古代书坊研究》，商务印书馆 2007 年版，第 125 页。

❺ 钱穆：《国史大纲》（修订本），台湾商务印书馆 1988 年版，第 473 页。

❻ 钱穆：《国史大纲》（修订本），台湾商务印书馆 1988 年版，第 473 页。

上颇受尊重，地位崇高，也因此发生了许多恶行，畜妻育子、奸污妇女，社会危害极大。"大抵当时的社会阶级，除却贵族军人外，做僧侣信教最高，其次是商人，再其次是工匠，又次是猎户与农民。"❶汉人多为佃户或农民，饱受异族权贵的侵夺田产，赋税苛重，民不聊生。百姓仇恨异族激烈，从而产生了强烈的民族意识、国家意识。

读书人的地位更是空前的低落，社会阶层有所谓十等之说："一官、二吏、三僧、四道、五医、六工、七猎、八民、九儒、十丐。"❷纵然并不是很确切，但确实明显歧视儒生，被视为"贱民"，文人少有参与政治的机会。这主要是元代重视军事、攻城略地，因而轻视地方上的治理，以及各地的文化。

中国历代王朝，"以元代为最无制度，马上得之，马上治之。""于长治久安之法度，了无措意之处。"❸元初轻视礼乐，科举亦不重视，直到元仁宗延祐二年才正式举行。《新元史·选举志》："（科举）创自太宗，定于至元，议于大德，成于延祐。"计自元太宗九年至元仁宗延祐二年（1237—1315 年）科举废弛近 80 年。即使科举开办了，但实行的时间不长、次数少，有名无实，极不平等，弊端甚多，有真才实学的汉人多不愿参与。❹

由于元代的贬抑汉人与文士，汉人在政治、社会、经济方面大多没有地位与力量。从而元末起义群雄之中，颇多平民阶层，不同于历代由权臣或军阀来操纵此一推翻政权之惯例。河南的韩山童、韩林儿，乃白莲教徒。湖广的徐寿辉贩布，陈友谅捕鱼。江苏的张士诚为运盐舟人，浙江的方国珍乃贩盐者，安徽的郭子兴则卖卜者之子，朱元璋为皇觉寺僧侣，福建的陈友定及徐达皆为农民，常遇春为盗寇。❺

由于儒户的确立时间是在元太宗十年（1238 年）戊戌选试之后，较他种户籍为晚，很多儒士流入僧、道、民、军、站、匠、医、卜等户，其谋生手段和生活态度多有改变。文人仕进之途受阻，社会地位卑下，若不寄身于佛道两教，只得从事依靠体力劳动糊口的低下行业。儒户确立之后，中选的儒生免除了不少官府的差役，"始得以世修其业"。儒士散处民间，但仍在从业谋生的余暇，研习文史方面的知识。他们虽然生活困窘，为谋生而不得不四处流徙，从事各行各业，但仍保持读书人的本色，使得这一时期的文化发展别具一格。从而元代的文人，比起其他时期，拥有较为丰富的下层社会的人生阅历，也具有较多的儒学经典以外的知识与技艺，更为贴近世俗社会生活，作品因此具有真实而深刻的生活体验。

---

❶　钱穆：《国史大纲》（修订本），台湾商务印书馆 1988 年版，第 493 页。

❷　[宋]郑思肖：《大义略序》，《心史》卷下。谢枋得也有类似的说法，见于《送方伯载归三山序》，《谢叠山集》卷二。

❸　孟森：《明清史讲义》，里仁书局 1982 年版，第 29 页。

❹　钱穆：《国史大纲》（修订本），台湾商务印书馆 1988 年版，第 495 页。

❺　同上，第 498 页。

有些儒士或在地方官办学校中任教，或在民间设立私塾教学，或者获得他人资助以开办书院。元代社会虽然学术讲论的气息不盛，但社会上普遍设有教育的场馆，学术风气乃能延续不辍，草野颇多积学文士。❶科举考试内容为四书五经，以程朱的批注为主，专门以孔孟儒家的经典义涵拔取人才，明清两朝都相沿不变。从而元明清三代的文人，无论是否崇信程朱理学，至少对于程朱的经学思想大多普遍熟习，尤其是四书方面的义理。

早在金人消灭北宋之前，便有一些失意的读书人沦落下层社会与民间艺人为伍，成为所谓的"书会才人"，从事戏曲、小说等俗文学之写作，甚至成为谋生的职业，此种情况也出现在南宋、元代。《水浒传》开卷便说"试看书林隐处，几多俊逸儒流……评议前王并后帝，分真伪占据中州……再听取新声曲度。"❷由于这些人的社会地位低落，生活大多艰困，元代时期的戏曲、小说、诗文、绘画等，普遍显露了消极、厌世、伤怨或忧愤的情调。

全真教在元代由于得到了王室的庇护，而有更大的发展。长春真人邱处机以宗教得成吉思汗之礼遇，徒众得免赋役，全真教大为盛行。丘处机对于"三教融合"的理念实行得更为彻底，他有诗说道："儒释道源三教祖，由来千圣古今同。"❸"前贤后圣无差别，异派同源化执迷。"❹也因为教义中吸取了大量的理学思想，因此与儒生之间没有太多信念上的隔阂、抵牾。大批儒士为了寄身远祸，往往投入全真教为道士，以觅得一席栖身之地，儒士与道教的关系从而比历史上任何一个时期都要密切。金元时期，百姓生活困苦，心灵寻求寄托，对于宗教尤多仰赖，从而道教在文士之中与民间皆颇为流行。《水浒传》开卷便推崇邵雍，这位理学兼有道教色彩的文人，接着又称许道士陈搏。而在宋仁宗时期的京城瘟疫，禳除灾疫的也是道士张天师，足见道教思想对于《水浒传》影响之重大。另有一些儒士潜心研究佛法，寻找心灵的慰藉，然而完全割断尘缘毕竟不容易做到，这使得投身佛门的儒士数量远不如道教。

元末起义者有鉴于佛道两教在当时的影响力，韩山童、刘福通等人便借助宗教的力量吸收民众，以白莲教为号召，确实有很大的效果。

元代对于禁书的管理异常宽松，适合市民阅读的通俗小说、戏曲大量刊行，除了杭州书坊之外，建宁路的建安、建阳两县（今福建省境）的书坊尤其著名。❺以下略举其重要

❶ 钱穆：《国史大纲》（修订本），台湾商务印书馆 1988 年版，第 496 页。

❷ 《诸名家先生批评忠义水浒传》（容与堂本）（李永祜点校），中华书局 1998 年版。

❸ [元] 丘处机：《磻溪集》卷一，《正统道藏》，第五十三册。

❹ [元] 丘处机：《赞道》，《磻溪集》卷三，《正统道藏》，第五十三册。

❺ 戚福康：《中国古代书坊研究》，商务印书馆 2007 年版，第 146—160 页。张秀民：《中国印刷史》，上海人民出版社 1989 年版，第 290、291 页。

者，戏曲类有《刘知远诸宫调》《西厢记诸宫调》《大都新编关张双赴西蜀梦》《古杭新刊的本关大王单刀会》《赵氏孤儿》《张协状元》《大版释义全像音释琵琶记》《新编校正西厢记》。小说类有《大唐三藏取经诗话》《梁公九谏》《宣和遗事》《五代史平话》《至元新刊全相三分事略》《京本通俗小说》《全相平话武王伐纣书》《全相平话乐毅图齐七国春秋后集》《全相秦并六国平话》《全相平话前汉书续集》《全相平话三国志》。其中少数作品或许早在南宋时期即已刊行，诸如《大唐三藏取经诗话》《刘知远诸宫调》《宣和遗事》《五代史平话》等。❶

三、明代

明太祖以平民身份起义成功，以吊民伐罪之革命为号召，成为继汉高祖刘邦之后，"得国最正者"，中国第二位平民皇帝。"匹夫起事，无凭借威柄之嫌；为民除暴，无预窥神气之意。"❷朱元璋驱逐了欺压汉人百年之久的异族政权，从而社会、政治、文化等方面又有巨大的改变，"一切准古酌今，扫除更始"。❸平民的登上帝位，对于传统的"君权神授"的封建之说有极大的挑战，士大夫与民众心中原有的国家、天子的意义，以及天命、革命、忠义、民本等概念，也都有不小的冲击。

明朝历史，若不把南明政权计入，长达 277 年，历经 16 位帝王，学术界大多分成三期或四期，各有依据的理由。本书对此采取分成三期的看法，其初期、中期、后期的确切时间，主要依据汤纲、南炳文合著的《明史》一书的划分，其时限分别与两件大事有关：

> 正统十四年（1449 年），明朝与瓦剌打了一仗，明朝皇帝英宗在土木堡做了瓦剌的俘虏。这件大事，一般将之看作明代中期的开端。万历九年（1581 年），张居正在全国推行一条鞭法，进行了中国赋役制度史上的一次大改革。这次改革，一般看作是明代中期的下限。❹

亦即明代初期始于明太祖洪武元年（1368 年），直到明英宗正统十三年（1448 年），历经明太祖、明惠帝、明成祖、明仁宗、明宣宗、明英宗，历时 81 年。明代中期从明英宗正统十四年（1449 年）开始，迄于明神宗万历九年（1581 年），历经英宗、景帝、英宗

❶ 戚福康：《中国古代书坊研究》，第 139—160 页。田建平：《元代出版史》，河北人民出版社 2003 年版，第 81—93 页。
❷ 孟森：《明清史讲义》，里仁书局 1982 年版，第 13 页。
❸ 同上。
❹ 南炳文，汤纲：《明史》，上海人民出版社 2003 年版，第 205 页。

（复辟）❶、宪宗、孝宗、武宗、世宗、穆宗、神宗，历时 133 年。明代后期始自明神宗万历
十年（1582 年），结束于明思宗（毅宗）崇祯十七年（1644 年），历经神宗、光宗、熹宗、
思宗（毅宗），历时 63 年。

明太祖"劝课农桑，作养廉俭"，垦土宽赋，多方建设，制订了不少良善的制度，可
谓百废俱兴，因此明初国势已经渐趋富强。❷ 又极为看重学校教育，在各府州县开设学校，
"是为天下遍设学校之始"❸。恢复科举考试之外，兼行荐举制度，拔用人才不拘资格。并且
奖励人民上书言事，重惩贪吏，明初吏治因此澄清百余年。然而，朱元璋是一个"雄猜之
主"，滥杀功臣，以惨酷刑罚治世，以鞭笞、廷杖折辱士大夫，故文人多不愿仕宦。这使
得不少精英人才对王朝产生了严重的疏离感，包括政治上与思想上。

朱元璋废除宰相，政府的行政运作改以帝王为中心，政权完全有赖皇权来维系。又广
为封建子孙，使得明代成为中国历史上君主最为专制独裁的政权。朱元璋对于孟子所倡言
的民本、革命之义颇为不满，不仅下令删节其书中内容，且曾一度将孟子驱逐出孔庙。

明代的帝王在中国历史上最为昏庸、怠惰，从而宦官擅权、骄横跋扈，以至于政治更
加贪黩、腐败。明代中叶接连出现多位极度残暴、奢靡，只知逸乐之昏君，"世宗、神宗
则并二十余年不视朝。群臣从不见皇帝之颜色。"❹实际的权柄掌握在少数几位权臣或宦官。
于是，中国历史上著名的大奸佞也多集中在此时，包括刘瑾、冯保、严嵩等人。整个朝廷
上下，从君主到臣僚，大多奢侈荒唐、放荡淫乱，甚至于明神宗时期力行多项政治改革的
首辅大臣张居正也不能够免除。❺宫廷淫乱奢靡，社会上行下效，普遍弥漫了此种风气。
《西游记》《金瓶梅》之所以写作，很可能与此种时代背景、政治环境有极大的关系，小说
的意涵也反映了此种情况。

由于政治混浊，明朝中叶以后，形成了一种谄媚结附之风气。❻当时只有顾宪成等少
数刚直之人，敢于反抗那些握有实权的宦官或权臣，此种反对的力量，在学者们的讲学活
动之中逐渐酝酿而生，汇聚在书院之中。

明代的科举考试，太祖时以程朱理学作为考试的内容，又采取八股文的程序；明成祖

---

❶ 英宗于土木堡之役，被瓦剌俘虏之后，明室另立英宗之子为景帝（1450 年）。景帝在位 8 年，大臣与宦官趁其身
染重病，拥护被放归的英宗复辟（1457 年）。是以英宗前后在位两次。

❷ 孟森：《明清史讲义》，里仁书局 1982 年版，第 34—54 页。

❸ 同上，第 49 页。

❹ 钱穆：《国史大纲》（修订本），台湾商务印书馆 1988 年版，下册第 36 章，第 505 页。

❺ 不少传言指称张居正生活奢侈、妻妾成群，长期大量服食春药、壮阳药物，沉溺声色之中。参见 [明] 王世贞《嘉
靖以来内阁首辅传》，[明] 沈德符《万历野获编》。

❻ 钱穆：《国史大纲》（修订本），下册第 36 章，第 511 页。

时更编有《四书五经大全》，进一步钳制读书人的思想。地方上的生员，平日由国家供养在学却少读书，实际上是只知仗势为恶的乡绅。

元代盛行的全真教，由于和元代统治者关系密切，到了明代，受到了朱元璋的刻意轻忽，再加上全真教道徒的生活腐化，因此，全真教在明代朝廷上没有地位，而转往民间活动。明代官方刻意抬举另一道教宗派正一道，从而正一道在明代中叶之前已取得了很高的政治地位，尤其在明世宗时期达到了鼎盛。但也随着道教徒本身的腐化堕落，贪求富贵、行贿取宠，依恃明朝王室胡作非为，从而在明代中叶之后逐渐衰颓下去，也只能在民间保有其影响。

三教合一思想从六朝发展以来，至明代有了更大的融合。具体落实在社会上，士大夫阶层出现了王阳明的"心学"，中下层社会则是融合三教思想的《劝善书》和《功过格》大量流行，显示了明代社会在思想层面的转变。王阳明心学的出现，增添了传统学术的思辨性和新的要素。明世宗嘉靖、明穆宗隆庆之际，王学左派如王艮、王畿及其后学又把"心即理"发展为肯定"欲"的合理性，尊重个性、肯定人欲的新思想成为一股潮流。王阳明"心学"的历史意义，正如余英时所说：

> 新儒家之有阳明学，正如佛教之有新禅宗：佛教在中国的发展至新禅宗才真正找到了归宿；新儒家的伦理也因阳明学的出现才走完了它的社会化的历程。……新禅宗是佛教入世转向的最后一浪，因为它以简易的教理和苦行精神渗透至社会的底层。程朱理学虽然把士阶层从禅宗那边扳了过来，但并未能完全扭转儒家和社会下层脱节的情势。明代的王学则承担了这一未完成的任务，使民间信仰不再为佛道两家所完全操纵。只有在新儒家也深入民间之后，通俗文化中才会出现三教合一的运动。❶

王阳明把儒家的伦理"直接通向社会大众"，改变了"朱子之学是专对'士'说教的"局限。❷以王艮为首的泰州学派继承和推展了王学，王艮深入到各地民间讲学多年，造成风潮，儒家学说得以亲近民众，更加通俗化。明神宗万历年间，李贽进一步发展王学左派的观点，激烈抨击理学的虚伪，主张摆脱传统成见，拒斥权威，倡导自我独立思考的重要。元明思想界长期以来独尊程朱理学的僵化局面被打破了，儒学施教的对象也扩大到了一般的社会民众阶层。

从中国经学发展史来看，明代正是儒学衰微，经学颇为衰落的时代。此时期佛道等其他各家思想活跃，从而士大夫阶层的思想混杂，容易造成官方意识形态的动摇，从而导致

---

❶　余英时：《中国思想传统的现代诠释》，联经出版公司 1995 年版，第 338 页。

❷　同上，第 338 页。

政治上宗法一体化结构的破坏。李贽等异端心学思想的产生，其中有很大的原因便是儒家思想掺杂了佛道两家的教义，尤其是强调心的主体性，独立思考的重要性，从而思想界已有少数人能够对于君主专制制度加以反思及评断。

然而，社会的发展进步又自有其驱动力，明代中叶之后，城市经济繁荣，商业和手工业都有长足的发展，特别是东南的吴、越地区。城市的发达带来了市民阶层的壮大。士与商、雅与俗之间的界线日趋模糊，明代中叶甚至出现了不少"士商一体"的人士。市民阶层、市民文化崛起于历史舞台，推动思想、文学的日趋转型，引发了士与商、雅与俗之间的双向互动。❶ 社会上弥漫一股肯定自我，肯定人情物欲，张扬世俗享乐的观念。城市经济和市民力量的发展，促使他们选择"以政治斗争的方式来维护自己的经济利益"。❷

城市繁荣，也促进了通俗文学的市场需求，刊刻通俗小说成为有利可图的文化产业。文人依附于商贾，以写作谋生，用以满足衣食生活之需。

明代小说的刊印是与出版业的兴起同步的。嘉靖以来，福建一带书坊刻印通俗小说甚多，尤其是以建阳最著名，但质量低劣，至万历后期，遂一蹶不振，苏州、金陵乃取而代之。金陵书坊刊行的戏曲数量冠于全国，苏州刊刻的书籍则以质量精良著名，书价最高。苏州另有一项特色，书坊主人喜欢与文人合作出版书籍，《金瓶梅》便是经由冯梦龙的推荐而最早在苏州印行于世，《封神演义》也是首先刊刻于苏州。❸ 小说的出版、传播之中心便都集中到了吴、越两地，而这恰与小说创作与批评的中心汇聚到一起，从而吴越两地也是当时商业最繁荣、思想最有生气的地区。对于小说写作整体水平的提高，特别是文人化的进程，具有很大的帮助。

随着历史的发展，明代社会逐渐呈现上下阶层严重的对立、疏离，整个国家处在土崩瓦解的动摇局势。皇帝昏庸怠惰，"明代君主非重法即怠荒，皆足以败事。"❹ 权臣与宦官"骄横跋扈"，"朝政懒废坠弛"。民间社会则有蓬勃的经济发展，一批思想家大胆创立新说，思想界逐渐摆脱官方的控制。社会上下阶层之间的矛盾与冲突越来越严重，激发了有志之士对于君主世袭专制政体的省思、批判。世宗嘉靖之后，朝廷施政更加黑暗，兵制、田赋又相继崩溃，地方上持续发生暴乱，民生凋敝，政府财政也严重恶化，最终导致了党祸、流寇的发生，而无力再去抵挡外敌之入侵，王朝终于倾覆。❺

---

❶ 王瑷玲：《清初江、浙地区文人"风流剧作"之审美造境与其文化意涵》，见李丰楙，刘苑如主编：《空间、地域与文化：中国文化空间的书写与阐释》下册，台北研究院中国文哲研究所，2002年版，第191—210页。

❷ 金观涛：《在历史的表象背后》，谷风出版社1984年版，第114页。

❸ 戚福康：《中国古代书坊研究》，商务印书馆2007年版，第174—189页。

❹ 钱穆：《国史大纲》（修订本），台湾商务印书馆1988年版，下册第36章，第507页。

❺ 同上，下册第37章，第522页。

四、综论

综观宋元明三代的大势，大致可以分成两个阶段、两类问题。宋代历经元朝而至明初，朝廷与民众主要面临的是外患严重、战乱频繁，切身的大事在于家国兴亡、民族冲突方面。明初以后，外患暂时止息，面临的是君主专制独裁，接着是君主昏庸、权宦专权、政治腐败以及社会奢靡。这些政治与社会的症状，对于当时的戏曲、小说的取材与主题有深远的影响。仔细分析，宋元明三代尚有以下的特点。

（一）贵族世家瓦解，平民个人的时代来临

六朝以来世家大族垄断政治、经济、社会等方面的局势，自宋代开始已然逐渐在改变，平民在这些方面崛起的机会大增，个人可以凭借自己的才华以角逐名位与财富。隋唐创设的科举考试制度，取代了依靠世家大族的门第家世背景，平民阶层有凭借个人才华、能力出头的环境。元代文人失去了科举仕进的机会，科举考试时行时辍，他们散处在社会的各种行业，地位大为下降，儒学的影响力也随之减弱。文士受到元代官府的忽视，其中一部分人不再依附政权，选择隐遁山林，或寄身市井，人格与思想都较以往独立。这些仕途失意的文人，不少人涌向勾栏瓦肆，甚至成为"书会才人"，借由戏曲、话本表达了不平、忧愤等精神。他们和市民阶层关系密切，对于民生疾苦、民族歧视的感受深刻。宋代之前的文人多为士大夫阶层，与下层社会有一段不小的距离，作品难免有为文造情的虚矫。余阙说："夫士惟不得用于世，则多致力于文字之间，以为不朽。"❶ 读书人的仕途受阻，高才文人乃将其文学上的才华用之于能够扬名与谋生的通俗文艺之上。戏曲、话本等俗文艺之兴盛，实与文人地位大幅下降有关。

宋、金年间，诸宫调、南戏兴起，以及元代杂剧的兴盛，都代表了叙事文学的崛起。一些文士投入了叙事文学的创作行列，使文学创作发生了重大变化。文学上以抒情言志为主的风格，转向于以叙事为主。抒情文学，虽然仍有所发展，散曲的创作也给诗坛带来了新的气象，但一向被视为文坛正宗的诗词，自元代开始，其成就远比不上唐宋两代，已退居次要的位置。

抒情言志的文学是比较个人的、浪漫的，相较而言，叙事文学则是较为大众的、写实的。小说、戏剧的本质是比较偏向叙事的。唐代以来，叙事文学诸如传奇小说、变文、话本，原本即已呈现出活跃的趋势。宋代城市经济繁荣，出现了专供市民娱乐的勾栏、瓦肆，给予说书、杂技等演员提供了演出场所。元代商业经济在宋代的基础上有了新的进

---

❶　[元] 余阙：《杨君显民诗集序》，《青阳先生文集》卷四，上海书店 1985 年版。

展，城市人口集中，而一般侧重表现作者个人情趣的诗词，难以符合市民的需要。城市民众需要另一种适合自己的文学体裁，以供自我的娱乐，戏曲与话本因而诞生。它们的语文更通俗易懂，与民众的生活更为接近，也更坦率地表述了对生活的欲求及省思。为了提供市民群众在勾栏瓦肆中的文化消费，说唱技艺得到进一步的发展。

属于雅文学的诗赋、古文之盛行，多由于科举考试的推波助澜。元代以来，科举考试以四书五经为内容，取代了唐人的诗赋与宋人的文章策论，明代进一步限定为八股文的形式。诗赋等文人足以逞才的文类受到了贬抑，使得以往处于边缘而不受重视的俗文学得到了发展的契机，进而成为文士借以获取名利，甚至是谋生营利的途径。

由于印刷技术的进步，刻书业兴盛，书坊林立，书价下降，以市民为主的阅读人口大增。文学发展乃从贵族的雅文学（诗赋），转变为以市民大众为主要读者取向的俗文学（戏曲、小说）。再加上宋元明三代官府，对于教育事业多有关注，民间书院普遍设立，社会上识字人口大增，尤其是在大城市，各行各业普遍需要识字的员工以处理日常事务，阅读大众的成长更为明显。科举制度的推行，也使得读书识字的人口增加。这些因素都对于书籍的出版与写作有很大的帮助，小说的编写、刊行，也因此受惠不少。

（二）三教圆融思想普及，市民阶层意识形成

宗教的发展，由于儒释道三教在社会流行已久，各家的思想有不少成为民间普遍的常识，因而宋代以来，无论其阶层高低，不少民众已经具有一种三教杂糅的意识。社会上对于三教的思想，基本上是各取所需，互通有无，没有对立分明的壁垒。在三教圆融的文化基础下，融合传统的宗教信仰与道德伦理的《劝善书》和《功过格》大量流行于明代，导劝人们行善除恶，积累功德以消灾免劫。它们糅合了三教的教义，包括儒家的"天人感应说"，道教的"积善销恶说""承负说"，以及佛教的"因果报应"思想❶，而在具体的言行实践上则是以儒家的"三纲五常"为原则，特别重视心的地位与功能。《警世功过格》便称："心者，万善之源，而百行之所由出也。儒曰正心，道曰存心，释曰明心。心正则不乱，心存则不放，心明则不散。三教一理也。"❷对于这些《劝善书》和《功过格》有深入研究的美国学者包筠雅认为，这类书籍敏锐而丰富地"反映出那个时代社会与道德的无序""可以洞察社会菁英的宇宙观"❸，成为研究当时社会与文化变动的重要材料。

宋代以来，经济的富庶，城市的繁荣，改善了个人的生活条件，也使得市民大众行有

❶ 唐大潮：《明清之际道教"三教合一"思想论》，宗教文化出版社2000年版，第115页。
❷ 《重刊道藏辑要》张集。
❸ [美]包筠雅（Cynthia Joanne Brokaw）撰，杜正贞，张林译：《序论》，《功过格：明清社会的道德秩序》，浙江人民出版社1999年版，第1—3页。

余力转而多关注精神、思想方面的问题，进而形成了市民阶层的自我意识，有别于官方所主张的纲常伦理。文艺作品的思想倾向，也从以往官方的、儒家的，转变为民众的、三教杂糅的混合意识。

宋儒疑经疑传的怀疑态度打破了唐代经学定于一尊的倾向。宋代人经学脱离前代家法，自辟新径、自立新说、不守旧义。造成了宋代经学强调辨别真伪的新气象，成为经学一大转变时期，因而清代人皮锡瑞称之为"经学变古时代"，而称宋代以后是"经学积衰时代"❶。宋代经学因此具有三大特色：①由疑经疑传到自由立说；②致力于以经书的义理匡救时弊；③经书解释的趋于哲学化和形上化。❷

经学是以笃守家法、师说为尚，而不以"各抒心得""自创新说"为高。元明两代从而成为中国经学史上最衰微的时代，传统学术得到了很大的解说上的自由，形成了"大说"日渐式微，"小说"日益鼎盛的潮流。在哲学方面，也产生了一批吸纳新知、擅长思辨的理学家。直至明代中叶为止，大抵是朱子学一派盛行，明代中叶之后，逐渐有反对朱子学的其他学说出现，王阳明主张"致良知"的心学即是其中影响最大者。《四库全书总目经部总序》所称"经学古今六大变"中的第五即为明代正德以后同一时代：

> 主持太过，势有所偏，材辨聪明，激而横决。自明正德嘉靖以后，其学各抒心得，及其弊也肆。空谈臆断，考证必疏。

这种"激而横决""各抒心得"的"异端思想"之心学，正是白话小说此种基于市民大众立场的文类之适切的指导思想。因为在"经史""理学"此种"大说"的主流势力之下，所有文类都难免是其传声筒，是专制统治阶层的"木铎"。

（三）民生问题严重，社会矛盾日趋激烈

民生问题自宋代以来一直难以解决。税赋大体上自宋迄明未能有所改善，而元朝以异族入主中原又加重了剥削。明朝自中叶以后，朝政的紊乱，又为历代所未有，藩王、勋戚、宦官等的剥削平民以及所谓乡绅的跋扈，亦是历代所罕有，所以民生问题，可以说自宋至明，大致都处在严重的情形。这使得社会上下阶层之间的矛盾具有普遍性，昏君、贪官污吏、恶霸富豪都成为民众共同厌弃的目标，成为民众起义爆发的社会条件。

中国古代的知识分子大多成为官僚组织的一员，成为士大夫阶层。因为凡有才识的人，大多步入仕途。纵然有些读书人始终无法晋身官僚阶层，但大部分还是希望能够仕

---

❶　[清]皮锡瑞：《经学历史》第八章与第九章，艺文印书馆 2004 年版。

❷　[日]诸桥辙次等讲述；林庆彰，连清吉译：《经学史》第三章，万卷楼出版公司 1996 年版。

宦。宗法一体化结构是王权与儒生的结合，家族与国家的结合，封建国家和宗法家庭（家族）成为两个同构体。❶封建宗法家庭的观念根深蒂固，长期灌输在人们的意识之中，即使一般大众也都已认同，而儒生、士大夫更为严重。科举制度不断把知识分子输送到官僚体系，从而社会上很难形成支持民众争取权利的士大夫阶层。❷儒家学说通过科举考试和地方教育，政府各级官员都以"忠君保民"为首要的抱负。因此中国古代知识分子的理想典范：治世的魏征，乱世的诸葛亮，都不具政治野心。

元代的知识分子、文人受到官府的漠视与打压，纵然能够做官，也由于种族的不同而受到排挤，因而深感政治的黑暗、腐败，诸如马致远、贯云石、刘基等人都曾经在元朝为官，终究离职隐退。官府与民众之间有矛盾之时，居于劣势一方的民众除非以暴动为反抗之外，就只有束手待毙。元末起义之群雄，多为民间不同行业之百姓，势力远无法与官府相比，但何以致使他们甘愿冒此危险，原因即在于当时的朝廷纲纪废弛、制度紊乱以及欺凌人民，"乃统治人民之元帝室迫使其民不得不称雄"❸。

明代的文人更遭受到帝王的屈辱与迫害，明太祖以来，廷杖士大夫成为常态，又接连设立锦衣卫、东厂等鹰犬以侦伺官员，任意施加酷刑。因此，明代的文人普遍感受到宦途凶险，多有宁愿居处民间而不愿仕宦者，作品内容从而也流露出对于功名利禄的鄙薄，以及纵情诗酒的江湖之趣。

第二节　宋元话本小说的义涵

话本小说的主要接受者是市民大众，读者的身份已经从士大夫阶层，转移到了以市民阶层为主，因此其题材、义涵以及讲说故事的形式，大为不同于文言的志怪、志人小说与唐人传奇。说话人与编写者偏重在城市生活与市民意识，取材于民间传说、野史轶闻以及笔记杂录，凸显出较为普遍的民间文化。依据《醉翁谈录》的说法，话本的题材，"小说"共有八类：烟粉、灵怪、传奇、公案、朴刀、杆棒、神仙、妖术。再加上"讲史"的历史大事与人物，"说经"的神魔幻化，"说铁骑儿"的战争与英雄，题材可谓涵盖了人世一切。

话本小说以故事性取胜，相对之下，题旨的重要性降低了，并且以民间的价值观与市井文化为基础来安排情节，以符合听众与读者的趣味和意识，而有别于官方与文士阶层的

---

❶　金观涛，刘青峰：《兴盛与危机》，风云时代出版公司 1992 年版，第 291—298 页。

❷　金观涛：《在历史的表象背后》第一章，谷风出版社 1984 年版，第 11—14 页。

❸　孟森：《明清史讲义》，里仁书局 1982 年版，第 14 页。

意识与理念。以一种"藉力使力"的方式走入民间，取得人民的认同。

所谓"说一个好话"此一叙事的"主宰因"之选择，乃是由于人情之常，喜欢听人讲说故事。所以说话人、书会才人的心力多半集中在故事的内容，专注于编织一个精彩、曲折而又引人入胜的故事，并且力求故事与人物的发展和结局都能够为市民大众所认同和接受，并且具有一种人生的教训、劝诫，以增添其存在的价值。

讲史平话对于历代正史的演述，强调的是如何渲染历史大事的兴灭盛衰或者英雄豪杰的不凡生平，从而说话人与作者在不违背明确的重大史实之下，为了情节的离奇动人，多方采纳了民间的一些逸闻传说，对于一些史书没有记载的部分或者细节之处，都可以尽情地浮夸，甚至有意的张冠李戴，以增加动人的戏剧性。

留存至今的宋元话本，其写作时代不一，故事的来源也不同，其中的义涵虽有其大致的倾向，但也存在矛盾之处，并不完全一致。主要的特点分述如下：

一、市井细民的思想、道德与价值观

宋儒李觏在《富国策》中说："古者天子、诸侯、大夫、士用乐，庶人无用乐之文。"从中可知，庶人在封建社会的下层，属于被统治者，有自己特殊的文化、意识、道德与价值观，不少方面甚至与统治阶层的贵族、官僚相对立。

冯梦龙批评宋元话本小说的内容"鄙俚浅薄，齿牙弗馨"。❶这是因为宋元话本小说主要取材于现实的社会生活，体现着市井细民的思想感情，自然不能为一些文人、士大夫所欣赏。

《柳耆卿诗酒玩江楼》小说中的柳永以卑劣的手段强占了歌妓周月仙，对于自己的卑鄙计谋还颇为得意。说话人按照市井细民的一套价值与道德的标准来编写一种"才子佳人"的故事，将男女情爱简单理解为"好色""肉欲"。历史上原本是多情重义的才子柳永，被塑造成了欺压百姓、心术不正、不解风情的地方恶霸。

　　"说话人"理解和评价人物，基本上源于流行于市井民众中世俗的、势利的
　　价值观。《刎颈鸳鸯会》正话中基本用"追逐情欲"来理解蒋淑珍及其种种行为，
　　"此女欲心如炽，久渴此事，自从情窦一开，不能自己"。这种对荡妇的描述，反
　　映了市井庶民对此类人物的普遍看法，"说话人"将此故事总结为"警戒色欲"。

《花灯轿莲女成佛记》充斥了许多禅宗机锋的对话，但作者只能生硬地搬弄，无法发挥其中的义理。只能标榜一些世俗的价值观，而与真正的佛家教义颇有差距，所谓"善有

---

❶　[明]冯梦龙：《古今小说叙》。

善报，莲女即是无眼婆婆后身，子母一门，俱得成其正果。作善的俱以成佛，奉劝世人：看经念佛不亏人。"只能够简单地以善恶报应的因果观来结束。

《夔关姚卞吊诸葛》文中称孔明为了感激书生姚卞致祭称许之意，竟然以"预告试题"作为酬谢，使其"次日入院，果是此题，并不思量，一笔挥就而出。考试官见了大喜，取为头名状元。"把孔明矮化成了不问是非公理，只图私人私利的市井凡人。

《李元吴江救朱蛇》书生李元所得到的酬劳则是娶得一位"雾鬓云鬟，柳眉星眼，有倾城倾国之貌，沉鱼落雁之容"的龙女为妻，且得其"先取试题"，令李元得以"恣意检本，做就文章，来日入院，果是此题，一挥而出……果中高科。"反映了民众希冀取得功名富贵的心理。

《大唐三藏取经诗话》的三藏法师具有明显的市井庶民的性格，也较为低俗，与明代《西游记》的圣僧形象大为不同，竟然说出："教你（深沙神）一门灭绝。"甚至要求孙行者到西王母池偷食蟠桃："愿今日蟠桃结实，可偷三五个吃。""何不去偷一颗？"

《三国志平话》中张飞之勇被夸张到了极致，甚至超越了吕布、关羽。鲁莽直爽的张飞之特别受到喜爱，反映了庶民的喜好，某种程度反映了民众反对强暴、反对奸诈的心理。生活在社会底层的平民，他们在现实生活中受尽来自各方势力的压迫、屈辱，他们的仇恨感只能够在阅读张飞一类打抱不平的故事之后得到畅快的宣泄。

张飞的形象也多了许多势利："得个腰金衣紫，荫子封妻。哥哥若不去，小弟张飞愿往。""大丈夫死生不顾，图名于后。"平话中张飞的形象远胜过关羽，而演义中关羽的形象远胜过张飞，这显然表现了两个作者、两种读者的不同的欣赏趣味。平话作者喜欢豪爽直率的本色人物，而演义的作者偏爱文化修养较高且道德完美的人物。

刘备、关羽在此书中的形象也较无仁义，"先主觑了大惊，骂张飞……献与吕布。"刘备和关羽害怕吕布的武勇而不顾结义兄弟的情分，懦弱胆怯得没有豪杰的品格。赵云在此亦欠缺仁义，因为见刘备"先主非俗人之像，异日必贵，又兼是高祖十七代孙，我肯弃之？"为了投靠刘备，竟然舍弃了家属，让全家人被杀。

后世颂扬的刘关张三人的桃园兄弟结义，在此只是一种势利的现实考虑："关、张二人见德公生得状貌非俗，有千般说不尽底福气。"刘备的形象也是"不甚乐读书，好犬马，美衣服，爱音乐。"而在演义里主要人物都是讲义而不言利的，在平话中却毫不掩饰人物对于物质、地位和财富的艳羡。赤壁之战前，"周瑜每日伴小乔作乐"，孙权只好以财物笼络他，"将一船金珠段疋，赐与太守。小乔甚喜。"小乔的形象也被塑造成一般贪财的市井浅薄妇人。

刘备、诸葛亮等仁君贤相，在平话中显得低俗不堪。在作者看来，军师必然是狡诈的，擅长骗人，擅长使诈，所谓兵不厌诈。所以，高明的军师是不讲究人品的，只需取得战事的胜利。平话中没有孔明舌战群儒，而有"结袍挽衣，提剑就阶，杀了来使。"比较"奸猾"。刘备也被称作"滑虏""孤穷刘备"，是一个奸猾的人。

平话世俗化了人物的品格，人们之间的交往互动，只是基本的还报关系，对物质和地位的追求，而不是某种良好品德的表现。这是出自一种民间的意识，也是元代重视实利的社会现实的反映。

平话中的英雄们本领杰出，品格、个性上却与此很不相称。他们的个性非常简单质朴，也往往是不完善的，但却生动可爱。他们的性情、品格与生活中的人物并没有什么两样，我们很容易就能发现他们许多品格上的缺陷。

故事中的善恶果报反映了市民阶层基本的道德态度，"说话人"洞悉只要人物的结局合乎文化、习俗及律法的规范，也就可以遮盖住在故事前半所发生的"有伤风化"的丑事，这使得"说话人"得以在故事的前段恣意铺陈耸动人心的题材。对于儒家所"不欲言"的"怪力乱神"之事也可以轻易地置于劝惩的框架下肆意铺叙，而减少顾忌。此外，因为采取了市民阶层的角度、价值观与立场来讲述社会百态，因此经常流露出一种脱离传统文化教条的民众意识。

宋元小说已经写出了不少新的人物，有手工业的工人、商人、胥吏、妓女、媒婆、盗贼等，这些从前都是文学作品里没有地位的"小人物"，现在却成了小说的主人公。鲁迅所谓的"为市井细民写心"的作品，其实并不始于《水浒传》，而开始于宋元话本小说。

话本从内容到形式都力求通俗，以"谐于里耳"为目的。"说话人"或编写话本者明白这些听众主要还是为了娱乐，并非为了求知或者接受教育，鲁迅即称：

> 宋市人小说，虽亦兼参训喻，然主意则在述市井间事，用以娱心；及明人拟作末流，乃告诫连篇，喧而夺主，且多艳称荣遇，回护士人，故形式仅存而精神与宋迥异矣。

他们认识到这些听众只具备下里巴人的程度，运用一些耸人听闻的材料便足以引起兴趣。除了增强讲说故事之际哗众取宠的感染力之外，并不需要或者不必去增添其他额外的功能。

宋元话本中少见农人方面的描写，而多讲述"发迹变泰"一类百姓突然显贵、崛起的成功过程。这是因为听众多是城市中的军民百业阶层，心中有着致富显达的渴望，讲述此类奇闻轶事较能满足他们的心理。《三国志平话》"诸葛出身低微，元是庄农。"孙太夫人曰："你（孙权）每祖父，元本是庄农。"孙夫人曰："我家本庄农出身。"孙夫人言："你爷爷种瓜为生，尔家本是庄农。"发迹变泰，原是庶民的心愿，也是庶民乐闻喜见的情节。

宋元话本小说以市井民间的价值观念和行为模式来理解人物心态、解释人物行为，同时，也以此来评判人物、总结故事主题。"说话人"本身并不持有特殊的学说思想，主要以城市大众的价值观为取舍，以获取听众最大的共鸣及支持。

二、抗拒传统礼教纲常的妇女形象

话本中颇有一些较为突破传统的人生观，这应当是属于市民阶层的意识，有别于传统的礼教观念。小说塑造了一批新的女性形象，几位具有叛逆性的妇女，反映了市民阶层争取平等的精神。说话人着重描写的是妇女的胆识，而不是美貌，这与唐人传奇以及明末清初盛行的才子佳人小说不同。

《风月瑞仙亭》中对于卓文君的私奔即抱持一种体谅宽容的态度，"况我才貌过人，性颇聪慧，选择良姻，实难其人也……我今主意已定，虽然有亏妇道，是我一世前程。"透露了自己的命运，该由自己作主的人生态度。卓文君到瑞仙亭去私会司马相如，这个情节不见于《史记》，是"说话人"编造出来的。小说里卓文君不再只是新寡而好音的少妇，而是"及笄未聘"的青春女子，更加强了她的叛逆性。

《碾玉观音》写了一个市民阶层女性的悲惨遭遇，体现了官府对平民百姓的压迫，这是一篇富有社会内容的写实小说，虽然其中有鬼魂的出现。璩秀秀勇于反抗当时的权贵咸安郡王，追求自己的幸福生活。如此的结局安排，必定能够获得许多民众的同情。

《快嘴李翠莲记》显示出妇女个性自主的一面，以及不符合传统的女性品德。传统上，要求女性必须恭顺、寡言、三从四德。但这些框条，完全被李翠莲打破，从而不能见容于家庭、社会，只好被迫去出家。小说体现了妇女卑下的社会地位，以及所受到的不合理束缚。

璩秀秀、李翠莲以及卓文君这样的人物，不甘心屈从命运的安排与社会的枷锁，她们极力去争取恋爱自由、婚姻自主和人格独立，在当时可谓是惊世骇俗。李翠莲更是蔑视礼教，特立独行。《醉翁谈录·小说引子》有句诗说："春浓花艳佳人胆"。对于这种"佳人胆"的欣赏属于建立在市民情爱观基础上的市民趣味，必须具备一定的城市繁华，拥有广大的市民阶层才可以做到。它违反了传统礼教"父母之命，媒妁之言"的情爱观。同时，这类作品中男女情爱的香艳趣味也容易赢得市民的关注和喜爱。

话本也出现了许多描写手工业者、小本商人、偷儿与妓女之生活，并以之为正面人物，表扬其反抗社会压迫的一面，这是在宋代之前的各类小说所没有的情况。

三、下层文人的生活与意识

平话的作者对于下层人民诸多行业的生活十分熟悉，对于微贱发迹的故事能够写得细致动人，流露出真情实感。写平民的苦痛、生活琐事，十分细腻真实。然而，一旦涉及庙堂朝廷的议事、礼仪则写得很含糊、简略。这显然是由于"说话人"和书会才人置身于市井社会，深刻了解市井细民的生活和心态，本身的生活环境和人生经历局限在下层社会，并没有士大夫阶层的实际为官的阅历。

平话里秀才、学究等身份之人物，占有重要地位。这应当是与其讲述的材料有关，因为平话主要是讲史一类，作者必然要查阅经史典籍，因此编写者多为下层失意的文人，其身份职业即是秀才、私塾教师、幕僚书记一类人。

《大唐三藏取经诗话》猴行者出场时，是以白衣秀才的身份出现的，在参加了取经队伍之后，才改呼为猴行者。《宣和遗事》的智多星吴学究也曾经在乡里教书，后来成为梁山泊的军师。平话中的一些受爱戴的英雄往往也来自下层社会各类行业的人民。比如张飞这个平话中很耀眼的明星，其出身是一个屠户。韩信本来是个流浪汉，平话的作者和读者对他都赋予了极大的同情，为他抱屈鸣冤，在讲述三国故事时仍念念不忘此事，把导致汉家天下三分的原因归结为汉高祖乱杀功臣。平话中不仅智者谋士、知识分子和英雄人物来自下层社会，许多帝王也是出身平民。

《五代史平话》中的《梁史平话》开篇写王仙芝、黄巢等人的身世经历。编者显然融合了"说话人"的创作和自己的人生经历在内，所以感慨深刻、真切动人。黄巢说"咱每寒儒，处这乱世，饥来有字不堪餐，冻后有书怎耐冷？便如师父平日无书不读，直是皓首一经，也不得一名半职，便在乡里教着徒弟，也济得甚事？"历史上的黄巢本来是盐贩，但是编写者把他改成下第的举子，极力铺张他下第后浓厚的失落情绪，让人感到这可能是作者的亲身体验。

《三国志平话》中有孙学究、秀才司马仲相。对于孙学究的穷苦失意生活、遭遇和感情，刻画入微。书中大部分故事写得十分简略，唯独这些内容写得深刻而生动，可见作者对这类文人的生活十分熟悉。平话中的知识分子也是下层人物，就像孙学究一样，往往出身下层，生活于农夫、工役之间，不为社会所推重。孙学究、司马仲相、诸葛亮等人，都是居住村乡的读书人，平话中活跃的另外一些卜卦道士之流也曾混迹于下层民众之中。

话本小说中反映的主要是平民的思想和意识，以平民的思想去理解历史人物和事件，并且从平民的角度来叙述历史人物和事件，有别于正史的史官角度。

四、恩怨分明，因果报应

有恩报恩，有仇报仇，恩怨分明是一般民众的信念，市井之间待人处事的普遍原则。所以民众也以这样的想法来看待、要求小说中的人物命运、言行与情节发展，从而成为小说情节的基本架构。元代平民生活在蒙元官吏的威势下饱受欺压，更加渴望痛快报仇，更讲求所谓的"义气"，视为人生至高的信条，超越了所有的道德纲常和身份尊卑。"说话人"因此主张复仇，不选择隐忍、宽恕，这也是基于复仇的行动具有戏剧性，更容易激发听众的热情。《武王伐纣平话》的周文王临死叮嘱说："只不得忘了无道之君，与伯邑考报仇。"同样的道理，如果受人恩惠，也要加倍奉还。《史记·刺客列传》，豫让、聂政、荆轲等人也讲究报恩。"人以国士待我，我以国士报之。"下层社会人士对于恩仇的回报特别重视，这主要是庶民的处境艰难、出头不易的现实环境所造成。《李元吴江救朱蛇》《羊角哀死战荆轲》着重在报恩的情节，除了巨大的财富之外，其代价是不惜牺牲自己的生命。

话本小说有不少的故事内容就是一个结仇、受恩，然后复仇、报恩的过程，当所有的恩仇最终都得到了应得的回报，故事才成为一个完整的单元，作品才得以圆满的结束。平话总是努力虚构情节让恩仇还报，对应得十分直接而公平。

话本小说中的复仇、报恩，注重实际的财物、地位和利益，更甚于道德声誉。其中人物对于现实利益的渴求，使得他们的表现就像势利的市井小民，即使是小说里作为历史上著名的英雄贤士。

《张子房慕道记》反映出民间对于汉高祖和吕后诛戮功臣的不满，借着张良的引退以表达人民的抱憾叫屈："齐王韩信、大梁王彭越、九江王英布，原来这三王，忠烈直臣，安邦定国。臣想昔日楚王争战之时，身不离甲，马不离鞍，悬弓插箭，挂箭悬鞭，昼夜不眠，日夜辛苦，这般猛将尚且一命归阴，何况微臣！岂不怕死？"而《三国志平话》《五代史平话》等小说也假借三王的含冤屈死，让他们投胎转世去报仇，因而天下又从此纷扰不休，"说话人"也趁此大做文章。《三国志平话》开卷以"司马仲相断阴狱"为入话，结尾以刘渊消灭司马氏的晋代而兴汉为尾声，复仇还报、因果循环的意识强烈。作者运用民间熟悉的这类思想，解释了三分天下，以及统一于晋的"缘故"，也平息了民间所公认的"冤情"。

五、天命观、命定论

天命、天数、宿命等思想，在中国历史悠久，原本就是古人思想中的重要观念。正史中甚至也用以诠释历史的发展、结果，史传已然如此，民间话本更是弥漫着天命观、命定论。

《史记》记录刘邦斩白蛇，沛中子弟跟随他起义，便在于他身上常有许多异兆，可见司马迁也在相当程度上认为刘邦的成功主要是由于天命。对于历史重大事件的结局，历史人物的命运，史官或小说编写者难以解释其根本的原因，或者是有所顾忌，于是简单地归结为天命。《五代史平话》借袁天罡之口阐述了这一思想："天地万物，莫能逃乎数。天地有时倾陷，日月有时晦蚀。国祚之所以长短，盗贼之所以生发，皆有一个定的数在其间，终是躲避不过。"话本《戒指儿记》在讲完入话之后也加了一个按语："奉劝世间贤愚智勇的人，皆听于命，妄想非为，致有败亡之祸。"所谓"人算不如天算"，这便是天命的表现。

《三国志·蜀书·诸葛亮传》总结孔明的才能和功绩："盖天命有归，不可以智力争也。"史官也认为才智过人的诸葛亮多次伐魏，结果功败垂成，乃是天命决定的。孔明和项羽的悲剧就在于尽管拥有超凡的能力，无论是智慧或武艺，都无法抗拒难测的天命，而要称臣于远不如自己的人。

《三国志平话》也把三分天下的结果视为天命，故事的叙事结构也是建立在此框架内。历史事件，如政权争夺、战争胜负的最后结局常带有偶然性，难以确切的解释其中的原因。民众爱戴的英雄、仁君并非总是最后的胜利者，只好把这种违背人们愿望的结局归于天命。在平话中天命往往用征兆、梦、相术等方式来表现。《五代史平话》中的帝王在发迹之前都有异兆出现，事实上，正史通常也会如此记载，充满了天命论色彩，但这是基于巩固政权的原因。

平话在叙事和结构上采取命定论，这种写法不仅增添了故事的离奇性，给阅读带来了趣味，还能够安慰听众或者读者的失落或不满的心理。

六、道教意识浓厚，迷信方术、相术

宋元话本之所以有崇道抑佛的倾向，除了宋代有几位皇帝崇信道教，打压佛教，如宋徽宗，以及元代皇室特别崇信道教中的全真教之外。儒家学者唐代韩愈、李翱等人已开始贬抑佛教，宣称佛教对国家社会之诸多危害，宋代的理学也继续有辟佛的倾向。所以宋元之时，佛教虽仍盛行，但确实不如道教之强势，某些时期甚至很受打压。

话本小说中的高士往往是道士、术士一类人物，杰出的谋士并非儒士而是道士，这些人身上看不到儒家伦理道德的影响。在元代的政治社会文化之下，道士的地位比儒士要高很多。元代的道教之一的全真教，因为王室的信奉而得到了重大的发展，许多文人在失意困顿之下，选择成为道士而隐逸山水之间，平话中的高人也是如此。一般的文士如"学

究"在平话也常出现，但大多是生活在最底层的普通人。

平话来自民间，这些道士也具有方术、巫术等民间宗教的色彩，他们能够预知未来、占卜算命、呼风唤雨甚至降妖，有些还持有颇具法力的宝物，但这些方术和宝物很少见诸经史。

《大唐三藏取经诗话》的花果山紫云洞，被描写得更像是中国道家的仙境。《宣和遗事》中对于道士陈抟，以及受到道教思想影响的文人邵雍（康节先生）有颇多的推崇。书中提到的宗教界人士多半是道士，其中有善有恶，其中有道士第三十代天师张继先治蛟、道士王文卿祈雨、道士林灵素能妖术、道士刘混康法箓符水生男、官员徐知常善道术。书中称："那时道教之行，莫盛于此时。推原其由，皆自徐知常有以诱惑圣听也。"写出种种异象、征兆，似乎有意要符应"国之将亡，必有妖孽"一语。可见作者并非崇信道教之人，对于道士的评判尚称客观，不是一味地崇敬。

此外，写有五台山僧人与道士林灵素斗法而胜之，僧人并且预示了徽宗日后的不幸遭遇。而在少帝时，又有僧人为之说因果，言说徽宗"今在人间又灭佛法，是以有北归之祸。"对于佛教也有敬仰之意。

《三国志平话》中的智者形象不是德行兼备的儒士，而是一些能够预知未来、并且能够使用超凡道术与智慧的术士。徐庶、司马徽和庞德公都是道士，这些人都有高深的法术和学识。平话中的孔明也是道士的形象，"道号卧龙先生，于南阳邓州卧龙冈上建庵居住。""诸葛本是一神仙……呼风唤雨，撒豆成兵，挥剑成河。"司马仲达也说孔明"未知是人也，神也，仙也？""诸葛亮披着黄衣，披头跣足，左手提剑，叩牙作法，其风大发。"诸葛亮其家房屋被称为"庵"，其书童称作"道童"，刘备题诗称其为"仙子"。诸葛亮决定出山，书中介绍他本是一"神仙"。

《武王伐纣平话》中的姜尚、周文王，《后七国春秋平话》中的孙膑、乐毅、鬼谷子、黄伯杨，《前汉书平话》中的张良，这些人全被塑造成道士的形象，他们超凡的才能也都体现为道术高明。平话小说并不以儒家思想为高明，而是如民间大众一般崇敬、信奉道术。

七、批判昏君、暴君与奸臣，渴望仁君、清官与能吏

"说话人"或编写者站在民众的角度来观察国家社会的形态、演变，客观的分析与评断。不同于儒家知识分子、士大夫阶层浓厚的君父纲常伦理思想，流露出明显的庶民意识、爱国思想。《醉翁谈录·小说引子》有诗曰："发扬义士显忠臣""月黑风寒壮士心"。同书中的《小说开辟》则提到讲史艺人"说忠臣负屈衔冤，铁心肠也须下泪"。民众长久

受到官方阶层与权贵恶霸的欺凌，因此在政治上的许多主张自然与官府针锋相对，渴望受到公平的对待。

北宋末年社会混乱，贫富对立严重，盗贼四起。封建官僚贪污腐败，昏愦糊涂，仗势欺人。宋元时公案小说兴起并且盛行，正反映人民反对贪官污吏而渴求清官能吏的愿望，成为话本小说中的一类重要题材，这也显示了"说话人"注视现实、贴近生活的创作态度。

《拗相公》一篇，作者以人民大众的眼光对王安石的新法做出了批判，而不囿于新旧党人之见。对于王安石形象的塑造，尚称客观，只针对他的新法加以批评，而不诋毁其个人，笔墨经常刻画王安石爱民的心理。

《宣和遗事》充分表达了平民群众的观点。其中语多直切显露，直斥宋帝徽宗、钦宗无道。力言政治之清明在于明君贤相，早有官逼民反的含义。全书结尾引用南宋人吕中的《皇朝大事纪讲义》："中原之境土未复，君父之大仇未报，国家之大耻不能雪。此忠臣义士之所以扼腕，恨不食贼臣之肉而寝其皮也欤！"开卷——叙述历代帝王荒淫之过失，作为宋徽宗昏庸误国的对照。"今日说话的，也说一个无道的君王，信用小人，荒淫无度，把那祖宗浑沌的世界坏了，父子将身投北去也。全不思量祖宗创造基业时，直不是容易也！""且说英宗皇帝治平年间""话说宋朝失政，国丧家亡，祸根起于王安石引用婿蔡卞及姻党蔡京在朝，陷害忠良。"此书富有爱国思想，愤恨君王的骄奢淫逸、奸臣的贪污弄权以及王安石新法的扰民，但对于那些卫护国家的草泽英雄寄予同情。

《武王伐纣平话》反暴君的意识非常强烈，充满对暴政的批判，"说话人"揭露商纣王的种种荒淫无道，提出十大罪状。而奉行仁政的文王和武王，招贤用直，故极得民心。作者力图传达，周最后能取代商，乃是仁政的胜利。强调武王伐纣灭商是顺天应人的义战，人民是可以揭竿起义，推翻暴君的。从民众的角度，表达人们渴盼仁政的愿望，呼应了孟子的观点，但是态度更为坚定而明确。肯定了大义灭亲的行为，不但臣可以杀君，甚至子也可以杀父，这样的论点严重违反了传统的儒家伦理观念。平话对于劝阻武王伐纣的伯夷、叔齐也做了批判，认为他们两人只是"不知天命"的匹夫，饿死在首阳山只是自找灾祸，而肯定了大义灭亲的殷交。平话认为反暴君是对的，复仇也是应有的举动。相较于在平话的基础上敷演增饰而成的明代小说《封神演义》，则是对于伯夷、叔齐两人"不食周粟"，饿死首阳山的行为表达了歌颂，明显是一种强调君臣之义、反对"以臣伐君"的传统儒家思想。

民众一般对于英雄豪杰都是很敬爱的，《前汉书平话》肯定了项羽的成就，说他具备八德，功多过少。对于刘邦的残暴无道，滥杀功臣，则有所批评。《三国志平话》和《五代史平话》讲述三分汉室的缘由，都推祸于刘邦和吕后的没有道义。

《三国志平话》有鲜明的同情蜀汉刘备阵营、渴望仁君的思想。"天公也有见不到处，却教始皇为君。""断得阴间无私，交你作阳间天子。""陛下，这公事却早断不得，如何阳间作得天子？"平民百姓渴求公平正义，并以此作为仁君贤臣的基本条件。

话本小说不但表达人民的情感和愿望，而且还把史书、笔记等传统书面文字改编成接近生活实际的通俗文本，从而在风格上、情调上都与传统的文人文学不同。迎合世俗、取悦大众是话本小说的特质，编写者的文化层次一般不高，并没有十分明确的个人信念，他们依从大众的心理、价值观，重视故事的生动、情节的曲折离奇以及语言的通俗易懂，充分配合市民阶层的欣赏程度与好恶。李泽厚因此称：

> 从思想意识说，这里有对邪恶的唾骂和对美德的赞扬，然而同时也有对宿命的宣扬和对因果报应、逆来顺受的渲染。总之某种近代现实世俗性民主性与腐朽庸俗的封建落后意识的渗透、交错与混合，是这种初兴市民文学的一个基本特征。这里没有远大的思想、深刻的内容，也没有具有真正雄伟抱负的主角形象和突出的个性、激昂的热情。他们是一些平淡无奇然而却比较真实和丰富的世俗的或幻想的故事。❶

城市的市民大众仍然生活在专制社会里，没有形成较大的政治力量和明确的思想信念。话本小说反映出市井细民的一些想法，但也仍然存有传统文人的礼教观念和佛道的宗教教义，往往造成了文本的众声喧哗。然而，话本小说比起以往的文学作品，确实更具有市民阶层的精神，专一为市民阶层发声，摹写民众的世俗生活，挑战了传统上居于社会主流的儒家礼教权威以及官方的意识形态，从而成为民众心声的宣泄出口。

第三节　王阳明心学影响的评估

四大奇书早期版本的编写主要是从元末开始的，之后不断在增删修订，从而版本颇多，但明初的版本多已亡佚，仅存其名于民间的《书目》《书志》之中。元代以来，儒学思潮是以程朱理学占据主流，这是因为科举考试用书之故。因此，若是儒学思想对于这些奇书的义涵有所影响，应是程朱理学较有可能，而不必特别强调 16 世纪王阳明的心学。因为理学与心学在修身、齐家、治国、平天下这方面的论点是相同的。从而王阳明心学之影响在于宽容人们的生活欲望，承认"好货、好色、好名"是人类的天性，进而能够肯定

---

❶　李泽厚：《美的历程》（修订本），谷风出版社 1987 年版，第 250 页。

小说、戏曲等通俗文学的价值，因此促进了四大奇书在明代中叶的写作与刊行。

一、心学风行始于明代中叶

明世宗嘉靖年间之后，思想上重大的变革便是王阳明的心学。心学乃是"士大夫群体求索安身立命的人生真理""探明士人成圣的途径"❶，所以特别关注心性的探讨，而与程朱理学不同。明儒高攀龙以及《明史》都有此论：

> 国朝自弘（治）、正（德）以前，天下之学出于一，自嘉靖以来，天下之学出于二。出于一，宗朱子也；出于二，王文成公之学行也。❷

> 原夫明初诸儒，皆朱子门人之支流余裔，师承有自，矩矱秩然……学术之分，则自陈献章、王守仁始。宗献章者曰江门之学，孤行独诣，其传不远。宗守仁者曰姚江之学，别立宗旨，显与朱子背驰，门徒遍天下，流传逾百年，其教大行，其弊滋甚。嘉、隆而后，笃信程、朱，不迁异说者，无复几人矣。❸

可知在明代中叶之前，程朱理学一统天下，明代中后期，方才逐渐盛行王阳明心学，并与理学共同为学者所宗奉。

二、浦安迪论点的商榷

对于四大奇书的分析，近年来以浦安迪的研究最为可观，探讨了许多关键的问题，提出了不少的创见，但是同时也存在一些可议之处。我们经由讨论他所提出的一些重要的论点，可以获得对于四大奇书叙事的深刻认识。这些论点牵涉一个关键的因素，即是王阳明心学的影响程度与范畴，特别是四大奇书文本的编写和寓意。

现存最早的四大奇书版本：嘉靖年间的《三国志通俗演义》《忠义水浒传》，以及万历年间的世德堂本《西游记》《金瓶梅词话》。明代嘉靖至万历这段时期，正是四大奇书现存可见的最早定本的刊行时间，也是王学风行天下的时代。故此，浦安迪主张四大奇书的文人改定的通行本受到王阳明心学的决定性影响。

然而，四大奇书属于世代累积型小说，除了《金瓶梅》之外，经过长时间多人的增删

---

❶ 翁绍军：〈明代心学和理学互争的主因、特点与走向〉。见于尹继佐，周山主编《相争与相融：中国学术思潮史的主动脉》（上海：上海社会科学院出版社，2003 年版），第 279—286 页。

❷ ［明］高攀龙：《王文成公年谱序》，《高子遗书》卷九，引自《王阳明全集》，上海古籍出版社 1992 年版，下卷，第 1610 页。

❸ 《明史》卷二八二，列传第一百七十儒林（一）。

润饰，内涵复杂，不能用单一的主旨来涵盖。《三国志通俗演义》《忠义水浒传》《西游记》的基本框架、情节在明初都早已大致确定。纵然是经过较大幅度改订的嘉靖年间及之后的版本，其框架、结构也是依循明初以来的内容。从而浦安迪的此一见解，存在争议。

浦安迪对于小说编写历史背景的分析，可能是受到探讨西方小说产生的名著《小说的兴起》的影响。❶ 其作者瓦特认为，"写实主义"是西方小说兴起的关键因素，背后有一文化思潮与经济条件。浦安迪也极力在文化上寻求一种普遍的影响力，以作为四大奇书兴起的共同信念。他分析了明代中叶的文化、政治、社会与经济等环境，认定 16 世纪的明代中叶，正是中国在各方面有重大进展的时期，与西方小说兴起的背景雷同，显示了长篇小说的盛行确实必须有一定的孕育条件。而在明代中叶的思想界，王阳明的心学无疑是最为强势的一阵波澜。他说：

> 从 1500 年到 1600 年，正跨越着这四大奇书流传的 100 年左右，恰好是各个领域都有显著发展的时期……16 世纪的大部分时期给几乎每一个领域都注入了新的活力，使某些在长时期内逐渐形成的趋势在此刻呈现出惊人发展的新面貌。

> 16 世纪的前半叶，正是王守仁学说波及天下的时候。王氏的学说打开了明儒学案的新天地，并成为地位显赫的显学。程、朱、陆、王薪火相传真可谓承先启后，继往开来，其影响渗透到明代思想史的各个方面。当然，这种影响也不例外地涉及明代的小说。在对四大奇书的诠释中，我们经常援引《四书》，特别强调正文和评注中联系到心学的术语。（《明代小说四大奇书》第 192 页）

浦安迪认为四大奇书之所以义涵深远，主要是受到了王阳明所提倡的"心即理""致良知"的心学潮流之影响所致。此外，心学对于《大学》中有关诚意、正心、修身、齐家、治国、平天下的那一整套论述，分别为这个时期编写的四大奇书所侧重，乃是一系列自成系统的雅文化的"文人小说"。

> 四大奇书广泛地反映了修心修身这一儒学的核心概念。各部奇书都从各自的侧面反映了自我修养这一正统观念。根据《大学》首章，人生至高的境界是修身齐家治国平天下。奇书文体反其道而行之，把个人和家庭层次的腐化堕落推及到社会和国家的层次。（第 171 页）

> 《西游记》的重点集中于人心……《金瓶梅》主要关注一户人家的小天地的

---

❶ 浦安迪在其书的第一章，提及西方小说兴起的背景一事。见《明代小说四大奇书》，中国和平出版社 1993 年版，第 10、12、36 页。

生活，种种放纵的外部有害力量，都是围绕齐家的中心而展开。《水浒传》兼及社会的动乱，在政治和军事的领域里从小规模骚动逐步升级，达到全国范围的"乱天下"的地步，可以被视为是"不治其国"之弊。《三国演义》里各种政治力量的冲突已上升到改朝换代的最高层次。（第170—171页）

他认为四大奇书由于题材的不同，恰好能够各自从不同的社会、人生层面，深刻的表现出阳明心学对于修心修身的重视，以及个人与家庭、社会、国家相互关联的看法。然而，把这一修心的层次套用到小说情节框架之中，却过于简单化了。且心学的影响范畴主要在于小说兴盛的外在环境，而不是内在的义涵。

（一）儒家的修身治国之道

虽然浦安迪承认心学与程朱理学的传承关系，但他强调心学具有关键性影响，则必须是心学与理学的重大差异处所导致的，否则元末明初的奇书版本即应有所影响，不必等到16世纪王阳明的出现。心学与程朱理学的差异，不在于修身、齐家那一套论述，也不在于"存天理，灭人欲"，两者对此都是同样重视。因此，尽管时代上有此巧合，但不能够把修身这一套理论附会在四大奇书。况且，如果确实是心学造成的影响而并非程朱理学，那么所能影响的应当是心学与程朱理学的不同之处。两者的不同之处何在？除了心学"强调人的个体意识的因素"❶之外，张岂之认为还有两大特点：

> 一、作为"天理"的"良知"就在人的心中，不需要向外探求。二、"良知"人人皆有，圣愚皆同。王守仁说："良知之在人心，不但圣贤，虽常人亦无不如此"，"良知良能，愚夫愚妇与圣人同"。❷

因此，心学认为"良知"存在人的内心，但也承认一般人的心中有"人欲"存在，而去除"人欲"是不容易做到的。❸如果就心学的这些特点来看四大奇书，只有《西游记》《金瓶梅》这两部小说比较吻合，前者在论心性的修炼，后者在论情欲之危害。《金瓶梅》对于潘金莲、李瓶儿、春梅这些一般世俗眼中的淫乱女子，不是一味地批判与谴责，却为她们解说了造成如此恶行的环境等因素，这是心学的角度。

况且，心学一派人物，少有对四书五经的注疏，其著作在明代也都未被官方列入科举考试用书中。王阳明心学的意义，主要在于强调心灵的思考、判断的主体性。他虽然也

---

❶ 张岂之：《中国思想史》（修订本），西北大学出版社2016年版，第426页。

❷ 同上。

❸ 王阳明曾说："破山中贼易，破心中贼难"。见《王阳明全集·与杨仕德薛尚谦书》。

讲求"存天理，去人欲"的修养工夫，但是把"天理"移植到"人心"之中，人欲、天理之间不再如此壁垒分明，而有其可以调和之处，比较能够接受"人欲"在日常生活中的意义与价值。王阳明反对盲从权威、盲从古书。因此，如果要特别强调"四书"中修身、齐家、治国、平天下这套理论，程朱理学比心学更加重视。从《宋史》对朱熹的评价，便可明白程朱理学对于中国文人影响的深远：

> 迨宋南渡，新安朱熹得程氏正传，其学加亲切焉，大抵以格物致知为先，明善诚身为要。凡诗书六艺之文，与夫孔孟之遗言，颠错于秦火，支离于汉儒，幽沉于魏晋六朝者，至是皆焕然而大明，秩然而各得其所。❶

再加上科举制度考试用书的优势，对于元明以来的文人思想影响更为广大，尤其是曾经有心参与科举为官的中下层文人。南宋宁宗将朱熹编写的《论语集注》《孟子集注》列为法定的科举用书，主导了此后数百年学子、士大夫的思想。明太祖洪武三年（1370年），朝廷颁布科举取士办法，《四书》即以朱熹的《四书章句集注》为标准。程朱理学在科举考试中的地位渐次上升，最终独领风骚。明成祖在永乐十二年（1414年），为了做到经书的传注及解释的标准化，下谕编撰以程朱理学为基础的《五经大全》《四书大全》和《性理大全》，进一步作为统一奉行的权威思想。❷ 王阳明也说：

> 今晦庵（朱熹）之学，天下之人童而习之，既已入人之深，有不容于论辩者……晦庵折衷群儒之说，以发明六经、语、孟之旨于天下，其嘉惠后学之心，真有不可得而议者……晦庵之学，既已若日星之章明于天下，而象山（陆九渊）犹蒙无实之诬，于今且四百年，莫有为之一洗者。❸

直到明代中叶，程朱理学仍然是明代文士的主要思想，而此一主流思潮早已绵延四百年之久，但这段时间的文学作品并没有全然受其影响，宋词、元曲，乃至于明初的文学创作，仍然颇多男女情爱的多元呈现，尤其流行于民间的通俗文艺。

（二）世代累积型小说的义涵复杂

套用某一学说作为小说内容的框架，必然会把原本义涵丰富的作品过于简单化了。早在王阳明的心学盛行之前，四大奇书的结构、情节、寓意已经大致确定了下来。即使明末金圣叹删改《水浒传》，也是他个人艺术匠心及理念价值的表现，而与心学无关，且贯华

---

❶ ［元］脱脱等撰：《宋史》卷四二七列传第一百八十六道学一，中华书局2000年版，第3334页。

❷ 吴雁南主编，张晓生校订：《中国经学史》，五南出版社2005年版，第346—350页。

❸ ［明］王阳明：《答徐成之》，《王阳明全集》，上海古籍出版社1992年版，第809页。

堂《水浒传》的意识形态反而更为保守。因此所谓王阳明心学的影响，主要还在于王学中人如李贽等文士。况且理学对文学最大的影响是"文道合一"观念，宣扬封建纲常伦理。但即使浦安迪所言之心学，乃是广义的宋明理学，涵盖了二程、朱熹，但文艺作品的义涵并没有完全受到左右。明代中叶以来有大量的情色小说刊行，人欲泛滥，反其道而行，包括《肉蒲团》《绣榻野史》《禅真逸史》《浪史奇观》等。

（三）四大奇书的文本框架早已确立

1.《三国志演义》

浦安迪认为《三国志演义》显示了读书人对于正统史观的重视，对于治国平天下方法的探讨，对于朝代的兴亡更显示了浓厚的兴趣。书中虽然在表现汉代的政治纷扰，实际上是借古讽今，与明代的党社和宦官专政有关。

> 《三国演义》中描写的"十常侍"和东汉的"党锢之祸"，在毛宗岗看来并非等闲笔墨。它与明代的政治党社和宦官专政有极微妙的关系。《三国演义》中对正统问题的专注，也可能是在影射永乐朝以降的明代的政治现实。至于东汉末年的黄巾起义，与明际的白莲教起义之间的类同更显而易见，决不容忽视。（第181页）

浦安迪所提到的"十常侍""党锢之祸"以及正统政权的关注，这是来自于小说取材自朱熹《通鉴纲目》所导致。明初的版本即是如此，不必等到嘉靖本或清初的毛宗岗才有这些内容。明初以来的版本，书名多标榜有"按鉴"二字，指的是以朱熹的《通鉴纲目》为依据。《通鉴纲目》奉行《春秋》大义，运用《春秋》笔法写作，改用蜀汉年号编年，以刘备一方为正统。从而对于《三国志通俗演义》的叙事角度、情节编写有重大的影响。因此浦安迪所谓的汉室之说，其实是因为小说的写作直接取材《通鉴纲目》的内容所致，更与所谓的白莲教起义无关。

《三国志通俗演义》的嘉靖壬午本，学界一直以来都视之为现存最早的此书刊本。但张志和近年来发现了明代书林黄正甫刊本《通俗演义全像三国志传》，其刊印的时间早于嘉靖本二十年以上，时间在"明成化、弘治年间"[1]，当时王学尚未兴起。仔细比对这两个版本的内容，都分成二百四十则且每则名目几乎完全相同，只是黄正甫本分成二十卷，嘉靖本分成二十四卷。情节大致相同，但黄正甫本文字浅陋简略，嘉靖本显然润饰不少。以两书中描写十常侍为恶的一段文字来比较，先看黄正甫本的内容：

> 却说十常侍赵忠、张让等差人问破黄巾贼将士索要金帛，不从者奏罢官职。

---

[1]　张志和整理：《前言》，《明黄正甫刊本三国演义》，中国人民大学出版社2000年版，第24页。

皇甫嵩、朱隽皆不从。赵忠等奏帝，言皇甫嵩冒请功劳，并无实迹。帝准奏，削了皇甫嵩、朱隽官职。却封赵忠为车骑将军，张让等十三人并为列侯。司空张温升为太尉，崔烈为司徒，此皆结好十常侍，得为三公。因此渔阳张举僭称天子，张纯号为"天公将军"。长沙区星及各处兵如蜂起。表章告急，十常侍皆不奏帝。❶

再看嘉靖本的内容，明显可见润饰文字的痕迹，但情节没有变动：

> 却说十常侍既握重权，互相商议，但有所不从己者，乃诛之。赵忠、张让差人问破黄巾将士索金帛，不从者奏罢职。皇甫嵩、朱隽皆不肯与，赵忠等奏帝："皇甫嵩、朱隽皆是捏合功劳，并无实迹。"帝准奏，罢皇甫嵩、朱隽官。封赵忠等为车骑将军，张让等十三人皆封列侯，司空张温为太尉，崔烈为司徒。此皆是结好十常侍，故得为三公。因此渔阳张举、张纯反：举称天子，纯称大将军。长沙贼区星，各处蜂起，表章雪片告急。十常侍皆藏匿，只奏天下无事。❷

四大奇书在嘉靖、万历年间的版本，改写了先前的版本，主要是在文字的润饰，而不是布局、情节的根本性变动。因此可知嘉靖本并没有大幅度的改写旧有的版本，而与心学的兴起无关。

2.《水浒传》

浦安迪认为为繁本《水浒传》一百回本推翻了祖本时期那种一味对英雄好汉的推崇，时常在一些场合有意描写出他们性格的阴暗面、能力的不足。并且把原本强调的民间义气，提高到天下、国家层次的忠义，在儒家经世理论范畴的高度上审视这些民间的动乱。

> 《水浒传》有深心寄托于儒家的经世思想……对"忠义"二字作出超越单纯的伦理解释，而提高到更加抽象的"治乱"这一儒家经世理论的范畴上来进行推敲。（第 178—179 页）

事实上，梁山泊英雄始终杀生太多，且经常是没有必要的杀生。打家劫舍、杀人放火之事颇为常见，这些不仅违背忠义、仁义，甚至不能称作侠义。《水浒传》的"义"主要还是民间的义气，"本质上就是江湖义气，是不论是非的同道互助精神"❸，而不是《孟子》所说的行为合宜、推己及人的义。因此梁山泊众人为了逼迫美髯公朱仝入伙，可以诱杀无辜的四岁幼童小衙内。其残忍好杀、不择手段的行径，与儒家所强调的仁义、忠义大相

---

❶ 罗贯中著，张志和整理：《安喜县张飞鞭督邮》，《明黄正甫刊本三国演义》卷一，中国人民大学出版社 2000 年版，第 16 页。

❷ 罗贯中著：《安喜张飞鞭督邮》，《嘉靖壬午本三国演义》卷一，人民出版社 2008 年版，第 11 页。

❸ 孙述宇：《水浒传的来历、心态与艺术》，《小说内外》，香港牛津大学出版社 2010 年版，第 105 页。

径庭。

3.《西游记》

浦安迪认为《西游记》更是明显在写"心"的各种情况，从昏昧到澄明的过程。书中虽然处处可见佛、道的各种词语，也充斥了各种神、佛，但中心思想是在探讨心性的修持。孙悟空代表了人的动乱不居的心灵，心的具体化。在有关"心"的议题上，三教思想颇能融合会通，都重视心的本体与思辨的功能。小说的结尾，在最后西天取经的终点，唐僧一行人艰辛取得的经书中原本并没有任何文字，这显示了禅宗主张顿悟、不立文字的修行法门，以及王阳明"心即理""致良知"的心学主张。

> 我认为小说（《西游记》）的寓意必须要通过对 16 世纪中国的思想背景——尤其是对所谓的"心学"——的分析去理解。这并不意味着完全抹杀佛道观念在这一混合体中的存在，而恰是因为在"心学"这一范围内，三教所用的各种概念相处得最为融洽。（第 143 页）

《西游记》在元明之际曾有一部已佚的长篇《西游记平话》，其残余部分可在《永乐大典》及朝鲜的《朴通事谚解》中得见，可见明初颇为流传，"《西游记》的主要情节在当时已经基本完备了"❶。且吴承恩的《西游记》当中"有大量的全真教文字、术语，甚至有全真七子诗词的全文照抄"，因此，明初应该有一全真教的道教版本《西游记》存在。❷ 这显示了吴承恩所写的《西游记》，其基本框架和情节也是其来有自，他在编写润饰之时未必有受到心学的影响。

4.《金瓶梅》

浦安迪也认同《金瓶梅》是"欲要止淫，以淫说法；欲要破迷，引迷入悟。"从反面来证明"齐家"的重要。其中只是借重了佛教的因果轮回框架来陈述故事的首尾，佛学中的"色空"之说并非书中的真正主题：

> 我用以阐释（金瓶梅）小说而且最切合故事内容的儒家教义之一是《大学》一书的篇首部分，特别是"不齐其家"这一"条目"，拿它来给颠倒修身功夫的西门庆一家作注脚是再恰当不过了。（第 453 页）

> 我认为，到了《金瓶梅》成文时期，把佛学说教这一套编入小说文体的美学轮廓中，已经成为一种固定的格式。它被当做一种约定俗成的惯例，其醉翁之意已经不在于说教本身。简言之，《金瓶梅》里的佛学说教其实不是佛学说教。《金

---

❶ 李剑国，陈洪主编：《中国小说通史》明代卷，高等教育出版社 2007 年版，第 1034 页。

❷ 同上。

瓶梅》的淫秽描写其实也并不是单纯的淫秽描写。

他从"存天理,灭人欲"的理学也是心学的角度力主《金瓶梅》不是淫书,因为书中淫秽场景的描写,作者已经显示出刻意地节制。明代中叶色情小说泛滥,《金瓶梅》情色的描写,在全书所占的篇幅不算大,如此的笔墨只是写实所需,劝诫之用,而非刻意去凸显这个部分。

《金瓶梅》里的性描写,并不是为了取阅读者而已,也不仅是作者有意识的宣泄,而是另有一大套有关"存天理,灭人欲"的心学的大道理在。

然而,《金瓶梅》所倡言的"色即是空""因果报应"等宗教教义不是只作为故事的叙述框架而已,作者屠隆对此是颇为信仰的。全书首尾确实弥漫一股佛、道的力量,左右人物的命运,令人心生敬畏并感到人生悲苦。但作者对于这些深陷情欲致死的女子是怜悯的,这种慈悲来自于佛教,而不是心学。

三、晚明至清初,心学已呈衰微

王学的影响力,在晚明已经开始衰微,因此这一时期的文艺作品所受的影响更小。龚鹏程便说:

> 首先,从大趋势上说,晚明恐怕并不以阳明学为主要的思潮。虽说王学流布天下,法席盛行,但嘉靖以前是王阳明之学崛起,挑战程朱体系的局面;嘉靖之后迄于清初,其实应是各界对王学所造成之挑战的响应,是对王学的反省时期。只有从这个角度,才能通贯地解释由东林学派以降,直到清初的各种批判王学行动。因此,讨论晚明,而以王学之流衍为主要着眼点,必然会使我们把大趋势看偏了,不但会误以被批判反省者为主流正叙述,也无法解释万历、崇祯以迄清初的学风趋向。❶

> 这就像熟读刘大杰《中国文学发展史》的学子,谈到晚明文坛,就仅知公安、竟陵以及李卓吾、金圣叹、汤显祖。以为此即当时文坛之大势、文学思潮之所趋……可是我们若从较宽广的视域上看,确能看得出当时文坛的大势是决不能以公安派为主叙述的。以公安所关联的所谓泰州学风、李卓吾童心说、汤显祖、冯梦龙情教论云云,来概括整个晚明思潮,当然也是失当的。❷

晚明时期的思想趋向与文学大势,王学是否能够加以主导,已经受到了质疑,改朝换

---

❶ 龚鹏程:《自序》,《晚明思潮》,里仁书局 1994 年版,第 7—8 页。

❷ 同上,第 8 页。

代之后，王学在清代的影响更小了。

晚明以来的绣像本《金瓶梅》、金圣叹删改本《水浒传》、毛宗岗本《三国志演义》、张竹坡批评奇书本《金瓶梅》以及汪象旭《西游证道书》，更与王学无关了。

四、三教融合的思潮是明清时代的主要趋势

儒家、佛教、道教在明代都有长足的发展，三教兴盛，民间文化趋向于三教合流、互相吸纳影响。原始儒家对于心性方面的论述较为薄弱，不及道家、佛家的精微。但自六朝以来，儒学受到了这两家相关论述的刺激，也逐渐形成了自己的理论体系。宋明理学、心学在心性方面与佛、道两家有共通之处，在此一基础之下，所谓三教合一的看法更为普遍，三教融合是明代思想的主要趋势之一。此时学术界重合不重离，强调三教思想的会通。从而元明时代人士，其思想多混杂有三教的概念，民间尤其显著，民间文学大多有此现象。小说中的义涵，无法不受到这种三教合一的杂糅思想的影响。

五、政治、经济条件改善是四大奇书刊行的主要因素

明代初期，朱元璋在思想上严格钳制，明成祖继承王位之后，更加严厉。尤其对于苏州、江南当时的敌对地区，更是采取打压的措施。由于激烈的政治斗争，造成当地在经济上的长期低落不振。然而明代中叶以来，继任的帝王昏庸怠惰，政治上的管束宽松许多，对于江南地区的控制开始松绑，经济方面兴盛繁荣。尤其是中国大陆东南一带，海运贸易兴盛，商业繁荣，南京、苏州、杭州、福州等大城市更加显著。城市繁华，市民阶层人数大增，阅读大众产生，印刷出版事业兴盛，促进了戏剧、小说等民间通俗文艺的大量需求和刊行。此一背景，确实与欧洲小说的兴起有许多相似之处。

明代中叶的环境确实如浦安迪所言，是一个良好的文艺温床，但是此一环境，适合百业发展，并非独厚于四大奇书或其他艺文活动，通俗文学也在此时大为兴盛。四大奇书之所以在明代中后期开始刊刻印行，主要是因为印刷术等经济条件的提升以及政治氛围的和缓所致，王阳明心学的适时兴起也产生了推波助澜的作用。

王阳明心学、其支流泰州学派以及李贽的异端思想，对于明代文学有所启蒙、影响，这是国内学界长期的主流论述。浦安迪受此影响，把四部内涵丰富的奇书，套入《大学》中的"诚意、正心、修身、齐家、治国、平天下"的框架，以为四大奇书分别针对个人、家庭、国家、天下来发挥义涵，这应是过度的诠释。四大奇书有各自的创作背景以及主旨、义涵，无法使用心学或理学来简单的完全概括。

中篇：叙述形态层

第五章　四大奇书体式的建构

　　中国古代叙事文的文体虽多，但成为叙事文类范式的则是历史叙事。章学诚说："古文必推叙事，叙事实出史学。"❶历史叙事鉴古察今，记录民族的活动、社会的百态、国家的盛衰，自上古始，便成为中国文化传统的核心。历史叙事与史学观念在小说文体及其理论漫长的发展过程中也一直是其引导的师友。历史演义一类小说之所以能率先产生，并且一开始就以比较成熟的面目出现，这与中国史学发达密切相关。所以杨义说："中国叙事作品虽然在后来的小说中淋漓尽致地发挥了它的形式技巧和叙写谋略，但始终是以历史叙事的形式作为它的骨干的，在一个相当长的时间中存在着历史叙事和小说叙事一实一虚，亦高亦下，互相影响，双轨并进的景观。"❷

　　两部最早出现的长篇小说都是"据史以书"的历史类作品，《三国志通俗演义》"依史以演义"❸，《水浒传》"姓名人数，实有可征。"足见长篇小说与史传的关系之紧密。嘉靖本《三国志通俗演义》署名为"晋平阳侯陈寿史传，后学罗本贯中编次"，明显的标榜着是以陈寿的《三国志》作为其编创的主要依据。《水浒传》虽然偏重于写草莽英雄，但仍是取材自历史上有关宋江、方腊起事的记载。

　　这两部小说至迟已成书于明初，从明太祖洪武到明仁宗洪熙朝，五十多年的时间，长篇白话小说除了《三国志通俗演义》和《水浒传》之外，至少还有《三遂平妖传》《残唐五代史演义传》以及《隋唐两朝志传》。作为章回体小说形成期的这些作品，都是依傍史传编写完成，明显的是以史传作为蓝本。此后直到神宗万历年间，经过了长达一百七十年左右，陆续问世的另外多部历史演义，也同样与史传有直接而密切的关系，包括《孔圣宗师出身全传》《金统残唐记》《大宋中兴通俗演义》《唐书志传通俗演义》《春秋列国志传》《列国前编十二朝传》《全汉志传》《英烈传》《南北两宋志传》等书。❹这固然与说话艺术

❶　[清] 章学诚：《上朱大司马论文》，《文史通义新编新注》，浙江古籍出版社 2005 年版，第 767 页。

❷　杨义：《导言》，《中国叙事学》，南华管理学院 1998 年版，第 16 页。

❸　[清] 李渔：《三国志演义·序》。

❹　纪德君：《明清历史演义小说艺术论》第三章，北京师范大学出版社 2000 年版。陈大康：《明代小说史》第一、三编，上海文艺出版社 2000 年版。陈美林，冯保善，李忠明：《章回体小说史》第三、四章，浙江古籍出版社 1998 年版。

中的"讲史"一科格外发达有关，但从实质上看，史传的体裁、题材以及笔法最能够提供长篇小说写作上的帮助。

第一节　宋元话本小说的叙事形态

一、讲述一个动人的故事

南宋人赵彦卫提出的"文备众体，可以见史才、诗笔、议论"❶，本来是对于唐人传奇的一种评价，其实也适用于宋元话本小说。中国的白话文，宋元时期尚未成为一种成熟的、被认可的表情达意的媒介。因此，白话小说的作者不得不借用文言、诗、词甚至骈文、辞赋等典雅文类，以充实内容、抬高身价。《风月相思》的作者代拟男女主角冯琛、赵云琼两人的诗词，成篇累牍将近三十首。平话中表现得更为明显，不仅穿插诗歌，也多处抄录辞赋、散文。《秦并六国平话》全文录下了李斯的《谏逐客书》《五代史平话》也处处可见代拟的奏章、书信。话本小说可谓一种集大成的文体，受到了史传、变文、诗词、戏曲、古文、文言小说等的影响。因此，"文备众体"不仅是唐人传奇的一个特征，也是话本小说的特征，进而成为中国小说各类文体的一个共同的特征，无论是文言或白话。

《醉翁谈录》"小说引子"之下，小字注有"演史讲经并可通用"，这代表了"说话"四家的叙事有其共同点：

（一）表达通俗化

话本小说的语言媒介主要是白话、口语，虽然在初期的讲史平话中采用了文白夹杂或者简单的文言，例如《三国志平话》，但这是受到直接取材自《三国志》《世说新语》等史书、文言笔记的材料所限。

话本小说之选用白话，主要是为了增加阅读人口，毕竟宋元时期人民的识字率很低。况且，传统文化中，"白话"与"文言"这两种语文处在不同的文化与社会层次。在考虑听众与读者的阶层与程度之下，"说话"及其话本都尽量地通俗化，以便有更多的人能够接受，他们深刻体认到"话须通俗方传远，语必关风始动人"❷。宋元讲史平话与其他的话本小说的文本性质基本相同，都是对口头文学的整理加工，都是为了阅读目的而存在的，一种口头文学案头化的结果。

---

❶　[南宋]赵彦卫:《云麓漫钞》卷八。

❷　[明]冯梦龙编撰，缪天华校阅，徐文助校订:《范鳅儿双镜重圆》，《警世通言》，三民书局2001年版，第119页。

宋代的文人，比较大胆地尝试用一些口语写入诗词，理学家则模拟禅宗僧徒的语录，运用口语来论道讲学。宋元时代用口语写作文学作品逐渐形成风气，编写话本的"说话人"和书会才人则把口语提炼成为一种较为简洁的文学语文，奠定了白话小说的基础。

平话在元代如此命名之意，即是使用平白的语言、平直的方式来讲述历史事件与人物。为了有助于社会下层读者的阅读，元刊平话首度在中国白话小说中使用插图。❶从平话的图文版面，可以得见其表达形式力求通俗，善于利用图画来跨越文字的障碍。一方面使用图画来展示故事的发展、情节之间的因果关联，一方面使用插图上文字的解说来点明故事内容及出场人物。有学者以为"平话文字内容的标题，是后代章回体小说分则分章回的起源。"❷虽然章回体小说分回的痕迹可能早在五代时期的变文就已经有迹可循了，但插图上的文字标题确实对于小说情节的区分有很大的帮助。

（二）故事离奇化

"说话人"必须擅长讲故事，讲述一个动人好听的故事。因此，有所谓的"说收拾寻常有百万套，谈话头动辄是数千回"❸。说故事的能力是说话人的基本功，临场的应变、机智固然重要，事前的准备工夫尤其不能少。白话小说从一开始便对于说故事的能力有严格的要求，也受到严峻的临场考验。

"俗皆爱奇"，奇特离奇的故事是一般人都爱听闻的，即使贵为帝王或者士大夫阶层也不例外。宋仁宗便要求每日"进一奇怪之事"，作为"说话"的故事内容，以为娱乐。❹因为小说这类书籍所重不在经典史传的知识传授，而是对于娱乐功能有很高的要求，因此小说"奇则传，不奇则不传。""其事不奇，其人不奇，其遇不奇，不足以传。"❺从而话本小说偏重在编织离奇的故事情节，塑造奇特经历的人物。

> "说话"伎艺和话本作为一种满足人们娱乐需求的文化产品，具有鲜明的商品性。获取观众、读者的喜爱，是说话人与话本编写者的最高追求目标。自然会尽可能地贴近民众的期待，迎合其品味。即使是讲史平话选择材料和改编的标准也在于故事性的强弱，是否能够吸引读者，而不在于是否符合历史事实。

市井庶民对故事本身的关注、欣赏要远超过人物和主题。宋元话本主要展示人物的言

---

❶ 卢世华：《元代平话研究：原生态的通俗小说》，中华书局 2009 年版，第 143 页。

❷ 同上，第 150 页。

❸ [宋] 罗烨：《醉翁谈录》"小说开辟"，世界书局 1975 年版，第 3 页。

❹ [明] 郎瑛：《七修类稿》卷二二，世界书局 1984 年版。

❺ [清] 何昌森：《水石缘序》，见朱一玄《明清小说资料选编》，南开大学出版社 2006 年版，第 733 页。

行和简单而直接的行为动机，注重事件的开展，焦点集中于故事本身，而相对忽略了对人物性格、心理情感的体察和刻画，以及故事的意义和价值。亦即，故事的离奇性、趣味性是"说话人"首要的课题。宋元话本中的故事大都非常精彩，而人物形象却较少有生动的刻画，也很难找到比较深刻的主题。

满足听众与读者的重要手段就是"哗众取宠"，编织引人的故事、离奇的情节，渲染奇异的景象和情境。话本小说为了造奇以迎合庶民读者的心理，崇尚的是新奇和通俗的结合。"说话人"根据不同的故事类型采用不同的视角结构和情节安排，设置一些意外的波折，借助偶然性的巧合，从而取得强烈的故事性、戏剧性效果。例如《简帖和尚》，那位设计夺人妻子的幕后者，始终没有现身，作者一直让他保持悬疑，直到故事的结尾。

讲史平话方面，"说话人"或书会才人使情节离奇的方法，大致还可以虚构历史事实背后令人讶异的原因，或者夸张历史人物传奇的状貌、出身和超凡的本领，这些都有助于耸动听闻。平话中的主角主要有两种：武将是勇猛的武士，谋士是高明的道士。情节编织的原则就是要让武将的本领高强、勇冠三军，谋士的智谋难测、法术惊人。

讲史平话的情节必须一奇连着一奇，如层层山峰，目不暇接，最忌讳平铺直叙。平话喜欢并擅长敷演一些离奇的情节，但一旦叙述真实的历史大事，作者就显得力不从心，敷衍了事。战争的描写十分简单，往往用几个常见的套路和几个常用词语来打发。平话内容的引人之处，通常都是那些虚构或夸张的部分，历史事实反而敷衍带过。这些离奇的情节与非凡的人物才能，也往往由于过度的夸大，而失去了可信度。

（三）线索简单化

口头文学的讲述故事，必然有其特殊的考虑，以便于听众理解，从而也形成了一些特殊的叙述模式。话本小说也沿袭了这些模式，成为中国白话小说的一大特点，进而发展成为一种独特的叙事美学。这一叙述模式主要源于"说话"伎艺的讲说形态，实质上是口头文学属性的表现。

大多数宋元话本小说，事件与人物不多，情节比较简单，一般只有一条主线，使用线性结构来顺时叙述。重要的事件、人物被连缀在这一主在线，情节的支线很少。在这些作品中，"叙一事之始终"者各事件之间因果关系分明，线索清晰、突出；"叙一人之始末"者对人物经历的描绘也大都线索单纯，焦点集中。然后在此主线发展上，再力求曲折离奇。

> "小说"并不善于讲述事件众多、关系复杂的故事，讲述的过程中必须时时
> 考虑到听众的理解程度，必须把故事讲得明白清楚，易于听者理解、接受。因此

不能多起头绪，以免过于复杂。

出现在平话中的人物，数量远比历史上记载的少，平话故事总是围绕着几个主要人物展开。尽管史事千头万绪，讲述历史的平话也是尽量头绪简单。《三国志平话》的主线清楚明确，故事始终以蜀汉刘备阵营为叙述的主线，始终围绕着刘、关、张来叙述，只有在刘备的故事涉及了曹操和孙权的时候，才叙述魏、吴与刘备发生关系的事情。平话不会把故事的情节复杂化，也不使用很复杂的原因来解释事件的结局，以免听众或读者有理解上的困难。

简单化也表现在情节的过渡上，《三国志平话》的情节过渡很直接，往往以跳跃的方式来连接故事情节。属于事件前后相延续的，一般用时间来表示，而如果从一件事情转移到另一件事情上，从一个人物身上转移到另外一个人物身上，就用"话分两头""却说""且说"等转折套语，直截而清楚。

"说话人"为了掌握一切人物与事件的细节，势必要采取全知的视角，才能讲述清楚。叙事过程中绝对不能让读者有不明白的状况和疑问。作者借由全知叙事视角，对历史事件的过程和因素做了简化的处理，使之清晰、动人。作者不仅对于事件的所有经过十分清楚，带领读者去经历事件的整个过程，而且洞悉人物的内心活动，对于他们的个性、言行、武艺、智谋都十分明白，从而可以简明地描述这些人物。即使作者对于历史事件与人物的理解未必正确，至少交代得很清楚。

宋元话本中的人物，属于福斯特所谓的"扁型人物"❶，人物不是立体的，他们的心理、思想、个性、气质等也是固定不变的。人物的行为动机和心理活动很简单，没有高深的思想，即使某些人物具有超群的智慧和本领。读者一看就明白人物想做什么，为什么要这样做。作者一般只侧重描写人物个性的某一主要部分，以使人物的性格突出而鲜明。

（四）场景写实化

叙事文学的本质即是写实主义。叙事文学以描摹生活环境、刻画人情世故、呈现社会百态为主，因此写作上适宜采取写实的笔法。况且，中国小说源自史传，更与"实录"的传统有深切的关系，纵然是具有浪漫色彩的唐人传奇小说，也有许多不假幻设的写实之作，例如《虬髯客传》《莺莺传》《李娃传》等名篇。

宋元时代的文化趋势，也偏重于理性与写实。唐诗重意境，宋诗多讲究理趣，重视实

---

❶ ［英］福斯特（E. M. Forster）撰，苏希雅译：《小说面面观》，商周出版社2009年版，第94页。

境；宋代人绘画比较注重工笔写生，宋徽宗的花鸟画以及院画名家张择端的"清明上河图"就是代表作，宋元小说家也自觉或不自觉地采用了更多的写实策略与手法。

从浪漫到写实的这种改变，反映了时代的变迁和需求，一个以市民阶级为主体的社会兴起了。宋元话本小说基本上按照生活的实况来摹写人间百态，不再以想象中的搜神志怪为主要题材。即使是传统上的爱情婚姻故事，也有新的内容。探讨西方小说兴起原因的重要学者瓦特认为，凡夫俗子的日常生活，必须在以下两个重要条件都成立的情况之下，才能被社会大众视为正当的小说题材：

> 第一，社会必须对个人的价值给予相当的肯定；第二，一般人的日常生活中，必须有丰富的素材可供描写，才能吸引同样也是平民百姓的小说读者。❶

宋元时代城市的经济繁荣，市民阶层壮大，各行各业兴盛，自然有许多悲欢离合的题材可以写作，此种题材也比较适合以写实的精神和笔法来呈现，从而更能够深刻而细致的传达其中的感受。一些宋元话本小说成功的再现了当时的社会风貌和世俗生活，其中主要原因便是实行了写实、白描的手法。"说话人"由于自身也生活在其中，因此对于那些城市生活百态与各类人物都很熟悉，了解他们的生活、思想与情感，所以能够把他们描摹得声情毕肖、栩栩如生。

元代的汉人生活与文人处境更为困苦，现实的题材丰富，给予写实主义的叙事文学有更好的发展契机。话本小说的写作结合了文人才笔与庶民意识，人物塑造和细节描写都有显著的进步，现实社会的刻画更为真实而深刻，作品的义涵得到了重大的提升，创作精神与方法表现出更为明显的写实主义，作品因此获致了雅俗共赏的成果。

由于生活处境的艰难，元代与明初的悲剧意识强烈，一些悲惨的小说结局往往震撼人心，同一时期的杂剧也是如此，例如关汉卿的《窦娥冤》。蜀汉五虎将的相继丧亡，诸葛亮"出师未捷身先死"，或者梁山泊众英雄的先后战死、毒死，《碾玉观音》璩秀秀为了追寻爱情而被杖毙，这些都是中国文学罕见的悲剧。这种面向现实生活的态度，比之许多大团圆式的喜剧与怪诞故事更近于真实的人生，从而也更为感动人心。

（五）琐事细节化

话本小说的听众是市井百姓，他们所关切的主要是社会上周遭的人事物，所以小说的题材也以生活中常见的小人物及其事迹为主，有别于史书专门记载军国大事以及对于历史发展有重大影响的人物。"说话人"的匠心所在之处，便是把这些原是平凡的人物与生活

---

❶　[英]瓦特（Ian Watt）撰，鲁燕萍译：《小说的兴起》第三章，桂冠图书公司1994年版，第63页。

给予戏剧化或趣味化处理，而这两个目的都有赖于作者把他们的生活与感受，具体而微地呈现出来。

宋元话本，尤其是小说家的话本更贴近现实生活，注重真实感，在细节真实的基础上塑造了一批典型人物，提高了生活的厚实感。不少话本所讲的故事，即使是灵怪幻化，大体上是虚构的，然而某些细节却能够讲得头头是道，难辨真假。

即使是平话的处理历史题材与人物，也着重在小事上来发挥想象，在细节上力求生动，从而可以出奇制胜，获得史书所难以达到的动人效果。因为历史大事无法虚构，在细微处如何讲述得耸动人心，才是平话作者可以用力的所在，以及发挥才华的部分。因此平话的编写者一般会依据一个大的历史框架和一些主要的历史事件，以此为基础，再去做一些细节的渲染、想象与增补。鲁迅便说：

> 大抵史上大事，即无发挥，一涉细故，便多增饰，状以骈俪，证以诗歌，又杂诨词，以博笑噱。❶

细节化并不是没有选择性的，并不是所有的日常琐事与小人物都能够花费笔墨去描写。在事件的紧张精彩之处，才需要刻意地描绘渲染，而一些平淡无趣的地方，则要简略的带过。故事的讲述过程之中，务必从头到尾没有冷场，紧紧抓住听众的注意力。"说话人"的临场经验，使得他们能够正确的判断出哪些人事必须详写，哪些人事必须省减，始终照顾到听众的反应与接受。"说话人"对此很有心得与自觉：

> 讲论处不滞搭、不絮烦；敷演处有规模、有收拾。冷淡处提掇得有家数，热闹处敷演得越久长。❷

他们体悟到故事的讲述必须从细微处下功夫，所谓"世间多少无穷事，历历从头说细微"❸。热闹处就是故事惊险精彩的地方，冷淡处就是平淡无奇之处。"说话人"处理题材有轻重之别，如同讲史所谓的"冷淡""热闹"之分。在题材本身故事性强、听众又十分关切时，"说话人"就加以渲染，讲得详细，话本也会写得详细，其间的叙述极力的顿挫曲折，绝不平铺直叙，否则，就简略带过或者省略不提。故事的收尾也须周延，人物及事件的结果必须合乎情理，更不可以遗漏。

---

❶ 鲁迅撰，周锡山释评：《中国小说史略》，上海文化出版社 2005 年版，第 96 页。

❷ [宋] 罗烨：《醉翁谈录》"小说开辟"，世界书局 1975 年版，第 5 页。

❸ 同上。

二、宋元话本小说的影响

宋元话本小说是中国长短篇白话小说的基型，具有类似生物学上的基因的关键地位，不能轻视。正是有了宋元话本小说，明清章回体小说才有了创作的基础，如果没有它们所建立的基本体制和叙述模式，势必无法出现《三国志通俗演义》《水浒传》等长篇巨构，从而鲁迅称之为"小说史上的一大变迁"❶。

中国古代小说由文言小说高峰的唐代，朝向白话小说高峰的明代的过渡，发生在宋元时期，并且即是由宋元话本小说完成的。这些元代刊行的话本小说，其成书过程、叙事形态、体制、义涵与特质，对于明清长短篇白话小说的影响是根本性的。深入理解宋元话本小说的特色，我们才能据此分析明代小说四大奇书中哪些是有所继承的，又有哪些是创新演进之处。

作为第一部以"演义"为小说书名的《三国志通俗演义》，由于增删改写旧作的成功，势必对于明初之后的其他长篇白话小说写作，具有一种典范的作用，成为模仿的标杆。从《三国志平话》到《三国志通俗演义》的演变，可以看出白话小说在明初所取得的成就，以及元明两代小说的差异。

明清章回体小说中一些成功的改写之作如《三国志通俗演义》《水浒传》以及《西游记》等，其影响力与受到的喜爱程度远远超过了宋元话本小说，也因此成为中国长篇白话小说的范式。

第二节　讲史平话是章回体小说的雏形

在长篇小说叙事体式尚未形成之际，借用史传既有的体式是唯一的选择。郑振铎说：

> 在小说艺术未臻完美之前，长篇著作是很难着手的，只有跟了历史的自然演进的事实写去，才可得到了长篇。❷

中国的史传向来要求叙事必须完善，"史之称美者，以叙事为先""国史之美者，以叙事为工"❸。班彪认为司马迁"善述序事理"；刘勰评价《左传》"原始要终，创为传体"❹，《史

---

❶ 鲁迅：《中国小说的历史的变迁》，《中国小说史略》附录，香港三联书店1997年版，第333页。

❷ 郑振铎：《中国小说的分类及其演化的趋势》，《郑振铎古典文学论文集》，上海古籍出版社1984年版，第342页。

❸ [唐] 刘知几撰：《叙事》，《史通通释》，里仁书局1980年版，第168页。

❹ [南梁] 刘勰撰：《史传》，《文心雕龙读本》，文史哲出版社1986年版，第278页。

记》"虽殊古式，而得事序焉"❶。翦伯赞也认为《资治通鉴》"叙事则提要钩元，行文则删繁就简"❷。史传的叙事之美主要表现在事件的清楚铺叙、人物的生动刻画以及文辞的简洁。这也正是小说家行文所要追求的目标，从而史传文学在选取与组织材料，以及刻画人物形象、编织故事情节等方面，均能给长篇小说很大的帮助与启发。钱钟书说：

> 史家追叙真人实事，每须遥体人情，悬想事势，设身局中，潜心腔内，忖之度之，以揣以摩，庶几入情合理。盖与小说、院本之臆造人物、虚构境地，不尽同而可与相通。❸

> 明、清评点章回体小说者，动以盲左、腐迁笔法相许，学士哂之。哂之诚是也，因其欲增稗史声价而攀援正史也。然其颇悟正史稗史之意匠经营，同贯共规，泯町畦而通骑驿，则亦何可厚非哉。❹

既然史家之臆造人物、虚构境地的构思过程、性质都与小说相通，写作上"意匠经营，同贯共规"，那么小说家不仅可以仿效史传的体裁，而且可以运用史家的笔法来叙事、写人。从而在长篇小说的初期摸索阶段，小说与史传两者之间或即或离，有一个颇长的混沌不清的情况。而在经历了一番辩证学习的过程之后，长篇小说终于卓然自立，既取法史传，但又有所不同。

王国维从《大唐三藏取经诗话》《五代史平话》《大宋宣和遗事》等作品分卷、分节的体裁特征，以及小说与戏曲的比较，认为章回体小说萌芽于宋元，他说：

> 且今所行章回体小说，虽至鄙陋者，殆无不萌芽于宋元，如《西游记》《封神榜》《杨家将》《龙图公案》《说岳》等，元曲多用为题目，或隶其事实，足征当日已有此等书，但其书体裁当与《五代史平话》及《宣和遗事》略同，不及后世之变化。始知元明以后章回体小说大行，皆有所因袭，决非出于一时之创作也。❺

话本小说吸取了史传叙事的诸多长处之后，又在自身的处境与需求之中锤炼许久，终于在明代打磨出了自己独特的章回体小说的形态。

---

❶ [南梁] 刘勰撰：《史传》，《文心雕龙读本》，文史哲出版社 1986 年版，第 278 页。

❷ 翦伯赞：《学习司马光编写通鉴的精神》，《人民日报》1961 年 6 月 18 日，第 5 版。

❸ 钱钟书：《左传正义》，《管锥编》册一，书林出版公司 1980 年版，第 166 页。

❹ 同上。

❺ 王国维：《庚辛之间读书记》，《王国维遗书》，上海古籍出版社 1983 年版，第 1546 页。

一、章回体小说受到"说话"艺术及话本小说的影响

明初，出现了两部对于中国长篇小说发展影响深远的经典巨著——《三国志通俗演义》和《水浒传》，奠定了章回体小说基本的形态、体式与叙事美学。

章回体小说实际上是"说话"艺术及话本小说的自然发展。宋元"说话"艺人众多、分工细密，同一个故事经过不同世代艺人的多次讲说，内容变得愈来愈长。因为每个艺人大多会在前人所传下来的故事基础上增饰新的细节，新的人物或情节。从而当"说话"艺术及其早期话本发展到一定时期，有人便开始尝试将短篇连缀成长篇。此外，有些"说话"艺人则会尝试把本来并无关系的几个故事贯穿起来，让它们之间发生关联，并成为一个主题故事中的情节。这些都说明了章回体小说是在"说话"艺术长期的积累材料，以及话本小说的长期发展之下而形成的，文本由简到繁。

水浒故事颇具有代表性。仅在《醉翁谈录》中，就可以发现好几个与水浒有关的故事：《石头孙立》《青面兽》《花和尚》《武行者》《戴嗣宗》等，这些故事在"说话"场上并无联系，而分属于公案、搏刀、赶棒，不过到了《大宋宣和遗事》，这几个故事的主人公都成了梁山好汉里的主要人物，位列"三十六员猛将"之中。

《三国志通俗演义》《水浒传》《西游记》，它们都有其故事发展演变的前身——《三国志平话》《大宋宣和遗事》《大唐三藏取经诗话》，这其中应当还有我们所不知道的、失传已久的文本。例如，民国初年以来便有不少学者推测应当有所谓《西游记平话》的存在，后来也证实了此书是在明初亡佚的。至于《金瓶梅》，除了它是从《水浒传》歧出派生而来的故事之外，作者显然也曾经参考了一些话本小说、戏曲故事，例如《刎颈鸳鸯会》。

二、四大奇书的叙事形态因袭自话本小说

今日学者所言的"话本小说"，如前章所言，种类不少。但其中无论是话本、小说话本、说经话本、讲史平话或者拟话本，其叙事的基本体式大致相同，同样是由题目、入话、正话、篇末诗等几大部分组成。"说话"伎艺演出中的套语、韵语仍然是小说的重要组成部分，"说话人"的语气也依旧无处不在。这一套经由"说话"艺人建立起来的体式十分稳固，它不但获得了短篇白话小说的奉行，即使是白话长篇小说也仍然继续沿用。但由于故事传播的方式有异，读者的阶层、程度也不同，从而四大奇书文本中减少了一些口头文学的形式特征，又另行增添了书面文学所必需的要件。

《三国志通俗演义》《水浒传》等章回体小说诞生于明初，恰好位于宋元小说话本（包含讲史平话）与明清拟话本两者之间。四大奇书对于话本叙述体式的继承与调整，更早于

冯梦龙、凌蒙初等人在拟话本中所做的改变。

学者宁宗一等人把白话短篇小说的发展，区分成了三个阶段：话本、小说话本以及话本小说，这三类都与"说话"技艺有密切关系。❶话本即是说话人所用的底本，记录故事梗概以免遗忘，仅供自己表演之用。鲁迅以为"说话之事，虽在说话人各运匠心，随时生发，而仍有底本以作凭依，是为'话本'"❷。早期阶段，"说话人"为了传承技艺或留下自己的讲说内容，使用简短的文字记下大纲，徒弟便在此基础上加以增损而流传下去。这些不同的"说话人"对于相同题材话本的创作，大体上都会遵循一定的故事框架，差异不大。

宋元时期，写作话本趋于专业化，一批职业的书会才人，投入了话本的书面创作。书会才人的创作主要还是提供给这些职业"说话人"表演之用，话本的形态也主要是传抄而非印刷。话本的产生虽然由原来的从口头到文字的顺序，反过来从文字到口头，但仍然不是为了提供一般读者的阅读。

"小说话本"则是经过了文人较多的增饰、整理，然后再印行问世，身兼底本与阅读两种用途，处在由口头讲说到书面文学的过渡阶段，保留着明显的"说话"艺术的某些特征。《京本通俗小说》《清平山堂话本》等类作品即是典型的小说话本。

至于所谓的"话本小说"，则是另外涵盖了明代中叶之后出现的三《言》二《拍》，亦即鲁迅所谓的"拟话本"在内。学者们以为冯梦龙、凌蒙初的"拟话本"是话本发展的最后阶段。"拟话本"大体上仍然继承了话本的基本体式，但是改变了从听众聆听的角度，而成为专供读者阅读的书面文学了。事实上，四大奇书对于话本小说叙述体式的继承与调整，更早于冯梦龙、凌蒙初等人所做的改变。

三、"说话"模式是白话小说叙述的核心

四大奇书所采用的章回体是在话本小说、戏曲与史传文学等多方面影响之下逐渐形成的，但"说话"伎艺演出的叙述形态是其基本的"原型"。

白话小说源起于"说话"技艺的特殊环境，决定了它日后发展的基本样貌与文化、美学上的特质，因此白话小说叙述形态上的口述文学特征可谓来自"说话"模式。章回体小说来自于讲史平话，讲史平话出自于宋元话本小说。从而中国白话小说，无论短篇或长

---

❶ 宁宗一：《中国小说学通论》，安徽教育出版社 1995 年版，第 407 页。

❷ 鲁迅：第十二篇《宋之话本》，《中国小说史略》，香港三联书店 1997 年版，第 115 页。

篇，都运用"说话"模式来讲述故事。短篇与长篇白话小说的区别，主要在于篇幅的长短，而不是叙述形态。尽管在明代中叶之后，文人逐渐投入白话小说的写作，作品逐渐有雅化、书面化的倾向，但"说话"模式、平话体式，仍然是其中的核心，文人仍然有意的加以运用。

四、"说话"模式的特点

韩南把白话小说中模拟"说话"的场景称之为"虚拟情境"，意谓"假称一部作品于现场传颂的情境"❶。所谓的"说话人"不仅是早期"说话"技艺中的叙述故事者，在书面的白话小说中的叙述者也被刻意的塑造、模拟成"说话人"，采行"说话人"的口吻来铺陈故事情节。"说话"情境也成为故事的一切讯息传递的预设场域。读者阅读白话小说之际，必须假设自身进入说书的现场，成为台下的一员听众，聆听说书的整个过程，一起建构"说话人"与听众之间的此种默契与共识。作者和读者从而可以透过"说话人"与"看官"这样的管道进行讯息的传递，因此小说中有不少自言自语、自问自答的对话，叙述者既要向设想中的听众讲述故事，又要不时中断叙述进程，假设听众提问，以引起注意，再给予解答，并借此发表自己的评论。这便是中国白话小说所运用的一套独特的、夹叙夹议的说故事的模式。

这些"说话"时的要件，当初大多是为了适应现场的效果，基于实用之目的以及市民大众的审美心理而安排的。但口头的"说话"与书面的作品之间毕竟存在有一定的差距，"说话人"在故事情节之外所发挥的部分通常会被删略得较多，这是作品书面化的必然结果。

概括起来，话本小说中的"说话人"口吻具有以下功能：

（一）交代故事的背景。《秦并六国平话》入话部分在叙述汉高祖刘邦领兵入函谷关后，有一段"说话人"的背景解说："这头回且说个大略，详细根源，后回便见"。

（二）介绍人物的生平。《三国志平话》开卷在介绍司马仲相出场之时，"说话人"便以自问问答的提问方式说道："这秀才姓甚名谁？复姓司马，字仲相"。

（三）补充说明，解答疑问。《五戒禅师私红莲记》"说话人"介绍五戒禅师"俗姓金，法名五戒"。紧接着，又以自问自答的方式做了更详尽的说明："且问，何谓五戒？第一戒者，不杀性命……此之谓五戒"。

（四）发表个人的评论。《刎颈鸳鸯会》叙述张二官之妇与人私通，被张二官杀死之

---

❶　转引自王德威：《"说话"与中国白话小说叙事模式的关系》，《想象中国的方法：历史、小说、叙事》，北京三联书店1998年版，第80页。

后，"说话人"中断了故事的进行，出面加以评论："祸福未至，鬼神必先知之，可不惧
欤！故知士矜才则德薄，女衒色则情放。若能如执盈，如临深，则为端士、淑女矣。岂不
美哉？"

（五）发扬庶民之议的传统。延续私人私史的精神，从民众的角度评论人、事、物，
从而洋溢鲜明的口头文学性和民间文学色彩，有别于官方史传的价值观。

五、话本小说的叙说方式

《醉翁谈录·舌耕叙引》提到了"说话人"讲说故事的高明技巧："讲论处不滞搭、不
絮烦，敷演处有规模、有收拾。冷淡处提掇得有家数，热闹处敷演得越久长。"可见在长
时期历代的"说话人"实际讲说故事之中，累积了许多丰富的经验，懂得何处应该详细铺
叙，何时应该一语带过，哪些情节是听众有兴趣的，已然归纳出某些常用甚至固定的讲述
技巧与程序。

（一）"说话人"的口吻

话本小说的叙述者以"说话人"的身份出现在读者面前，不掩饰自己的存在，与读
者交谈，向读者提问，与读者的关系密切。《全相平话五种》文中经常出现"话说""却
说""话分两说"等"说话人"的习惯用语，有时还自问自答。《武王伐纣书》在叙述商纣
王将皇后推下摘星楼后，叙述者便问道："皇后性命如何？"话本小说毕竟刚脱离口头文
学，难以完全将这些"说话人"的习惯用语删除。但与原初的口头讲说相比，此类用语
已经大为减少了。因为刊刻的书商出于赢利之商业目的，必然要尽量删节与内容无关的
语句。

（二）公开评议

话本小说的叙述者借由议论或诗词公开表明自己对人物或事件的态度。"说话人"可
以假借与听众的交谈对答以进行议论，这种方式多存在于小说话本，但讲史平话里极少使
用，这应当是受到史传叙事方式的影响。《全相平话五种》中借以议论的诗歌特别多，《武
王伐纣书》开篇简单交代过了殷商的历史后，便用两首诗进行议论：

> 商纣为君致太平，黎民四海沸欢声。心昏妲己贪淫色，惹起朝野一战争。

> 世态浮云几变更，何招西伯远来征。荒淫嗜酒多繁政，故致中邦不太平。

有时还引用后人的诗歌加以评论，如《前汉书续集》在吕后害死韩信之后引了唐代诗
人胡曾的两首咏史诗：

可惜淮阴侯，曾分高祖忧。三秦如席卷，燕赵刻时收。

夜堰沙囊水，舒斩逆臣头。高祖无后幸，吕后斩诸侯。

有时引用谚语议论，如同书写韩信中了萧何之计被擒后引用一首俗谚道：

韩信将军智略多，萧何三箭定山河。不知勋业反成怨，成也萧何败也何。

讲史平话中仍然有一个极为普遍的诗歌议论方式，就是"有诗为证"。《全相平话五种》用得很多，而且常用作收场诗，以总结全篇的主旨。《武王伐纣书》的最后即以"有诗为证"作结：

休将方寸昧神祇，祸福还同似影随。善恶到头终有报，只争来速与来迟。

作者最终还是从善恶正邪的角度而不是鬼神的立场批判了商纣王的残暴不仁，指出了它必将覆灭。

（三）韵散结合

话本小说的叙述者时常毫无顾忌地中断故事的叙述，加进一些对景物或人物描写的韵文。这些韵文呈现为一种较为固定的套式，大多数与情节和人物的关系并不密切，显然是口述文学所留下的痕迹。

叙述者使用韵散结合的语文以叙事抒情。散文部分用以讲述故事的情节，韵文部分则重在描写人物的相貌、性情。大致说来，以散文叙述故事时，经常使用"话说""却说""且说""单说""话分两说""话分两头"等语词。以韵文描写场面、人物、景色时，则往往使用"正是""但见""恰似""怎见得""有诗为证""有道是""端的是"等语词。

现存宋元话本中还残留有"奉劳歌伴，先听格律，再听芜词""奉劳歌伴，再和前声"之类的记载。"说话人""曰得词，念得诗，说得话，使得砌"❶，能够变换使用说唱念诵等多种表达的才艺，这既有说书中应用各种韵语文体的实际需要，也有"说话人"借韵散结合的语体模式来调节叙事节奏、丰富表现手法甚至炫才逞学。

唐代诗人参与了传奇小说的创作，把诗笔带入了小说，有的还融合了"用对语说时景"的赋体，增添了小说的文采，小说的意境也得以提升，并且具有抒情写志的功能。小说话本也吸收了唐人传奇的诗笔，正话中使用了不少韵文，包括诗、词、赋赞、唱词等。白话小说的倚重诗词韵文，这与中国文化深厚而悠久的诗歌传统、言志抒情的艺术有关。例如《刎颈鸳鸯会》对于蒋淑珍的描写：

---

❶　[南宋] 罗烨：《醉翁谈录》"小说开辟"，世界书局 1975 年版，第 3 页。

脸衬桃花，比桃花不红不白；眉分柳叶，如柳叶犹细犹弯。自小聪明，从来
机巧，善描龙于刺凤，能剪雪以裁云。心中只是好些风月，又喝得几杯酒。年已
及笄，父母议亲，东也不成，西也不就。每兴凿穴之私，常感伤春之病。自恨芳
年不偶，郁郁不乐。垂帘不卷，羞教紫燕双双；高阁慵凭，厌听黄莺并语。

在考虑听众的阶层多为城市军民之下，韵文的修辞用字也偏于显露、俗艳与风情。
《全相平话五种》较少由叙述者本人吟诗描写景物，却常安排小说中的人物吟诗抒情表意，
例如，《武王伐纣书》写周文王赠姜尚诗一首：

求贤远远到溪头，不见贤人见钓钩。若得一言明指教，良谋同共立西周。

吟诵诗毕，仍不见姜尚露面，于是又吟诗一首，表达了周文王求贤若渴的心情：

先生表察再来求，不似先前出猎游。若得一言安社稷，却将性命报恩由。

话本小说韵散结合的语体模式源于"说话"现场，"论才词有欧苏黄陈佳句；说古诗
是李杜韩柳篇章"❶，"说话人"在讲说故事时大量引用诗词歌赋，这对于白话小说从俗趋
雅、雅俗共赏的转变颇有帮助。

六、讲史平话的编写

章回体小说最直接的源头是讲史平话，讲史平话是章回体小说的发展雏形，初具长篇
白话小说的规模。"平话"的内容以讲史为主，侧重"历代书史文传"中的兴废争战之事，
《醉翁谈录·小说开辟》就介绍说：

也说黄巢拨乱天下，也说赵正激恼京师。说征战有刘项争雄，论机谋有孙庞
斗智。新话说张、韩、刘、岳，史书讲晋、宋、齐、梁。《三国志》诸葛亮雄材，
收西夏说狄青大略。

《东京梦华录》《梦粱录》等书也曾介绍讲史艺人讲说《汉书》《三国志》《五代史》
《资治通鉴》等史书的盛况。由此可见，宋元时期讲史题材之丰富多样。

目前所能见到的平话，早期的多半属于宋代人旧编、元代人增益，例如《五代史平
话》和《大宋宣和遗事》。前者"纯用口语写成，当是宋代说话人的口头实录"。《宣和遗
事》则是一部拼凑起来的讲史话本，杂糅了文言笔记和野史。全书取材颇广，鲁迅估计大
约有十种野史、笔记。作者将各种材料拼凑起来，并未进行仔细的取舍润饰，叙事与文字

---

❶ ［南宋］罗烨：《醉翁谈录》"小说开辟"，世界书局 1975 年版，第 3 页。

的风格有很大差异。所以鲁迅认为《宣和遗事》的取材和体例很杂，艺术价值不高："皆首尾与诗相终始，中间以诗词为点缀"①。"近讲史而非口谈，似小说而无捏合"①。"非全出于说话人"，从而"精彩遂逊"②。全书不是一个有机的组合，情节松散而零乱，故事性强的只有宋江和李师师两部分，但却与大部分内容并无情节上的联系。其中凡是抄缀史书的部分，皆为半文言体，并且以编年的方式叙述，内容枯燥，有直接抄录文献的痕迹。例如，"三月，命内侍童贯，往杭州监造作局，制御用器。自是杨戬始用事。五月，夺司马光等。崇宁元年七月，徽宗除蔡京做右丞相。制下，中外大骇。"但说书体的部分全为白话，语言流畅自然。

《三国志平话》的内容涵盖了近百年的历史，从汉末至三国鼎立再到统一于晋，一些重大的历史事件和重要人物得到不同程度的表现。基本上能按照历史的线索安排情节，重大历史事件均有一定的历史根据。例如它在黄巾起义的背景下，以桃园结义揭开序幕，渐次进入群雄并起，军阀混战的局面。赤壁一战，形成魏蜀吴三国鼎立之势。以下则有诸葛亮七擒七纵，六出祁山，最后以诸葛亮病死在五丈原而告终。平话按照历史的顺序写出了魏、蜀、吴由崛起、鼎足而立，至三国统一于晋的历史进程。对于《三国志通俗演义》的创作具有很重要的影响和助益。

由此可知，元末之际已经有身处社会下层的文人参与了平话的写作，笔法结合了话本小说与史传，从而在许多方面受到了这两者的影响。而这些往往跨越百年以上的历朝历代史事，势必要分成数十次来讲述，从而形之于书面的讲史平话中也就自然地留下了分回的痕迹与形态。

七、讲史平话的分回讲述

讲史平话与小说话本最大的差别就在于分回讲述故事。平话的分回，乃是从说书的实际讲述行为而来。较长故事的讲述，不分题材，势必要分成两次以上，从而有了分回的必要。"回目"这种形式，在宋元讲史中已经出现，其作用主要是为了概括出故事内容，因此有话则长，无话则短，字数最短的有三四字，长的几十个字，没有进行刻意修饰。

"回"原本是时间概念，分回的最初缘故是因为受到说话时间的限制，这就决定了每回的情节长短大体相等。即使在史书中本非如此，艺人也必须在讲说时加以适当调整。每次讲说结束，还应该照顾情节的完整，也就是要在一个情节完

---

① 鲁迅：第十三篇《宋元之拟话本》,《中国小说史略》, 香港三联书店 1997 年版, 第 123 页。
② 同上, 第 124 页。

成后再结束这一次的讲说。

《清平山堂话本》虽然多为讲述篇幅短小的小说，但也透露出分成几次讲说的必要性。小说话本虽然一般较短，但也有可能分成两三次来讲述。某些作品之中，例如《错认尸》《戒指儿记》，已显露出分回的迹象。《错认尸》大概就可以分成十个段落来分次讲述。

在一些紧张的段落，"说话人"会特别拉长叙述的时间，刻意设置悬念，增加故事的趣味。通常有"有分交（教）""直交（教）""正是""且说""却说""再说"等套语出现，打断原本的叙述。例如《错认尸》："小二千不合，万不合，走入房内，有分交小二死无葬身之地。正是：只因酒色财和气，断送堂堂六尺躯……此时，周氏叫小二到床前。""高氏一时害了小二性命，疑决不下，早晚心中只恐事发，终日忧闷过日。正是：要人知重勤学，怕人知事莫做。却说武林门外清湖闸边，有个做靴的皮匠，姓陈名文。"

《大唐三藏取经诗话》《大宋宣和遗事》这些较长篇幅的早期作品，其分回的迹象更为明显。这种分回讲述，乃是自然形成的，有实际的需要。起初分回之处很可能并不固定，完全视个别的"说话人"的判断，一般是在紧张、关键之处。小说话本中有一些暂停讲述的地方，可能即是分回之处，但书坊刊印时，删除了自认累赘的部分，因此痕迹不明显。

《大唐三藏取经诗话》分成三卷17节，各节有题目，王国维称其为后世小说分章回之鼻祖，白话小说初期的分回形态。题目之下都有一个"处"字，似乎就是从变文演化而来，敦煌变文中常用"处"字作为提示听众注意的符号。每一节都以故事人物的咏诗作结，并且采用了说唱结合、韵散兼行的方式，开创了一种新的叙事体裁，而被白话小说所袭用。

元代人编刊的《全相平话五种》，基本上都有分卷，每卷又有分节（段），每节有字数不等的单句题目，每页上图下文。例如《三国志平话》分成上、中、下三卷，每卷23个题目，全书共69个题目，这些题目都是单句且不押韵对仗。上卷有"汉帝赏春""天差仲相作阴君""孙学究得天书""桃园结义"等。这些题目既是图像的说明文字，又是本节的"回目"，概括了本节的内容。有时还把题目用阴文印入正文，以示分别。《七国春秋后集》共有64个用阴文印出来的小题目，亦即作者把全书分为三卷64节。此外，该书每节结尾处也有分回的痕迹，例如："齐王性命如何""救者为谁"等句子，显然是留待下次解答的口气，章回体的形式已显露了端倪。

讲史平话中已普遍出现"欲知后事如何，且听下回分解"的章回体套语。虽然这种套语也出现于某些白话短篇小说之中，但严格说来，它是长篇分回小说制造悬念、引起下文的用语。当初"说话人"在每一次讲说故事告一段落之时，必须考虑如何吸引听众下次再来，在关键处制造悬念显然是一个有效而且必要的方法。这虽然是一种基于商业的考虑，但它在艺术上也有极好的作用，所以后来的白话小说尽管没有了这种商业考虑，此种制造悬念的方式仍然在频繁地使用。《全相平话五种》都有这类用语。

讲史平话是由口头讲说的"说话"伎艺过渡到文字阅读的章回体小说的中间环节，所以它还带有一些原初口头讲说的痕迹，它的题目、图像和分回的形式都反映了这一点。

第三节　史传叙事体裁的融合活用

章回体小说乃是从讲史平话发展而来。讲史的故事较长，不比"小说"可以"顷刻间捏合"，一次讲完，所以还必须要"听下回分解"，讲述许多回才能讲完一段历史。表面上，章回体小说是按照"说话"的回数串连起来，但落实到书面写作，就面临一个内在结构的问题：如何贯穿人事、情节环环相扣？

一、章回体小说的拟史叙事形态

以现实生活为题材的"小说"（银字儿）往往是以一人一事为主，在短暂的时间中完成人事的起结，又受到"说话"技艺特质的限制，情节、人物不能过于复杂，从而不容易发展成鸿篇巨制。

历史演义小说之所以能够在白话长篇小说史上最早产生并兴盛起来，除了受惠于前代的讲史平话和历史戏曲，同时还得益于古代深厚悠久的史学传统。如果没有卷帙浩繁的历朝正史和众多的野史、笔记，提供丰富的题材、叙述模式与体裁，历史演义小说几乎不可能产生。以下分几个层面探讨历史著作对于章回体小说的影响：

（一）史传三种主要体裁的特点

历史著作存在有多种的编撰体裁，提供了长篇小说直接仿效的范式，但其中以编年体、纪传体以及纪事本末体等三种最为重要。这三种体裁不仅是中国史书编纂中最主要者，也是长篇小说主要的借鉴对象，提供小说家现成的叙事框架，用以安排素材、组织结构、贯通人事。编年体以时系事，时间是结构的轴心；纪传体以人系事，人物是叙事的重点；纪事本末体以事系时，事件是叙述的焦点。

以历史编纂而论，先秦以来的编年体、纪传体等史传，皆有其长处与短处。编年体的时间连续性之编排，夹杂许多无关连的人与事，不易得见历史大事之脉络始末，也难以清楚看出人物的完整生平事迹，读者常疲于翻检，仍不易明了。纪传体以人物为重心，记载其一生的重要事迹，但往往牵涉多人，同一事件分别见诸几人的传记，导致叙事的重复甚至相异。后世人事繁多，这两种固有体裁的不足之处愈形严重，从而有"纪事本末体"应运而生。《四库全书总目》曾分析其原因，并比较这三种体裁的优劣：

> 自汉以来，不过纪传、编年两法，乘除互用。然纪传之法，或一事而复见数篇，宾主莫辨；编年之法，或一事而隔越数卷，首尾难稽。枢乃自出新意，因司马光《资治通鉴》，区别门目，以类排纂。每事各详起讫，自为标题。每篇各编年月，自为首尾。始于三家之分晋，终于周世宗之征淮南。包括数千年事迹，经纬明晰，节目详具。前后始末，一览了然。遂使纪传、编年贯通为一，实前古之所未见也。❶

汉代以来，在未有"纪事本末体"之前，纪传、编年二体是中国史书编纂的主要两种体裁，但在其实际的撰写，早已不能严格地贯彻体裁上的纯粹，而有一些变通的做法，各自汲取了对方的长处，以减少自身的弊病和局限。

四大奇书在摹拟、借鉴史传叙事体裁之时，依据自身的题材性质，兼用这三种体裁又各自有所偏重，灵活而不拘一格。大体来看，《三国志通俗演义》偏重编年体，《水浒传》有较多的纪传体色彩，《西游记》运用纪事本末体以编排神魔斗法的一连串不同的事件，《金瓶梅》主要是以纪传体来记录西门庆及其众多妻妾的生活琐事。以下针对这三种体裁的优缺点及其对小说叙事的影响，加以说明。

1. 编年体长于时间之连续

《春秋》开创的"属辞比事"传统，影响到编年体史传与历史演义结构方式的形成。"属辞"指对语词的抉择与文采的修饰；"比事"即按照年时月日的顺序排比史事，并根据史事的轻重大小而取舍详略。《春秋》叙二百四十二年史事，在结构上"以事系日，以日系月，以月系时，以时系年"，这种以时间为轴心逐年编次事件的方式，具有明显的优点。刘知几将其概括为"系日月而为次，列岁时以相续，中国外夷，同年共世，莫不备载其事，形于目前。理尽一言，语无重出。"❷编年体史书，事件和时间紧密结合，使人容易明了史事发生、发展的时间顺序及因果关系，于是成为历史演义所仿效的叙事形态。

《资治通鉴》的叙事是先举其纲，后明其详，并且还有一部《通鉴目录》与之配套，以便于读者能够按目寻检《通鉴》每卷所记的历年重大史事。但此种形式仍存有缺点，"凡事之首尾详略，一用平文书写，虽有《目录》，亦难寻检。"❸从而朱熹的《通鉴纲目》

---

❶ 《四库全书总目》，卷四九，史部五，第1069—1070页。
❷ [唐]刘知几撰，浦起龙注释：《史通通释》，里仁书局1980年版。
❸ [宋]朱熹：《辞免江东提刑奏状三》，《朱文公文集》卷二二，四部丛刊本。

便把《目录》与《通鉴》正文合而为一，形成了一种简明的"纲目"体。"表岁以首年，因年以着统"，"大书以提要（纲），分注以备言（目）"。他先立"纲"，仿照《春秋》经文以概括史事之大要，以大字顶格书写，再以小字注文的形式低一格写于"纲"下，称之为"目"，对史事进行具体而详细的记述。"纲欲谨严而无脱略，目欲详备而不烦冗"。从而"纲举而不烦，目张而不紊"，提纲挈领，清楚明白，方便研读，宋代以后颇为流行。"但朱子《纲目》是仿《春秋》，在其纲中，寓有褒贬。" ❶ 影响及于《三国志演义》写人叙事之中也有采行《春秋》笔法，尤其是政权正统的归属。朱熹《通鉴纲目》以正统属蜀汉，《三国志演义》沿袭之，而大异于司马光《资治通鉴》的以正统属曹魏。

以时间而不是以人物（纪传体）或事件（纪事本末体）作为分卷的根据，其优点是能够让读者明了史事发展的脉络，对于某一王朝或某一时期的人、事获得整体而清晰的印象。其缺点是破坏了事件的完整呈现，正如梁启超所言，"其叙事无论如何巧妙，其本质总不离账簿式。读本年所纪之事，其原因在若干年前者，或已忘其来历，其结果在若干年后者，苦不能得其究竟。非直翻检之劳，抑亦寡味矣。" ❷

《三国志演义》主要采用了编年体，基本上按照历史的进程讲述了从汉末到西晋百年左右的历史。罗贯中考诸国史，取材虽然多参考陈寿的《三国志》，但采取《资治通鉴》编年体的结构方式，"留心损益""隐括成篇"，它的总体结构是大事编年体式的，以时序为线索展开对历史的连贯记叙，对于蜀、魏、吴三方历史事件连缀交织，其情节严格按照时间顺序编写。

2. 纪传体长于人物之描写

纪传体则以人物为中心，便于集中记述重要历史人物的活动，统观其一生的经历，历史的进展毕竟是这些重要人物在主导的。惠栋便认为纪传体史书，叙事条理清晰，浑然一体，"《史记》长篇之妙，千百言如一句，由其线索在手，举重若轻也。" ❸ 司马迁开启了小说家们的叙事思路，示范他们如何将为数众多的人物与纷纭复杂的事件编织在一起，成为一个有机的整体，"如常山之蛇，首尾相应，未尝枝枝节节而为之。相其气势不至终篇，必不辍笔。" ❹ 尤其重要者，乃是司马迁看出了人在历史演进中的价值，这不是仅指权势地位高的君臣将相而已，一些看似无关轻重的人物，事实上也有其隐而不显的重要性。钱穆认为：

---

❶ 钱穆：《中国史学名著》，兰台出版社 2001 年版，第 249 页。

❷ 梁启超：《中国历史研究法》，里仁书局 1984 年版，第 64 页。

❸ ［清］惠栋：《九曜斋笔记》卷二，江苏广陵古籍刻印社 1982 年版。

❹ 余嘉锡：《余嘉锡文史论集》，岳麓书社 1997 年版，第 82 页。

《左传》不载孔门教学，编年史里就有许多事要丢掉……颜渊似乎无事可写，但却特别重要。历史上有许多无事可写的人，而特别重要的。太史公《史记》就懂得这个道理。纪传体的伟大，也伟大在这里。无事可写的，他写了……周武王怎样打进商朝的都城，商纣王被杀了，这些易写。忽然加进伯夷、叔齐两人，这一段事，不好写。所以太史公要作纪传体，而把伯夷、叔齐作为七十列传之第一篇。❶

从而《史记》重视人物的刻画，力求表现社会各阶层人物的特色、神情、形貌和价值，塑造出了许多栩栩如生的人物，影响及于中国小说，常以人物的生动为写作的主要考虑。

《水浒传》主要采用了纪传体，以人物的列传串联而成，是一种串联式的结构。尤其是梁山英雄排座次以前的情节，基本上是以连环列传的方式组织众多英雄的传奇故事，但是这些众多的人物是有主从轻重的等级差别，作者的笔墨也有详略浓淡的不同处理。

《水浒传》的成书过程是把说宋江等草莽英雄故事的"小说"（朴刀、杆棒、发迹变泰之事）聚合起来。宋江等人起事的水浒故事从南宋到元明一直受到民众的喜爱，武松、林冲、李逵等个人的故事独立讲说，有各个分支故事。元刊本《大宋宣和遗事》是第一次聚合，明代《水浒传》成书，"以梁山泊分支为主，在《宣和遗事》的格局上吸收了太行山分支和江南分支的内容"❷。《水浒传》中各个英雄好汉的故事具有相对独立性，经由"逼上梁山"这条线索将其串联起来，前一回故事结束之前引出下一回故事的主人公，通过人物的相互串联，最后全体好汉上了梁山。因此，金圣叹认为：

《水浒传》方法，都从《史记》出来，却有许多胜似《史记》处。若《史记》妙处，《水浒》已是件件有……《水浒传》一个人出来，分明便是一篇列传。至于中间事迹，又逐段逐段自成文字，亦有两三卷成一篇者，亦有五六句成一篇者。❸

作者施耐庵写别的人物"皆依列传例，于宋江特依世家例"❹，这在《水浒传》是非常突出而少见。所谓"世家"体例，乃是以浓重之笔叙述，既叙其个人经历、性格行为，也叙其家世，甚至更特意填词加以赞评。宋江首次出场是在第 17 回，作者除了以一篇骈文

---

❶ 钱穆：《中国史学名著》，兰台出版社 2001 年版，第 262 页。

❷ 石昌渝：《中国小说源流论》，北京三联书店 1994 年版，第 329 页。

❸ [清] 金圣叹：《读第五才子书法》。

❹ [清] 金圣叹：《水浒传》第十七回回评。

专写其外貌，其文长达六、七百字，另有词叙述他的为人、品行、家世，末了又有一阕《临江仙》"赞宋江好处"。而其他人物大多只是轻描淡写：写柴进，"只有好客一节"；写戴宗，"除却神行，一件不足取"❶。至于白日鼠白胜、鼓上蚤时迁，文字描写更是俭省，作者只写其卖酒或善偷一点而已。

《西游记》的情节重心在历代的发展中有所变动，早期在《大唐三藏取经诗话》的阶段是以唐僧为主角，可谓唐僧个人的传记，但演变至明代吴承恩的《西游记》则明显改以孙悟空为故事的主角，取经的过程是孙悟空的一段"天路历程"，唐僧等其余师徒三人以及西行路途中出现的神魔精怪都只是配角，围绕着孙悟空接踵而来。从而《西游记》可谓孙悟空的个人传记，从他引发出其他的人物，衍生出许多的情节，而本书的主题也是透过他的起伏顿挫的试炼而产生。

《金瓶梅》可谓文人创作的第一部长篇小说，其体裁结构与叙事方式已经有了许多调整，但基本上可以看作是纪传体的活用。首先是主角贯穿始终，全书是一个整体。《金瓶梅》叙述的是西门庆的发迹、纵欲、暴死及其妻、子、妾的下场。张竹坡指出全书是以金（潘金莲）、瓶（李瓶儿）、梅（春梅）三人为脉络：

> 劈空撰出金、瓶、梅三个人来，看其如何收拢一块，如何发放开去。看其前半部只做金、瓶，后半部只做春梅。前半人家的金、瓶，被他千方百计弄来，后半自己的梅花，却轻轻的被人夺去。❷

《金瓶梅》以西门庆和金、瓶、梅三位妇女的故事为经，但又以西门庆与社会上下左右各个方面的联系为纬，交织为一张社会网络，因此有学者把它称作"网状结构"。它以一个家庭平凡琐细的日常生活为中心，又辐射到社会的各个阶层，包含了朝廷显贵、地方官吏、土豪士绅、帮闲小人、僧尼道士、仆妇娼优、三教九流，各类人物俱有。透过"现各色人等"来"写尽世事""写尽人情"。张竹坡指出：

> 《金瓶梅》因西门庆一分人家，写好几分人家。如武大一家，花子虚一家，乔大户一家，陈洪一家，吴大舅一家，张大户一家，王招宣一家，应伯爵一家，周守备一家，何千户一家，夏提刑一家。他如翟云峰，在东京不算，伙计家以及女眷不往来者不算，凡这几家，大约清河县官员大户屈指已遍，而因一人写及一县，吁！一元恶大悖矣。且无论此回有几家，全倾其手，深遭荼毒也，可恨可恨！❸

---

❶ ［清］金圣叹：《读第五才子书法》。

❷ ［清］张竹坡：《批评第一奇书金瓶梅读法》一。

❸ ［清］张竹坡：《批评第一奇书金瓶梅读法》八四。

《金瓶梅》从一个商人家庭辐射到整个社会，编织成一张网，所有的人物与故事都被编织进了这张大网之中，都与西门庆有着直接或间接的联系，从史书编撰的体裁来看，属于纪传体的扩大写法。

3. 纪事本末体长于事件之贯通

"纪事本末体"乃是中国最后出现的一种重要的史书体裁。刘知几《史通》有"六家二体"之说，指出中国史传叙事原本只有编年、纪传二体。南宋人袁枢有鉴于"后世事变日繁，一年所见多事，一事所涉多人，以时为纲、以人为纲之史，益不胜其负荷。"于是，改以"事件"为纲目，区分史事，加以贯通，各事详其始末原委，去除了纪传、编年二体纪事重复或分隔的缺点。

据《宋史·袁枢传》称"枢常喜司马光《资治通鉴》，苦其浩博，乃区别其事而贯通之，号《通鉴纪事本末》"❶。可见袁枢编排其书，两个最重要的工作即是"区别"与"贯通"。《通鉴纪事本末》把司马光《资治通鉴》繁杂的内容，上下一千三百多年的历史，以事件为单位，归纳成相关的主题两百多个，致力于事件的单一而连贯的记叙。从而近似小说的讲述故事的特质，对于长篇小说的写作具有很大的启发性。

杨万里也曾经指出编年体《资治通鉴》在叙事上的局限，他说：

> 予每读《通鉴》之书，见事之肇于斯，则惜其事之不竟于斯。盖事以年隔，年以事析，遭其初莫绎其终，揽其终莫志其初，如山之峨，如海之茫，盖编年系日，其体然也。❷

杨万里的惋惜正在于编年体叙事无法一气呵成，首尾贯穿，因此，许多史事的发展脉络和因果关系难以一目了然。反观袁枢的《通鉴纪事本末》，完全以事件为主，叙事连贯而脉络清楚，令杨万里大为称赏：

> 今读子袁子此书，如生乎其时，亲见乎其事，使人喜，使人悲，使人鼓舞，未既而继之以叹且泣也。嗟乎！由周秦以来，曰诸侯，曰大盗，曰女主，曰外戚，曰宦官，曰权臣，曰夷狄，曰藩镇，国之病亦不一矣，而其源不一哉？盖安史之乱，则林甫之为也，藩镇之乱，则令孜之为也。其源不一哉？得其病之之源，则得其医之方矣。❸

---

❶ 《宋史》，卷三八九。

❷ [宋]杨万里：《通鉴纪事本末叙》，见[宋]袁枢：《通鉴纪事本末》，三民书局1972年版，第1页。

❸ [宋]杨万里：《袁机仲通鉴本末序》，《诚斋集》卷七八，《四部丛刊》本。

　　杨万里从阅读的角度分析，认为叙事之连贯而完整，可以使读者"如生乎其时，亲见乎其事"，进而令读者悲喜交集，"继之以叹且泣"。这是因为纪事本末体的长处在于环绕主题叙事，每个主题自成环节，彼此之间互相连贯，叙事得以环环相扣。从而可以让读者明白事件的本末原委，以及人物的遭遇和处境。章学诚也大为赞许纪事本末体在编纂史料上的优点：

　　　　司马《通鉴》病纪传之分，而合之以编年。袁枢《纪事本末》又病《通鉴》之合，而分之以事类。按本末之为体也，因事命篇，不为常格；非深知古今大体，天下经纶，不能网罗隐括，无遗无滥。文省于纪传，事豁于编年，决断去取，体圆用神，斯真《尚书》之遗也。❶

他认为纪事本末体结合了编年体和纪传体两者的长处，并且去除了其缺点，而以一种圆融、变通的体裁，使得史事的叙述能够雅洁而又显明。

　　《左传》《资治通鉴》等编年体史书按照史事发生的前后次序，逐年逐月记录，如果一件史事的发展过程跨越多时，其间必定夹杂许多不相关的人、事，从而造成叙事上的断裂。编年体史书的连贯性只表现在时间的相续上，记事并无一定的主题，相关的情节和人物不能贯串起来集中叙述。至于《史记》等纪传体也常限于传主本身的行事欠缺明确的主题，而且人物一生的许多经历，也不一定有所关联。

　　《通鉴纪事本末》全书以事分卷，每卷又各以独立的主题分章，把原本顺时序的历史叙述，根据史事的相互关联和因果关系，重新安排和分卷组织，凸显了事件的发展脉络、本末始终，换言之，即是着重在"故事"的叙述。这种内容上的编排和架构，不啻章回体小说的格局，从而可谓《通鉴纪事本末》乃是一种最接近长篇小说的史传体裁。

　　纪事本末体也有其缺点，而终究无法取代编年体与纪传体，只能与之并行于世。梁启超便指出了美中不足之处：

　　　　《左传》《史记》等书，常有长篇记载，篇中首尾完具，视昔大进矣。然而以全书论，仍不过百数十篇之文章汇成一帙而已。《汉书》以下各史，踵效《史记》；《汉纪》《通鉴》等踵效《左传》；或以一人为起讫，或以一事为起讫。要之不免将史迹纵切横断。"纪事本末体"稍矫此弊；然亦仅以一事为起讫，事与事之间不生联络；且社会活动状态，原不仅在区区数件大事，纪事纵极精善，犹是得肉遗血，得骨遗髓也。❷

❶　[清] 章学诚撰，仓修良编注：《书教下》，《文史通义新编新注》，浙江古籍出版社 2005 年版。

❷　梁启超：《史之改造》，《中国历史研究法》第三章，里仁书局 1984 年版，第 81 页。

纪事本末体史书，各个事件固然贯通始末，能够清楚其原委，但事件独立存在，读者的视野被窄化，无法综观全局。长篇小说作者有鉴于此，便在事件与事件之间的隙缝，填补进适当的情节以作衔接，而成为人事贯通始末、环环相扣的章回体小说。钱穆对于纪事本末体也有所批评，节录如下：

> （通鉴纪事本末）他书中题目都捡一些动乱之事，不见安定之象……但历史不能只管突发事项，只载动与乱，不载安与定，使我们只知道有"变"，而不知有"常"……使人只知道史之外围，不懂得历史的核心。❶

> 我们读此书，便会给他书中所定题目引起了我们一个不正确的历史观，把历史真看成一部"相斫书"……大家知道有所谓"文景之治"，但这个题目也没有。若我们如此读史，则只见历史上一些变动纷乱，不见历史上的一些治平建设。❷

> 所谓的历史，并不是只有动和变和乱，才算是事。在安定常态之下，更有历史大事。即如说汉光武如何打天下，袁枢纪事本末也有好几个题目，打这里，打那里；然而光武打天下以后有东汉中兴的一段，光武、明、章之治，他便没有了。下面只见有宦官、有朋党、有董卓、袁绍这许多人来了。而东汉的许多名士，他书里反而没有。❸

钱穆所谓的缺失，乃是就史学的立场而言，动乱与治平均须记载，但这些史学上的缺失却有益于小说。因为历史撰作，必须包罗一切重要的人与事，不能遗漏。但是小说之编写，却可以只针对特定的人物与事件来描述，而汰除一些无关者，尤其是平常的人事，若再加以适当的编排，便无"隔越数卷，首尾难稽"之弊了。此外，纪事本末体只记动乱战争之事，内容以军事和政治为主，而忽视了治平之世与各种典章制度，更与小说叙事的美学相契合。因为小说的听众、读者是社会各阶层的人士，安定的社会、平常的人事、日常的生活，难以引起世俗大众的兴趣，所以早期的话本、平话、演义以及章回体小说，其内容便极少是太平治世、凡夫俗子了，莫不以动乱的社会时代为背景，以君臣将相、英雄豪杰、名士美人为主要角色，以符合大众"爱奇尚异"的心理。

《通鉴纪事本末》其以事件分类编排的结构，以动乱的大事为叙述的重心，"纪事本

---

❶ 钱穆：《中国史学名著》，兰台出版社 2001 年版，第 261 页。

❷ 同上，第 260 页。

❸ 同上，第 263 页。

末里本来也是编年的，在一件一件事之先后，都加着编年。"❶ 纪事本末体在叙事上仍然必须依随编年的时序，与西方史书的主要体裁最为近似，结合了纪传体和编年体两者的长处，从而在形式和内容上都很近似长篇小说，给予章回体小说的写作有很大的、最直接的借鉴。

查考《通鉴纪事本末》的卷目，清楚呈现出一连串动乱的史事，题目都是一些征战的动词"亡、乱、侵、平、据、讨、叛、篡、灭"等。比较《通鉴纪事本末》与《三国志演义》的年代、回目内容，可以清楚看出两者的密切关系。《三国志演义》基本上也采取了以大事为纲领而配合编年叙述的结构，在故事的开头、董卓之死、李傕之乱、孙策之死等大事上都有标明年月，甚至从建安十年起，几乎是逐年按时叙述。

《通鉴纪事本末》在南宋孝宗淳熙三年（1176 年）刊行，而最早的具备雏形的一批章回体小说则在元末明初出现，以《三国志演义》《水浒传》的刊印为先导，一共出现十余种，内容都是讲述乱世的历史。

《三国志演义》现存刊本中年代最早的，一般认为是明代嘉靖壬午本（1522 年）《三国志通俗演义》，其书前庸愚子写的《序》更早在弘治七年（1494 年）。此书先行的祖本《三国志平话》，写作的时代更早在宋末，"大约定稿于金代"❷。《三国志平话》的另一种版本，题作《三分事略》，现存有元刻本，学者考定其刊刻的时代当为元世祖至元三十一年（1294 年）❸，更早于《三国志平话》，成书时间可以上推至南宋末年。《通鉴纪事本末》的成书正好就在长篇小说萌芽之前不久，时间上很吻合。至于在卷目的编排、事件的一连串发展上，两者的关联性更是明显。

三国时代的史事见于《通鉴纪事本末》卷八到卷十一，其中每卷各分上、下两部分，一共有 23 个主题，全部出自于袁枢的构想。这四卷的标题栏出如下：

卷八上　"宦官亡汉（党锢之祸、董卓之乱）"；

卷八下　"黄巾之乱""韩马之叛""袁绍讨公孙瓒"；

卷九上　"曹操篡汉"；

卷九下　"孙氏据江东""刘备据蜀"；

卷十上　"吴蜀通好""诸葛亮出师（平南中附）""吴侵淮南""魏平辽东"；

卷十下　"明帝奢靡""司马懿诛曹爽""吴易太子""诸葛恪寇淮南（孙琳逆节附）"；

卷十一上　"魏灭蜀""淮南三叛""司马氏篡魏"；

❶　钱穆：《中国史学名著》，兰台出版社 2001 年版，第 258 页。

❷　程毅中：《宋元小说研究》，江苏古籍出版社 1999 年版，第 279 页。

❸　刘世德：《谈三分事略》，《文学遗产》1984 年第 4 期。

卷十一下"晋灭吴""羌胡之叛（树机能、齐万）""陈敏之叛"。

《三国志平话》分成上、中、下三卷，每卷23节，上图下文。每节开头在上图的右侧有一个小标目，标明下文的内容，都是一连串的事件或情节，在形式上颇有纪事本末体"区别其事而贯通之"的事件编排形态。上卷计有："汉帝赏春""天差仲相作阴君""仲相断阴间公事""孙学究得天书""黄巾叛""桃园结义一""桃园结义二""张飞见黄巾""破黄巾""得胜班师""张飞杀太守""张飞鞭督邮""玄德作平原县丞""玄德平原德政及民""董卓弄权""三战吕布""王允献董卓貂蝉""吕布刺董卓""张飞捽袁襄""张飞三出小沛""张飞见曹操""水浸下邳擒吕布""曹操斩陈宫"。我们从早期平话的编排架构乃是以事件为主，以及标目的内容来看，这些初期长篇小说雏形的借鉴、取法于《通鉴纪事本末》这一类纪事本末体的史书，痕迹颇为明显。

《三国志通俗演义》则分成24卷，每卷有10回，总共240回。书前没有总目次，而于每卷之后列出本卷的10个回目，回目都是一句七字，按顺序排列，但并未标出数字。以第一卷（卷之一）为例，分成以下10回："祭天地桃园结义""刘玄德斩寇立功""安喜张飞鞭督邮""何进谋杀十常侍""董卓议立陈留王""吕布刺杀丁建阳""废汉君董卓弄权""曹孟德谋杀董卓""曹操起兵伐董卓""虎牢关三战吕布"。小说内容的重点也是注重动乱史事的叙述，回目的标题也多有动词"斩、鞭、杀、刺、伐、战"等，但是描写得更为细腻，增添了许多细节的想象和渲染，人物在其中扮演了重要的分量，所以回目中增添了许多人名。

（二）历史编纂体裁的圆融活用

先秦以来，史书运用的叙事体裁，已非绝对的界线分明，而只是一种主要的倾向。纵然是《左传》的叙事，也夹杂有纪传体以及纪事本末体的写法，并不纯粹是编年体。这三种体裁对于四大奇书的写作都产生了大小不一的影响，但因为小说的题材、主题不同，所以各自偏重的体裁也不同。

长篇小说的叙事、写人，必须解决一个史学上历史编纂体裁局限性的老问题。材料的取舍、编排、贯串、统合，小说编写与历史编纂相比未见容易。因为一个社会里，众多的人物与事件的开始、转变、结束，同时都在发生，小说家手上的一支笔必须把这些同时间以及不同时间所发生的人与事加以有条理、并且生动的交错叙述明白。这不再是单一的编年体、纪传体或者纪事本末体所能够办到，必须打破以时间、人物或事件为中心的限制，取长补短、相辅相成。

《三国志演义》作为章回体小说初期的代表性经典，即是以灵活的方式叙事写人，对于三种主要的体裁能够巧为运用。开头第一回先以编年体交代背景：

> 话说天下大势，分久必合，合久必分。周末七国分争，并入于秦。及秦灭之后，楚、汉分争，又并入于汉；汉朝自高祖斩白蛇而起义，一统天下，后来光武中兴，传至献帝，遂分为三国。推其致乱之由，殆始于桓、灵二帝。桓帝禁锢善类，崇信宦官。及桓帝崩，灵帝即位，大将军窦武、太傅陈蕃共相辅佐。时有宦官曹节等弄权，窦武、陈蕃谋诛之，机事不密，反为所害，中涓自此愈横。建宁二年四月望日，帝御温德殿。方升座，殿角狂风骤起。只见一条大青蛇，从梁上飞将下来，蟠于椅上。帝惊倒，左右急救入宫，百官俱奔避。须臾，蛇不见了。忽然大雷大雨，加以冰雹，落到半夜方止，坏却房屋无数。建宁四年二月，洛阳地震。又海水泛溢，沿海居民，尽被大浪卷入海中。六月朔，黑气十余丈，飞入温德殿中。秋七月，有虹见于玉堂。五原山岸，尽皆崩裂。

作者发表了一套议论之后，接着简述了汉代的兴衰历史。然后依照时间顺序分别记录了灵帝建宁二年四月望日、建宁四年二月、六月朔、秋七月等大事。紧接着改以纪事本末体交代了黄巾之乱：

> 时巨鹿郡有兄弟三人，一名张角，一名张宝，一名张梁。那张角本是个不第秀才，因入山采药，遇一老人，碧眼童颜，手执藜杖，唤角至一洞中，以天书三卷授之，曰："此名《太平要术》，汝得之当代天宣化，普救世人；若萌异心，必获恶报。"角拜问姓名。老人曰："吾乃南华老仙也。"言讫，化阵清风而去。角得此书，晓夜攻习，能呼风唤雨，号为"太平道人"。中平元年正月内，疫气流行，张角散施符水，为人治病，自称"大贤良师"。角有徒弟五百余人，云游四方，皆能书符念咒。次后徒众日多，角乃立三十六方，大方万余人，小方六七千，各立渠帅，称为将军。讹言："苍天已死，黄天当立。"又云："岁在甲子，天下大吉。"令人各以白土书"甲子"二字于家中大门上。青、幽、徐、冀、荆、扬、兖、豫八州之人，家家侍奉大贤良师张角名字。角遣其党马元义，暗赍金帛，结交中涓封谞，以为内应。角与二弟商议曰："至难得者，民心也。今民心已顺，若不乘势取天下，诚为可惜！"遂一面私造黄旗，约期举事；一面使弟子唐州驰书报封谞。唐周乃径赴省中告变。帝召大将军何进调兵擒马元义，斩之；次收封谞等一干人下狱。张角闻知事露，星夜举兵，自称"天公将军"，张宝称"地公将军"，张梁称"人公将军"，申言于众曰："今汉运将终，大圣人出。汝等皆宜顺天从正，以乐太平。"四方百姓，裹黄巾从张角反者四五十万。贼势

浩大，官军望风而靡。何进奏帝火速降诏，令各处备御，讨贼立功。一面遣中郎将卢植、皇甫嵩、朱隽，各引精兵、分三路讨之。

同一回在介绍主要人物刘备、曹操出场时，又分别都改采了纪传体：

（幽州太守刘焉）随即出榜招募义兵。榜文行到涿县，引出涿县中一个英雄。那人不甚好读书，性宽和，寡言语，喜怒不形于色。素有大志，专好结交天下豪杰。生得身长八尺，两耳垂肩，双手过膝，目能自顾其耳，面如冠玉，唇若涂脂，中山靖王刘胜之后，汉景帝阁下玄孙，姓刘名备，字玄德。昔刘胜之子刘贞，汉武时封涿鹿亭侯，后坐酎金，失侯，因此遗这一枝在涿县。玄德祖刘雄，父刘弘。弘曾举孝廉，亦尝作吏，早丧。玄德幼孤，事母至孝。家贫，贩屦织席为业。家住本县楼桑村。其家之东南，有一大桑树，高五丈余，遥望之重重如车盖。相者云："此家必出贵人。"玄德幼时，与乡中小儿戏于树下，曰："我为天子，当乘此车盖。"叔父刘元起奇其言，曰："此儿非常人也！"因见玄德家贫，常资给之。年十五岁，母使游学，尝师事郑玄、卢植，与公孙瓒等为友。及刘焉发榜招军时，玄德年已二十八岁矣。当日见了榜文，慨然长叹。

张梁、张宝引败残军士夺路而走。忽见一彪军马尽打红旗，当头来到，截住去路。为首闪出一将，身长七尺，细眼长髯，官拜骑都尉，沛国谯郡人也：姓曹，名操，字孟德。操父曹嵩，本姓夏侯氏，因为中常侍曹腾之养子，故冒姓曹。曹嵩生操，小字阿瞒，一名吉利。操幼时，好游猎，喜歌舞，有权谋，多机变。操有叔父，见操游荡无度，尝怒之，言于曹嵩，嵩责操。操忽心生一计，见叔父来，诈倒于地，作中风之状。叔父惊告嵩，嵩急视之。操故无恙。嵩曰："叔言汝中风，今已愈乎？"操曰："儿自来无此病；因失爱于叔父，故见罔耳。"嵩信其言。后叔父但言操过，嵩并不听。因此，操得恣意放荡。时人有桥玄者，谓操曰："天下将乱，非命世之才不能济。能安之者，其在君乎？"南阳何颙见操，言："汉室将亡，安天下者必此人也。"汝南许劭，有知人之名。操往见之，问曰："我何如人？"劭不答。又问，劭曰："子治世之能臣，乱世之奸雄也。"操闻言大喜。年二十，举孝廉，为郎，除洛阳北部尉。初到任，即设五色棒十余条于县之四门，有犯禁者，不避豪贵，皆责之。中常侍蹇硕之叔，提刀夜行，操巡夜拿住，就棒责之。由是内外莫敢犯者，威名颇震。

四大奇书打破了史书编纂体裁上的限制与隔阂，采行灵活变通的叙事形态，而个别的小说又采取了不同的做法，从而能够解决众多事件以及人物的衔接贯串的难题。

四大奇书中最晚的一部小说，开始走向一人独力完成，文人气息最浓的《金瓶梅》，纪传体是其基本的体裁，但仍然必须结合其他的类别，尤其是顺时叙述编纂的编年体。张竹坡即认识到《金瓶梅》不是单一人物的列传：

> 《金瓶梅》是一部《史记》。然而《史记》有独传，有合传，却是分开做的。《金瓶梅》却是一百回共成一传，而千百人总合一传内，却又断断续续各人自有一传。❶

> 吾所谓《史记》易于《金瓶》，盖谓《史记》分做，而《金瓶》合做。即使龙门复生，亦必不谓予左袒《金瓶》，而予亦并非谓《史记》反不妙于《金瓶》，然而《金瓶》却全得《史记》之妙也。❷

张竹坡认为《金瓶梅》不同于其他小说每回可以独立讲说，必须把它作为完整的一回来读："一百回是一回，必须放开眼光，作一回读，乃知其起尽处。"❸史传对于编纂的体裁有其一贯的要求，不能混淆、任意变换。所以"《史记》有独传，有合传，却是分开做的。"但《金瓶梅》所记时间长达十余年，势必也须采行编年体的写法。章回体小说原本没有一定的体裁、体式要严格遵守，本"无成法""无定法"，易于达成章学诚所标举的理想叙事原则："体圆用神"。从而能够写成"一百回共成一传，而千百人总合一传内"的《金瓶梅》。

编写四大奇书的高才文人清楚认识到这三种体裁有其各自的特长与局限，不能抹杀其一，因此他们采行的做法便是"因事命篇，不为常格"、巧为融合、灵活运用，以充分发挥中国史传体裁的各种长处。

（三）取法经史的分卷、分回、立目

章回体制萌生于宋元讲史平话，后来成为长篇小说所惯用的一种外在结构体式，其特点是全书分为若干卷，若干回（早期称则、节或段），每回有标目。早期的长篇小说标目多为单句且不标出则目之序数，明代万历年间之后，作品的标目则多为七言双句，一般呈对偶形式，并且标出回目之序数。这是由于它们在分卷、分则、立标目上取法于经史，特别是《通鉴纲目》，以及戏曲中的"折"和"题目正名"所致。

晋人杜预把《春秋》与《左传》两本书合刻成一本书，"《经》之与《传》，尤类今世

---

❶ [清] 张竹坡：《批评第一奇书金瓶梅读法》第34，《皋鹤堂批评第一奇书金瓶梅读法》，广文书局1981年版，第15页。

❷ 同上，《读法》第35，第15页。

❸ 同上，《读法》第38，第17页。

报纸新闻标题之与报导。"❶ 犹如新闻之标题与正文，彼此有相辅相成的关系，朱熹的《通鉴纲目》一书的构想或许即得自于此。此种详略有致的叙事体式，应当启发了章回体小说回目之设计安排。历史演义的作者们不是主要依靠说书艺人的讲述格套来分则立目，缀合各则故事，他们更多的时候是节录《通鉴纲目》等史书，以形成段落，再选立标题。历史演义每于卷首标明本卷的起讫时间，显然是模仿《通鉴纲目》的体式，这类明代最早出现的章回体小说，可以清楚看出仿效《通鉴纲目》记事形态的痕迹，从而章回体小说的形成也和纲目体的史书体裁有相当大的关系。

这些初期的历史演义大多是以《通鉴纲目》或《资治通鉴》作为主要的取材对象，所以一般的编著者最爱打出"按鉴演义"的旗号，并常于每卷正文前标明"按ＸＸ史节目"的字样。例如，描述岳飞生平的历史小说，其书名即是《新刊按鉴演义全像大宋中兴岳王传》，在其《凡例》中云："大节题目，俱依《通鉴纲目》牵过。"正文开头又标示："按《宋史》本传节目。"

这些初期的章回体小说的剪裁、布局大多不佳，内容的编排颇为凌乱。例如《东西晋演义》即"仅抄缀《通鉴纲目》，分条标题，于事之轻重漫无持择"。❷ 因为演义的编写者多为俚儒野老一类学识不高之人，在摘录《通鉴纲目》内容之时，常迷乱于材料的繁杂而失去拣择，无法达到说书人讲述时环环相扣、情节贯通的精彩程度。然而施耐庵、罗贯中这类高才文人却能够在历史事件的空隙或断裂处增添大量的细节描写，使情节前后通贯，环环相扣，起伏曲折，首尾呼应的叙述体式逐渐完备起来。

元末明初演义小说的分卷、分则、立目主要是为了方便阅读，并非宋元"说话"艺人以制造悬疑效果的原则来分回，因此每回的首尾常平淡无奇。直到明代中叶，这种情况才有了较大的改观。作者有意识地增强了各回之间的情节关联，在每回末尾，均利用事件的高潮或转折造成悬疑，再于下回之首解答疑惑，并且又展开新的情节。每回末尾的"未知某事如何，且听（看）下回分解"这样规范的套语，普遍被使用了。

清初毛纶、毛宗岗父子把回目对偶的形式美发挥到了极致，他们在《三国志演义凡例》中说："俗本题纲，参差不对，杂乱无章，又于一回之中分上下两截。今悉体作者之意而联贯之，每回必以二语对偶为题，务取精工，以快阅者之目。"经他们改定后的《三国志演义》回目，不仅对偶工秀，而且题旨醒豁。例如明代嘉靖本的第一、第二两个则目为"祭天地桃园结义""刘玄德斩寇立功"，都是单句的。毛评本改为"宴桃园豪杰三结义，斩黄巾英雄首立功"，比起原来的名目雅致，且对偶工巧，突出了情节的发展，增强了故

---

❶ 钱钟书：《左传正义·杜预序》，《管锥编》册一，北京三联书店 2008 年版，第 268 页。

❷ 孙楷第：《戏剧小说书录解题》，人民文学出版社 1990 年版，第 84 页。

事的吸引力。回目的演进、套语的完备，体现了文人在书面创作过程中讲究体式规范的文化涵养与美学要求。

（四）套用便利的史传叙述方式

四大奇书的叙事方法，诸如顺叙、倒叙、平叙、预叙、插叙以及补叙等都早已见之于《左传》《国策》《史记》以及《资治通鉴》等著名的史书之中。从而文人把这些史传中运用纯熟而成功的叙事方式加诸小说之中，乃是非常自然而便利的。

此外，钱钟书论及《左传》"记言"的方式时，就曾指出："吾国史籍工于记言者，莫先乎《左传》，公言私言，盖无不有。"❶但是"上古既无录音之具，又乏速记之方，驷不及舌，而何其口角亲切，如聆謦欬欤？或为密勿之谈，或乃心口相语，属垣烛隐，何所据依？"❷原来"史家追叙真人真事，每须遥体人情，悬想事势，设身局中，潜心腔内，忖之度之，以揣以摩，庶几入情合理。"❸"《左传》记言，而实乃拟言、代言，谓是后世小说、院本中对话、宾白之椎轮草创，未遽过也。"❹史书采用《左传》一样的全知视角以及编织事件发展演变的方式者比比皆是，野史、杂记中更是屡见不鲜，因为野史、杂记多半"体制不经""率尔而作"写作的发挥空间更大。例如，《楚汉春秋》《越绝书》《吴越春秋》等书不遵史实，专尚新奇，"传闻而欲伟其事，录远而欲详其迹"❺"弃同即异，穿凿傍说""迂怪妄诞，真虚莫测"，故虽名为杂史，而实为小说。元末明初的小说家便直接借鉴这种全知视角的叙述方式，用以"遥体人情，悬想事势"，以使所叙之人、事更为生动传神。

早期的历史演义作者大都遵从一个基本的创作原则："虽敷演不无增添，形容不无润色，而大要不敢尽违其实"❻。在创作方法上，坚持"编年取法麟经，记事一据实录"❼，根据史传文本而留心损益。

小说家采用史传的叙述方式与体式，对于人物的过去、现在、未来便可以无所不知，无论是庙堂公议、闺阁私语，都能够掌握所有的细节，并且得以不时地发表一些评论或者阐明其中的意义。因此，史书所提供的全知视角等叙述方式，确实给予长篇小说的创作极

---

❶　钱钟书：《左传正义·杜预序》，《管锥编》册一，北京三联书店 2008 年版，第 271 页。

❷　同上。

❸　同上，第 272 页。

❹　同上，第 273 页。

❺　[南梁] 刘勰：《史传》，《文心雕龙》。

❻　[明] 可观道人：《新列国志序》。

❼　[明] 余邵鱼：《题全像列国志传引》。

大的便利。

当代西方历史学家海登·怀特认为历史学家记载历史人物、事件的方法，与小说家讲述故事的方法是相同的。他把历史叙事看作是"情节的建构""小说创作的运作"，一种文学想象性的解释。❶怀特认为历史在本质上是一种话语虚构（discourse），因而与小说没有什么两样。历史著作总是体现出一些文学性的情节（喜剧的、悲剧的、传奇的、讽刺的），这些情节的秩序与其说基于一种认识论立场，不如说是基于某种美学和伦理的立场。他否定历史叙述的客观中立，因为作者无法完全免除意识形态的作用。他强调史书的写作实际上也运用了虚构、推想的方法，史书与小说的写作乃是同一套文学的笔法。

然而，从另一个角度来看，我们却可以说，怀特的说法足以说明了，一般认为史传与小说的差别在于虚构与否是不对的，亦即，不是史传参考模仿了小说的虚构、推想的原则，事实上，乃是小说仿效了史传的此种写作态度。虚构想象的笔法，早已运用于史传叙事，而不待发明于小说，两者的差别只是程度的多寡以及是否刻意为之而已。

第四节 "说话"模式及其文本化

一、四大奇书奠定了章回体小说的体式

章回体小说即是中国的长篇小说，它的最初形态是明初的历史演义，而定型于《三国志通俗演义》《水浒传》二书。这两部小说对于章回体小说体式的成形、写作与读者群的培养、书坊的刊印都有极大的左右力量。尽管当时也有其他几部篇幅颇长的历史演义问世，但影响力远远不及这两部书。从而《三国志通俗演义》《水浒传》二书在中国长篇小说基本的叙述形态与体式的奠定上具有主导的地位。再加上另外两部杰作《西游记》《金瓶梅》的推波助澜之下，一种成熟的小说叙事笔法已然完成。

白话小说的写作，如同其他的文艺作品，受到称誉的或者读者众多的，都能够拥有较大的影响力。四大奇书受到民众极大的欢迎，并且是明代小说中的最佳杰作，文学价值最高。况且，其中的《三国志通俗演义》《水浒传》二书成书甚早，因此其体式规范、修辞手段，成为众多白话小说的仿效对象。其中的一些创作技法、艺术匠心往往能够在日后的白话小说中得见，只是表现不尽完善罢了。从而对于四大奇书叙事的分析，可以称得上是

❶ [美]海登·怀特（Hayden White）撰，陈永国，张万娟译：《后现代历史叙事学》，中国社会科学出版社2003年版，第175—178页。

对于中国长篇白话小说文体的分析。

影响章回体小说体式之形成，主要在于话本小说，特别是其中的讲史平话。章回体小说分回（则、节）标目、韵散结合、篇首篇尾引用诗词、"说话人"的叙述形态等主要的外在形式特征，在讲史平话中都已经出现。

二、话本小说的体式

话本来自口头的"说话"，乃是由口头的讲说落实成为书面的文本，从而保存了"说话"的程序，成为一种新的叙说故事的文体。流传久远的故事，大同小异的内容，"说话人"可以不断在瓦舍勾栏里重复讲说，凭靠的就是其临场的口才、变通，把一些原本单纯的情节，说得细腻生动、曲折传神。这种繁多的过程，难以完全在书面文字上体现出来。何况，书坊为了节省成本等诸种理由，小说话本在刊行时都被删略了不少看似琐碎而不必要的内容。因此，"只能看做一定程度上保留了口头文学演说程序和叙事方式的简略化的复述。"❶

　　"说话"伎艺与其话本之间具有一种共生关系，话本的体式随着伎艺形式的调整而改变，所以《清平山堂话本》中的各篇作品，也存在着个别的差异。"说话"伎艺在实际的临场考验之下，经由长期不断的修正，逐渐形成了某些比较固定的套式、程序、手段，从而能够在讲说故事的过程，始终很有效的吸引听众的兴趣。

在"说话"伎艺走向成熟的过程中，与之共生的宋元小说话本也随之发展、定型，落实成书面的作品，即成为文体形态。明清的拟话本也沿袭之，成为白话短篇小说的基本体式。不光如此，元代的讲史平话、明初的演义以及明清章回体小说，这些长篇的作品也大体上模仿沿用。从而可以说，宋元小说话本乃是中国白话小说文体之原型。

从小说的题材类型来看，"说话"四家的各种话本与章回体小说的四大类型可以直接对应。讲史话本发展演变为历史演义，小说话本之烟粉类发展演变为世情小说，灵怪类发展演变为神魔小说，传奇、公案、搏刀、杆棒等几类发展演变为英雄传奇。因此，话本小说与四大奇书等章回体小说之间存有如父子一般的血缘关系。

讲史话本（平话）的文体形态与章回体小说已经非常接近，有学者甚至认为《大宋宣和遗事》等平话乃章回体小说之祖，或章回体小说的雏形。如果从小说的结构体式来说，则无论是讲史平话还是小说话本，都与章回体小说存在传承关系。

---

❶ 王庆华：《话本小说文体研究》，华东师范大学出版社 2006 年版，第 50 页。

胡士莹把话本小说的体式分成了六个部分：题目、篇首、入话、头回、正话、篇尾。这个分法颇为细密，但由于所依据的文本，包含了明代人润饰修改过的"三言""二拍"，以及存有疑问的《京本通俗小说》，所以，不能视为宋元话本小说确实的基本体式和原貌。况且，"说话人"在实际讲说时，依据题材、主旨、听众程度、时间、人数与场所，以及自己本身的能力，可以随意生发、改变，并不限定要全部具备，可以临场反应，自由增减。"说话"的初期尤其如此，所以，各篇的体式不尽相同。

有学者把"正话"前的整个引导性成分，包括篇首诗词、头回等，称为"入话"，例如郑振铎、石昌渝与金明求。❶另有人仅把开篇诗词称为"入话"，不包含头回在内，例如程毅中。入话与头回，具有类似"兴"的功能与章法，可以引领听众的兴趣，并且对故事的内容与主旨给予初步的定调，具有相辅相成的映衬效果，所以"头回"确实是一个很重要的组成部分，而且其性质与偏重议论的"入话"不同，应当予以突显出来。《清平山堂话本》在明代的书坊重新刊印时，多已删除了"入话"等内容，只留下题目。但篇首、篇尾的诗词，通常会被保留，因为有实际参考、引用的价值，可以作为下次讲说之时的底本之用。如果严格的仅以宋元时期的小说话本为根据以归纳其体式，则胡士莹所谓的六个部分实有合并的空间。"篇首"的诗词与引言都应当并入"入话"之中，从而除了一般诗文都有的题目之外，宋元话本的基本体式可以简化为入话、头回、正话与篇尾四个部分。一部完整的章回体小说也相应地存在这四个部分，我们可以在两种文体之间找到其中的传承关系。学者欧阳代发、王定璋等人也持类似的分法，虽然所持的理由不尽相同。❷

《清平山堂话本》中的《刎颈鸳鸯会》《简帖和尚》两篇的体式较为完备，颇可作为说明宋元话本体式的依据。《简帖和尚》学者一般多以为是宋代的话本，《刎颈鸳鸯会》则是元代的话本。❸小说题目"刎颈鸳鸯会"之下又注明"一名三送命，一名冤报冤"。大概这个故事在不同的"说话人"口中，有不同的题目，而且着重在情节方面。此外，宋元时期"小说"话本的题目一部分相承于"小说"伎艺，一部分则是在刊刻时，书坊重新拟定了比较新奇而引人注目的新题。通常新题的文字会比较长而雅，例如前引的"刎颈鸳鸯会"与"三送命""冤报冤"两者的差别，以便能够把内容说得更清楚，招揽更多的读者。

（一）入话

题目之后是"入话"，入话一词首见于《清平山堂话本》，位在篇首，独占一行引起开篇诗词。入话的设置，在于作为故事的前导，有安定场面、引起听众注意等暖场、引言的

❶ 金明求：《宋元明话本小说入话之叙事研究》，大安出版社 2009 年版。

❷ 欧阳代发：《话本小说史》，武汉出版社 1994 年版，第 13—17 页。王定璋：《白话小说：从群体流传到作家创造的社会图卷》，广西师范大学出版社 1999 年版，第 62 页。

❸ 常金莲：《六十家小说研究》，齐鲁书社 2008 年版，第 65—110 页。

效果。"一来是，借此以迁延正文开讲的时间，免得后至的听众，从中途听起，摸不着头脑；再者，'入话'多用诗词，也许实际上便是用来'弹唱'，以静肃场面，怡悦听众的。"❶

　　紧接着的是一诗一词，作为篇首的诗词。诗是七言诗八句，词是一阕宋人卓田的作品《眼儿媚》。篇首的诗词，有可能是书会才人所作，更多的是引用其他文人的作品。《刎颈鸳鸯会》开篇的这两首诗词，分别与情、色相关，点明了主题，因此随即议论"情色"之害。可见"入话"不必然在篇首诗之后，而且应当是包括诗词在内。此外，这阕词也出现在《金瓶梅词话》的第一回，同样是作为篇首词，连同之后畅言情色之害的文字，略做润饰之后，都被抄录在《金瓶梅词话》之中。《合同文字记》的篇首是一首诗："吃食少添盐醋，不是去处休去；要人知重勤学，怕人知事莫做。"

　　《清平山堂话本》的入话多数仅为篇首诗词，引言的使用较少，而且诗词多以描摹正话中的某一情节、人物、情景、地点或季节等，借由这些相关内容的描绘而自然地过渡到正话。也有少部分的篇首诗词为议论性质，它们或者宣扬一些相关而浅近的佛道思想，或者明白的揭露作品旨趣。小说话本是用"说话人"的口吻写的，所以"说话人"常跳出故事之外，站到台前，以第一人称的方式进行解释、评论或自问自答。

　　话本小说通常以一首诗（或词）或一诗一词开头，其作用多样：可以点明主题，概括全篇大意；可以塑造意境，烘托特定的情绪；可以抒发感叹，从正面或反面映趁故事内容。

（二）头回

　　入话之后，接着便是"头回"，或者称作"笑耍头回""得胜头回"等。头回也是一篇故事，可以独立成篇，作为讲述正话之前的铺垫，给予正话或正或反的映衬，以加强读者对正话内容的理解。一般来说，较为简短，描写也较为简略。话本小说的正话是小说的主体部分，入话与头回都是为了彰显正话而存在。

　　《刎颈鸳鸯会》的头回讲述了步非烟、赵象两人私通的故事，最后奸情败露，女死男逃，与情色的主题确实有关。头回讲完之后，有两句诗作结："蛾眉本是婵娟刃，杀尽风流世上人。"另外还有个"权做个笑耍头回"的结束语，然后才是"正话"。可见诗词不只是在篇首，也可以在每个段落的结尾，使用应当是很自由的。《大唐三藏取经诗话》在每一题的结尾处，也都有几句七言诗作结。《简帖和尚》在讲完头回之后，则说"这便唤做'错封书'。下来说底便是'错下书'。有个官人，夫妻两口儿正在家坐地，一个人送封简帖儿来与他浑家。只因这封简帖儿，变出一本蹊跷作怪底小说。"接着又引了几句诗词，便开始了正话的故事。

---

❶　郑振铎：《明清二代的平话集》，《西谛书话》，北京三联书店1998年版，第92页。

（三）正话

《刎颈鸳鸯会》的正话讲述了蒋淑珍接连与阿巧、某二郎、张二官、朱秉中等人的情欲故事，最后死于非命，颇有告诫世人之意。正话是话本的主体，因此特别运用了一些描写技巧，以增加效果。中间常有"说话人"自问自答、自述自评的插话，以吸引听众的耳目或提示故事要点。例如，《碾玉观音》有："说话的，因甚说这春归词？"《西山一窟鬼》说："我且问你：这个秀才姓甚名谁？"这种插话缩短了"说话人"与听众的距离，就像两人对话，有问有答，令人感到亲切。"说话人"时常采用对话的方式和听众交流，时而离开角色，作客观的评述；时而进入角色，模拟人物的声情。"说话人"的议论，使用得很灵活，不一定放在故事的结尾，随时都可以站到台前来发表议论，和听众交流。作者时隐时现，叙事的角度可以灵活的变换。"说话人"善于插科打诨，笑耍逗趣，不仅能够让听众感到趣味，有时是一种悬宕的手法，故意延后情节的揭露，可以引发听众更大的关注与好奇。

除了"说话人"亲自唱念一段韵文之外，本篇话本中另有一位所谓的"歌伴"，在音乐伴奏之下，接连唱了商调《醋葫芦》小令十篇。"奉劳歌伴，先听格律，后听芜词。"在十首歌曲音乐之下，达到了渲染意境、衬托人物的效果。"说话"的实际演出，可能不止一人，除了讲述故事的"说话人"之外，也可能有专门歌唱与伴奏的艺人，共同合力演出。话本中的诗词，或者当初也是作为歌唱之用。正话就在一说一唱之下，极尽渲染铺叙的可能。学者胡士莹、萧相恺、于天池、程毅中、常金莲等人认为，这个较为特别的说唱体式，应是"说话人"吸收、借用了鼓子词的样式，但本篇仍然属于小说话本而非鼓子词，❶《简帖和尚》等其他大部分的小说话本便没有这么多的唱词。

（四）篇尾

正话讲完之后，一般还会有"篇尾"，由叙述者表达，其形式或直接引用诗词，或先做评论，再引诗词。用以"总结全篇大旨，或对听众加以劝戒"❷。阐述故事内容所透显的人世教训。《错认尸》的篇尾说："尸首不能入棺归土，这个便是贪淫好色下场头！"篇尾诗满含人世的训诲："如花妻妾牢中死，似虎乔郎湖内亡。只因做了亏心事，万贯家财属帝王。"《刎颈鸳鸯会》的篇尾则在强调"色是空"的佛理，发表了一大段议论："故知士矜才则德薄，女衒色则情放。若能如执盈，如临深，则为端士、淑女矣。岂不美哉？惟愿率土

---

❶ 常金莲：《六十家小说研究》，齐鲁书社 2008 年版，第 106—110 页。

❷ 胡士莹：《话本小说概论》，丹青图书公司 1983 年版，第 141 页。

之民，夫妇和柔，琴瑟谐协；有过则改之，未萌则戒之，敦崇风教，未为晚也。"这种议论是一种场面话，基于儒家的礼教思想，用以应付官方的审查以及士大夫阶层对于社会教化的要求，模仿自史传的论赞。然后做了一段广告，用以招徕日后的听众："在座看官，要备细，请看叙大略，漫听秋山一本《刎颈鸳鸯会》。"最后则是以两阕篇尾词、两句七言对句收尾，概括故事的意义。

一般话本小说的篇尾最后还会有"话本说彻，且作散场"这样的结束套语。《简帖和尚》的篇尾在交代了《南乡子》一词之后，便是以此套语做结。此外，《合同文字记》《陈巡检梅岭失妻记》以及《新编红白蜘蛛小说》等也都有此种套语出现。

三、四大奇书的基本体式

所谓长篇小说，并不是单纯地增加字数而已，主要是由于情节本身的起承转合、起伏曲折，能够依循某种环环相接的叙事结构而展开。明代出现的章回体小说，乃是在话本小说的基础上，以及史传、戏曲、文章、诗词等多种文类的影响之下，奠定了基本的体式与叙事形态：

（一）分回标目

分回标目是章回体小说形态上最明显的特征。白话长篇小说最大的特点是篇幅长，文字动辄数十万甚至上百万，作者势必要把小说分成长短大致相等的段落，标上回数和题目，于是就形成了章回体。在文体上明确地分回标目，始自《三国志通俗演义》。现存最早的版本是嘉靖年间刊刻的《三国志通俗演义》共二十四卷，每卷 10 则，全书共 240 则。每则都有七言单句的回目，如"祭天地桃园结义""刘玄德斩寇立功"等。同时期产生的《水浒传》也明确标明"第 X 回"，但回目上《水浒传》是七字或八字一句的对偶句，例如"王教头私走延安府，九纹龙大闹史家村"。此后，"分回标目"便成为白话长篇小说最典型的结构形式。

宋元讲史中的"回目"其作用主要是为了概括故事内容，字数最短的有三、四字，也有长达十几个字的，没有特别讲究修辞。《三国志通俗演义》在平话的基础上有进一步润饰，全书 240 则都用七字句的回目，十分整齐，明显运用了诗歌的句法与修辞技巧。明末出现的李卓吾评本将 240 则合并为 120 则，题目改为对偶句，但只是将嘉靖本的回目简单合并。清初毛氏父子评改《三国志演义》，在其《凡例》中提及回目的修订："俗本题纲，参差不对，杂乱无章今悉心体作者之意而连贯之，每回必以二语对偶为题，务取精工，以快阅者之目。"因此，毛评本的回目就润饰成了"宴桃园豪杰三结义，斩黄巾英雄首立功"

这样整齐、对偶的形式了。

有论者将长篇白话小说结构的基本模式概括为三个部分：楔子、故事主体和结尾。这种模式既是话本小说结构体式的继承，也是戏曲文学对四大奇书的影响。早在长篇话本出现之前，一些受到世俗大众喜爱的说唱文学和戏曲等通俗文艺也对于它的体式产生重要的影响。金、元时期的诸宫调、杂剧，甚至是明代人的传奇（南戏），篇幅、结构都很庞大，它们对于繁杂材料的处理方式势必是长篇话本与章回体小说取法的对象，何况它们都逐渐成为文人案头欣赏的书面文学。初期的长篇白话小说之卷、则（或节）、回的编写、设立，也受到了诸宫调、南戏、杂剧的影响。

诸宫调是一种规模、结构都很庞大的说唱音乐形式。金代董解元《西厢记诸宫调》叙述崔、张故事多达八卷，五万余字，《刘知远诸宫调》分为十二节。这两种诸宫调的卷数、节数以及字数都已带有"长篇"的味道。这种分卷、分节的形式后来直接为章回体小说所因袭。尤其是《刘知远诸宫调》的十二节内容各有题目，如"知远走慕家庄沙陀村入舍第一""知远别三娘太原投军第二"等，不但以简明的句子概述本节内容，而且还标明了顺序，已非常接近后世章回体小说的回目了。

元杂剧分本、分折（或出）和"题目正名"，四折一楔子的叙事体式，与长篇章回中的则（或节）极为相似，都是故事情节发展到一定阶段的停顿，容纳了大体相等的情节内容。元杂剧《关云长千里独行》，有楔子和四折，所叙情节基本上相当于《三国志通俗演义》的五则内容："玄德匹马奔冀州""张辽义说关云长""关云长封金挂印""关云长千里独行"及"云长擂鼓斩蔡阳"，不但情节大体相同，前后顺序也完全一致。其他戏文、杂剧如《虎牢关三战吕布》《七星坛诸葛祭风》《老陶谦三让徐州》《刘玄德独赴襄阳会》《诸葛亮军屯五丈原》以及《司马昭复夺受禅台》等，在《三国志通俗演义》中也都能找到对应的内容或则目。这说明，章回体小说分则标目体式的形成，确实与戏曲的某些因素有关。况且，一般认为《三国志通俗演义》的作者罗贯中同时又是杂剧《宋太祖龙虎风云会》的作者。

讲史平话虽已分节且有标题，但并未用数字标出每一节的顺序。章回体小说的"第一回""第二回"的说法，很可能是受到《刘知远诸宫调》或者《大唐三藏取经诗话》之类说唱文学的标题启发而来的。

元杂剧一般分为四折，但王实甫的《西厢记》竟多达五本，全剧二十折外加五个楔子。杨景贤的《西游记》杂剧更分成六本二十四出，而且每出均有题目。明初关汉卿《拜月亭》传奇已有四十出，到了汤显祖的《牡丹亭》更长达五十五出。戏曲这种由短到长的变化和结构方法，对于长篇白话小说回目的设立、内容的安排，极有可能产生影响。

不少历史演义作家在借鉴宋元戏曲的有关故事内容时，也袭用或略做修改，保留了戏曲的题目。例如无名氏的《诸葛亮博望烧屯》，内容是诸葛亮出山之后在博望坡火攻曹军的故事。此事在《三国志·蜀书·先主传》亦有记载，但内容简略，并且是刘备所为，而与诸葛亮无关。罗贯中很可能是根据杂剧的此一情节，再改编为《三国志通俗演义》中的"诸葛亮博望烧屯"一段内容。

其他的说唱文学也对于白话小说的发展产生了不容忽略的影响。例如明代词话中的《新编全相说唱足本花关索传》不但取材与《三国志通俗演义》有关，而且形式也与《全相三国志平话》基本上相同。整部词话分成前、后、续、别四集，各有题目："出身传""认父传""下西川传"以及"贬云南传"。每页上图下文，图中有题名如"刘备关张同结义""胡氏生关儿""先生引关索学道"等，与《全相三国志平话》的标题形式相同。因此，把一部较长的历史故事区隔成许多段落情节，然后以一句标题概括，并非讲史平话所独有的。长篇白话小说的章回体式，不只是继承了平话的形式，也可能受到说唱词话等相关民间伎艺的影响。

（二）"说书体"叙事

宋元时期的"说话"，在明代演变为"说书"。白话长篇小说带有明显的"说书体"特征，主要表现在两个方面：其一，小说中或明或暗都有一个全知全能的"说书人"，他们无处不在，承担了小说叙事的职能，同时又能调控叙事的流程，直接干预叙事的进行。"说书人"会不时地现身出来直接向读者提问、解说与评论。其二，小说中保留了说书人的套语，例如使用"话说""且说""却说""只见""但见"之类句首语提示，并且常用"欲知后事如何？且听下回分解"这一类回末语来做结束，同时引起下一回故事情节。

（三）韵散结合，文备众体

白话小说源于变文、话本这类俗文学，因此韵、散结合也是其重要特征，一般而言，叙事部分用散体文，而描写景物、人物则插用诗词一类韵文，也有援引前人诗词作为评论的情况。除诗词外，其他很多文体也被纳入了白话小说，这固然取决于白话小说刻画生活情趣的需要，同时也与说书人炫耀学识或抬高白话小说身价不无关系。

散文叙事中引入诗词的传统，在先秦史传已可得见。《左传》隐公元年记叙郑庄公在颍考叔的安排下与其母武姜"阙地及泉，隧而相见"，尽释前嫌，唱出了"大隧之中，其乐也融融！"。作者以诗歌表现了当时庄公母子喜悦的心情。

汉代《史记》沿袭了韵散结合的语文形态，常于散文叙事中引用诗歌以表现情感，

《项羽本纪》便以一曲"力拔山兮气盖世"的楚辞体诗歌道尽了英雄末路的无限悲凉。汉魏六朝以来，韵散结合的语文形态已经在叙事性散文中广泛应用了。

唐人传奇小说"文备众体"，可以见"史才、诗笔、议论"，史才与议论即是指小说中的散文，诗笔则是指韵文而言。韵文与散文相结合，遂形成了唐人传奇抒情与叙事结合的独特风格。既有诗歌浪漫想象的意境，又有散文写实细致的描绘。宋元话本小说中引用诗词更是已经成为一种固定的体式。

四大奇书引用诗词韵文也是很普遍的现象，因为诗词的运用确实可以提升修辞效果。毛宗岗便认为"叙事之中，夹带诗词，本是文章极妙处。"❶从题材类型而言，无论是历史演义、英雄传奇、神魔小说或者世情小说，无不引用诗词韵文。从成书方式来说，世代累积型小说《三国志演义》《水浒传》《西游记》等既然继承了话本小说之成果，引用诗词韵文顺理成章。《金瓶梅词话》为文士个人的创作，更不会排斥引用诗词韵文的惯例。有学者统计四大奇书引用诗词的次数，发现了同一小说在不同时期的版本演变过程中，诗词韵文的数量有较大的变化，后出的版本诗词韵文呈现明显的递减趋势。嘉靖本《三国志通俗演义》共有 347 首，清初毛评本《三国志演义》只有 227 首。《水浒传》较接近原本的容与堂本共有 809 首，到了金圣叹评本《水浒传》，则只剩下 26 首。《西游记》较接近原本的世德堂本共有 723 首，到了清初汪象旭评本《西游证道书》，只剩下 164 首。万历本《金瓶梅词话》共有 580 首，崇祯本《新刻绣像批评金瓶梅》还剩下 405 首。❷《西游记》的早期版本还保留着比较明显的说唱痕迹，人物引用诗词韵文有类似戏曲人物的唱词，如孙悟空、猪八戒等人自我介绍时所用的长篇韵文，就近似戏曲表演中的自报家门，后出的版本便将此类韵文删改成了散文。

此一现象，显示了四大奇书的逐步文人化、书面化，在文士的增删润饰之下，逐渐摆脱了说书的痕迹，对于诗词的引用比较节制，视其有无必要性而不盲从。

（四）取材宽泛，讲述自由

浩瀚的历代史书成为小说家取材的宝库，而史家取材的态度与编写的方式，也启发了小说家。关于《史记》记载之可信与否，历来学者颇有争议。《史记》纵然深受史学界推崇与小说家仿效，但也遭受到史评家对其叙事真实性的质疑，批评其信史的地位，这主要肇因于《史记》的取材原则。刘知几认为《史记》"多聚旧记，时采杂言"❸。苏辙批评"司

---

❶ [清] 毛宗岗：《三国志演义凡例》。

❷ 四大奇书引用诗词的数量，参考刘晓军所做的统计，《明代章回体小说文体研究》，华东师范大学中国语言文学系博士论文 2007 年，第 75—77 页。

❸ [唐] 刘知几：《六家》，《史通》。

马迁作《史记》，记五帝三代，不务推本《诗》《书》《春秋》，而以世俗杂说乱之。"❶ 郑樵称《史记》"全用旧文，间以俚语，良由采摭未备，笔削不遑。"❷ 王若虚称司马迁"采摭异闻小说，习陋传疑，无所不有。"❸ 这些批评《史记》取材浮滥，材料多有不实的意见，在此姑且不论其对错。但正史已然如此多方搜集文献、传闻以供写作的态度，倒是拓宽了初期的历史演义等小说的创作空间，文人取材的范围可以更大，写作的手法也可以更加自由。

第五节　"说话"模式的特质与便利

何以增删润饰四大奇书的文人仍然要继续采用"说话"模式来讲述故事？学者王德威认为这是一种写作上的"似真策略""促使中国古典小说'似真'（verisimilitude）效果发展的主要叙事法则""由是建立起真实客观的幻影"❹。他说：

> 无论就美学或文化层次而言，说话情境在中国古典小说的叙事模式中，均可视为驱动似真感的主力。它并非作品中可有可无的点缀，相反的，它的"存在"（presence）即保证了任何一部作品的意义感。❺

事实上，重点不在于真假与否的美学效果，因为其他的叙述方式甚至能够更客观而逼真。❻ 值得我们更关切的应当是采用了说书人的模式之后，文化上与文学上所代表的书写立场。"说话"模式具有以下几个特质，从而文人也乐于运用：

一、书写立场的宣示

明清时代编写四大奇书的文人之所以沿用"说话"模式来讲述故事，一方面是因为这些材料、文本来自于久远的话本小说，已经是一个社会上通行已久的故事，讲述的方式早

---

❶ [宋] 苏辙：《颖滨遗老传上》，《栾城后集》卷一二。

❷ [宋] 郑樵：《通志·总序》。

❸ [金] 王若虚：《史记辨惑》三，《滹南遗老集》卷一一。

❹ 王德威：《"说话"与中国白话小说叙事模式的关系》，《想象中国的方法：历史、小说、叙事》，北京三联书店 1998 年版，第 80—83 页。

❺ 同上，第 84 页。

❻ 近代以来，西方小说家，例如美国小说家詹姆斯（Henry James）、法国小说家福楼拜（Gustave Flaubert），大多认为叙述者的存在有碍于小说情节与人物的客观而自然地呈现，叙述者应当尽可能地不介入。詹姆斯认为叙述者采用小说里某个人物的视点以第三人称出现的聚焦叙事，读者与情节、人物的距离最短，乃是最佳的叙述形式。参见史忠义：《20 世纪法国小说诗学、比较文学和诗学文选》，河南大学出版社 2008 年版，第 133—139 页。

已存在并且在相当的程度上定型了。另一方面则是实行"说话人"的模式，乃是一种书写立场的宣示，有其叙述上的便利。

文人扮演"说话人"即拥有了公开评说人世的机会，题材无论涉及历史、政治、宗教、情色、战争或伦理，都可以因此拥有较大的空间来评述。亦即它是一种在社会上取得共识的公开叙说形式，把题材公之于民众面前，彼此交流意见，借由警世、醒世、喻世等劝诫的堂皇理由，而得以回避法令、道德的禁制，评说传统"雅正"文类不便或不愿碰触的题材。小说家采用"说话"情境，模拟说书人的口吻，选择"说话"的叙述模式，此种明确的立场宣示，弃雅从俗的策略，从而赋予了他虚构夸饰的"合法"权力。叙述者既然是市井说书人，社会、文化上对于这样身份的叙述者就不会有太多的限制，从而减少了许多的顾忌。《三国志演义》等历史小说的编写者，如果完全依照《三国志》《资治通鉴》等史书的记载来叙述，只是加以通俗化，便显得重复而价值不高，况且其中的价值观、道德观也与庶民阶层不同而难以获得共鸣。从而小说家的写作目的、旨趣、读者对象的设定都有别于正史与史官，以便虚构情节，增添许多戏剧性，做出了许多的改写甚至"歪曲"史实。

小说家虚拟一个说书的场域，乃是把题材付之于公众讨论的公开场合，小说的内容成了一个社会共同关切的议题，如此可以避免正史中单一的官方意识的主导，单一叙述声音的垄断，尤其是涉及政治等敏感的题材。白话小说中的"众声喧哗"，乃是文人刻意追求的目标，如此方能与正史有所不同。正史中对于人、事的评断以及史官的论赞不免受限于朝廷，大多属于一种官方的意识形态、士大夫阶层的价值观、儒家礼教的道德观，不能够完全取得民众的认同。小说家也追求能够表达自己对于这些题材的一家之言，一种结合庶民意识与自我情思的评议。即使是晚明的崇祯本《金瓶梅》也依然乐于使用此一便利的模式来表达各种俗世的意见：

看官听说：自古谗言周行，君臣、父子、夫妇、昆弟之间，皆不能免。饶吴月娘恁般贤淑，西门庆听金莲衽席睥睨之间言，卒致于反目，其他可不慎哉！（第十八回）

看官听说：那时徽宗，天下失政，奸臣当道，谗佞盈朝，高、杨、童、蔡四个奸党，在朝中卖官鬻狱，贿赂公行，悬秤升官，指方补价。夤缘钻刺者，骤升美任；贤能廉直者，经岁不除。以致风俗颓败，赃官污吏遍满天下，役烦赋兴，民穷盗起，天下骚然。不因奸佞居台辅，合是中原血染人。（第三十回）

这些具有文人素养或身份的小说家，既然化身为一个市井中的世俗的说书人，便可以在社会尺度的底线之上，凭借此一新的身份来讲述较为特殊的题材。读者"允许"他们以一种超然的态度叙述一些可能惊世骇俗的情节，在"说话人"不断而适时的现身批评、规劝之下，读者"相信"这类故事甚至细节的讲述，都是基于教诲、劝惩之下正当动机的有感而发。

二、回避史传的文类规法

六朝志怪、志人等文言小说，基本上采用了史传的笔法，从而受到了史传文体很大的限制，有其规范必须遵循。志怪、志人小说大力宣称本身为实录，不免有对于社会及文化的顺应，所以作者不得不先自我开脱，以减少责难。但是其中优秀的篇章《韩凭夫妇》《刘晨阮肇》《阳羡书生》等实已开启唐人传奇虚构的叙事文性质。这些优秀的志怪、传奇必然是经过了相当程度的艺术虚构，否则难以如此曲折动人，但从其作品的开头或结尾所声明的写作意图，却流露出仍然残留一种经学或史学贬抑怪力乱神的观念。李公佐（785—804 年）《南柯太守传》即称：

> 询访遗迹，翻覆再三，事皆摭实，辄编录成传，以资好事。虽稽神语怪，事设非经，而窃位著生，冀将为戒。后之君子，幸以南柯为偶然，无以名位骄于天壤间云。

在传统史学实录与诗骚文学抒情的强势观念下，以及官方禁毁政令的时加打压，单靠文学传统本身的内在演变，并不能使此种叙事文类得到发展，而更有待于文学外在环境的刺激与需求，以促成一种不避虚构的叙事文类得以茁壮。时代与环境推波助澜的力量往往能够突破固有观念的桎梏，使文学的外在形式与内在的审美性质得以随时变易，获取新的生机。

托多洛夫在论及西方"怪诞"（the fantastic）文类之时，指出此种违离传统写实风格的文类具有一种特殊的功能，亦即提供了一种文学形式以作为表露传统文类所不能也不愿处理的禁忌题材，并且借此得以回避社会道德的禁制。

叶庆炳即以文化与社会的角度来看待这些志怪，认为中国最早的爱情故事产生于六朝志怪，但不是人与人的爱情，而是人与鬼、人与妖的爱恋。因为当时环境不容许刻画人与人的爱情关系，而人与鬼、人与妖的爱情，则是礼教所管不到的，它是虚构、幻想而非事实，从而所受到的责难也较少。在"非人"的世界中比较能够宽容这些违背礼教的事情发生。❶ 这些志怪的作者如曹丕、刘义庆、干宝与陶渊明等人，其中或有遭人伪托，但其作者群确实包含了贵族以及文人士大夫在内，难以规避礼教社会的钳制，所以只好假借志怪的外衣，以减少指责。学者或以为是"传闻失实"所致，并不是有意虚构的。但以《搜神记》来看，原书大小故事多达约五百个，不可能都是实录的。到了唐朝，由于社会与文化转变了，士族阶层的爱情小说才正式风行。宋朝以后，描写市井百姓的爱情故事也逐渐加多，因为礼教逐渐失去控制整个社会阶层的影响力。

志怪的产生是由于传统经史强势观念与礼教社会的束缚下的顺应，故此志怪、志人之作主要是一种史传的"变异"，是在六朝、隋唐当时的时空环境下的特殊叙事文类。唐人传奇则是科举制度下一种借以表达士子文才，可供温卷之用的综合性文类。标榜奇幻不实的世界可以容许有较大的想象、挥洒的空间，适于表现华丽的文采与奇特的构思。

儒家经典强调"事信而不诞"❷，不为"诡异之辞""谲怪之谈"❸"荒淫之意"的文章风格，史传传统标榜"以实录直书为贵"，从而浮夸不实或虚构无凭的叙事文被视为价值甚低，不值得写作。刘知几即指斥郭宪《洞冥记》、王嘉《拾遗记》等志怪作品"全构虚辞、用惊愚俗"；胡应麟亦讥讽志怪作品是"幻设语"。这都是以经史"雅正""主流"的价值观来看待"志怪"等叙事文所产生的不满与批评。缘此，白话小说若要摆脱史传文体规范的束缚，必须另行采取不同的叙述形态。

况且，史传向来标榜实录、简要与取材得当，以此来写作历史固佳，但用以写作小说则未必都适合。刘知几《史通·叙事》篇称：

> 夫国史之美者，以叙事为工，而叙事之工，以简要为主。简之时义大矣哉！
>
> 历观自古作者权舆，《尚书》发踪，所载务于寡事；《春秋》变体，其言贵于省文。斯盖浇淳殊致，前后异迹。然则文约而事丰，此述作之尤美者也。

为了获致"文约而事丰"的效果，史传的作者对于史料的取舍抉择也就不得不有所讲求，只能关注于对历史具有举足轻重关键的重大事件与人物。因此在史传叙述的舞台上也就只有君侯、将相等大人物的立足之处，一般市井小民罕有露脸的机会。刘知几即主张只能记录"干纪乱常，存灭兴亡"的重大事件，至于"凡人小事"则没有记录的价值。《史通·人物》篇称：

---

❶ 叶庆炳：《礼教社会与爱情小说》，《晚鸣轩论文集》，大安出版社1996年版，第248—252页。

❷ [南梁] 刘勰撰：《宗经》，《文心雕龙》。

❸ 同上，《辨骚》。

> 至若不才之学，群小之徒，或阴情丑行，或素餐尸禄，其恶不足以曝物，其罪不足以惩戒，莫不搜其鄙事，聚而为录，不其秽乎？亦又闻之，十室之邑，必有忠信，而斗筲之才，何足算也？若《汉》传有傅宽、靳歙，《蜀志》之有许慈……或才非拔萃，或行不逸群，徒以片善取知，微功见识，缺之不足为少，书之唯益其累。而史臣皆责其谱状，征其爵显，课虚成有，裁为列传，不亦烦乎？

这种叙事规范的强调，主要是提供统治阶层施政的参考，因此其中对于人物的臧否以及历史兴废盛衰的解释也都是站在官方的立场。"资治通鉴"一词，适足以作为史传叙事的本质。

历朝正史的体例分成书、表、传、纪等类别，把原本浑然一体的人类生活区隔为一些不同的等级与性质，无法真实反映日益复杂的社会整体。

刘知几检讨先秦以来史学著作的弊病，归咎于刻板的模拟。他认为《春秋》《左传》《史记》《汉书》等伟大的史传，后世奉之为典范，亦步亦趋，受其牢笼，不敢稍有逾越，写作逐渐僵化，失去了活力。他认为人物应当采用当代的语言，必须符合其社会、文化，不可缘于尚雅好古的文士心态而"妄益文彩，虚加风物，援引《诗》《书》，宪章《史》《汉》"❶，以致失去了真实感。

章学诚也以为弊病多出于"史为例拘""斤斤如守科举之程序，不敢稍变，如治胥吏之簿书，繁不可删。"❷进而极力要求史传叙事的灵活与革新：

> 纪传体之最敝者，如宋元之史，人杂体猥，不可究诘，或一事而数见，或一人而两传，人至千名，卷盈数百。❸

> 《易》曰："穷则变，变则通，通则久。"纪传实为三代以后之良法，而演习既久，先王之大经大法，转为末世拘守之纪传所蒙。曷可不思所以变通之道欤？……夫史为记事之书。事万变而不齐，史文屈曲而适如其事，则必因事命篇，不为常例所拘，而后能起迄自如，无一言之或遗而或溢也。❹

他认为人事万变，不能拘守叙事的常例，必须依随人事的个别实际情况而有所调整，方能够适当地展现人物的风貌、精神以及完善交代事件的细节。顺应时代的要求———一种

---

❶ [唐] 刘知几：《史通．言语篇》。

❷ [清] 章学诚撰、仓修良编注：《书教下》，《文史通义新编新注》，浙江古籍出版社 2005 年版。

❸ 同上，《史篇别录例议》，第 427 页。

❹ 同上，《书教下》。

能够反映整体社会演变的大势，关注与记录人民大众真实的生活，一种较为灵活自由、可以发挥想象以弥补材料不足的叙事文类。但是，由于史传叙事早已形成了自我的传统体式，写法已然僵化，有其公认而必须遵循的规范，改革不易。

白话小说家有鉴于此，故而调整了史传的叙事体式，又采取民间说书的模式与叙述形态，追求另外一种不同的叙事美学，以求得题材、旨趣与叙事表现得更加灵活、完善。

三、有利于不同意识形态的传布

白话小说至迟自宋代以来便开始发展了，而城市中的民众阶层也逐渐兴盛起来，并且成为白话小说的主要读者。文人写作选择了这一通俗文类，如同早期在瓦肆讲述故事的"说话人"，势必要顾及民众的情感、思想，否则，便无法得到民众的喜好与认同。从而可谓"说话"的叙述模式，代表了不同于官方的意识形态与论断立场。白话小说基本上是属于城市民众的通俗文学。

雅正文学蕴含了社会主流的意识形态，并且得到中、上社会阶层力量的支持。从而一些与官方相抵触的思想、观念，必然只能存在于边缘的、不受重视的俗文学之中。而这些俗文学之所以能够存在乃至于盛行，也是因为其中反映了一些反主流的社会意识而获得独特的身份与存在价值。

黑格尔《美学》一书判定小说为"近代市民阶级的史诗"❶，小说是对于社会的世俗生活的表现。卢卡契也因此认为小说是"问题的人在问题的时代的产物"，❷到了个人的大发展时期，肇因于"个性的觉醒"，历史演变到了一个真正意义上的"人的时代"，个人不再仅仅作为集体和群众的一分子而存在，其本身就拥有价值。个人的生活经验与感受，透过写实的手法具体而微地再现了出来。王德威即言：

> 中国的"说话人"与其说是具体化的个人，倒不如说他代表着一种集体的社会意识。❸

班雅明认为文类象征着它的时代，文类史上的不同阶段相应于文化史的不同阶段，小说与其时代之间存在着隐喻的关系。❹他的依据即是生产关系与生产力所构成的下层结构

---

❶ [德]黑格尔：《美学》第三卷（下册），朱光潜译，商务印书馆1996年版，第165页。

❷ [俄]卢卡奇（Georg Lukacs）撰，杨恒达编译：《小说理论》，唐山出版社1997年版，第63页。

❸ 王德威：《"说话"与中国白话小说叙事模式的关系》，《想象中国的方法：历史、小说、叙事》，北京三联书店1998年版，第82页。

❹ 陈昭瑛：《班雅明与新马克思主义的文学理论》，见吕正惠主编《文学的后设思考》，正中书局1993年版，第32—41页。

是上层结构（意识形态的形式）的现实基础，因而文学不存在着完全由自身之内在规律所决定的历史。詹明信也认为叙事文本中，尤其是小说，往往无意识地揭发了潜藏的社会经验、政治问题与历史的集体意识，亦即所谓的"政治无意识"（Political Unconscious）❶。这几位具有马克思主义思想色彩的学者，其论述虽然是针对西方近代小说所发，但是却也相当程度符合白话小说文类在中国古代社会的发展情况。

即使只是作为虚拟的叙述者的角色，"说话人"的存在也能够主导小说的旨趣，其缘故乃在于实际的"说话"场合上，"说话人"正是掌握一场"说话"演出的主要关键。

听众／读者的性质也很重要，但一般常受到了忽略。话本小说设定其理想的听众／读者为一般瓦肆中的城市大众，而非士大夫阶层。"说话人"也同样被设定为民众的一分子，在民众的意识形态和社会所容许的尺度下讲述故事。否则，必然会引起听众的反感、反弹，难以引起共鸣，"说话"的演出便无法继续下去。因此，"说话人"被设定为具有与听众一般的意识形态，在其夹叙夹议的讲说之中，传达的正是属于民众的情感、思想，一种社会民众的集体意识。

通俗文学开始盛行的宋元时代，包括白话小说在内，正是城市大众兴起的时期，阅读大众以民众为主，从而民众好恶的取向影响到小说的义涵以及叙事形态的选定。

明初以来印刷技术的增进与纸张的低廉，出版业渐次兴盛，读者的阶层向下扩大，刺激了阅读白话小说人口的成长，也带动了文人投入写作以及书坊的印行。社会大众对于阅读有大量的需求，造就了白话小说繁荣的局面。我们从当时的文献可以了解此一盛况，明人叶盛的《水东日记》卷二十一记载了：

> 今书坊相传，射利之徒伪为小说杂书，南人喜谈如汉小王（光武）、蔡伯喈（邕）、杨六使（文广）；北人喜谈如继母大贤等事甚多。农工商贩，钞写绘画，家畜而人有之，痴騃女妇，尤所酷好……有官者不以为禁，士大夫不以为非。

白话小说的兴盛奠立于此种环境，文本的内容、审美取向与意识形态就不免要以世俗大众为主要的考量对象。

因此，四大奇书的演变发展历史，可以说早期倾向于庶民阶层情感思想的表现，特别是城市大众的意识形态，元末明初大致上是此种倾向；明代中叶的小说版本开始由文化修养较高的文士来润饰增删，因此转向于作品的文学性、美学上的追求。

---

❶　参看廖炳惠：《后现代的马克思主义者：詹明信》，《文学的后设思考》，第158—176页。

四、有效的叙述模式

中国讲说故事的形态，很早即与"说话"有关，渊源久远，已经形成了一种约定俗成的文学传统，文人可以选择的其他叙述形态不多。"说话"模式可谓是中国讲说故事的原初形态。

况且，经历了长时期在社会上的实际演出，不断地调整，已经验证了此种叙述模式的生动、有效性。讲说故事之际，"说话人"与听众互动，如此一问一答，避免单调的铺陈，确实可以增加故事的生动性，同时也解答了一些理解上的困惑。因此，"说话"模式是一个有效传递信息的叙述模式。故而，即使是一个新的小说题材，如清代的《儒林外史》《红楼梦》，这些有别于四大奇书世代累积所形成的小说，也都仍然实行"说话人"的叙事模式。

"说话人"被设定为全能全知的立场，他对于小说中的人与事无所不知，同时也具有博杂而普遍的各类知识，掌控小说意义的生成与传达。"说话人"是一个没有特殊个性、姓名、身份的抽象的市井民众，不具有明显的爱憎倾向，旁观故事的发展，洞悉一切谜团，对于历史掌故、世态人情、社会百业都有深入的认识，足以引领读者了解整个故事的背景。他先于作品而存在，负责讲论故事情节，直接解答讲说过程之中听众可能产生的困惑。

"说话人"具有权威的地位，他的声音被设计为读者／听众可以信赖的唯一的信息来源，一切的困惑都要以"说话人"的评断为准。由于"说话人"的存在，故事因此才能够被理解，意义才能够明确而完整。

中国史传中早有一个对于叙事加以评断的史官论赞传统，白话小说中"说话人"评论一切人事的合法性正是源自于此。"说话人"的性质与功能，如同中国史书里的史官。

故事通过"说话人"这一媒介，才能传达到读者／听众，使得听众与故事之间维持了一定的距离。依照克罗齐美学的说法，如此的适中距离，读者处在"安全无虞"的位置，正是美感得以产生的条件。❶

"说话"情境虽然使白话小说获得了良好的似真效果，但叙述者沿用"说话人"的叙事模式，很少带有本身的个性、立场，难免显得"千部一腔"。但是对于通俗文学以及被动欣赏习惯的市民大众来说，却是很有效的传递信息的模式。

---

❶ 朱光潜：《美感经验的分析二：心理的距离》，《文艺心理学》，台湾开明书店 1999 年版，第 15 页。

有人批评中国白话小说欠缺第一人称等其他的叙述方式，这是因为第一人称的小说容易与个人的传记混淆不清。由于太过主观，也容易引起读者的不信任感，故事的内容如果涉及怪诞，不容易取信于读者。同时第一人称的叙述，容易造成瓜田李下的嫌疑，作者有许多的顾忌。况且，第一人称的叙述方式，乃是一种有限的视角，对于人与事的分析，将会受到许多的限制。如果题材涉及风化、伦理或政治等敏感的议题，第一人称的写法也容易引生社会与读者的猜疑，把第一人称的叙述者与实际的小说家等同视之，造成不必要的困扰。

作为听述者功能的听众也是一种预设的存在，"其作用是成为作品真正读者所应有的反应和判断的最佳范例。"[1] 听众对于"说话人"讲述内容全盘接受的姿态，间接显示了"说话人"是值得信赖的。

> "说话"情境模拟瓦肆里"说话人"与听众之间的对话、互动，造成读者逼真的临场感。长篇章回体小说每一回均是以"说话人"的"话说……"开始，读者则有默契的假设自身进入说书的现场中聆听，然后在"欲知后事如何，且听下回分解"的悬疑高潮之下结束，模拟了每日说书的实况，读者也从中感受到在一定时间内完毕的故事完整感。在时间结构上，"说话"情境对于章回小说也有很大的帮助，以连续的现场感来分割故事的叙述时间。小说家藉此得以浓缩并定位时间的流动，纵然故事的发展经年累月，但都可以借着调整章回的多寡来加以铺陈，章回的增加意谓着时间的流动，但并不是呈现等比例的时间进行，而与中国编年体史书有异曲同工之妙。

文人之所以继续采用"说话"模式创作小说，这都是着眼于"说话"模式的便利性、有效性、叙述性与庶民性。

---

[1]　王德威：《"说话"与中国白话小说叙事模式的关系》，《想象中国的方法：历史、小说、叙事》，北京三联书店1998年版，第87页。

第六章　文备众体与才子文法

　　章回体小说起初本"无成法""无定法"，没有一定的体式、规法必须严格遵守，因此能够截长补短，从各种先行的文类之中，自由汲取所需要的优点。中国古代文人普遍具有经史子集多方面的知识，因此从事白话小说的写作，其笔法多能融合史传、文章、诗赋、戏曲、志怪、传奇甚至八股文之写作在内，写人记事之中也留心诗词意境的烘托、戏曲角色人物的塑造等，从而镕铸成一套新的叙事体式与技法。四大奇书由于刊行的时间较早、流传广远，尤其是笔法奇绝，从而影响巨大，成为章回体小说之中的典范之作，后世的作品纷纷仿效。"这里的'奇'字，既有'奇特'的意思，也有'美好'的含义；所谓'奇书'，就是奇美的佳作。"❶蒲安迪认为四大奇书的文体乃是吸收了多种文类的特点而成的新文体：

　　　　成熟的文人小说依然可看作是整个明朝文学发展的新综合：它吸收了晚明诗文的审美特征和技巧、八股文的各种写作章法、小品文的闲逸气质及修辞方法、文人戏曲的结构图案与构思立意，以及最终形成白话短篇小说体裁的某些说书技巧。❷

　　他注意到了四大奇书是一种兼备众体的综合性文体，他从文体研究的角度，将四部小说视为同一种特殊的文类，特别称作"奇书文体"：

　　　　这四部作品以它们最成熟的面貌问世，标志着中国散文小说中一种新文体的崛起。我认为这些作品尽管在主题和风格上大相径庭，可是在结构和修辞方面的一系列共同特征显示出它们的作者具有强烈的文类意识。❸

　　他认为这四部小说之所以称作"奇书"，乃是在修辞、结构两方面都臻于"奇绝"的境界，所以自明末以来才被视为一组同类性质的卓越作品：

---

❶ 黄霖《前言》，黄霖、张兵、杨彬：《金瓶梅鉴赏辞典》，上海辞书出版社 2008 年版，第 1 页。

❷ [美]蒲安迪：《中国叙事学》，北京大学出版社 1996 年版，第 197 页。

❸ [美]蒲安迪：《序》，《明代小说四大奇书》，中国和平出版社 1993 年版，第 1 页。

所谓"奇书"，按字面解释原来只是"奇绝之书"的意思，它既可以指小说的内容之"奇"，也可以指小说的文笔之"奇"。❶

他认为四大奇书的写作，运用了文人学士才有的写作模式与修辞手法，从而其艺术成就远高于一般的章回体小说，特别是受到了中国史传的影响：

> 不少研究中国小说的学者，却反而因为重视长篇小说与通俗传统之间固有的联系，以至忽略了历史著作在长篇小说成长过程中所占的关键地位。而实际上，无论是从作品所塑造的主要人物来说，或者就作品本身所采用的数据而言，明清小说大多可称为"历史小说"——它并且不断地从正史中吸收各种文学技巧，包括形式和结构上的手法。❷

中国的编年体史书，诸如《左传》《资治通鉴》，依照时序按年按月记载，重要事件少有遗漏，时空跨越数百年、上千年，运用了倒叙、补叙、插叙、预叙等多种手法。虽然所记录的人与事，包罗一切，其中颇有隔越，没有一定的主题，欠缺单一的题目。但是纪事本末体史书改以事件为主，"因事命篇""尽事之本末""区别其事而贯通之"，重新区分编纂，"首尾详尽，巨细无遗，一变编年、纪传之例而实会其通"❸，结合编年体与纪传体之长处，即成为长篇而有明确题目的叙事文。《资治通鉴纪事本末》这一类的纪事本末体史书，即是中国长篇叙事文的典范。况且，"中国除了纪事本末体的史籍以外，并不曾有过任何长篇持续的叙事文体"❹，从而对于其后的章回体小说文体的形成，提供了主要而且直接的范式。

第一节　史笔与文笔的会通

元末的文人开始投身长篇白话小说的创作，他们普遍具有一些经史诗文各方面的学问与写作能力。明代参与四大奇书编写的文人，虽然多为科举失意者，但仍然具备各方面的学养，甚至更加过之。

元明的科举考试内容，包含有四书五经，即使是科举不利、仕途不顺的社会下层文人

❶　[美]浦安迪：《中国叙事学》，第23页。
❷　[美]浦安迪：《中西长篇小说文类之重探》，见郑树森，周英雄，袁鹤翔合编《中西比较文学论集》，时报文化公司1986年版，第175页。
❸　闵萃祥：《汇刻九朝纪事本末序》。
❹　[美]浦安迪：《中西长篇小说文类之重探》，《中西比较文学论集》，第190页。

也多熟习其内容。因此《春秋》《左传》等经史的体例及其笔法，文人多有钻研，但更为熟习八股文的写作章法以及规范，从而在其诗文写作上都产生了有形无形之影响。

一、中国叙事文的根源在《春秋》书法

中国的叙事文学乃是从史传衍生而来，张高评归纳了历代探讨叙事文写作的文献，得到了至少三十种笔法，其中每一种都可以从《左传》中找到一些范例，可知"后世诸文法，已略备于《左传》"。《左传》之后的《史记》《汉书》《资治通鉴》等史籍之中有更多各类例子。从而中国古代文人有关叙事文的写作，多仿效自史传，古文中的叙事笔法也多来自于《左传》《史记》等史籍，而其根源又多在《春秋》书法。《四库全书总目提要》即言：

> 《春秋左传》，本以释经，自真德秀选入《文章正宗》，亦遂相沿而论文。❶

南宋文人真德秀编有《文章正宗》一书，属于文章选集，卷首有《文章正宗纲目》一文说明其编选目的："正宗云者，以后世文辞之多变，欲学者识其源流之正也。"他所谓的"源流之正"的标准在于"明义理切世用"，一种经学家的眼光。他把文章分成四大类：辞命、议论、叙事、诗赋。其中的叙事一类文章，包含有从《左传》《史记》《汉书》等史传节选的段落，也有韩愈、柳宗元等古文家所写的记人、记事的各体散文。进而对其性质又加以说明：

> 按叙事起于古史官，其体有二：有纪一代之始终者，《书》之《尧典》《舜典》，与《春秋》之经是也。后世本纪似之。有纪一事之始终者，《禹贡》《武成》《金縢》《顾命》是也。后世志记之属似之。又有纪一人之始终者，则先秦盖未之有，而于汉司马氏，后之碑志事状之属似之。今于《书》之诸篇与《史》之纪传，皆不复录，独取《左氏》《史》《汉》叙事之尤可喜者，与后世记序传志之典则简严者，以为作文之式。若夫有志于史笔者，当深求《春秋》大义而参之以迁、固诸书，非此所能该也。

他认为叙事一类文章起源自史传，自汉代以后分成三种体裁：记朝代、记人、记事，并且成为文人写作文章的范式。从而古代文人往往从文章写作的角度看待《左传》《史记》等优良的史传叙事文，当作"文章"来阅读，探讨其叙事、写人的笔法与布局，汲取、借

---

❶ [清] 纪昀等：《左传评》提要，《合印四库全书总目提要及四库未收书目禁毁书目》卷三一，台湾商务印书馆1985年版，第26页。

鉴其长处，而不囿于史学的领域。至于《春秋》书法，更是史家秉笔记人叙事的原则。从经法进而扩展为史法，而史法又衍生为文法。文章家的叙事文法，毕竟与《春秋》书法有关。白话小说主要也在叙事、写人，从而与史传的关系密切。

朱熹的《通鉴纲目》，形式上仿效《春秋》与《左传》的纲举目张的内容编排，影响及于白话小说的回目设计。此外，此书的内涵多寓有《春秋》褒贬之义，其编排之目的在继承《春秋》书法，故曰"岁周于上而天道明矣，统近于下而人道定矣，大纲概举而鉴戒昭矣，众目毕张而几微着矣。"❶ 此一主旨，也影响及于取材它的讲史平话、演义与章回体小说。

《春秋》《史记》等书的写作，作者当时都是身处某种不能畅所欲言的政治环境之下，从而发展出某些特殊的书法，以传达内心的隐微苦衷。《春秋》五例是《春秋》书法的基本内涵，尚简用晦则是其本质特征。微而显、志而晦、婉而成章、尽而不污、惩恶而劝善，这套书法在后世用以写作某种有干禁忌的题材之时，仍然颇为有效，从而小说家也用之以写作，以免干犯忌讳，或用以表现某种沈郁隐约的美学效果。

明代是中国历史上最为专制的时代，明初以来，政治情势逐步严峻，明太祖、明成祖都严格管控臣民，言论的表达受到很大的钳制。文人之所以投入四大奇书的写作，有很大的原因是要借助此一边缘的、不登大雅之堂的文类，在较少的限制之下，寄托个人对于政治、社会的批判，在怪诞不经的题材之中，隐微传达其怨愤的情思。因此《水浒传》《西游记》《金瓶梅》等书对于政治方面的批判，必须运用《春秋》书法的隐微用晦的曲笔来表现。《水浒传》隐于盗寇、《西游记》隐于神魔、《金瓶梅》隐于财色，其深心、苦心不得不以如此奇谲的书法、题材来寄托，而使其苦衷、孤诣得以曲折隐晦的传达于社会、后世。

四大奇书的叙事美学与体式、形态，乃是在与史传叙事不断地辩证、依违之中逐渐打磨产生。

二、借鉴史传的刻画人物

《史记》刻画人物，颇能在人物的个性化与典型性之间掌握分寸，人物既有自己的独特面目与性格，同时也能够作为同一类人物的代表。司马迁善于通过人物的言行呈现其性格，在人物的唇吻中间展示人物形象。人物说话的用字遣词莫不符合其身份、年纪、遭遇，自然生动、不避俚俗，反映了真实的生活情况。

---

❶　[宋] 朱熹：《通鉴纲目》朱子自序。

同叙智者，子房有子房风姿，陈平有陈平风姿。同叙勇者，廉颇有廉颇面目，樊哙有樊哙面目。同叙刺客，豫让之与专诸，聂政之与荆轲，才出一语，乃觉口气各不同。《高祖本纪》，见宽仁之气动于纸上；《项羽本纪》，觉暗恶叱咤来薄人。读一部《史记》，如直接当时人，亲睹其事，亲闻其语。❶

这种写人的艺术匠心对于长篇小说此种人物众多，身份、职业、年龄各别的作品，必然有很大的助益。金圣叹说："《水浒》所叙，叙一百八人，人有其性情，人有其气质，人有其形状，人有其声口。"❷人物个性鲜明，即便是同一类型的人物，也要写出其中的区别。金圣叹对于此种艺术手法，特别称之为"同而不同处有辨"。不只是《水浒传》有此高妙的写人技巧，《三国志演义》武将、谋士如此众多，《西游记》各种妖魔精怪纷至沓来，《金瓶梅》各行各业的市井人物众多，却都能面貌清晰、神情各异，不至于混淆。

《史记》往往借助紧张的场面以塑造人物形象，突出人物性格。《项羽本纪》鸿门宴一节将项羽、刘邦置于尖锐紧张的情景之中，项羽、范增、刘邦、张良等人的性格通过戏剧化的场面描述，借由人物的言行动作，从而形象鲜明生动。此外，《史记》善于以夸张的手法来描写场面，在合乎情理的前提下夸大事实以突出人物的形象。《项羽本纪》垓下之围一节，项羽深陷绝境却依然勇猛，声势惊人。《三国志演义》赵云七进七出救回阿斗，张飞大闹长坂坡，同样都是在绝境中凸显了性格与才能。毛宗岗便指出了其间的相似处：

予尝读《史记》，至项羽垓下一战，写项羽，写虞姬，写楚歌，写九里山，写八千子弟，写韩信调军，写众将十面埋伏，写乌江自刎，以为文章纪事之妙莫有奇于此者，及见《三国》当阳、长坂之文，不觉叹龙门之复生。❸

《史记》叙事写人笔法的巧妙，开启了后世小说家许多的文心巧思。许多评论家在评点四大奇书等经典小说之时，都会与《史记》相提并论，这不完全是为了抬高小说的身价，而有其确实如此的道理。

三、运用文章学写作小说

文章主要包括古文和时文。宋元以来的文章学理论多是为科举考试需要而对古文和时文进行句法、章法及篇法的分析和总结。人们对于科举应试的高度重视，使如何写好文章成为关注的重点，研究文章的文章学因此诞生。这个时期的文人自幼即浸淫于文章和文

---

❶ ［日］斋藤谦：《拙堂文话》卷五，文津出版社1985年版。

❷ ［清］金圣叹：《读第五才子书法》。

❸ ［清］毛宗岗：毛评本《三国志演义》第四十一回回评。

章学之中，从而培养了颇为深厚的相关知识和技能。当其中的一小部分人转而从事小说创作，他们就会自觉或不自觉把文章学的观念和技巧运用进去。因此，所白话小说写作受到文章学的影响是无法避免的。

文章学的一个突出特点是对文法的重视，"为文有法"的观念也自然流通到文人的小说创作，他们提倡"部有部法、章有章法、句有句法"❶的小说创作方法，从而写作白话小说之际，不免把古文的写作笔法、修辞手法，这些他们平日练习而熟悉的规法运用在上面。四大奇书的编写出自几位"高才文人"，他们对于古文、诗词、戏曲以及八股文的写作自然更为熟习，更有可能把这些技能用于小说的写作，或者评点小说。从而使白话小说逐渐脱离了原先"说话"艺术笼罩下的样式，朝向雅致化、文章化的方向发展。

文章学的谋篇布局方法给予四大奇书叙事上许多启发和示范，提高了小说的文学价值。金圣叹便以文章写作的文法观念评赏小说：

> 《水浒传》七十回，只用一目俱下，便知其二千余纸，只是一篇文字。中间许多事体，便是文字起承转合之法。❷

清人张书绅同样也从文章学的角度去留心小说的叙事表现：

> 《西游》一书，不惟理学渊源，正见其文法井井。看他章有章法，字有字法，句有句法，且更部有部法。处处埋伏，回回照应，不独深于理，实更精于文也。后之批者，非惟不解其理，亦并没注其文，则有负此书也多矣。❸

元明以来的文人运用文章学写作小说，其实就是把小说当作文章来看待，他们遵循一系列作文的规法。例如白话小说常有以停顿、延时、插叙或补叙来蓄势或变化文势，这固然可以视为一种制造悬宕的叙事手法，但实际上作者多是从文章必须转折起伏的角度来考量。文章文法的运用增强了白话小说的叙事能力，丰富了小说的写作技巧，提高了白话小说的文学性。

四、科举应试文体的影响

《左传》《史记》等史传文的写作，主要仍在于记事、写人，至于写景、抒情等的笔法相形之下较少发挥，所以虽然粗具各种体裁与笔法，但相较于后代的写作，显得不够细致。而议论文体由于历代政府取士的需要，文章的章法、篇法越趋讲究，而更显精严。

---

❶ [清]金圣叹：《读第五才子书法》。

❷ 同上。

❸ [清]张书绅：《新说西游记总批》，见朱一玄，刘毓忱编：《西游记资料汇编》，南开大学出版社2002年版，第329页。

中国历代政府取士以文章作为选拔人才的方法，汉代以对策，唐代有试策，宋代为策论，明清有八股文。这类科举文体属于议论文性质，因此议论文体一直是民众、文人关注与研究的重心，也是普遍受到研习的文体。

缘此，古文的写作、文章学的探讨，多是从"议论文"的角度来立论。从文章写作，文学的角度来探讨古文笔法，主要是从中唐开始的，故而明儒唐顺之论文，以为古文诸法，韩柳欧苏诸大儒始设之。南宋吕祖谦《古文关键》、明儒归有光《文章指南》两书卷首皆列有相同的一段"总论看文字法"，标举出评赏文章的几个法则，足见这些原则普遍获得历朝古文家的肯定：

> 第一看大概主张，第二看文势规模，第三看纲目关键：如何是主意首尾相应？如何是一篇铺叙次第？如何是抑扬开合处？第四看警策句法：如何是一篇警策？如何是下句下字有力处？如何是起头换头佳处？如何是缴结有力处？如何是融化屈折、翦截有力处？如何是实体贴题目处？❶

以今人学术角度而言，所谓"大概主张"即是文章的命意、主旨；"文势规模"指的是体势或语调辞气的表现；❷"纲目关键"也就是章法、布局；"警策句法"❸则是针对修辞、字句锻炼而言。把文章视为一个有机的整体，注重各部分之间的联系、呼应，先宏观，再微观，由整篇依序贯串到段落、句子、字词。如此涵盖全文的分析，确实是一种评赏文章的有效方法。

这种对于文章写作的讲求，主要源自宋代科举的制度与考试科目之所需。宋代科举内容与唐代的诗赋不同，主要以策论为主。策论的文体便是议论文，三苏、乃至于所谓的"唐宋古文八大家"，莫不擅长议论文的写作。所谓"文以载道"的主张，即是指议论文而言。所以宋代以来探讨古文章法、布局、结构、修辞，所谓的"字法、句法、章法、篇法"者，即是以议论文为首要的研究对象。

五、八股文的程序与写作

古代文人多有意于仕宦，对于科举应试的文体自然下过许多工夫研习，写作诗文的谋篇、章法不免受此影响。明清时代盛行的八股文可以溯源至北宋神宗熙宁四年，科举选士

---

❶ [宋]吕祖谦：《古文关键》，鸿学出版公司 1989 年版，第 17—18 页。

❷ 王更生《文心雕龙读本·定势》，解题称："'势'为体势的省称，亦可称为文势或语势。居今而言，乃指作品所表现的语言姿态，即语调辞气。"文史哲出版社 1986 年版，第 61 页。

❸ 宗廷虎、李金苓《中国修辞学通史·隋唐五代宋金元卷》认为："他所谓的警策是指那些在议论文中义理深刻、透辟，在全篇中占重要地位的话。可以是一句，可以是数句，也可以是一段。"吉林教育出版社 1998 年版，第 413 页。

王安石改"以经义、论、策试士"。初步创立了制义的程序、体制。到了元仁宗延祐年间，其程序又比以前严格，但尚未及明代八股文的严密程度。白话小说写作的年代，正是这类科举文体盛行之时，其谋篇、章法等写作的理念，同样也在无形之中受到了影响。

"制义始于宋，而盛于明。"❶明代的科举制度促使八股文在明代达到了鼎盛时期，八股文对于文人的写作也具有了更大的影响力。明代小说四大奇书的编写，不能忽略八股文的因素。即使是《西游记》《金瓶梅》也能够从八股文的程序来评析：

> 时艺之文，有一章为一篇者，有一节为一篇者，有数章为一篇者，亦有一字一句为一篇者。而《西游》亦由是也。以全部而言，《西游》为题目，全部实是一篇。以列传言，仁义礼智，酒色财气，忠孝名利，无不各成其一篇。理精义微，起承转合，无不各极其天然之妙。是一部《西游》，可当作时文读，更可当作古文读。人能深通《西游》，不惟立德有本，亦必用笔如神。❷

> （《金瓶梅》）开讲处几句话头，乃一百回的主意。一部书总不出此几句，然却是一起、四大股、四小结股、临了一结，齐齐整整一篇文字。❸

八股文是一种议论文体，经过刻意的设计之下，汇聚了历代诗文多种文体的特质或优点，主要作为明、清两代科举考试取士之用。有意做官之人，一路从童生、秀才、举人、进士，至少十几年的时间都要钻研八股文的做法，熟习其特定的章法、程序，否则便与仕途无缘。经过这种严格的谋篇、修辞的训练，用以创作或批评诗文、小说，都具有一定的效果。

科举官宦之途，吸引了众多的学子应试，如果单从内容的好坏来选拔，容易有主观上的好恶，从而为求客观与公平，在程序、章法上制定出必须遵守的一些规范，评分上得以有一个客观的标准，学子的才智也可据以呈现，进而使阅卷评分的工作容易进行。

八股文又名制义、制艺、时艺、经义、八比文、时文、举子业、四书文、帖括、程墨等。❹明代八股文"其文略仿宋经义，然代古人语气为之，体用排偶，谓之八股，通谓之制义。"❺因其主体在于四比八股的部分，故俗称八股。题目从四书、五经之中择取，而以四书更为重要。对于经文的解释，必须依据程颐、朱熹的传注，尤其是朱子的《四书章句

❶ [清]梁章钜：《制义丛话·例言》。

❷ [清]张书绅：《新说西游记总批》，见朱一玄，刘毓忱编《西游记资料汇编》，南开大学出版社2002年版，第331页。

❸ 刘辉，吴敢辑校：《会评会校金瓶梅》第一回回评，天地图书有限公司，2012年版，第49页。

❹ [清]陶福履：《常谈·四书文》。

❺ 《明史·选举制二》。

集注》，不可违离或标新立异。阐述道理必须采取代言体的方式，以孔孟等圣贤之语气来论述，更是一大特点。

先从程序上来看，八股文由破题、承题、起讲、入题、分股、收结这六大部分组成，每个部分皆有一定的要求。入题之后的分股即是四比（八股）。四比即是起比、中比、后比、束比。从破题、承题而下直至束比是连贯一气的，各部分之间必须是自然的过渡，不可见出生硬、拼凑的痕迹。四比八股之上、下两股必须对仗，平仄相对，声韵谐调，字数、句式必须完全相当。这里可以见到律诗、律赋的影响很大。其次，从内容上看，议论必须明晰而有条理。八股的对句，义理的阐发不能重复与杂乱，从前后或正反等相对的层面有条不紊地论述清楚。

八股文的程序、结构是逐渐形成的，不同时期有不同的要求，大约在宪宗成化年间之后已经基本定型了❶，当时的王鏊、钱福为两大时文名家，号为"钱王两大家"❷。两人更因为擅长写作八股文，科举应试一路顺遂，八股文程序的确立应与这两人的作品有关。以下将八股文的程序细分成 11 项，但只针对谋篇布局方面作说明，其他有关声律、对仗等诸多细节则从略，因与本文讨论小说之行文、谋篇无关：

（一）破题

破题在明代初期是三或四句，到了万历中期只能用两句了。必须开宗明义点出主旨，既要把题目字词的上下文内容涵盖进去，又不能重复题目的字句，必须巧妙地运用替代的说法，否则便有冗赘之嫌。在解释题意之中就应借此引领出全文的主旨，奠立全文各段阐述的方向。立意的角度、重心不同，文章便会有不同的写法。所以刘熙载说："未作破题，文章由我；既作破题，我由文章。"❸ 相同的题目，若想有新意，破题是关键。但中心思想必须确实依据朱熹的《四书章句集注》，不可违逆。破题的方式有多种，可以"明破、暗破、顺破、逆破、正破、反破、分破、对破等"❹，针对题目的性质以及立论的方向来考虑、安排。必须依据题目来源的四书或五经中的段落，"根据章旨的语境，当时情况，揣摸圣贤的思想，或者有关人物的意思，又要对题目的意思作或正或反、或层层剥笋式的分疏。"❺

❶ [清] 顾炎武：《日知录》。

❷ [清] 王夫之：《夕堂永日绪论外编》第三则。

❸ [清] 刘熙载：《艺概》卷六，经义概，华正书局 1988 年版，第 173 页。

❹ 刘述先：《中国古代常用文体规范读本》（八股文），吉林人民出版社 2004 年版，第 8 页。

❺ 汪小洋，孔庆茂：《科举文体研究》第九章，天津古籍出版社 2005 年版，第 123 页。

（二）承题

承题是承上启下，由主题过渡到论说，文句限定为三至五句。承题就是承接破题的意思，即是把前面破题的意义加以承接、阐述，因为破题只有两句，尚有许多余意未尽。方式上宜与破题不同，"正破则反承，反破则正承，顺破则逆承，逆破则顺承。"❶亦即意义上是破题的补充、发挥，但作法上则应当有所不同，以免重复且单调。

（三）起讲

起讲与承题的作用相同，都是延续、发挥破题所立下的旨意，但其做法与承题不同。破题与承题，都是从作者自己的立场来立论，起讲则必须改以圣贤的口吻发言，文章从此改为代言体的体例。从而"昔人谓起讲为发凡，盖以全篇之文由此讲起而发其大凡也。夫既谓之发凡，则宜虚而不宜实，宜简而不宜详，宜开门见山而不可蒙头盖面，宜提纲挈领而不可笼统宽松。"❷起讲着重在开展题意、引领议论，所以要布置纲要，列出重点，文字应当简明，不可太翔实，否则其后难以再有所发挥。

（四）入题

入题的功用在于把文章引入正题，把解释题目的破题、承题、起讲的部分，与之后的八股正文部分巧为过渡、联系，如同人体的咽喉。所以内容要与之前的起讲，以及之后的起比密切关联，尤其偏重在开启下文，一般在四句之内。文章至此，都仍然处于题前的阶段，尚未进入文章的主体。入题要能够把文章自然而巧妙地引导到正式的议论。

（五）起比

起比（第一、二股）是文章进入正题，开始要议论了。"代圣贤立言"，主要体现在此部分。它是文章主体的开端，题旨在此便要揭露，但意思不能说透，要含蓄不尽，不可太长，必须留下足够发挥的空间。"首二比正文章初入讲处，贵虚而不贵实，贵短而不贵长，然虚不可迂远，短不可局促，开口便要见题旨，而又不可说尽，须有含蓄，有蕴藉，而又爽快不滞，则思过半矣。"❸从起比开始，文句要以排偶的形式展开论述。

（六）出题

出题又名点题，顾名思义，即是要点出题目的关键词眼。文章行文至此，字句已多，

❶ [清]陈梦雷：《古今图书集成》637册，《理学汇编·文学典·经义部》卷一八〇，中华书局1989年版，第21页。

❷ [清]梁章钜：《制义丛话》卷二三，引徐徽弦之说。

❸ [清]陈梦雷：《古今图书集成》637册，《理学汇编·文学典·经义部》卷一八〇，中华书局1989年版，第21页。

为了使文脉清楚，文意不致隐没或者偏离主线，有必要再次提举，加以强调。入题和出题这两部分可全部省略，或只出现其中之一。

（七）中比

中比（第三、四股）与接下来的后比是全文的重心，必须内容充实，论述酣畅饱满，如同人体的腹部。但这两部分必须有所区别，各有侧重，相辅相成。一般来说，中比要笔法轻灵，后比则须用笔厚实。中比必须针对出题里所提及的关键问题或论点，予以说明或阐述。但内容方面，不可把题意说尽，必须留下余地给后比发挥，正所谓"实中留虚"。"文至三、四比，渐说开了，或架虚意，或立实柱，须精确切题，敷敷畅畅，固不可小家数样，然亦当少带些含蓄，略留些气焰，与后面作地步。若两半篇题目，则所赖以发前半意思，全在此处，虽大放手亦不妨。"❶此处的内容固然要丰富，但须妥善安排，不可与后比重复。

（八）过接

中比与后比是全文的核心、中坚，在这两大部分之间（或在其他各股之间），必须要巧妙而自然地过渡、接引，以避免生硬、牵强。一般是以一二句或三四句散行的句子，把中比尚未抉发的精义，予以提引出来，具有承上启下或黏连的功能。

（九）后比

文章来到了后比（第五、六股），已近尾声，在此必须以实笔把题旨说尽，使读者觉得内容厚实、透彻深入，而不可使人感觉浮浅、未完、虚空。但须避免与中比的论述重复而无新意，而是应当予以扩展或补充。从而其笔法"有咏叹而异其说者，有旁证而实其义者，有反收而见奇者"。与中比相比，必须"深入一层""别有一境"❷。

（十）束比

束比（第七、八股），以简要、奇警为佳，篇幅不宜太长，如果道理已在中比、后比说尽了，也可省略。清代后期的八股文便常见只作前六股了。此处的作用在于概括论点、凸显主张。常用以回应中比，补充后比。古人对于此处的笔法有言：

> 一篇文字，英华多在七、八比上露之。若前面文如锦绣，而至此单弱，终是
> 虎头蛇尾，非全才也。善作者宁可韬光敛锐于前，至此却以奇思粹语，层见迭

---

❶ [清]陈梦雷:《古今图书集成》637册,《理学汇编·文学典·经义部》卷一八〇,中华书局1989年版,第21页。

❷ [清]李延昰:《南吴旧话录》卷四,上海古籍出版社1985年版。

出，方为作手。大抵文至终篇，气宜长而不宜粗，理宜完而不宜杂，词宜富丽而不宜腐冗，味宜委婉而不宜直率。❶

束比除了要把前文的论点做一完善的总括之外，还必须适当地把文章导引至全文的结尾，准备结束。

（十一）收结

收结又称大结、结语，以散体的文句行之。此处又回复到了作者的身份，以自身的口气纵览全局、总结全文。❷对于全文各部分的阐述，必须有适当的呼应。此外，如果题目只是某一经典之章节中的数句或一句，而尚有下文，则也要有所照应。"至于八比既完，又当总会前文，咏叹数句或二小比于后。庶觉气度从容，理趣完具，而为大家手笔矣。"❸

八股文的段落结构的安排，具有周延的逻辑思考，依此写作的诗文将有脉络清楚、观点凸显的优点。其缺点则是形式呆板、缺少创新变化。若是从文章"起、承、转、合"的结构来看，"破题"是起，"承题、起讲、入题"是承，"起比、出题、中比、过接、后比、束比"是转，"收结"是合。❹这只是一个大致的倾向，文章布局依随题目、作者匠心而有不同的安排，必须灵活看待。若是只针对八股文的主体部分来分析，起比、中比、后比、束比，也常有起承转合的关系。

兹以钱福的名篇《春秋无义战（一章）》为例，以见八股文基本的程序与作法，他的此类文章可谓明代八股文的典范。以下抄录钱福的作品全文，括号内注明其相应的程序。

圣经不与诸侯之师，以其不知有王也。（破题）

夫所谓义战者，必其用天子之命者也。敌国相征，则无王矣。人之称斯师也，何义哉？此《春秋》尊王之意，而孟子述之以诏当世也。（承题）

盖曰，夫《春秋》何为者也？夫《春秋》假鲁史以寓王法，拨乱世而反之正，如斯而已。（起讲）

是故来战于郎，战于艾陵，战之终始也；郑人伐卫，楚公子申伐郑，伐之终始也。（入题）

然或讳不书败，或虽败不讳，其辞不同，要皆随事示讥而已，以为合于义而许之者谁欤？

---

❶ [清]陈梦雷:《古今图书集成》637册，《理学汇编·文学典·经义部》卷一八〇，中华书局 1989 年版，第 21 页。

❷ 吴伟凡:《明清制义今说》，学苑出版社 2009 年版，第 40 页。

❸ [清]陈梦雷:《古今图书集成》637册，《理学汇编·文学典·经义部》卷一八〇，中华书局 1989 年版，第 21 页。

❹ 刘述先:《中国古代常用文体规范读本》（八股文），吉林人民出版社 2004 年版，第 11 页。

或称人以贱之，或称师以讥之，所书不同，要皆因文见贬而已，以为合于义而许之者谁欤？（起比）

但就中而言，若召陵以义胜，而犹有借名之力；城濮以威胜，而不无假义之功，则固有彼善于此者，而要之皆非义战也。是何也？（出题）

天下有大分，上下是已。

天下有大权，征伐是已。（中比）

然其分也，不可得而犯也；其权也，不可得而僭也。（过接）

故诸侯而有贼杀其亲则正之，所以正之者，天子之命也，而大司马不过掌其制而已矣。

诸侯而有放弒其君则残之，所以残之者，天子之命也，而方伯连帅不过修其职而已矣。（后比）

惟辟作威，而势无嫌于两大。

大君有命，而柄不至于下移。（束比）

是征也者，上伐下之谓也，未闻敌国而相征者也。敌国相征是无王也，无王是无义也；春秋之战，皆敌国而相征者也，此春秋所以无义战也。然则春秋之诸侯，不皆先王之罪人耶？孔子之《春秋》，其容已于作耶？（收结）❶

此题出自《孟子·尽心》，孟子曰："春秋无义战。彼善于此，则有之矣。征者，上伐下也，敌国不相征也。"孟子以为春秋时代没有合乎道义的战争。所谓征，是指上讨伐下的情况，同等级的国家不能够相互讨伐。意谓春秋时代诸侯兼并、战乱频仍，天子失去地位，成为一个礼乐崩坏的乱世。这是孟子的历史观、政治观。朱熹《四书集注》对此注解："《春秋》每书诸侯战伐之事，必加讥贬，以着其擅兴之罪，无有以为合于义而许之者。但就中彼善于此者则有之，如召陵之师之类是也。"他认为《春秋》意在褒贬善恶，讥刺不合礼义的战争，谴责诸侯肆意发动战争的罪恶。

钱福"破题"说《春秋》从不赞同诸侯间的战争，此句紧扣朱熹的解释而点明了文题的意义。"承题"定义了何谓"义战"，阐述了儒家的概念：必须是以天子的名义，奉行天子的号令所展开的战争。诸侯等地位相等的国家互相征伐，这是目无王法，不合乎礼义。"承题"解释了孟子此论的时代意义和原因。"起讲"一段，明提《春秋》而暗含孔子，申说《春秋》乃是借鲁史之形式来拨乱反正，蕴含王道政治的精神。"入题"则用春秋时许多战例如郎之战、艾陵之战来说明孔子、孟子对于诸侯之间战争的看法，当时战争的性

---

❶　见龚笃清：《八股文鉴赏》，岳麓书社 2006 年版，第 126—127 页。

质。"起比"部分则以史书的字里行间或讥刺，或贬抑，没有赞许战争的任何一方，但有用"战"有用"伐"的差别。"出题"则就当时的史实进一步而论，即使胜利的一方也是假借正义之名，虽然表面曰"胜"，实质上仍然不是"义战"。"中比"重申天子才有征伐的大权，诸侯与天子的地位有别，不得擅自发动战争，此所以言春秋无义战。"后比"则说明大司马、方伯皆是奉行天子之命，才得以对于违反礼法的诸侯进行惩罚，其职在于执行天子的旨意和威权。"束比"简短有力地阐释奉行天子之命所进行的义战，在势与权两方面的正当做法。"收结"最后总结春秋之战全是地位相同国家的互相讨伐，全为无王不义之战，此所以言"春秋无义战"。

八股文的程序，从文章学的角度来看堪称一种写作的范式，虽然它产生的格套式的写作弊病更多。但是它提供了一种思虑周延、形式完善的章法结构，使文章能够具有起承转合的逻辑发展脉络，文思不至于凌乱歧出。八股的布局安排，经由一层一层的环环相扣、上下勾连，利于进行深入而细致的说理议论。写作之人若是能够灵活运用而不被程序所制约，对于各种文类的写作，在章法谋篇方面会有很大的帮助。

明清以来，八股文成为关系仕途前程的最重要的文章，为了写好八股文，一般文人莫不精熟八股文的格式要求，并且仔细阅读、揣摩其中名家的作品。社会上各种选本评点应运而生，这些程卷、墨卷都有书贾聘请专人详细批点，圈点佳处，提示做法，以供士子研读、学习。这种文章评点从八股文进而扩延到其他文类的作品，对于历代各类诗歌文史的评赏也都是以批点八股文的方式进行，讲究诗法、文法、章法，以八股文程序的眼光去审视。从而小说、戏曲的评点理论及其术语有不少来自于八股文的选本，诸如破、承、开、阖、虚实、正反等。

八股文确实可以使人熟悉章法、布局，文章题旨的论说得以深入而有条理，乃是一个极好的写作训练，其中也因而写出一些良好的作品。李贽便云："诗何必古选，文何必先秦。降而为六朝，变而为近体，又变而为传奇，变而为院本，为杂剧，为《西厢曲》，为《水浒传》，为今之举子业，皆古今至文。"❶梁章钜《制义丛话》也说："今日应制格式，奏议体裁，以及官书文字，若非以制义之法行之，鲜有能文从字顺各识其职者。"❷高明的文人，可以把八股文的章法、程序，变通运用于其他的文体、文类之中，使其诗文甚至戏曲、小说，获得环环相扣、细致入微、周延而明晰的效果。从而小说的结构、布局也在有意无意中受到八股文程序的左右，小说家在写作之际，便很自然地把自小熟习的八股文的谋篇、章法概念运用在小说的创作上。文人的评点小说，诸如金圣叹、毛宗岗，也把评点

❶　[明]李贽:《童心说》,《焚书、续焚书》卷三，汉京文化公司1984年版，第99页。

❷　[清]梁章钜:《制义丛话》卷九，按语。

八股文的眼光、标准，移用在小说的结构、叙事、技法之上。

第二节　四大奇书与《春秋》书法

《春秋》书法是小说四大奇书基本而共通的叙事艺术，《春秋》一书也是小说家所崇尚、依附的典籍，毛宗岗便如此看待《三国志演义》：

> 作者之意，自宦官妖术而外，尤重在严诛乱臣贼子以自附于《春秋》之义。故书中多录讨贼之忠，纪弑君之恶。而首篇之末则终之以张飞之勃然欲杀董卓，末篇之末则终之以孙皓之隐然欲杀贾充。由此观之，虽曰演义，直可继麟经而无愧耳。❶

"微而显，志而晦，婉而成章，尽而不污，惩恶而劝善"的《春秋》书法不仅是史传叙事的理想，也是四大奇书写作所运用的规法。以下便在《春秋》书法的纲领之下，考察四大奇书的具体表现。

一、《春秋》书法在四大奇书

（一）微而显

前文对此已经有详细的说明，所谓"微而显"乃是指文辞上的简要，"措辞精要，而旨趣显豁"，用之于人物的褒贬，可以获致含蓄而深刻的效果。

毛评本《三国志演义》重视君臣纲常的《春秋》大义，对于正统、僭越之辨别甚明，用字遣词之中蕴含有褒贬之义。第十四回、十五回分别叙述曹魏、孙吴开国便与蜀汉有别，笔法有正逆、主从之分，此因《三国志演义》以刘备为正统之故。毛宗岗指出：

> 前卷叙曹氏立国之始，此卷叙孙氏开国之由，两家已各自成一局面，而刘备则尚茕茕无依，然继汉正统者，备也。故前卷以刘备结，此卷以刘备起，叙两家必夹叙刘备，盖以刘备为正统，则叙刘处文虽少，是正文。叙孙、曹处文虽多，皆旁文，于旁文之中，带出正文。（第十五回回评）

第二十回"曹国舅内阁受诏"，曹国舅至宫中接受汉献帝的密诏，号召天下诸侯起兵讨伐逆臣曹操。故此后作者行文便视曹魏为僭越之国，曹操为无君之臣。毛宗岗说：

---

❶　[清]毛宗岗:《读三国志法》。

曹操无君之罪，至许田射鹿而大彰明较着矣！人臣无将，将则必诛——袁术之僭，其既然者也！曹操之篡，其将然者也。将之与既，厥罪维均，故自有衣带诏之后，凡兴兵讨操者，俱大书讨贼以予之。（第二十回回评）

更明显的褒贬之意可见于第八十回的回目"曹丕废帝篡炎刘，汉王正位续大统"。曹丕、刘备两人分别登位称帝，但小说于文辞之中称美刘备而贬抑曹丕。毛宗岗表示：

观曹丕受禅之时，有怪风之惊！而知天心之未尝不与人心合也……玄德帝成都，曹丕帝洛阳，同一帝也，而史家予玄德，而不予曹丕者，正与僭之异也。（第八十回回评）

小说家于此处发挥了《春秋》一字褒贬的书法，表达了个人的美刺态度。

贯华堂本《水浒传》第六十回"吴用智赚玉麒麟"，卢俊义为躲避百日血光之灾，命管家李固同赴东南方一千里外的泰安州。李固因为与卢妻贾氏有染，便以得了脚气症不能行走等理由来推托：

卢俊义大怒："我要你跟去走一遭，你便有许多推故。若是那一个再阻我的，教他知我拳头的滋味！"李固吓得只看娘子，娘子便漾漾地走进去，燕青亦不便再说。众人散了，李固只得忍气吞声，自去安排行李……李固去了，娘子看了车仗，流泪而入。

作者在这一细节描写中无一贬词而情伪毕露，贾氏"流泪而入"即可见出与李固的关系非比寻常。金圣叹在此回批点云：

夫李固之所以为李固，燕青之所以为燕青，娘子之所以为娘子，悉在后篇，此殊未及也。乃读者之心头眼底，已早有以猜测之三人之性情行径者，盖其叙事虽甚微，而其用笔乃甚着。叙事微，故其首尾未可得而指也。用笔着，故其好恶早可得而辨也。《春秋》于定、哀之间，盖屡用此法也。

作者没有花费太多笔墨，便把人物的关系，事情的原委都交代清楚，这就是"微而显"的笔法之经济。

容与堂本《水浒传》第四十八回"一丈青单捉王矮虎"，宋江在第二次攻打祝家庄之后，掳获了敌方美艳的女将一丈青：

且说宋江收回大队人马，到村口下了寨栅。先教将一丈青过来，唤二十个老成的小喽啰，着四个头领，骑四匹快马，把一丈青拴了双手，也骑一匹马，"连

> 夜与我送上梁山泊去，交与我父亲宋太公收管，便来回话。待我回山寨，自有发
> 落。"众头领都只道宋江自要这个女子，尽皆小心送去。就把一辆车儿教欧鹏上
> 山去将息。一行人都领了将令，连夜去了。宋江其夜在帐中纳闷，一夜不睡，坐
> 而待旦。

宋江"其夜在帐中纳闷，一夜不睡，坐而待旦。"此处实是要彰显宋江乃"仁德之士"，重兄弟情义而轻女色。毕竟矮脚虎王英的粗鄙好色，确实难以匹配扈三娘，而宋江自身也无妻妾，但宋江为求实践前日的诺言，即使自己也心动于她，但终究仍以信义为重，慨然将年轻貌美的扈三娘许配给王英。宋江内心越是挣扎不舍，越发显得他难能可贵以及个人无私的气度。作者之所以有"（宋江）一夜未眠"等笔墨，只是要强调宋江确实也有爱恋之心，而非对他有所讥刺。作者一再要凸显宋江不是一般贪财好色之盗匪，而具备领袖的胸襟。

《西游记》第九十八回"功成行满见真如"，唐僧师徒历尽千难万险来到西方求取真经，而佛祖手下的两位尊者竟因向唐僧索要"人事"不得，只给了无字之经。孙悟空气不过，跑到佛祖之前告状，没料到，佛祖竟大言不惭地笑道：

> 你且休嚷，他两个问你要人事之情，我已知矣。但只是经不可轻传，亦不可
> 以空取。向时众比丘圣僧下山，曾将此经在舍卫国赵长者家与他诵了一遍，保
> 他家生者安全，亡者超脱，只讨得他三斗三升米粒黄金回来。我还说他们忒卖贱
> 了，叫后代儿孙没钱使用。你如今空手来取，是以传了白本。白本者，乃无字真
> 经，倒也好的。因你那东土众生，愚迷不悟，只可以此传之耳。

佛祖竟然纵容手下索要"人事"，并且还义正词严的辩驳一番。一场原本应是伟大而神圣的取经志业，如今竟然像是一场骗人的闹剧了。如来佛祖圣洁崇高的形象，在此却显得庸俗不堪，作者讥刺、嘲弄的笔调非常辛辣。❶

《金瓶梅》在用字上也常有深意，或借此来传达褒贬之义。第十四回"花子虚因气丧身，李瓶儿迎奸赴会"。小说所叙述的内容，花子虚是因伤寒病而死的，李瓶儿前去西门庆家中是了祝贺潘金莲的生日，但回目中偏写花子虚是"因气丧身"，李瓶儿是"迎奸赴会"。其中的用意，清末文龙解说得很清楚：

> 花子虚明明死于伤寒病，而目录大书曰："因气丧身"。果何气乎？为乃兄乃
> 弟耶？官司虽未赢，却亦未输，然则为其妻所气也，气其妻为友所骗也，其友固

---

❶ 参考李洲良：《春秋笔法论》第九章所举之例，中国社会科学出版社2012年版，第239、240页。

所称如兄如弟者也。家资之多少，虽不知其详，想亦知其略，妻友之所为，纵然无所见，未必无所闻。真兄弟争我财，不过困我身，仍未得我财，所分者胞叔之遗产耳。而妻则败我家，友则要我命而致我死，劫我财又将占我妻。子虚身死，而心能死乎？武大郎死于金莲之手，花子虚死于瓶儿之手，而实皆死于西门庆之手。

李瓶儿明明来拜生辰，目录大书曰："迎奸赴会"。是夜果与西门庆睡乎？曰：未也，睡在潘姥姥床上也。然则何以言奸也？其与西门通奸，不但金莲知之，月娘早已觉之，观其寄物，决无踌躇可想矣。孟玉楼又何尝不知，观其言曰：他爹归来，"也要留二娘"。女眷往来，与他爹何干？女眷留女眷不住，他爹何能留住？他爹留二娘，意欲何为？此时众人明明白白，因奸而来赴会，瓶儿亦自任不辞，且直以西门庆之妾之自居。其良心已丧，天理全无，视金莲何如乎？子虚死未五七，而死于李氏心中固不止五七矣。❶

作者的用意，明显是对于李瓶儿、西门庆两人的贬责。花子虚之死，追根结底是被李瓶儿、西门庆所气致死的。李瓶儿前去祝贺生日，也主要是为了与西门庆的奸情。作者依据《春秋》笔法的精神，追究祸首之罪过。

《金瓶梅》对于人物的褒贬或命运的预告常在名字上做文章，借由音、义的双关性来隐微暗示，此法后来在《红楼梦》中大加运用。张竹坡便明白指出：

夫安郎中名忱，言安枕也。宋乔年，言断送长年也。汪伯彦，言汪之北沿也。他如蔡蕴，骂其为男子中之媪，俗言婆婆妈妈是也。黄葆者，骂其为葆儿也。……此回写云里守，是言云遮月之意，故后文结果月娘以往云家去遇普净师也。忽入来友儿。夫三友，乃花间之雀莺燕等鸟也。鸟来而花残，况黄鹂乃四月之鸟，春已归矣。故来友儿，自王皇亲家出来。夫王皇者，黄也，离王皇亲而来，此黄鹂也。改名来爵，爵者，雀也，古雀字即爵，总是作者收拾花事之笔。而看者混账看过，遂使作者暗笑也。……贲四女名长姐，嫁夏家。言叶长于夏，为莲叶也。莲叶已无，只落枯茎矣，故后文接写陈敬济。必言贲四嫂水战，盖言莲叶在水。夫止余莲叶，则莲花已空，而金莲之死近矣，是皆金莲的文字。又虚描一楚云，言同归于梦，而梦实空也。况月与花有情，今云来月闭，且云来雪落，云至花凋，不使其来，盖既已梦矣，应须空写，故用鹿分郑相、蝶化庄周二

❶ [清]文龙：《金瓶梅》第十四回回末评，见朱一玄编《金瓶梅资料汇编》，南开大学出版社2002年版，第589页。

句，自点双睛。奈之何人不知之也？❶

《金瓶梅》作者擅长利用此一隐微的笔法，不仅褒贬人物，还预告情节、透露布局，发挥得淋漓尽致，影响深远。而张竹坡也别具只眼，能够洞悉作者的艺术匠心。

（二）志而晦

"志而晦"简言之即是"明载史实，而意蕴深远"，用词简约而含义隐微的叙事手法，如同小说评点家所谓的绵针泥刺之法。作者对于所记载的人或事，具有深意。人与事的记与不记，详记或省略，作者在其中寄托了褒贬美刺。

贯华堂本《水浒传》开卷第一回便安排大奸臣高俅出场，并详细交代其发迹市井的不堪经过，金圣叹认为如此的叙事章法，蕴含有全书的主旨在内：

> 一部大书七十回，将写一百八人也。乃开书未写一百八人，而先写高俅者，盖不写高俅，便写一百八人，则是乱自下生也；不写一百八人，先写高俅，则是乱自上作也。乱自下生，不可训也，作者之所必避也；乱自上作，不可长也，作者之所深惧也。一部大书七十回，而开书先写高俅，有以也。（第一回回评）

作者的好恶褒贬，借由全书的人物出场次序、结构安排来暗自传达，可谓手法宛转而寓意深远。此处亦可见八股文程序重视"破题"对于全文章旨的影响。

《大宋宣和遗事》与《水浒传》中都出现了一位京城名妓李师师，她虽然出身青楼却因得到宋徽宗的宠爱而红极一时。她在梁山泊众人的几次恳请之下，安排了"燕青月夜遇道君"（容与堂本第八十一回），促成了"宋公明全伙受招安"（第八十二回）。宋江这伙强人归顺朝廷，顺利接受招安这样一件国家大事，最后竟然成功于一位青楼女子，而不是太尉、枢密与丞相等大臣。作者这样的安排，映衬了满朝的文武大臣居然不及一位烟花女子！

宋江等人冤屈死后，作者又安排了宋徽宗幽会李师师。宋徽宗夜晚做了一梦，"梦游梁山泊"（第一百回），得知了宋江等人一一遇害：

> 上皇却把梦中神异之事，对李师师一一说之。李师师又奏曰："凡人正直者，必然为神。莫非宋江端的已死，是他故显神灵，托梦于陛下？"上皇曰："寡人来日，必当举问此事。若是如果死了，必须与他建立庙宇，敕封烈侯。"李师师

---

❶ [清]张竹坡：竹坡本《金瓶梅》第七十七回回评，见朱一玄编《金瓶梅资料汇编》，南开大学出版社2002年版，第534、535页。

奏曰："若圣上果然加封，显陛下不负功臣之德。"

李师师对宋徽宗的这段对答，朝中大臣们竟无一人敢于如此仗义执言，可见奸佞小人横行朝廷的严重，也坐实了"官逼民反""乱自上作"的罪状。

毛评本《三国志演义》第八十二回"孙权降魏受九锡"，孙权惧怕刘备为了报复关羽被杀之事而伐吴，竟然接受了中大夫赵咨的建议，愿意降格对曹魏"写表称臣"。毛宗岗对此深感惋惜，以为孙权不如曹操：

> 魏王受九锡，吴侯亦受九锡。君子于魏之受，讥曹操之不臣；于吴之受，笑孙权之不君。何也？"宁为鸡口，无为牛后。"韩侯之所以自奋也。江东之地，岂其小于韩邦哉？且降魏而有益于吴，则亦已耳；无益于吴，而徒受屈膝之耻。良足叹矣！操之九锡，操自加之者也；权之九锡，非孙权自加之，而待魏加之者也。自加之，与待人加，则有间矣！操之九锡，天子所不敢不与者也；权之九锡，魏欲加之，而权所不敢不受者也。人所不敢不与，与己所不敢不受，则又有间矣！且受汉之九锡则足荣，受魏之九锡则足耻。为篡汉而受汉之九锡，则为强；为降魏而受魏之九锡，则为弱。吾甚为孙权惜之。（第八十二回回评）

我们从孙权自己降格以求的委屈而耻辱的举动，其人的气度与才能也就很清楚地显现出来了。无怪乎！蜀国一亡不久，东吴也就无法再幸存了。

（三）婉而成章

"婉而成章"乃是基于现实的困境，为了回避政治忌讳，对于某些当权者不得不采用隐晦委婉的"微言"，所谓的曲笔、侧笔，以传达"刺讥褒讳挹损"之意。❶另外，《公羊传》有"三讳"之说："为尊者讳，为亲者讳，为贤者讳。"即讳言尊者、亲者与贤者之过失，甚至为了隐君王之恶而不惜造成历史的失真。"三讳"原则，用之于小说叙事虽不免带有经学的伦理价值信念，却为小说的人物塑造和情节编排营造了深沉委婉、含蓄蕴藉的艺术意境。

> "婉而成章"的笔法在四大奇书中的作用，不仅表现在对尊者、亲者、贤者的人称称谓上常使用避讳之词，更重要的是在情节叙事中对人物的过错或瑕疵加以曲笔回护。

《水浒传》的主旨是"官逼民反"，由于蔡京、童贯、高俅与杨戬四个奸臣贪婪枉法、

---

❶　[汉]司马迁：《十二诸侯年表》，《史记三家注》卷一四，七略出版社1991年版，第229页。

残害忠良，以至于祸国殃民，社会动荡不已。若是追究其祸乱的根源，必然直指宋徽宗。但儒家强调忠君，此一信念影响下，对于昏庸的君王多能够宽容，而隐讳其罪。把一切过错推向君王身边的臣子。因此，本书所谓的"替天行道"中的"天"是暗指君王，指斥其没有尽到君王牧民、养民之责，只好由人民来代行。

宋江确实是力主忠义的，但只能声言反贪官而不能声言反皇帝，口口声声要效忠赵官家，一心要归顺朝廷，接受招安，严守儒家的三纲五常。

> 今皇上至圣至明，只被奸臣闭塞，暂时昏昧。有日云开见日，知我等替天行道，不扰良民，赦罪招安，同心报国，竭力施功，有何不美。因此只愿早早招安，别无他意。（第七十一回）

> 都是汝等（高俅、童贯等人）谗佞之徒，误国之辈，妒贤嫉能，闭塞贤路，饰词矫情，坏尽朝廷大事！（第八十三回）

> 目今宋朝天子至圣至明，果被蔡京、童贯、高俅、杨戬四个奸臣专权。（第八十五回）

> 今日宋朝奸臣们，闭塞贤路，有金帛投于门下者，便得高官重用，无贿赂投于门下者，总有大功于国，空被沉埋，不得升赏。如此奸党弄权，谗佞侥幸，嫉贤妒能，赏罚不明，以致天下大乱，江南、两浙、山东、河北，盗贼并起，草寇猖狂。良民受其涂炭，不得聊生。（第八十五回）

宋江多次表明接受招安的心迹，甚至不惜与梁山的弟兄争执。在小说的最后，作者又安排宋徽宗斥责奸佞等人的误国，旌表宋江等人的忠义。《水浒传》的作者在明代专制的政治、文化等时空环境之下，只能倡言反贪官污吏，而不敢也不能主张革命，推翻君王。批评皇帝也只敢假借莽汉李逵以及外邦的君臣之口，讥讽之为"童子皇帝"，受人摆布，而不敢直接从宋江的口中说出真相：

> 宋江这伙都是梁山泊英雄好汉。如今宋朝童子皇帝，被蔡京、童贯、高俅、杨戬四个贼臣弄权，嫉贤妒能，闭塞贤路，非亲不进，非财不用，久后如何容得他们。（第八十五回）

> 且说宋朝原来自太宗传太祖帝位之时，说了誓愿，以致朝代奸佞不清。至今徽宗天子，至圣至明，不期致被奸臣当道，谗佞专权，屈害忠良，深可悯念。当是之时，却是蔡京、童贯、高俅、杨戬四个贼臣，变乱天下，坏国坏家坏民。（第一百回）

但更深一层来看，《水浒传》的作者对此已经深感疑虑、不满，只是碍于时代环境的限制，不敢也不能公然倡导造反，反叛皇帝，否则，如此大逆不道的内容，必然不能见容于当时的社会、士绅阶层。事实上，明清两代多次查禁图书，《水浒传》多名列其中。因此，小说采取了委婉的讽谕，借由宋江个人的一心招安，强力反对众人的谋反，结果却反而被逼冤屈而死的悲剧，反衬出招安归顺朝廷的不当，逼出了全书的主旨。亦即在昏庸的君王与腐败的朝廷之下，只有革命予以推翻，改立新朝，才是正确的抉择与唯一的途径。

《三国志演义》第七十三回至七十六回叙述关公取襄阳、失荆州、败走麦城终至被擒斩杀的始末，然而小说"为贤者讳"，并不明言败亡的根本原因。且作者在此数回中，多处明白赞美关公"勇而有谋""足智多谋""智勇盖世""威震华夏""武艺绝伦"，以平衡负面的观感。既然如此，荆襄重地何以失去？父子两人何以丧命？从史书可以得知，造成此一结果的重要原因在于关公个人的骄矜高傲、刚愎自用所致。《三国志·关张马黄赵传》结尾说他"刚而自矜"。《资治通鉴》卷六十八记载：

> （陆）逊曰："羽矜其骁气，陵轹于人，始有大功，意骄志逸，但务北进，未嫌于我；有相闻病，必益无备。今出其不意，自可禽制。下见至尊，宜好为计。"（吕）蒙曰："羽素勇猛，既难为敌，且已据荆州，恩信大行，兼始有功，胆势益盛，未易图也。"蒙至都，权问："谁可代卿者？"蒙对曰："陆逊意思深长，才堪负重，观其规虑，终可大任；而未有远名，非羽所忌，无复是过也。若用之，当令外自韬隐，内察形便，然后可克。"权乃召逊，拜偏将军、右部督，以代蒙。逊至陆口，为书与羽，称其功美，深自谦抑，为尽忠自托之意。羽意大安，无复所嫌，稍撤兵以赴樊。

司马光直言关公骄矜气盛、目中无人，过于轻敌而导致败亡。但罗贯中对此并不直言，因为在元末明初之时，关公已在民间已经享有崇高的地位，甚至成为一种普遍的民间信仰。所以小说作者借由一些事迹来显现关公的为人行事作风，婉转道出败亡的缘故，而这些事迹也多取材于史书。例如以"虎女安肯嫁犬子"拒绝吴主孙权的为子求婚。不屑于老将军黄忠与自己同列"五虎大将"，竟然怒称"大丈夫终不与老卒为伍"。听闻孙权任命名望不高的陆逊率军与自己相抗，便讥笑孙权、陆逊"仲谋见识短浅，用此孺子为将"。陆逊特意写信敬赠厚礼给关公，"书词极其卑谨。关公览毕，仰面大笑。"又有暗写其不甚得军心之处。"关公率兵取荆州，军行之次，将士多有逃回荆州者。关公愈加恨怒，遂催军前进。"王甫等人几次以良谋劝谏关公，都不被采纳以至于战事失利。王甫最后警诫不可走小路突围，虽然经过了几次惨痛教训，关公仍不听从，"虽有埋伏，吾何惧哉？"导

致最终遭山路两旁的伏兵所擒获。直到第七十八回，才借由诸葛亮的口中说出"刚而自
矜"四字。

（四）尽而不污

"尽而不污"乃是"不隐不讳而如实得当，周详而无加饰"，直书其事之意。借由事件
的详尽而客观的呈现，自然的表达出应有的论断，让史料自己说话。因此史料的选择、编
排，成为史义的重要表达方式。作者把他的爱憎褒贬寄寓于客观叙事之中，也就是顾炎武
所称许的："于序事中寓论断也。"

《西游记》第三、四、五回讲述孙悟空前往龙宫索讨武器，到冥府删改生死簿，接受
太白金星的招安，任职天庭小吏弼马温，及至后来发现受骗而反天宫等一连串的情节。从
中我们可以发现这些神仙一连串的虚伪、欺诈。相形之下，孙悟空显现出的是纯真、尽
责。首先是东海龙王、森罗一殿秦广王分别"罗织"一些罪状，上奏玉皇大帝，意图天兵
"收降妖孽"。

> 欺虐小龙，强坐水宅，索兵器，施法施威；要披挂，骋凶骋势。惊伤水族，
> 唬走龟鼍。南海龙战战兢兢，西海龙凄凄惨惨，北海龙缩首归降。臣敖广舒身下
> 拜。献神珍之铁棒，凤翅之金冠，与那锁子甲、步云履，以礼送出。他仍弄武
> 艺，显神通。

> 逞恶行凶，不服拘唤。弄神通，打绝九幽鬼使；恃势力，惊伤十代慈王。大
> 闹森罗，强销名号。

龙王与秦广王歪曲了事情的真相，加油添醋了许多夸大的细节，加重了事件的严重
性，而玉帝也不详查，不问是非黑白，一句"览毕"之后就准备诉诸武力擒拿。幸有太白
金星劝说而改采招安的手段，但其中也有谎骗不实的部分。两人进南天门时太白金星对孙
悟空的说辞，明显可看出是一种误导：

> 大王息怒。你自来未到，天堂却又无名，众天丁又与你素不相识，他怎肯放
> 你擅入？等如今见了天尊，授了仙箓，注了官名，向后随你出入，谁复挡也？

孙悟空一时不察，欣然赴任弼马温，自就职以来日夜辛劳，认真负责：

> 这猴王查看了文簿，点明了马数。本监中典簿管征备草料；力士官管刷洗马
> 匹、扎草、饮水、煮料；监丞、监副辅佐催办；弼马昼夜不睡，滋养马匹。日间
> 舞弄犹可，夜间看管殷勤。但是马睡的，赶起来吃草；走的，捉将来靠槽。那些

天马见了他，泯耳攒蹄，倒养得肉肥膘满。

原以为受到天庭的荣宠礼遇，无意中发现竟是一场骗局：

> 猴王忽停杯问曰："我这'弼马温'是个甚么官衔？"众曰："官名就是此了。"又问："此官是个几品？"众道："没有品从。"猴王道："没品，想是大之极也。"众道："不大，不大，只唤做'未入流'。"猴王道："怎么叫做'未入流'？"众道："末等。这样官儿，最低最小，只可与他看马。似堂尊到任之后，这等殷勤，喂得马肥，只落得道声'好'字，如稍有些尪羸，还要见责；再十分伤损，还要罚赎问罪。"

读者看了整件事情的详细原委，自然对于两方的曲直对错有一个客观而正确的评断，对于孙悟空的大闹天庭之举产生了同情及理解。这样的结果，要归功于"尽而不污"的笔法。

《金瓶梅》之所以对于闺阁之中，男女情欲之事无所避讳，其用意之一便是要达到"尽而不污"，在"不隐不讳"的穷形尽相的如实而客观的刻画之中，自然的显露出作者的褒贬态度。西门庆、潘金莲等人的横死，在作者"周详而无加饰"的顺时铺叙之下，西门庆诱夺人妻、潘金莲毒死亲夫武大的整个过程，都完整地展现在读者面前，从而读者对于两人的言行自然有一公允的评价，而不必作者跳出来另外多费唇舌。

对于另外一类没有大奸大恶之人的描写，"尽而不污"的笔法也能够收到自然而客观的实录效果。《金瓶梅》里的吴月娘是西门庆的正房妻子，小说中表面上称颂她"秉性贤能"。然而，作者对这位贤能的好人却常采用冷峻之笔以彰显她的不善、不贤，其中最明显的贬刺莫过于崇祯本第九十六回"春梅姐游旧家池馆"的一段情节了。当时春梅已经贵为周守备的官夫人，位高势大，但在吴月娘的面前却仍以奴贱自称。吴月娘此时也尊称她姐姐，曲尽逢迎之态。然而，相对于之前不久，吴月娘才把春梅净身出户，贱卖给他人，就连衣裳、首饰都不允许她带走。此前如此无情无义，此刻却又谦逊多礼、情深意长，相形对照之下，前倨而后恭，吴月娘为人的浅薄、势利与贪婪，也就明确不过了。故张竹坡云："作者写月娘之罪，纯以隐笔，而人不知也。"❶ 月娘深藏"奸险隐忍之心""真是千古第一恶妇人"❷。

应伯爵是西门庆结拜的十弟兄之一，擅长插科打诨、吃喝玩乐，而且表面上两人交情最好，胜过同胞亲人。然而西门庆一死，他便忙着吞没其钱财，并很快投靠新的主子张二

---

❶ ［清］张竹坡：《批评第一奇书金瓶梅读法》。

❷ ［清］张竹坡：奇书本《金瓶梅》第八十回回评。

官,甚至帮忙谋夺西门庆的财产与妻妾:

> 话说李娇儿到家,应伯爵打听得知,报与张二官知,就拿着五两银子来请他
> 歇了一夜……使了三百两银子,娶到家中,做了二房娘子……伯爵、李三、黄
> 四借了徐内相五千两银子,张二官出了五千两,做了东平府古器这批钱粮,逐日
> 宝鞍大马,在院内摇摆。张二官……家中收拾买花园,盖房子。应伯爵无日不在
> 他那边趋奉,把西门庆家中大小之事,尽告诉与他。说:"他家中还有第五个娘
> 子潘金莲,排行六姐,生的上画儿般标致,诗词歌赋,诸子百家,拆牌道字,双
> 陆象棋,无不通晓。又写得一笔好字,弹得一手好琵琶。今年不上三十岁,比
> 唱得还乔。"说得那张二官心中火动,巴不得就要了他,便问道:"莫非是当初
> 卖炊饼的武大郎那老婆么?"伯爵道:"就是他。被他古来家中,今也有五六年
> 光景,不知他嫁人不嫁。"张二官道:"累你打听着,待有嫁人的声口,你来对我
> 说,等我娶了罢。"伯爵道:"我身子里有个人,在他家做家人,名来爵儿。等我
> 对他说,若有出嫁声口,就来报你知道……你如今有了这般势耀,不得此女貌同
> 享荣华,枉自有许多富贵。我只叫来爵儿密密打听,但有嫁人的风缝儿,凭我甜
> 言美语,打动春心,你却用几百两银子,娶到家中,尽你受用便了。"(崇祯本第
> 八十回)

应伯爵的言行,在西门庆生前死后的对比之下,势利小人、酒肉朋友的样貌与嘴脸都
显露了出来。西门庆地下若有知,想必要大叹识人不明了。

(五)惩恶而劝善

在叙事之中,必须要能够体现出褒贬的倾向。何以"孔子成《春秋》而乱臣贼子
惧"?这便是《春秋》在叙事中显示出了作者个人的评价,使得那些有"犯上作乱"行为
的"乱臣贼子"被记载在文本之中,广为流传而遗臭万年。史传叙事追求经世致用之目
的,从而不仅是历史演义的作者大多有借由敷演史事而寄寓劝惩的用意,其他题材的小说
也特别重视故事内容所能引生的某种人生教训。

四大奇书的写作主要是针对家国、社会、政治而发,以庶民阶层的身份与角度,批判
朝廷、官僚阶层的种种恶形恶状,小说之中寄寓了民众的怨愤之情。在明代如此高压统
治、钳制人民言论的专制时代,作者的深心、苦心必须曲折隐晦的传达,从而《水浒传》
隐于盗寇、《西游记》隐于神魔、《金瓶梅》隐于财色。书中的寓意不得不以如此奇谲的笔
法、题材来寄托,否则便要干犯禁忌。作者不仅惹祸上身,其著作也必将遭受查禁,难以

流通。纵然如此，这几部小说在明清两代，也屡屡被禁止刊行，时常被列入官府的禁毁名单之中。从而四大奇书在古代虽然是属于一种不登大雅之堂的边缘文类，但是其中都蕴藏有作者基于庶民阶层的褒贬态度，寄托有个人的情志，不可等闲视之。

二、反讽修辞的商榷

浦安迪及夏志清认为四大奇书中有使用反讽修辞，一方面这是对于文本的误读，另一方面则是对于《春秋》书法的误解。《春秋》书法运用在刘备、关公、宋江、武松与唐僧等角色，主要不在于贬损、讽刺他们"名不符实""虚有其表"，而是"为贤者讳"。在他们的形象伤害最小之下，隐微或婉转的传达事实。

（一）反讽与《春秋》书法的异同

反讽（irony）是西方文学的传统概念，普遍被使用于文学创作和批评，这一术语可以追溯到古希腊的喜剧，也受到 20 世纪英美新批评学派（the New Criticism）的重视，主要用之于诗歌的分析和批评。新批评中"最活跃、也是最多产的批评家"布鲁克斯便是把反讽视之为诗歌批评的主要标准之一。❶

认为四大奇书具有反讽笔法，这种论点大概始于夏志清，而浦安迪继之，这应当是西方文学的研究者，基于对西方文学传统的认识，所容易产生的见解。夏志清早年留学美国耶鲁大学，与新批评的倡导者渊源深厚，重视文本的细读、分析，因此，多从反讽的角度以探求文本的深意。此外，也与西方当代著名的文学批评家弗莱的名著《批评的剖析》有关。浦安迪热衷于"原型批评"理论，而弗莱正是其中的佼佼者。依据弗莱的理论，叙事有四种主要类型，计有：喜剧、传奇、悲剧以及讽刺。这是与春、夏、秋、冬四季更迭转换相关的神话的四种基本形式的替代表现法。从中也可见讽刺一类小说，在西方文学中的重要地位。

英文与中文两者之间语文的差异，主要在于时态、人称和语态等变化。英文小说喜用"间接引语"的形式来叙述，作为描述的文字常具有多方面的功能和作用。再加上西方人的民族性与文学传统，散文中惯用机智、幽默甚至是嘲讽的口吻来看待人、事、物，故而多有反讽的笔调。中国古代小说几乎都是使用"直接引语"，使得叙述话语、人物话语截然二分，各有功用，不同于英美那种洋溢散文机智的小说——暗藏讥讽、滑稽模仿的口吻。❷

---

❶　李卫华:《价值评判与文本细读：新批评之文学批评理论研究》，中国社会科学出版社 2006 年版，第 77—89 页。
❷　申丹:《叙述学与小说文体学研究》（第三版），北京大学出版社 2004 年版，第 288—330 页。

英美小说的叙述者语言，由于必须顾及人称、时态、语态、引导句等烦琐的语法规则，使得叙述者常从用字遣词上来直接对于人物、事件进行反讽、滑稽模仿等修辞，以求简洁、便利。所以，往往在文字叙述上暗藏嘲弄、讥讽。但中国古代小说，由于语文书写上不需考虑太多那些文法、语法等问题，所以，叙述与评论一般采用二分法，在描述人物、事件之时都采取客观的态度，作者个人的评论则以另外的形式来传达。

从孔子写作《春秋》以见己意之后，中国古代史传叙事已形成了自己的体例、规范，史家以"君子曰""太史公曰""臣光曰"等来区隔自己的评断，强调叙事与论断不容相混，标榜叙事的客观性。文言小说也有"异史氏曰"的模仿，四大奇书则是多以"看官听说"来开始陈述己见或者简单地以回末的"下场诗"来表达。《春秋》书法中又有所谓曲笔、侧笔，基于现实的困境，采用隐晦委婉地"微言""侧笔"，以传达"刺讥褒讳抑损"之意。❶

中国古代小说的"说话人"，采取"全知叙述者"的形式，其陈述的语文客观可信，近于"零度语言"，并没有被塑造成个性化、人物化的人物，享有以常规程序为基础的绝对可信性、权威性，从而具有深化主题，避免读者误解的便利处。听众与读者完全仰赖他来传述故事内容、评断人物言行，成为一切评价的基准。故事与话语因此而得以二分，"说话人"及其听众、看官，乃是处于话语层而非故事层之中。

四大奇书源自话本，"说话人"面对的是市井大众，因此在传达信息时必须态度明确，必须考虑到传达的有效性，否则听众将会有所误解。而听众对于故事的内容与评断都完全仰赖"说话人"，他们把"说话人"视为最可信的信息来源。"全知叙述者的评论具有客观性和权威性"的特点，这在起源自话本的小说中尤其显著。从而浦安迪所称的"反讽"修辞，在中国古代小说中将会构成信息传达的障碍，即使是经过文人润饰的经典小说"四大奇书"，也不能违反此一叙述常规、惯例。❷因为文学上的这种叙述常规不是天生如此的，乃是经过长期实践所形成、确定的，它是作者与读者在信息传达上的默契。

中国古代小说所使用的讽刺艺术，大抵上是《儒林外史》的表现方式，而非浦安迪所言的那种常见于西方小说中的反讽。两者使用的方式有所不同，中国的讽刺艺术，往往利用人物在不同场景中的言行差异、人情反复，彼此对照、前后对比而显现出事实真相。

（二）人物的塑造

此处针对浦安迪所举出的几个例子：关公、宋江与唐僧三人，探讨反讽修辞的适切性。

❶ ［汉］司马迁：《十二诸侯年表》，《史记三家注》卷一四，七略出版社1991年版，第229页。
❷ 申丹：《叙述学与小说文体学研究》（第三版），北京大学出版社2004年版，第215—237页。

《三国志演义》第六十六回"关云长单刀赴会"一节，关公预先安排好了支持接应的部队，浦安迪以为是作者暗暗反讽他的胆怯，实际上并不是如此英勇威武：

> 即使是在民间通称为"单刀赴会"这一妇孺皆知的情节中，关羽的英勇形象也不是完美无缺的：他仔细安排好救应部队以防自己发生意外。小说中这个细节在《三国志平话》里是没有的。❶

关公"单刀赴会"是历史事实，见于《三国志·鲁肃传》，不是罗贯中虚构来讽刺关公的。早在元代人关汉卿的杂剧《关大王独赴单刀会》便有此情节，全剧四折主要在表现关公无所畏惧的英雄气概，有勇有谋的统帅形象。剧中鲁肃为了讨还荆州，邀请关羽过江赴宴，计划在宴席上杀害关羽。然而关羽早料到了鲁肃的计谋，做好了必要准备。小说其实这主要是为了凸显他智勇双全，强调关羽的谋略，不是一介莽撞粗豪的武夫可比。

民间传说与戏曲，往往只是撷取人物一生中某一精彩片段的情节，作为"单元剧"的形式表现，每个人物都成了主角，因此可以尽情夸大、戏剧化。但是把众多人物编排成一部首尾完备的长篇小说，必须考虑各个人物主从轻重的关系、全书情节的发展演变以及寓意主题的凸显。从而四大奇书必须适度修正民间传说与戏曲过度渲染夸大的部分。所谓一山不容二虎，这些早期流传的单元戏曲或短篇话本，可谓个人的"本传"，其中的英雄可以被极力铺张其神勇到了无敌的地步，因为牵涉到的人物不多，不至于影响全局。但是汇集了宋元各种戏曲、话本、民间传说的众多英雄豪杰于一炉之时，势必要分出高低、轻重、主从，无法把每个人物都塑造成举世无匹的大英雄。因此关公、张飞、吕布、典韦、许褚、赵云、马超就必须衡量强弱次序，林冲、武松、鲁智深、杨志、花荣、关胜也要安排高下名单，不能够如同在先前杂剧中那般威武的形象。

浦安迪认为《水浒传》中的宋江与他的"及时雨""孝义黑三郎"等几个绰号，都有名实不符的问题。他讥讽宋江好女色，贪图扈三娘美艳，但口是心非：

> 小说处理宋江对待一丈青的态度更是饱含反讽的潜在意味。繁本作者在第48回里以其微妙的笔调告诉我们，宋江为那位女将的武艺"暗暗的喝采"。当最后被林冲生擒、接着宋江把她押送到梁山泊他父亲处听候发落时，所有在场的人都很自然地以为他要把她据为己有。就在这时，繁本作者不慌不忙添上了生动的一笔："宋江彻夜未眠"。后来当他把她交送给那令人厌憎的王英时，人们也许会认为这又是宋江慷慨大度的一个证据。但鉴于宋江、王英形体上的相似之处，同时又把这样一位英勇善战的女将嫁给一个侏儒这种乱点鸳鸯谱做法，很难不由人

---

❶ ［美］浦安迪，沈亨寿译：《明代小说四大奇书》，中国和平出版社1993年版，第348页。

从中觉察一种辛辣的挖苦味。❶

小说中叙述"众头领都只道宋江要这个女子""（宋江）一夜未眠"，此处实是要彰显宋江乃"仁德之士"，重情义而轻女色。故而胡适以为《水浒传》写宋江，并没有责备的意思。"（金圣叹）他处处深求《水浒传》的'皮里阳秋'，处处把施耐庵恭维宋江之处都解作痛骂宋江。这是他的根本大错。"❷陈平原也不认同所谓的"反讽"笔法。他说：

> 现代人很容易在梁山故事中读出反讽的意味，可我更倾向于认为，作者只是希望如实呈现。同被逼上梁山，同是血性男儿，同有浑身本领，要写出一百零八将的不同个性，实非易事。❸

小说的故事必须写得精彩生动，人物栩栩如生。因此人物的刻画、情节的安排必须多方考虑，这是小说不同于史传叙事之处。史传不能以故事精彩曲折为考虑，必须记录实事，但小说则重在精彩的故事、生动的人物。这正是金圣叹所言的"以文运事"（史传）与"因文生事"（小说）两者的差异。小说中的人物从而必须有强弱、优劣、智愚之差别，不能太多雷同，故而张飞在民间传说中的武勇就必须削弱，否则何以凸显出关羽、吕布、赵云等人的武艺高超。人物的性格、能力等方面的种种调整，其实是作者全盘考虑之下，不得不作的修改。

浦安迪认为《西游记》中的如来佛祖、菩萨与唐僧，都不是表面上那般的神圣。作者时常加以嘲讽：

> 小说中的玄奘经常处于神经质状态，耐不得饥寒，为个人安危担惊受怕，与他面容沉静，散发出圣洁光轮的传统图象适成鲜明对照。这一点在一些故事情节中表现得最为清楚——尤其是在第 36 回与第 64 回——他在那里表面上达到了彻见心性、了无杂念的典型境界，充溢着皎洁的明月意象，但这种场景常常终于显得是一种虚假的打坐把戏——一种直接引起情欲色彩的新纠纷。❹

唐僧在《西游记》中已是陪衬的配角，其功能在于凸显孙悟空的委屈、忠诚、善良，所以把唐僧塑造成如此不堪的形象，与早期的故事相差甚大。《西游记》的主旨之一在于心灵的启蒙、悟道，人心的磨炼，故师徒四人皆有各自的不完美。唐僧若不写成如此的易怒、沮丧、胆怯、易受蒙蔽，便不能显见孙悟空的优点，也不符合全书的旨趣，难以产生

---

❶ [美] 浦安迪，沈亨寿译：《明代小说四大奇书》，中国和平出版社 1993 年版，第 272 页。

❷ 胡适：《水浒传考证》，《水浒传与红楼梦》，远流出版公司 1994 年版，第 65—107 页。

❸ 陈平原：《中国散文小说史》，上海人民出版社 2004 年版，第 316 页。

❹ 同上，第 178 页。

戏剧效果。唐僧等人之色欲考验只是要表现心灵在抗拒情欲上的艰难，作者并没有对唐僧在色欲考验上，有所怀疑、讽刺。况且此刻的唐僧正在西天取经的路途，尚未悟道成佛，只是一般的僧侣。但作者时常通过猪八戒的"淫心紊乱"，反衬了唐僧禅心的坚定。

浦安迪所言的反讽，其实是作者在处理这种众多的来自不同地方的材料时，不得不作的剪裁、调整，否则这些各行其是的材料便无法整合成浑然一体的长篇小说。此外，民间艺人与文士在审美、情思等方面也有所差异。毕竟，四大奇书的作者，无法完全消除或统一这些数百年来累积的各种材料，一些众声喧哗的现象在此种世代累积型的长篇小说之中是会存在的，难以完全抹除。其中虽然偶见对于世俗人生与人物之讽刺，但反讽毕竟不是中国白话小说之主要性质，不可过度解读。

浦安迪过于夸大了所谓的"反讽"笔法，他也不自觉地运用了西方的标准来看待富含中国民间文化的小说，忽略了这些作品成书的过程，也过于夸大了书中修辞的意涵。事实上，这些与先前祖本的一些差异，乃是作者在整合各种不同来源的庞杂材料之下，不得不作的调整、修正。四大奇书，除了《西游记》《金瓶梅》之外，在明初即已大致写定，明代中叶尽管书贾仍有新的修订，但并没有太大的变动。浦安迪因此只能借助于西方的反讽修辞来勉强自圆其说，以符合他所谓的明代中叶的心学对于四大奇书的重大影响，他的一些附会之处其实是受到了金圣叹对于宋江的偏见所误导。正是因为浦安迪懂得西方小说的"反讽"修辞太多了，所以会从"反讽"的角度来解读四大奇书，从而造成了某些过度的诠释。

第三节　白话小说叙事美学的追求

小说派生于史传，最终"从附庸而蔚为大国"，小说写作之文笔也来自于史传之史笔，是以探讨小说叙事美学，必须从辨别小说与史传两者之异同开始。中国传统叙事文的主要内容不外乎人与事，人与事乃是中国史传记述的重心所在，影响所及，中国小说之写作，继承史传之史笔但又有所发展，叙事、写人之外，又有写景（环境景物）以及生活细节的描写。吾人仔细研究四大奇书评点的内容，可知其阐述的重心便在叙事、写人两方面。

王靖宇分析金圣叹的《水浒传》评点，以为金圣叹最赞赏此书之处有三：人物塑造的逼真、事件叙述的生动、描写技巧的精湛。[1]亦即人物、事件以及景物环境是中国小说写作的重心所在，描写技巧主要也着重在人、事与景物的刻画。景物环境离不开人，写景之

---

❶　王靖宇：《金圣叹的生平及其文学批评》，上海古籍出版社 2004 年版，第 62 页。

目的在于表现人物。此外，中国史家一般不重视环境景物的描写，写景主要是文人施展文才之处，如同抒情之作乃是文人的擅长。这也是史传与小说的重大差异之一。

一、不尚实录

论断中国古代史传、小说与诗文的叙事、写人艺术，今人多以西方的现代小说观念为标准，以为只要是以文学、审美性质的手法加诸人物的描写、塑造，或者事件的铺陈、叙述，便是运用了"小说的笔法"。这种偏颇的认知，古人已有，但今日更形严重。黄宗羲即言：

> 叙事须有风韵，不可担板，今人见此，遂以为小说家伎俩，不观《晋书》《南》《北》史列传，每写一二无关系之事，使其人之精神生动，此颇上三毫也。❶

然而，古代中国原本文、史不分，文学的观念迟至六朝时代才兴起。况且《左传》《史记》的叙事写人艺术已很成熟而完善，许多手法多具有今人所称之文学性质。史传运用今人所谓"小说的笔法"，早在小说诞生之前。这类笔法并不是小说的专利，事实上早已存在。司马迁把鸿门宴一事描写得极为细腻、生动，引人入胜，无论是否为历史事实，但唯有如此的写法，才能表现出当时剑拔弩张的紧张、险恶的局势。固然史书往往"粗陈梗概"，忽略细节琐事的描写，但不可因此便把这种细腻刻画的技法称为"小说笔法"。史传与小说两者的差异，关键并不在于"小说的笔法"之是否运用。

传统上认为中国史传与小说之差别，主要在于实录、虚构。然而虚构与否，实际上并不足以作为两者的区别。史传在人与事的细节上也不免有揣测、附会、想象，以弥缝重大史实的空白之处。而小说也时常取材于史实，以作为编织情节的基础。

中国古代文人所谓的"小说"，指的是凭空虚构，没有事实根据的"子部小说"，乃是与以实录为目的之史传相对而言者。这是一种中国古代文人传统的小说观，最普遍的看法。

所谓"子部小说"，即指"街谈巷语，道听途说者之所造也。"❷不免夸大渲染而失真，以至于真伪并存。"迹其流别，凡有三派：其一叙述杂事，其一记录异闻，其一缀辑琐语也。"❸由于内容不尽然是事实，尽管记录了一些历史上的人与事，但无法被视为史籍。

---

❶ [明] 黄宗羲：《论文管见》,《南雷文定》三集，卷三，商务印书馆 1936 年版，第 58 页。

❷ 〔汉〕班固：《汉书·艺文志》诸子略之小说家。

❸ 《四库全书总目提要》卷一四〇，子部小说家类一，台湾商务印书馆 1985 年版，第 2882 页。

四大奇书则是源自话本、变文、讲史、演义的另一种"小说"，应纳入"集部"之中而始终未果。虽然有别于"子部小说"，但同样是不拘于事实，可以尽情想象，从而其情节容易曲折引人，富有情致，但也往往过于离奇，而令人感到夸大不实。钱钟书认为史传与小说、戏曲的记录人与事，都运用了相同的想象、虚构的手法：

> 史家追叙真人实事，每须遥体人情，悬想事势，设身局中，潜心腔内，忖之度之，以揣以摩，庶几入情合理，盖与小说、院本之臆造人物、虚构境地，不尽同而可相通。❶

史传叙事无可避免地必须辅以想象之力，以弥补史料文献之不足，如同小说之编织故事，代拟人物的对话，否则势必无法纪录完整。❷从而蒲安迪也认为"从中国文化的叙事审美角度来看，'实'与'虚'并非简单地处于对立状态，二者常有互补的部分。"❸但两者毕竟有差异，史传是以实录为前提，尤其是重大的人与事，不能虚构造假；小说则没有这种限制，人与事不论其轻重大小，虚构与否必须以动人的戏剧性为前提，然后刻画力求细腻生动，从而必须借助于想象之力。

二、删烦补缺

查考史书的记载，明显可见《三国志演义》多取材于《资治通鉴》，以编年体作为主要依循的叙事结构。《资治通鉴》卷五十六，灵帝建宁二年：

> 春，正月，丁丑，赦天下。帝迎董贵人于河间。三月，乙巳，尊为孝仁皇后，居永乐宫；拜其兄宠为执金吾，兄子重为五官中郎将。夏，四月，壬辰，有青蛇见于御坐上。癸巳，大风，雨雹，霹雳，拔大木百余。诏公卿以下各上封事。大司农张奂上疏曰："昔周公葬不如礼，天乃动威。今窦武、陈蕃忠贞，未被明宥，妖眚之来，皆为此也。宜急为改葬，徙还家属，其从坐禁锢，一切蠲除。又，皇太后虽居南宫，而恩礼不接，朝臣莫言，远近失望。宜思大义顾复之报。"上深嘉奂言，以问诸常侍，左右皆恶之，帝不得自从。奂又与尚书刘猛等共荐王畅、李膺可参三公之选，曹节等弥疾其言，遂下诏切责之。奂等皆自囚廷尉，数日，乃得出，并以三月俸赎罪。郎中东郡谢弼上封事曰："臣闻'惟虺惟蛇，女子之祥'。伏惟皇太后定策宫闱，援立圣明，《书》曰：'父子兄弟，罪不

---

❶ 钱钟书：《左传正义》，《管锥编》册一，北京三联书店 2008 年版，第 271—273 页。
❷ 当代史学界已有此种理论主张，例如后现代历史学家海登·怀特（Hyden White）。
❸ ［美］蒲安迪：《中国叙事学》，北京大学出版社 1996 年版，第 31 页。

相及', 窦氏之诛, 岂宜咎延太后! 幽隔空宫, 愁感天心, 如有雾露之疾, 陛下当何面目以见天下! 孝和皇帝不绝窦氏之恩, 前世以为美谈。《礼》,'为人后者为之子', 今以桓帝为父, 岂得不以太后为母哉! 愿陛下仰慕有虞蒸蒸之化, 俯思《凯风》慰母之念。臣又闻'开国承家, 小人勿用', 今功臣久外, 未蒙爵秩, 阿母宠私, 乃享大封, 大风雨雹, 亦由于兹。又, 故太傅陈蕃, 勤身王室, 而见陷群邪, 一旦诛灭, 其为酷滥, 骇动天下; 而门生故吏, 并离徙锢。蕃身已往, 人百何赎! 宜还其家属, 解除禁网, 夫台宰重器, 国命所系, 今之四公, 唯司空刘宠断断守善, 余皆素餐致寇之人, 必有折足覆𫗧之凶, 可因灾异, 并加罢黜, 征故司空王畅、长乐少府李膺并居政事, 庶灾变可消, 国祚惟永。"左右恶其言, 出为广陵府丞, 去官, 归家。曹节从子绍为东郡太守, 以它罪收弼, 掠死于狱。帝以蛇妖问光禄勋杨赐, 赐上封事曰:"夫善不妄来, 灾不空发。王者心有所想, 虽未形颜色, 而五星以之推移, 阴阳为其变度。夫皇极不建, 则有龙蛇之孽, 《诗》云:'惟虺惟蛇, 女子之祥。'惟陛下思干刚之道, 别内外之宜, 抑皇甫之权, 割艳妻之爱, 则蛇变可消, 祯祥立应。"赐, 秉之子也。

史书的基本功能之一, 即是保存史料、文献, 故此记载求详, 因此常令人感到索然乏味。小说不须备遗忘、存文献, 而以趣味为重。对于历史事实不必一一详记, 而历史记载简略不详甚至空白之处, 反倒可以肆意虚构、大加发挥。因此《三国志演义》取材于此的第一回前半部分, 删除了与日后三国争霸无关的人与事, 简略的交代了汉末的乱局, 以作为小说的背景。

桓帝禁锢善类, 宠信宦官。及桓帝崩, 灵帝即位, 大将军窦武、太傅陈蕃共相辅佐。时有宦官曹节等弄权, 窦武、陈蕃谋诛之, 机事不密, 反为所害, 中涓自此愈横。建宁二年四月望日, 帝御温德殿。方升座, 殿角狂风骤起。只见一条大青蛇, 从梁上飞将下来, 蟠于椅上。帝惊倒, 左右急救入宫, 百官俱奔避。须臾, 蛇不见了。忽然大雷大雨, 加以冰雹, 落到半夜方止, 坏却房屋无数。建宁四年二月, 洛阳地震。又海水泛溢, 沿海居民, 尽被大浪卷入海中。六月朔, 黑气十余丈, 飞入温德殿中。秋七月, 有虹见于玉堂。五原山岸, 尽皆崩裂。种种不祥, 非止一端。帝下诏问群臣以灾异之由。议郎蔡邕上疏, 以为霓堕、鸡化, 乃妇寺干政之所致, 言颇切直。帝览奏叹息, 因起更衣。曹节在后窃视, 悉宣告左右; 遂以他事陷邕于罪, 放归田里。后张让、赵忠、封谞、段珪、曹节、侯览、蹇硕、程旷、夏恽、郭胜十人朋比为奸, 号为"十常侍"。帝尊信张让, 呼为"阿父"。朝政日非，以致天下人心思乱，盗贼蜂起。

上疏劝谏灵帝的应为大臣张奂、谢弼、杨赐三人，小说把相关的情节做了改写，并且把大臣改为蔡邕一人，文字简洁生动而不冗长烦重，并且把三人所上封事的详细内容都删除了。史书有保存文献的任务，小说的本质在于趣味。

三、因文生事

史传与小说的差异，除了内容的真伪之外，还必须考虑其撰作之目的，以及记述人、事手法的异同。是以金圣叹从"文"与"事"的关系，重新厘清小说与史传。

> 夫修史者，国家之事也；下笔者，文人之事也。国家之事，止于叙事而止，文非其所务也。若文人之事，固当不止叙事而已，必且心以为经，手以为纬，蹉跎变化，务撰而成绝世奇文焉。如司马迁之书，其选也。马迁之传伯夷也，其事伯夷也，其志不必伯夷也；其传游侠货殖，其事游侠货殖，其志不必游侠货殖也；进而至于汉武本纪，事诚汉武之事，志不必汉武之志也。恶乎志？文是已。马迁之书，是马迁之文也。马迁书中所叙之事，则马迁之文之料也，以一代之大事，如朝会之严，礼乐之重，战陈之危，祭祀之慎，会计之繁，刑狱之恤，供其为绝世奇文之料。❶

一般史家重"事"而轻"文"，"文"只求简要而已。然而，司马迁不同于一般史家之侧重在"事"而已，也力求"文"的表现，以寄托心志。《史记》"以文运事""事借文传"。"事"是指历史大事，也包含事件中重要的历史人物在内，这些当然是着史之主要目的。然而若无奇"文"以为之助，则历史人事的保存与传播之效用，必然大为减弱。"文"除了是文辞之意，也包含他所要寄托的褒贬美刺。是以司马迁苦心经营，借由良好的史笔、文笔，以及完善的修辞手法、谋篇布局，再现当年的历史遗迹，并且在其中寓有他个人的评议。

> 能使君相所为之事必寿于世，乃至百世千世以及万世，而犹歌咏不衰，起敬起爱者，是则绝世奇文之力，而君相之事反若附骥尾而显矣。是故马迁之为文也，吾见其有事之巨者而骤栝焉，又见其有事之细者而张皇焉，或见其有事之阙者而附会焉，又见其有事之全者而轶去焉，无非为文计，不为事计也。❷

---

❶ [清]金圣叹:《水浒传》第二十八回总批。

❷ 同上。

《史记》等优良的史传运用那些所谓"小说的笔法"，目的在于更真实的表现历史人物的精神、气质、性情与言行，用以深刻地传达历史真相。由于历史之人、事已成为过去久远的记忆，为求在有限的篇幅、文字之中，表现真实的历史面貌，故而采取了今人所谓的一些"小说的笔法"。那些笔法乃是经过了史家的精心编排、构思而成，方能有此生动而真实的效果。司马迁最终之目的，仍然是以史家的立场，借由精心写成的"奇文"而有最佳的刻画与记录，使历史上这些重大的事迹与人物得以流传久远：

> 但使吾之文得成绝世奇文，斯吾之文传而事传矣。如必欲但传其事，又令纤悉不失，是吾之文先已拳曲不通，已不得为绝世奇文，将吾之文既已不传，而事又乌乎传耶？❶

宋人刘辰翁评《留侯世家》，从一位诗文评点家的角度，针对叙事、写人的笔法来审视张良事迹的铺陈：

> （张良）从沧海君得力士，已怪。百二十斤锥举于旷野之外，而正中副车，虽炮架不如也。如此大索而不能得良，非自免并隐力士，此大怪事。辛归圮上老父，又极从容，如同时亲见，乃今人以为小说不足信者，即子房时时自道，容有疑之者也。此皆不可意测，不可语解，但觉古人如在目前，亦不足辨。妙处正在"履我"，又"业"已如此，省此，顿失数倍意态。"随目之"亦不可先。盖如见其人，如闻其语。"黄石"句，"常习诵读"，写得皆不偶然。试使子房自己或后人得传，必为不能知子长之曲折具略不少省何也。❷

他赞叹司马迁的叙事高妙，虽是撰作史书，在不能违反史实的前提之下，却能曲折动人，情节精彩更胜小说。刘辰翁评《司马相如传》，则强调史传的记载若能如此善用小说构设情节的手法，将更为生动可观：

> 赋成而王卒，而困，是临邛令哀故人之困。岂无他料理，顾相与设画，次第出此言，是一段小说耳。子长以奇着之，如闻如见，乃并与其精神意气，隐微曲折尽就，盖至俚亵，而尤可观。使后人为之，则秽矣。❸

评蒯通之事，进而提出叙事写人不可拘泥呆板，必须配合人物、事件的特性，灵活变通：

---

❶ ［清］金圣叹：《水浒传》第二十八回总批。

❷ ［宋］刘辰翁：《班马异同评》卷五，见杨燕起等人编《历代名家评史记》，博远出版公司1990年版，第610页。

❸ 同上，卷二十六，第809页。

太史公置郦生《蒯通传》内，观其言武涉已去，蒯通又来，此岂可以常法拘？其中有成安、广武，又有说龙且者，随事随笔，跋涉愈多，岂不能别为《蒯通传》哉？《汉书》移此于彼，儿童之见也。❶

《史记》不拘传统的史笔，采用文学的技法写人叙事，比起《汉书》等其他的正史，更能够传神写照，表现出历史人物的精神、意态，以及事件的曲折原委。《史记》这种重视"文"的表现之写作态度，与《水浒传》相同，差别在于两者面对历史事实的处理态度。《史记》在展现奇文之时，必须依从史实；《水浒传》则可以尽情改编，用以传达作者的心志。基于此一差异，金圣叹因此说：

《史记》是以文运事，《水浒传》是因文生事。以文运事，是先有事生成如此如此，却要算计出一篇文字来，虽是史公高才，也毕竟是吃苦事。因文生事即不然，只是顺着笔性去，削高补低都由我。❷

《史记》"以文运事""事"不可改变，"文"须苦心经营，以求真实而生动、传神。《水浒传》则是"因文生事"，以文为戏，力求展现"文"，可以任意虚构、编造"事"。

（作者）胸中自有一篇绝妙文字，……特无所附丽，则不能以空中抒写，故不得已旁托古人生死离合之事，借题作文。彼其意期于后世人见吾之文而止，初不取古人之事得吾之文而见也。（第三十三回回评）

《史记》重"事"也重"文"，而"事"又重于"文"；《水浒传》则偏重在"文""事为文料"，没有任何增减的限制。所以金圣叹强调"为文计，不为事计"❸。"事"已非既定的历史事件，记事不是目的，可以恣意虚构、想象，使之更加曲折而精彩。"文"是指戏剧化的细节描写。情节的编织，景物环境的描摹，人物性格的刻画，以及人物形象的塑造等诸多内容，乃是小说家的匠心所在，锦绣文心的表现。

《宣和遗事》具载三十六人姓名，可见三十六人是实有。只是七十回中许多事迹，须知都是作书人凭空造谎出来。如今却因读此七十回，反把三十六个人物都认得了，任凭提起一个，都似旧时熟识，文字有气力如此。

金圣叹强调"中间许多事体，便是文字起承转合之法。"小说家选取一些历史人、事

❶ [宋]刘辰翁：《班马异同评》卷五，见杨燕起等人编《历代名家评史记》，博远出版公司1990年版，卷一一，第760页。
❷ [清]金圣叹：《读第五才子书法》。
❸ [清]金圣叹：《水浒传》第二十八回总批。

为基本的材料，据以编造生动、曲折的情节，是以重视细节描写，"细细开列、色色描画"❶，生活琐事的交代，人物的塑造。以"精严"的文笔来加以叙述、描写，亦即"字有字法，句有句法，章有章法，部有部法。"《水浒传》采取"小说的笔法"以叙事写人，只是力求生动、曲折、趣味，引起读者阅读的兴致，至于历史真相的纪录，不是小说创作之目的。

金圣叹以《水浒传》第二十八回"施恩重霸孟州道，武松醉打蒋门神"为例，说明小说家苦心编织情节，以成绝世奇文。

> 如此篇武松为施恩打蒋门神，其事也；武松饮酒，其文也。打蒋门神，其料也；饮酒，其珠玉锦绣之心也。❷

《水浒传》为了使武松与施恩一家有情感上的联系，以便之后设计陷害等情节的发展，特地安排了武松醉打蒋门神这一事件。然而，为求此事件之引人入胜，作者又苦心经营了一段武松一路饮酒之奇文，不仅再次展现武松的神勇，成功塑造了人物的形象，更令读者兴味益然。

四、因缘生法

小说所记之人事，真伪并存，故为士人所轻，但运笔行文却也得以更为自由。史书之目的在于征实、实录，不可凭空想象，取材必定有所依据，从而写人叙事不易精彩。小说不受限于实录，善用适当的想象，更能够获致叙事写人的成功，从而小说之写人、叙事，其曲折、生动往往可以"大胜史笔"。《三国志演义》之受读者喜爱嗜读之程度远远胜过《三国志》，其原因便在于此。

> 古之君子，受命载笔，为一代纪事，而犹能出其珠玉锦绣之心，自成一篇绝世奇文。岂有稗官之家，无事可纪，不过欲成绝世奇文以自娱乐，而必张定是张，李定是李，毫无纵横曲直，经营惨淡之志者哉？❸

从文学写作的角度来审察叙事文，事实与否便不是首要关注的问题。小说既然不受限于史实，便应当善加发挥此项优势，力求情节的安排曲折动人，出人意想之外，并且合情合理。对此，金圣叹又有"因缘生法"之说：

---

❶ [清] 金圣叹：《水浒传》第二十七回总批。

❷ 同上，第二十八回总批。

❸ 同上。

经曰："因缘和合，无法不有。"自古淫妇无印板偷汉法，偷儿无印板做贼法，才子亦无印板做文字法也。因缘生法，一切具足。❶

耐庵作《水浒传》一传，直以因缘生法，为其文字总持，是深达因缘也。夫深达因缘之人，则岂惟非淫妇也，非偷儿也，亦复非奸雄也，非豪杰也。何也？写豪杰、奸雄之时，其文亦随因缘而起，则是耐庵固无与也。❷

借由佛经对于世间万事万物（一切有为法）的生灭现象的解释，用以说明小说情节的编造、人物性格的发展，必须合情合理，不可违反逻辑。佛经有"诸法因缘生，诸法因缘灭"的教义，强调事事物物都不是凭空而有的，也不能单独存在，其产生、存有与亡灭都是在各种因缘条件的和合之下。任何人、事与物之能够存在，都自有其道理。小说中事件的发展必须合乎情理，才能够被读者接受，但又必须在意料之外，才能够令读者感到趣味。简言之，即是"情理之中，意料之外"。

五、情境逼真

小说的真实性，可以分成两方面来论述：其一是指社会生活情理的真实呈现，其二是指生活景象、情状的刻画鲜明。

（一）社会生活的真实

叶昼的容与堂《水浒传》评点强调小说描写的社会生活的真实，其中的人物、情节必须是现实生活的实际反映：

世上先有《水浒传》一部，然后施耐庵、罗贯中借笔墨拈出。若夫姓某名某，不过劈空捏造，以实其事耳。如世上先有淫妇人，然后以杨雄之妻、武松之嫂实之；世上先有马泊六，然后以王婆实之；世上先有家奴与主母通奸，然后以卢俊义之贾氏、李固实之。若管营、若差拨、若童超、若薛霸、若富安、若陆谦，情状逼真，笑语欲活，非世上先有是事，即令文人面壁九年，呕血十石，亦何能至此哉！亦何能至此哉！此《水浒传》之所以与天地相终始也与？❸

此回文字逼真，化工肖物。摩写宋江、阎婆惜并阎婆处，不惟能画眼前，且

---

❶　[清] 金圣叹：《水浒传》第五十五回总批。

❷　[清] 金圣叹：《水浒传》第五十五回总批。

❸　[明] 叶昼：《水浒传一百回文字优劣》，容与堂本《水浒传》卷首。

画心上。不惟能画心上，且并画意外。顾虎头、吴道子安得到此？❶

叶昼所谓的"逼真""肖物"，指的是小说必须"写出社会生活、社会关系的情理。"把真实的社会样貌、情状呈现出来。此外，人物的言行、思想必须符合其身份、年纪、阅历、性格与所处的环境等❷，如此，方能令读者满意，这是能否成为伟大作品的关键。

（二）情景刻画鲜明

中国小说大多采用西方所谓"显示"（showing）的呈现方式，而非"讲述"（telling），力求达到戏剧演出的临场表演的效果，从而所描画的社会、人物是否逼真，便是小说优劣的重大关键。朱光潜以为美感经验之所以产生，主要在于形相的直觉：

> 无论是艺术或是自然，如果一件事物叫你觉得美，它一定能在你心眼中现出一种具体的境界，或是一幅新鲜的图画……这种经验就是形相的直觉，形相是直觉的对象，属于物；直觉是心知物的活动，属于我。在美感经验中，心所以接物者只是直觉，物所以呈现于心者只是形相。❸

> 每首诗都自成一种境界。无论是作者或是读者，在心领神会一首好诗时，都必有一幅画境或是一幕戏景，很新鲜生动地突现于眼前，使他神魂为之钩摄，若惊若喜，霎时无暇旁顾。❹

诗词之写景、抒情，成功的关键便是能否在读者的心眼之中形成如图画一般鲜明的景象、意象，并且引发某种相应的情趣。朱光潜以为"情景相生而且相契合无间，情恰能称景，景也恰能传情，这便是诗的境界。"❺"诗的境界是情趣与意象的融合"❻。他据此来解说王国维《人间词话》中所谓的"隔"与"不隔"，以及"境界"之深浅、有无。王国维认为：

> 问"隔"与"不隔"之别，曰：陶谢之诗不隔，延年则稍隔已；东坡之诗不隔，山谷则稍隔矣。"池塘生春草""空梁落燕泥"等二句，妙处唯在不隔。词亦如是。即以一人一词论，如欧阳公《少年游》咏春草上半阕云："阑干十二独凭

---

❶ [明]叶昼：容与堂本《水浒传》第二十四回眉批。

❷ 叶朗：《中国小说美学》，里仁书局1987年版，第65页。

❸ 朱光潜：《文艺心理学》，台湾开明书店1999年版，第6页。

❹ 朱光潜：《诗论》，汉京文化公司1982年版，第49页。

❺ 同上，第55页。

❻ 同上，第64页。

春，晴碧远连云。千里万里，二月三月，行色苦愁人。"语语都在目前，便是不

隔。至云："谢家池上，江淹浦畔"则隔矣。❶

王国维强调诗词所刻画、塑造的景物必须鲜明清晰，达到"语语都在目前"的逼真、传神，否则，"如雾里看花，终隔一层"，深切的情意便难以触发。梅圣俞也曾指出诗歌必须"状难写之景，如在目前；含不尽之意，见于言外。"❷写景要显，写情要深。从而朱光潜主张"隔与不隔的分别就从情趣和意象的关系上面见出。"他说：

> 情趣与意象恰相熨贴，使人见到意象，便感到情趣，便是不隔。意象模糊凌
> 乱或空洞，情趣浅薄或粗疏，不能在读者心中现出明了深刻的境界，便是隔。❸

王国维的"隔"与"不隔"之说，原本只有举例而言其分别，并没有详细说明其中的道理。透过朱光潜的解析，我们有了较为深入的理解，明白了写景逼真、写情真切的重要性。因为一般人之所以能在心目中形成意象，主要来自于视觉，来自于眼中所见的景物，进而引生感触、情意，所以视觉意象特别重要。王国维从诗词的"隔"与"不隔"，提出了他的"境界"之说。所谓的"境界"，不仅是环境、景物而已，也包括人心中的各种情感在内。

> 境非独谓景物也。喜怒哀乐，亦人心中之一境界。故能写真景物，真感情
> 者，谓之有境界。否则谓之无境界。

王国维一再强调"真"的重要，诗词写作务必景真、情真，使读者有身临其境、眼见其景的真切感受。作品做到了情景交融、"意与境浑"，才能有境界。❹

> 大家之作，其言情也必沁人心脾，其写景也必豁人耳目。其辞脱口而出，无
> 矫揉妆束之态。以其所见者真，所知者深也。

同时，用以写作的语言文字，也必须"自然本色、不假雕饰"❺，这其实也是基于"真"的要求，以反映真实的情境。在这样的认知与标准之下，他认为元曲的价值在于"能写当时政治及社会之情状"，而且语言又能本色自然，文采可观：

> 元剧自文章上言之，优足以当一代之文学。又以其自然故，故能写当时政治

---

❶　王国维：《人间词话》上卷，中国华侨出版社 2016 年版，第 87 页。

❷　[宋] 欧阳修：《六一诗话》。

❸　朱光潜：《诗论》，汉京文化公司 1982 年版，第 58 页。

❹　滕咸惠：《略论王国维的美学思想》，见王国维著，滕咸惠校注：《人间词话新注》，里仁书局 1993 年版，第 14、16 页。

❺　同上，第 16 页。

及社会之情状，足以供史家论世之资者不少。又曲中多用俗语，故宋金元三朝遗语，所存甚多。❶

然元剧最佳之处，不在其思想结构，而在其文章。其文章之妙，亦一言以蔽之，曰：有意境而已矣。何以谓之有意境？曰：写情则沁人心脾，写景则在人耳目，述事则如其口出是也。❷

白话文足以写作优秀的文艺作品，尤其是用以摹写一般大众的生活、语言，更能够反映真实的社会情状。关汉卿、马致远等人的作品，即有"真情实感"的写实表现。四大奇书等小说多选择以白话文写作，也是为了贴近真实的庶民生活。

王国维有时也把"境界"称之为"意境"，认为一切文艺作品都包含有"意"与"境"两大要素：

文学之事，其内足以摅己而外足以感人者，意与境二者而已。上焉者，意与境浑，其次或以境胜，或以意胜，苟缺其一，不足以言文学。原夫文学之所以有意境者，以其能观也，出于观我者，意余于境；而出于观物者，境多于意。然非物无以见我，而观我之时，又自有我在。故二者常互相错综，能有所偏重，而不能有所偏废也。文学之工不工，亦视其意境之有无与其深浅而已。❸

而"境界"又可以分成客观写实的"写境"，以及主观理想的"造境"两种。"造境就是有我之境，写境就是无我之境。"❹但无论是哪一种，都必须符合"真"的条件，符合人生的情理、社会的情状与自然的法则。尤其是"写境"，因为"偏重于写景"。而"造境"则"偏重于抒情"。❺王国维说：

有造境，有写境，此理想与写实二派之所由分。然二者颇难分别。因大诗人所造之境，必合乎自然，所写之境，亦必邻于理想故也。

王国维所谓的诗人，泛指一切的文人，当然也包含小说家在内。伟大的作家能够调和客观与主观的界限，作品中所塑造的客观世界，经过了作者的想象、虚构，也同时含有作者心目中主观的理想、情意：

---

❶ 王国维：《宋元戏曲史》，团结出版社 2006 年版，第 128 页。

❷ 同上，第 122 页。

❸ 樊志厚：《人间词乙稿序》，见王国维著，滕咸惠校注：《人间词话新注》，第 126—127 页。据赵万里所撰静安先生《年谱》谓实出自王国维之手，乃假托其友樊志厚。

❹ 周振甫：《人间词话新注序》，见王国维著，滕咸惠校注：《人间词话新注》，里仁书局 1993 年版，第 2 页。

❺ 同上，第 2—3 页。

自然中之物，互相限制。然其写之于文学及美术中也，必遗其关系，限制之
处。故虽写实家，亦理想家也。又虽如何虚构之境，其材料必求之于自然，而其
构造，亦必从自然之法则。故虽理想家，亦写实家也。

主观的诗人主要凭借自我的情意来塑造理想的世界，不必多在人世中阅历，性情因此
更纯真。客观的诗人，塑造真实的世界、人生，必须阅历丰富且深刻。

客观之诗人，不可不多阅世。阅世愈深，则材料愈丰富，愈变化，《水浒传》
《红楼梦》之作者是也。主观之诗人，不必多阅世。阅世愈浅，则性情愈真，李
后主是也。

小说等叙事文学，尤其是写实的小说，描写现实的社会、人生，在"真"的前提之
下，必然要对于社会、人生有深刻与确切的认识与体会，否则所写之人物、社会必然远离
真实，不合情理，从而无法令人有深切的感受。小说人物的形象是否逼真，人物的性格与
情感是否真切，环境景物之塑造是否真实，同样是能否感动读者的要件。伟大小说的关键
也在于情境"逼真""不隔"，使读者感受到仿佛身临其境、亲历其事、眼见其人的真实。

第七章　西方叙事理论与四大奇书

缘于小说叙事规法的研究，在中国古代多存在于评点之中，吉光片羽，多属于简短、零星的评论，没有如诗话、词话一般较有理论体系。近代以来，中国文学界对于小说或史传叙事的研究因此多借鉴于西方的叙事学。叙事学的简介已在第一章有所说明，其中热奈特的体系较为周延也较常被学者采用。

热奈特认为研究任何小说作品，都必须全面考虑叙事的三个层次——故事层、叙述行为层、叙事话语层，以及它们之间的各种相互作用，其中他又特别着重于对叙述行为层的细致分析。借由语文中动词的三个特性：时态、语式和语态，他全面地分析了涉及小说叙事的一般叙述行为。因此本章专门就叙述行为层来审视四大奇书的叙事表现，分成三节，分别从时态、语式和语态三个方面来解析。❶

第一节　时态：四大奇书叙述的方式

时态（time）这个方面所要考察的是叙事文体（narrative）与故事素材（story）间的关系，探讨两者在时间上的时序（order）、叙事速度（speed）与频率（frequency）等异同情形。涉及顺叙、倒叙、预叙等情节铺陈的方式。

一、时序

叙事文中有两个不同的时间序列，一个是原始的故事时序，以及另一个经过了作者改换过的叙事的时间序列。作者的匠心、巧思，便显现在这两者的差异上，这种差异被称之为"时序倒错"或"时距"，包括叙事时序与故事时序之间所有不协调的形式，主要有预叙和倒叙。预叙是指对于未来人、事的暗示或预期，倒叙则是指对于往事的追述。

---

❶　关于热奈特叙事理论的说明，本章多处参考了以下诸书：高辛勇：《形名学与叙事理论》，联经出版公司 1987 年版。谭君强：《叙事理论与审美文化》，中国社会科学出版社 2002 年版。申丹：《叙述学与小说文体学研究》，北京大学出版社 2004 年版。史忠义：《20 世纪法国小说诗学、比较文学和诗学文选》，河南大学出版社 2008 年版。

为了详细分析这两种时间倒错的各种具体表现形式，热奈特还提出了跨度、幅度、初始叙事、第二叙事等概念。他把发生在过去或未来的时间倒错现象与"现在"时刻的距离称之为"跨度"，时间倒错本身所涵盖的一段故事时距称之为"幅度"。时间倒错插入其中、嫁接其上的基础叙事称作"初始叙事"，而所插入的叙事可称为"第二叙事"。综合倒叙、预叙、初始叙事、第二叙事、跨度、幅度来考虑，可以得到三种不同的倒叙以及两种不同的预叙形式，其分类与定义如下。

（一）倒叙

1. 外在式：回顾的事件发生在初始事件之前，而与初始事件在时间上各不相干。

2. 内在式：回顾的事件发生在初始事件的起点之后。

3. 混合式：部分时间与初始事件重叠——插入事件先发生于初始事件之前，但持续到初始事件（或与之平行或与之相合），然后也可能一直延续到初始事件之后。

（二）预叙

1. 外在式：前瞻的事件发生在初始事件的时间之后。

2. 内在式：前瞻的事件发生在初始事件的时间之内。

中国古典小说经常利用预叙以暗示人物或事件的结局，但大多以极为隐晦的方式，以免破坏了故事的悬疑性。这与《左传》不同，《左传》的预叙在之后大多会实现，例如鲁僖公三十二年冬天，秦穆公遣将派兵准备袭击郑国，大臣蹇叔加以劝阻，痛陈全军必将覆灭于崤山，秦穆公不听从，其后果然如蹇叔所预料。

二、叙事速度

热奈特意图通过这个概念来阐述事件实际经历的时间与叙述它们的文本的时间，彼此长短的关系。"叙事速度"涉及四种不同的叙述方式，热奈特认为其中所体现的叙事时间与故事时间之间的关系如下。

1. 停顿：叙事时间 = n，故事时间 = 0，亦即在故事时间之外对于人物的外貌或景物等进行描写，因此，叙事时间无限大于故事时间。

2. 实况：叙事时间 = 故事时间；一般认为用直接引语叙述出来的人物对话为最典型的场景描述。

3. 概述：叙事时间 < 故事时间；简短的概略叙述。

4. 省略：叙事时间 = 0，故事时间 = n，即将事件略去不提，因此，叙事时间无限小于故事时间。

　　一般来说，叙事时间的长短也代表了其中的轻重关系。概述常用以交代背景，作为几个重要场景之间的过渡；实况则常用以铺陈重要的戏剧性情节。小说里重要的事件、情节，作家会使用较长的时间来仔细铺陈，反之，则会以较短的时间来概略交代。小说叙事的快慢节奏，以及情节、场景之间的联系缔结，便是建立在这四种叙述方式的相互交替运用之中。

　　相对而言，故事的时间一般比较容易确定，例如《三国志演义》的故事起自汉灵帝建宁二年（169 年），讫于晋武帝太康元年（280 年），前后共计 111 年。但叙事的时间如何确定呢？依据热奈特的说法，可以文本的长度、篇幅来计算，包括小说的行数、页数与回数。

　　四大奇书之中故事时间最长的是《西游记》，仅孙悟空被收压在五行山下，从王莽篡汉（8 年）至唐太宗贞观元年玄奘赴印度取经（627 年），时间就超过了五百年，从而书中采用了许多的省略、概述的笔法。《三国志演义》的故事时间也长达百余年。《水浒传》容与堂百回本的故事开始于宋仁宗嘉祐三年（1058 年），结束于宋徽宗宣和三年的平定方腊（1121）之后不久，时间大约 65 年。《金瓶梅》的故事时间最短，不足 20 年。各书之间的时距差异不小，但都是按照时间的顺序进行讲述。因此叙事之中，经常要使用概述以及省略的笔法，尤其是故事时间较长的小说。我们把《三国志演义》和《金瓶梅》做一番比较，以见其中使用的情况。

　　《三国志演义》共 120 回，故事时间为 111 年，平均每回就要讲述近一年的事，但并非这百余年的事情都平均分配到这 120 回之中，其中的记事依照轻重而有详略之分。有时在一回中仅仅讲述一天的事，有时几句话却概述了几年甚至十几年的事。我们发现到本书的叙事焦点颇为集中在诸葛亮身上，诸葛亮出山之前（第三十八回）（207 年）与病亡之后（第一百四回）（234 年）的叙述节奏较快，多使用概述、略述，凡 53 回记载了 85 年的事。而在第三十八回与第一百四回之间，诸葛亮大展长才的时刻，凡 67 回却只记载了 26 年的事，叙事相对细腻许多。《三国志演义》第三十八回"定三分隆中决策"是决定三分天下的关键一回，刘备与诸葛亮的对话也是书中最详尽的对话描写之一，但不过寥寥数百字。第四十三回"诸葛亮舌战群儒"更是《三国志演义》中的重头戏，但也仅用了半回多。至于日常饮食起居，《三国志演义》很少述及，这正是它能用 120 回的篇幅讲述一百余年三国纷争、分合的原因。

　　《金瓶梅》共一百回，故事开始于宋徽宗政和年间（1111—1117 年），结束于高宗即位于建康（1131 年），时间不到 20 年，平均每 5 回才讲述一年的事，相形对比之下，《金瓶梅》的叙事速度要缓慢许多。本书的叙事焦点多集中在西门庆与潘金莲，崇祯本从第一回

"西门庆热结十弟兄"（西门庆 26 岁）到第七十九回"西门庆贪欲丧命"（西门庆 33 岁），这 79 回书只讲述了 7 年的事，而后 21 回则讲述了多达 13 年的事。第八十七回"武都头杀嫂祭兄"，潘金莲死后，全书叙事的节奏更是加快了许多，省略与概述的笔法也使用得更为频繁。书中经常可以见到这样的省略笔法："话休饶舌。捻指过了四五日，却是十月初一日。""有话即长，无话即短。不觉过了一个月有余，看看十一月天气，连日朔风紧起，只见四下彤云密布，又早纷纷扬扬，飞下一天瑞雪来。""这武松自从搬离哥家，捻指不觉雪晴过了十数日光景。""白驹过隙，日月如梭，才见梅开腊底，又早天气回阳。一日，三月春光明媚时分。"

《金瓶梅》将大量笔墨用于日常生活的叙述上，以此来刻画人物，表现世态人情，即便是日常的一件小事，有时也能描画成一幅工笔画，笔法非常细致。由此可见，《金瓶梅》叙事速度之所以慢，关键不在于省略或概述的多寡，而取决于笔法的细腻。

三、频率

频率在此所要探讨的是相同事件重复发生的次数与叙述的次数之间的关系，可以归纳为以下四种。❶

1. 讲述一次发生过一次的事件。

2. 讲述 n 次发生过 n 次的事件。

前面这两种叙述形式，也可合称之为"单一性叙述"。

3. 重复性叙述：讲述 n 次发生过一次的事件。

4. 综合性叙述：讲述一次发生过 n 次的事件，即习惯性、多发性事件的一次性概括叙述。

热奈特所区分的几种叙述频率，其中以"单一性叙述"，亦即"讲述一次发生过一次的事，或者讲述若干次发生过若干次的事"，在四大奇书中最为常用，也最为重要。这一笔法成败的关键在于，整齐之中须有变化，重复之中须有进展，如同修辞格里的"错综"法。

《三国志演义》中这一笔法的运用颇多，诸如三让徐州、过五关斩六将、三顾茅庐、三气周瑜、七擒孟获、六出祁山与九伐中原等都属于此种形态。尽管每一次的情况都不尽相同，但作者在讲述若干次这些性质相似的事件时，仍然力求变化。例如第三十七回、三十八回，记述"刘玄德三顾茅庐"一段情节，三次探访的情形都有所差异，显得"参

---

❶ ［法］热奈特：《论叙事文话语》，见张寅德编选《叙述学研究》，中国社会科学出版社 1989 版，第 224—227 页。

差错落",不至于单调。第一次未交代季节天气,未行之前,先有司马徽来访。来到卧龙冈,仅有童子应对。归途中误认崔州平为卧龙。此次虽然扑空,即使张飞也没有太大的牢骚。第二次"时值隆冬,天气严寒",风雪交加。未行之前,先有张飞阻挡。途中又误认石广元、孟公威两位隐士为卧龙之一。来到卧龙冈之后,又误认诸葛亮之弟诸葛均为卧龙,但比起前次稍进一步,留下了一封书信。刚要启程离开,又误认诸葛亮的岳父黄承彦为卧龙。第三次是新春季节,未行之前,刘备刻意挑选吉期,斋戒三日,熏沐更衣。此次不仅张飞有怨言,关羽也加以劝阻。途中遇到诸葛均,得知诸葛亮今日在家。小说行文至此,读者与刘备众人想必以为此次夙愿可以得偿了,没料到诸葛亮虽然在家,但却又昼寝未醒。刘备只得恭立阶下静默等待,张飞大怒,要去屋后放火。毛宗岗指出:

> 玄德第三番访孔明,已无阻隔。然使一去便见,一见便允,又径直没趣矣!妙在诸葛均不肯引见,待玄德自去,于此作一曲。及令童子通报,正值先生昼眠,则又一曲。玄德不敢惊动,待其自醒,而先生只是不醒,则又一曲。及半晌方醒,只不起身,却自吟诗,则又一曲。童子不即传言,直待先生问:"有俗客来否?"然后说知,则又一曲。及既知之,却又不即见,直待入内更衣,然后出迎,则又一曲。此未见以前之曲折也……文之曲折至此,虽九曲武夷,不足拟之。(第三十八回回评)

在如此曲折的行文之中,情节也层层递进,尤其是多次错认卧龙先生的喟叹,显示了刘备"求贤如渴之情"。更重要的是,铺垫出了诸葛亮难得的盖世才华,不轻易为人谋画辅佐,以及"淡泊宁静"、不慕富贵的高洁心志。此外,其中又夹杂了几次的咏歌,第一次去有农夫于田野歌唱诸葛亮所作之歌《苍天如圆盖》;第二次去则是两位隐士在酒店分别高唱《壮士功名尚未成》及《吾皇提剑清寰海》,又在诸葛亮茅庐中听其弟咏歌《凤遨翔于千仞兮》,归途中再听闻其岳父吟诗《一夜北风寒》;第三次去才听闻到诸葛亮在屋内自吟诗《大梦谁先觉》。三顾茅庐中又夹杂了五首所谓的"后人有诗":《襄阳城西二十里》《一天风雪访贤良》《豫州当日叹孤穷》《身未升腾思退步》《高皇手提三尺雪》。每首歌的体裁及内容多不同,吟唱者的身份不同,吟唱的地点也不同。但共同烘托出了诸葛亮的高士品格与才华。

《水浒传》中施恩三人死囚牢、宋公明三打祝家庄、两赢童贯、三败高俅等也是重复性的叙事。宋公明三打祝家庄的故事时间比较长,作者整整用了三回的篇幅,中间还插叙了一回"解珍解宝双越狱,孙立孙新大劫牢"之事。第一次攻打祝家庄,因为不明白地理环境,吃了败仗,折损了杨林、黄信两人,在这一次战役中作者把祝家庄的复杂地形做了详细的描述。第二次攻打又折损了王矮虎、欧鹏、秦明、邓飞四人，作者把主要笔墨用在了双方对阵之上，前两次的战役主要是凭借武力的对抗。第三次攻打祝家庄则改以智计取胜，所以叙述的重点在于吴用巧施计谋的过程。三次攻打祝家庄，敌对双方虽然没变，但描写的侧重点却有所不同。至于两赢童贯、三败高俅，不仅写法有异，主要目的则在于以此显示梁山泊的军威，并为宋江的获得招安、收服方腊立下了伏笔。

《西游记》也有重复性叙事，例如第二十七回"尸魔三戏唐三藏"，那妖精变化了三次，都被孙悟空识破。但前两次孙悟空却没能将妖精打死，第三次孙悟空念动咒语，叫来了土地、山神在空中相助，才终于收服了妖精。第五十九回至第六十一回则是"孙行者三调芭蕉扇"的情节，前两次孙悟空孤身奋战，均被铁扇公主骗过，第三次孙悟空在猪八戒、土地、阴兵及托塔天王等的帮助之下，才终于取得了芭蕉扇。此外，西天取经整个81难的情节可以说都是单一性叙述。

《金瓶梅》由于题材性质的限制，单一性叙述有新的变化，其一是西门庆与女子之间重复再三的淫乱，即使女子有所改换，但其间的差异不大，作者却不厌其烦地讲述。不过，西门庆娶得吴月娘、李娇儿、卓丢儿、孙雪娥、孟玉楼、李瓶儿、潘金莲、春梅这几房妻妾的过程不同，她们的下场也有变化。其二是平庸而近似的人物、日常而近似的事件多次出现。虽然这些人物与事件是社会中普遍存在的事实，但重复叙述的次数过多，读者往往会感到单调、厌烦而受到诟病，这也是"单一性叙述"所难以免除的缺点。

第二节　语式：四大奇书叙事的传达

叙事"语式"考虑的是叙事内容透过何种方式来表达或呈现，其再现或模仿现实的形式或程度如何？亦即探讨如何述说的问题。小说家讲述一个相同的故事，可供讲述的方式有许多选择，端赖他要获致什么样的效果，达到什么目的。他可以透露或多或少的细节，可以改从不同的角度、立场来陈述，与所叙述的内容保持或大或小的距离。换言之，小说家所能运用的策略主要涉及两个方面："距离"（distance）与"聚焦"（focalization）。

聚焦的问题，英美近代文学传统上称之为"视角"（perspective），这类的理论著作颇多，但仍嫌不够周密。如果不是按照说话方式（第几人称？）就是按照观点（有限或无限？）来界定小说的视角，从而造成了一些解说上的困扰与混淆。

热奈特把视角的问题一分为二，分属于语态和语式两方面来处理。他认为语式（谁看见的？）和语态（谁述说的？）两者之间必须有明确的区别，亦即要分辨清楚故事内容是由谁看（叙事眼光）与谁说（叙述声音）。热奈特主张我们在小说叙述行为的研究中，既要注意语式（谁的视觉？局限的程度？是否转移？何时转移？），又要注意语态（谁的述说？适当与否？可靠程度？），才能够深刻而周延的解析一部小说的叙事。

一、距离

距离主要在于探讨事件的呈现方式，在英美传统中，通常以 telling（描述）与 showing（展示）的概念来区分。为了进一步分析叙述距离的各种情况，热奈特把叙事话语区分为"事件的叙事"和"言语的叙事"两大类。

（一）事件的叙事

热奈特指出，与戏剧表现相反，任何叙事都不可能"展示"或"模仿"它所讲的故事，而只能尽可能地以详尽、生动的方式讲述它，只是程度不同地造成幻觉。因此，实际问题是"距离"程度的大小，而非纯粹的"描述"与"展示"的对立。"展示"也只是一种叙述的方式，良好的"展示"必须是叙述者提供了最大的内容，却又是最小的介入和干扰。

（二）言语的叙事

人物的对话也不是"现实"的直接呈现，而是经过安排的再现。热奈特区分了三种表达人物口头或内心话语的方式：

1.叙述化或讲述的传述（叙事化描述）：叙述人用自己的话来描述或转述人物的言语，这种形式一般来说最为简要，但叙述距离最大。

2.间接形式的引述的传述（引述描述）：这就是所谓的"自由间接引语"。叙述者复述了人物的实际言语，但是通过了叙述者的声音来传述，所以不使用引号，虽然这种形式有较强的模仿力，但叙述者的痕迹仍然过于明显。

3.戏剧式转述的传述（模仿性描述）：直接引述人物的言语，并且是经由人物自己的声音，叙述者消失了，被人物所取代，必须使用引号。这种形式最具模仿力，距离最小，近于直接的呈现，其基本形式为对话和独白。直接言语与引述言语的区别在于有无陈述动词的引导。

热奈特指出，现代小说追求革新的做法之一，即是把言语模仿推向极端，去除掉叙述者介入的最后痕迹，让人物自己生动而自然的讲话。

若以热奈特的说法来看，那么四大奇书运用的则是第三种"戏剧式转述的传述"，亦即作者使用自己的话语来描述或转述故事情节的内容，因此在叙事的方式上来看，听众／读者与故事内容和人物的距离最小，近似舞台上戏剧的表演。这应当是白话小说的起源与戏曲的关系紧密，深受戏曲表现形态的影响。宋元时代的书会才人，不仅写戏曲同时也写话本。

此种方式，英美小说学者称之为"再现"（showing）的戏剧化方式，可借以弥补"说话人"过于浓重的讲述声音的干扰。因此尽管四大奇书主要以"说话人"的讲述方式来交代故事情节，但是因为采取了此种"示现"的描述方式，让人物能够由自己的口中讲话，俨然具有自己的生命，从而仍然能够呈现出一个真实生动的世界，产生一幅鲜明的图画在读者心目之中。

二、聚焦

视角与聚焦的相关问题，以往都是放在"叙述者"上来考虑，也就是当作讲述故事的"声音"部分，亦即混淆了"说（叙述者）与看（观察者）"的问题。❶这种情况从早期卢伯克1921年的《小说技巧》中便已经如此，直到热奈特于1972年在他的《叙事话语》一书中，才对两者作出严格的区分。学者谭君强对此颇为认同：

> 热奈特所作的这一明确区分在叙事分析中是一个重要的突破，这一区分已为叙述学界所广泛接受。人们普遍认为，叙事分析涉及两个基本问题："谁说？"——这是确认叙述本文的叙述者及其"叙述声音"的问题；"谁看？"——这是谁的视点决定叙述本文的问题。在上述区分的基础上，热奈特采用较为抽象的"聚焦"（focalization）这一术语，以取代过去人们常用的一些过于专门的视觉术语。就将"叙述"与"聚焦"区分为两个不同的范畴。❷

叙事学的发展，尤其是欧洲大陆方面，日渐强调对于观点（point of view）或视角（perspective）与叙述者（narrator）的进一步厘清。亦即小说家叙述之际是借由谁来观看与述说事件发生的历程，意即"谁看"与"谁说"功能与性质的细密区分。

热奈特认为英美文学传统上所谓的"视角"与"叙述者"这两者应当有所区别。"叙述者"的功能在于讲述故事的内容，应当属于"语态"（叙述声音）的范畴。"视角"的功能则在于看见故事的发展，必须从"声音"的层面划分出去，为此，他特地采用聚焦（focalisation）观念来重新厘清叙述的角度。他分成了以下几种类型，它们本身没有优劣之

---

❶ 高辛勇：《形名学与叙事理论》，联经出版公司1987年版，第164—168页。

❷ 谭君强：《叙事理论与审美文化》，中国社会科学出版社2002年版，第99页。

分，端看小说情节的需要，各有不同的功效。

（一）零聚焦：

无固定视角的全知叙述，叙述的焦点也多有变换，亦即传统上所谓的作者全知全能的观点。

（二）内聚焦：

叙述者只说出某个人物所知道的情况，一种有限的观点。又可以再细分成三种：

1.固定式内聚焦：即一切都通过某个人物的"有限视野"。

2.转换式内聚焦：即焦点人物有所转移，发生了变化。

3.多重式内聚焦：采用几个不同人物的观点来描述同一件事。

（三）外聚焦：

叙述者所说的比人物所知的少，类似摄影机一般的客观观点。小说中的主要人物就在读者眼前活动，但是作者却刻意不让读者了解他们的心理活动和思想感情，有利于制造悬疑、惊奇等效果。

学术界对于热奈特的此一聚焦分类虽然仍有一些细微的修正，例如申丹将之分成了零视角（即传统的全知叙述）、内视角、第一人称外视角以及第三人称外视角（同于热奈特的外聚焦）等四大类❶，但基本上无损于其理论上的实用价值与贡献，足以作为分析四大奇书视角问题的基本依据。

三、四大奇书主要采取零聚焦的叙述形态

由于"说话人"是一种全知全能的、无固定视角的叙述方式，因此相当于热奈特所谓的"零聚焦"，这种叙述可以从所有的角度，任何一个人物的眼耳来观听故事的进行，叙述者并不以其中的任何人物作为叙述的焦点。叙述者所掌握的情况不仅多于故事中的任何一位人物，知道他们的过去与未来，而且活动的范围也异常之大。叙述者既在人物之内又在人物之外，巨细靡遗的知晓他们身上所发生的一切事，但是又不与其中的任何一位人物认同。作者从而可以把自己完全隐入叙述之中，也可以不时冒出来中断叙事，发表议论，或者引用诗词骈语，进行描写渲染。一种不受任何限制的全知叙事，全方位的叙述角度，强化了讲述者的绝对支配地位，在表达上更为灵活、亲切，更通俗、生动，更容易被不同层次的听众和读者所接受，而给予各种表现手法提供了可能。谭君强说：

---

❶ 申丹：《叙述学与小文体学研究》，京大学出版社 2004 版，第 207—218 页。

无聚焦或零聚焦叙事属于"叙述对象按照一种非确定的、不限定感知或概念身份描述出来的聚焦或视点类型。"它不仅是中国小说传统的叙述聚焦方式，也是西方小说的传统方式。所谓聚焦，其核心就在于视点的限制。无聚焦或零聚焦对于视点没有任何限制，叙述者在讲述故事时，没有看到或感受不到所希望看到或感受到的任何东西。他或她的视点可以任意转移，超越时空，可以将他的聚焦从一个人物转向另一个人物，从一个场景转向另一个场景。他可以深入到每一个人物的内心，看到他们心中所蕴含的一切。对此，罗兰·巴特称之为"用居高的视点，即上帝的视点传发故事。"这样的叙述者"既在人物内部（既然人物内心发生什么他都知道），又在人物外部（既然他从来不与任何人物相混同）。"在这类聚焦叙事中，"说"与"看"，叙述与聚焦，叙述者与聚焦者是统一在同一个主体身上的，但这个主体不是故事中的一个人物，而是故事之外以上帝般的眼光来看待一切的叙述者。这样的叙述者也就是通常所说的无所不知的叙述者。叙述聚焦不仅可以随情节的需要和发展任意变动，叙述者必要时也可以毫无限制地深入到任何人物的内心，对任何人物的思想、感情、细微的意识都可以提供信息，可以亲临本应是人物独自停留的地方，还可以同时了解在不同的地点发生的几件事情。❶

"叙述"与"聚焦"既可以出自于同一个主体，也可以出自于不同的主体。四大奇书中的叙述者一般都兼具"说"与"看"这两种功能与性质，但也常由故事中的人物来分担，以更能生动而自然地呈现实际的情景。事实上，这种零聚焦的叙述方式在中国史传中早已出现，《左传》《史记》的史家叙事已然采取，但并不进入人物的内心世界，只能看到人物的外部言行，这是受到实录的史法所限制，尽管如此，也已然受到学者的质疑，史官何以能够知晓一切细节？

零聚焦的形态，叙述者的功能最强而所受到的限制最小，从而四大奇书能够表现大幅度的历史发展、描写全方位的社会生活场景。对于那些具有宏大的布局、众多的人物和复杂的故事线索的题材具有特别的表现力。它使复杂的细节获得有条理的交代，不至于混乱不清，能够包容更加广阔的生活领域，处理好作品复杂、曲折的内容。《三国志演义》等讲述历史庞大格局的小说也就必然要采取此种叙述方式才能成功，而《水浒传》等人物众多、头绪纷杂的长篇大部头著作也必须以此种叙述方式为主才能得到清楚地说明。《金瓶梅》烦琐的日常生活细节更有赖此种方式，才能够细腻的刻画。

---

❶ 谭君强：《叙事理论与审美文化》，中国社会科学出版社 2002 年版，第 109 页。

　　叙述者在叙述过程中可以穿插进自己的议论和见解，表明自己的思想情感，这是实行零聚焦叙述的便利之处。《三国志演义》《水浒传》正文中的"有诗为证"及每回结尾处的诗词韵文或议论就是这种性质的文字。如《三国志演义》第一回在刘备与黄巾军初次作战取胜之后写道：

　　　　后人有诗赞玄德曰："运筹决算有神功，二虎还须逊一龙。初出便能垂伟绩，
　　自应分鼎在孤穷。"

　　《三国志演义》每回的结尾都以几句诗来表达议论，这应当是受到史传里的史评之影响，例如第一回的末尾：

　　　　人情势利古犹今，谁识英雄是白身，安得快人如翼德，尽诛世上负心人。

　　《水浒传》每回的结尾，则多以叙述者的提问作结，用以引生读者持续阅读的兴味，"说话"的痕迹较为显著，例如容与堂本的第一回末尾：

　　　　那真人言不过数句，话不过一席，说出这个缘由。有分教：一朝皇帝，夜眠
　　不稳，昼食忘餐。直使宛子城中藏猛虎，蓼儿洼内聚飞龙。

　　四大奇书中叙述者以全知全能的至高地位处理故事，可以交替地以双方或者多方为叙述对象，既可以写出人物的现实言行，也可以揭示其中任何一个人物的内心活动。容与堂本《水浒传》第十八回：

　　　　宋江听罢，吃了一惊，肚里寻思道："晁盖是我心腹弟兄。他如今犯了迷天
　　之罪，我不救他时，捕获将去，性命便休了！"心内自慌。宋江且答应道："晁
　　盖这厮奸顽役户，本县内上下人没一个不怪他。今番做出来了，好教他受！"

　　叙述者把宋江的内心想法，全盘托出，毫无隐瞒。《西游记》则是较少直接描写人物的内心，而多以人物独白的形式来表现。例如第七回如来佛与悟空打赌，只要他一个筋斗能翻出手掌，就把天宫让给他。叙述者如此传达悟空的心声：

　　　　那大圣闻言，暗笑道："这如来十分好呆！我老孙一筋斗去十万八千里。他
　　那手掌，方圆不满一尺，如何跳不出去？"

　　这是悟空的内心独白，当他看见眼前"有五根肉红柱子，撑着一股青气"时，叙述者又写了他的心中想法：

　　　　他道："此间乃尽头路了。这番回去，如来作证，灵霄宫定是我坐也。"又思
　　量说："且住！等我留下些记号，方好与如来说话。"

直接用"他道"如何如何，显示了他的心理活动。崇祯本《金瓶梅》第八回的重点是写潘金莲对西门庆的思念，但叙述者完全在描写人物的外在言行：

> 那妇人每日长等短等，如石沉大海。七月将尽，到了他生辰。这妇人挨一日似三秋，盼一夜如半夏，等得杳无音信。不觉银牙暗咬，星眼流波。至晚，只得又叫王婆来，安排酒肉与他吃了，向头上拔下一根金头银簪子与他，央往西门庆家去请他来……妇人一夜翻来覆去，不曾睡着。

叙述者虽然没有直接进入人物的内心，但能够借由外在的言行动作生动地展示了潘金莲的心理活动，异曲同工，它仍然属于零聚焦。

四大奇书的叙述者采取"全知全能"的模式，其陈述的语文客观可信，并没有被塑造成个性化、人物化的独立人物，而享有以常规程序为基础的绝对可信性、权威性，具有深化主题，避免读者误解的益处。申丹认为：

> 在全知模式中，叙述声音与叙事眼光常常统一于叙述者。全知叙述者通常与人物保持一定的距离，具有一定的权威性和客观性，读者也往往将全知叙述者的观点作为衡量作品中人物的一个重要标准……在进行评论时，全知叙述者一般享有以常规程序为基础的绝对可信性。然而，在全知叙述者将自己或多或少地"个性化"或人物化时，这种可信性就会被削弱。❶

"说话人"被设定为不具有特殊的个性与情感，身份只是一般的市井庶民。他面对的是市井大众，因此在传达信息时必须态度明确，必须考虑到传达的有效性。而听众对于故事的内容与评论都完全仰赖"说话人"，他们把"说话人"视为最可信的信息来源，这在话本小说中尤其显著，否则，将会构成信息传达的障碍，严重妨碍情节发展的进行以及基本价值信念的传达。从而讽谕、美刺等修辞手法的存在与否，乃是四大奇书与话本小说之间的重要差异所在。在仰赖口头单一线索叙述的话本小说之中，这类手法将会造成听众理解上的困难，但小说成为书面文学之后，尤其是四大奇书，讽谕、美刺等修辞成为了文人润饰作品所可能运用的文法。

四、内聚焦在四大奇书的运用

四大奇书的叙述者已经注意到运用内聚焦（限知视角）的方法与妙处，从而产生一些悬念等特殊效果。《三国志演义》第二十八回以零聚焦（全知视角）叙述了张飞占得古城

❶ 申丹：《叙述学与小说文体学研究》，北京大学出版社2004年版，第222—223页。

的经过，接着孙干奉关公之命入城来见张飞，报告了关羽来到古城的消息，并请张飞出城迎接。由于张飞对关羽离散后的情形完全不知，叙述者便运用了内聚焦：

> 张飞听罢，更不回言。随即披挂，持丈八矛上马，引一千余人径出城门。孙干惊讶，又不敢问，只得随出城来。关公望见张飞到来，喜不自胜。付刀与周仓接了，拍马来迎——只见张飞圆睁环眼，倒竖虎须，吼声如雷，挥矛望关公便搠。关公大惊；连忙闪过，便叫："贤弟何故如此？"

这种意外的情况使得关公大吃一惊，但读者因为清楚事件的来龙去脉，反倒觉得理所当然。

另一种情况是选定作为内聚焦的人物，他所知道的事情远多于其他人物及读者，从而制造了悬疑或惊奇的效果。此法在《三国志演义》对于诸葛亮才华的塑造最为常用，诸如赤壁之战、空城计等战役，以及第五十六回孔明三气周瑜，唤赵云听计："如此如此，其余我自有摆布。"凸显了诸葛亮的神机妙算，也增加了阅读的趣味。

《水浒传》也可以见到此种内聚焦的运用，第二十六回武松为兄报仇，告到官府被驳回，在寻求司法途径无效之后，武松打算如何对付西门庆与潘金莲？只有他一人明白，读者因此也充满好奇。

五、四大奇书的聚焦变换自由

美国 20 世纪初的小说名家亨利·詹姆斯大力倡导小说叙述观点的重要性，虽然他并未明显反对叙述观点相互之间的转换，但他本人确实把"持续性使用单一人物视角"作为小说戏剧化（客观性叙事）的一种原则。❶ 此后这一看法几乎成了小说创作的金科玉律，也是评断小说家技艺优劣的主要标准之一。当时的英国小说家福斯特在其名著《小说面面观》对此看法加以批驳，但毕竟是少数人。❷ 但热奈特"认为后詹姆斯派批评把前后一致视为荣誉攸关的规范显然是武断的"，对于卢博克要求小说家"忠实于某种方法，恪守他采纳的原则"的说法，他质问"为什么这个方法不可以是绝对的自由和前后不一致呢？"❸

热奈特认为选择了某种聚焦类型，也就决定了叙事的角度以及所能传达的信息数量，因为特定的聚焦只能感知到某些信息，如果超越了，即是不合情理的"视角越界"。但热奈特又特别指出，一部叙事作品的聚焦方式不一定要保持不变。聚焦变化，"可以作为一

---

❶ 申丹，韩加明、王丽雅：《英美小说叙事理论研究》，北京大学出版社 2005 年版，第 122 页。

❷ [英] 佛斯特，李文彬译：《小说面面观》，志文出版社 1980 版，第 2—3 页。

❸ 谭君强：《叙事理论与审美文化》，中国社会科学出版社 2002 年版，第 134 页。

时越出支配该上下文的规范的现象来分析。但这个规范的存在并不因此受到否定。"❶况且，有时候聚焦类型的认定也很困难。例如，对某一个人物的外聚焦也有可能是对另一个人物的内聚焦，转换式内聚焦与零聚焦之间的界限有时也很难确定，因为零聚焦叙事大多可以作为任意选择的多重式聚焦叙事来分析，从而热奈特主张"聚焦变化"的自由。

谭君强对于这两派不同意见，提出了自己的主张，他从修辞策略的观点，赞同热奈特的见解。"不同的叙事模式，作为叙事作品创作时必然要采用的方式，并不是孤立的、相互隔绝的、一成不变的。"❷况且19世纪之前的小说大师托尔斯泰、狄更生等人的长篇巨构，也多有"聚焦变化"的情况：

> 对常规聚焦规范的某些突破，即小说中的叙述者聚焦变化并不是一种随意为之的现象，而往往是某种内在原因驱使的结果。这种突破，从表面上看来，是一种违规现象，而事实上，它所起到的作用却不可忽视。它以一种常规中的变化来达到某种独特的目的，产生某些令人意想不到的效果，因而，我们事实上可以将它看作一种小说创作中特殊的修辞方式。❸

西方现代小说理论对于聚焦的转换，从严格的限定，有渐趋于宽松的看法。在读者不感到突兀而不合情理的前提之下，作者可以有较大的变换空间，以获得较好的美学效果。

中国史传叙事，由于叙述的便利以及美学效果的考量，聚焦变换早已加以运用了，《左传》《史记》的著名篇章之中早有存在。例如《史记》描写项羽在巨鹿独力对抗强大秦军的战役，借由各国诸侯的退缩不前，只作壁上观，在他们的眼中描绘出了项羽的神勇。四大奇书也从史传的这类出色的描写中，领会了聚焦变换的妙用，时常借由故事中的人物来交代情节、描绘场景或塑造人物。绣像本《金瓶梅》第一回描写玉皇庙：

> 西门庆换了一身衣服，打选衣帽光鲜，一齐径往玉皇庙来。不到数里之遥，早望见那座庙门，造得甚是雄峻。但见："殿宇嵯峨，宫墙高耸。正面前起着一座墙门八字，一带都粉赭色红泥；进里边列着三条甬道川纹，四方都砌水痕白石。正殿上金碧辉煌，两廊下檐阿峻峭。三清圣祖庄严宝相列中央，太上老君背倚青牛居后殿。

叙述者借由西门庆的视角描绘出玉皇庙的外貌，而不再只是以零聚焦的方式来呈现。聚焦变换还可以在极短的时间之内，在多个人物之间来回地流转，例如《三国志演义》第

❶ 谭君强：《叙事理论与审美文化》，中国社会科学出版社2002年版，第136页。
❷ 同上，第134页。
❸ 同上，第145页。

五回"破关兵三英战吕布",在短短的一段文字中,多次的聚焦变换:

> 八路诸侯齐出。公孙瓒挥搠亲战吕布。战不数合,瓒败走,布纵赤兔马赶
> 来。那马日行千里,飞走如风,看看赶上,布举画戟望瓒心后便刺。傍边一将,
> 圆睁环眼,倒竖虎须,挺丈八蛇矛,飞马大叫:"三姓家奴休走!燕人张飞在
> 此!"吕布见了,弃了公孙瓒,便战张飞。飞抖擞精神,酣战吕布,连斗五十余
> 合,不分胜负。云长见了,把马一拍,舞八十二斤青龙偃月刀,来夹攻吕布。三
> 匹马丁字儿厮杀,战到三十合,战不倒吕布。刘玄德掣双股剑,骑黄鬃马,刺斜
> 里也来助战。这三个围住吕布,转灯儿般厮杀。八路人马,都看得呆了。

叙述者借由场上多处人物的视角来描写"三英战吕布"的惊心动魄,先后有众人、吕
布、关羽、八路军士等,短短的一段文字,聚焦不断转换。凸显出了吕布的武艺超群,埋
下了之后"王司徒巧使连环计"的必要性。《水浒传》的聚焦转换,也有快速多变的情形。
例如第十三回"青面兽北京斗武"一段,描写杨志先后与周谨、索超的校场比武:

> (杨志、周谨)两个在阵前来来往往,番番复复,搅作一团,扭作一块。鞍
> 上人斗人,坐下马斗马。两个斗了四五十合,看周谨时,恰似打翻了豆腐的,斑
> 斑点点,约有三五十处。看杨志时,只有左肩胛上一点白。

这是从观看比武的众人眼中看出。杨志胜了周谨,正要拜谢,"只见阶下左边转上一
个人来"。"杨志看那人时,身材凛凛,七尺以上长短,面圆耳大,唇阔口方,腮边一部络
腮胡须,威风凛凛,相貌堂堂"。这是改从杨志的眼中看出的。此人向梁中书请求与杨志
比武,"梁中书看时,不是别人,却是大名府留守司正牌军索超"。这是转换成从梁中书
的眼中所看到的。接着便是杨志与索超比武的精彩过程,又借由场边观战的众人眼中呈现
出来:

> 站台上梁中书看得呆了;两边众军官看了,喝彩不迭。阵面上军士们递相厮
> 觑道:"我们做了许多年军,也曾出了几遭征,何曾见这等一对好汉厮杀!"李
> 成、闻达在将台上不住声叫道:"好斗!"

《水浒传》不仅视角灵活多变,叙述者还能同时分别刻画几个人物的心理活动。例如
第二十七回"母夜叉孟州道卖人肉"一段,先后描写孙二娘、武松两人的内心想法,使读
者明白两人各自的算计,从而制造了场面的紧张感:

> 那妇人笑着寻思道:"这贼配军却不是作死,倒来戏弄老娘!正是灯蛾扑火,
> 惹焰烧身。不是我来寻你。我且先对付那厮!"这妇人便道:"客官,休要取笑。

再吃几碗了，去后面树下乘凉。要歇，便在我家安歇不妨。"武松听了这话，自家肚里寻思道："这妇人不怀好意了，你看我且先耍他！"……那妇人心里暗喜……妇人自忖道："这个贼配军，正是该死！倒要热吃，这药却是发作得快，那厮当是我手里行货！"

善用聚焦的流动转换确实可以使叙事更加生动，场面更加传神，也增强了情节的紧张气氛。

六、流动视角的运用

杨义长年以来努力解决中国现代文论的"失语症"问题，他的创新处多与西方文学理论相关，故在此一并述及。对于中国史传、小说的叙事方面，他的做法是"返回中国文化原点，参照西方叙事学理，贯通古今文史，融合以求体系创造。"❶据此学术思路，而完成了《中国叙事学》一书。对于聚焦变换这一情况，他特别提出了"流动视角"这一说法，用以解说中国叙事文学的视角动态操作过程。此一概念不同于热奈特的"多重式内聚焦"，因为其中也包含了零聚焦在内。他认为中国的史传、白话小说，并不是只有一种全知视角（零聚焦）的运用，在实际的操作上也使用了限知视角（内聚焦），自有其转换、流动的方式。

> 全知、限知是视角的静态分类。但在动态操作中，我国叙事文学往往以局部的限知，合成全局的全知，明清时代取得辉煌成就的章回体小说尤其如此。它们把从限知到达全知，看作一个过程，实现这个过程的方式就是视角的流动。❷

杨义认为视角的流动乃是与中国人的思想文化相呼应的，符合民族的认知心理结构，乃是一种"天人合一"思想的反应，暗合"中国人所理解的天人之道的运行轨迹"。如同中国绘画哪种流动的"不定点透视"（移动视点），"不定点透视，即是流动视角"画中的人物、山水没有光影的变化，没有远近、高低、大小、晦明的差异，"意图在视觉上开拓更大的可能性"，表现"中国人传统对时空无限流展的基本观念。"❸

经由叙述者与主要人物的限知视角，组合成了全知视角，展现出整个故事的场景与人物心理，交代了情节的全局。是故，"流动视角是多元视角，是若干个角色视角和叙述者

❶ 杨义：《序言》，《中国叙事学》，南华管理学院 1998 年版，第 3 页。

❷ 杨义：《视角篇第三》，《中国叙事学》，南华管理学院 1998 年版，第 240 页。

❸ 蒋勋：《中国艺术中的时间与空间（一）》，《美的沉思》，湖南美术出版社 2014 年版，第 214 页。

视角在动态中的组合。"❶ 所以中国史传与白话小说，并非一般人所认为的如此呆板而欠缺变化。

杨义基于中国叙事作品的文本细读，把中国文化上的天人之道贯穿在对于"聚焦——焦点"的整体研究，确实填补了西方叙事学的不足，也深入而确切地阐述了中国史传以及小说的独特美学风貌。

由此，杨义进一步说明"视角的一与多"的搭配。他认为白话小说视角的使用，与其根源于"说话"艺术有很大的关联，受到以"说话人"权充叙述者的传统模式很大的制约。综合起来看，白话小说视角的流动处于两个极端之间：

> 一个极端是由多归一，严守单一视角，潜入人物的心理层面，在知与不知之间展示心理世界；另一个极端是由一趋多，直至跳出原先的叙事世界，跳回作者，或说话人的身上，由作者或说话人直接发言。❷

这里提到了所谓的"角色视角"的运用，这一观念在现代西方小说写作已是很普遍的常识，但在中国古代并未形成一套系统的理论。虽然早在明代小说四大奇书的写作中便已经具体实践了，明清文士诸如金圣叹、李渔、毛宗岗、张竹坡等人在四大奇书的评点，也早已经点出了其中的奥妙。

七、焦点

与"聚焦"相反的概念，则是所谓的"焦点"。"聚焦"讲的是谁在看，"焦点"讲的是什么被看。"聚焦"是从作者、叙述者的角度来认知世界的；"焦点"则是从文本的角度来考察虚实、疏密，"它们出发点和投射方向是互异的"❸。焦点的运用，首先是要求转换灵活，不可死板。焦点所在，代表着小说内容的重心所在，应当随着情节的进展而转变。若是从人物关系来看，主角便是全书的焦点所在了，但是在某些段落也会让位给次要角色。例如《水浒传》依次交代英雄被逼上梁山为寇的过程，而有所谓的鲁十回、林十回、武十回等，在那些章节中鲁智深、林冲、武松分别是叙述的焦点。浦安迪特别把此种以十回作为一个情节单元、节奏的章法结构，视之为"奇书文体"的特征。❹ 但从整体来看，《水浒传》的焦点主要在宋江。

---

❶ 杨义：《视角篇第三》，《中国叙事学》，第 251 页。

❷ 同上，第 253 页。

❸ 同上，第 265 页。

❹ [美] 浦安迪：《中国叙事学》，北京大学出版社 1996 年版，第 62—66 页。

《三国志演义》既然讲述的是三国之事，势必要不断变换其叙述焦点。在三国鼎立之势尚未成形之前，其叙述焦点的变化就更为明显了。第二十五回至二十八回大致上以关羽为叙述焦点，第三十回至第三十三回则以曹操为叙述焦点。而在三足鼎立既成之后，每用一次"却说"都意味着叙述焦点的转换。这种情形，毛宗岗在其评点中曾多次指出："以三寇引出三国，是全部中宾主；以张角兄弟三人引出桃园兄弟三人，此又一回中宾主。"（第一回回评）"先叙曹操发檄举事，次叙孙坚当先敢战，末叙刘备三人英雄无敌。"（第五回回评）"先写关、张斩将，次写玄德运筹，叙法亦参差有致。"（第一回夹批）但若从整部小说的结构来看焦点，《三国志演义》的焦点主要在诸葛亮身上。原因在于作者身为仕途失意的文士，把一切出将入相、治国平天下的理想都寄托到了诸葛亮身上，特别重视。

《西游记》的叙述焦点显得比较集中，前 7 回主要是以孙悟空作为焦点，第九回至第十一回主要以唐太宗作为焦点，而从第十三回至第九十九回主要以唐僧师徒四人作为焦点。但整部小说仍是以孙悟空为主要的焦点，孙悟空是《西游记》的主角，篇幅与重要性都超过了三藏法师。这与先前的故事《大唐三藏法师取经诗话》以三藏法师为焦点已完全不同了。

《金瓶梅》全书的叙述焦点集中在西门庆身上。在前 79 回中，几乎每一回西门庆都要出场，而且绝大部分都是叙述的焦点。第七十九回西门庆死去之后，焦点才转移了。

八、聚焦于"无"的妙有

杨义分析焦点在叙事作品中的意义时，他颇具新意地将其概括为聚焦于"有"与聚焦于"无"。这是把叙事的焦点关联到"虚与实"的范畴，从而提升了叙事艺术的境界，这与中国画论中对于泼墨山水的论述有异曲同工之妙。

老庄、禅宗的哲学观形成了虚实共济、有无相生的中国美学，进而影响到中国古代的画论，尤其是人物的写形传神之艺术。杨义分析：

> 如果我们把叙事当作一个完整的系统或过程，二者则是相辅相成、互通互补的。《老子》说："大成若缺，其用不弊；大盈若冲，其用不穷。"又说："大音希声，大象无形。"完成和充盈到了"大"的境地，它就可能出现好像欠缺和空虚的形态；声音和物象也一样，它们过于"大"了，超出了听觉和视觉的范围，也就难以听到声音和看到形象了。❶

聚焦于"无"，"无生成有"，从而产生了"大有"，比起原有的"有"更丰富。"焦点"

---

❶　杨义：《视角篇第三》，《中国叙事学》，南华管理学院 1998 年版，第 282 页。

乃是"一个文本的精神所注,文脉所归,意蕴所集之点,或者说,它是文本的最光亮之点。"❶ 但如果始终聚焦于"有",小说便显得板滞凝重,欠缺空灵的变化以及想象的空间。所以小说叙事中焦点的运用,也要求虚实相济,以免变成了俗笔。因此"聚焦的出神入化之境,在乎于无处写有,于有处写无。"❷ 以《三国志演义》孔明的出场为例,可知聚焦在"无"的巧妙。在第三十八回孔明现身之前,作者已经先做了许多的铺垫,通过水镜先生、徐庶、农夫、崔州平、石广元、孟公威、诸葛均以及黄承彦等人口中的称赏,读者对于孔明已经充满了向往期盼之情。对于此种"纡徐而曲折"的空灵笔法,毛宗岗赞赏不已,认为"绝世妙人,须此绝世妙文以副之。"(第三十六回回评)他在《三国志演义》第三十七回回评中如此说:

> 此篇极写孔明,而篇中却无孔明。盖善写妙人者,不于有处写,正于无处写。写其人如闲云野鹤之不可定,而其人始远;写其人如威凤祥麟之不易睹,而其人始尊。

在聚焦于"无"的笔法烘托之下,我们对于这位尚未出场的人物充满了许多的想象,从而浮现出了一位仙风道骨,睿智而机敏的孔明。

第三节 语态:四大奇书叙述的形态

语态所要处理的是叙述行为与所叙说的故事内容、叙事文本之间的关系。讲述故事的"声音"来源与叙述情境密切相关,不仅是"叙述行为层"所要处理的问题,也牵涉到"故事层""叙事话语层"。从而叙述时间、叙事层次、叙述者(作者)、听述者(读者)等要素都是语态所要考虑的。

一、叙述时间

叙述故事的发声时间必定是现在,但是故事发生的时间则有可能是在其他的时空,热奈特从叙述相对于故事的位置,区分出四种类型:

1.事后叙述:叙述者讲述的是一个过去的事件,但并不一定指明叙述时刻与故事发生时刻之间的时间距离。时间距离可能有大有小,也有可能从故事发生的过去时间,一直延续到讲述的现在时刻。

---

❶ 杨义:《视角篇第三》,《中国叙事学》,南华管理学院 1998 年版,第 267 页。

❷ 同上,第 279 页。

2. 事前叙述：叙述者讲述的是一个未来之事件，属于预言性的叙事。

3. 同时叙述：叙述者所讲述的事件与叙述时间同时并进，原则上最单纯，因为故事与叙述完全重合在一起，排除了相互影响的其他情况。

4. 交错叙述：叙述者所讲述的事件与叙述时间前后交错，这种类型最复杂，甚至有可能叙述过程反过来影响到故事的发展。

二、叙事层次

叙述者讲述故事的时空处境，与故事内容发生的时空环境，其中也有所差别。热奈特把层次的区别界定为：叙事所讲述的任何事件的叙记层为第一层，产生这一叙事的叙述行为是第二层。

1. 叙记层：故事所在的层次。

2. 叙记外层：外在于故事的叙述层次。例如，话本小说中的"说话人"以及他所处的"说话"现场、所假设的现场听众。

3. 叙记内层：故事之中的故事，故事中的人物充当另一个叙述者。例如阿拉伯的民间故事《一千零一夜》，其中的女主角每天对国王讲述一个不同的故事。

三、叙述者

看与说，这是作者把小说内容传达给读者的两大管道，但以往的"视角"理论混淆了"看"与"说"的功能。如今有必要加以区分，"叙述者"的功能在于故事的"讲说"，"聚焦"的功能则在于"观看"。

分析叙事文，叙述者的性质及其位置关系极为重大。叙述者的身份、位置及其所表达的方式、参与故事的程度，决定了叙述文本的基本特征。萧尔斯与凯洛格的名著《叙事的本质》一书中，更被视为是叙事文、抒情诗与戏剧三大文类借以区别的首要因素。[1] 詹姆斯、卢伯克等人重视叙述者的功能与效应，卢伯克表示：

> 在小说技巧中，整个错综复杂的方法问题，我认为都要受到观察点问题，也就是在其中叙述者相对于故事所站的位置的关系问题所制约。[2]

故事的实际写作者与故事的叙述者，两者的性质与功能并不相同。叙述者的功能主要

---

[1] Robert Scholes & Robert Kellogg，"The Nature of Narrative"，Oxford University Press 1968：4.

[2] Percy Lubbock，The Craft of Fiction. London：Jonathan Cape，1966：251. 中文译文引用自谭君强之《叙事理论与审美文化》，第97页。

在于讲述故事，另外也可以对于所说的内容加以评论、阐释。叙述者作为故事与听述者接触、传递的桥梁，其身份、位置的差异，将会影响到他在叙事中的职能表现，从而可以产生不同的美学效果，乃是故事编写者的精心设计，不容轻忽。

热奈特认为，传统上以"第一人称""第三人称"等人称来区分叙述者的意义不大，这样的分类不够精确。"一切叙事无论明确与否都是第一人称"，"因为叙述者时时刻刻可以用上述代词自称"❶。两者的叙述其实都是以小说中的某个人物作为意识的"焦点"（focus），只是"发声点"不同罢了，与"视角"或"观点"无涉。叙述者本身是否参与到故事之中，亦即叙述者与故事的"关系"，这才是始终支配着一篇叙事文的关键。

布斯在其名著《小说修辞学》中也认为英美小说批评以人称来区别叙述者并没有太大的意义。布斯说：

> 也许被使用得最滥的区别是人称。说出一个故事是以第一人称或第三人称来讲述的，并没有告诉我们什么重要的东西，除非我们更精确一些，描述叙述者的特性如何与特殊的效果有关。❷

申丹则认为，人称的区别有其重要性，尤其是第一人称，常身为故事中的人物：

> 我们知道传统批评家将人称视为区分叙述方式的惟一标准，而很多当代批评家在区分视角时又完全不考虑人称，这实际上矫枉过正了。第一人称叙述者是人物，他／她在观察范围、感情态度、可靠性等诸方面都有别于非人物的第三人称叙述者。❸

热奈特从叙述者与讲述内容的关系这一角度把故事分成"异源故事"和"同源故事"两大类。前者是指叙述者不出现在他所讲述的故事之中，后者则是指叙述者以人物的身份出现在他讲述的故事里。无论叙述者是否出场，他的介入故事之中，又有程度上的差别，一种是叙述者充当故事的主角，称作"主角自述"；另一种是叙述者只作为故事中的配角，扮演观察者，可称作"配角转述"。

综合同源、异源与否（意指叙述者是否出现在叙记层中），以及主角、配角的差别，可以有四种类型的叙述者。

1.层外外身：叙述者位于叙记外层，并未参与到故事之中，一般来说，具有较大的功能、权限。四大奇书都是借由这类的叙述者来讲述故事。

---

❶ [法]热奈特（Gerard Genette）撰，王文融译：《叙事话语、新叙事话语》，中国社会科学出版社1990年版，第248页。
❷ [美]布斯注，华明，胡苏晓，周宪译：《小说修辞学》，北京大学出版社2017年版，第168页。
❸ 申丹：《叙述学与小说文体学研究》，北京大学出版社2004年版，第218页。

2. 层外自身：叙述者位处在叙记外层，作为故事的主角，回顾自己所经历过的事件。

3. 层内外身：叙述者本身位在叙记层中，虽然有可能也出现在故事之中，但只是一位配角。例如《福尔摩斯探案》中负责记录一切事件的华生医生。

4. 层内自身：叙述者位在叙记层中，同时也是故事中的主角，讲述自己经历的事件。例如《老残游记》里的主角老残。

四、四大奇书的叙述者

四大奇书采用了"层外外身"的叙述形式，亦即叙述者置身于故事之外，叙述者的世界与所叙记的世界不相混杂，并且故事的发展完全与他无关。但叙述者虚拟成说书人的身份，介绍人物的形貌、生平，解释事件的原委、背景，用诗词、韵文或散文发表意见。作者的爱憎褒贬与叙述者所表露的情感是一致的。按照热奈特的看法，具有以下的特质：

> "故事外的叙述者只能以故事外的受述者为目标，受述者在这里与隐含读者相混，而且每个真正的读者都可以与之相认同。"而在叙事本文中往往存在着这样一个事实："与任何话语一样，叙事必定面向某个人说话，总是在表面之下包含着对接受者的吁求。"这一同样以"我"的形式出现的叙述者所起到的是一个见证人或目击者的作用。❶

这是一种局外人的叙事，一声"看官"，就使小说的内容与读者之间拉开了距离。说书场中的"说话人"一般具有两种身份和功能，这种特质大多也被继承于四大奇书之中：一为观察者，他的"报导"必须满足读者的好奇心。另一为评断者，充当社会、文化的代言人，公然的评议各种有伤风教或者显然对社会有所违碍的"恶行劣迹"。事实上，"说话人"并非如此热衷于评议内容，而主要是作为鼓动听众聆听的策略，以免讲述的方式过于单调，内容过于平铺直叙。

若是以查特曼的分类来看，四大奇书的叙述者是一种"外显的叙述者"，具有比较鲜明的个体意识，有时会打断故事的进行，公然解释、评判、概括小说中的人物、内容。❷读者可以隐约感受出他对于人物、事件与情境的态度。

就四大奇书而言，由于大多脱胎于"说话人"的底本，而"说话人"又是直接面对听

---

❶　谭君强：《叙事理论与审美文化》，中国社会科学出版社 2002 年版，第 93 页。

❷　查特曼根据叙述者可被感知的程度，将之区分为外显的叙述者（overt narrator）与内隐的叙述者（covert narrator），或公开的叙述者与隐蔽的叙述者。这是查特曼 1978 年所提出来的一对概念。[美] 查特曼：《故事与话语》第 5 章，中国人民大学出版社 2013 年版，第 180、181 页。

众的，因此，明初以来的书面文本虽然已经过文人润饰，仍然在有意无意地显露故事讲述人的权威及其存在，也自然会出现直接面对听述者的情况。❶

依照布斯的叙述者分类，四大奇书的叙述者是权威的、可靠的，"作为潜在作者的戏剧化代言人的可靠叙述者"❷，他所传达的信息是听众／读者了解小说内容的最值得信赖的凭借，谭君强对此有所说明：

> 按照叙述者与隐含作者的关系，可以区分为可靠的叙述者与不可靠的叙述者。这一区分最早是由布斯提出来的。按照布斯所说，"可靠的叙述者指的是当叙述者在讲述或行动时，与作品（隐含作者）的思想规范相吻合，不可靠的叙述者则并不如此。"❸

"说话人"化身为四大奇书里讲述故事的叙述者，一种叙事学上的"隐含的作者"。虽然与中国传统叙事文类的叙述者同属于一种"层外外身"的叙述方式，但是较之史传或者志怪、传奇的叙述者则有明显的"声音"存在，而成为四大奇书等白话小说的特点。

《三国志》《三国志平话》以及《三国志演义》，三者都各有一个叙述者，但是由于叙述者"各有不同的哲学深度，显示出不同的艺术质量，体现了不同的时代精神"，各自代表着史臣、说书艺人、才子小说家的"叙述者的口吻"❹，从而所讲述的"故事"也就有了差异。浦安迪认为，"一篇叙事文至少有两种不同的声音存在：一种是事件本身的声音，一种是讲述者的声音，亦即'叙述者的口吻'。后者有时要比前者更为重要。"❺叙述者具备了一种主观意识，从而叙述者的存在不仅没有减低叙事文的价值，反而使得观点鲜明，义涵独特。

我们如果以弗莱德曼根据叙述者的主观和客观态度，所分成的八种叙述观点来看，那么"说话人"主要就是采用了其中最为主观的"夹叙夹议的全知叙述"方式（editorial omniscience）。黄维梁称之为"浮慧"的叙述方式，以为偏重于叙述者的"锦心绣口、理

---

❶ 谭君强：《叙事理论与审美文化》，第 63 页。

❷ [美] 布斯（Booth, Wayne C.）著，华明，胡苏晓，周宪译：《小说修辞学》第 8 章，北京联合出版公司 2017 年版，第 198 页。

❸ 谭君强：《叙事理论与审美文化》，中国社会科学出版社 2002 年版，第 69 页。

❹ [美] 浦安迪：《中国叙事学》，北京大学出版社 1996 年版，第 14 页。

❺ 同上。

辞俱胜"，但是缺乏"耐人寻味""言外之意"的"酝藉"意涵。❶

四大奇书的作者已有自觉地减少叙述者与读者进行交谈的痕迹，但这种直接解说的方式，颇为简便，尤其常见于全书的开头。崇祯本《金瓶梅》第一回，叙述者便是直接向读者讲说故事的背景与西门庆：

> 话说大宋徽宗皇帝政和年间，山东省东平府清河县中，有一个风流子弟，生得状貌魁梧，性情潇洒，饶有几贯家资，年纪二十六七。这人复姓西门，单讳一个庆字。他父亲西门达，原走川广贩卖药材，就在这清河县前开着一个大大的生药铺。现住着门面五间到底七进的房子。家中呼奴使婢，骡马成群，虽算不得十分富贵，却也是清河县中一个殷实的人家。只为这西门达员外夫妇去世的早，单生这个儿子却又百般爱惜，听其所为，所以这人不甚读书，终日闲游浪荡。一自父母亡后，专一在外眠花宿柳，惹草招风，学得些好拳棒，又会赌博，双陆象棋，抹牌道字，无不通晓。结识的朋友，也都是些帮闲抹嘴，不守本分的人。

《三国志演义》第五十四回在叙述完刘备、孙权挥剑劈石之后，叙述者解释道："至今有十字纹'恨石'尚存。后人观此胜迹，作诗赞曰：'宝剑落时山石断，金环响处火光生。两朝旺气皆天数，从此乾坤鼎足成。'"这类解说的方式仿佛面对面交谈一般，令人感到亲切。

容与堂本《水浒传》第二十三回，武松初次登场，叙述者使用一段韵文精心描绘武松的形貌神情：

> 身躯凛凛，相貌堂堂。一双眼光射寒星，两弯眉浑如刷漆。胸脯横阔，有万夫难敌之威风；语话轩昂，吐千丈凌云之志气。心雄胆大，似撼天狮子下云端；骨健筋强，如摇地貔貅临座上。如同天上降魔主，真是人间太岁神。

《水浒传》第二十四回，对于武大、武松两兄弟的对比，也是叙述者直接评议：

> 看官听说：原来武大与武松是一母所生两个。武松身长八尺，一貌堂堂，浑身上下有千百斤气力，不恁地，如何打得那个猛虎？这武大郎，身不满五尺，面目生得狰狞，头脑可笑。清河县人见他生得短矮，起他一个诨名，叫做"三寸丁谷树皮"。

---

❶　另外的七种叙述观点是：不加议论的全知（neutral omniscience）、"我"是目击者（"I" as witness）、"我"是主角（"I" as protagonist）、多种选择性全知（multiple selective omniscience）、选择性全知（selective omniscience）、戏剧式（the dramatic mode）、摄影机式（the camera）。见黄维梁《中国文学纵横论》，东大图书公司1988年版，第195—197页。

《西游记》第一回议论完之后，接下来写石猴孕育而出，用的是叙议结合的方法：

> 那猴在山中，却会行走跳跃，食草木，饮涧泉，采山花，觅树果；与狼虫为
> 伴，虎豹为群，獐鹿为友，猕猿为亲；夜宿石崖之下，朝游峰洞之中。真是"山
> 中无甲子，寒尽不知年"。

叙述者有时会以浅俗的语言表达对人世百态的见解，以帮助读者对于小说情节或人物的理解。例如崇祯本《金瓶梅》第一回叙述者讲述了潘金莲对于丈夫武大的憎嫌之后，又接着议论：

> 看官听说，但凡世上妇女，若自己有些颜色，所禀伶俐，配个好男子便罢
> 了，若是武大这般，虽好杀也未免有几分憎嫌。自古佳人才子相配着的少。买金
> 偏撞不着卖金的。

这些议论一般都是现实人生的常识，读者因此大多能够认同。但以现代小说理论来看，这些叙述者的评议都属于"叙述者干预"，对于故事的流畅进行是有害的。《西游记》在这方面较为明显，它的"叙述者干预"还表现在以大段的韵文写景状物，第一回便有十多处，第四回描写天宫景象的韵文更长达五百余字。

"叙述者干预"是属于一种原初的"说话人"现场说书形式的残留。金圣叹修订的贯华堂本《水浒传》，删除了不少"叙述者干预"的文字，尤其是以诗词韵文介绍人物或山水的长篇韵文。

现代小说理论追求小说叙述的客观性，这种看法在近代法国的福楼拜、美国的詹姆斯等小说家的论述中尤其明显。谭君强认为：

> 叙述者干预的问题不在于叙述者干预是否必要，而在于它是否以一种与故事
> 和本文相适应的合理形式存在。叙述者干预一般通过叙述者对人物、事件、甚至
> 本文本身进行评论的方式来进行。这种干预超越了对本文中的行为者与环境的界
> 定与事件的描述。在评论中，叙述者解释叙事成分的意义，进行价值判断，涉及
> 超越于人物活动范围的领域，以及评论他或她自身的叙述。❶

有鉴于"叙述者干预"打断了情节的进行，有碍于读者投入故事情境之中，增加了读者与故事的距离，从而四大奇书在明清两代不断的润饰中逐渐减少这种话本小说残留的形态，叙述者越来越隐身幕后，而把评议交付给了读者。

---

❶ 谭君强：《叙事理论与审美文化》，中国社会科学出版社 2002 年版，第 76 页。

五、听述者

听述者与叙述者共同组成一个叙述情境，两者位处在同一个叙述层次，从而听述者也与实际的读者、听众有别。听述者与叙述者有所不同之处在于，叙述者有可能进入故事的世界，但听述者一般是不能参与故事之中。

1. 层外对象：听述者位于叙记外层，他是理论上的读者、听众，相对于叙记外层的叙述者，等同于英美小说理论中所谓的"隐含的读者"（implied reader）。

2. 层内对象：听述者位于叙记层。

热奈特在全盘考量各种叙事因素之后，提出了从叙事学上所考虑的作者、读者之间的传递讯息过程，以及相互关系：

> 真实作者（潜在作者）——→叙述者——→叙事——→听述者——→（潜在读者）真
> 实读者

> "潜在作者"是指根据作品所归纳出的作者形象，"潜在读者"是叙述者期望
> 中的读者形象。

热奈特所提出的叙事学理论体系，总结了欧美此前存在的同类理论，并对自己的概念和术语重新做了反思和修订，使得这一套理论更趋完善。运用此一套理论于四大奇书之中，可以使得原本模糊不清的现象，获得了厘清。

四大奇书之中充当读者的"看官"只是一种"层外对象"，一种理论上的听述者，相当于布斯的"隐含的读者"（implied reader）。此一听述者是预设的，他的功能只是假设真正读者的存在而已。两者都处于"叙记外层"，而不是故事所在的"叙记层"之中。这种听述者不仅不能进入故事的世界，也完全不能左右故事的发展。因而小说家可以借由叙述者自由作出个人的评议，比较能够超脱当时所身处的文化与社会的时空环境与意识形态，不必有太多的顾虑，毕竟听述者的反应都是静默的或者设定好的。

四大奇书中，听述者痕迹保留最多的当属《金瓶梅》，因为它是以市井日常生活琐事为题材，往往关涉到世俗经验或生活智慧，叙述者经常要针对听述者发表一番人生教训，例如崇祯本《金瓶梅》：

> 看官试想，三寸丁的物事，能有多少力量？今番遇了西门庆，风月久惯，本
> 事高强的，如何不喜？（第四回）

> 看官听说：原来但凡世上妇人哭有三样：有泪有声谓之哭，有泪无声谓之

泣，无泪无声谓之号。当下那妇人干号了半夜。（第五回）

其余在几部奇书中留存的听述者痕迹，主要在于每回结尾所称之"且听下文分解"等说话套语了。

六、总结

经由上述对于四大奇书的叙述模式的分析，对照西方叙事学的叙述模式，可知四大奇书的叙述者（隐含的作者）身处在"层外外身"，传统上所谓的"全知全能的叙述人"。听述者则是"层外对象"，叙事层次是"叙记层"，叙述时间是"事后叙述"的方式。距离方面是"模仿"，聚焦是属于"零聚焦"，叙述时间是"事后叙述"的方式。

下篇：叙事话语层

第八章　四大奇书的小说叙事文法（上）

中国古典小说之写人，主要从叙事中表现，事件之叙述往往也涉及写人。因此探讨小说的叙事艺术，其中实已包含一些写人的技法在内。

由于科举应试的需求，宋元以来的文人自幼即浸淫于文章的阅读和写作之中，从而培养了颇为深厚的文章学的相关知识和技能。宋元以来文章学的一个突出特点是对文法的重视，"为文有法"的观念烙印文人士子的内心。

当其中的一小部分人转而从事小说创作，他们就会自觉或不自觉把文章学的观念和技巧加以运用。因此，白话小说写作受到文章学的影响很大，在谋篇布局、行文修辞及叙述笔法等方面大量借鉴，"以文为小说"成为写作上的一个特点。与此同时，白话小说的鉴赏方式也随之与文章的阅读法相通，形成了文章式的小说阅读以及评点方法。

文人运用文章写作之法写小说，即是把小说当作文章来处理，使文章学的一系列行文规法和写作技巧成为小说叙事美学的重要组成部分。因此，分析四大奇书的叙事文法，必须适度参酌文章学的基本概念。

文章写作的首要工作便是谋篇布局，亦即篇法、章法的考量。对此刘勰提出了五项原则，颇受到历代文人的奉行：

> 何谓附会？谓总文理，统首尾，定与夺，合涯际，弥纶一篇，使杂而不越者也。若筑室之须基构，裁衣之待缝缉矣。❶

"附会"的章法可细分成五项："总文理""统首尾""定与夺""合涯际""弥纶一篇"。其义涵已在本书的《绪论》中有所说明了，此处不再赘述。以下两章即依照这五项谋篇布局之法，分类探讨四大奇书的叙事文法。

---

❶ ［南梁］刘勰著，詹锳注：《附会》，《文心雕龙义证》，上海古籍出版社 1989 年版，下册，第 1591 页。

第一节　文人评点与小说文法

四大奇书的增删编写成书，过程中累积了许多人的心血、智慧，它们是逐步趋向完善的。即使刊行于世之后，仍然不断地有所修订、润饰或者评析，而形成了一些新的四大奇书的版本。尤其是几位杰出的评点家所做的贡献，李贽、叶昼、金圣叹、毛纶父子、李渔、张竹坡与张书绅等人。这些评点家的生平际遇，也如同四大奇书的作者们一般，仕途失意、人生困顿。他们所投入的精力、成就及其影响，足以媲美所评点的小说家们，而有必要对于他们的生平与所做的努力，有更多的认识。

一、四大奇书的杰出评点家

李贽（1527—1602 年）初姓林，名载贽，后改姓李，名贽，字宏甫，号卓吾，又号温陵居士，福建泉州府晋江县人，祖父是一位很成功的商人。李贽是颇具影响力的思想家、史学家和文学家。51 岁时担任云南姚安知府，54 岁时辞官，潜心问学。晚年遭受到官府的几次驱逐、弹劾和迫害，李贽被下狱治罪，不久便自刎于狱中，享年 75 岁。

叶昼主要生活于万历、天启年间，原本少有人知，之所以受到瞩目，主要是明人钱希言《戏瑕》卷三《赝籍》条把他与李贽之名相提并论：

> 比来盛行温陵李贽书，则有梁溪人叶阳开名昼者，刻画摹仿，次第勒成，托于温陵之名以行。……于是有宏甫批点《水浒传》《三国志》《西游记》《红拂》《明珠》《玉合》数种传奇及《皇明英烈传》，并出叶笔，何关于李。……昼，落魄不羁人也，家故贫，素嗜酒，时从人贷饮，醒即著书，辄为人持金鬻去，不责其值。❶

钱希言提及了叶昼的生平，他家贫好酒，鬻文为生，受雇于书贾，万历年间评点多部坊间盛行之书，以利贩卖。此一记载经过周亮工在其《因树屋书影》中的引述，其名逐渐为人所知，影响也渐大。但是，周亮工书中的相关说法与钱希言略有不同。他认为叶昼的伪托之作，小说、戏曲部分则是"《水浒传》《琵琶》《拜月》诸评"❷。至于叶昼的生平，周亮工则说，"叶文通，名昼，无锡人，多读书，有才情，留心二氏学，故为诡异之行。"天

---

❶ ［明］钱希言：《戏瑕》卷三《赝籍》条，见朱一玄，刘毓忱编《水浒传资料汇编》，南开大学出版社 2002 年版，第 135、136 页。

❷ ［清］周亮工：《书影》第一卷，汉京文化公司 1984 年版，第 8 页。

启初年曾前往河南开封，与侯汝戬倡建"海金社""合八郡知名之士，人镌一集以行。中州文社之盛，自海金社始。"❶若依此说，叶昼小有名望。最后客死异乡，"其遗骸至今旅泊雍丘郭外"。这与钱希言所说之落魄不羁很吻合。

金圣叹（1608—1661年），明末清初苏州吴县人。原名张采，字若采。之后改名金喟，明亡以后又改名人瑞，字圣叹。金圣叹幼年生活优裕，后来家道中落。他为人狂放不羁，能文善诗，博览群籍，却绝意仕进。顺治十八年（1661年），苏州发生了"抗粮哭庙"事件。金圣叹同情农民的遭遇，联合一些秀才，为民众请命，哭庙抗议官吏的贪污与滥施酷刑，而为巡抚朱国治逮捕，被诬以"摇动人心倡乱"等罪名，押送南京处斩。他喜谈易学、佛学，评诗论文常附会禅理。他称《庄子》《离骚》《史记》《杜工部集》《水浒传》《西厢记》为"六才子书"，拟逐一评点，但仅完成后两种即遭受不幸。

毛纶（1610年—？）字德音，号声山，茂苑（苏州）人，生活于明末清初，与金圣叹同时。他在当时也颇有文名，但一生穷困不仕，"久病长贫"。中年以后，大约在五十岁左右，双目失明，开始评点戏曲小说《琵琶记》《三国志演义》。评点时由他口授，再由其子毛宗岗修订完成。因此，《三国志演义》评点，实为毛氏父子二人的共同心血结晶，而以毛纶为主。

毛宗岗（1632—1709年），字序始，号子庵。毛宗岗年少时入长洲县学，曾与《隋唐演义》的作者褚人获是同学。他曾经仿效金圣叹删改《水浒传》的做法，对于《三国志演义》有不小的改动。他协助父亲毛纶增删回目，又对于全书的内容有所整理，文辞有所润饰，诗文有所改换。但如同一般白话小说家的一生，毛宗岗"有才而无运，郁郁不得志于时。"❷

李渔（1610—1680年），字谪凡，号笠翁。明末清初人，出生于南直隶雉皋（今江苏如皋），家世贫寒。明代期间科举失利，曾做过秀才，入清之后绝意仕进。他也曾经批阅《三国志》、评点《金瓶梅》，其评点本即是所谓的崇祯本或称之为绣像本《金瓶梅》。其后从杭州迁居金陵，把居所命名为"芥子园"，并开设书铺，编刻图籍。也曾组织家庭戏班巡回演出，生活因此富裕。晚年戏班解散，生活困顿，贫病交加之中于杭州病逝。著有《凰求凤》《玉搔头》等戏剧，《肉蒲团》《十二楼》等小说，以及《闲情偶寄》等书。

张竹坡（1670—1698年），名道深，字自得，号竹坡，清初彭城（徐州）人。他自幼聪颖，有才子之名，但家境贫寒，个性孤傲，仕途不顺，屡试不第。张竹坡认同冯梦龙的"四大奇书"之说，但以《金瓶梅》为"第一奇书"，并提出了令人震动的新观点"第

---

❶　[清]周亮工：《书影》第一卷，汉京文化公司1984年版，第8页。

❷　黄霖：《前言》，《毛宗岗批评三国演义》，齐鲁书社1997年版，第7页。

一奇书非淫书"。二十六岁开始在家中评点《金瓶梅》，"且成于十数天内"❶。康熙三十四年（1695 年）刊行《皋鹤堂批评第一奇书金瓶梅》，三年之后病故，死时不满三十岁。

张书绅字南熏，山西人，其生平不详，主要生活于清初雍正、乾隆年间。他是一位信奉儒家思想的文士，因而所作的《西游记》评点时常能够从文学的角度，尤其是八股文的章法来评析，而与此书的其他评点大异其趣，颇为难能可贵。

二、四大奇书的杰出评点

小说四大奇书在明、清时代各自产生了不少著名的评点，尤其是金圣叹评点《水浒传》，影响深远，更显重要。美学家叶朗便称：

> 由李贽、叶昼等人发端的中国小说美学，到了金圣叹，才开始形成自己的体系。清代有位小说评点家冯镇峦，曾经指出金圣叹在美学上的贡献。他说："金人瑞批《水浒》《西厢》，灵心妙舌，开后人无限眼界，无限文心。"从小说美学的发展史来看，这种赞扬并不过分。❷

金圣叹之前已出现了李贽、叶昼两位重要的评点家，作品被赞誉为"万历小说评点之双璧"❸：容与堂刊一百回本《李卓吾先生批评忠义水浒传》和袁无涯刊一百二十回本《李贽评忠义水浒全传》。

李贽确实"逐字批点"过《水浒传》❹，时间大约在万历十七年（1589 年）至万历二十四年这段时间，从相关的书信、日记等内容可知❺，学者对此也大多同意。"容本"的刊行时间早于"袁本"两年左右❻，分别在"万历三十八年（1610 年）和四十到四十二年之间。"❼两部小说都署名李贽，但何者为李贽所评，何者为叶昼所评，学者争议不已，迄今仍然莫衷一是。谭帆主张：

> 故在万历三十八年以前，李卓吾之《水浒》评点已流散在外，于是书坊主假借其盛名，在其评点之基础上聘请文人加以模仿、增改、扩充、定型，使其成为完整的《水浒传》评点本，"容本"或由叶昼所为，"袁本"或由袁无涯、冯梦龙

---

❶ [清] 张竹坡：《第一奇书·凡例》。

❷ 叶朗：《金圣叹的小说美学：评点水浒传》，《中国小说美学》，里仁书局 1987 年版，第 55 页。

❸ 谭帆：《中国小说评点研究》，华东师范大学出版社 2001 年版，第 18 页。

❹ [明] 袁中道：《游居柿录》卷九。

❺ 相关的文献有李卓吾《复焦弱侯》《与焦弱侯》；袁中道《游居柿录》卷九；杨定见《忠义水浒全书小引》。

❻ 叶朗：《叶昼评点水浒传考证》，《中国小说美学》，里仁书局 1987 年版，第 380 页。

❼ 谭帆：《中国小说评点研究》，华东师范大学出版社 2001 年版，第 18 页。

等所为。因此我们的假设结论是："容本""袁本"均非李卓吾之真评本，但又都以李卓吾之《水浒》评点为基础，在某种程度上可以说，其中之精神血脉犹然是李卓吾的。❶

然而，这两部小说的批语差异实在太大，"差不多没有一个字相同的"，"两本同是所谓李贽批点本，而有这样的大不同。"❷ 由此可知，谭帆的说法难以成立，"容本""袁本"批语的根源不同，不能视为皆与李贽相关。此外，"容本"对于宋江颇多批贬，斥责其为"盗魁"❸"假道学，真强盗"❹"恶毒"❺等，否定梁山泊的起义。而收录在李贽《焚书》与《李温陵集》两部著作中的《忠义水浒传序》一文，则一再称许宋江"忠义"，认为此书旨在弘扬忠义，乃是发愤之作；"袁本"同样也说"见宋江忠义感人之深，亦见众人皆有忠义之性。"❻"袁本"批语的思想、观点与李贽一致，"容本"则明显矛盾。

再者，"容本"的刊行时间早于"袁本"两年的这一事实，更可以见出"容本"较有可能是作伪。因为晚出之作，显然已无作伪的空间和需要。书贾应是有鉴于李贽所评点的其他书籍颇受欢迎，但当时李贽尚未评点此书，于是找叶昼托名评点以利销售，不料两年之后，李贽完成了自己的评点。所以本文对于此一问题的看法，认同戴望舒、何心、王利器、叶朗等人的考证结论❼，主张"袁本"的批语属于李贽，"容本"的批语则实际上是叶昼所为。况且，另两部分别题为《李卓吾先生批评三国志演义》《李卓吾先生批评西游记》，根据学者们的考证，其实也是出自叶昼的手笔。而从书名的写法来看，"容本"的《李卓吾先生批评忠义水浒传》，名称更能显示出其一致性。叶昼的小说评点"确实在中国美学史上开辟了新的领域，提出了新的问题，并作出了某些新的理论概括。"❽"金圣叹是深受叶昼影响的"❾，"'容本'的理论批评价值要高于'袁本'"❿，叶昼批语的重要性实不亚于李贽，从而能够产生中国古代最重要的一部小说评点：金圣叹批评贯华堂《第五才子书水浒传》。

❶ 谭帆：《中国小说评点研究》，华东师范大学出版社 2001 年版，第 18 页。

❷ 胡适：《百二十回本忠义水浒传序》，《中国古典小说研究》，远流出版公司 1994 年版，第 65—66 页。

❸ 容与堂刊一百回本《李卓吾先生批评忠义水浒传》，第 36 回回评。

❹ 同上，第 55 回回评。

❺ 同上，第 34 回夹批。

❻ 袁无涯刊 120 回本《李贽评忠义水浒全传》，第 116 回眉批。

❼ 叶朗：《叶昼评点水浒传考证》，《中国小说美学》，第 351—369 页。

❽ 叶朗：《古典小说美学的先驱》，《中国小说美学》，第 31 页。

❾ 同上，第 372 页。

❿ 谭帆：《中国小说评点研究》，华东师范大学出版社 2001 年版，第 19 页。

张竹坡以崇祯本为底本，对《金瓶梅》的文字略加改动，并调整了若干回目，其评语也受了崇祯本评语的影响，但大部分自出心裁。其短暂的一生以评点《金瓶梅》为乐，有回评、眉批、夹批、圈点，字数多达十余万字，并且写有读法 108 则。康熙年间刊行《皋鹤堂批评第一奇书金瓶梅》之后，张竹坡评本（又称第一奇书本）逐渐淘汰了词话本与崇祯本，而成为最通行的《金瓶梅》版本。

《西游记》自问世以来，一般读者所关注的主要在于奇幻的故事情节与精怪人物。明清两代也产生了不少评点，包括陈士斌《西游真诠》、汪象旭《西游证道书》、张书绅《新说西游记》、刘一明《西游原旨》以及张含章《通易西游正旨》等。但这些评点大多以寓意诠释为主，各自附会到儒释道三家的义理，充斥许多荒诞不经的说法，从而使得《西游记》的叙事艺术长久以来受到很大的埋没。然而披沙拣金之下，张书绅的《新说西游记》眼光独到，见解难能可贵，不少意见仍然很值得重视。其《新说西游记总批》以及每回之回评，少有附会佛道两家之教义，而以儒学为本，虽然难免令人有"秀才读《西游》"之讥，但也因此能够多从章法的角度来解析文本，时有深刻的阐述，颇有助于吾人对于《西游记》叙事艺术的认识。

三、小说评点的体例

"容本""袁本"这两部《水浒传》评点，实为"小说评点形态的实际奠定者"，"开首有序，序后有总纲文字数篇"，"正文部分有眉批、夹批和总批三部分组成。"❶ 此后各种小说评点大多依循此一基本的体例。金圣叹的《水浒传》评点在此一基础上又做了一些调整，在书前增列了《读法》，每回的总批则从回末移至每回的开头。杨义认为，除了增加一篇"完全属于他的创造的《读第五才子书法》"，"其余体例似乎与李卓吾同，实而大异"：

> 回评从回末移到回前，位置的变化中包含着某种本质的变化，它不再是由微观到常观操作的结果，而是上承序言，尤其是读法，以宏观通过这一常观的中介，而对微观的夹批、眉批一以贯之的操作过程。回评的位置改变了，它在整个评点体例系统中的角色功能也就改变了……金氏的回评比前人感觉细致周到，既呼应了序言、读法和其他回评，又统率了本回的夹批和眉批，承上启下，编织成一个相当严整的评点网络，因而评点本身也成为一个有生命的整体了。评点自从有了金圣叹，不仅被评点的叙事经典成了才子书、奇书，而且评点文自身也成了

---

❶ 谭帆：《中国小说评点研究》，华东师范大学出版社 2001 年版，第 19 页。

才子文、奇文。❶

金圣叹考虑了各种评点的形式、位置以及读者的阅读过程，重新调整了它们的功能甚至位置，建构完成了体系完备、分工细密、相互呼应的评论体例，使小说评点臻于完善的境地。因此，金圣叹堪称中国小说评点家之中，最为杰出、成就最高，并且影响最大者。

金圣叹之后，受其影响，四大奇书先后出现了不少良好的评点。若从叙事写人分析之角度来看，金圣叹评本《水浒传》（1641 年），《三国志演义》有毛宗岗评本（1679 年），《金瓶梅》有张竹坡评本（1695 年），《西游记》也有张书绅评本（1748 年）。这四部小说评点，各自对于四大奇书的文本内容，作出了巨细靡遗的解说、批评，对于建构丰富而自成体系的中国小说理论，贡献巨大。

四大奇书的这几部著名评点，书前都有《读法》或《总批》，对于小说的叙事、写人技法有提纲挈领的解说，颇有助于了解该部小说，因此在很大的程度上可以代表明清小说美学之成就。从而作为引导外籍人士了解中国小说理论与内涵的书籍，便会选择以这些《读法》或《总批》为基本教材。美国学者劳司顿主编的《如何阅读中国小说》❷，引介与论述便集中在所谓的"中国六大小说"：明代小说四大奇书以及《儒林外史》《红楼梦》。选读并且翻译了这六大小说之《读法》或《总批》。包括金圣叹《读第五才子书法》、毛宗岗《读三国志法》、张竹坡《金瓶梅读法》、刘一明《西游原旨读法》、闲斋老人《儒林外史序》、张新之《红楼梦读法》。

若从叙事写人技法角度来考虑，这六篇具有概论全书性质的《读法》，大多是该部小说的相关文章中最为卓绝且有代表性者，姑且不论《儒林外史》《红楼梦》，四大奇书的金圣叹、毛宗岗、张竹坡，其所作之《读法》与每回之批语，皆堪称该部小说阐述叙事写人技法之典范。然而道号悟元子的刘一明，其《西游原旨读法》与书中每回之批语，充斥金丹妙诀、神仙修行之说，少有从文学角度解析之处，不足以代表《西游记》的叙事成就。

本文后面的章节对于四大奇书之叙事、写人文法的分析，即以金圣叹评本《水浒传》、毛宗岗父子评本《三国志演义》张竹坡评本《金瓶梅》以及张书绅评本《西游记》为主，以这些《读法》或《总批》为基础，并参酌各回的细部评点，阐述四大奇书写作之文心、技法。除此之外，上述所言之李贽、叶昼的评点本，以及出自李渔手笔的《李笠翁批阅三国志》《新刻绣像批评金瓶梅》❸都是极有价值不容忽视的重要版本。

---

❶ 杨义：《评点家篇第五》，《中国叙事学》，南华管理学院 1998 年版，第 379—380 页。

❷ Rolston, David L., ed. "How to Read the Chinese Novel" (New Jersey: Princeton University press, 1990)

❸ 参见刘辉：《论新刻绣像批评金瓶梅》，《金瓶梅论集》，贯雅文化公司 1992 年版，第 99—120 页。沈新林：《李渔评传》，南京师范大学出版社 1998 年版，第 380—395 页。

这些评点家都能关注小说的叙事写人艺术，也因为都生活在明清时代，经历过科举考试的洗礼，熟悉八股文的写作，所以对于章法、谋篇很有心得，习于从文法的角度，不少是八股文章法程序的概念来审视小说，评论其字句、篇章、结构的优劣。这种从微观到宏观的分析诗文，其实是明清文人普遍的态度，纵然是才子、学士，也多半如此。王世贞即言：

> 首尾开阖，繁简奇正，各极其度，篇法也。抑扬顿挫，长短节奏，各极其致，句法也。点掇关键，金石绮彩，各极其造，字法也。篇有百尺之锦，句有千金之弩，字有百链之金。文之与诗，固异象同则。❶

文士作诗行文对于字法、句法、章法的讲究，其来有自，可以远溯至《春秋》书法。宋代的古文家谢枋得也早在其《文章轨范》评论柳宗元《送薛存义之任序》一文时赞赏其"章法、句法、字法皆好，转换关锁紧，谨严优柔，理长而味永。"❷

金圣叹以为，好的文章，无论是《庄子》《史记》或者《水浒传》，都有一个共同的特点，即是文法"精严"，对于字、句、篇章乃至于整部书，都必须有妥当完善的考虑与安排：

> 盖天下之书，诚欲藏之名山，传之后人，即无有不精严者。何谓之精严？字有字法，句有句法，章有章法，部有部法是也。❸

"字法""句法"指的是语言文字的运用，以及细节的描写。"章法"针对一整回的内容，探讨事件的叙述安排，情节的经营发展。"部法"则是指全书的结构布局之法。这些方面牵涉到修辞学、章法学的范畴，也可见是以文章的写作、谋篇来看待小说，把小说写作的规范视为一种文法。

然而，自从胡适讥斥金圣叹有关《水浒传》写作技法的评析是"八股的流毒"，鲁迅认为"布局行文，也都被硬拖到八股的作法上去"，许多学者便把"八股文"与金圣叹的小说评点相联结，并且产生了负面的评价而予以轻视。事实上，小说评点与一般的诗文评点相同，都是基于文学、美学的观点来审视、分析文本的写作技法、作者的匠心，而有助于对作品的深入认识，甚至是小说的实际创作。

---

❶ [明]王世贞：《艺苑卮言》卷一，见丁福保辑《历代诗话续编》，中华书局 2006 年版，第 963 页。

❷ [宋]谢枋得：《文章轨范》卷五，见王水照编《历代文话》，复旦大学出版社 2007 年版，第 1054 页。

❸ [清]金圣叹：《水浒传·序三》。

四、章法学有助于评点和写作小说

宋代以来，古文写作理论一直受到重视，在明代又吸收了八股文的写作程序，使得章法学在明代颇为兴盛，也有很大的成果，并且影响到小说文法的讲究。不少文人运用这些章法学理论以评点小说，留下了形式多样的批语，以及有关小说叙事、写人之文法的论述。事实上，不惟评点小说，文人编写、增删小说，也多秉持文章写作的态度与文法，亦即把小说文本看待为古文一般的文章。金圣叹便有不少如此的言论："天下之文章，无有出《水浒传》右者。"❶"《水浒传》有许多文法，非他书所曾有。"❷

评点的性质、功用，钱钟书论及陆云《与兄平原书》一文时曾有所说明：

> 方回《瀛奎律髓》卷十姚合《游春》批语谓："诗家有大判断，有小结裹"；
> 评点、批改侧重成章之词句，而忽略造艺之本原，常以"小结裹"为务。❸

元代人方回论诗之所谓"大判断"当是指诗歌创作要着眼体式、格调等大处，追求"诗体浑大、格高语壮"❹"格高，而意又到，语又工，为上。"❺盛唐诗之所以佳，便在于风格高雅、情意深远，用心于"大判断"。晚唐诗之所以格调卑靡，则在于"下细功夫，作小结裹"❻，一意在文字上雕琢，舍本而逐末。

钱钟书认为评点由于其形态的局限，故而侧重词句的评析，多属于"小结裹"。李贽、叶昼、金圣叹、毛宗岗父子、李渔以及张竹坡等人之评点便是把评诗论文的"下细功夫，作小结裹"之剖析方法运用在小说。也侧重在句法、字法的分析，留心于叙事写人的文笔技巧。

良好的小说评点，对于小说文法的分析，巨细靡遗，值得重视，但分散各回各书之中，若能够统合起来，可以成为有体系且有特色的理论，可借助以探讨小说叙事之文法。

五、明清文人习以八股文法评点小说

分析四大奇书小说的文法，不仅要研究史传叙事的笔法，也要结合古文章法、八股文

---

❶ [清] 金圣叹：《水浒传·序三》。

❷ [清] 金圣叹：《读第五才子书法》。

❸ 钱钟书：《全晋文》卷一二〇，《管锥编》册四，书林出版公司 1990 年版，第 1215 页。

❹ [元] 方回选评，李庆甲集评校点：《瀛奎律髓》卷一五，评陈子昂《晚次乐乡县》，上海古籍出版社 2008 年版，第 529 页。

❺ 同上，评曾茶山《上元日大雪》，第 894 页。

❻ 同上，评陈子昂《晚次乐乡县》，第 529 页。

法，甚至是诗词、戏曲的手法，才能得见小说文法的奥妙。从而金圣叹在其《读第五才子书法》中不厌其烦强调："《水浒传》方法，都从《史记》出来，却有许多胜似《史记》处。若《史记》妙处，《水浒》已是件件有。""《水浒传》一个人出来，分明便是一篇列传。至于中间事迹，又逐段逐段自成文字，亦有两三卷成一篇者，亦有五六句成一篇者。""《水浒传》章有章法，句有句法，字有字法。""《水浒传》有许多文法，非他书所曾有。""若其文章，字有字法，句有句法，章有章法，部有部法。""《水浒》之文精严""《水浒传》真为文章之总持"。

毛宗岗在其《读三国志法》中也不断表示："《三国》一书，乃文章之最妙者。""按之自有章法之可知也。""《三国》叙事之佳，直与《史记》仿佛，而其叙事之难则有倍难于《史记》者。《史记》各国分书，各人分载，于是有本纪、世家、列传之别。今《三国》则不然，殆合本纪、世家、列传而总成一篇。分则文短而易工，合则文长而难好也。"

张竹坡在其《批评第一奇书金瓶梅读法》中也屡次申说："吾所谓《史记》易于《金瓶》，盖谓《史记》分做，而《金瓶》全做。即使龙门复生，亦必不谓予左袒《金瓶》。而予亦并非谓《史记》反不妙于《金瓶》，然而《金瓶》却全得《史记》之妙也。""看《金瓶》，把他当事实看，便被他瞒过，必须把他当文章看，方不被他瞒过也。""《金瓶梅》于西门庆，不作一文笔；于月娘，不作一显笔；于玉楼，则纯用俏笔；于金莲，不作一钝笔；于瓶儿，不作一深笔；于春梅，纯用傲笔；于敬济，不作一韵笔；于大姐，不作一秀笔；于伯爵，不作一呆笔；于玳安儿，不着一蠢笔。此所以各各皆到也。""《金瓶梅》一书，于作文之法无所不备。""作者起伏层次，贯通气脉，为一线穿下来也。"

一般文人之看重《西游记》，大多是缘于其中的哲理或宗教义涵，极少人能够重视其叙事的文法，清代人张书绅却能够独具慧眼，留心到其文法表现：

> 《西游》一书，不惟理学渊源，正见其文法井井。看他章有章法，字有字法，句有句法，且更部有部法。处处埋伏，回回照应，不独深于理，实更精于文也。后之批者，非惟不解其理，亦并没注其文，则有负此书也多矣。❶

> 时艺之文，有一章为一篇者，有一节为一篇者，有数章为一篇者，亦有一字一句为一篇者。而《西游》亦由是也。以全部而言，《西游》为题目，全部实是一篇。以列传言，仁义礼智，酒色财气，忠孝名利，无不各成其一篇。理精义微，起承转合，无不各极其天然之妙。是一部《西游》，可当作时文读，更可当

❶ ［清］张书绅：《新说西游记总批》，见朱一玄、刘毓忱编：《西游记资料汇编》，南开大学出版社 2002 年版，第329 页。

作古文读。人能深通《西游》，不惟立德有本，亦必用笔如神。❶

金圣叹、张竹坡的《读法》，都表现出重视伏笔、转折、布局、结构的章法倾向，这应当是八股文笔法的反映。张书绅更明言《西游记》可以八股文的文法来解读。因此，必须结合史传的叙事法，以及古文家的议论文章法，八股文的文法，诗词、戏曲对于意境的塑造与呈现，才能完善地分析四大奇书的文法。

六、小说评点所建构的叙事文法理论

四大奇书的叙事技巧，在中国古代小说评点家的理论中有许多精辟的总结。金圣叹在《读第五才子书法》中将《水浒传》的文法概括为十五种：夹叙法、绵针泥刺法、背面铺粉法、倒插法、草蛇灰线法、大落墨法、弄引法、獭尾法、正犯法、略犯法、极不省法、极省法、欲合故纵法、横云断山法以及鸾胶续弦法等。此外，在《水浒传》的回批之中，另外又提到了舒气杀势、羯鼓解秽等文法。他的这些文法术语，有些与传统的意义不尽相同，必须仔细分辨。本文主要在探讨叙事文法，因此对于写人的技法，例如背面铺粉法，便不在探讨之列。

毛宗岗父子大体上承接了金圣叹的理念，《读三国志法》论及《三国志演义》一书有十五大特点，包括结构布局以及叙事之文法：追本穷源、巧收幻结、以宾衬主、"同树异枝，同枝异叶""星移斗转，雨覆风翻""横云断岭，横桥锁溪""将雪见霰，将雨闻雷""浪后波纹，雨后霡霖""寒冰破热，凉风扫尘""笙箫夹鼓，琴瑟间钟""隔年下种，先时伏着""添丝补锦，移针匀绣""近山浓抹，远树轻描""奇峰对插，锦屏对峙""首尾大照应，中间大关锁"等。

张竹坡在其《批评第一奇书金瓶梅读法》以及各回中的批语论述了一些小说文法，因为受到金圣叹评点的影响很大，不少名称都来自金批《水浒》，特别的有：板定大章法、千里伏脉、避难就易、关锁照应、"依山点石，借海扬波""来年下种，先时伏着"、一线穿下、追魂摄影、喷壶倾水、犯笔而不犯、节节露破绽、加一倍写法、十二分满足写法、"尸尸闪闪，草蛇灰线"、烘云托月、宾主法、虚写法等。另有一些则是受到了八股文章法的影响，使用了章法学的术语：穿插、结穴、发脉、脱卸、入笋、曲笔、逆笔、直笔、顺笔、遥对、险笔、化笔、翻案、伏线、隐笔、特笔、夹叙、轻笔、韵笔、漾开、点染、过接、安根、结煞、收转、呆笔、点睛、闲笔、联络、照应、抽笔、夹写、遥对、反照、省

❶ [清]张书绅：《新说西游记总批》，见朱一玄、刘毓忱编：《西游记资料汇编》，南开大学出版社2002年版，第331页。

笔、接写、补写、擒纵。

张书绅在其《新说西游记总批》以及各回的批语，也可以看到他所描述的文法，主要也是章法学的范畴，特别是八股文的影响：隔年下种、假借埋藏、"回文织锦，横顺成章"、关锁照应、安顿埋伏、鱼贯锁绦。

金圣叹的小说评点对于后世影响深远，毛宗岗、张竹坡等人皆得其沾染。毛宗岗尤其显著，并且所用术语也有异名同义之处，表列对照如下：

金圣叹《水浒传》评点	倒插法	弄引法	獭尾法	正犯法	横云断山	羯鼓解秽	背面铺粉	舒气杀势
毛宗岗《三国志演义》评点	隔年下种，先时伏着	将雪见霰，将雨闻雷	浪后波纹，雨后霡霂	同树异枝，同枝异叶	横云断岭，横桥锁溪	笙箫夹鼓，琴瑟间钟	以宾衬主	寒冰破热，凉风扫尘

虽然这些小说评点家归纳出如此多的叙事技法，难免流于以八股文法分解小说艺术之讥，却为小说叙事技法之研究提供了许多助力和借鉴。金圣叹、毛宗岗选取自然景物以作为小说美学之比喻，这种自然与人文的模拟形态，乃是继承中国古代诗文批评的传统，移用在小说评点，确实有助于解说抽象的文艺美学问题。

至于张竹坡所做的小说评点，"由于《金瓶梅》是中国小说发展史上一个重大转折的标志，在艺术上有很多新的特点"，因此，张竹坡所提及的方法虽然也受到金圣叹不小的影响，但另有许多深入而不同面向的发挥。毕竟描写市井日常生活琐事与小人物的世情小说，不同于历史及英雄那种大事件与奇特不凡人物的题材。他的《读法》显得较为杂乱，没有特别命名，但大致上他仍然是以作文之法来审视《金瓶梅》的章法，认为作者是精心写作小说的。"前人呕心呕血做这妙文——虽本自娱，实亦欲娱千百世之锦绣才子者。"[1]"《金瓶梅》是大手笔，却是极细的心思做出来者。"[2]"《金瓶梅》一书，于作文之法无所不备。"[3]"此自是作者妙笔妙撰，以行此妙文。"[4]此一妙笔则是来自于史传笔法，尤其是《史记》一书。"《金瓶梅》是一部《史记》。"[5]"若我看此书，纯是一部史公文字。"[6]"《金瓶》却全得《史记》之妙也。"[7]"《金瓶梅》，纯是太史公笔法。"[8]"会做文字的人读《金瓶》，纯

[1] [清]张竹坡：《批评第一奇书金瓶梅读法》八十二。
[2] 同上，《读法》一百四十。
[3] 同上，《读法》五十。
[4] 同上，《读法》八十二。
[5] 同上，《读法》三十四。
[6] 同上，《读法》五十三。
[7] 同上，《读法》三十五。
[8] 同上，《读法》四十八。

是读《史记》。"❶ 因此，他的评点小说，为的是"全以我此日文心，逆取他当日的妙笔。"❷

相较于文人对于《三国志演义》《水浒传》与《金瓶梅》这三部小说的笔法、章法之热衷分析，《西游记》一书由于性质、题材的特殊，研究者几乎只注重其宗教或文化方面的义涵，佛、道两家也热衷引用其情节以作为教义的验证。张书绅《新说西游记》《总批》虽然也有类似的论调，"《西游》一书，古人命为证道书，原是证圣贤儒者之道。至谓证仙佛之道，则误矣。"但却难能可贵的能够留心到书中的文笔、章法，"其文法井井。看他章有章法，字有字法，句有句法，且更部有部法，处处埋伏，回回照应，不独深于理，实更精于文也。"从而可知，《西游记》的叙事艺术同样值得关注，而张书绅的评点也就显得难能可贵了。

小说评点家归纳出许多的小说叙事技法，从中可以得见小说之叙事、写人、写景之文法。

第二节　总文理：四大奇书情节的布局

本文改从不同的研究方式，从作者的立场来审视小说文本的完成，大致依循创作的过程来分析其间可能遭遇的难题，而这四部奇书又是各自分别如何予以处理、克服，展现各自的文心。如此的分析角度，比较符合实际的书写行为，也比较能够呈现出完整的小说叙事艺术。因此，依循前文所述刘勰主张的："总文理""统首尾""定与夺""合涯际""弥纶一篇"，这五项谋篇的作文原则，逐项分节探讨小说的叙事文法。

"总文理"意指"综合全篇的布局，使其合理"❸，而不只是"总束文章的辞采和义理"而已。在作者创作之初，对于作品的主题、内容、形式都必须有全盘的考量和规划，使其和谐一致，顺理成章。因此在"总文理"这一部分，将探讨小说家对于小说全文谋篇布局的安排及处理。

一、从作者的角度考量小说叙事文法

探讨小说的写作艺术，一般有三种分析的角度：评论者、作者与读者。这三种分析都有其价值，也有各自的优、缺点。当代学者探讨小说之写作艺术，无论古典或现代，大多是从评论者的立场，借鉴西方的现代小说理论或者叙事学，如同之前章节所述，细分成"语体（声音、情境、叙述层）、时式（时距、节奏、频率、次序）、语式（聚焦、视角）

❶ [清]张竹坡:《批评第一奇书金瓶梅读法》八十一。

❷ 同上,《读法》八十二。

❸ 张长青, 张会恩:《附会》,《文心雕龙诠释》, 湖南人民出版社 1982 年版, 第 284 页。

和读者反应等。"❶ 或者是从人物、环境、情节、结构、叙述人、视角等几个层面来分析。然而，小说家的实际写作，却是把这些因素统合一起纳入全盘的考虑。用以对于明代小说四大奇书的叙事写人艺术之分析，常见有生硬套用甚至削足适履之处，斲丧了原本浑然一体而饱满的神采、形貌，也难以完整且深入展现作者的文心、巧思。

二、四大奇书的叙事结构套式

长篇小说划分成章回，其来源主要在"说话""说书"之实际演出的模拟。"说话人"每回讲说必须自成一段首尾完备之情节，必须在精彩动人处告终，制造悬疑，以引起读者继续阅读的兴致，而下一回又必须进行悬疑之解除，另起事端。从而小说草创之初，不仅必须布局全书，妥善安排好起、承、转、合之结构，还必须细分成一百回至一百二十回，而每一回又必须自成一首尾俱全的情节单元。整部小说是一个"冲突、化解"的大结构，每一回又是一个"冲突、化解"的小结构。此外，每一回不仅要能够持续推进主情节，还必须横生枝节。从而使得整部小说枝繁叶茂、涟漪阵阵，情节复杂而曲折，始终能够扣紧读者的目光。这已经成为章回体小说情节编排之套式，四大奇书做了极佳的演示。

三、四大奇书的开头、中间与结尾

古人对于诗文写作，要求整体而周延，作品的结构必须有头、有身、有尾，全篇连贯一气，构成一个完整的个体，即刘勰所称"首尾圆合，条贯统序"的谋篇原则，从而有所谓的"凤头、猪肚、豹尾"，形象化地指出了对于各个段落的要求及其特点。这是出自元曲名家乔吉的主张：

> 作乐府亦有法，曰"凤头、猪肚、豹尾"六字是也。大概起要美丽，中要浩荡，结要响亮，尤贵在首尾贯穿，意思清新。❷

开头要令人惊艳，引人注目，如凤首一般。中间必须内容丰富、充实，如猪腹一般。结尾则应强而有力，如豹尾一般。最后全文的内容务必协调一致，气脉贯通。每一个部分都有各自的功能，因此有不同的写作文法，以及美学要求。良好的小说结构自然也是如此，大致可以划分成开头、中间与结尾三大部分。

西方哲人亚里士多德《诗学》讨论了希腊悲剧以及叙事诗的艺术表现，其中第七章论述作品情节之完整及长度，也是把作品分成开头、中间与结尾三大部分，并且说明了各自的写作原则。他以为美感产生的要素之一，在于情节必须有一定的长度，不能太长也不能

---

❶　杨清惠：《文法：金圣叹小说评点之叙事美学研究》，大安出版社 2011 年版，第 13 页。

❷　[元] 陶宗仪：《南村辍耕录》卷八作今乐府法，齐鲁书社 2007 年版，第 110 页。

太短，而且符合一定的秩序。亚氏说：

> 悲剧为对一个动作之模拟，此一动作其本身系属完整，完整中且具某种长度……所谓完整乃指有开始、中间与结束。开始为其本身毋须跟随任何事件之后，而有些事件却自然地跟随于它之后；结束为或出于自身之必然，或出于常理，跟随于某些事件之后，而无事件跟随于它之后；中间则必跟随于一事件之后，而另一事件复跟随于它之后；是故一个结构优良之情节不能在任意的一点上开始或结束；其开始与结束必须依照上述方式。再者，为了求美起见，一个活的生物与每一由部分组成之整体不仅在其各部分之配置上呈现一定之秩序，而且要有一定的大小。美与大小及秩序相关……所以一个故事或情节必须有某种长度，其长度为适宜于记忆者……故事的长度一贯以作为一个整体的便于了解为限，美是构成其长度之理由。大致的标准为："其长度应可容纳英雄经历一连串盖然或必然之改变，自不幸到幸福，或自幸福到不幸。" ❶

"开头、中间与结尾"的结构区分，不仅适用于戏剧、叙事诗，对于长篇小说等其他文类的作品也有很大的普遍性。亚氏对于情节之结构、长度的这一看法，主要是基于读者的心理反应、生理接受的条件而言，分析深入而实际，所以对于西方各种文艺创作之影响颇大。把此一说法衡诸于四大奇书，则能够显示出之所以必须分章回叙述，而且每回末必须以悬疑作结，以待下一回才予以解疑的缘故。

四、"起承转结"的章法

"起承转结"（或称起承转合）不只是文法，也是诗法，因为它符合一般作品内容发展的基本原则，所以具有普遍性，而被大多数文人所奉行，或再加以变化。虽然另有一些文人讥其板滞、末技，但实际写作时却难以完全超脱此章法。元代人范梈很早即有此发现：

> 作诗成法，有起、承、转、合四字……不特诗也，《离骚》、古赋，莫不皆然；屈、宋、班、马，固用此法，唐宋诸贤，亦未有能外是法者。如欧公《秋声》、坡公《赤壁》等赋，已极变化，而起、承、转、合，截然不乱。又不特骚与赋也，凡为文章，何莫不由斯道也！ ❷

清初著名的诗人王士禛也持相同的见解，"勿论古文今文、古今体诗，皆离此四字不

---

❶ [古希腊] 亚里士多德撰，姚一苇译注：《诗学笺注》，台湾中华书局 1992 年版，第 79—80 页。

❷ [元]（佚名）《诗法源流》，见张健编《元代诗法校考》，北京大学出版社 2001 年版，第 250 页。

可。"❶ "起承转结"的章法，确实能够满足一般作品文脉的发展层次。

八股文的写作训练使明清文人对于诗文的谋篇、布局都深具"起承转结"的逻辑概念，清人冒春荣即以八股文的章法论诗：

> 诗之五言八句，如制艺之起承转合为篇法也，起联道破题意，次联承其意，
> 第三联用开笔，结句收转，与起联相应，以成章法。❷

若是从文章"起承转结"的结构、布局来看八股文，一般可以如此认为："破题"是起，"承题、起讲、入题"是承，"起比、出题、中比、过接、后比、束比"是转，"收结"是结。❸ 如果只针对八股文的主体来分析，起比、中比、后比、束比，也常有起承转合的关系。

以下便依据小说写作谋篇布局的前后思考，以及文本的头、中、尾的发展，依次探讨各部分、各阶段的文法。❹

一个故事的开始，它与小说叙事的开头不尽然相同。古典小说叙事的开头，比较接近一个故事发生之始，两者的时间点相距较近，而现代小说往往是从故事的中间开始讲述的。传统小说的这一"从头讲起"的特点，与史传的编纂方式有关，无论是编年体、纪传体或纪事本末体，基本上都是自源头依照时间流逝的顺时叙述。

四大奇书的文本结构也可以分成"开头、中间、结尾"，相应于"起承转结"的内容发展。开头是"起"，中间是"承、转"，结尾是"结"。"起承转结"的小说文本之结构，即是故事之"发生、发展、变化、结局"的四个阶段。金圣叹即言：

> 《水浒传》七十回，只用一目俱下，便知其二千余纸，只是一篇文字。中间
> 许多事体，便是文字起承转合之法。❺

---

❶ [清] 王士祯：《师友诗传续录》，见丁福保辑《清诗话》，上海古籍出版社 2015 年版，第 152 页。

❷ [清] 冒春荣：《葚原诗说》卷一，见郭绍虞编选《清诗话续编》三，上海古籍出版社 2016 年版，第 1491 页。

❸ 刘述先：《中国古代常用文体规范读本》（八股文），吉林人民出版社 2004 年版，第 11 页。

❹ 本书对于四大奇书小说技法的分析，多有参考下列作者的专著，在此特别注明：叶朗：《中国小说美学》，里仁书局 1987 年版。范胜田：《中国古典小说艺术技法例释》，浙江古籍出版社 1987 年版。牧惠：《中国小说艺术浅探》，海南人民出版社 1987 年版。宋梧刚：《中国小说传统技法》，湖南文艺出版社 1988 年版。宁宗一：《中国小说学通论》，安徽教育出版社 1995 年版。张稔穰：《中国古代小说艺术教程》，山东教育出版社 1998 年版。陈果安：《金圣叹小说理论研究》，湖南师大出版社 1999 年版。董国炎：《明清小说思潮》，山西人民出版社 2004 年版。韩进廉：《中国小说美学史》，河北大学出版社 2004 年版。陈洪：《中国小说理论史》（修订版），天津教育出版社 2005 年版。吴士余：《中国古典小说的文学叙事》，上海古籍出版社 2007 年版。谭帆等：《中国古代小说文体文法术语考释》，上海古籍出版社 2013 年版。杨志平：《中国古代小说文法论研究》，齐鲁书社 2013 年版。

❺ [清] 金圣叹：《读第五才子书法》。

> 诗与文虽是两样体，却是一样法。一样法者，起承转合也。除起承转合，更
> 无文法；除起承转合，亦更无诗法也。❶

小说的开头即是故事的"发生"，中间是故事的"发展、变化"，结尾是故事的"结局"。此外，盛行元、明两代的杂剧之体制，一般分成四折，故事情节大多呈现出"开头、发展、高潮、结局"的情节安排。戏曲作家与话本、演义的编写者，多同属于下层社会，也常隶属于某个书会之中。被视为"贱民"的下层文人，与民间艺人混杂一处，经常接触"说话"与戏曲的表演，甚至能够同时从事这两者的写作，因此这种近乎固定的情节模式，对于白话小说的写作，应有不小的影响。依此原则，小说情节的高潮，大约在全书的四分之三处。通行的四大奇书版本除了《三国志演义》是一百二十回，其余都是百回本。浦安迪分析四大奇书的情节也认为"中国小说里情节的高潮，往往远在故事的终点之前就发生了"❷：

> 全书的高潮往往出现在三分之二或四分之三的地方，然后是一个相当冗长的
> 结尾，书中人物从容离散。奇书在高潮位置的安排上有异曲同工之妙。❸

依据上述看法，百回本小说的情节高潮应该在第六十六或七十五回附近，百二十回本则大约在第八十或九十回。综合以上内容可制成下列图表说明，但无论是对于诗文结构、故事发展或情节安排，其所占的篇幅长短是不能平均分配的。如果从文章学的角度来看待，"承"的部分是文章的主体、重心，必须占有最大的篇幅，其次则是"转""起"，一般说来，"结"的篇幅应该最少。从而各部分合理的章回数目约略如下表，但每部小说的实际情况不同：

诗文结构		起	承	转	结
故事发展		发生	发展	变化	结束
情节安排		开头	发展	高潮	结局
百回本	水浒传、西游记、金瓶梅	1 ~ 20	21 ~ 65	66 ~ 85	86 ~ 100
一百二十回本	三国志演义	1 ~ 25	26 ~ 75	76 ~ 100	101 ~ 120

我们针对"转"（变化、高潮）的部分来检视各书的情形：《三国志演义》关羽死于第七十七回，曹操死于第七十八回，张飞死于第八十一回，刘备称帝在第八十回、死于第

---

❶ [清]金圣叹：《鱼庭闻贯·示顾祖颂孙闻韩宝旭魏云》，《金圣叹批唐才子诗、杜诗解》卷二，中华书局2012年版，第12页。

❷ [美]浦安迪：《中国叙事学》，北京大学出版社1996年版，第76页。

❸ 同上，第78页。

八十五回，诸葛亮死于第一百四回。《水浒传》的梁山泊英雄排座次在第七十一回，宋江全伙受招安在第八十二回，征四寇开始于第八十三回，卢俊义、宋江、吴用死于最终的第一百回。《金瓶梅》李瓶儿死于第六十二回，西门庆死于第七十九回，春梅被打发离去西门家在第八十五回而死于第一百回，潘金莲死于第八十七回，孟玉楼改嫁在第九十一回。《三国志演义》《水浒传》《金瓶梅》这三部小说大致符合这种情节安排的模式，情节的发展方向在全书的三分之二或四分之三处开始有所变化。

《西游记》叙述三藏师徒在前往西天取经的路途上遭遇一连串的磨难，直至最后一回这类考验才结束，因此情节模式与其他小说不同。

（一）开头

小说的开头与结尾，往往是一起考虑的，一般诗文的写作也常是如此。开头和结尾是一篇文章的重要组成部分，古代文法理论对此多有论述，强调文章应首尾呼应。刘勰即主张"首尾周密，表里一体"：

> 若夫绝笔断章，譬乘舟之振楫；会词切理，如引辔以挥鞭。克终底绩，寄深写远。若首唱荣华，而腾句憔悴，则遗势郁湮，余风不畅。此《周易》所谓臀无肤，其行次且也。惟首尾相援，则附会之体，固亦无以加于此矣。❶

刘勰认为，文章的开头和结尾，如若能够"首尾相援"、前后呼应，文章即显得结构谨严、浑然一体，而且可以有效地突显主旨。宋儒陈善《扪虱新话》中论篇法，推崇"常山蛇势"法，即是指首尾照应。力求文章"击其首则尾应，击其尾则首应，击其中则首尾俱应。"文章能够做到"宛转回复，首尾相应，乃为尽善。"❷八股文的写作要求，更是严格。刘熙载《艺概·经义概》说："起笔无论反正虚实，皆须贯摄一切，然后以转接收合回顾之。"基于演出的效果，李渔对于戏曲的开头、结尾另有其具体的要求：

> 开卷之初，当以奇句夺目，使之一见而惊，不敢弃去，此一法也；终篇之际，当以媚语摄魂。使之执卷流连，若难遽别，此一法也。❸

李渔认为，一个好的开头必须令读者"不敢弃去"，紧紧吸引住读者的目光。一个好的结尾，则是要令读者"执卷流连"，神魂颠倒，不能忘怀。谢榛也有类似的主张："凡起

---

❶ ［南梁］刘勰：《附会》第四十三，《文心雕龙》卷九。

❷ ［宋］陈善：《扪虱新话》卷五，文章类、作文贵首尾相应条。

❸ ［清］李渔：《大收煞》，《闲情偶寄》，长安出版社1979年版。

句当如爆竹，骤响易彻；结句当如撞钟，清音有余。"❶ 他以音声为喻，开头要响亮，引人注意；结尾要悠扬，余音盈耳绕梁不绝。

文章开头难，结尾更不可轻忽，关系到整部作品的评价、主题与定位，必须避免虎头蛇尾。林纾认为：

> 为人重晚节，行文看结穴。文气文势，趋到结穴，往往敝懈。其敝也非有意，其懈也非无力，以为前路经营，费几许大力，区区收束，不过令人知其终局而已。……乃不知古人用心，正能于人不留意处偏自留意。故大家之文，于文之去路，不惟能发异光，而且常留余味。❷

不能把结尾只看作"知其终局而已"，而应"发异光""常留余味"。亦即文章的结尾除了基本的总结意义、收束线索之外，更应该力求有令人感到惊奇、感发、思索甚至提升的效果。

缘此，一般来说，小说在开头之处，至少必须做到三件事：首先，即是要确立问题或主题，给小说定调，亦即今人所谓的"问题意识"，然后或隐或显的埋下一些伏笔。其次，依据主题，合理安排全文结构的详略先后，选择在一个恰当之处开讲，以便故事的展开，使后续的情节可以流畅进行。第三则是要力求引起读者持续阅读的兴致，所以开卷务必要精彩、引人。

（二）收结

所谓的结尾，对于小说来说，可以分成故事内容的结局以及小说叙事的结束。现代小说的这两个部分，为求戏剧化等效果，常见错开，故事内容的结局不在小说叙事的结束之处，而可能出现在文本的开头或中间。古典小说的这两个部分，通常是重叠的，故事的结局与小说叙事的结束，相距不会太远。因此，对于四大奇书这类古典小说，叙事结束的处理尤其重要。况且，小说叙事的结束之处，关系到小说的主题，决定其意义。❸

小说叙事的结束部分，其主要功能何在？我们也可以参酌亚里士多德的看法，他在《诗学》第 18 章中说：

---

❶ [明] 谢榛：《四溟诗话》卷一，见丁福保辑《历代诗话续编》，中华书局 2006 年版，第 1154 页。

❷ [清] 林纾：《用笔八则·用收笔》，《春觉斋论文》，人民文学出版社 1998 年版，第 126—127 页。

❸ [美] 马丁（Martin）撰，伍晓明译：《当代叙事学》，北京大学出版社 2005 年版，第 65 页。"叙事是关于过去的。被讲述的最早的事件仅仅是由于后来的事件才具有自己的意义，并成为后事的前因。绝大多数科学包含预言，而叙事则包含'后向预言'（retrodiction）。是时间系列的结尾——事情最终演变成了什么——决定着是哪一事件开始了它：我们正是因为结尾才知道它是开端。如果一次偶然相遇或一个周密计划毫无结果，那它就不是一个开端，无论在小说中还是在现实中。"

每出悲剧分"结"与"解"两部分。剧外事件，再搭配一些剧内事件，构成"结"，其余的事件构成"解"。所谓"结"，指故事的开头至情势转入顺境或逆境之前的最后一景之间的部分。所谓"解"，指转变的开头至剧尾之间的部分。❶

依照此一说法，"打结"包含了文章的"起"和"承"，而"解结"则包含了文章的"转"和"结"。"打结"与"解结"不见得占有相等的篇幅，其多寡完全依据题材、主题而异。结尾的功能就在于"解结"，解答问题、解开疑团。四大奇书作者安排结尾之目的就是为了回答开头提出的问题，终结全部的情节，交代人物的结局与事件的结果。满足读者的阅读期待，使读者得到一种"水落石出"的阅读快感。美国文论学家米勒认为：

> 真正具有结束功能的结尾必须同时具有两种面目：一方面，它看起来是一个齐整的结，将所有的线条都收拢在一起，所有的人物都得到了交代；同时，它看起来又是解结，将缠结在一起的叙事线条梳理整齐，使它们清晰可辨，根根闪亮，一切神秘难解之事均真相大白。❷

米勒以为良好的结尾既要"解结"——解决问题，同时也是"打结"的——收拢线条，否则，便会令读者感到缺漏而不满。因此，小说的结尾，务必把人物的下落、故事的结局，完整交代清楚，不可遗漏。其次则是要设想一个"情理之中，意料之外"的落幕，令读者回味无穷。以文章写作来看，结尾也是特别讲究的，林纾作为一位翻译西洋小说的古文名家，他便强调"行文看结穴"，必须"能发异光，而且长留余味"❸。能够达到这样的目标，已经不易。但伟大的小说还必须更上层楼，"必须使故事升级""走向升华"。当代小说家王安忆表示：

> 故事最后要有升级，故事最怕就是没有升级……我们有好的故事，好的人物关系，好的情节，然后慢慢朝前走，走到哪儿去呢？走远，升级。❹

> 升华，是我们编故事的最后一道关口。先是要有核，要有人物关系，然后要有因果逻辑，跟着逻辑走，走到哪儿去呢？走向升华。❺

使故事升级的方法，便是使其升华，超越平凡的故事，使人获得某种人生的感悟、审

---

❶ [古希腊]亚里士多德撰，罗念生译：《诗学》第18章，人民文学出版社2008年版，第59页。

❷ [美]米勒（Miller）撰，申丹译：《解读叙事》，北京大学出版社2002年版，第三章，第51页。

❸ [清]林纾：《用笔八则》，《春觉斋论文》，人民文学出版社1998年版，第127页。

❹ 王安忆：《编故事》，《小说家的读书密码》，麦田出版公司2006年版，第96页。

❺ 同上，第97页。

美的感受。一般的做法，即是从人物着手，使主要角色在谢幕之前有所转变，无论是其处境、性情、心态、想法、行为或者原则，超越了凡俗大众，提高到了某种令人感动或者敬佩的境界。

《三国志演义》蜀汉君臣悲壮的阵亡，特别是诸葛亮"鞠躬尽瘁，死而后已"的忠烈精神，使其书不同于一般的历史演义。繁本《水浒传》的结尾如果没有宋江、卢俊义、李逵、吴用等众英雄的含冤而死，而成为一个彻头彻尾的悲剧，则只是一群强盗聚众作乱、杀人劫货的普通盗匪故事，便如同金圣叹所批评的一般。《西游记》的结尾，无字天书的一段，颇能使其故事不致停留在六朝志怪的精怪故事而已，而增添了一些哲思。《金瓶梅》的结局，西门庆之死以及其妻妾离散的安排，也使其故事的"色与空"的主题有所凸显，而不至于与当时大量的情色小说同列。

（三）中间

中间的部分包含了"承"和"转"。"承"是承接了开头的线索，把情节予以延续、铺展和丰富。发源高山的泉水吸纳了沿途的支流小溪而开展成广阔的江河，蓄积了充沛的水量。"转"则是予以曲折、变化，甚至错综复杂，而增添趣味、悬念或者紧张感。平展的江河也须有弯道、瀑布、峡谷才能够增添动人的景致。所以小说的中间部分，乃是小说的主体所在，内容应当饱满充实。

无论是"承"或"转"，情节的连贯性都是首先要做到的。中间部分承接了开头的线索之后，除了延续主要的情节与人物之外，还必须发展出次要的情节与次要的人物，如此故事的内容才得以丰富和多变。因此补叙、插叙等种种技法都必须在此灵活运用，包含叙述技巧、人物塑造、场景刻画以及想象虚构等能力。所以中间部分的处理才真正是对于小说家最大的考验，考验他讲述一个动人故事的能力，同时也是作品能否成功的关键之处。

小说故事的情节编排，可以理解为对于"线条"的组织，西方自亚里士多德的《诗学》以来，不少的文论家便是如此的看法。❶中间部分的线条纵横，线索最为错综复杂，如何合理、生动而有序编排这些主线条和一些次线条，乃是此时写作的主要课题。不同的题材与主题会有不同的展开线条的方式，"当浓淡相间，疏密有致。一张一弛，哀乐调剂。人事景物，适当穿插。"❷亦即不能平铺直叙，而要区别主从，巧为布置。刘勰也强调，作品谋篇布局，贵在"文变多方"，"情数稠迭"。清代小说评论家冯镇峦也云："俗手作文，如小儿舞鲍老，只有一副面具。文有妙于骇紧者，妙于整丽者，又有变骇紧为疏奇，化整

❶ [美]米勒撰，申丹译：《解读叙事》，北京大学出版社2002年版，第二章，第49页。

❷ 刘炳泽：《小说创作论荟萃》，长江文艺出版社1987年版，摘录作家孙犁的意见，第174页。

丽为历落，现出各样笔法。"❶ 对于情节的编排要求多变、新奇，在适当之处有所渲染、烘托、铺张、埋伏、发展、重复，也必须懂得有所节略、简省、穿插、搁置，否则读者便要感到单调、平庸、陈腐，甚至索然无味了。

第三节　统首尾：四大奇书情节的起结

"统首尾"便是把文章的首尾连贯起来，处理"文章结构的针线和脉络问题"❷，务必使部分和整体贯通一气，不能发生"前后脱节、脉络不清、层次紊乱的现象"❸。小说情节的编排和组合当然也必须考量这些相同的问题。

一、追本穷源

古典小说的故事讲述几乎都是从头讲起，大致上依循顺时间的线性叙述，这种写法是受到史传的影响。读者对于故事的背景因此有充分的了解，对于人物的发展、事件的发生，都有足够的认识，作者讲述故事可以流畅进行，而不必折返回去故事的开头之处，不必有太多的补叙、插叙以及解说，从而减少了对读者投入情境的干扰。说书人在讲述故事时，现场的听众也容易理解。对此，毛宗岗便说：

> 《三国》一书，有追本穷源之妙。三国之分，由于诸镇之角立；诸镇角立，由于董卓之乱国；董卓乱国，由于何进之召外兵；何进召外兵，由于十常侍之专政。故叙三国必以十常侍为之端也。然而刘备之初起，不即在诸镇之内，而尚在草泽之间。夫草泽之所以有英雄聚义，而诸镇之所以缮修兵革者，由于黄巾之作乱。故叙三国又必以黄巾为主端也。乃黄巾未作，则有上天垂灾异以警戒之，更有忠谋智计之士，直言极谏以预料之。使当时为之君者体天心之仁爱，纳良臣之说论，断然举十常侍而迸斥焉，则黄巾可以不作，草泽英雄可以不起，诸镇之兵革可以不修，而三国可以不分矣。故叙三国而追本于桓灵，犹河源之有星宿海云。❹

《三国志演义》全书一百二十回，从东汉灵帝建宁元年（168 年）开始，直到西晋武帝

---

❶ [清] 冯镇峦：《读聊斋杂说》。

❷ 张长青，张会恩：《附会》，《文心雕龙诠释》，湖南人民出版社 1982 年版，第 284 页。

❸ 同上。

❹ [清] 毛宗岗：《读三国志法》，见朱一玄，刘毓忱编：《三国演义资料汇编》，南开大学出版社 2003 年版，第 258 页。

咸宁六年（280年）灭吴而"三分归一统"，一百多年的政治军事争斗，事杂人多，起因何在？必须能够自圆其说。毛评本《三国志演义》开场先交代了一阕《临江仙》词之后，开头便写道：

> 话说天下大势，分久必合，合久必分。周末七国分争，并入于秦；及秦灭之后，楚汉分争，又并入于汉；汉朝自高祖斩白蛇而起义，一统天下，后来光武中兴，传至献帝，遂分为三国。

简略地解说了作者所认同的历史运行法则，然后概述桓、灵二帝时期的政治乱局和灾祥频繁，从而导致黄巾起义。这些说法，多半出自史书中的论述，也有来自民间的观点。小说家从史书记载中取材之余，也吸收了史官对于史事的一部分诠释：

> 推其致乱之由，殆始于桓、灵二帝。桓帝禁锢善类，崇信宦官。及桓帝崩，灵帝即位，大将军窦武、太傅陈蕃共相辅佐。时有宦官曹节等弄权，窦武、陈蕃谋诛之，机事不密，反为所害，中涓自此愈横。建宁二年四月望日，帝御温德殿。方升座，殿角狂风骤起，只见一条大青蛇，从梁上飞将下来，蟠于椅上。帝惊倒，左右急救入宫，百官俱奔避。须臾，蛇不见了，忽然大雷大雨，加以冰雹，落到半夜方止，坏却房屋无数。建宁四年二月，洛阳地震。又海水泛溢，沿海居民，尽被大浪卷入海中。光和元年，雌鸡化雄。六月朔，黑气十余丈，飞入温德殿中。秋七月，有虹见于玉堂，五原山岸，尽皆崩裂。种种不祥，非止一端。

对于小说开头及结束的时间点之选择，毛宗岗大表赞赏，认为这是天然自成的结构，虽然如此，其中仍有作者不能抹杀的艺术匠心。因此，这一布局完全可以当作小说家谋篇的典范：

> 《三国》一书，乃文章之最妙者。叙三国不自三国始也，三国必有所自始，则始之以汉帝。叙三国不自三国终也，三国必有所自终，则终之以晋国。……假令今人作稗官，欲平空拟一三国之事，势必劈头便叙三人，三人便各据一国。有能如是之绕乎其前，出乎其后，多方以盘旋乎其左右者哉？古事所传，天然有此等波澜，天然有此等层折，以成绝世妙文。（《读三国志法》）

其后，幽州太史刘焉出榜招兵，相继引出了刘备、关羽、张飞几位主要人物，把焦点安排在刘、关、张桃园结义，意味着全书以刘备的蜀汉集团为正统，以及叙述的重心：

> （幽州太守刘焉）随即出榜招募义兵。榜文行到涿县，引出涿县中一个英雄。

那人不甚好读书，性宽和，寡言语，喜怒不形于色，素有大志，专好结交天下
豪杰；生得身长八尺，两耳垂肩，双手过膝，目能自顾其耳，面如冠玉，唇若涂
脂；中山靖王刘胜之后，汉景帝阁下玄孙，姓刘名备，字玄德。昔刘胜之子刘
贞，汉武时封涿鹿亭侯，后坐酎金，失侯，因此遗这一枝在涿县。玄德祖刘雄，
父刘弘。弘曾举孝廉，亦尝作吏，早丧。玄德幼孤，事母至孝。家贫，贩屦织席
为业。

人物的出场顺序，先刘备、后曹操，表现出毛宗岗所谓"正统、闰运、僭国之别"❶的
政治伦理态度，也借由两人出身的高低差异透露此意，这些都是小说家有意为之的：

张梁、张宝引败残军士夺路而走。忽见一彪军马尽打红旗，当头来到，截住
去路。为首闪出一将，身长七尺，细眼长髯，官拜骑都尉，沛国谯郡人也：姓曹，
名操，字孟德。操父曹嵩，本姓夏侯氏，因为中常侍曹腾之养子，故冒姓曹。曹
嵩生操，小字阿瞒，一名吉利。操幼时，好游猎，喜歌舞，有权谋，多机变。操
有叔父，见操游荡无度，尝怒之，言于曹嵩，嵩责操。操忽心生一计，见叔父
来，诈倒于地，作中风之状。叔父惊告嵩，嵩急视之。操故无恙。嵩曰："叔言
汝中风，今已愈乎？"操曰："儿自来无此病；因失爱于叔父，故见罔耳。"嵩信
其言。后叔父但言操过，嵩并不听。因此，操得恣意放荡。

容与堂本《水浒传》的开场有《引首》，以一词、一诗为讲说的缘起：

话说这八句诗，乃是故宋神宗天子朝中一个名儒，姓邵，讳尧夫，道号康
节先生所作。为叹五代残唐天下干戈不息，那时朝属梁，暮属晋，正谓是："朱
李石刘郭，梁唐晋汉周。都来十五帝，播乱五十秋。"后来感的天道循环，向甲
马营中生下太祖武德皇帝来。这朝圣人出世，红光满天，异香经宿不散，乃是上
界霹雳大仙下降。英雄勇猛，智量宽洪。自古帝王都不及这一朝天子。一条杆棒
等身齐，打四百座军州都姓赵。那天子扫清寰宇，荡静中原，国号大宋，建都汴
梁，九朝八帝班头，四百年开基帝主。

《引首》借用邵雍的诗，概述五代十国的战乱，上界派来霹雳大仙投生为赵匡胤，平
定纷扰，建立了宋朝。第一回便接着叙写了仁宗嘉祐三年洪太尉奉旨上龙虎山请张天师祈
禳瘟疫，误走脱了被镇压在伏魔殿石碑下的一百八个魔君，奠定了全书情节的大致规模：

话说大宋仁宗天子在位，嘉祐三年三月三日五更三点，天子驾坐紫宸殿，受

---

❶　[清]毛宗岗：《读三国志法》，见朱一玄，刘毓忱编：《三国演义资料汇编》，南开大学出版社2003年版，第254页。

百官朝贺……当有殿头官喝道："有事出班早奏，无事卷帘退朝。"只见班部丛中，宰相赵哲、参政文彦博，出班奏曰："目今京师瘟疫盛行，民不聊生，伤损军民多矣。伏望陛下释罪宽恩，省刑薄税，以禳天灾，救济万民。"天子听奏，急敕翰林院随即草诏。一面降赦天下罪囚，应有民间税赋悉皆赦免；一面命在京宫观寺院，修设好事禳灾。不料其年瘟疫转盛，仁宗天子闻知，龙体不安。复会百官，众皆计议。向那班部中，有一大臣越班启奏。天子看时，乃是参知政事范仲淹。拜罢起居，奏曰："目今天灾盛行，军民涂炭，日夕不能聊生，人遭缧绁之厄。以臣愚意，要禳此灾，可宣嗣汉天师星夜临朝，就京师禁院修设三千六百分罗天大醮，奏闻上帝，可以禳保民间瘟疫。"仁宗天子准奏。急令翰林学士草诏一道，天子御笔亲书，并降御香一炷，钦差内外提点殿前太尉洪信为天使，前往江西信州龙虎山，宣请嗣汉天师张真人星夜临朝，祈禳瘟疫。

其后跳跃四十余年，到了宋哲宗末年。端王即位的前两个月，宠信踢得一脚好球的浮浪破落户子弟高俅，导致一干奸臣贪官当权，发生一连串欺压军民的事端，而确定了"官逼民反"的主题。

世德堂本《西游记》的卷首诗提及盘古开天辟地的神话，而以融合了阴阳五行的说法来加以解释：

盖闻天地之数，有十二万九千六百岁为一元。将一元分为十二会，乃子、丑、寅、卯、辰、巳、午、未、申、酉、戌、亥之十二支也。每会该一万八百岁。且就一日而论：子时得阳气而丑则鸡鸣；寅不通光而卯则日出；辰时食后而巳则挨排；日午天中而未则西蹉；申时晡而日落酉；戌黄昏而人定亥。譬于大数，若到戌会之终，则天地昏曚而万物否矣。再去五千四百岁，交亥会之初，则当黑暗，而两间人物俱无矣，故曰混沌。又五千四百岁，亥会将终，贞下起元，近子之会，而复逐渐开明。邵康节曰："冬至子之半，天心无改移。一阳初动处，万物未生时。"到此，天始有根。再五千四百岁，正当子会，轻清上腾，有日，有月，有星，有辰。日、月、星、辰，谓之四象。故曰"天开于子"。又经五千四百岁，子会将终，近丑之会，而逐渐坚实。《易》曰："大哉干元，至哉坤元！万物资生，乃顺承天。"至此，地始凝结。再五千四百岁，正当丑会，重浊下凝，有水，有火，有山，有石，有土。水、火、山、石、土，谓之五形。故曰"地辟于丑"。又经五千四百岁，丑会终而寅会之初，发生万物。书曰"天气下降，地气上升；天地交合，群物皆生。"至此，天清地爽，阴阳交合。再五千四百岁，正当寅会，生人，生兽，生禽，正谓天地人，三才定位。故曰"人生于寅"。

卷首诗与接下来的此文，交代了天地之数，解说了天地的生成、运行以及时间的推算。北宋儒者邵雍（1011—1077年），字尧夫，谥康节，他是儒家少数讲说宇宙论的学者。他所提出的天、地、宇宙万物的生成变化的原理及体系，不约而同被《水浒传》《西游记》这两部小说所援用，侧面显示了这两部小说的作者毕竟是儒生而非道教中人。小说接着写道：

> 感盘古开辟，三皇治世，五帝定伦，世界之间，遂分为四大部洲：曰东胜神洲、曰西牛贺洲、曰南赡部洲、曰北钜芦洲。这部书单表东胜神洲。海外有一国土，名曰傲来国。国近大海，海中有一座名山，唤为花果山。此山乃十洲之祖脉，三岛之来龙，自开清浊而立，鸿蒙判后而成。真个好山……那座山正当顶上，有一块仙石。其石有三丈六尺五寸高，有二丈四尺围圆。三丈六尺五寸高，按周天三百六十五度；二丈四尺围圆，按政书二十四气。上有九窍八孔，按九宫八卦。四面更无树木遮阴，左右倒有芝兰相衬。盖自开辟以来，每受天真地秀，日精月华，感之既久，遂有灵通之意。内育仙胞，一日迸裂，产一石卵，似圆球样大。因见风化作一个石猴，五官俱备，四肢皆全。便就学爬学走，拜了四方。目运两道金光，射冲斗府。惊动高天上圣大慈仁者玉皇大天尊玄穹高上帝，驾座金阙云宫灵霄宝殿，聚集仙卿，见有金光焰焰，即命千里眼、顺风耳开南天门观看。

把盘古创世的神话，以及佛教的四大部洲混合在一起，布置出一个充满仙佛精怪的神魔世界。在日月精华的长久孕育之下，花果山上的仙石，化生出了小说的主角孙悟空，也预告了他日后将会遭遇一段奇特非凡的经历。

《金瓶梅词话》撷取了《水浒传》中的一个小插曲，武松、潘金莲、西门庆之间的故事，详细铺排成另一部小说。开卷安排有一阕词，借由历史名人项羽、刘邦，大谈女色的祸害：

> 丈夫只手把吴钩，欲斩万人头。如何铁石打成心性，却为花柔。请看项籍并刘季，一似使人愁；只因撞着虞姬戚氏，豪杰都休。

从而使得这个脱胎于英雄、历史的小说情节，大幅度地转向于情色、钱财。小说引用了这阕词之后，便讲述了项羽、虞姬以及刘邦、戚夫人的历史事迹。从这部世情小说写作的笔法以及取材，可以得见史传的深远影响。小说最后归结到，纵然是一代英雄豪杰，若是宠爱女色，也不免要身死事败，何况是寻常百姓？很自然的过渡到了小说的情色主题：

> 说话的，如今只爱说这情色二字做甚？故士矜才则德薄，女衒色则情放。若乃持盈慎满，则为端士淑女，岂有杀身之祸？今古皆然，贵贱一般。如今这一本书，乃虎中美女，后引出一个风情故事来。一个好色的妇女，因与了破落户相通，日日追欢，朝朝迷恋。后不免尸横刀下，命染黄泉，永不得着绮穿罗，再不能施朱傅粉。静而思之，着甚来由？况这妇人，他死有甚事？贪他的，断送了堂堂六尺之躯；爱他的，丢了泼天哄产业。惊了东平府，大闹了清河县。端的不知谁家妇女？谁的妻小？后日乞何人占用？死于何人之手？正是：说时华岳山峰歪，道破黄河水逆流。

> 话说宋徽宗皇帝政和年间，朝中宠信高、杨、童、蔡四个奸臣，以致天下大乱。黎民失业，百姓倒悬，四方盗贼蜂起，罡星下生人间，搅乱大宋花花世界，四处反了四大寇。哪四大寇？山东宋江，淮西王庆，河北田虎，江南方腊。皆轰州劫县，放火杀人，僭称王号。惟有宋江替天行道，专报不平，杀天下赃官污吏，豪恶刁民。

> 那时山东阳谷县，有一人姓武，名植，排行大郎。有个嫡亲同胞兄弟，名唤武松。其人身长七尺，膀阔三停，自幼有膂力，学得一手好鎗棒。他的哥哥武大，生的身不满三尺，为人懦弱，又头脑浊蠢可笑。平日本分，不惹是非。因时遭荒馑，将祖房儿卖了，与兄弟分居，搬移在清河县居住。

原本身为配角的西门庆、潘金莲一跃成为此书的主角，而身为《水浒传》主要英雄人物之一的武松却反成了配角，从而此书的主题也改换了。由于《水浒传》的故事内容、背景，以及这几位人物的事迹、心性、外貌早就为读者所熟悉，因此小说的开头借力使力，轻易落脚在北宋末年的山东清河县。西门庆、潘金莲这两位负面人物竟然成为小说的主角，而且全书内容包含有大量露骨且写实的情色描写，以及琐碎而细腻的日常生活的刻画，这些都使得这部小说很大程度突破了传统小说的格局，树立了一座新的里程碑，颇有现代小说的况味。

二、巧收幻结

小说的结局，关系到作品的意义以及整体评价，不容轻忽，这是一般诗文作品的通则。林纾即强调结尾的苦心经营，"大家之文，于文之去路，不惟能发异光，而且长留余味。"宋儒陈傅良分析结尾的作用所在：

> 结尾正论关锁之地，尤要造语精密，遣文顺快。盖精密，则有文外之意，使人读之而愈不穷；顺快，则见才力不乏，使人读之而有余味。凡为论，未举笔之前，而一篇之规模已备于胸中；凡结尾，当如反覆如何议论已寓深意于论首。故一论之意，首尾贯穿，无阙断处，文有余而意不尽。若至讲后而始思量结尾，则意穷而复求意，必无是理。纵求得新意，亦必不复浑全矣。❶

他从论说文的角度，谈论文意的首尾呼应，中间的发展、铺陈与贯通，以及结尾的隽永深长。这些要件，其实也适用于小说的主旨与情节之安排。同样的情况，归有光归纳文章结尾的方法，对于中国小说结尾的设计与实际的写作，也有一定的影响。因为这些为文的法则，具有相当大程度的普遍性，也为古代文人所熟习，而成为各种文类写作的通则。他归纳的方法有："结意有余""竿头进步""结末括应""结末推原""结末推广""结末垂戒""结句有力""结束断制"等。❷这些方法若比对四大奇书的结局安排，多能若合符节。

具体到小说结尾的写作，至少必须做到"解结"。"所有前面出现过的线索都要理清，主要人物要有个交代，最重要的是，中段出现的大小冲突都得一一解决，让读者悬了半天的心放下来。"❸但是，想要完善的达成这些目标，并不容易。尤其是历史小说，受限于历史既定的事实，某些事件、人物，开头与中间的过程可以虚构、增减，因为一般读者对于这些细节难以辨别真假。但是结尾部分，如果不依从史实，便会因为违离太甚，明显与事实不符，而不被读者接受。在前述的条件要求之下，相较于《水浒传》《三国志演义》的作者面临了安排结局的困难。既要使仁义且居于正统的蜀汉一方获得善报，曹魏遭受惩戒，以满足读者的期望，却又不能违反刘、关、张阵营覆灭的史实。蜀汉一方既有刘备之仁义，关羽、张飞、赵云之武勇，兼有孔明之智谋，在不减损这些人物的才德之下，如果无法给予充分的理由，解释其败亡的结果，也难以令人信服。曹魏既犯有挟持天子、篡夺汉室的罪过，若是以魏国统一天下，必然不能为读者所喜闻乐见，且亦为读者所预料而乏新意。

幸而历史巧妙的构设了一个天然而完善的结局：蜀汉虽不能一统三国，但曹魏却也被权臣司马氏所篡夺，天理循环、报应不爽，乱臣贼子遭受了惩戒，彰显了《春秋》大义。

❶ [宋]陈傅良《论诀》，见[宋]魏天应编，林子长注《论学绳尺》。见王水照编《历代文话》第一册，复旦大学出版社2007年版，第1084页。
❷ [明]归有光：《论文章体则》，《文章指南》，广文书局1991年版，第25—28页。
❸ 王璞：《小说的结构》，《怎样写小说：小说创作十二讲》，汇智出版公司2008年版，第106页。

蜀汉、曹魏、孙吴，三国都没有能够统一天下，而是由另一个新起的政权，司马氏的晋国终结了三国鼎立的形势。此一结局，既能够被读者勉强接受，也颇令人意外而有惊奇。所以毛宗岗父子称许"《三国》一书，有巧收幻结之妙"：

> 设令魏而为蜀所并，此人心之所甚愿也。设令蜀亡而魏得一统，此人心之所大不平也。乃彼苍之意不从人心所甚愿，而亦不出于人心之所大不平，特假手于晋以一之，此造物者之幻也。然天既不祚汉，又不予魏，则何不假手于吴而必假手于晋乎？曰：魏固汉贼也，吴尝害关公、夺荆州、助魏以攻蜀，则亦汉贼也。若晋之夺魏，有似乎为汉报仇也者，则与其一之以吴，无宁一之以晋也。且吴为魏敌，而晋为魏臣，魏以臣弑君，而晋即如其事以报之，可以为戒于天下后世，则使魏而见并于其敌，不若使之见并于其臣之为快也，是造物者之巧也。幻既出人意外，巧复在人意中，造物者可谓善于作文矣。今人下笔必不能如此之幻，如此之巧，然则读造物自然之文，而又何必读今人臆造之文乎哉！（《读三国志法》）

从而可知，完善的小说"结局"，还应当具备三大基本条件：首先，必须符合多数读者的心理愿望和期待，至少是在道德、善恶、是非这一层次上。"善有善报、恶有恶报"，仍然适用于四大奇书这类雅俗共赏的小说。其次，必须出乎预料，不被读者猜中，而令人有新奇之感。最后，则是要合情合理，合乎逻辑的发展。

容与堂本《水浒传》的结局安排了一心等待招安、效忠朝廷的宋江等人冤死：若非为国征战而死，即是遭受奸臣小人的迫害致死。如此悲凉的下场，加重了悲剧的成分，突显出贪官污吏甚至昏君的罪状，坐实了官逼民反的主旨。

《西游记》的结局，唐僧师徒历经了艰险的许多磨难，最终取得的经书，原本竟然无字，着实让人感到新奇、意外，也饶有深意。但孙悟空毕竟以归顺天庭作收，与猪八戒、沙和尚的结局雷同，则不免都在读者的预料之中，而显得平常无奇。

《金瓶梅》的主旨在第一回即已开宗明义揭示出来❶，对于财色之危害，作者反复强调。绣像本借由道教神仙吕洞宾之诗而言"财色"之害人，并且举出历史上有名的例证加以痛陈。而在小说其后的发展，作者扩大"财色"的范围，把"酒色财气"纳入了，因为这"四贪"往往是共存的，对于人生都有害处。作者在第一回便以"说话人"的身份，跳出来明白劝善：

> 只有那《金刚经》上两句说得好，他说道："如梦幻泡影，如电复如露。"见得人生在世，一件也少不得，到了那结果时，一件也用不着……到不如削去六根

---

❶ 这种笔法，可谓受到八股文写作里的"破题"之影响。小说借由诗句，一开卷起笔便把全书的义涵概括了进去。

清净，披上一领袈裟，参透了空色世界，打磨穿生灭机关，直超无上乘，不落是非窠，倒得个清闲自在，不向火坑中翻筋斗也。

小说的主题，很明显的为"色即是空"❶。张竹坡便认为此书"以空结此财色二字"❷。佛教《心经》中有言："色即是空，空即是色。"此处的所谓"色"，不只是情色、财色而已，"包括我们物质的身体及身体所处的环境"❸。小说情节之后的发展，便把"酒色财气"这四样毒害涵盖了进去。❹整部小说的结构、总纲，作者在第一回里也已明白说出：

> 说话的，为何说此一段酒色财气的缘故？只为当时有一个人家，先前恁地富贵，到后来煞甚凄凉。权谋术智，一毫也用不着，亲友兄弟，一个也靠不着，享不过几年的荣华，倒做了许多的话靶。内中又有几个斗宠争强，迎奸卖俏的，起先好不妖娆妩媚，到后来也免不得尸横灯影，血染空房。【张竹坡夹批：此一段，是一部小"金瓶"，如世所云总纲也。】正是：善有善报，恶有恶报。天网恢恢，疏而不漏。【张竹坡夹批：以上一部大书总纲，此四句又总纲之总纲。信乎"金瓶"之纯体天道立言也。】

为了铺陈这样的主题，作者从古代具有宗教意涵的小说里寻求情节的框架。六朝志怪、唐人传奇，以及元明的戏曲，常以一场梦境，表达人世的虚幻空无甚至悲苦。《搜神记》《幽明录》等志怪小说集的此类梦幻故事如《杨林》等颇为简略，唐人传奇在情节与义涵上予以提升，其中的《枕中记》（黄粱一梦）、《南柯太守传》（南柯一梦）尤其是佳构，影响深远。后世文人取材于此，予以改编或从其中脱胎而成的各类文学作品甚多。宋人话本有《黄粱梦》《大槐王》，宋元戏文有《吕洞宾黄粱梦》，杂剧有《开坛阐教黄粱梦》《邯郸道卢生枕中记》，明代传奇剧有《邯郸梦》《邯郸记》《南柯记》等。明代著名戏剧家汤显祖，更喜以梦幻为题材、架构编写戏曲，而有"玉茗堂四梦"传世。

整部《金瓶梅》便是在讲一个"浮生若梦"的故事，从西门庆淫乐热闹的"生"，一直到西门庆及其家人悲凉的"死"。小说中段之前，作者安排了西门庆逐渐获取了一切人世繁华之物，朋友、妻妾、权势、官位、财富、房产、子嗣等，中段之后，作者反过来安排一样一样的逐渐失去，最后，西门庆死在情欲之中。张竹坡云："劈空撰出金、瓶、梅三

---

❶ 学者孙述宇对于《金瓶梅》及其作者的分析与理解颇为深刻，值得重视。本书对于《金瓶梅》的不少论点，曾参考其说法。详见孙述宇：《金瓶梅：平凡人的宗教剧》，上海古籍出版社 2011 年版。

❷ [清]张竹坡：《批评第一奇书金瓶梅读法》二十六。

❸ 圣严法师：《心的经典：心经新释》，法鼓文化公司 2011 年版，第 28 页。

❹ 明代人已把"贪嗔痴爱"并列，视为养生之害。参见 [明]冯时可：《雨航杂录》卷下，[明]高濂：《遵生八牋》，卷二、卷九。

个人来，看其如何收拢一块，如何发放开去。看其前半部止做金、瓶，后半部止做春梅。前半人家的金、瓶，被他千方百计弄来，后半自己的梅花，却轻轻的被人夺去。"❶"《金瓶》是两半截书。上半截热，下半截冷。上半热中有冷，下半冷中有热。"❷作者娓娓道来其过程，而不是空洞肤浅的简单套用"色空"的叙述框架，把佛教"色空"之说具体而生动地演示了出来。

作者在小说的结尾第一百回，安排金人入侵，国家上下一片惊惶，四处兵荒马乱。以如此一个国破家亡、妻离子散的悲凉景象，作为小说结束的背景。奢靡淫乱的王朝、社会、家庭整体崩塌的下场，凸显了"空"的主题。作者最后又安排书中一些主要人物的鬼魂——在永福寺出现，在普静禅师的荐拔超生之下，纷纷转世投胎去了。而西门庆毙命当日出生的遗腹子孝哥，竟然就是西门庆所投胎托生，"项带沉枷，腰系铁索"，作为他一生罪孽恶行的报应。张竹坡云："一部大结穴，如群龙争入之海也。"❸他认为如此的结局，乃是作者的苦心经营，特别挑选在佛教的寺庙永福寺，使书中一干人等在此一并渡化、了结：

> 作者开讲，早已劝人六根清净，吾知其必以"空"结此"财色"二字也。夫"空"字作结，必为僧乃可。夫西门不死，必不回头，而西门既死，又谁为僧？使月娘于西门一死，不顾家业，即削发入山，亦何与于西门说法？今必仍令西门自己受持方可。夫西门已死，则奈何？作者几许踟蹰，乃以孝哥儿生于西门死之一刻，卒欲令其回头受我度脱……是故既有此段大结束在胸中，若突然于后文生出一普净师，幻化了去，无头无绪，一者落寻常窠臼，二者笔墨则脱落痕迹矣。故必先写月娘好佛，一路尸尸闪闪，如草蛇灰线。后又特笔出碧霞宫，方转到雪涧，而又只一影普师，迟至十年，方才复收到永福寺。且于幻影中将一部中有名人物，花开豆爆出来的，复一一烟消火灭了去。盖生离死别，各人传中，皆自有结，此方是一总大结束。作者直欲使一部千针万线，又尽幻化了还之于太虚也。❹

绣像本《金瓶梅》第一回"西门庆热结十弟兄"，结拜兄弟的地点在道教的玉皇庙，由吴道官办理，过程是"饮酒热闹"。而最后一回众人鬼魂的渡化投胎，则是在佛教的永福寺，由普静禅师主持，"阴风凄凄，冷气飕飕"。两者的"生与死""冷与热"之对比非

---

❶ [清] 张竹坡：《批评第一奇书金瓶梅读法》第一。

❷ 同上，第八十三。

❸ [清] 张竹坡：《第一奇书金瓶梅》第一百回夹批。

❹ [清] 张竹坡：《批评第一奇书金瓶梅读法》第二十六。

常强烈，"色空"的主题也因此凸显了。之所以安排"生"在道教的玉皇庙，"死"在佛教的永福寺，乃是因为"佛教侧重讲死，道教注重讲生"的文化。❶ 在这样的框架、布局之下，小说的内容也是在演示人的生死问题。

三、首尾大照应、中间大关锁

小说之开头与结尾相互照应，具有概括全文，突显主题，使情节首尾圆合，结构完整的作用。章回体小说尤其必要，因为篇幅很长，结构容易松散，因此不惟首尾要有所照应，使情节联系紧密，中间也要有所关联，否则，长达百回的内容就会有杂乱散漫的弊病。律诗中间两联之所以必须对仗，即有类似的功能及用意。毛宗岗有见于此，指出了《三国志演义》有"首尾大照应、中间大关锁"的优点：

> 如首卷以十常侍为起，而末卷有刘禅之宠中贵以结之，又有孙皓之宠中贵以双结之，此一大照应也。又如首卷以黄巾妖术为起，而末卷有刘禅之信师婆以结之，又有孙皓之信术士以双结之，此又一大照应也。照应既在首尾，而中间百余回之内若无有与前后相关合者，则不成章法矣。于是有伏完之托黄门寄书，孙亮之察黄门盗蜜，以关合前后；又有李傕之喜女巫，张鲁之用左道以关合前后。凡若此者，皆天造地设，以成全篇之结构者也。然犹不止此也，作者之意，自宦官妖术而外，尤重在严诛乱臣贼子以自附于《春秋》之义。故书中多录讨贼之忠，纪弑君之恶。而首篇之末则终之以张飞之勃然欲杀董卓，末篇之末则终之以孙皓之隐然欲杀贾充。由此观之，虽曰演义，直可继麟经而无愧耳。（《读三国志法》）

仔细推究文意，毛宗岗所谓的"关锁"，即是文中的"关合"，文章学中的用语，亦即"关联照应"之意，在此指的是小说内容的联系、呼应。《三国志演义》作者痛恨宦官妖术、乱臣贼子之祸国殃民，因此小说之首尾即以此类人物、事件为起结，中间也多记述这类情节，用以表达"严诛乱臣贼子"的《春秋》大义。首卷是十常侍朋比为奸，导致朝政日非、盗贼蜂起；结尾的末卷则是刘禅与孙皓两位亡国之君的分别宠信宦官；中间又以宦官的干政为祸之事相关联。首卷有黄巾假借妖术作乱，末卷有刘禅、孙皓之分别宠信术士、师婆，中间又有李傕、张鲁之信用女巫、左道以联系之。颇受《春秋》书法比事属辞之影响："桓、灵不用十常侍，则东汉可以不为三国。刘禅不用黄皓，则蜀汉可以不为晋国。此一部大书，前后应照起。"❷

---

❶ 方立天：《中国佛教哲学要义》，中国人民大学出版社 2002 年版，第 145 页。

❷ ［清］毛宗岗：《三国志演义》第一回夹批。

《水浒传》从"张天师祈禳瘟疫，洪太尉误走妖魔"写起，一股黑气冲出洞穴，散落四方，化成一百零八位豪杰，交代了这些梁山好汉的来历。金批本的末卷是第七十回"忠义堂石碣受天文，梁山泊英雄惊噩梦"，以"天下太平"的情节结束，前后皆以这一百零八位豪杰为主，中间则是穿插各人的事迹，关联紧密。金圣叹回前批曰："始之以石碣，终之以石碣者，是此书大开阖。"此回"天眼开"一段，夹批："写得出奇，遂与误走妖魔，作一部大书一起一结也。""此一回可谓大结束。读之正如千里群龙，一齐入海，更无丝毫未了之憾。"❶

容与堂本则是以"宋公明神聚蓼儿洼，徽宗帝梦游梁山泊"结束，交代了这些英雄豪杰的或死或隐的悲惨下场，把这些人聚散的缘由始末，完整而周延地一一叙述出来。

《西游记》全书的内容也能够前后呼应、相互联系，因此其结构便显得完整、一体与周密。许多细节也多能得到照应，例如火焰山之所以形成的前因后果的交代；猪八戒无奈地离开高老庄之后，在西行取经的路途上仍然时常念及；孙悟空当年大闹天宫曾与众多神仙斗法，多年以后二郎神、梅山七兄弟仍会与孙悟空叙旧，不少神仙也会经常回忆此一往事。小说内容的主体是唐僧师徒破除磨难的历程，完结临了之际，他们好不容易已从西天取回真经，却还得在通天河上承受白头老鼋的最后一难。这一难其实早在第四十九回，老鼋济渡师徒众人西去，面请唐僧向佛祖提问之时即已埋下了伏笔。张书绅即言：

> 通天河一章，《西游》中最为紧要，关锁两头，总会全部。去由此而去，回又于此而回，去是道路之中，回是了道之终。至灵感庙、陈家庄，四十七回的布置，已为九十九回的安排。天然根据，绝妙关锁，笔墨之能事，至此尽矣。❷

此外，又如唐僧的身世，后文也多次加以照应且不前后矛盾。清初汪象旭、黄周星修订的《西游证道书》更是增入了玄奘出身的一段情节，成为第九回，而把明代盛行的世德堂本《西游记》的九、十、十一回合并成十、十一回。孙悟空在三调芭蕉扇之前，既有闹天宫时与牛魔王的结拜兄弟关系，又在解阳山破儿洞打败了牛魔王之弟如意真君，请观音菩萨收伏牛魔王之子红孩儿。至于如来佛祖交给观音的三个"箍儿"，后文也都有明确的交代："紧箍儿"套在孙悟空头上，事在第十四回；"禁箍儿"收服了黑风山的黑熊精，事在第十七回；"金箍儿"收了红孩儿，事在第四十二回，照应周全并无遗漏。

因果报应的框架，乃是章回体小说常用的一种俗套，不仅能够使故事内容获得一种首尾完具的讲述，也可借以传达劝惩的教训。《金瓶梅》第一回便说道"善有善报，恶有恶报。天网恢恢，疏而不漏。"此世的种种果报，都是前世所种下的因苗。《金瓶梅》便是

---

❶ [清] 金圣叹：《水浒传》第七十回回前总批。

❷ [明] 吴承恩著、[清] 张书绅评：《新说西游记》第四十七回回后评，上海古籍出版社2017年版，第589页。

套用了此一结构框架，明显体现了轮回报应之说。第二十九回"吴神仙冰鉴定终身"，吴神仙至西门庆家中，替西门庆及其众多妻妾一一看相，其后果然应验。例如他相春梅之言道：

> 此位小姐五官端正，骨骼清奇。发细眉浓，禀性要强；神急眼圆，为人急燥。山根不断，必得贵夫而生子；两额朝拱，主早年必戴珠冠。行步若飞仙，声响神清，必益夫而得禄，三九定然封赠。但吃了这左眼大，早年克父；右眼小，周岁克娘。左口角下这一点黑痣，主常沾啾唧之灾；右腮一点黑痣，一生受夫敬爱。

此一预示主要人物结局的写法，不能够写得太清楚，否则将使读者失去阅读的好奇心及趣味，必须虚虚实实，如雾里看花。《红楼梦》受此影响，在其第五回"警幻仙曲演红楼梦"，便把十二金钗等人的命运预告了出来。张竹坡认为此种写法还有助于结构的安排，如同建筑的蓝图一般，之后按图施工，可以避免错乱：

> 此回乃一部大关键也。上文二十八回一一写出来之人，至此回方一一为之遥断结果。盖作者恐后文顺手写去，或致错乱，故一一定其规模，下文皆照此结果此数人也。此数人之结果完，而书亦完矣。直谓此书至此结亦可。

除此之外，书中还多次出现僧道之徒为书中人物算命相面，日后也一一应验。张竹坡云："先是吴神仙，总览其盛；便是黄真人，少扶其衰；末是普净师，一洗其业，是此书大照应处。"❶李瓶儿去世前屡屡看到花子虚前来索命，西门庆弥留之际也见到武大郎前来勾魂等。最后一回更是全书的"一总大结束"，普静禅师荐拔这批幽魂，安排了他们在来世的归宿。

《金瓶梅》在开始的第一回、结尾的第一百回，也有前后照应之处。奇书本第一回"西门庆热结十兄弟"，结拜兄弟之事便在道教的玉皇庙。第一百回"普静师幻度孝哥儿"，荐拔鬼魂之事则是在佛教的永福寺。"且于幻影中，将一部中有名人物，花开豆爆出来的，复一一烟消火灭了去。盖生离死别，各人传中皆自有结，此方是一总大结束。"❷这一僧一道的两座寺庙，乃是书中人物日常生活常去之处，影射人的生死不离这两大宗教与处所，而早在第一回便提及了："咱这里无过只两个寺院，僧家便是永福寺，道家便是玉皇庙这两个去处。"张竹坡夹批云："玉皇庙、永福寺须记清白。是一部起结也，明明说出全以二处作始终的柱子。"❸"起以玉皇庙，终以永福寺，而一回中已一齐说出，是大关键处。"❹因此，全书的义涵及其主旨，主要与佛教、道教的思想有关。

---

❶ [清] 张竹坡：《批评第一奇书金瓶梅读法》第三。

❷ [清] 张竹坡：《批评第一奇书金瓶梅读法》第二十六。

❸ [清] 张竹坡：《批评第一奇书金瓶梅读法》第一回夹批。

❹ [清] 张竹坡：《批评第一奇书金瓶梅读法》第二。

第九章　四大奇书的小说叙事文法（下）

第一节　定与夺：四大奇书情节的详略

"定与夺"是指作者创作时对于材料的选取和删减，扩大来说，小说家对于哪些情节要详细描摹或简略交代？采取工笔画或泼墨画？运用叙述或戏剧的方式？都可以包含在内。

一、弄引法

小说情节的编织，不能一直处在紧张、高潮之处，而必须有所调配、转换，才不至于单调，所以其中的事件与人物都应当区分主从、轻重，分别给予恰如其分的对待。况且情节的精彩之处也必须预先有所铺垫、酝蓄、逗弄，才可以获得最好的效果。否则，读者便可能会因为缺乏心理准备而感到突兀，以至于效果大减。金圣叹对此提出了"弄引法"，强调其引导、衬垫的功能：

> 谓有一段大文字，不好突然便起，且先作一段小文字在前引之。如索超前，先写周谨；十分事前，先说五事等是也。（《读第五才子书法》）

金圣叹在《水浒传》第三回的夹批中也提及此一笔法："此书，每欲起一篇大文字，必于前文先露一个消息，使文情渐渐隐隆而起，犹如山川出云，乃始肤寸也。"这一方法，毛宗岗称之为"将雪见霰，将雨闻雷"：

> 将有一段正文在后，必先有一段闲文以为之引；将有一段大文在后，必先有一段小文以为之端。（《读三国志法》）

每个情节的精彩或高潮出现之前，预先安排一个意涵相关的序曲、"闲文"，以作为增强效果的铺垫。犹如大雪将落之前先见霰粒，大雨将至之初先闻雷声。在某种程度上，其功能近于《诗经》"六义"之"赋比兴"中的"兴"。"兴"的作用，朱熹解释："先言他物，以引起所咏之词也。"亦即先借由相关的事物来起兴，然后自然引出所要歌咏的人事。《水浒传》的叙事因此多是"渐渐隐隆而起"，避免突兀生硬。此外，情节也得以波澜曲折，避免平铺直叙的弊病。

《水浒传》的青面兽杨志也是重要的人物，为了塑造他的性格特征与武艺高强，作者特地安排了一场杨志与索超的比武竞技，容与堂本第十三回"急先锋东郭争功"，以显示他的勇武、谨慎。但一开始，却先写了杨志与周谨的比武。周谨是大名府军中的一名副牌军，武艺不弱，但只是一个次要的过场人物，一个衬托的配角。之所以要先写周谨和杨志比武，其用意在于制造一个铺垫，使索超、杨志斗武大战的激烈场面得以曲折而自然的发展出来，不致显得突兀。杨志轻易赢了周谨之后，引发更厉害的正牌军索超不服。因此作者在第十二回的结尾即预告："毕竟杨志与周谨比试引出甚么人来，且听下回分解。"情节的高潮便是杨志大战索超，作者细细刻画两人比斗的场面、气氛，过程惊险而紧张，"站台上梁中书看得呆了。两边众军官看了，喝采不迭"，最后势均力敌，两人都升做了管军提辖使。这段众多军士在旁围观的场面，令人不禁想到《史记·项羽本纪》中对于项羽与秦军交战，众诸侯只敢作壁上观，从众人眼中描摹出项羽的勇冠三军。这两回的斗武竞技，具体、自然而且生动地表现了杨志的勇武和心性。

《三国志演义》的诸葛亮是小说的主要角色，甚至可以说是最重要的人物了。他的初次登场，作者苦心经营，竭尽所能予以烘托、铺垫。对照史书《三国志》《资治通鉴》等相关记载，可以明显看出小说家改写的匠心。司马光对于诸葛亮的描述，可谓简洁而周详：

> 初，琅邪诸葛亮寓居襄阳隆中，每自比管仲、乐毅；时人莫之许也，惟颍川徐庶与崔州平谓为信然。州平，烈之子也。刘备在荆州，访士于襄阳司马徽。徽曰："儒生俗士，岂识时务，识时务者在乎俊杰。此间自有伏龙、凤雏。"备问为谁，曰："诸葛孔明、庞士元也。"徐庶见备于新野，备器之。庶谓备曰："诸葛孔明，卧龙也，将军岂愿见之乎？"备曰："君与俱来。"庶曰："此人可就见，不可屈致也，将军宜枉驾顾之。"备由是诣亮，凡三往，乃见。……于是与亮情好日密。关羽、张飞不悦，备解之曰："孤之有孔明，犹鱼之有水也。愿诸君勿复言。"羽、飞乃止。司马徽清雅有知人之鉴。同县庞德公素有重名，徽兄事之。诸葛亮每至德公家，独拜床下，德公初不令止。德公从子统，少时朴钝，未有识者，惟德公与徽重之。德公尝谓孔明为卧龙，士元为凤雏，德操为水鉴；故德操

与刘备语而称之。❶

然而,《三国志演义》第三十五回先写刘备跃马过溪脱险到南漳求见水镜先生,从一代高人水镜先生口中引荐出诸葛亮,已是非同小可,但作者仍不肯就此让他登台。又安排刘备巧遇贤才徐庶,先礼拜其为军师,并且建立了几场重大的军功,就连曹操也为之胆寒,不得不设计逼迫徐庶离去。而如此一位厉害已极的军师,却对诸葛亮推崇备至,郑重举荐给了刘备,从而第三十七回有刘备亲访隆中之事。逗弄至此,蓄积的力道已很可观,但作者却仍然不肯轻易让孔明与刘备相见,还要一顾、二顾,借由张飞、关羽的接连发怒,途中又错认了不少人,直至三顾茅庐,方才肯让孔明上场亮相。毛宗岗在《三国志演义》第三十五回的总批中说:"此卷为玄德访孔明、孔明见玄德作一引子耳。将有南阳诸葛庐,先有南漳水镜庄以引之;将有孔明为军师,先有单福(徐庶)为军师以引之。"如此一再的铺垫、逗弄,使诸葛亮的出场显得极为特殊而有格调,也符合人物高才、淡泊且神秘的特质。

二、獭尾法

小说情节的高潮之处,即是精彩动人的焦点所在,关系到这部小说之是否受到读者的喜爱,因此,作者莫不精心处理。"獭尾法"与"弄引法"都是针对小说情节高潮部分的效果处理,弄引在高潮之前,獭尾在高潮之后。弄引法为某段主要情节的"前奏",引人渐入佳境;獭尾法则可看作其"尾声",令人感到余音袅袅、滋味无穷。此即谢榛所主张的诗歌之"结句当如撞钟,清音有余。"❷何谓獭尾法?金圣叹解释:

> 谓一段大文字后,不好寂然便住,更作余波演漾之。如梁中书东郭演武归去后,知县时文彬升堂;武松打虎下冈来,遇着两个猎户;血溅鸳鸯楼后,写城壕边月色等是也。(《读第五才子书法》)

在一个情节高潮之后,并不戛然而止,急着马上进行另一个情节,而是要趁此高潮之力,借力使力,使其余波荡漾,再三摇曳,使其余劲得到完全释放,紧张之感得到松弛。"獭尾"这种情节处理的方法,也是基于事物的发展规律以及读者的审美心理。《水浒传》第三回写鲁达在五台山两番醉酒闹事,而每番闹事之后都有余波收束。金圣叹批道:

> 夫千岩万壑、崔嵬突兀之后,必有平莽连延数十里,以舒其磅礴之气;水出

---

❶ [宋] 司马光编著:《汉纪》五十七,《资治通鉴》卷六五,天津人民出版社 2016 年版,第 650、651 页。

❷ [明] 谢榛:《四溟诗话》卷一。

三峡，倒冲滟滪，可谓怒矣，必有数十里逶迤东去，以杀其奔腾之势。

"獭尾法"的作用就在于使读者的惊奇或紧张的心情能够逐渐趋于平静，并且在这一过程中对于情节的高潮有所回味。如同长江大河流经高峻的峡谷之后，必须有足够的缓坡才能够舒放其余势；惊涛骇浪之后，必然有涟漪不断。小说情节的高潮过后，同样需要有适当的盘旋、回响，才能够有完满的收束。否则，即刻转换至另一情节，便会显得牵强生硬，读者心理上欠缺足够的欣赏空间和时间。

《水浒传》金批本第二十二回"横海郡柴进留宾，景阳冈武松打虎"，情节高潮显然是在后半回的"武松打虎"，作者将它写得极为惊心动魄。但打虎的高潮过后，读者心中的悬念已解除了，如果没有适当的铺排，不仅情节难以再发展下去，打虎的紧张刺激也就此终结，失去了使读者回味赏叹的良机。于是又加写了这样一段：

> 走不到半里多路，只见枯草中又钻出两只大虫来。武松道："阿呀！我今番罢了！"只见那两只大虫在黑影里直立起来。武松定睛看时，却是两个人，把虎皮缝作衣裳，紧紧绷在身上，手里各拿着一条五股叉，见了武松……两个猎户失惊道："你兀自不知哩！如今景阳冈上有一只极大的大虫，夜夜出来伤人！只我们猎户也折了七八个，过往客人不记其数，都被这畜生吃了！本县知县着落当乡里正和我们猎户人等捕捉。那业畜势大难近，谁敢向前，我们为他，正不知吃了多少限棒，只捉他不得！今夜又该我们两个捕猎，和十数个乡夫在此，上上下下放了窝弓药箭等他，正在这里埋伏，却见你大刺刺地从冈子上走将下来，我两个吃了一惊。

武松"阿呀"一声吓了一大跳，读者也跟着吃了一惊。武松经历了先前一场九死一生的恶斗，面对一只大虫已险象环生，"使尽了气力，手脚都苏软了"，此刻又如何能够同时对付两只猛虎？况且这两只大虫又与先前的不同，竟然还可以"在黑影里直立起来"。情节曲折离奇，让人难以喘息。从而金圣叹在此连番批道："吓杀，奇文。"此外，借由众多猎户、乡民对老虎的胆战心惊、束手无策，从侧面烘托了打虎的凶险，也反衬出武松的勇武以及高超的本领。

毛宗岗把这一方法称为"浪后波纹，雨后霡霂"。他说：

> 《三国》一书，有浪后波纹，雨后霡霂之妙。凡文之奇者，文前必有先声，文后亦必有余势。如董卓之后又有从贼以继之；黄巾之后又有余党以衍之；昭烈三顾草庐之后，又有刘琦三请诸葛一段文字以映带之；武侯出师一段大文之后，

又有姜维伐魏一段文字以荡漾之是也。(《读三国志法》)

作为"獭尾"的可以是情节高潮后一个较小的波澜、类似的事件，或者是对于景物或人物心情的描写。"弄引法"是中外小说常见的营造高潮的手法，而"獭尾法"显得独特许多，属于中国小说特有的技法及概念之一。

三、大落墨法

章回体小说分回讲述故事，其中的一大特点，即是每一回或者两三回便会构成一个情节单元，这个单元必须能够自成起承转合，其中须设计一个高潮，从而势必要集中笔墨来刻画、描写，其他的部分也就退居陪衬的位置。因此，这些众多的人、事、物都必须划分主从轻重，各居其位，各司其职，也各自有不同的处理方式。一般来说，主角要详写，配角要略写；主角要浓墨重彩，配角要轻描淡写。若能如此，情节自然会有层次、有重心、有主题。金圣叹借用中国传统绘画美学来比拟此一小说技法。古代画师很讲究用墨的技法，元代山水画家吴镇认为："濡墨有浅深，下笔有轻重。逆顺往来，须知去就，浓淡粗细，便见荣枯。"❶利用墨汁的浓淡，涂抹的逆顺轻重，用以表现景物的远近主从。在绘画中，"大落墨法"指的即是对于画面主要部分浓墨重彩的渲染。"泼墨成画"相传起自晚唐的王洽（又称王墨），他把墨汁泼洒于纸，依顺其形状以手脚涂抹，山、水、云、石等图画应手自然而成。❷后世逐渐把水墨淋漓，气势磅礴之图画，都称作"泼墨"，于是产生了"惜墨""泼墨"的差异。"李咸惜墨如金，王洽泼墨沉成画。夫学者必念惜墨泼墨四字，于六法三品，思过半矣。"❸"惜墨"指的是用墨疏淡，略陈梗概；"泼墨"指的是笔醮墨饱，大肆渲染。用于小说叙事，则是指对于主要人物或事件的详尽描摹。金圣叹只举出几个例子，并未详细解说：

有大落墨法。如吴用说三阮，杨志北京斗武，王婆说风情，武松打虎，还道村捉宋江，二打祝家庄等是也。(《读第五才子书法》)

考察他所举的例子，可以推知，对于主要的人、事，作者都予以精心的设计，并且笔触细腻。以人物来说，一部《水浒传》的好汉即多达一百零八位，对于这些众多的角色，作者的处理是必须分轻重主从的。鲁智深、林冲、武松、杨志、宋江、李逵等十余人是小说中的主要人物，作者对于他们的性格、外貌、遭遇、武艺予以详尽的刻画，使用浓墨重

---

❶ [元]吴镇著，李德壎辑注：《吴镇诗词题跋辑注》，山东美术出版社1990年版，第139页。

❷ [唐]朱景元著，温肇桐注：《唐朝名画录》，四川美术出版社1985年版，第35页。

❸ [清]王概等人编：《用墨》，《芥子园画谱》卷一，上海书店1982年版，第17页。

彩，不惜笔墨，所占的篇幅也大，武松即有所谓的"武十回"。而其他人物则只是轻描淡写甚至一笔带过而已，篇幅甚少，居于陪衬的地位。

再从事件来看，主要的事件、情景都采取戏剧化的处理。一般小说的编写，主要有两种基本方式：戏剧化与叙述化。戏剧化多用于详尽刻画，近于"泼墨"；叙述化多用于交代梗概，近于"惜墨"。著名的当代小说家白先勇即言：

> Percy Lubbock 那本经典之作：《小说技巧》对我启发是大的，他提出了小说两种基本写作技巧：叙述法与戏剧法……何时叙述，何时戏剧化，这就是写小说的要诀。所谓戏剧化，就是制造场景，运用对话。我自己也发觉，一篇小说中，叙述与对话的比例安排是十分重要的。我又发觉中国小说家大多擅长戏剧法，《红楼》《水浒》《金瓶》《儒林》，莫不以场景对话取胜，连篇累牍的描述及分析，并不多见。❶

西方叙事学有关于叙事的详略问题，认为"叙事速度"涉及四种不同的叙述方式：停顿、实况、省略、概述。其中停顿、实况两种，速度极慢，所需的时间较为接近实际的场景，属于详写的戏剧法。省略、概述两种，速度极快，时间很短，属于略写的叙述法。一般来说，叙事的速度、时间长短代表了其中的轻重关系。概述常用以交代背景或者无关紧要之事，实况则用以仔细铺陈重要的情节。宋代人罗烨认为民众之所以喜爱话本，便在于情节之曲折引人，讲述故事的技法巧妙：

> 讲论处不滞搭、不絮烦；敷演处有规模、有收拾；冷淡处提掇得有家数；热闹处敷演得越久长。❷

"收拾"即是指情节之铺陈善于掌控，有收有放，冷热穿插，详略得宜。尤其是在情节的高潮或精彩之处，刻画细致、叙述详尽、曲折起伏，亦即使用了"大落墨法"。中国史传的写作早已知如此，项羽一生经历大小战役七十余次，并且参与了抗秦、入关、屠咸阳、杀子婴、烧秦宫、分封诸侯等众多历史大事，然而除了楚汉相争的过程之外，《项羽本纪》记载项羽之生平，多为粗陈梗概，只着重详尽描写"巨鹿之战""鸿门宴"与"垓下之役"三处而已。尤其是鸿门宴短短的一场酒宴，前后便花费了一千三百余字的实况细述，"叙楚汉会鸿门事，历历如目睹，无毫发渗漉，非十分笔力，模写不出。"❸ 而屠咸阳、

---

❶ 白先勇：《寂寞的十七岁后记》，《蓦然回首》，尔雅出版社 2000 年版。

❷ [宋] 罗烨：《小说开辟》，《醉翁谈录》，世界书局 1975 年版。

❸ [宋] 倪思撰，刘辰翁评：《班马异同评》卷一，《项籍》。见杨燕起等人编《历代名家评史记》，博远出版公司 1990 年版，第 403 页。

杀子婴、烧秦宫等耗费数月之事，则只有"居数日，项羽引兵西屠咸阳，杀秦降王子婴，烧秦宫室，火三月不灭；收其货宝妇女而东。"三十余字的概述而已。

案项王自叙七十余战，史公所记独巨鹿、垓下两战为详。巨鹿之战全用烘托法，不一及战事，而于垓下显出项羽兵法及其斩将搴旗之功。项羽英雄，史公自是心折，亦由其好奇，于势穷力尽处自显神通。巨鹿、鸿门、垓下三段，自是史公《项羽纪》中聚精会神，极得意文字。❶

其中笔法的详略浓淡，极为明显，反映了司马迁卓越的史识与史笔。四大奇书多以戏剧法摹写重要的事件、情节。金批本《水浒传》第十四回，吴用劝三阮入伙劫生辰纲一事，作者用了很大的篇幅详细叙述吴用与三阮见面的曲折谈话，直到最后，方才点明来意。金圣叹认为这一节在《水浒传》中是十分重要的，"读阮氏三雄，而至石碣村字，则知一百八人之入《水浒传》，断自此始也。"❷"此书始于石碣，终于石碣，然所以始之终之者，必以中间石碣为提纲，此撞筹之旨也。"❸吴用说三阮是一百八人入梁山之开端，关系到此书的主旨，从而必须详写以凸显于全书。武松打虎也是如此，这一壮举足以让武松显露其神勇，关系到其后诸多情节的开展，所以作者仔细描摹了打虎的凶险过程与场景，老虎的一扑、一掀、一剪，武松的一闪、二闪、三闪，"画出全幅活虎搏人图"。不唯如此，武松过冈之前，在酒店饮酒，也详细写其对话的过程，以作为预先的铺垫。然而此段打虎的内容，在词话本《金瓶梅》尚且摘录一大段《水浒传》里的文字，到了绣像本《金瓶梅》则只是简短的借由他人之口概述出来而已：

伯爵笑道："不然咱也吃了来了，咱听得一件稀罕的事儿，来与哥说，要同哥去瞧瞧。"西门庆道："甚么稀罕的？"伯爵道："就是前日吴道官所说的景阳冈上那只大虫，昨日被一个人一顿拳头打死了。"西门庆道："你又来胡说了，咱不信。"伯爵道："哥，说也不信，你听着，等我细说。"于是手舞足蹈说道："这个人有名有姓，姓武名松，排行第二。"先前怎的避难在柴大官人庄上，后来怎的害起病来，病好了又怎的要去寻他哥哥，过这景阳冈来，怎的遇了这虎，怎的怎的被他一顿拳脚打死了。一五一十说来，就象是亲见的一般，又像这只猛虎是他打的一般。❹

❶ 郭嵩焘：《项羽本纪》，《史记札记》卷一。见杨燕起编《历代名家评史记》，第412页。
❷ [清]金圣叹：《水浒传》第十四回回前总批。
❸ 同上，第十四回夹批。
❹ 绣像本《金瓶梅》第一回。

不再是详尽的现场实况"直播"了，因为书中的主角换成了西门庆，武松仅是配角罢了，"待遇"因此差别甚大。此一写法，张竹坡称之为"宾主法"：

> 《水浒》本意在武松，故写金莲是宾，写武松是主。《金瓶梅》本写金莲，故写金莲是主，写武松是宾。文章有宾主之法，故立言本自不同，切莫一例看去。所以打虎一节，亦只得在伯爵口中说出。（奇书本《金瓶梅》第一回回评）

《三国志演义》中的大小战役甚多，但作者并不是全然都有详尽的刻画。赤壁之战是全书最重要、规模最大的战事，因此采取了大落墨法。作者详尽描写战争的起因、决策、备战和过程。从第四十二回"刘豫州败走汉津口"开始，接下去第四十三回"诸葛亮舌战群儒"、第四十四回"孔明用智激周瑜"、第四十五回"群英会蒋干中计"、第四十六回"用奇谋孔明借箭"、第四十七回"庞统巧授连环计"、第四十八回"锁战船北军用武"、第四十九回"七星坛诸葛祭风"以及第五十回"关云长义释曹操"，全部都是赤壁大战的内容。作者用了多达八回以上的篇幅描述赤壁之战，包含许多脍炙人口的情节："舌战群儒""智激周瑜""草船借箭""二骗蒋干""火烧连环船"，以及不少精彩计谋的使用："连环计""反间计""苦肉计"等，并且被编写成为广受欢迎的戏曲。

作者以浓墨重彩描绘赤壁大战的整个过程，尤其是江面上火烧战船的部分，把战场上大火延烧，两军厮杀的场景描摹得如同油画一般色彩斑斓，场面盛大。战争过程的叙述，作者固然极尽刻画、渲染之能事。即使是胜负已分，曹军大败之后，对于战事的收尾，作者仍不轻忽。曹操在一片大火中逃窜，途中却又陷入了诸葛亮预先布下的三次埋伏，以曹操的三笑三惊写出他的三次狼狈脱险，极有戏剧性。

四、极不省法与极省法

省与不省，指的是对于人、事描述上的详尽或者省略。小说与史传关切的重点不同，战争过程的描写，容易引发读者的兴致，也是读者所好奇的，因此小说往往加意描摹，写得有声有色。但中国史传的记载，一向不以战争过程为重心。《左传》等经史的写作，主旨不在教人打仗，而是探讨战争之起因、结果及其影响，所以对于战前之背景、原委以及双方的谋略交代甚详，至于战役的过程，战场厮杀的情景则颇为简略。例如发生在僖公三十三年的"秦晋殽之战"，主要是表达侵略必败的主旨。为了凸显此一主旨，作者挑选了蹇叔哭秦师、王孙满观秦师、弦高犒秦师、皇武子辞杞子、先轸论战等几个材料，多处表现秦军必败，充分暴露秦穆公发动战役的不义以及战略错误。至于战争的过程，则只交代"败秦师于殽"一句，秦、晋、郑三方在军事上的部署与准备情形便略过而不细写。王源《左传评》即盛赞其叙述详略得宜，因此文辞简练而生动：

> 左氏叙战，每将权谋、方略铺叙于前，而实叙处不过一两言。简炼直捷，绝
> 不拖带。总之着神于虚，省力于实，所以虚实不测，灵怪百端。庸手反之，故详
> 则失之繁，简则失之略。即无繁与略之病，而终不能有生气。❶

张高评先生概括了《左传》叙战的笔法有云：

> 左氏记诸大战，于正面叙战多用简括之笔。盖每叙一战，战前之蕴酿，战后
> 之收拾，既已曲折详尽，至正面则一点便足，此左氏之文所以不平直也。大抵左
> 氏之叙战，详于谋则略于事，详事则略其谋，间有谋事俱详者，则变格也。❷

《左传》之记事，巧妙地结合了详略与虚实，从而文笔简洁且动人。《资治通鉴》等后世史书亦是如此，擅长驾驭史料，剪裁得当。例如"赤壁之战"的记载，对于战前孙权、刘备阵营的准备过程，浓墨重笔面面俱到，凸显了文章的重心，亦即领导人物指挥统御的正确，乃是这场大战能够以弱胜强、克敌制胜的关键。至于双方对战的经过、军容的壮盛、战场的激烈厮杀，则是以简省的笔法交代：

> 时操军众，已有疾疫。初一交战，操军不利，引次江北。瑜等在南岸，瑜部
> 将黄盖曰："今寇众我寡，难与持久。操军方连船舰，首尾相接，可烧而走也。"
> 乃取蒙冲斗舰十艘，载燥荻、枯柴，灌油其中，裹以帷幕，上建旌旗，豫备走
> 舸，系于其尾。先以书遗操，诈云欲降。时东南风急，盖以十舰最着前，中江举
> 帆，余船以次俱进。操军吏士皆出营立观，指言盖降。去北军二里余，同时发
> 火，火烈风猛，船往如箭，烧尽北船，延及岸上营落。顷之，烟炎张天，人马烧
> 溺死者甚众。瑜等率轻锐继其后，雷鼓大震，北军大坏。操引军从华容道步走，
> 遇泥泞，道不通，天又大风，悉使羸兵负草填之，骑乃得过。羸兵为人马所蹈
> 藉，陷泥中，死者甚众。刘备、周瑜水陆并进，追操至南郡。时操军兼以饥疫，
> 死者太半。操乃留征南将军曹仁、横野将军徐晃守江陵，折冲将军乐进守襄阳，
> 引军北还。❸

此一双方水、陆交战的情形，司马光只点出黄盖诈降、火烧连营、华容道受困三个代表性的场面，即把曹军战败情形扼要而有力地刻画出来。从中可知，对于事例的取舍应当

---

❶ ［清］王源：《左传评》卷一，新文丰出版公司影印铅字本。

❷ 张高评：《左传之文学价值》，文史哲出版社 1990 年版，第 164 页。

❸ ［宋］司马光编著，胡三省音注：《资治通鉴》卷六五，宏业书局 1993 年版。

主次分明，选择应当谨慎。文章材料的取舍定夺，须依据主旨表达的需要，凡有益于突出主旨的，自然要详写；凡与主旨关系不大的，则要略写甚至不必写。唐彪摘录他人之文以说明此理：

> 详略者，要审题之轻重为之。题理轻者宜略，重者宜详。详者宜铺叙，否则伤于浅促。略者宜剪裁，否则伤于浮冗。……钜详细略，尤细者去之，无烦涉笔。❶

详略的原则是详其大，略其小。写大事用繁笔，详写细写；写小事用简笔，粗写略写。主要的人、事，其发展的因果脉络，须予以详尽交代其前后历程、因果关系。至于次要的人、事，则应省略其因果关联，简短交代。如此，轻重有别，繁简互用，层次分明而不杂乱，周延而不烦冗。主要的人、事既能够得到凸显，次要的也不至于隐没不明。金圣叹指出：

> 有极不省法。如要写宋江犯罪，却先写招文袋金子，却又先写阎婆惜和张三有事，却又先写宋江讨阎婆惜，却又先写宋江舍棺材等。凡有若干文字，都非正文是也。（《读第五才子书法》）

> 有极省法。如武松迎入阳谷县，恰遇武大也搬来，正好撞着；又如宋江琵琶亭吃鱼汤后，连日破腹等是也。（《读第五才子书法》）

"极不省法"指在主要事件上生出枝蔓，用若干小文字铺展，交代事件的来龙去脉，使事件的发生、发展有根有据，以增加事件的可信度。扩展的是事件在因果链上的诸种联系，不是某一事件本身的详细叙述。如果不分主次，有事必录，都要从头细写，必然淹没重点人物和主题。"极省法"则相反，它指的是对事件枝蔓的删节或省略，而不是事件本身的浓缩，以减少不必要的文字，使事件发展较为集中而紧凑，多以情节的巧合来换取。"极不省法"与"极省法"两者相辅相成，相互搭配，不能偏废。

金批本《水浒传》第二十回的"宋江杀惜"，即用了"极不省法"。宋江是《水浒传》的主角，此回主要的情节是宋江因杀害不贞且贪财的妇人阎婆惜，被迫逃亡而投奔水浒英雄，"聚义"梁山。为了说明其"官逼民反"的正当性，所以其中诸多情节虽然看似琐事：宋江义舍棺材，讨阎婆惜作外宅，阎婆惜与张三偷情，刘唐下书，宋江遗失招文袋，阎婆惜藏招文袋，宋江被迫怒杀阎婆惜等。但作者花费许多笔墨，详细记录其过程，用以塑造宋江正面的形象，而不能以一般的盗贼、杀人罪犯看待。

---

❶　[清]唐彪：《读书作文谱》卷七，见王水照编《历代文话》四，复旦大学出版社 2007 年版，第 3483 页。

"极省法"的例子，金圣叹举《水浒传》第二十三回武松阳谷县巧遇武大一事。武大从清河县迁居阳谷县，其中发生了颇多事端，足够单独写成一回。但武大是一个小角色，多写他就得抛下武松这条主线，而造成喧宾夺主的弊病，对于结构和主题都有不和谐之处。作者因此特别安排兄弟巧遇，而把武大娶妻、受欺辱、搬迁等一连串过程简略带过。经由如此处理，便能够产生"一笔作百十来笔用"的功效，对于兄弟之间的情感，以及之后杀嫂等情节的发展，都有了交代。

五、近山浓抹、远树轻描

一部长篇小说必然涉及众多的人物、事件，但没有必要对所有人物、事件的来龙去脉都交代得一清二楚，也不可能对所有材料都予以浓墨重彩，于是，小说家便采用了虚实相济的写法。重点部分实写，其他部分虚写。所谓虚写，便是未写之写，运用以实带虚、避重就轻的笔法，只交代结果而不刻画过程，如此不但用笔简省而且行文有变化。毛宗岗指出：

> 《三国》一书，有近山浓抹、远树轻描之妙。画家之法，于山与树之近者，则浓之重之，于山与树之远者，则轻之淡之。不然林麓迢遥，峰岚层迭，岂能于尺幅之中，一一而详绘之乎？作文亦犹是已。（《读三国志法》）

毛宗岗认为写作和绘画是相通的，只有区分出题材的轻重主从，分别加以实写、虚写，才能够清楚呈现整体，凸显主体。

> 如皇甫嵩破黄巾，只在朱隽一边打听得来；袁绍杀公孙瓒，只在曹操一边打听得来；赵云袭南郡，关、张袭两郡，只在周郎眼中、耳中听来；昭烈杀杨奉、韩暹，只在昭烈口中叙来；张飞夺古城在关公耳中听来；简雍投袁绍在昭烈口中说来，至若曹丕三路伐吴而皆败，一路用实写，两路用虚写；武侯退曹丕五路之兵，惟遣使入吴用实写，其四路皆用虚写。诸如此类，又指不胜屈。只一句两句，正不知包却几许事情，省却几许笔墨。（《读三国志法》）

第二回朱隽、刘备攻打黄巾贼张宝，作者实写其战况："玄德发箭，中其左臂。张宝带箭逃脱，走入阳城，坚守不出。朱隽引兵围住阳城攻打，一面差人打探皇甫嵩消息。"然后借由士兵之口讲述，虚写皇甫嵩方面的情况：

> 探子回报，且说："皇甫嵩大获胜捷，朝廷以董卓屡败，命嵩代之。嵩到时，张角已死，张梁统其众，与我军相拒，被皇甫嵩连胜七阵，斩张梁于曲阳。发张

角之棺，戮尸枭首，送往京师。余众俱降。朝廷加皇甫嵩为车骑将军，领冀州牧。皇甫嵩又表奏卢植有功无罪，朝廷复卢植原官。曹操亦以有功，除济南相，即日将班师赴任。"

毛宗岗评论此回："一场大事，只就探子回报带笔写出。一边实叙，一边虚叙，参差尽致。"《三国志演义》第八十五回"刘先主遗诏托孤儿，诸葛亮安居平五路"，内容是刘备刚崩逝，曹丕采用了司马懿的计策，调遣五路大军一齐攻打蜀国，幸赖诸葛亮平息五路敌兵之事。作者并没有从正面实写诸葛亮的足智多谋，巧妙用兵与五路大军交锋，而是着重侧面描写诸葛亮安稳的居处在相府的情景。当曹魏遣五路大兵取西川的消息报知诸葛亮后，诸葛亮竟"数日不出视事"。使得后主刘禅大感吃惊，急召其入朝商议，却又推说"染病不出"，致使后主刘禅更加慌乱。当后主刘禅的车驾亲至相府探望，诸葛亮退兵之策已定，对后主刘禅说："臣非观鱼，有所思也。"虚写了诸葛亮在相府这几天的作为。接着作者详写了诸葛亮应敌的具体策略，以及五路敌兵都已经被平定的结果。作者虽然没有实写兵戈相交的战况，却已经交代了诸葛亮智退敌军之事，从而使文字避免了烦琐。

《三国志演义》第二十四回曹操、刘备徐州交兵，刘备战败，导致兄弟三人离散。刘备往依袁绍，关公暂降曹操，张飞不知去向。三人离散之后各自的事迹如果都要确实叙述，便嫌烦琐，于是作者只实写一人，另两人则虚写，毛宗岗分析其缘故：

> 自二十五回至此，皆为云长立传。而玄德、翼德两边，未免冷淡。乃于白马之役，忽有翼德"探囊取物"一语。文中虽无翼德，而翼德之威灵如见。至于玄德行藏，或在袁绍一边致书，或在关公一边接柬，或在龚都阵上口传，或在孙干途中备述，处处提照出来，更不疏漏，真叙事妙品。❶

> 刘、关、张三人两番聚散：一散于吕布之攻小沛，再散于曹操之攻徐州。而玄德则前投曹操，后投袁绍；关公则前在东海，后在许都；翼德则两次俱在碭砀山中。乃叙事者，于前之散也，略关、张而独详玄德，于后之散也，则略翼德，稍详玄德，而独甚详关公。所以然者，三面之事，不能并时同叙，故取其事之长者，而备载焉，取其事之短者，而简括焉，史迁笔法，往往如此。❷

三人三方之事，不必一一实写、详写，此处作者只挑选其事较长者实写，而事较短者即略写，行文因此显得简洁而条理分明，且三人之事皆无遗漏。

---

❶　[清] 毛宗岗：《三国志演义》第二十七回回前总批。

❷　同上，第二十八回回前总批。

《水浒传》第二十三回，作者用几句话交代了武大娶了潘金莲之后，在清河县受人欺负，只得搬到阳谷县租屋居住，"仍旧每日卖炊饼。"金圣叹批道："仍旧，妙，一似已说过者。"小说之前并没有交代武大卖炊饼维生，但此处加"仍旧"二字，便让读者从武大的现状明白了他的过去生活。武大见了武松后，说道：

> "二哥，你去了许多时，如何不寄封书来与我？我又怨你，又想你。"武松道："哥哥如何是怨我，想我？"武大道："我怨你时，当初你在清河县里，要便吃酒醉了，和人相打，时常吃官司，教我要便随衙听候，不曾有一个月净办，常教我受苦：这个便是怨你处。想你时，我近来取得一个老小，清河县人，不怯气都来相欺负，没人做主；你在家时，谁敢来放个屁？我如今在那里安不得身，只得搬来这里赁房居住，因此便是想你处。"

武大与武松分开一年多的生活情形，在这几句对话中虚写了出来。因为武大是书中一个很小的人物，因此，对于他的生活情形并不正面实写，只是简单几笔"轻描淡写"出来，让读者知道大概背景即可。

六、夹叙法

前述的技法主要是针对详略、虚实的选择，亦即必须暂时先搁置某些人事的叙述，因为一笔写不出来。然而，如果不愿舍弃任何一方，或者想要营造同时发生的效果，则可以采行夹叙法。夹叙法基本上有两种用法，其一是用在人物之间的插话，不同人物的同时发话。其二是同时描写几个人物的行事、作为。以下分别举例说明。

夹叙法在金圣叹的《读法》中，特别是指人物之间的插话：

> 谓急切里两个人一齐说话，须不是一个说完了，又一个说，必要一笔夹写出来。如瓦官寺崔道成说"师兄息怒，听小僧说"，鲁智深说"你说你说"等是也。

《水浒传》第五回鲁智深从五台山到东京的途中，在瓦官寺邂逅两个冒充和尚的恶棍：

> 智深走到面前，那和尚吃了一惊，跳起身来便道："请师兄坐，同吃一盏。"智深提着禅杖道："你这个如何把寺来废了！"那和尚便道："师兄，请坐。听小僧……"【夹批：其语未毕。】智深睁着眼道："你说！你说！"【夹批：四字气岔如见。】"……说……在先敝寺【夹批：说字与上听小僧，本是接着成句，智深自气忿忿在一边，夹着你说你说耳。章法奇绝，从古未有。】十分好个去处，田庄又广，僧众极多。"

金圣叹认为在和尚第二句的回话中插入鲁智深的"你说！你说！"由此获得了"一齐说话"的逼真而生动的效果。金圣叹在第五回的回前总批，便对此一所谓"奇绝"的章法有所分析：

> 此回突然撰出不完句法，乃从古未有之奇事。如智深跟丘小乙进去，和尚吃了一惊，急道："师兄请坐，听小僧说。"此是一句也。却因智深睁着眼，在一边夹道："你说！你说！"于是遂将"听小僧"三字隔在上文，"说"字隔在下文，一也。智深再回香积厨来，见几个老和尚"正在那里"怎么，此是一句也，却因智深来得声势，于是遂于"正在那里"四字下，忽然收住，二也。林子中史进听得声音，要问姓甚名谁，此是一句也，却因智深斗到性发，不睬其问，于是"姓甚"已问，"名谁"未说，三也。凡三句不完，却又是三样文情，而总之只为描写智深性急，此虽史迁，未有此妙矣。

此回文中借由"不完全句法"以表现情况的紧急、人物的性急。然而，这种语句的岔断只见于七十回金批本，鲁迅认为"疑此等'奇绝'，正圣叹所为。"❶这些改写应当是出自金圣叹的手笔。金圣叹力求场景刻画的逼真，他认为让鲁智深静静听完和尚的解释不符合他那急躁的脾气，所以岔断和尚的话语，插入鲁智深的质问，以显示他当时气愤难捺之神情。然而，此种利用人物之间对话的岔断、突接，以表现人物的意念、性情、神态的章法，古代史传早已有之，这对于金圣叹应有很大的启示，从而扩大运用在同一时间之下两人夹杂一齐说出的对话，以模拟真实的情景。例如，《左传》襄公二十五年：

> 叔孙宣伯之在齐也，叔孙还纳其女于灵公，嬖，生景公。丁丑，崔杼立而相之，庆封为左相，盟国人于大宫，曰："所不与崔、庆者——"，晏子仰天叹曰："婴所不唯忠于君，利社稷者是与，有如上帝！"乃歃。

崔杼、庆封的盟辞尚未讲完，就被晏婴从中岔断了，并且加以修改，用以表达他的义愤。杜预对此注云："盟书云：'所不与崔、庆者，有如上帝。'读书未终，晏子抄答易其辞，因自歃。"《史记·项羽本纪》也有语句的跳脱情形：

> 项王曰："壮士，能复饮乎？"樊哙曰："臣死且不避，卮酒安足辞！——夫秦王有虎狼之心，杀人如不能举，刑人如恐不胜，天下皆叛之。……"项王未有以应，曰："坐。"樊哙从良坐。

在"卮酒安足辞"一句下，突接一段议论，"夫秦王……"，完全与上文的内容无关，

❶　鲁迅：《中国小说史略》第十五篇，香港三联书店 1997 年版，第 152 页。

但依当时危急的情势来看，如此突接的语句，正可以表现出剑拔弩张的情势，而壮士瞋目勇悍的神态也跃然纸上。现代小说此种技法更是常见，白先勇《台北人》小说一书中的《梁父吟》：

> "你们老师——"朴公坐下后，沉思良久，才开言道。
>
> "是的，朴公。"朴公说了一句，没有接下去，雷委员便答腔道。
>
> "你们老师，和我相处，前后总有五十多年了——"朴公顿了一顿才又说道，"他的为人，我知道得太清楚。"

在两句"你们老师"之间，穿插了雷委员的"答腔"，把朴公内心"沉思良久"的神情反映了出来。

然而，夹叙法还有另一种更普遍的用法，不只限定在夹写人物的对话。金圣叹在评注时也扩大了它的范围，运用在同时发生的头绪繁多的事件的叙述。《水浒传》第三十四回写石勇在酒店与宋江、燕顺发生了争执，石勇声称天下只让两个人，一个是柴进，一个是宋江。当石勇说到宋江的名字时，文中插入这样两句："宋江看了燕顺暗笑，燕顺早把板凳放下了。"然后，再接入石勇的话头。金圣叹指出："宋江、燕顺二句乃夹叙法耳。"金圣叹在此把夹叙法解释为表现同一时间里不同人物活动的一种方法，把同时发生在不同空间的事件叙述出来，此一定义的夹叙法，史传中同样早已运用。《史记·魏公子列传》：

> 公子于是乃置酒，大会宾客。坐定，公子从车骑，虚左，自迎夷门侯生。侯生摄敝衣冠，直上载公子上坐，不让，欲以观公子。公子执辔愈恭。侯生又谓公子曰："臣有客在市屠中，愿枉车骑过之。"公子引车入市，侯生下见其客朱亥，俾倪故久立，与其客语，微察公子。公子颜色愈和。当是时，魏将相宗室宾客满堂，待公子举酒。市人皆观公子执辔。从骑皆窃骂侯生。侯生视公子色终不变，乃谢客就车。至家，公子引侯生坐上坐，遍赞宾客，宾客皆惊。

司马迁把信陵君礼遇侯生的情形，从多个方面夹杂写出。姚祖恩夹批："方写市中公子、侯生，忽从家内插一笔，从骑插一笔，市人插一笔，神妙之笔当面飞来。"❶同时发生的多方人物的神情、反应，一一穿插描写出来，以见信陵君的礼贤下士。

《水浒传》第五十六回梁山好汉大破呼延灼连环马一战，当时是十队步军诱敌，凌振等放炮助威。作者写完南方三队步军，便间写一声炮响，再连写两句北方三队、西方四

---

❶ ［清］姚祖恩编著：《信陵君列传》夹批，《史记精华录》卷三，联经出版公司 1997 年版，第 116 页。

队，又接写连珠炮响。兵借炮势，炮助兵威，写出了战斗的全景。金圣叹评道："十队拥起之时，既不可单叙十队，又叙放炮，又不可叙毕十队方叙放炮，得此奇横之笔，一齐夹杂写出，令人耳目震动。"金圣叹认为，对于一些盛大场面，作者不必叙完一边再叙另一边，笔触可以有所跳跃，"夹杂写出"才能兼顾各方，行文显得周密而又"离奇错落"，也可借以展现出作品的空间感。

《三国志演义》第四十回"夫人议献荆州，诸葛亮火烧新野"，毛宗岗批："前自三顾草庐之后，便当接火烧博望一篇，却夹叙孙权杀黄祖、刘琦屯江夏以间之；至火烧博望之后，便当接火烧新野一篇，却夹叙曹操杀孔融、刘琮献荆州以间之：盖几处同时之事，不得详却一处，略却数处也。看他叙新野，又叙荆州；叙荆州，又叙东吴与许昌：头绪多端，如一线穿，却不见断续之痕。尤妙在叙孔融处，补叙祢衡往事；叙荆州处，详叙王粲生平：偏能于极忙中叙此闲笔。"行文中夹叙他事，必须慎选适当的时机，一般是挑选在相关的人事描写之处，从而可以减免突兀之感。

第二节　合涯际：四大奇书情节的衔接

"合涯际"是使文章各段落的文意能够上下相承接，密合无间。对于小说家来说，人物的转换描述，事件的衔接发展，时间的连贯不断则是主要须解决的难题。

一、移云接月

一部小说，尤其是长篇小说，不只写一人、一事。众多的人物，如何使其结识？繁杂的事件，如何使其自然贯串？这些都需要作者的苦心经营。此一难题，也是史传诸种体裁要转换成小说体裁所必须克服的。四大奇书的作者都很重视结构的整体性以及每个章回之间的衔接，金圣叹说："《水浒传》七十回，只用一目俱下，便知其二千余纸，只是一篇文字。"[1] 毛宗岗也赞扬《三国志演义》"彼此相伏，前后相因，殆合十数卷而只如一篇，只如一句也。"[2] 张竹坡也观察到《金瓶梅》在此处的艺术匠心，"《金瓶梅》是一部《史记》。然而，《史记》有独传，有合传，却是分开做的。《金瓶梅》却是一百回共成一传，而千百人总合一传内，却又断断续续，各人自有一传。"[3] 这几位作者都致力使小说全书成为统一而周密的整体。

---

❶　[清] 金圣叹：《读第五才子书法》。
❷　[清] 毛宗岗：《三国志演义》第九十四回回前总批。
❸　[清] 张竹坡：《金瓶梅读法》三十四，见朱一玄编：《金瓶梅资料汇编》，南开大学出版社 2002 年版，第 433 页。

《水浒传》前半部，采用的是跑马灯式的，人物连环出现的结构方法，其中写某一个或某一组人物的若干章回，按金圣叹的说法，"分明便是一篇列传。"这样，各个列传之间的衔接转换就成为关系到全书结构和谐统一的重大问题。容与堂本第十三回叶昼的评语："《水浒传》文字形容既妙，转换又神，如此回文字形容刻画周谨、杨志、索超处，已胜太史公一筹；至其转换到刘唐处来，真有出神入化手段。"金圣叹在此基础上把这一种人物列传之间衔接转换的技巧称为"偷笔"。他在第四十三回的夹批中说：

> 子弟少时读书，最要知古人出笔，有无数方法：有正笔，有反笔，有过笔，有沓笔，有转笔，有偷笔。上五法易解，所谓偷笔，则如此文是也。盖一路都是戴宗作正文，至此忽趁势偷去戴宗，竟入杨雄、石秀正传，所谓移云接月，用力不多，而得便至大。

此回写的是戴宗奉命到蓟州探听公孙胜的消息，路上结识了杨林，又在饮马川收服了裴宣、孟康、邓飞，皆是以戴宗作为描写的焦点。到蓟州城，戴宗、杨林看到两院押狱杨雄正处决犯人回来，无赖张保一伙趁机讹诈，石秀路见不平，拔刀相助。杨雄去追打张保等人时，戴宗将石秀邀入酒店，于是戴宗与杨雄、石秀等人便衔接起来了。杨雄打跑张保之后，返回身来寻石秀：

> （戴宗、杨林、石秀）只听得外面有人寻问入来，三个看时，却是杨雄带领着二十余人，都是做公的，赶入酒店里来。戴宗、杨林见人多，吃了一惊，乘哄闹里，两个慌忙走了。石秀起身迎住道："节级，那里去来？"杨雄便道："大哥，何处不寻你，却在这里饮酒。"

戴宗是梁山强人，看到一群在官府做公的人，自然"慌忙走了"。于是戴宗退场，开始了杨雄与石秀的"合传"，行文至此完成了人物的交接转换。金圣叹对此还有批语："卸去戴、杨，交入杨、石，移云接月，出笔最巧。""杨雄领众人来，只为卸去戴宗之地耳。戴宗既已卸去，便并卸去众人，行文亦有狡兔死、走狗烹之法也。""偷笔"之法，在此又形象化称作"移云接月""兔死狗烹"。金圣叹在他处又称之为"脱卸"，第五十一回开头的批语，他阐述了其法的妙用，"文章妙处，全在脱卸。脱卸之法，千变万化，而总以使人读之，如鬼神搬运，全无踪迹，为绝技也。"四大奇书人物众多，情节纷繁，如何使其自然而流畅地转换、进展，"移云接月"是可行的方式之一。

二、横云断山

小说中一系列的同类情节，如果篇幅太长，即显得累赘，文势便难以一直维持在高处，何况一般人也不易一口气就读完，而必须选择在适宜之处暂时中断，间隔一小段插曲，使叙述的节奏、文气等有顿挫跌宕，以避免单调的直叙，从而给予最后的情节蓄积最大的力量，读者也得以舒缓其紧张、专注的精神。但此一插曲也不可等闲视之，否则便可能导致叙述杂乱，分散力量的负面作用。良好的插曲应当具有补述或铺垫的作用，与被间隔的情节应有所关联，对下一段情节也有推波助澜的帮助。金圣叹对此指出：

> 有横云断山法。如两打祝家庄后，忽插出解珍、解宝争虎越狱事；又正打大名城时，忽插出截江鬼、油里鳅谋财倾命事等是也。只为文字太长了，便恐累坠，故从半腰间暂时闪出，以间隔之。

主要的情节在中途被另一事件岔开，叙述完这件插曲之后，再回复到原来的主线索上继续进行。这条主线索如同连绵的山脉，而插叙的事件，则似环绕山腰的白云，山脉似断实连，只是短暂隐没而已。金圣叹之所以如此命名，或许是从中国古代的书画理论得到灵感。古代书论提出"字有形断而意连者"[1]。"字之体势，一笔而成，偶有不连，而血脉不断。"[2] 画论中有所谓"山欲高，尽出之则不高，烟霞锁其腰，则高矣。"[3] 这是为了避免笔势或山脉的走势呆板，欠缺变化，为求其姿态横生的技法。此类书画美学与小说情节的编排有异曲同工之妙，因而取喻于此。

三打祝家庄是《水浒传》的一场大战役，"一打""二打"，连续两次进攻都损兵折将，未能攻占，但已是写得"墨无停兵，笔无住马"。就在此战况激烈吃紧的当下，作者却不紧接着正面写"三打"的情形，笔锋一转，忽然插叙猎户解珍、解宝兄弟的家世、遭遇，借由他们引出乐和、孙立等人，然后有劫牢投奔梁山，献计打破祝家庄，才再把中断的主线索连接起来，续写三打的最后一役。金圣叹评说："千军万马后忽然扬去，别作湍悍娟致之文，令读者目不暇易。"[4] 作者此一间隔断续的写法，既符合生活本身的实际情况，故事的发展更显得起伏顿挫，饶有变化。

毛宗岗将《三国志演义》运用的这种方法称为"横云断岭，横桥锁溪"。他在《读三

❶ ［唐］欧阳询著，卜希旸译，房弘毅编：《三十六法》，《欧阳询书论全集》，西苑出版社 2011 年版。

❷ 唐代书法名家张怀瓘的《书断》评价张芝的草书之语。

❸ ［宋］郭思编：《山水训》，《林泉高致》，中华书局 2010 年版，第 56 页。

❹ ［清］金圣叹：《水浒传》第四十八回回前总批。

国志法》中说：

> 《三国》一书，有横云断岭，横桥锁溪之妙。文有宜于连者，有宜于断者。
> 如五关斩将、三顾茅庐、七擒孟获，此文之妙于连者也。如三气周瑜、六出祁
> 山、九伐中原，此文之妙于断者也。盖文之短者，不连叙则不贯串。文之长者，
> 连叙则惧其累坠，故必叙别事以间之，而后文势乃错综尽变。

金圣叹、毛宗岗都强调必须改变长篇叙事可能导致的累坠之弊。"三气周瑜"都是写
诸葛亮与周瑜的斗智，而且都是诸葛亮取胜。但在"一气"之后，"二气"之前，插叙了
"赵子龙智取桂阳""关云长义释黄汉升""吴国太佛寺看新郎"等三件事，刻意使"三气"
的一系列情节中断。如此的缘故，同样也是故事的主线太长了，中间穿插进一些其他的故
事，可以减免叙述的单调、沉闷。毛宗岗认为此一笔法，出自于史传：

> 六出祁之文，妙在不相连。于一出祁山之后、二出祁山之前，忽有陆逊破魏
> 之事以间之，此间于数回之中者也；二出祁山之后、三出祁山之前，又有孙权
> 称帝之事以间之，此即间于一回之内者也。每见左丘明叙一国，必旁及他国而事
> 乃详；又见司马迁叙一事，必旁及他事而文乃曲。今观《三国演义》，不减左丘、
> 司马之长。❶

《左传》《史记》或许是受限于编年体、纪传体的体例所致，必须兼记旁事，但过长的
单一叙事确实会造成单调、沉闷，而必须使其错综变化，增加阅读的趣味，小说的本质毕
竟是带有娱乐成分的。

三、趁窝和泥与插叙法

"趁窝和泥"看似与插叙法相同，其实用意与作法都有差别。插叙法主要用在补充说
明某一人事的因果关系，所插入的内容都是为此一人事服务。林纾即表示：

> 事有在文中若不相涉者，然不补叙其事，则于传中本事为无根；若不斟酌
> 位置，又类陈先代之宝器于席间，夹亡亲之遗嘱于诗卷，不惟不伦，而且无
> 理。……夫文体贵洁，原不应牵涉他事；然一事有一事之源头，不能不溯远因。
> 过简则鲜晰，过烦则病腴，过疾则苦突；须在有意无意间用插笔请出，旋又归入
> 正传，此刘彦和所谓"理枝循干"者也。❷

---

❶ [清] 毛宗岗:《三国志演义》第九十八回回前总批。
❷ 林纾:《用插笔》,《春觉斋论文》, 人民文学出版社 1998 年版, 第 122、123 页。

　　且穿插非嵌坩之谓，亦非挖补之谓。不得间隙，不能嵌而附之，不觉窍窦，亦非挖而补之。法在叙到吃紧处，非插笔则眉目不清，故必补其所以致此之由；叙到纷烦处，非插笔则纲要不得，故必揭其所以必然之故。❶

　　插叙法是专门为了补充说明某一人事，因此不同的事件还存在时间的先后不同关系。此法在讲究体例的《左传》《史记》中已运用得很纯熟，注重插入的位置及其必要性。林纾也提及：

　　《左传》为文家叙事祖庭，每到插叙处，辄用一"初"字领起。如宣公二年叙晋灵不君，以伏甲困赵盾，至提弥明斗死，盾几不出，忽得灵辄而免。然灵辄事与本事相隔至远，只得用一"初"字补入灵辄前迹，则救盾始非无因。史家全循此例，用为插补之法，而《史记》用之尤极自然。……顾左氏之长不惟此也，能于百忙中紧紧穿插，又紧紧叫应，使读者惊其捷敏，而又不见针线之迹。……迁文或一传而数事，或从中变，或自旁入。❷

　　插叙法所用的时机、位置、长短都必须恰到好处，紧密而自然，能够适时的解说疑问，并且没有插补的痕迹。

　　小说叙事本无体例的考量，笔法自由，因此插叙法在小说中主要并非用于事件原委的补充说明，而是用作避免平铺直叙的波澜，令其横生枝节。例如《金瓶梅》，潘金莲及李瓶儿分别嫁入西门庆府，这在小说中都是重要的大事，作者便使之多次受阻，不使其顺利，且潘、李二人的受阻，又同中有异。张竹坡指出：

　　下半写瓶儿欲嫁之情。夫金莲之来，乃有玉楼一间，瓶儿之来，作者乃不肯令其一间两间即来，与写金莲之笔相犯也。夫不肯一间两间即来，乃用何者作许多间隔之笔哉？故先用瓶儿来作一间，更即以来作未来之间笔，其用意之妙为何如。下回又以月娘等之去作一间，又用桂姐处作一间，文情至此，荡漾已尽。下回可以收转瓶儿至家矣，看他偏写敬济入来，横插一笋，且生出陈洪一事，便使瓶儿一人，自第一回内热突突写来，一路花团锦簇，忽然冰消瓦解，风驰电卷，杳然而去，嫁一竹山。令看者不复知西门、瓶儿尚有一面之缘。乃后忽插张胜，即一笔收转，瓶儿已在西门庆家。其用笔之妙，起伏顿挫之法，吾满口生花，亦不得道其万一也。

---

❶　林纾：《用插笔》，《春觉斋论文》，人民文学出版社 1998 年版，第 123 页。

❷　同上。

为了使事件"曲曲折折"地进行，有顿挫转折之趣，有出人意表之奇，因此也需要一些事件来间断甚至阻碍其完成。

但"趁窝和泥"所叙述的几件人事虽然也分主从，但彼此并无因果关联性，不在于补充说明主要的人事。尤其重要的是这几件人事都是正处于进行中的，时间上没有先后之分，也不需要因果关联。

叙事文学是一种线性时间的叙事，难以同时叙述在同一段时间内在不同空间发生的两人或两事，因此一般的做法就是依次叙述，如同《水浒传》的鲁（达）十回、林（冲）十回、武（松）十回的串联结构。或者叙述一事完结之后，使用"且说""却说""话分两说""话分两头"等词语，甚至还有交代"看官牢记话头"，然后另外再行起头叙述其他的人事。但如此的写法，容易令人感到单调、呆板，也不符合实际生活中事件同时并进的情况。因此，"趁窝和泥"便是要把同一段时间中正在进行的不同的人事，尽可能都兼顾到，其中的主要事件是"窝"，得空趁机叙述的人事则是"泥"。如此做法的好处在于故事的时间持续前进，而不必倒退回去再插叙或补叙其他的人事。当今电影对于此一问题的解决办法，乃是在同一银幕上采取子母画面，将银幕分割成几个小视窗，同时呈现正在进行的不同的人事。《金瓶梅》在这方面颇有贡献，张竹坡分析道：

> 《金瓶》每于极忙时，偏夹叙他事入内。如正未娶金莲，先插娶孟玉楼；娶孟玉楼时，即夹叙嫁大姐；生子时，即夹叙吴典恩借债；皆于百忙中，故作消闲之笔。❶

> 上文自十四回至此（十九回），总是瓶儿文字。内穿插他人，如敬济等，皆是趁窝和泥。此回乃是正经写瓶儿归西门氏也。乃先于卷首将花园等项题明盖完，此犹娶瓶儿传内事，却接叙金莲、敬济一事。妙绝。《金瓶》文字，其穿插处，篇篇如是。后生家学之，便会自做太史公也。❷

李瓶儿嫁入西门庆府中是自第十四回开始延续到第十九回所要写的"正经"（窝）事，但作者并没有忽略其他人事（泥）的持续进行，潘金莲与陈敬济这对男女的私下调情仍然有所穿插描述，以便日后不伦的奸情发生不至于突兀。况且，如此的写法，更符合一般生活"花开豆爆"的常态，也不至于耽误其他情节的推展。

插叙法在《左传》《史记》已有，张竹坡因此说"《金瓶》却全得《史记》之妙也"。

---

❶ ［清］张竹坡：《金瓶梅读法》第四十四。

❷ ［清］张竹坡：第一奇书本《金瓶梅》第十九回回前总评。

但"趁窝和泥"却是《金瓶梅》在叙事上的独到成就，"在小说的时间艺术中融汇入空间艺术的因素"，"推进中国小说步入新的美学历程"。[1]张竹坡即说"吾所谓《史记》易于《金瓶》，盖谓《史记》分做，而《金瓶》合做"[2]。他所谓的"分做""合做"，即是指《金瓶梅》能够巧妙地联缀不同空间的人事，使其合在一起叙述。

> 《金瓶梅》是一部《史记》。然而《史记》有独传，有合传，却是分开做的。《金瓶梅》却是一百回共成一传，而千百人总合一传，内却又断断续续，各人自有一传。[3]

"趁窝和泥"是《金瓶梅》最基本的情节联缀方式，"篇篇如是"，作者运用此一"纵横组合"的叙述笔法把全书纷杂众多的人事紧密贯通在一处，"以纵向推进的主干情节为基本框架，而借人物关系横向展开"[4]。此一手法超出了传统的史家笔法，凸显了小说叙事的独特方式，使得日后的小说有此利器用以叙述繁多的人事，《红楼梦》更将之发扬光大。

四、鸾胶续弦

长篇章回体小说的情节结构之编写，由于时间跨度大，人物与事件众多，势必要在编年体的大框架之下，巧妙的搭配纪传体、纪事本末体对于人、事撰写形态的优点。亦即在时间顺时叙述的结构模式中，把经过挑选的人物和事件重新编排组合。因此，如何从某一主要人物或事件，转换、联系或接续至另一人物或事件，必须要有一些良好的技法，才能够自然而流畅，并且脉络分明。现代电影的拍摄手法也面临这个问题，而有所谓"淡出""淡入"的拍摄技法。《水浒传》的纪传体特征明显，故事着重在群雄的被迫聚义，必须把散处各地的一百八位好汉汇聚在梁山。其中的主要人物各自有独立的故事，如何处理众多的线索，如何推进情节，转换故事及场景，并且把繁多的人、事接续得合情合理，巧妙自然而无拼凑、断裂的痕迹，显得格外重要。这一类的技法不少，金圣叹特别对于其中之一称之为"鸾胶续弦法"：

> 有鸾胶续弦法，如燕青往梁山泊报信，路遇杨雄、石秀，彼此须互不相识。且由梁山泊到大名府，彼此既同取小径，又岂有止一小径之理？看他将顺手借如意子打鹊求卦，先斗出巧来，然后用一拳打倒石秀，逼出姓名来等是也。都是刻

❶ 宁宗一：《中国小说学通论》，安徽教育出版社1995年版，第791页。
❷ [清]张竹坡：《金瓶梅读法》第三十五。
❸ 同上，第三十四。
❹ 宁宗一：《中国小说学通论》，安徽教育出版社1995年版，第792页。

苦算得出来。

"鸾胶续弦"这个典故，见于托名东方朔所作的《十洲记》。其中《凤麟洲》一篇记载："煮凤喙及麟角，合煎作膏，名之为续弦胶，或名连金泥。此胶能续弓弩已断之弦，连刀剑断折之金。"❶ 可见此一"续弦胶"的黏结力很强，能够使器物联结牢固，金圣叹以此比喻黏合两条情节线索的技法。"鸾胶续弦法"又称"脱卸法"，"脱卸"指的便是事件之间的转换、黏结。此法运用能否完善，除了黏结情节自然之外，还必须不见痕迹。

金圣叹所举的例子在《水浒传》第六十一回，卢俊义离开梁山泊回返大名府之后，便被官府拘捕，即将斩首。此时，宋江等人也担心卢俊义的安危，杨雄与石秀便受命前往大名府打探情况。另一方面，卢俊义的家人燕青也已上路前去梁山泊，打算向宋江等人求救。这两条情节线索原本各自单独发展，但必须合而为一，让燕青、杨雄、石秀会合，从而开展之后的石秀劫法场等情节。但双方如何才能够相遇？如果凭空于道路相逢，未免太过巧合，也欠缺波折，何况彼此"互不相识"。作者于是设计了一段插曲，途中燕青饥渴难耐却又身无分文，只好箭射喜鹊充饥，喜鹊负伤带箭飞走，燕青追过了山冈，恰遇石秀、杨雄路过，燕青转念打夺包裹，双方争斗起来，见到燕青手上的花绣因而相认。金圣叹批："如此交卸过来，文字便无牵合之迹。不然，燕青恰下冈，而两人恰上冈，天下容或有如是之巧事，而文家固必无如是之率笔也。"❷ 金圣叹进一步指出："脱卸之法，千变万化，而总以使人读之，如神鬼搬运，全无踪迹，为绝技也。"❸ 黏接线索的方法不止一种，但必须生动自然。

五、添丝补锦

诗文的布局、谋篇，讲究严谨、周延。长篇小说涉及人物、事件甚多，头绪纷繁，一笔难以兼顾周全，作者在集中笔墨按时间顺序铺展主干情节时，容易疏忽对其他人物和事件的交代，而出现一些疏漏。因此除了一般的顺时叙述之外，必须另有其他不同的叙述方式以作弥补。或者是基于美学效果的考虑，而转变了叙述方式。补叙、插叙、夹叙便是常用的方式。何谓补叙？《水浒传》第五十一回，李逵询问戴宗的行踪时，作者才交代了戴宗早先已奉命前去柴进庄上叫唤李逵回山之事。金圣叹解释此一技法："每每有一段事，前文不能及，因向后文补叙出者，此自是补叙之一例。"补叙的主要用途，即是补写以前所发生之事。必须采用补叙的原因何在？金圣叹评点《水浒传》把内容分为"正文"与"旁

---

❶ [汉] 东方朔：《十洲记》，李剑国编：《唐前志怪小说辑释》，上海古籍出版社 2011 年版，第 141 页。

❷ [清] 金圣叹：《水浒传》第六十一回夹批。

❸ 同上，第五十一回夹批。

文"，回目中的主要情节属于"正文"，"正文"以外的枝节则称作"旁文"。❶作者行文之时，自然是以"正文"为重，若是一笔忙不过来，便只好将"旁文"等枝节暂时搁置，等到笔闲之处再给予补叙。作者采用这一技法是为了使行文更加紧凑，否则，情节的进行必然拖沓。补叙正是一种在笔闲之时追记过去笔忙时无暇顾及之事的叙述方法。

金圣叹认为《史记》早已在多处使用了补叙之法，毛宗岗也说此法是"史家妙品。"唐彪也说明了补叙的几种用法：

> 如《三传》《史记》诸传中，凡叙一人必详悉备至，苟与其人有相关之事，虽事在国家，或事属他人，必补出之以着其是非。又前数年之事与后数年之事，苟与其事有相关，必补出之以着其本末。又用文中有两意两事，不能于一处并写者，则留一意一事于闲处补之，皆补法也。❷

主要的原因即在于一笔难写数事，须分轻重缓急。《史记·曹相国世家》，曹参一旦听闻丞相萧何之死，立刻"告舍人：'趣治行，吾将入相。'"曹参何以如此肯定自己必定担任丞相？到了后文补叙"参始微时，与萧何善，及为将相，有却。至何且死，所推贤唯参。参代何为汉相国，举事无所变更，一遵何约束。"才把内情交代明白。清人吴见思对此评论："前促装入相，忽然而来，令人惊疑。至此方补叙明，以见两人相知之深，所见之大。"❸《留侯世家》对于张良外貌之描写，也是直到文末才说明，"至见其图，状貌如妇人好女"。从以上史例可知，补叙的功用不只是补充说明而已，还可以有制造悬念等效果。

金圣叹对于《水浒传》第八回鲁智深突然现身野猪林，制服公差，搭救了危急中的林冲，具体说明了补叙法的运用：

> 又如前回叙林冲时，笔墨忙极，不得不将智深一边暂时搁起，此行文之家要图手法干净，万不得已而出于此也。今入此回，却忽然就智深口中一一追补叙还，而又不肯一直叙去，又必重将林冲一边逐段穿插相对而出，不惟使智深一边不曾漏落，又反使林冲一边再加渲染，离离奇奇，错错落落，真似山雨欲来风满楼也。❹

作者是如何"就智深口中一一追补叙还"，以下摘录小说原文，并且把金圣叹的相关批语置于括号中，方便对照：

---

❶ ［清］金圣叹：《水浒传》第二十一回回前总批。
❷ ［清］唐彪：《读书作文谱》卷七，见王水照编《历代文话》第四册，复旦大学出版社2007年版，第3491、3492页。
❸ ［清］吴见思：《史记论文》，台湾中华书局1987年版。
❹ ［清］金圣叹：《水浒传》第八回回前总批。

鲁智深扯出戒刀，把索子都割断了，便扶起林冲叫："兄弟，俺自从和你买刀那日相别之后，酒家忧得你苦。【补叙自家第一段。】自从你受官司，俺又无处去救你。【补叙自家第二段。】打听得你配沧州，酒家在开封府前又寻不见，【补叙自家第三段。】却听得人说监在使臣房内；又见酒保来请两个公人，说道：'店里一位官寻说话。'以此，酒家疑心，放你不下。恐这厮们路上害你，俺特地跟将来。【补叙自家第四段。】见这两个撮鸟带你入店里去，酒家也在那店里歇。【补叙自家第五段。】夜间听得那厮两个，做神做鬼，把滚汤赚了你脚，那时俺便要杀这两个撮鸟；却被客店里人多，恐防救了。【补叙自家第六段。】酒家见这厮们不怀好心，越放你不下。【补叙自家第七段。】你五更里出门时，酒家先投奔这林子里来，等杀这厮两个撮鸟。【补叙自家第八段。】他倒来这里害你，正好杀这两个！"【文势如两龙天矫，陡然合笋，奇笔恣墨，读之叫绝。】

鲁智深突然从天而降，解救林冲，他的出现颇令人意外，更中断了高俅、陆谦与林冲之间的情节主线，为此，作者通过鲁智深之口补叙出一段故事，用以衔接前后的情节，增加故事连贯的完整性。

补叙法亦称"添丝补锦"法，毛宗岗在《读三国志法》中解释此概念时说：

《三国》一书，有添丝补锦、移针匀绣之妙。凡叙事之法，此篇所阙者补之于彼篇，上卷所多者匀之于下卷，不但使前文不拖沓，而亦使后文不寂寞；不但使前事无遗漏，而又使后事增渲染，此史家妙品也。如吕布取曹豹之女本在未夺徐州之前，却于困下邳时叙之。曹操望梅止渴，本在击张绣之日，却于青梅煮酒时叙之。管宁割席分坐，本在华歆未仕之前，却于破壁取后时叙之。吴夫人梦月，本在将生孙策之前，却于临终遗命时叙之。武侯求黄氏为配，本在未出草庐之前，却于诸葛瞻死难时叙之。诸如此类，亦指不胜屈。前能留步以应后，后能回照以应前，令人读之，真一篇如一句。

曹操望梅止渴的故事发生在《三国志演义》第十六回"去年征张绣时"，却迟至第二十一回"煮酒论英雄"时补叙出来。毛宗岗夹批："征张绣事已隔数回，忽于此处补出一段闲文，妙绝妙绝。"诸葛亮娶黄承彦之女为妻之事，发生在刘备三顾茅庐的第三十七回之前，却在其子诸葛瞻战死绵竹的第一百一十七回补叙。毛宗岗夹批："武侯夫人事，直至篇终补出，叙事妙品。"如此的布局安排，确实可以使内容完整，前后呼应，层次分明，错综变化。

《西游记》对于各种妖魔精怪都是采行先写其作乱危害，后补叙其来历的方式，如此便有悬疑惊奇的效果产生。即使是沙悟净、猪八戒的出身来历，也都是如此。以猪八戒来说，第十八回只说他危害的情状及怪异的外貌：

> 不期三年前，有一个汉子，模样儿倒也精致，他说是福陵山上人家，姓猪，……初来时，是一条黑胖汉，后来就变做一个长嘴大耳朵的呆子，脑后又有一溜鬃毛，身体粗糙怕人，头脸就象个猪的模样。

> 那阵狂风过处，只见半空里来了一个妖精，果然生得丑陋：黑脸短毛，长喙大耳，穿一领青不青、蓝不蓝的梭布直裰，系一条花布手巾。

作者成功引起读者的好奇心之后，才在第十九回由猪八戒口中自述其生平：

> 玉皇设宴会群仙，各分品级排班列。敕封元帅管天河，总督水兵称符节。只因王母会蟠桃，开宴瑶池邀众客。那时酒醉意昏沉，东倒西歪乱撒泼。逞雄撞入广寒宫，风流仙子来相接。见他容貌挟人魂，旧日凡心难得灭。全无上下失尊卑，扯住嫦娥要陪歇。……押赴灵霄见玉皇，依律问成该处决。多亏太白李金星，出班俯囟亲言说。改刑重责二千锤，肉绽皮开骨将折。放生遭贬出天关，福陵山下图家业。我因有罪错投胎，俗名唤做猪刚鬣。

此种补叙的理由，已不是作者一笔写不出来，而纯粹是基于阅读心理的考量。《西游记》全书对于八十一难中妖魔精怪的铺陈，大多采用此种方式。

六、勺水兴洪波

为了避免情节与人物的出现及发展太过突然，导致读者的不以为然，认为有违情理。如同毛宗岗所批评："每见近世稗官家一到扭捏不来之时，便平空生出一人，无端造出一事，觉后文与前文隔断，更不相涉。"❶因此小说家必须设法使事件的滋生、发展自然，情节衔接得巧妙，"毫无斗笋接缝之迹"❷。其中一个方法是巧设"伏笔"，已如前所述，而另一个可行的方法则是"勺水生洪波"。两者颇有一些差异，"伏笔"是针对主要的人物或事件，预先设置因果发生的条件，之后便水到渠成，令人感到可信。"勺水生洪波"则是借由一些小人物、平常琐事，辗转衍生一连串的事端，如同日常生活一般的真实自然。从而有助于全书主题的阐述，主要情节的进展，以及重要角色的性格或形象的塑造。金圣叹曾对此举例说明：

❶ [清]毛宗岗：《读第五才子书法》。
❷ [清]金圣叹：《水浒传》第六回夹批。

> 杨志被牛所苦，杨雄为羊所困，皆非必然之事，只是借勺水兴洪波耳。❶

《水浒传》第十一回，杨志落魄之下在东京街头卖刀，"吃得半醉"的泼皮牛二不断纠缠取闹，杨志忍无可忍，最后按捺不住杀了牛二，于是引出了发配大名府、北京斗武、失陷生辰纲、双夺宝珠寺等一系列情节。杨雄之事则是在第四十三回，蓟州两院押狱杨雄行刑归来后，众相识与他"挂红贺喜"，无赖张保乘机讹诈，于是引出了石秀打抱不平、杨雄醉骂潘巧云、石秀智杀裴如海，最后石、杨二人不得不逼上梁山等情节。

牛二、张保给杨志、杨雄带来的麻烦，都是生活中偶然的小事，如同"勺水"一般，但对于杨志和杨雄此后的生活却引生了轩然大波，产生重大的影响。牛二、张保只是小人物，作者之所以要编造他们，不过是为了借以引发后面的情节。虽然这类小人物、日常琐事大多与小说的主旨无关，但作者仍然用心经营，力求其自然、生动与趣味。金圣叹认为：

> 文章家有过枝接叶处，每每不得与前后大篇一样出色。然其叙事洁净，用笔明雅，亦殊未可忽也。譬诸游山者，游过一山，又问一山，当斯之时，不无借径于小桥曲岸，浅水平沙。然而前山未远，魂魄方收，后山又来，耳目又费，则虽中间少有不称，然政不致遂败人意。又况其一桥一岸，一水一沙，乃殊非七十回后一望荒屯绝徼之比。❷

这些"勺水"也属于文章的"过枝接叶处"，必须认真构思。虽然编写"勺水"只是引发后续重大转变的手段，但如果只具备此功能性，而忽视其艺术性，读者必然感到沉闷无趣，所以优秀的小说家并不简率的处理，仍然努力刻画。

以杨志的遭遇为例，杨志在街上兜售宝刀，恰遇醉酒的无赖牛二的无理纠缠，最终导致了杀人。由于此事发生在京城大街，官府自然要追究、判刑，故事一连串的发展很合乎情理。"吃得半醉"的牛二"抢到杨志面前，就手里把那口宝刀扯将出来"，听说要卖三千贯钱时，便喝道："甚么鸟刀，要卖许多钱！我三十文买一把，也切得肉，切得豆腐。"牛二粗鄙的语言，"抢"和"扯"的动作，生动显示出市井无赖的嘴脸。然而杨志却耐着性子说出宝刀的三件好处来，牛二听说后，"便去州桥下香椒铺里讨了二十文当三钱，一垛垛放在州桥栏杆上"，叫杨志来剁。一个"讨"字，更加写出了牛二平日惯常欺压百姓的恶霸行径。杨志一刀将铜钱剁作两半，牛二一面大骂喝彩的人，一面又问："你且说第二件是甚么？"在此，金圣叹批道："又记得有第二件，又不记得是甚么，活泼皮，活醉人。"

---

❶ [清]金圣叹：《水浒传》第四十三回回前总批。

❷ 同上，第三十二回回前总批。

写活了泼皮的性格和醉态。牛二为了试验宝刀"吹毛得过"，从头上拔下一把自己的头发，递与杨志，"你且吹我看"，又把醉酒无赖的行为写出。牛二问出宝刀"杀人不见血"的第三件好处后，接连耍狠耍赖："我不信，你把刀来剁一个人我看""你敢杀我？""你好男子，剁我一刀。"蛮横、纠缠的性格表现得更为鲜活了。然而杨志一直按捺住脾气没有发作出来，压抑下内心的愤怒，映衬出豪杰落魄失意的委屈。直到牛二一头"钻入杨志怀里"，"挥起右手一拳打来"，杨志才"一时性起"，杀死了牛二。

杨志杀了人之后，并不潜逃，也不惊慌惧怕，而是随同众人一起去官府出首，始终表现出沉稳刚正的个人特点。金圣叹评论："写杨志另是杨志，不是史进，不是鲁达，不是林冲。"[1] 整个杨志卖刀的过程，自然而生动，事件的发展方向完全符合杨志的性格，作者也借此写活了杨志。

七、倒插法

古典小说之写作，文人多把它当作文章来谋篇布局，因此，常把作文的章法用诸小说。文章写作强调首尾呼应、脉络贯通，因此须有伏笔在前，预作安排，以利之后的事件或人物出现时能够合乎情理。其中的道理，林纾曾有所说明：

> 行文有伏笔……伏笔即伏脉，猝观之实不见有形迹。故吕东莱论文，谓有形者纲目，无形者血脉。善于文者，一题到手，预将全篇谋过……必先安顿埋伏，在要处下一关键，到发明时即可收为根据。故明眼者须解得一个"藏"字诀，欲注射彼处，先在此处着眼，以备接应。……盖一脉阴引而下，不必在求显，东云出鳞，西云露爪，使人扪捉，亦足见文心之幻。……可见用伏笔，是阳断而阴联，不是伏下此一处，便抛却去经营彼处。……总之，文字有起即有伏，能悟到起伏，则文之脉诀得矣。[2]

清儒唐彪《读书作文谱》所谓的"预伏法"即是此法：

> 如一篇文中所载不止一事与一意；或此一事一意，不能于篇首即见而见于中幅，或见于后幅，作者恐后突然而出，嫌于无根，则于篇首预伏一二句，以为张本，则中后文章皆有脉络。[3]

预伏照应对于文脉的发展极为重要，小说情节的生发也是如此。预伏的内容可以是

❶　[清]金圣叹：《水浒传》第十一回夹批。

❷　林纾：《用伏笔》，《春觉斋论文》，人民文学出版社 1998 年版，第 117—118 页。

❸　[清]唐彪：《读书作文谱》卷七，见王水照编《历代文话》第四册，复旦大学出版社 2007 年版，第 3490、3491 页。

人、事、物，或者是一段情节、一个细节，从而有伏笔、照应等讲究。伏笔，乃是作者刻意安排设置的，使之后出现的人或事的发展能够顺理成章，以免读者感到突兀生硬。良好的伏笔，一般能够暗示人物未来的命运，以及情节未来的走向，但须慎选适合的时机、位置，不至于影响到故事的流畅进行。同时也要避免显露出刻意安排的痕迹，"伏笔苟使人知，亦不称妙。无意阅过，当是闲笔，后经点眼，才知是有用者。"❶ 否则，一切都被读者所看穿、猜透，就会有反效果，失去了悬疑、好奇的阅读兴致。

《水浒传》的某些章回，常把人物活动的次序倒置，从而避免了平直的叙述。金圣叹解释此法：

> 谓将后边要紧字，蓦地先插放前边。如五台山下铁匠间壁父子客店，又大相国寺岳庙间壁菜园，又武大娘子要同王干娘去看虎，又李逵去买枣糕，收得汤隆等是也。❷

小说后文所要详细描述的重要人物或事件预先简要提及，读者心理上便能有所准备，可以避免情节发展的突兀、无理。

金圣叹举出了四个例子，中有李逵收汤隆一事，颇能够说明此法的妙用。第五十五回，宋江与众头领商议破连环甲马之策，正苦无良法，只见汤隆起身自荐："小可是祖代打造军器为生。"献计赚取他姑舅哥哥徐宁上山训练山寨兵士使用钩镰枪法，用以破解呼延灼的连环马。汤隆是李逵请回公孙胜的半路上结识的铁匠，俩人性情相投，李逵说服汤隆入伙发生在第五十三回。此刻这个铁匠却在赚徐宁上山和打造钩镰枪、大破呼延灼连环甲马中立下首功。金圣叹评曰：

> 公孙到，方才破高廉；高廉死，方才惊太尉；太尉怒，方才遣呼延；呼延至，方才赚徐宁；徐宁来，方才用汤隆。一路文情本乃如此生去，今却忽然先将汤隆倒插前面，不惟教钩镰之文未起，并用钩镰之故亦未起，乃至并公孙先生，亦尚坐在酒店中间，而铁匠却已预先整备。其穿插之妙，真不望世人知之矣。❸

而在打造钩镰枪时，又由雷横提调监督。金圣叹批道："倒插铁匠于三回之前，已谓奇不可言，又岂知先已倒插一位于数十回之前耶！"❹ 早在第十二回雷横刚出场，作者便已交代他"原是本县打铁匠人出身"，早已远远布置妥当。这种倒插笔法，使情节的进展自然

---

❶ 林纾：《用伏笔》，《春觉斋论文》，人民文学出版社 1998 年版，第 118 页。

❷ [清] 金圣叹：《读第五才子书法》。

❸ [清] 金圣叹：《水浒传》第五十三回夹批。

❹ [清] 金圣叹：《水浒传》第五十五回夹批。

而顺畅，同时，也使文字简洁许多。

　　"父子客店"的例子在金批本第三回，鲁智深在五台山削发为僧将近一年，"忽一日，天气暴暖"，"一步步走下山来"，见市镇上有各种开店的买卖，"听得那响处却是打铁的在那里打铁。间壁一家门上写着'父子客店'。"金圣叹在此批道："老远先放此一句，可谓'来年下种，来岁收粮'，岂小笔所能。"果然，鲁智深大闹五台山后，无法容身，便被发遣去东京大相国寺。"离了五台山，径到铁匠间壁客店里歇了，等候打了禅杖、戒刀，完备就行。"前后伏应，连贯自然。毛宗岗有鉴于此，便把伏应的方法称为"来年下种，先时伏着"。他说：

　　　　《三国》一书，有来年下种、先时伏着之妙。善圃者投种于地，待时而发；善奕者投一闲着于数十着之前，而其应在数十着之后。文章叙事之法亦犹是也。❶

　　好的小说家就如同善圃者、善弈者，一些看似无用的劳作、闲棋，却能够巧妙给予之后的情节发展设下了良好的伏笔。毛宗岗还指出其他小说因为欠缺伏笔，导致了文章血脉隔断的弊病："每见近世稗官家一到扭捏不来之时，便平空生出一人，无端造出一事，觉后文与前文隔断，更不相涉。"❷毛宗岗重视小说结构的有机性，相关的主张还有"读《三国》者，读至此卷，而知文之彼此相伏，前后相因，殆合十数卷而只如一篇，只如一句也。"❸"文章之妙，有前文方于此应，后文又于此伏者。……通观全部：虽人与事纷纷，而伏应之妙，则一篇如一句，斯真有数文字！"❹他的这些意见，主要是借鉴中国传统的诗文批评理论。

　　《三国志演义》由于历史题材的关系，全书脉络贯通，重视结构的呼应。毛宗岗举出许多例子：

　　　　赵云归昭烈在古城聚义之时，而昭烈之遇赵云，早于盘河战公孙时，伏下一笔……庞统归昭烈，在周郎既死之后，而童子述庞统姓名，早于水镜庄前伏下一笔……姜维九伐中原，在一百五回之后，而武侯之收姜维，早于初出祁山时伏下一笔……凡伏笔之处，指不胜屈。❺

❶　[清] 毛宗岗:《读三国志法》。
❷　同上。
❸　[清] 毛宗岗:《三国志演义》第九十四回回前总批。
❹　同上，第五十三回回前总批。
❺　[清] 毛宗岗:《读三国志法》。

《三国志演义》对于其中不少的人物、事件，都是前有伏笔后有呼应的。赵云是蜀汉的五虎大将之一，他在第二十八回古城聚义时归顺刘备。为了使他的归顺不致突然，早在第七回就埋下了伏笔，当时赵云救了在盘河之战中被文丑追杀的公孙瓒，后来刘、关、张亦赶来救助公孙瓒，因此得以与赵云相识。

> （公孙瓒）教与赵云相见，玄德甚相敬爱，便有不舍之心。……玄德与赵云分别，执手垂泪，不忍相离。云叹曰："某曩日误认公孙瓒为英雄，今观所为，亦袁绍等辈耳！"玄德曰："公且屈身事之，相见有日。"洒泪而别。

作者之所以渲染刘备与赵云一见如故、不忍分别的感情，正如毛宗岗所说，乃是"此为后文子龙归刘张本"。第二十八回叙关羽、孙干到袁绍处迎取刘备，取路卧牛山回古城。此时赵云刚刚夺占了卧牛山，两军正要展开厮杀：

> 玄德早挥鞭出马，大叫曰："来者莫非子龙否？"那将见了玄德，滚鞍下马，拜伏道旁——原来果然是赵子龙。……玄德曰："吾初见子龙，便有留恋不舍之情，今幸得相遇！"云曰："云奔走四方，择主而事，未有如使君者。今得相随，大称平生。虽肝脑涂地，无恨矣。"

因为第七回已安排了伏笔，此处"遥应第七回之情"，因而赵云归入蜀刘阵营便水到渠成，自然而有理了。

《金瓶梅》的主旨是"色空"之说，作者安排书中众多的人物投胎转世的下场，而且作为"酒色财气"四贪化身的西门庆，作者也早已安排他必须投入佛门修行赎过。这一切安排的关键在于西门庆的正妻吴月娘，以她作为这一切连锁发展的关键。从而吴月娘此人的性情、信仰，作者都预先做了规划，张竹坡分析：

> 写月娘必写其好佛者，人抑知作者之意乎？作者开讲，早已劝人六根清净，吾知其必以"空"结此"财色"二字也。夫"空"字作结，必为僧乃可。夫西门不死，必不回头，而西门既死，又谁为僧？使月娘于西门一死，不顾家业，即削发入山，亦何与于西门说法？今必仍令西门自己受持方可。夫西门已死，则奈何？作者几许踟蹰，乃以孝哥儿生于西门死之一刻，卒欲令其回头受我度脱。总以圣贤心发菩萨愿，欲天下无终讳过之人，人无不改之过也。夫人之既死，犹望其改过于来生，然则作者之待西门，何其忠厚慨恻，而劝勉于天下后世之人，何其殷殷不已也。是故既有此段大结束在胸中，若突然于后文生出一普净师，幻化了去，无头无绪，一者落寻常窠臼，二者笔墨则脱落痕迹矣。故必先写月娘好

佛，一路尸尸闪闪，如草蛇灰线。后又特笔出碧霞宫，方转到雪涧，而又只一影普师，迟至十年，方才复收到永福寺。且于幻影中将一部中有名人物，花开豆爆出来的，复一一烟消火灭了去。盖生离死别，各人传中，皆自有结，此方是一总大结束。作者直欲使一部千针万线，又尽幻化了还之于太虚也。然则写月娘好佛，岂泛泛然为吃斋村妇，闲写家常哉？此部书总妙在千里伏脉，不肯作易安之笔，没笋之物也，是故妙绝群书。❶

吴月娘的好佛，常至永福寺烧香拜佛，早已伏下了全书人物的收结所在之处，也与全书的以佛教义理作为化解人世"贪嗔痴爱"之苦有关。

第三节　弥纶一篇：四大奇书情节的统合

"弥纶一篇"是把全篇文章综合组织起来，纵然文辞繁缛、文意丰富，也必须成为"杂而不越"的和谐一致的有机整体。在小说创作上来看，小说家采取的各种修辞手法、叙述视角、叙事笔法等多样的方式，都是为了更加完善的表现主题。

一、羯鼓解秽

文艺作品重视审美的心理感受，性质必须多作转换，使其刚柔并济、阴阳互补、快慢交替，如此方能不令人厌倦。羯鼓解秽法，用于小说写作，即是要求错综变化之美。最初是与音乐欣赏的心理感受相关，此一典故出现于唐代，有关唐玄宗个人特殊的审美品位。唐玄宗喜听"羯鼓"而厌闻"琴声"，所以有借鼓声以消解心中不快之感的做法。从而羯鼓解秽一法，在此意指小说单一的内容令读者心中厌恶不乐，急欲看到情节的某种转变，以获得心理的舒畅、快意。它要求情节发展须使惊险与平和、壮烈与悠闲相互映衬、调和。

最早移用此法于小说、戏曲技法的人是金圣叹。❷他在《水浒传》第二十四回"王婆计啜西门庆，淫妇药鸩武大郎"，评道："写淫妇心毒，几欲掩卷不读，宜疾取第二十五卷快诵一过，以为羯鼓洗秽也。"第二十五回后半即是"供人头武二设祭"，武松杀了奸夫淫妇西门庆、潘金莲，为兄长武大报仇祭奠之事。金圣叹以此为快事，而喜闻乐见。此外，《水浒传》尚可见到此类笔法于多处。第四十一回"宋江还道村受天书"一节，金圣叹指

❶ ［清］张竹坡：《金瓶梅读法》二十六，见朱一玄编：《金瓶梅资料汇编》，南开大学出版社2002年版，第431页。
❷ 详见杨志平、谭帆之说。谭帆等：《中国古代小说文体文法术语考释》，上海古籍出版社2013年版，第253—254页。

出："上文神厨来捉一段，可谓风雨如磐、虫鬼骇逼矣。忽然一转，却作花明草媚、团香削玉之文。如此笔墨，真乃有妙必臻、无奇不出矣。"第二十二至三十一回，是著名的"武十回"，写的是武松景阳冈打虎、阳谷县遇兄嫂、斗杀西门庆、醉打蒋门神、大闹飞云浦、血溅鸳鸯楼等一系列紧张惊险的情节，塑造了武松这一"天神"般的壮伟的形象。金圣叹批道："上篇写武二遇虎，真乃山摇地撼，使人毛发倒卓。忽然接入此篇，写武二遇嫂，真又柳丝花朵，使人心魄荡漾也。"第四十一回宋江在玄女庙被官兵追捕受若干惊吓之时，忽梦见进入一块仙境，那里生长着奇花异草，苍松茂竹，精美的宫殿中坐着一位娘娘。金圣叹在此处批道："前文何等匆遽，此文何等舒缓。疾雷激电之后，偏接一番烟霏云播之态，极尽笔墨之致。"产生一种和谐效果。

《西厢记·寺警》的评点中，金圣叹也提及了此法的运用：

> 文章有羯鼓解秽之法……忽悟文章旧有解秽之法，因而放死笔，捉活笔，陡然从他递书人身上，凭空撰出一莽惠明，以一发泻其半日笔尖呜呜咽咽之积闷。

所谓"呜呜咽咽之积闷"，同样是一种容易引起读者厌恶之内容，造成读者心理的不快，因而也必须寻求转换以消解郁闷。后世不少的小说评点沿用了金圣叹此一技法的义涵，毛宗岗父子在《三国志读法》中提出了两种技法，可谓是此法的延伸运用："寒冰破热，凉风扫尘"，以及"笙箫夹鼓，琴瑟间钟"。

> 《三国》一书，有寒冰破热，凉风扫尘之妙。如关公五关斩将之时，忽有镇国寺内遇普静长老一段文字；昭烈跃马檀溪之时，忽有水镜庄上遇司马先生一段文字；孙策虎踞江东之时，忽有遇于吉一段文字……或僧或道，或隐士或高人，俱于极喧闹中求之，真足令人躁思顿清，烦襟尽涤。

> 《三国》一书，有笙箫夹鼓、琴瑟间钟之妙。如正叙黄巾扰乱，忽有何后、董后两宫争论一段文字；正叙董卓纵横，忽有貂蝉凤仪亭一段文字；正叙催、汜猖狂，忽有杨彪夫人与郭汜之妻来往一段文字……诸如此类，不一而足。人但知《三国》之文是叙龙争虎斗之事，而不知为凤、为鸾、为莺、为燕，篇中有应接不暇者，令人于干戈队里时见红裙，旌旗影中常睹粉黛，殆以豪士传与美人传合为一书矣。

惊涛拍岸、险象丛生的情节，固然能使读者目不暇接，心神激越。然而，如果在较长的篇幅内一直是惊险的，不仅使作品格调单一，缺少变化，也会使读者长时间处于紧张之中，而感到厌恶。因此小说在情节构思中往往将壮美与优美间杂安排，有张有弛，使读者

得到多方面的审美趣味。叶朗认为这是毛宗岗从心理学方面来探讨的："同欣赏者的美感心理、美感要求相适应的。" ❶

笙、箫和鼓，属于三种不同音色、节奏的乐器。笙箫的乐音是柔美、舒缓的，鼓的乐音则偏于激越、迅快，各自有其动听之处。但是，如果从头到尾，一直都是激越的鼓音，或者都是柔美的笙箫之声，节奏一成不变，必然令人生厌。一部优秀小说的情节安排，也应当配合读者的审美心理，必须有快有慢，刚柔并济，柔美与激越交迭出现。如同西方交响曲的编排，一般分成四个乐章，分别是快板、慢板、行板、快板，柔美与壮美相济，快慢的节奏交错，音乐便显得丰富而有变化，令人喜听不厌。

刘备跃马过檀溪之后，忽于水镜庄上遇司马徽一段文字，见于《三国志演义》第三十四回。刘表请刘备到襄阳代其抚慰各地守牧官员，而蔡瑁与蔡夫人则欲在此时杀害刘备。刘备得知消息后，"大惊，急解'的卢'马，开后园门牵出，飞身上马，不顾从者，匹马望西门而走。""行无数里，前有一大溪，拦住去路。那檀溪阔数丈，水通襄江，其流甚急。玄德到溪边，见不可渡，勒马再回。遥望城西尘头大起，追兵将至。"幸喜"的卢"马下溪之后，"一跃三丈，飞上西岸"，遂使刘备脱险。这一段情节紧张惊险，作者运用了层层追险的构思方法。但下回开头，却写刘备过溪之后，"迤逦往南漳策马而行"，"正行之间，见一牧童跨于牛背上，口吹短笛而来。"在牧童的引导下，来到一林中庄院，"到庄前下马，入至中门，忽闻琴声甚美。"庄院主人司马徽将刘备"请入草堂，分宾主坐定。玄德见架上满堆书卷，窗外盛栽松竹，横琴于石床上，清气飘然。"这一回情节舒缓，景致优美，与前回适成鲜明对比，毛宗岗评说："玄德于波浪翻滚之后，忽闻童子吹笛，先生鼓琴，于电走风驰之后，忽见石案香清，松轩茶熟。正在心惊胆战，俄而气定神闲。真如过弱水而访蓬莱，脱苦海而游阆苑，恍疑身在神仙境界矣！" ❷情节因此有张有弛，忽急忽徐，读者的心理得到了调节，从而能够获得多样化的审美乐趣。

第七回"袁绍盘河战公孙，孙坚跨江击刘表"，写的是袁绍、孙坚各自的两场浴血大战，紧接着的第八回内容却是"只用美人不用兵"，巧妙利用美女貂蝉的连环计。毛宗岗评论："前卷方叙龙争虎斗，此卷忽写燕语莺声。温柔旖旎，真如铙吹之后，忽听玉箫；疾雷之余，忽见好月，令读者应接不暇。" ❸空城计中诸葛亮的"焚香操琴"，赤壁之战中曹操的"横槊赋诗"等，战场危机四伏，却又潇洒闲逸。《水浒传》第二十二回写武松打虎。"钟鼓之响"，激越异常，紧接着第二十三回写武松遇嫂，却又极其柔媚。金圣叹总评："上

❶ 叶朗：《毛宗岗的小说美学》，《中国小说美学》第四章，里仁书局 1987 年版，第 184 页。

❷ ［清］毛宗岗：《三国志演义》第三十四回回前总批。

❸ ［清］毛宗岗：《三国志演义》第八回回前总批。

篇写武二遇虎，真乃山摇地撼，使人毛发倒卓。忽然接入此篇，写武二遇嫂，真又柳丝花朵，使人心魂荡漾"。四大奇书的作者莫不深谙刚柔并济的情节编织之道。

二、正犯法与略犯法

诗文写作既要求整齐，又要求变化。修辞学要求整齐之法有排比、类迭、对偶、层递诸法，要求繁复变化的也有错综、倒装等方法。可见整齐与变化在语文写作之中皆具有美感，均衡之美、变化之美，都是作家刻意营造的形式之美，都有存在的价值，不可偏废。修辞学名家黄庆萱认为：

> 自然既然以其整齐、变化，与整齐中有变化、变化中有整齐等现象取悦我们，所以仿真自然的文学作品，也不妨以整齐、变化、整齐中有变化、变化中有整齐来回报自然。所以，讲求整齐的骈文律诗，骈散综合的诗文，绝无排偶的纯散文，只要形式与内容能密切配合，均有存在的价值。❶

不只自然界如此，在现实社会里，相似的事件、人物、情境，也时常出现，不会完全相异。金圣叹从文章学的角度看待小说，见到《水浒传》中颇有相同或相似的情节，但在重复中却能够有所变化，从而提出了"正犯法"以及重复程度不同的"略犯法"：

> 有正犯法，如武松打虎后，又写李逵杀虎，又写二解争虎；潘金莲偷汉后，又写潘巧云偷汉；江州城劫法场后，又写大名府劫法场；何涛捕盗后，又写黄安捕盗；林冲起解后，又写卢俊义起解；朱同、雷横放晁盖后，又写朱同、雷横放宋江等。正是要故意把题目犯了，却有本事出落得无一点一画相借，以为快乐是也。真是浑身都是方法。

> 有略犯法，如林冲买刀与杨志卖刀，唐牛儿与郓哥，郑屠肉铺与蒋门神快活林，瓦官寺试禅杖与蜈蚣岭试戒刀等是也。

所谓"犯"就是情节或题材的重复，"避"即是不写相同甚至相似的情节或题材。"文章之道，最忌重复。"❷小说情节的编织，一般来说，为求曲折新奇，往往会刻意避免重复。正犯法之真正目的也是要求错综变化，把类型相同的情节或题材，使之各具特色而避免单调，如此便能够产生整齐中有变化，变化中却不混乱。但特别之处在于作者有时是故意选择相同的来写，"故意把题目犯了"，却能够写得不重复，"出落得无一点一画相借"，以表

---

❶ 黄庆萱：《修辞学》（增订八版），三民书局1997年版，第754页。

❷ [清]吴曾祺著，杨承祖点校：《涵芬楼文谈》，台湾商务印书馆1998年版。

现自己的创作才华，而成为"才子之文"，这便是"犯中不避"。金圣叹有所分析：

> 吾观今之文章之家，每云我有避之一诀，固也，然而吾知其必非才子之文
> 也。夫才子之文，则岂惟不避而已，又必于本不相犯之处，特特故自犯之，而后
> 从而避之。此无他，亦以文章家之有避之一诀，非以教人避也，正以教人犯也。
> 犯之而后避之，故避有所避也。若不能犯之而但欲避之，然则避何所避乎哉？是
> 故行文非能避之难，实能犯之难也……将欲避之，必先犯之。夫犯之而至于必不
> 可避，而后天下之读吾文者，于是乎而观吾之才、之笔矣。犯之而至于必不可
> 避，而吾之才、之笔，为之踌躇，为之四顾，恚然中窾，如土委地，则虽号于天
> 下之人曰："吾才子也，吾文才子之文也"，彼天下之人亦谁复敢争之乎哉？故此
> 书于林冲买刀后，紧接杨志卖刀，是正所谓才子之文，必先犯之者，而吾于是始
> 乐得而徐观其避也。❶

小说创作如果一味地回避重复，只求避而不敢犯，题材和情节便会受到很大的局限，所以简单的回避，不能够真正解决问题。生活中这些类似的事件、人物、情境，不会完全相同，必然同中有异。从而真正避免重复，应当做到"将欲避之，必先犯之""故自犯之，而后从而避之"。在重复中寻求变化，写出其相异之处，重复而不雷同，才是回避之道。四大奇书的情节编织，便是以"犯中求避"来达到重复之中有变化。例如《水浒传》中有三打祝家庄、三次打虎；《三国志演义》有三气周瑜、七擒孟获、六出祁山；《西游记》有三打白骨精、八十一难；《金瓶梅》对于男欢女爱、宴客吃酒等日常生活琐事的描写，更是多有重复。因此犯中求避之技法，在小说创作中是一个具有普遍性的实际情况，毛宗岗也认同：

> 《三国》一书，有同树异枝、同枝异叶、同叶异花、同花异果之妙。作者以
> 善避为能，又以善犯为能。不犯之而求避之，无所见其避也。惟犯之而后避之，
> 乃见其能避也……譬如树同是树，枝同是枝，叶同是叶，花同是花，而其植根、
> 安蒂、吐芳、结子，五色纷披，各成异彩。读者于此，可悟文章有避之一法，又
> 有犯之一法也。

所"犯"者，"树同是树，枝同是枝，叶同是叶，花同是花。"写相同的情节或题材，但其中的人物性格、时空环境等具体的细节却彼此相异，从而达到了所"避"，"其植根、安蒂、吐芳、结子，五色纷披，各成异彩。"毛宗岗认为，之所以能够犯而不犯，犯中有

---

❶　[清]金圣叹：《水浒传》第十一回回前总批。

避，乃是因为生活本身就是丰富多样的，只要切实把握住其各方面的差异性，便不至于重复，"天然有此等妙事，以助成此等妙文。""就其极相类处，却有极不相类处。若有特特犯之而又特特避之者，真是绝妙文章。"❶他认为在重复中求变化，善"犯"而且善"避"，更能够展现高明卓越的文才。

《水浒传》第二十三回写景阳冈武松打虎；第四十三回写李逵在沂岭杀虎；第四十八回又写登州猎户解珍、解宝兄弟二人捕虎。都是人与虎相斗，但武松是赤手空拳打死一虎，李逵则是用朴刀一连搠死四只老虎，二解兄弟是设下陷阱以药箭射杀虎。三者的背景、情势、原因不同，人物的性格、武艺不同，打虎、杀虎的方式不同，因此虽然题目相"犯"却又"无一点一画相借"。"写武松打虎，纯乎是精细，写李逵杀虎，纯乎是大胆"❷，"各自兴奇作怪，出神入妙"。"前有武松打虎，此又有李逵杀虎，看他一样题目，写出两样文字，曾无一笔相近，岂非异才！"❸作者善于在雷同中寻找差异，在重复中寻求独特，从而令读者不觉其单调。故叶昼评说："《水浒传》文字绝妙千古，全在同而不同处有辨。"

《三国志演义》第二十七回写关羽过五关斩六将，每一关都是守将阻拦，关公斩将夺路而去，但每一次过关斩将的具体情节又各自有别。第一关为东岭关，守将孔秀与关公以礼相见，借故拖延，关羽举刀杀了孔秀。第二关为洛阳，太守韩福与牙将孟坦定计，打算交战时佯败诱敌，然后暗箭射杀之。关羽却能够接连在交战时便杀了孟坦、韩福，但关羽左臂受了箭伤。第三关为汜水关，守将卞喜表面上迎接关羽，暗中却在镇国寺里埋伏士兵，意图杀害关羽。该寺和尚普净幸好与关羽同乡，暗中向关羽透露消息，因此关羽识破阴谋，杀了卞喜。第四关为荥阳，太守王植派军队包围关羽等人所住之馆驿，意欲将关羽等人烧死。关羽拿出守将胡班之父胡华的书信，胡班见信后便告知了阴谋，关羽等人因此免于烧死。王植追来时，被关羽斩杀于马下。最后一关为滑州黄河渡口，太守刘延为人懦弱，不敢阻挠关羽过河，黄河渡口守将秦琪出面拦阻，关羽很快即将之斩杀了。五关斩将，情况各异，颇有变化。

《西游记》的"尸魔三戏唐长老"，也就是通常所说的"孙悟空三打白骨精"，见于第二十七回。唐僧师徒四人在取经路上，途经白虎岭。白骨夫人三次变化为少妇、老妇和老年男子，欲趁机抓住唐僧。白骨精的三"变"，每次都是以不同的形貌、神情来蒙骗唐僧。她先是以"美貌的村姑"迷惑人，再以"年满八旬老妇人，手柱弯头竹杖，一步一步哭着走来"打动人，最后则是以"白发老公公，假装来找他的妻子和女儿"诈骗。但三次都被

---

❶ [清] 毛宗岗：《三国志演义》第三十二回回前总批。

❷ [清] 金圣叹：《读第五才子书法》。

❸ [清] 金圣叹：《水浒传》第四十二回夹批。

孙悟空识破，而唐僧肉眼凡胎，人妖不辨，三次都被此妖精所欺骗，每每怪罪孙悟空打死无辜之人，最后更愤而把孙悟空逐回花果山，并且写下了贬书，永不相见。至于孙悟空的三"打"，也做了一些变化。第一、二"打"，直截了当，反映了孙悟空疾恶如仇的性格；第三"打"则迂回曲折，显示出孙悟空聪明的一面。孙悟空在棒打白骨精变化的少妇和老妇时，都被白骨精预先走脱，只丢下一个打死的人皮，直到第三次，孙悟空才彻底把妖精打死。

金圣叹所谈的犯中求避，主要是指故事情节的同中见异；而毛宗岗、张竹坡等后世的评点家，又将此一技法扩展到人物的塑造方面。

> 《金瓶梅》妙在于善用犯笔而不犯也。如写一伯爵，更写一希大，然毕竟伯爵是伯爵，希大是希大，各人的身份，各人的谈吐，一丝不紊。写一金莲，更写一瓶儿，可谓犯矣。然又始终聚散，其言语举动又各各不紊一丝。写一王六儿，偏又写一贲四嫂；写一李桂姐，偏又写一吴银姐、郑月儿；写一王婆，偏又写一薛媒婆、一冯妈妈、一文嫂儿、一陶媒婆；写一薛姑子，偏又写一王姑子、刘姑子；诸如此类，皆妙在特特犯手，却又各各一款，绝不相同也。❶

《金瓶梅》一书，不少地方运用了这一手法。张竹坡指出："写一伯爵，更写一希大，然毕竟伯爵是伯爵，希大是希大，各自的身份、各人的谈吐；一丝不紊。写金莲；更写一瓶儿，可谓犯矣，然又始终聚散，其言语举动，又各各不乱一丝。诸如此类，皆妙在特特犯手，却又各各一款，各不相同也。"❷描摹人情世态、离合悲欢的世情小说，既以平常人物及其世俗生活为题材，所"犯"自然极多，更须懂得善用此法，否则很可能招致"千部一腔，千人一面"的批评。

三、影灯漏月

叙述观点的探讨，乃是当代叙事理论、小说写作关注的核心。西方当代知名的小说理论家卢伯克即很重视叙述观点的功能，甚至认为这是一切小说技巧的基础。卢伯克表示：

> 在小说技巧中，整个错综复杂的方法问题，我认为都要受到观察点问题，也就是在其中叙述者相对于故事所站的位置的关系问题所制约。❸

---

❶ [清]张竹坡：《批评第一奇书金瓶梅读法》第四十五。

❷ 同上。

❸ Percy Lubbock, The Craft of Fiction. London：Jonathan Cape，1966：251. 中文译文引用自谭君强之《叙事理论与审美文化》，第97页。

中国古典小说的叙述模式受到史传与"说话"之双重影响，主要以一种所谓"全知全能"的观点来讲述故事：叙述者无所不在、无所不能、无所不知。这一套叙述模式长久以来沿用在史传与小说之中，大家习以为常，只有金圣叹等少数人士敏感的觉察出还可以有其他的叙述方式。毕竟"全知"是有违常情的，纵然历代多有人替史官的"全知"叙事加以辩护，但"限知"才符合实际的生活经验。小说既然是刻画现实人生，"限知"叙述才是真实的情况，真正能够达到"实录"的标准，也更能够产生临场感。

史传叙事早有先例了，其中"曹刿论战"是"叙法变换"很有名的例子。《左传》庄公十年：

> 公与之乘，战于长勺。公将鼓之。刿曰："未可。"齐人三鼓。刿曰："可矣。"齐师败绩。公将驰之。刿曰："未可。"下视其辙，登轼而望之，曰："可矣。"遂逐齐师。既克，公问其故。对曰："夫战，勇气也。一鼓作气，再而衰，三而竭。彼竭我盈，故克之，夫大国，难测也，惧有伏焉。吾视其辙乱，望其旗靡，故逐之。"

齐军的一切动态，都是借由曹刿的双眼所"视"、所"望"来呈现。史官的"全知"叙述，短暂改换成曹刿的"限知"叙述，而增添了战阵的临场感。

传统史官以全知观点讲述史事，如同亲临现场一般照实纪录真人、真事，以示史料的完全掌握与确实无误。"说话人"讲述故事，为求内容的巨细靡遗，以及听众容易明白事件的来龙去脉，也采行全知观点，以便利故事的铺陈。然而，其所记录之事，一旦涉及私密，常令人质疑其真实性。因此，史传叙述为了模拟真实的情景，达到逼真的效果，也会适时辅以人物的观点来传达耳闻目见的景况。如同电影之拍摄手法，摄影机放置在人物的身后，从人物的角度来观看场景。但这只是部分叙述角度的侧重，所谓的"叙法变换"，但尚未达到西方叙事学所称之零聚焦、内聚焦与外聚焦之间大幅度的转换。

对于中国古代小说而言，大多数作品的叙述观点是单一而无变化的，采行全知叙述到底。然而，明代中叶之后，已有少数作家试图对此有所突破。袁无涯刊本《水浒传》第十六回，二龙山的险峻形势乃是从人物的眼睛中看出的：

> 杨志、曹正，紧押鲁智深，解上山来。看那三座关时，端的险峻；两下高山环绕将来包住这座寺；山峰生得雄壮，中间只一条路上关来；三重关上摆着擂木炮石，硬弩强弓，苦竹枪密密地攒着。过得三处关闸，来到宝珠寺前看时，三座殿门，一段镜面也似平地，周遭都是木栅为城。

李贽在此夹批写道："是个可据处，少不得这一番形容。又在当时看的眼睛里说出来，更与呆呆叙赞者迥别。"小说的作者与评点者，都已经意识到了叙事角度的转换，有助于逼真效果的增强。这种转换，代表了从"全知"改换成了"限知"。然而，直到金圣叹才明确的阐述其功用并且自觉地运用于小说的写作。他特别命名为"影灯漏月"，意谓灯火被（影）遮住了，只有（漏）稀疏的一些月光，由于光线昏暗或者视线被阻隔等因素，视力大受影响，所以对世界的观察须由"全知"改换为"限知"了。

除了叙述观点可以转换之外，金圣叹还发现传统的叙述方式都是借由眼睛所见，以察觉世界的变动，记录人事的进行。如果改由耳朵所听，则能够获得"限知"的效果。依靠听力来察觉周围的动静，叙述方式就必须从"看见"转换为"听见"。

容与堂本《水浒传》第二十七回，叙述武松在十字坡母夜叉的酒店伴饮蒙汗药酒之后的情状❶：

> 武松也把眼来虚闭紧了，扑地仰倒在凳边。那妇人笑道："着了！由你奸似鬼，吃了老娘的洗脚水。"便叫："小二、小三，快出来。"只见里面跳出两个蠢汉来，先把两个公人扛了进去。这妇人后来，桌上提了武松的包裹并公人的缠袋，捏一捏看，约莫里面是些金银。那妇人欢喜道："今日得这三头行货，倒有好两日馒头卖；又得这若干东西。"把包裹缠袋提了入去，却出来看。这两个汉子扛抬武松，那里扛得动，直挺挺在地下，却似有千百斤重的。那妇人看了，见这两个蠢汉拖扯不动，喝在一边，说道："你这鸟男女，只会吃饭吃酒，全没些用，直要老娘亲自动手！这个鸟大汉却也会戏弄老娘，这等肥胖，好做黄牛肉卖。那两个瘦蛮子，只好做水牛肉卖。扛进去先开剥这厮。"那妇人一头说，一面先脱去了绿纱衫儿，解下了红绢裙子，赤膊着便来把武松轻轻提将起来。

金圣叹在贯华堂本《水浒传》第二十六回予以改写，主要在于人物角度的运用，动词多使用"听"：

> 武松也双眼紧闭，扑地仰倒在凳边。只听得笑道："着了！繇你奸似鬼，吃了老娘的洗脚水。"便叫："小二、小三，快出来！"只听得飞奔出两个蠢汉来。听他把两个公人先扛了进去，这妇人便来桌上提那包裹并公人的缠袋。想是捏一捏，约莫里边已是金银，只听得他大笑道："今日得这三头行货倒有好两日馒头卖，又得这若干东西！"听得把包裹缠袋提入去了，随听他出来看这两个汉子扛抬武松，那里扛得动，直挺挺在地下，却似有千百斤重的。只听得妇人喝道：

---

❶　此例参考杨义：《视角篇第三》，《中国叙事学》，南华管理学院 1998 年版，第 235 页。

"你这鸟男女只会吃饭吃酒，全没些用，直要老娘亲自动手！这个鸟大汉却也会戏弄老娘，这等肥胖，好做黄牛肉卖。那两个瘦蛮子只好做水牛肉卖。扛进去先开剥这厮用。"听他一头说，一头想是脱那绿纱衫儿，解了红绢裙子，赤膊着，便来把武松轻轻提将起来。

两相对比，有许多处改动，关键在于孙二娘等人物的许多对话、行为都是借由武松"听得"而来，而不是通过"说话人"的直接讲述。金圣叹如此改动的理由，即是强调酒店中所有的活动都是武松听闻与推测而得的，虽然武松"双眼紧闭"，但听力仍然正常。从而叙述者便由全知全能无所不在的"说话人"转移到了武松，叙述观点也固定在武松身上，成为了第三人称有限的叙事。金圣对于叙述观点的差别与功能颇有清楚的认识，他对自己的上述改动颇为得意，不断批曰"'听得'，妙绝！'想是'，妙绝！""俗本无八个'听'字，故知古本之妙。"❶但由于金圣叹是改写他人原有之作，所以没有把如此的写法彻底运用于全书。

毛宗岗的"叙法变换"之说实受金圣叹的启发而得。《三国志演义》第四十八回火烧赤壁，大战之前吴、魏双方有一场试探性冲突：

> 却说周瑜引众将立于山顶，遥望江北水面，艨艟战船排合江上，旗帜号带皆有次序。回看文聘与韩当、周泰相持，韩当、周泰奋力攻击，文聘抵敌不住，回船而走。【夹批：文聘之败，又在周瑜眼中望见。叙法变换。】韩、周二人，急催船追赶。周瑜恐二人深入重地，便将白旗招飐，令众鸣金，二人乃挥棹而回。周瑜于山顶看隔江战船，尽入水寨。瑜顾谓众将曰："江北战船如芦苇之密，操又多谋，当用何计以破之？"众未及对，忽见曹军寨中，被风吹折中央黄旗，飘入江中。【夹批：曹军折旗，却在周瑜眼中望见。叙法变换。】瑜大笑曰："此不祥之兆也！"正观之际，忽狂风大作，江中波涛拍岸。一阵风过，刮起旗角于周瑜脸上拂过。

作品在叙述这次战斗过程时，两次采用了通过周瑜目中所见进行描写的方法。毛氏对此称作"叙法变换"。严格地说，此"叙法变换"并非现代小说理论的转变叙述观点的情况。只是叙事的行文之法有所调整，叙述的观点、角度并无不同，并未改换为第一人称。仍然维持在全知叙述的基础，只对于片段情节的描写有所移动，从原本的作者全知全能偏移到第三人称有限叙述。"周瑜眼中所见"与说书人叙述的方式、范围是相同的，只是为了行文的灵活与效果而改换以人物的角度和口吻。

---

❶ [清]金圣叹:《水浒传》第二十六回夹批。

中国古典小说原本不重视观点，早期话本小说中较为常见"说话人"口吻的痕迹，晚期成熟的白话小说中已知避免采用，几乎都是叙而不议，即使有感慨或评论也会借由其中的主要人物来间接表达，而尽量不影响情节故事的顺畅进行，以免破坏了小说的戏剧效果。

四、草蛇灰线

"草蛇灰线"法早已运用于古代的诗文批评，内涵复杂，谭帆细分出其用法约有三种：结构线索、伏笔照应、隐喻象征。❶ 其中的"隐喻象征"只是此法的"一脉支流"，且偏重于"内涵意蕴"❷，因此暂不讨论。"伏笔照应"则已论述于之前的"倒插法"中，所以在此只讨论"结构线索"。

所谓"草蛇"，指蛇游行草丛上所遗留的痕迹；所谓"灰线"，即是指从器物漏泄于地的一线灰土。两者皆是似断非断、时隐时现。"草蛇灰线"一词用于小说批评之前早已存在，金圣叹援用以说明《水浒传》的行文技法：

> 有草蛇灰线法，如景阳冈勤叙许多"哨棒"字，紫石街连写若干"帘子"字等是也。骤看之，有如无物；及至细寻，其中便有一条线索，拽之通体俱动。❸

金圣叹所举的例子，指的即是作为"结构线索"的功用，这一功能，近似修辞学上的"类迭"。"其主要特征表现为：前文对同一物象有意无意地反复叙写，至后文关键处加以点破，从而显露出一条非常清晰的贯串线索。"❹ 所谓"结构线索"的观念，其实也是来自于诗文的写作，尤其是古文的章法理论。作者有意地反复使用相同一个器物，借此来贯串一大段文章，从而产生了某种关联性而不至于散乱。读者则通过作品中此一器物的多次再现，而得到了结构上的某种暗示。可举归有光的《项脊轩志》一文为例说明。项脊轩是归有光的书斋，他多年来读书生活的地方。由于这篇文章主旨是记述亲友聚散离合的往事，并且抒发自己的情志，所涉及的人物与生活琐事纷杂而繁多，无法单独以某一人物或事件为主线，从而作者选择以此书斋的变迁作为叙述的轴心，然后联系到周围环境的变动、人事的变化，全文因此脉络清楚，而不杂乱无章。清人梅曾亮即评此文"借一阁以记三世之遗迹"。

---

❶ 谭帆等著：《中国古代小说文体文法术语考释》，上海古籍出版社2013年版，第249页。

❷ 同上。

❸ [清]毛宗岗：《读第五才子书法》。

❹ 谭帆等著：《中国古代小说文体文法术语考释》，上海古籍出版社2013年版，第246页。

金圣叹所举的武松"哨棒"的例子，虽然具有联系全文的结构线索之功能，但作者主要目的并不是着眼于此。"哨棒"之所以一连出现十余次，便是要刻意引起读者的注意，并且产生一种认知：武松随身不离的唯一防身武器是哨棒。从而读者心中便会预期，武松打虎所倚赖的即是哨棒，搏斗的过程中它必然会扮演一个很关键的角色。然而，在打虎的危急关头，武松的哨棒却因为用力过猛过急，而打断了，迫不得已只好徒手搏虎。哨棒突然断折，读者的预期心理落空，吃惊不小，从而增添了打虎的惊险程度。原来作者勤写哨棒之目的是为了惊吓读者，并且用以衬托武松的神勇，单纯打虎的过程也因而产生了波澜。金圣叹夹批道："半日勤写哨棒，只道仗他打虎，到此忽然开除，令人瞠目噤口，不复敢读下去。"[1]"哨棒折了，方显出徒手打虎异样神威来，只是读者心胆堕矣。""一路又将哨棒特特处处出色描写，彼固欲令后之读者，于陡然遇虎处，浑身依仗此物以为无恐也，却偏有出自料外之事，使人惊杀。"之后金圣叹在第二十五回总批又有分析："徒手而思杀虎，则是无赖之至也；然必终仗哨棒而后成于杀虎，是犹夫人之能事也。故必于四闪而后奋威尽力，抢棒直劈，而震天一响，树倒棒折，已成徒手，而虎且方怒。以徒手当怒虎，而终亦得以成杀之功，夫然后武松之神威以现。"作者之所以安排武松徒手杀虎一段情节，目的在于表现他的武艺高强，但嫌其事过于单调，且欲再增添其惊险程度，乃设计哨棒断折插曲，作者文心细致如此。

作为"结构线索"的用法还可见于第九回的后半"陆虞候火烧草料场"，其中情节的安排便是以"火"为线索。读者展卷阅读此回之际，看见回目上清楚写着"火烧"二字，心中即已预期内容必定与一场大火有关。读者一直看到林冲初进草料场，"只见那老军在里面向火"，第一次出现了"火"字，心中便自然的以为这场火必定与此有关。原先看管草料场的老军交割给武松时说道："火盆、锅子、碗、碟都借与你。"金圣叹在此夹批："意在点逗'火盆'二字，却用锅子、碗、碟陪出之。"于是林冲"就坐下生些焰火起来"。金圣叹批道："读者读至老军'向火'，犹不以为意也。及读至此处'生些焰火'，未有不动心，以为必是因此失火者。"然而严冬天寒，林冲"向了一回火"，仍觉得身上寒冷，又没有酒喝，只得到市井上沽酒，出门时便"将火炭盖了"。金圣叹批道："写出精细，见非失火，前许多火字，都是假火，此句一齐抹倒，后重放出真正火字来。"林冲买完酒回到草料场，却见"两间草厅已被雪压倒了"，不得不离开之前，他又特意去摸了火盆，"火种都被雪水浸灭了"，方才放心离去，暂时住在古庙里。夜间，他从古庙壁缝中看到草料场火起，听见了屋外陆虞候等人谈及"四下草堆上点了十来个火把"，故意放火陷害的毒计，

---

[1] [清] 金圣叹:《水浒传》第二十二回夹批。

读者至此才恍然大悟，此处"方是真正本题'火'字"。然而"火"字并未到此为止，林冲杀了放火的陆虞候等人之后，只得逃亡，路上见树林里数间草屋壁缝"透火光出来"，推门看时，见庄家"向火"，又连续几次出现"火"字，"火字余影"不绝。最后因为与人抢酒喝而起争闹，"看着块焰焰着的火柴头，望老庄家脸上只一挑；又把枪去火炉里只一搅。那老庄家的髭须焰焰的烧着。"金圣叹批道："前面大火，不曾烧得林冲，此处小火，林冲反烧了人，绝世奇文，绝妙奇情。"金圣叹回前总批："此文通篇以'火'字发奇。乃又于大火之前，先写许多'火'字；于大火之后，再写许多'火'字。"作者故布疑影，前后有"火"，忽起忽灭、忽大忽小，贯穿整个后半回，从"火"字上引生诸多情节，使读者多次出乎意想。

小说情节的编织，最理想的情况即是"情理之中，意料之外"。毛宗岗说："文章之妙，妙在猜不着。唯猜测不及，所以为妙。若观前事便知其有后事，则必非妙事；观前文便知其有后文，则必非妙文。"❶若想达成这个理想目标，除了可作伏笔照应的设置之外，"草蛇灰线"用法中的"结构线索"也能够增强出人意料的力道。

　　五、欲合故纵

"文似看山不喜平"。诗文写作，内容颇忌平直。平铺直叙，一览无遗的作品，难以产生动人的力量，也少有回味的余地。因此，古人论及诗文的谋篇、章法，多主张曲折、顿挫、抑扬、跌宕、擒纵、离合等方法，强调须有错综变化之美。唐彪《读书作文谱》解说："文章既得情理，必兼有跌宕。然后神情摇曳，姿态横生，不期然而阅者心喜矣。"❷他对"顿挫"一法有深入的分析：

　　　　文章无一气直行之理。一气直行则不但无飞动之致，而且难生发。故必用一二语顿之，以作起势；或用一二语挫之，以作止势，而后可施开拓转折之意，此文章所以贵乎顿挫也。❸

这一类章法皆是要求文势、文意要有起伏转折等变化，以避免单调、平直、呆板。来裕恂论文，也强调文章应当"顿挫中节""跌宕生姿""离合有情"。他解释其中的缘故与作法："有顿，则文不逸轨，盖文至势急时，宜用顿以凝之；有挫，则文不横决，盖文至气盛时，宜用挫以敛之。"❹"离合者，将与题近，忽然扬开；将与题远，又复掉转。回环往复，

---

❶　[清] 毛宗岗：《三国志演义》第四十二回回前总批。

❷　[清] 唐彪：《读书作文谱》卷七，见王水照编《历代文话》第四册，复旦大学出版社 2007 年版，第 3483 页。

❸　同上，第 3489 页。

❹　来裕恂：《汉文典·文章典》卷二文诀，见王水照编《历代文话》第九册，第 8593 页。

如舞者之转盼，歌者之发音，若迎若拒。"❶ 笔法灵活转变以避板滞，以求摇曳多姿，正是诗文能否动人之关键所在。对于小说叙事而言，亦是最忌平淡无奇、沉闷无趣。如何能够使小说的情节波澜迭起，扣人心弦？对此，金圣叹考察《水浒传》的写作，提出"欲合故纵法"：

> 有欲合故纵法。如白龙庙前，李俊、二张、二童、二穆等救船已到，却写李逵重要杀入城去；还有村玄女庙中，赵能、赵得都已出去，却有树根绊跌，士兵叫喊等，令人到临了又加倍吃吓是也。

所谓"欲合故纵""欲擒故纵"，即是诗文之顿挫、擒纵、离合、跌宕等章法在小说叙事中的具体运用。"合"，就是收束终结；"纵"，则是横生枝节。这是一种有意制造"悬念""波澜"的技法。小说情节的发展指向了某种可能的结局，作者却故意把叙述的节奏变慢，迂回铺叙或者另起事端，使得此一结局迟迟没有出现，甚至产生了不确定性，于是读者感到"惊极""吓极"，经过了这一番折腾，最后总算安然结束，紧张的心情松懈下来，从而内心"快极"。《金瓶梅》继承了此一笔法，不少情节也采取了"欲合故纵"，张竹坡指出：

> 《金瓶》每于极忙时，偏夹叙他事入内。如正未娶金莲，先插娶孟玉楼；娶孟玉楼时，即夹叙嫁大姐；生子时，即夹叙吴典恩借债；官哥临危时，乃有谢希大借银；瓶儿死时，乃入玉箫受约；择日出殡，乃有请六黄太尉等事：皆于百忙中，故作消闲之笔。❷

从金圣叹与张竹坡所举出的这些例子，可以得出此法的具体做法，即是把急忙之事故意徐缓写之，"写急事须用缓笔""偏要细写"，不让读者有片刻的喘息、放心。

《水浒传》第三十九回"梁山泊好汉劫法场"救宋江的故事。吴用等人为了解救宋江、戴宗，假造蔡京的亲笔书信，却被黄文炳、蔡知府等人察觉，便急着要将宋江处斩。然而到了行刑当天，作者却细细写起法场的各样准备情形：派人打扫法场，点起士兵、刽子手，当厅判了两个斩字，宋江、戴宗二人被"捆扎起，又将胶水刷了头发，绾个鹅梨角儿，各插上一朵红绫子纸花"，"各与了一碗长休饭、永别酒"等，一笔一笔琐碎交代，使读者"读一句吓一句，读一字吓一字，直至两三叶后只是一个惊吓。"❸ 特别是宋江、戴宗押到法场上去之后，作者仍不急于写下处斩的命令，也未见梁山泊好汉出来劫法场，而是又宕开一笔，写众人仰面看那犯由牌上的文字。金圣叹批道："已到法场上，只等午时到矣，却不

---

❶ 来裕恂：《汉文典·文章典》卷二文诀，见王水照编《历代文话》第九册，第 8593 页。

❷ [清] 金圣叹：《水浒传》第四十四回回前总批。

❸ [清] 金圣叹：《水浒传》第三十九回回前总批。

便接午时三刻四字，却反生出众人看犯由牌一段，如得噩梦，偏不便醒，多挨一刻，即多吓一刻。吾常言，写急事须用缓笔，正此法也。"❶"偏是杀人急事，偏要故意细细写出，以惊吓读者。""读者曰不然，我亦以惊吓为快活，不惊吓处，亦便不快活也。"当宋江好不容易和前来救他的一伙人杀出了重围，跑到江边的一座庙里，恰与李俊、二张、二童所驾驶的三条救船会合。正在即将脱险的紧要关头，李逵却要冲回城中去杀蔡知府，因而使救援耽搁，并在读者心里造成了悬念。"譬如画龙点睛，鳞爪都具，而不点睛，真是使人痒杀。"❷"使人痒杀"，是一种急不可耐的期待结果的心理，这种心理的产生，便是由于"急"与"缓"的巧妙组合。从中可知，写急事用缓笔，即是在情节高潮之处，再三跌宕、顿挫，引起其紧张、期待的心理，以使读者获得更大的阅读趣味。

《水浒传》第四十一回"宋公明遇九天玄女"。宋江返乡打算搬取父亲和兄弟上梁山泊避难，却受到郓城县官兵缉捕甚急，逃亡途中夜困九天玄女娘娘庙。幸好庙中玄女娘娘庇佑，宋江得以屡次在惊险中不被抓获。每当追捕的两个都头赵能、赵得以及一二百士兵临近宋江的藏身之处，正要拿火把"照一照看""把枪去搠一搠"，立刻便"卷起一阵恶风"，吹得飞沙走石，冷气侵入，众人毛发竖起。他们因为这几阵怪风而惊恐逃命，跑出庙外。然而，正当他们踏出庙门，却有两三个士兵"被树根钩住了衣服，死也挣不脱"，尖声叫饶。这一小小的插曲又使得整个气氛紧张起来，令人惊吓不已。金圣叹批道："前半篇两赵来捉，宋江躲过，俗笔只一句可了。今看他写得一起一落，又一起又一落，再一起再一落，遂令宋江自在厨中，读者本在书外，却不知何故一时便若打并一片心魂，共受若干惊吓者。"❸"行文亦犹是矣。夫天下险能生妙，非天下妙能生险也。险故妙，险绝故妙绝；不险不能妙，不险绝不能妙绝也。"❹"节节生奇，层层追险。节节生奇，奇不尽不止；层层追险，险不绝必追。"❺"欲合故纵"的情节安排正是为了强化读者的快感，使读者手不释卷，欲罢不能。

---

❶　[清]金圣叹：《水浒传》，第三十九回夹批。

❷　同上，第二十三回夹批。

❸　同上，第四十一回夹批。

❹　同上，第四十一回回前总批。

❺　同上，第三十六回回前总批。

第十章　士庶心声的传达

　　长篇小说的寓意、主题或原旨大多是很丰富并且不容易厘清的。因此，近代的文学批评，接受理论、读者反应理论，都主张文本的多义性、丰富性。尤其是四大奇书此种世代累积的小说，在其成书的过程，汲取了许多人的智慧、想象，染指过的作者很多，时代、身份不一，内容也不断地在增删变动。从而对于这几部奇书，都各自有许多学者分别提出了各自的诠释，宣扬了许多不同的主题，见仁见智，甚至莫衷一是。面对这种主题之争的困境，我们抛开狭隘的主题之说，改采学者所主张的"文化底蕴"或"文化意蕴"的概念，用以涵盖"多主题"的内容，从较宽广的层面来审视四大奇书的丰厚义涵。

　　此外，四大奇书自成书以来，版本繁多，小说的义涵因此更显得纷乱，应当以何种版本为主？最接近原作的版本或者后世修改后较完善的版本？王平认为作品的原意最为重要：

> 　　历代评论者处于不同的时代和社会环境之中，对其诠释也必然带有各自时代的特征。那么，究竟有没有更接近作品原意的解释呢？从理论上说，应该是有此可能的。这就首先需要辨清最接近原作的版本；其次须深入了解作品产生的各种社会因素；再次应从作品的整体出发，而不是抓住其中一点而不及其余。如此或可寻找到更接近实际的答案。❶

　　对于这四部奇书的原作者施耐庵、罗贯中、吴承恩与屠隆的生平及其时代、文化、社会等背景的认识，仍然是理解这些小说义涵的重要条件。

　　中国白话小说依附史传而生，与史书的渊源深厚。事实上，我们甚至可以说，小说描写人类社会与生活，其性质都与史传相同。从而近代的历史学家，例如海登·怀特便认为史传的写作，运用了小说家想象与编织情节的技艺，所以两者的性质是相似的。彭刚发挥其义表示：

---

❶　王平主编：《明清小说传播研究》，山东大学出版社 2006 年版，第 128 页。

特定的历史学家与其潜在的读者群之间，预先就有一种解释策略、伦理立场和审美趣味上的契合性。怀特极其赞赏柯林武德所说的，人们以何种方式写作和思考历史，终究取决于他们是什么样的人。我们还可以补充说，人们接纳和赞赏何种历史，也取决于他是什么样的人。❶

在探讨小说的寓意或义涵之前，我们首先应当研究清楚，写作四大奇书的作者及其主要读者究竟是什么样的人？他们归属于何种文化意识？采取什么样的"解释策略"？基于何种"伦理立场与审美趣味"？因为正是这些因素在深切影响文本的义涵。

《三国志通俗演义》《水浒传》《西游记》这三部奇书在明代中叶刊印之前，其相关故事早已流传了三百年以上，早有许多的戏曲、话本。这些不知名的"说话人"、书会才人、村塾学究、失意文士在其中投注了他们的心力，寄托了他们的情志。在说书的场合中，"说话人"的价值判断、意识形态，如果与大多数的听众差异甚大，极有可能会遭受到当场的反驳、排斥，而无法长久存在，所以话本小说性质的作品，势必要贴近民众的情感、想法。罗贯中、施耐庵、吴承恩这几位写定者继承了这些前人的成果，也都基于自己的理念，重新编写这些作品，赋予了新的义涵。他们之所以选择某一个题材写作，大多与自己的理念、遭遇、感受相关，不是无心、随兴的游戏笔墨，而是另有深心的寄托。所以鲁迅认为《水浒传》等说部是"为市井细民写心"❷，为"细民所嗜"❸之作。事实上，四大奇书的义涵都是出自一种市井细民与下层文士的复合意识，反映了他们的思想、感情，只是各有偏重。基本上《三国志通俗演义》《水浒传》二书，比较偏重市井细民的意识形态，《西游记》《金瓶梅》二书比较偏重下层文士。我们应当从这种复合意识的价值观、道德观、世界观来审视四大奇书，才能确切地把握住其精神及寓意。

第一节　《三国志通俗演义》的寓意

沈伯俊归纳了历来学者所主张的各种《三国志通俗演义》的主题：歌颂理想英雄说、赞美智慧说、天下归一说、分合说、讴歌封建贤才说、悲剧说、仁政说、追慕圣君贤相鱼水相谐说、宣扬用兵之道说，以及他自己的"向往国家统一，歌颂'忠义'英雄说"。❹ 这些说法都言之成理，各有见地，但是失之一隅。其实这些看似扞格不合的主题，可以从文

❶ 彭刚：《叙事、虚构与历史》，《历史研究》2006 年第 3 期，第 31 页。

❷ 鲁迅：《清之侠义小说及公案》，《中国小说史略》，上海文化出版社 2004 年版，第 230 页。

❸ 同上。

❹ 沈伯俊：《三国演义新探》，四川人民出版社 2002 年版，第 92—96 页。

化义涵的层面来加以统合、融通，从而对于小说的内涵可以有更深入、确切的认识。这些不同主题之说，也显然已经不是王阳明的心学所能够涵盖的了。

宋元时代有许多有关三国故事的作品，其中最为著名的即是《三国志平话》，对于《三国志通俗演义》的成书也最有直接而重大的影响。❶ 这类早期的话本、戏曲都有一个明显的特点，民众的意识、情感突出。但也因此有过多的虚构、夸大的戏剧性情节，与史传的记载有更大的差异。

《三国志平话》与《三国志通俗演义》二书不同的布局、主题，不同的开头与结尾，显示了不同时代对于文化的主导力。《三国志平话》以东汉光武帝时秀才司马仲相，阴断刘邦吕后斩杀功臣韩信、彭越、英布一案，命他们三人转世投生为曹操、孙权、刘备，三分汉室江山以报此仇。玉帝则让司马仲相投生为司马懿，削平三国、统一天下，以酬谢其劳。因此，本书并不在司马氏篡魏立晋，平定蜀、吴之后即告终结，而极力延宕到所谓汉帝外孙刘渊逃于北方，其子刘聪自立国号曰汉，决心为刘氏报仇，因此，他率军杀了晋怀帝，灭了晋国，重新使刘氏即位为皇帝。由此可见，民间"说话人"受到佛教因果轮回观念的影响很深，而有如此的布局安排与主题。此时一般的讲史、演义也都惯常依赖此种因果报应、轮回的思想来作为演述历代史事与人物的主题，诸如《五代史平话》《大宋中兴通俗演义》。后世其他题材的小说运用这种"报"的观念来作为小说"缔构式"（construction）的更是普遍，包括《金瓶梅》《醒世姻缘传》，甚至《红楼梦》与《镜花缘》都是如此。

至于《三国志通俗演义》则始于东汉灵帝时黄巾贼张角的造反，刘关张三人桃园结义，结尾则在司马氏灭蜀、篡魏为晋，吴主孙皓投降，天下一统于晋之后全书告终。强调"天下大势，分久必合，合久必分"的历史兴亡演变，严谨遵守断代史的叙事体例。

《三国志通俗演义》在民众文化意识之下，开始有不同的思考，不同的写作要求，基于一种把史书通俗化，历史知识普及化的动机而写作。它的最初名称，即为"《三国志传》"或《三国志通俗演义》（简称《三国志》)，也可以通称之为《三国志演义》"❷。而今日所见最早刊本黄正甫本便是《通俗演义全像三国志传》，而学术界以往所认定的最早刊本明嘉靖壬午本则为《三国志通俗演义》。从它的书名即可明白作者的立意，就在于把"理微义奥"的史书予以通俗化，使原本晦涩的历史记载能够为大众所认识，更重要的是要借此来传达一种不同于官方意识的价值观。明代人张尚德便说：

---

❶ 《三分事略》一书，虽然也是早于罗贯中的元末明初小说，但实际上"显然是一部晚于《三国志平话》的粗糙的复刻本"。陈翔华：《三分事略及其与三国志平话的关系》，《三国志演义纵论》，文津出版社2006年版，第504页。

❷ 陈翔华：《罗贯中原著书名不作"三国演义"说》，《三国志演义纵论》，文津出版社2006年版，第44页。

史氏所志，事详而文古，义微而旨深，非通儒夙学，展卷间，鲜不便思困睡。故好事者，以俗近语，檃括成编，欲天下之人，入耳而通其事，因事而悟其义，因义而兴乎感，不得研精覃思，知正统必当扶，窃位必当诛，忠孝节义必当师，奸贪谀佞必当去；是是非非，了然于心目之下，裨益风教，广且大焉！ ❶

"演义"一词，最早见于《后汉书·逸民传》有关周党的记载："党等文不能演义，武不能死君。"意谓"敷陈义理而加以引申"。❷因而罗贯中此处所谓的"演义"，便是要从三国历史的人物、事件当中，阐发其中应然的道理。表面上自然是要标榜以儒家的"忠、孝、节、义"为标准来评述历史，达到"羽翼信史而不违"的目标。其细节便是蒋大器所谓的：

夫史非独纪历代之事，盖欲昭往昔之盛衰，鉴君臣之善恶，载政事之得失，观人才之吉凶，知邦家之休戚，以至寒暑、灾祥、褒贬、予夺，无一而不笔之者，有义存焉。吾夫子因获麟而作《春秋》……岂徒纪历代之事而已乎？ ❸

由此可知，这些历史事件的记载，着重在其间的评断。但因为讲述的场所主要在民间，其中的价值观、道德观也就不能不与市井细民的想法、情感相同。这种借由"修史"来表达个人一己见解的行为，也可谓是怀才不遇的失意文士的一种补偿心理，而可以追溯到儒家孔子的撰写《春秋》，这也正是《三国志演义》全书的"主题"、义涵。正如同陈寿《三国志》司马光《资治通鉴》是以史学的角度来纪录三国历史，从而以曹魏此最后赢家为正统。

朱熹的《通鉴纲目》的写作则是以理学家或经学家的立场，从君臣的纲常伦理来认定蜀汉为正统，以看待三国时代的纷争。这便是《三国志》《资治通鉴》与《通鉴纲目》的"主题"。其关键便在于作者究竟是以何种"义"来敷演史事、评断人物。这些历史人物与事件都是早已成为事实的，不是史家所能够随意改变的，因此不能仅从其中的布局、结局来设想全书的主题，而这正是一般学者所忽略的。对于《三国志演义》这样一部"七实三虚"的讲史小说，从主题研究的角度来说，更重要的是其间的"虚构"部分，而不是"史实"部分，因为在"虚构"的情节中才更能够看出作者的自我意识，作者的用心所在。钱穆便说：

---

❶ [明]张尚德：《三国志通俗演义引》，见朱一玄、刘毓忱编《三国演义资料汇编》，南开大学出版社2003年版，第234页。

❷ 陈翔华：《罗贯中原著书名不作"三国演义"说》，《三国志演义纵论》，第39页。

❸ [明]蒋大器：《三国志通俗演义序》，《三国演义资料汇编》，南开大学出版社2003年版，第232页。

此等虚处，正是《三国演义》中最深沉，最真实，最着精神处。此之谓文学上之真创造。❶

这种文学上的创造，主要表现在人物的塑造，特别是其中所谓的"三奇"最为成功。关羽的义气、孔明的智慧、曹操的奸险等形象都极深刻的烙印在民间社会。对于义气、勇武的崇敬，奸险、欺诈的痛恶，可谓民间意识的具体反映。而孔明的受到知遇、重用，施展个人才华，尽忠于君王，则是仕途失意的下层文人的向慕。虽然这三人都是历史上的真实人物，但是作者从民众好恶的角度，挪用或虚构了许多的情节，给予高度的赞扬或批评。

元代是以蒙古人统治中国，汉人受到了很大的压迫，文人的地位尤其低下。因此元末明初的民众，民族意识远比其他朝代更强烈，对于朝代兴亡、国家体制、君臣伦理、忠君、革命、民本、仁义等层面与理念都有较深刻的体悟和反思。

此书作者施耐庵约年长于罗贯中二十岁左右，两人是亦师亦友的关系，都曾经投靠过张士诚，但都不得志。两人应当都是在经历过了如此一段"有志图王"不遂之后，才到杭州写作戏曲、小说。他们感时忧国、阅历丰富，颇具文韬武略，不是普通的下层文人。

在瓦肆勾栏听说书的市井细民，以及"说话人"、书会才人，都是属于社会下层的弱势群体，他们在社会底层感受生活的压力最深，也经常受到地方上权贵、官吏、恶霸等各类人的欺凌，因此他们特别重视情义、义气，有其特殊的价值观、道德观及伦理观，这是民间所谓的"义"。儒家的"义"则是指天理公义，天理之所宜的"义"，而与"私利"相对，特别注重"义利之辨"，君子、小人也由此而不同。故孔子曰："君子喻于义，小人喻于利。"

《三国志演义》《水浒传》虽然高扬"忠义"并称，然而却是义大于忠，对于朋友义气的讲求，超越了忠君的观念，也往往超越了一切的传统伦常道德。所以作者致力虚构刘、关、张三人在桃园"结义"之事，书中更要时常强调他们生死不渝的兄弟情义。刘备重视情义胜过一切，包括其子女、妻妾与江山。为了对其义弟关羽复仇，刘备不顾一切劝阻，率兵亲征东吴，最后身毁国亡。如此有情有义的举动，虽然葬送了王国，却为他赢得了民心的支持，所以《三国志平话》《三国志演义》都采取了"拥刘反曹"的立场，不同于史书"成王败寇""胜者为王"为正统的官方史观。《水浒传》梁山泊好汉的领袖宋江本身并无出众的武艺、才华，但是却受到众人的拥戴，也就在于他是"及时雨""孝义黑三郎""有仁有义宋公明"，显现出民间社会所看重的一面。

---

❶　钱穆：《中国文学史概观》，《中国文学论丛》，东大图书公司 1991 年版，第 56 页。

刘、关、张三人在起事之前，本为市井民众，后来却能够跃居公侯、帝王，建功立业、富贵一方。这对于一般民众有很大的鼓舞作用，也是市井之间所喜闻乐见的"发迹变泰"之事。《三国志演义》的明代版本多有"天下者，非一人之天下，乃天下人之天下"的言论出现。这也是基于城市大众的意识而来，他们凭借个人努力，突破种种困境，开创事业有成，特别重视个人的权利、机会和应得的产业。但此种言论明显有违官方的封建意识、正统观念，所以在清初的毛宗岗改写本中完全被删除了。

孔明在书中堪称是最完美的人物，其中寄寓了社会下层文人怀才不遇的失落情怀。孔明受到帝王三顾茅庐的知遇，得以尽情施展其治国、军事等方面的长才，具有最卓越的智慧、才华。这些都是罗贯中这类"有志图王"而不遂的失意文人，他们在现实世界落拓心境的反射。因此，书中竭尽笔墨渲染孔明的能力、品德、风采与成就。

罗贯中的存世作品大多受到后人的改写，难以得见其原貌。但《宋太祖龙虎风云会》杂剧，却能维持其原作的风貌，从中可以有助于明了罗贯中的思想。戏里讴歌贤明君主的形象，描摹理想化的君臣和衷共济的关系，主张政权的转移要"应天顺人"，治国要以民本为先，这些都与《三国志演义》的义涵吻合。❶

第二节 《水浒传》的寓意

《水浒传》在明代文人心目中，便以文法精严、寓意深远著称。胡应麟便说：

> 今世人耽嗜《水浒传》，至缙绅文士亦间有好之者。第此书中间用意，非仓卒可窥，世但知其形容曲尽而已。❷

金圣叹评点并改写《水浒传》，固然为世人揭示了其中的精严文法和艺术匠心，但其有意或无意的加以"误读"，却使此书的主旨以及宋江的为人受到了误解，而须有所辨析。

一、官逼民反

历来对于《水浒传》此书的看法，主要有两种：忠义说与诲盗说。诲盗之说，乃是基于社会治乱等封建意识的考虑之下，为了维护君主专制体制，故意扭曲了本书的原意，甚至不惜如金圣叹删除了后三十回，再补作一回，同时删改了一些文字。如此费心补缀，动了许多手脚，生产了另一部义涵迥然不同的作品。从而对于本书原意的探讨，应当以学术

---

❶ 关四平：《三国演义源流研究》（修订版），黑龙江教育出版社 2003 年版，第 229—231 页。

❷ [明]胡应麟：《庄岳委谈》下，《少室山房笔丛》，世界书局 1980 年版。

界普遍公认的容与堂百回繁本为主。

明代中叶以前，民间社会对于宋江的看法，大多是正面的形象。元人杂剧有多种以宋江为题材，其中的形象都是"仁义长厚"❶。宋江率领众人落草为寇，与官府对抗，受到一般民众的同情、理解与支持。万历版《金瓶梅词话》开卷第一回便说：

> 唯有宋江，替天行道，专报不平，杀天下赃官污吏，豪恶刁民。❷

《金瓶梅词话》的作者距离《水浒传》成书的时代颇为接近，得见明代中叶之前的早期刊本，很可以证明此书的原意。李贽也将《水浒传》比拟为《史记》的"发愤之作"，认为"则谓水浒之众，皆大力大贤有忠有义之人可也，然未有忠义如宋公明（宋江）者也。"❸金圣叹也认为是"天下无道"之时的"庶人之议"。❹胡适则说："明朝一代的文学要算《水浒传》的理想最激烈，故这书的著者自己隐讳也最深。""水浒的故事乃是四百年来老百姓与文人发挥一肚皮宿怨的地方。"❺钱穆表示《水浒传》有"深微作意"，"乃为同情社会下层之起而造反"，作者"把自己一番心情混合在社会群众心情中曲曲传达。"❻然而这个"庶人之议"、宿怨、深意，便是金圣叹在《水浒传》第一回的回评中，自己也认同的"乱自上作"，亦即一般所谓的"官逼民反"。

《水浒传》确实是作者别有寄托的作品。借由宋江的真实历史事件，用以思考忠义、君臣、封建体制、革命、民本等传统信念之真谛。这部书虽然以宋江事件作为故事的框架，但采集、吸收了大量的地方动乱事件、战争史料，虽然多有历史根据，但是张冠李戴，是一个"拼凑起来的农民起义"，与历史上的宋江事件有很大的差异。❼此种明显不同于历史记载，而只是借其名目以发挥个人情志，不同于《三国志演义》的性质。《三国志演义》尚有"七实三虚"，而《水浒传》绝大部分都是虚构的情节。虚构反而能够见出作者的用意，我们可以从其中情节的编排、人物的塑造以及全书的结局等层面来分析本书的义涵。

宋江之乱发生在北宋徽宗宣和元年（1119年），持续了两三年，起初只约有三十六人。活动于河北、山东、苏北一带，最后在海州（今江苏连云港）被张叔夜打败，不得

---

❶ 鲁迅：《元明传来之讲史》下，《中国小说史略》第十五篇，上海文化出版社 2005 年版，第 119 页。

❷ 万历版《金瓶梅词话》第一回，太平书局 1993 年版，第 52 页。

❸ [明] 李贽：《忠义水浒传叙》，《水浒全传》，贯雅文化公司 1991 年版，第 1829 页。

❹ [明] 金圣叹：贯华堂本《水浒传》第一回回首总批，三民书局 1970 年版，第 57 页。

❺ 胡适：《水浒传考证》，《水浒传与红楼梦》，远流出版公司 1994 年版，第 98、106 页。

❻ 钱穆：《中国文化与文艺天地》，《中国文学论丛》，东大图书公司 1991 年版，第 152 页。

❼ 侯会：《水浒源流新证》，学文出版社 2002 年版，第 7—13 页。

不接受朝廷的招安。书中另一位初期的头目王伦，历史上也实有其人，北宋仁宗庆历年间一次士兵动乱的领袖，时间早于宋江七八十年。方腊之乱发生在北宋徽宗宣和二年（1120年），声势浩大、人数众多，为时将近一年。❶南宋高宗建炎四年（1130年）洞庭湖杨幺之乱的史料和传说，给予《水浒传》作者更大的启发，此事距离宋江之乱的时间只晚了八年左右。

北宋末年，当时正是天下大乱。金国人打进了东京以后，宋室播迁，北方很多的衣冠士族和军人逃到南方，纷纷依附洞庭湖的钟相、杨幺。杨幺提倡"贵贱平等、贫富均一"，带领民众抗拒官府长达五、六年之久，对于南宋王朝造成沉重压力，"有众八万"的规模也与梁山泊相似。❷

历史上的宋江不曾在水边活动，只是在陆地作战。梁山泊虽然确实有一些小的民间部队活动过，但没有大规模的长期驻扎。但在小说中，宋江是依山傍水建立水寨，多次描写到水战。历史上的宋江与其说是接受招安不如说是兵败投降，然而小说中的宋江却主动要求招安，过程一波三折，双方互不信任，最后才完成招安。这个招安的过程与结局，也都与洞庭湖事件相似。因此，已有不少学者大胆推测，宋江盘踞梁山泊的构想，乃是以杨幺洞庭湖之乱为蓝图的。因为杨幺事件不是普通的盗匪作乱，乃是有着国土沦亡、奸佞当道、社会离乱及民心思变等时代背景，具有某种革命、起义的政治理想在内，与《水浒传》作者的情志颇为契合。且南宋初年以来，北方太行山等中原失土多有"忠义人"抗金复国的战事发生 ❸，"太行忠义及两河豪杰等，累战皆捷，中原大震。"❹对于民间"说话人"讲说"水浒"故事颇有影响。❺根据明人王道生的《施耐庵墓志》所述，我们可以确信作者写作本书有其深心在焉：

> 国家多事，志士不能展所负，以鹰犬奴隶待之，将遁世名高。何况元乱大作，小人当道之世哉！先生之身世可谓不幸矣！而先生虽遭逢困顿，而不肯卑躬屈节，启口以求一荐。遂闭门著书，以延岁月，先生之立志，可谓纯洁矣。

施耐庵孤愤著书，不是游戏笔墨。《靖康稗史》一书据传也为施耐庵所作，可见他对

❶ 《水浒全传》插增有另两位盗寇田虎与王庆。王庆之乱乃发生于明代中叶嘉靖年间，显然与水浒故事草创之时无关。田虎之乱，未见可靠的文献记载，恐纯为小说家之虚构。参见马幼垣：《田虎王庆二传的背后确有真人真事吗》，《水浒二论》，联经出版公司 2005 年版，第 491—494 页。
❷ 侯会：《水浒源流新探》，《水浒西游探源》，学苑出版社 2009 年版，第 15—22 页。
❸ 见《宋史》《高宗本纪》绍兴六年、十年、三十一年、三十二年等处记载。
❹ [元] 脱脱：《宋史》列传第一百二十四，中华书局 2000 年版，第 2385 页。
❺ 杨义：《中国古典小说史论》，中国社会科学出版社 2004 年版，第 367 页。

于北宋末年宋徽宗、宋钦宗二帝被金国人掳掠北去的历史与耻辱有很深的情感和关注。

从施耐庵对此部小说最初的命名《江湖豪客传》，可知其性质属于唐人传奇中的"豪侠"一类。书中部分内容颇为血腥残暴，夏志清归因于中国人对于痛苦与杀戮不甚敏感，并且认为，小说赞赏这类野蛮的报复行为。其实，这主要是反映了下层民众长久以来受到地方恶霸的欺凌，以及官府的不公不义，情况极为严重，故而小说以血腥之笔来伸张正义，使民众一吐怨气。这显示了民众受害太深，乃至于心理上期待、满足于此种残暴的报复手段。当我们读了陆虞候的迫害林冲，潘金莲的毒害武大，张都监的构陷武松，黄文炳的陷害宋江，对于这些奸邪小人的惨死，莫不感到公理正义的伸张，情感的疏解。

这类残暴行径的描写，虽然受到许多批评，但作者只是如实的呈现，并且出之以一种侧面、旁叙的交代，没有正面详细的刻画。毕竟梁山泊里确实有部分人是属于盗匪，他们只是为了劫夺财物、躲避官府追缉而逃匿到此地，没有什么崇高的理念。这些人至少有晁盖、王伦、张青、孙二娘、朱贵、时迁、段景住、王英等人。作者在描写他们之时，笔墨中没有赞赏的意味。真正受到作者高度肯定的是宋江、林冲、武松、鲁智深、燕青、柴进等人，他们被奸邪小人不断欺凌、陷害，百般无奈之下，才来到梁山泊避难。

吾人不该只以道德的角度来批判文学。绿林盗寇原本即是杀人放火、打家劫舍，若是故意遮掩此事，刻意美化，岂非违背了事实。从而作者对于他们既不"虚美"，也不"隐恶"，《水浒传》也正因此才堪称"实录"。对于官府与梁山泊民众双方，作者均据实直录，没有曲意偏袒。对于贪官污吏残民以逞的恶行，以及梁山泊盗匪杀人越货的行径，都没有刻意回护、隐讳，秉持客观的态度来呈现真相。

施耐庵保留和提高了"水浒"故事和话本的精华部分。他按照《宣和遗事》中英雄大聚义和征方腊的线索，把人物组织成一个整体，使以三十六人为主体的一百零八人的活动都容纳在这个大框架之内，人物最终是以平方腊有功、封官大团圆为结局的，并且可能不足百回。这个重新编写过而被称之为"施耐庵的本"，保存了诸种"水浒"故事的基本内容，在思想和艺术上又远远高出其他话本，因而颇受"说话"艺人和民众的欢迎。而今本《水浒传》宋江受到小人陷害，最终服毒自杀的悲剧结局，乃是明初所增加的，用以增强"乱自上作""官逼民反"的思想义涵。鲁迅就曾表示："至于宋江服毒的一层，乃明初加入的。"❶ 增加的人很可能便是罗贯中。故此书的祖本乃是施耐庵的《江湖豪客传》，但今日所见已是经过"罗贯中纂修"过的修订版本了，其最早的书名即冠有"忠义"二字，而明代嘉靖年间最早著录此书的高儒《百川书志》就称之为"施耐庵的本、罗贯中纂修"。

---

❶ 鲁迅：《中国小说的历史的变迁》，《中国小说史略》，香港三联书店1999年版，第338页。

罗贯中根据自己对中国历史、政治的理解和基于现实生活的深切感受，认为上层统治者昏愦、腐败是致乱之源，所以在其作品《三国志演义》《残唐五代演义》《宋太祖龙虎风云会》中都表达如此的义涵。今本《水浒传》开篇也是写"乱自上作"，因此有可能便是罗贯中对于施耐庵所写的开头和结尾做了修改，打破了招安、平乱、封官的圆满结局，特别安排了一个忠臣受到迫害的悲剧。罗贯中的这种修改，乃是刻意要凸显统治阶层的贪婪、残暴、奸险的本质，从而也极大地提高了作品在政治方面的思想性。

二、宋江忠义

宋江此人之忠义与否，关系此书的主旨，必须仔细从文本中求证。对于宋江的评价以及全书义涵的推求，应从文本的整体性、发展性、连贯性来分析，而不是只抓住其中几个孤立的细节来大做文章。李贽之所以推断本书的主旨与宋江之为"忠义"，便是从全书的整体布局来分析，因此很有说服力且可信：

> 施、罗二公身在元，心在宋；虽生元日，实愤宋事。是故愤二帝之北狩，则称大破辽以泄其愤；愤南渡之苟安，则称灭方腊以泄其愤……今观一百单八人者，同功同过，同死同生，其忠义之心，犹之乎宋公明也。独宋公明者身居水浒之中，心在朝廷之上，一意招安，专图报国，卒至于犯大难，成大功，服毒自缢，同死而不辞，则忠义之烈也！真足以服一百单八人者之心，故能结义梁山，为一百单八人之主。最后南征方腊，一百单八人者阵亡已过半矣；又智深坐化于六和，燕青涕泣而辞主，二童就计于"混江"。宋公明非不知也，以为见几明哲，不过小丈夫自完之计，决非忠于君义于友者所忍屑矣。是之谓宋公明也，是以谓之忠义也。❶

宋江的言行、性格、想法，正是作者表达其对于忠君此一儒家传统信念的反省。宋江之入梁山泊为寇乃是百般无奈之下的决定，在晁盖阵亡之后，宋江把"聚义厅"改为"忠义堂"，改单一的义而为忠义两全，从只顾民间的义气，增加了对朝廷的效忠，梁山泊众人也不再是一般的盗寇乱党了。

作者在全书结尾的第九十七回，公然称扬宋江："老夫借得《春秋》笔，女辈忠良传此人。"第八十一回回首也有诗，颇能概括全书的旨趣、情节，留有"说话人"评述的痕迹：

> 混沌初分气磅礴，人生禀性有愚浊。圣君贤相共裁成，文臣武士登台阁。忠良闻者尽欢忻，邪佞听时俱忿跃。历代相传至宋朝，罡星煞曜离天角。宣和年

---

❶　[明] 李贽：《忠义水浒传序》，《焚书·续焚书》，汉京文化公司 1984 年版，第 109 页。

上乱纵横，梁山泊内如期约。百单八位尽英雄，乘时播乱居山东。替天行道存忠义，三度招安受帝封。二十四阵破辽国，大小诸将皆成功。清溪洞里擒方腊，鴈行零落悲秋风。事业集成忠义传，用资谈柄江湖中。

宋江一心招安，却换来了奸臣的毒杀。早有学者认为是在影射南宋抗金名将岳飞的枉死。岳飞笃守君臣纲常，反而使自己受害丧命，更间接造成国土沦亡，人民百姓流离失所。一代忠臣良将如此受冤枉死，给予社会、民众极大的刺激，以及对于君臣纲常、封建体制的省思。岳飞当日若能突破忠君的迷思，以百姓、国家为念，援引《孟子》革命、民贵君轻之义，当仁不让，国家何至于此？作者不能明言此义，故假托宋江之事以寓言之。

儒家强调忠君，此一信念影响下，对于昏庸的君王多能够宽容，而隐讳其罪。把一切过错推向君王身边的臣子。因此，小说所谓的"替天行道"中的"天"其实是暗指君王，指斥其没有尽到君王牧民、养民之责，只好由人民来代行。宋江确实是力主忠义的，但他只反贪官而不反皇帝，口口声声要效忠赵官家，一心要归顺朝廷，接受招安，严守儒家的三纲五常。

> 今皇上至圣至明，只被奸臣闭塞，暂时昏昧。有日云开见日，知我等替天行道，不扰良民，赦罪招安，同心报国，竭力施功，有何不美。因此只愿早早招安，别无他意。（第七十一回）

> 都是汝等（高俅、童贯等人）谗佞之徒，惇国之辈，妒贤嫉能，闭塞贤路，饰词矫情，坏尽朝廷大事！（第八十三回）

> 目今宋朝天子至圣至明，果被蔡京、童贯、高俅、杨戬四个奸臣专权，主上听信。（第八十五回）

宋江多次表明接受招安的心迹，甚至不惜与梁山泊的弟兄发生争执。在小说最后，作者又安排宋徽宗斥责奸佞等人的误国，旌表宋江等人的忠义。作者身处专制时代之下，只能倡言反贪官污吏。批评皇帝只能假借莽汉李逵以及外邦的君臣之口，讥讽之为"童子皇帝"，受人摆布：

> 宋江这伙都是梁山泊英雄好汉。如今宋朝童子皇帝，被蔡京、童贯、高俅、杨戬四个贼臣弄权，嫉贤妒能，闭塞贤路，非亲不进，非财不用，久后如何容的他们。（第八十五回）

> 且说宋朝原来自太宗传太祖帝位之时，说了誓愿，以致朝代奸佞不清。至

今徽宗天子，至圣至明，不期致被奸臣当道，谗佞专权，屈害忠良，深可悯念。当是之时，却是蔡京、童贯、高俅、杨戬四个贼臣，变乱天下，坏国坏家坏民。（第一百回）

作者碍于时代环境的限制，不敢也不能公然批评皇帝，否则，如此"大逆不道"，必然不能见容于当时的社会、士绅阶层。因此小说采取了委婉的讽谕，借由宋江个人的一心招安，反对众人的谋反，却被逼冤屈而死的悲剧，反衬出招安归顺朝廷的不当，而逼出了全书的主旨。在昏庸的君王与腐败的朝廷之下，只有革命予以推翻，改立新朝，才是正确的决定。

三、忠与义的冲突

招安与起义两股力量在梁山泊内部激荡不已，若非宋江坚持，众人早已揭竿而起。而在当时朝廷腐败、无能之下，起义是很可能成功的。除了主张忠义的信念之外，本书也在凸显忠、义的两难，忠与义的冲突。忠是朝廷招安归顺，义是民众起义谋反。昏君、暴君是否仍然要效忠？奸佞把持的朝廷，是否仍值得效忠？《水浒传》的主题就落实在宋江的困境和抉择之中，起初官逼民反，不得不反，又期盼受到招安，建立功勋，报效国家，衣锦还乡，然而招安之后，即使有破辽、平方腊等大功，仍不免为奸臣所害，更彰显了《水浒传》的主旨。对照在宋江坚持忠君之下，所导致的众人枉死，更凸显忠君的迂腐不当。作者把宋江塑造成为忠君之道的牺牲者，悲剧英雄。此书许多"大逆不道"的言论，看似荒唐可笑，实在是作者隐微的深心密意，只能借由李逵此种莽汉来曲曲传达，却也道出了事实：

放着我们有许多军马，便造反怕怎地！晁盖哥哥便做了大皇帝，宋江哥哥便做了小皇帝。吴先生做个丞相，公孙道士便做个国师。我们都做个将军。杀去东京，夺了鸟位，在那里快活，却不好不强似这个鸟水泊里！（第四十一回）

你那皇帝正不知我这里众好汉，来招安老爷们，倒要做大！你的皇帝姓宋，我的哥哥也姓宋。你做得皇帝，偏我哥哥做不得皇帝？（第七十五回）

却今日也要招安，明日也要招安，讨得招安了，却惹烦恼。（第九十回）

宋江内心确实存在着这两种想法的激烈斗争，忠君或起义？因此历来对于宋江的评价便有此两极化的差异。李逵起义的主张，其实也是宋江深藏心中的一个选项。宋江与李逵便是这两种想法的具体象征，因此两人虽然个性迥异，但却特别亲爱，也同时丧命，并且李逵是死于宋江之手，象征着起义之失败乃在于忠君之一念。

四、质疑招安

宋江对于忠君、起义的彷徨不决，显示在接连的求问罗真人、智真长老两人上。这是封建专制时代，一般人对于忠君思想的迷思。因此对此儒家的忠君信念，试图寻求佛、道两家的思想来厘清。宋江请求罗真人指点迷津：

> 宋江把心腹之事，备细告知罗真人，愿求指迷。罗真人道："将军一点忠义之心，与天地均同，神明必相护佑。他日生当封侯，死当庙食，决无疑虑。只是将军一生命薄，不得全美……得意浓时，便当退步，勿以久恋富贵。"（第八十五回）

宋江又上五台山求问前程于智真长老，长老却答以色空、出世之义：

> 六根束缚多年，四大牵缠已久。堪嗟石火光中，翻了几个筋斗。咦！阎浮世界诸众生，泥沙堆里频哮吼。（第九十回）

作者显然认为，在君昏臣奸之乱世，应当明哲保身，独善其身，退隐山林，不可妄想建立功业，留名青史。并且预示了宋江接受招安，为国平乱，日后也不得善终。对比之下，蔡京、高俅、童贯、杨戬等四大奸臣都能安享荣华富贵，而梁山泊英雄却大多陨落，没有好的下场。其中能得善终者，便是燕青、鲁智深、王进等少数能够急流勇退者。燕青眼见林冲、武松、杨雄、杨志等人非死即残，因此告别了仍然执迷不悟的卢俊义，"私去隐迹埋名，寻个僻净去处，以终天年。"作者不惜跳出来赞叹：

> 若燕青，可谓知进退存亡之机矣。有诗为证：略地攻城志已酬，陈辞欲伴赤松游。时人苦把功名恋，只怕功名不到头。（第九十九回）

在第一百回结尾，众英雄死后，作者又假托太史之诗："早知鸩毒埋黄壤，学取鸱夷泛钓船。"这些都显示了作者的真正主张：质疑宋江接受招安的正确性。纵然不愿意与官府敌对，也应当效法张良、鸱夷等人独善其身，隐居不仕。在奸臣当道、君王昏庸之下，接受招安是一条死路。钱穆因此认为：

> 《水浒》作者独于忠义堂上众所拥戴之领袖呼保义及时雨宋公明，却深有微辞。虽不曾加以明白之贬斥，而曲笔婉笔，随处流露。在于作者，乃若有一番必欲一吐以为快之内心情感寄寓其间。此层最是《水浒》作者写此一部大书之深微作意所在。❶

---

❶ 钱穆：《论评施耐庵水浒传及金圣叹批注》，《中国文学论丛》，三联书店 2016 年版，第 170 页。

宋江的执意招安，不顾众人的反对，作者是不认同的。《水浒传》末尾，鲁智深听潮信而悟道，盖因大自然方是永恒不变者，人生世事不论成败、荣辱都是变化无常，虚幻短暂的，从而招安也好，起义也罢，都应当看破。书中人物王进在全书开卷不久，便渺无踪迹，飘然隐避，全身而退。钱穆便说：

> 施耐庵两避张米之招，《水浒传》开首一王进，天矫如神龙，见首不见尾，即为作者自身写照。❶

> 在《水浒传》开头，先安插了一位八十万禁军教头王进，此人诚似神龙见首不见尾，为《水浒传》中第一等人物。相形之下，却使走上梁山泊忠义堂的好汉们，为之黯然失色。当知此是全部《水浒传》第一回目，决非无故安上。如此说来，则最先《水浒传》作者，便对梁山泊忠义堂那一群，言外有不满，或可说有惋惜之意。❷

儒家学派是主张忠君，拥护君主封建制度的，因此作者必须借重正统儒家以外的思想，才能有力的打破传统上的此种信念，尤其是道教文化、术数之学。

东汉的《太平经》乃是道教徒极为重视的典籍，其中所描画的社会理想，隐然是《水浒传》的理想世界。《太平经》认为天人一体，大讲天人感应，灾异谴告谏正之说。以为人世的一切能够影响天道，若人治不得，天必降以灾祸，小则伤损病痛，大则灭国亡家：

> 王者行道，天地喜悦；失道，天地为灾异。❸

> 天者小谏，变色；大谏，天动裂其身，谏而不从，因而消亡矣。❹

凭借着天神的权威，劝诫、警告昏君和贪官污吏，谴责他们的贪婪、不劳而获和残暴。在政治上强调对明君清官的拥护和向往，在社会上则要求人人平等，反对过度剥削，以建立人人劳动、周济贫穷的平等社会为目标。杨义认为：

> 术数之学是相信天人感通的古中国人参究天地玄机的一门方术学艺……《水浒传》也是借助于这种宇宙术数思维而形成其神异宏大的整体结构的……又给官逼民反、杀人越货、揭竿斩木的充满血肉气味的艺术描写，提供了一个超越王朝

---

❶ 钱穆：《中国文学史概观》，《中国文学论丛》，第 55 页。

❷ 钱穆：《论评施耐庵水浒传及金圣叹批注》，《中国文学论丛》，第 169 页。

❸ 俞理明：《太平经正读》，巴蜀书社 2001 年版，《太平经钞》乙部补卷二九，《行道有优劣法》第二十九，第 28 页。

❹ 同上，《太平经》丙部卷四三，《大小谏正法》第五十九，第 91 页。

法度的天理参数。这个参数把民心民气混合在天理之中。❶

这也解释了为何作者一开卷便说"目今京师瘟疫盛行，民不聊生"，即使请了张天师来祈禳消灾，也无济于事，终究是众多天罡地煞下凡。如此的情节安排，便是因为尘世上昏君、奸臣当道，公理、正义荡然无存，所以天降灾异，众星下凡来要替天行道。

五、革命起义的真谛

作者想借由封建时代高于君权的神权，以否定天子的绝对权威。这可以溯源于汉代的天人感应与灾异之说，而书中则是从道教文化来取得起义的正当性，借由九天玄女传授天书与宋江，给日后的宋江起义背书。根据《云笈七签》《墉城集仙录》与《黄帝内传》等书记载，九天玄女在道教神祇中有其特殊地位，曾经辅佐黄帝打败了蚩尤，代表"正义战胜邪恶。帮助黄帝取胜，则是顺乎天意、天命，所以玄女成了天庭中掌管天书秘录，专门传授救世英豪兵法，以裁决人世劫运的大神了。"❷

玄女嘱咐宋江"替天行道，为主全忠仗义，为臣辅国安民，去邪归正。"（第四十二回）暗示了宋江是应命英雄，梁山泊好汉是正义的一方，官军却是邪恶者。除了《水浒传》之外，九天玄女传授天书、帮助正义一方的英雄克敌制胜的小说，尚且有《大宋宣和遗事》《三遂平妖传》（冯梦龙增订四十回本）《女仙外史》及《薛仁贵征东》等多部作品，可见九天玄女在民间信仰的普遍。

宋江对于接受招安之后的被害下场，并非不清楚，但是他心存忠义，一心想要报效朝廷，在其下决定之前，各方都来规劝，尤其是辽国使臣之言，更为客观可信。军师吴用也苦劝他宁可归顺辽国，不可接受招安，但宋江坚持忠义，抱有牺牲赴义之志：

> 俺大辽国，久闻将军大名，争奈山遥水远，无由拜见威严。又闻将军在梁山大寨，替天行道，众弟兄同心协力。今日宋朝奸臣们闭塞贤路……将军纵使赤心报国，建大功勋，回到朝廷，反坐罪犯。（第八十五回）

> 军师差矣！若从辽国，此事切不可提。纵使宋朝负我，我忠心不负宋朝。久后纵无功赏，也得青史上留名。若背正顺逆，天不容恕！吾辈当尽忠报国，死而后已。（第八十五回）

> 我为人一世，只主张忠义二字，不肯半点欺心。今日朝廷赐死无辜。宁可朝

---

❶ 杨义：《中国古典小说史论》，中国社会科学出版社 2004 年版，第 366 页。

❷ 马书田：《中国道神》，团结出版社 2006 年版，第 76 页。

廷负我，我忠心不负朝廷！我死之后，恐怕你造反，坏了我梁山泊替天行道忠义
之名。（第一百回）

临死之人其言真实，宋江遗言更可见其真正忠义。在宋江死后，作者安排天帝册封宋
江为神，宋徽宗也敕封宋江为"忠烈义济灵应侯"。全书结尾第一百回作者又有诗文多方
颂扬：

> 天帝哀怜臣等忠义，蒙玉帝符牒敕命，封为梁山泊都土地。

> 亲书圣旨，勅封宋江为忠烈义济灵应侯，仍勅赐钱，于梁山泊起盖庙宇，大
> 建祠堂，妆塑宋江等殁于王事诸多将佐神像，敕赐殿宇牌额，御笔亲书"靖忠
> 之庙"。

> 庶民恭敬正神祇，祀典朝参忠烈帝。万年香火享无穷，千载功勋标史记。千
> 古为神皆庙食，万年青史播英雄。

很明显的，作者是要把宋江塑造成忠义之人。胡适便认为"《水浒传》写宋江，并没
有责备的意思。"❶ 他力斥金圣叹所言宋江是擅长权诈、权术的伪君子、巨寇之说。《水浒
传》对于"忠义"主题的深入探讨和反省，在明代专制体制下有许多的限制，结局只能是
接受招安，而不能鼓吹民众起义。在君昏臣奸的形势下，招安必是一条死路，作者安排宋
江等人在声势最高之际，主动接受了招安，并且努力尽忠报国，虽然牺牲惨重，仍然坚持
到底，最后惨死的下场。这是作者间接主张了起义、革命的必要性和正当性，否则，只有
如同宋江等人的惨死悲剧。陈忱的《水浒后传》，安排李俊等人远赴海外建国称王，可谓
善体施耐庵之深心：

> 嗟乎！我知古宋遗民之心矣。穷愁潦倒，满眼牢骚，胸中块磊，无酒可浇，
> 故借此残局而著成之也。

施耐庵是元末明初人，陈忱是明末清初人，同处于末世离乱之时，正有相同的亡国之
痛，都是渴望明君贤相、太平治世的忧国之人。

金圣叹为了消除《水浒传》中官逼民反的主旨，因此伪造施耐庵的序，强调它的以文
为戏，并且丑化宋江，指其为大奸狡诈之人，删除了原书中的征辽、平方腊情节，不让
他们有建功立业的机会，以消除民间的同情。他更认为施耐庵当初之所以命名此书为"水
浒"，已包含梁山泊众人绝对不可能为"忠义"的用意。他认为，如果承认藏匿在山边水

---

❶ 胡适：《水浒传考证》，《水浒传与红楼梦》，远流出版公司1994年版，第66页。

涯为乱的盗寇为"忠义"，就等于否定了朝廷体制、"君父"纲常的存在。事实上，恰好相反，书名取自《诗经》之《大雅》《绵》篇："古公亶父，来朝走马，率西水浒，至于岐下。"此诗乃是赞美周朝先王之开创基业，古公亶父是指周的"先王先公"❶，亦即周朝王业的奠基者太王。朱熹即表示此诗主旨为：

> 追述大王迁岐周以开王业，而文王因之以受天命也。❷

太王率领周人躲避狄人之难，迁移至岐山之下，奠定了王国的基业，尔后乃有文王之兴盛。作者把宋江诸人比拟为太王，把宋徽宗、蔡京、高俅等人斥之为戎狄，明显的期许水浒众人起义革命，开创新国，并且惋惜宋江之未能如此作为。宋江流配江州之时，大醉之后在浔阳楼墙壁上题有一首"反诗"：

> 心在山东身在吴，飘蓬江海漫嗟吁。他时若遂凌云志，敢笑黄巢不丈夫。

（第三十九回）

一般人解读此诗，大多如同小说中的黄文炳，认为有效法黄巢自立为帝、意图谋反之意。其实此诗原意应当看作宋江嘲笑黄巢之造反、叛乱，乃是盗匪小人之行径，只有心存忠义，为国建功立业，留名青史、显扬父母，才是大丈夫、真英雄之磊落行为。❸

另外，命名"水浒"，也是意谓"耐庵之身遁草泽，心存邦国"❹以及"礼失求诸野"之意。由于君王昏聩、奸佞当道，以至于朝廷忠良尽空，从而不得不转求忠义贤哲于江湖草野之中。作者之所以没有把宋江等人写成揭竿而起、不肯沦为盗贼的义士，乃是基于普遍性、代表性的考虑。毕竟，如同周文王、武王等起义革命，推翻纣王的人是极少数者，不足以作为广大社会民众的代表，也无法有力的激起深刻的反思。杨义从历史的角度，反驳了金圣叹的说法：

> 关于金圣叹指责忠义归水浒的问题，当然出自他正统的儒家忠义理念，同时也由于他不明白水浒故事最初出现之时，是借绿林好汉的反抗行为，隐括北方失土的"忠义人"抗金复国的民间意气……瓦舍勾栏讲忠义水浒，是曲折地呼应着中原失土忠义人的抗金行为和精神的。❺

---

❶ [清]惠栋：《申毛传》，《九经古义》。见屈万里《诗经诠释》，联经出版公司1989年版，第460页。

❷ [宋]朱熹：《诗经集注》，群玉堂出版公司1991年版，第140页。

❸ 石昌渝：《水浒传的思想倾向》，见傅光明《插图本品读水浒传》，山东画报出版社2005年版，第242—243页。

❹ 钱穆：《中国文学史概观》，《中国文学论丛》，东大图书公司1991年版，第56页。

❺ 杨义：《中国古典小说史论》，中国社会科学出版社2004年版，第367页。

他（金圣叹）不明白，当一个王朝陷入不可救药的腐败和危机中，正义更多地存在于民间。❶

其实，金圣叹并非不能理解《水浒传》的深意，只是他明白如果认同了"官逼民反"的论点，对于社会、国家将有极大的后遗症，对于百姓必然具有鼓动的巨大效应。他认为纵然乱自上作，但人民仍不能沦为盗寇。因此，不可令梁山泊众人享有忠义之美名，尤其是宋江更无法饶恕，身为首领，岂能带头杀人越货。这种概念，其实普遍存在于士大夫、士绅阶层。李贽在当时是以思想解放、进步闻名的，但是他也主张忠义、效忠朝廷。明末思想家王夫之即"主张君权的绝对性，以及政治权力不可与庶民分享的绝对性""严防贵贱之等，全面肯定君主专制的合理性"。❷对于"官逼民反"的看法与金圣叹一致，否定民众起义的正当性：

> 变置诸侯，必有变置之者，假令邱民得以变置之，天下岂复有纲纪，乱亦何日而息邪？……天子即无道如桀纣，且亦听其自亡以灭宗社，而无敢变置者。❸

明人郎瑛纵然认为梁山好汉为"礼义"之徒，宋江必有"非礼之礼，非义之义"，因而"异于他贼"。❹但所谓"非礼之礼，非义之义"，即与正统的"礼""义"有所不同，属于下层社会的"礼""义"，这种不同于儒家雅文化的民众意识与情感，违反了封建传统的忠君观念，在士绅阶层眼中仍是绝不可取的。

民间所谓的"忠"，并不是封建意识的"忠君"，而是冀望圣君贤相来治理国家，期待一个能够安居乐业的太平治世、清平世界。老百姓不做官，不食君禄，不必死于君难，他们不重视君臣纲常，不在意谁来当皇帝，只是希望有位爱民的圣明天子，减轻赋敛，主持公理，维护民众的权益。

此等议题，在君主封建体制末期，已经逐渐为人所省思，已经发现其不合理处。黄宗羲说："岂天地之大，于兆人万姓之中，独私其一人一姓乎？"❺他痛斥学者不该再以君臣之义来维护那些残暴贪腐的政权：

> 今也天下之人怨恶其君，视之如寇雠，名之为独夫，固其所也。而小儒规规焉以君臣之义无所逃于天地之间，至桀、纣之暴，犹谓汤、武不当诛之，而妄传

---

❶ 杨义：《中国古典小说史论》，中国社会科学出版社 2004 年版，第 369 页。

❷ 林聪舜：《明清之际儒家思想的变迁与发展》，学生书局 1990 年版，第 192 页。

❸ [明] 王夫之：《读四书大全说》卷十。此意也见于《读通鉴论》卷二六，论唐代民乱。

❹ [明] 郎瑛：《宋江原数》，《七修类稿》，世界书局 1984 年版，卷二五辩证类，第 385—386 页。

❺ [明] 黄宗羲：《原君》，《明夷待访录》，黄宗羲全集第一册，里仁书局 1987 年版，第 3 页。

伯夷、叔齐无稽之事，使兆人万姓崩溃之血肉，曾不异乎腐鼠……后世之君，欲
以如父如天之空名禁人之窥伺。❶

黄宗羲发挥《孟子》"民为贵、社稷次之、君为轻"的主张，强调"革命"的正当性，
他认为如果国君没有尽到爱民之责，那么民众皆可取而代之，他警告当政者：

不明乎为君之职分，则市井之间，人人可欲。❷

施耐庵、罗贯中与黄宗羲皆身处改朝换代之际，眼见朝廷昏愦、贪腐导致了国家的沦
丧以及民众的重大伤亡，因而有此种深切反思之言。施、罗二人以小说来隐微传达此意，
虽与黄宗羲之倡言直论的表达方式不同，其义涵则是一致的。

第三节　《西游记》的寓意

对于《西游记》寓意的解读，众说纷纭，各有立场。因为此书的写作，取材多元而复
杂。作者吴承恩乃是一位长期抑郁、不得志的小吏，他没有太多学派、师门、宗教的限
制，从而能够左右逢源，任意取材，而这也正是俗文化的特色。三教之徒因此也都能够
从中找到立论的基础，各自大加附会。然而长篇章回体小说，毕竟篇幅甚长，动辄超过
五十万字，往往无法以一个主题来概括。《西游记》即主要有两层的义涵。

一、求"放心"之寓言

明清文人以及当代学者，都有不少人主张《西游记》是一部有关心性修养的寓言，借
由玄奘西天取经的路途艰难，暗喻修心的过程。在《西游记》之前，早已有多种取经故事
流传，但是作者吴承恩对之做出了许多艺术上的变异，特别是主角从玄奘法师转移到了孙
悟空身上，重心有很大的翻转，义涵也随之有了重大的改变。

从小说的内容可以发现，吴承恩受到禅宗六祖慧能的生平，及其著作的影响与启发很
大，不仅影响到整部书情节的编排，也左右了寓意。慧能不识字，原是粗野的南方乡下
人，却有更高的领悟能力与佛学造诣，胜过了学问渊博、器宇出众、名望崇高的神秀。且
其继承法席、传法的过程都很戏剧化，且历经了许多磨难。而孙悟空诸人最后艰辛到达西
天所取得的经典，起初竟是无字天书，明显改变了历来取经故事的结局，特别凸显"心"
的地位，其中当然寓有深意。孙悟空解释《多心经》时有四句颂子，也强调了"修心"的

---

❶　[明] 黄宗羲：《原君》，《明夷待访录》，黄宗羲全集第一册，里仁书局 1987 年版，第 3 页。

❷　同上。

重要：

> 佛在灵山莫远求，灵山只在汝心头。人人有个灵山塔，好向灵山塔下修。

（第八十五回）

这些构想，也应是来自于慧能的不立文字，重视心的悟解，"佛向性中做，莫向身外求。自性迷，即是众生；自性觉，即是佛。"❶ 在这一点上，颇似儒家王阳明的心学："圣人之道，吾性自足"❷，不假外求。两人都强调心灵的主体思悟能力，肯定并弘扬人的主体精神，而不甚重视经典的阅读。也都主张众生平等，都可成圣／成佛。慧能说："不悟即佛是众生，一念悟时，众生是佛。"❸ 王阳明宣扬："良知之在人心，不但圣贤，虽常人亦无不如此。"❹ 此外，慧能有一著名的《得法偈》：

> 菩提本无树，明镜亦非台，佛性常清净，何处有尘埃？❺

这或许即是"须菩提"祖师之所以是孙悟空所拜求之师，也是给他取名"悟空"的缘故。"菩提"二字，是古印度梵语 Bodhi 的音译，其意义为"觉悟"，即是成佛的意思。"菩提心"是"阿耨多罗三藐三菩提心"的简称，即是成佛的心。"须菩提"是佛祖的十大弟子之一，有"解空第一"的称号，对于佛经空宗的思想有很精深的造诣，相传《金刚般若波罗蜜经》即是他与佛祖的对话记录。这些都与"心"相关，包括他所居住的地方"灵台方寸山，斜月三星洞"。

孙悟空向须菩提祖师学法一段过程，也几近禅宗五祖弘忍当年传法于六祖慧能一事。须菩提祖师恍若五祖弘忍，悟空更像似六祖慧能的翻版，慧能既不识字又被人称作獦獠。《六祖坛经·行由品第一》：

> 祖问曰："汝何方人，欲求何物。"慧能对曰："弟子是岭南新州百姓，远来礼师，惟求作佛，不求余物。"祖言："汝是岭南人，又是獦獠，若为堪作佛。"慧能曰："人虽有南北，佛性本无南北。獦獠身与和尚不同，佛性有何差别。"五祖更欲与语，且见徒众总在左右，乃令随众作务……祖以杖击碓三下而去，慧能即会祖意，三鼓入室，祖以袈裟遮围，不令人见，为说《金刚经》。

《西游记》增加了孙悟空向须菩提学法一事，夜间入室传授的过程也雷同，并且从中

---

❶　［唐］慧能：《决疑品第三》,《坛经》。
❷　［明］王阳明：《王阳明全集》卷三三,《年谱》一。
❸　［唐］慧能：《般若品第二》,《坛经》。
❹　［明］王阳明：《答顾东桥书》,《传习录》中。
❺　此偈文字乃根据敦煌本《坛经》，与惠昕本、宗宝本略有不同。

发挥了《法华经》《涅槃经》与《华严经》等"一乘"的观念，亦即主张一切众生皆可成佛，否定了印度原始教义"一阐提不能成佛"之说，"肯定自觉心的主宰力，亦即肯定主体自由。"❶而在《西游记》中，则是肯定了包括孙悟空、猪八戒等各类仙怪妖魔在内，都有修炼成佛的可能。而慧能的被视为獦獠（意指蛮夷，但也有野兽之意），与孙悟空的身为非人的猴子，也有类似之处。《大唐三藏取经诗话》中的猴行者，其原形或许来自于印度神话、也或许来自于唐代《岳渎经》上的无支祁传说，但《西游记》的孙悟空却有着六祖慧能的身影在内。

取经故事的主角，在《西游记》中已经从原本的三藏法师转换为孙悟空，不再强调取经的艰辛以及佛经的价值，转而强调修心的过程与法门。明人谢肇淛便如此说：

> 《西游记》曼衍虚诞，而其纵横变化，以猿为心之神，以猪为意之驰，其始之放纵，上天下地，莫能禁制，而归于紧箍一咒，能使心猿驯伏，至死靡他，盖亦求放心之喻，非浪作也。❷

署名为李贽所批评的《西游记》，第一回在须菩提祖师的住处"灵台方寸山"，夹批"灵台方寸，心也"，旁批"一部《西游》，此是宗旨。"又在"斜月三星洞"句上夹批"斜月象一勾，三星象三点也，是心。言学仙不必在远，只在此心。"第十三回在"心生，种种魔生；心灭，种种魔灭"之处，旁批"宗旨"，并在回批中说"一部《西游记》只是如此，别无些子剩却矣。"李贽显然认为《西游记》的宗旨就落在"心"上，否则"不知作者宗旨，定作戏论"（第一回总批），只迷眩于其中的变幻之处。

心性之论自宋代以来成为三教的共通点，"三教归心"成为主要的文化潮流。佛、道两家对此早有许多精微的论述，而儒家也急起直追，宋明理学家、心学家都从《四书》中阐述了许多有关心性的见解。《涅槃经》说："一切众生，皆有佛性。"《坛经》也说："不悟即佛是众生，一念悟时，众生是佛。故知万法尽在自心。"（《般若品》）"愚人智人，佛性本无差别，只缘迷悟不同，所以有愚有智。"（《般若品》）"菩提自性，本来清净。但用此心，直了成佛。"（《行由品》）道教的内丹派也主张："以心观道，道即心也；以道观心，心即道也。"❸儒家心学也强调："满街都是圣人。""良知之在人心，无间于圣愚，天下古今之所同也"❹；"天下之人心，其始亦非异于圣人也，特其间于有我之私，隔于物欲之蔽，大者

---

❶ 劳思光：《新编中国哲学史》第二册，三民书局1991年版，第三章，第216—226页。

❷ [明]谢肇淛：《五杂俎》，伟文出版社1977年版，卷一五。

❸ [元]李道纯：《中和集》，上海古籍出版社1989年版，第67页。

❹ [明]王阳明：《答聂文蔚书》。

以小，通者以塞。"❶儒释道三教从重视心性的修持工夫出发，也都获致了圣凡无别的结论，圣与凡的差别只在于后天的修为工夫，而非先天本质上有所差异。

慧立、彦悰的《大唐大慈恩寺三藏法师传》已经开启了神怪故事的源头，玄奘每逢绝境，"至沙河间，逢诸恶鬼，奇状异类"，"心但念观音菩萨及《般若心经》"，便能安度。此处已经凸显了《心经》与观音菩萨的重要，并且强调心的主体功用。《西游记》继承了这一特点而更有所发挥，这从孙悟空在花果山为王之时，即有感于生死轮回之苦，因而出外访仙求道可知。因为《心经》之主旨，即是要"度一切苦厄"，解脱轮回之苦。《心经》也被全真教列为徒众必须熟读的三大经典之一，可见此书在民间的影响力很大，也跨越了宗教的界限。

吴承恩吸收、改编了《大唐三藏取经诗话》及元代《西游记》杂剧等早期作品的情节，甚至参考了《大唐西域记》《大唐大慈恩寺三藏法师传》，但其中的义涵则主要来自于《心经》《坛经》。这两部佛经在有关"心性"的论述上大多是相通的，都主张"万法尽在自心"❷"要破除世俗的执着"。而《坛经》在《西游记》书中的影响力更大，因为此书与儒道二家的思想有许多内在的联系。"慧能的学说虽然以佛家思想为本体，却又深深地植根于中国传统文化的土壤之中。""顺应了文化发展与融合的大趋势，对于佛教内部各种思想予以重新整合，对于中国传统文化的营养广为汲纳。"❸《坛经》已是中国化的佛学，也更为传统文人所乐于亲近。

《西游记》是一篇有关于"心"的寓言，源自六朝志怪、唐人传奇中的讽谕警世一类小说，属于《南柯记》《黄粱梦》《枕中记》之类，甚至也有佛经故事的性质。又受到唐人柳宗元、韩愈以及明人刘基等人寓言文学的影响，特别是柳宗元使先秦以来的寓言从说理转变为讽刺世态，所以基本上仍然是属于儒家文士的文学作品。书中的神魔斗争，正是隐喻心的种种锻炼，人心是神魔、正邪交战之地。妖魔精怪即是心中的种种妄念、贪念。借由孙悟空以譬喻心的巨大力量，心有野性、兽性、魔性，力量大到可以扰乱天庭。而此心之归正，必须借由外力与内力的双重制约，经过种种锻炼，才能觉悟、致良知。王阳明即强调"事上磨炼"的必要：

> 是徒知养静，而不用克己工夫也。如此临事便要倾倒。人须在事上磨，方立得住，方能静亦定，动亦定。❹

---

❶ [明] 王阳明：《答顾东桥书》。

❷ [唐] 慧能：《般若品第二》，《坛经》。

❸ 李中华：《六祖坛经导读》，《新译六祖坛经》，三民书局 2002 年版，第 24—29 页。

❹ [明] 王阳明著，陈荣捷详注集评：《王阳明传习录详注集评》（修订版），学生书局 1992 年版，卷上，第 62 页。

人须在事上磨炼做功夫乃有益。若只好静，遇事便乱，终无长进。❶

心猿归正，即是战胜、化除了心中的魔性、野性、兽性。心悟则为神，心不悟则为魔。故而魔有神性，神有魔性。神或魔的差别就在于心的灵明或蔽晦，亦即心的觉悟与否，而佛经的阅读并非其中的关键。故而艰苦跋涉到西天所取得的经书，其中却不立文字。这是六祖慧能识字不多，亦不甚读经，却能悟道，所带给作者的启示。

二、现实社会与政治的讽刺

吴承恩所生活的时代，正是明代中衰时期，帝王荒淫昏庸，他亲身经历所谓的五朝弊政：明孝宗（弘治）、明武宗（正德）、明世宗（嘉靖）、明穆宗（隆庆）、明神宗（万历）五个朝代。朝廷上则是奸佞当权，中国历史上声名狼藉的大奸臣、大宦官，也都在这同一个时代。包括弘治年间的李广、蒋琮，正德年间的刘瑾，万历年间的冯保，嘉靖年间的严嵩。造成整个国家、社会长期的动乱不安。吴承恩生活于其间，不能不有所感愤与顾忌。从而《西游记》也含有政治、革命、民主之义涵，作者借由荒唐不经的小说来传播一些"大逆不道"的言论，尤其是一心要"变天"的"泼猴"孙悟空最为合适。孙悟空便明白说出："皇帝轮流做，明年到我家。"（第七回）❷

吴承恩解构与重构了传统的神魔概念，没有死守取经故事的原始面貌，并且能够从中以艺术的想象来反映自己所处社会的生活和感悟。这是作者对于人世感到空幻之故，因此寄托于孙悟空，借由其抒发一己的人生感触，颇有怀才不遇之感伤，故言"悟空"，人世一切皆为空幻。孙悟空颇有社会底层受压迫人民之象征，甚至是作者的情感与人格的双重投射。张书绅便认为，"求放心"之说只是《西游记》的寓意之一，不是唯一的主题：

> 《西游》一书，以言求放心者不一。夫《西游》，固有求放心；然求放心，实不足以尽《西游记》。❸

在神魔斗争之余，作者利用这些妖精神魔等角色，质疑、挪揄、嘲讽、批判当时的社会百态，包括宗教信仰、鬼神崇拜及政治体制。书中出现的比丘国王、灭法国王、车迟国王等，都被作者塑造为残暴的昏君。夏志清认为，《西游记》中的天庭与众神佛，都被描

---

❶ [明] 王阳明著、陈荣捷详注集评：《王阳明传习录详注集评》（修订版），学生书局 1992 年版，卷上，第 288 页。

❷ 叶庆炳认为，六朝志怪借由鬼与人之恋，描写男女的爱情，巧妙规避了礼教、文化上的禁忌与指责。见《礼教社会与爱情小说》，《晚鸣轩论文集》，大安出版社 1996 年版，第 245—255 页。

❸ [清] 张书绅：《新说西游记总批》，见朱一玄，刘毓忱编《西游记资料汇编》，南开大学出版社 2002 年版，第327 页。

写成专制、甚至有点蛮横，而非传统上所认为的安乐、愉悦的乐境。❶因此，确实有政治上的象征。所谓的天庭，它的模仿来源，便是人世间的皇朝。书中的角色，包括菩萨、佛祖、玉皇上帝，都不是道貌岸然的形貌，甚至都有一些缺陷，作者并不以完美的形象来描述他们，可见他对于神佛、宗教等事物，并不迷信。乌鸡国假扮国王为恶的乃是文殊菩萨的坐骑，一头被阉割的狮子。这令人联想到危害朝廷、仰仗帝王的宦官。取经路途上危害许多国家的大臣，其实多是牛鬼蛇神、鹿、狐等妖魔所假扮，这也讽刺了当朝的官员。各方仙佛的部属、坐骑，甚至天上神仙都有可能成为魔。这样的观念也是来自于专制时代的朝廷命官，其部属、亲友与门生，也是常多仰仗权势，鱼肉乡民。古代下层社会的民间百姓，其心中之朝廷命官，等同于天上之神仙，故可作此种类比。书中许多君臣的荒唐无道之行为，都可以在明代众多的昏庸怠惰甚至残暴的帝王、官宦之中找到其身影及事迹恶行。

从《西游记》佛、道两教人士斗法的情节中，可知确实有"崇佛抑道"的倾向，但作者排抑的是道教的符箓派、外丹派，对于全真教一类重视性命双修的内丹派则颇为认同。可见作者对于宗教的态度是超然的，拒斥鬼神迷信，而崇尚心性的修行。对于民间世俗那种尊奉仪式、科条、符箓等宗教迷信色彩浓厚者颇为轻蔑，但属于性命哲理的部分则明显重视，属于儒家文人的态度。而此种贬抑道教的倾向，实与明代君臣沉迷道教、重用方士有关，其中以明世宗特别严重。世宗穷奢极欲，多次大选宫女，以供其玩乐。更妄想借由灵丹妙药，以求长生不老。从而"一时方士如陶仲文、邵元节、蓝道行辈，纷纷并进，玉杯牛帛，诈妄滋兴。"❷或被封为真人、国师，以种种秘术获取权位、财富，恣意出入皇宫禁地，"凡此诸人，口衔天宪，威福在手，天下士大夫靡然从风。"❸败坏了整个社会的风俗。

对于佛道二教的仙佛多所嘲讽，夏志清认为天界颇为专制、残酷，其刑罚颇为严酷残忍，对于八戒和沙僧的小过便施以重罚。无怪乎那些天界的坐骑、宠物，时常要下凡来自在快活，不肯待在天上受束缚。

这种混合三教教义与佛道二教神佛，即是诙谐嘲谑之心态，游戏之笔墨。作者勇于对三藏、观音等菩萨、如来佛、玉皇上帝等满天仙佛、各地妖魔大开玩笑，也讽刺一些表里不一的僧侣。显然作者本身对于宗教有其不同于世俗的见解。

由于元代的《西游记》杂剧，其中有许多插科打诨的民间戏剧的惯用手法，使得在其

---

❶ 夏志清著，胡益民等译:《中国古典小说》，江苏文艺出版社2008年版，第四章，第140页。

❷ 《明史》卷三〇七，列传第一百九十五《佞幸》。

❸ 同上。

后的吴承恩《西游记》小说也染上了几许世俗化的喜剧诙谐色彩，这与他"善谐谑"的性情也有关。唐僧撵走悟空时，"写了一纸贬书，递于行者道：'猴头！执此为照，再不要你做徒弟了！'"（第二十七回）从而明代人焦循《剧说》也同意阮葵生的"游戏"说：

> 今揆作者之意，则亦老于场屋者愤郁之所发耳。黄袍怪为奎宿所化，其指可见。

《西游记》不能算是宗教文学，它不宣扬教义，不强调鬼神报应，相反的，作者甚至是不相信鬼神的。因此能够以轻松诙谐的，甚至嘲讽的语调来讲述故事，尽情发挥想象力，编织一个个动人的情节。不同于六朝志怪的写作信念、动机与目的，也与具有史传性质的《大唐西域记》大异其趣。吴承恩以一种"超宗教的自由心态"[1] "游戏笔墨"成就了一部游戏与嘲讽兼具的神魔小说。

《西游记》对于心性问题，确实比起另外三部奇书更为重视。但是对于心性问题的探讨，并非完全基于心学或理学。道家、佛家两派，有更多心性修持的教义。况且儒家的《孟子》，早在战国时代即有求放心之喻，传统文化中也早有"心猿意马"之说。因此小说中触及心性的概念，不能简单地归因于王阳明的学说。

第四节　《金瓶梅》的寓意

一般人目为"淫书"的《金瓶梅》，在抄本流传的早期，便受到当时名士袁宏道的推崇，他称：

> 《金瓶梅》从何得来？伏枕略观，云霞满纸，胜于枚生《七发》多矣！[2]

袁宏道读了《金瓶梅》抄本之后，直接便与汉代枚乘的名作《七发》相提并论，可见两者之间有明显的共同点存在，而这一共同点就是其中的寓意。《七发》一文的寓意，《昭明文选》李善注说："《七发》者，说七事以起发太子也，犹《楚词》《七谏》之流。"[3] 可见此文之作在于讽谏，然而讽谏何事呢？刘勰在《文心雕龙》《杂文》一篇，解说颇为具体：

> 枚乘摛艳，首制《七发》。腴词云构，夸丽风骇。盖七窍所发，发乎嗜欲，始邪末正，所以戒膏粱之子也。

---

❶ 杨义：《中国古典小说史论》，中国社会科学出版社 2004 年版，第 419 页。

❷ [明] 袁宏道：《致董思白书》，《袁中郎全集》，世界书局 1990 年版，第 21 页。

❸ [南梁] 萧统编，李善注：《文选》，华正书局 1987 年版，第 478 页。

今人许世瑛发挥刘勰的意见，有更为详细的说明：

> 枚乘作这篇文章，目的不单在眩耀自己的才学，使文辞华丽而已；主旨却在戒膏粱子弟别以为得到了蛊媚的声色之乐，而沾沾自喜，要晓得那皓齿蛾眉，和郑卫之音，都是伐性之斧，而山珍海错，美酒佳酿，实在是腐肠之药；久溺不拔，必将使良医束手，巫觋止祷了。❶

《七发》一文的寓意因此可以分成主、从两部分，并且有直接的影响关系：主要是财、色对人生的危害，尤其是女色及情欲。其次则指向了楚太子等权贵，对于他们荒淫奢侈生活的劝谏。《金瓶梅》一书的寓意从而也可以分成这两个部分，并且也有关联性。亦即对于财色的贪嗜，使得权贵人士的生活淫乱奢靡，从而也连带伤害到政治等其他的层面。

一、色即是空：贪嗔痴爱之苦

词话本《金瓶梅》一开头，开宗明义便高扬情色之害，开卷词云：

> 丈夫只手把吴钩，欲斩万人头。如何铁石打成心性，却为花柔。请看项籍并刘季，一怒使人愁，只因撞着虞姬戚氏，豪杰都休。❷

作者明言"此一只词儿，单说着情色二字。"他一开始便感叹，纵然豪杰如西楚霸王项羽、汉高祖刘邦，都不免为女子所害，都受到情色的伤害，一般人岂能不引以为戒？"若乃持盈慎满，则为端士淑女，岂有杀身之祸？今古皆然，贵贱一般。"作者开宗明义，说明本书的主旨便是色戒：

> 如今这一本书，乃虎中美女，后引出一个风情故事来。一个好色的妇女，因与了破落户相通，日日追欢，朝朝迷恋。后不免尸横刀下，命染黄泉，永不得着绮穿罗，再不能施朱傅粉。静而思之，着什来由？况这妇人，他死有甚事？贪他的，断送了堂堂六尺之躯；爱他的，丢了泼天哄产业。惊动了东平府，大闹了清河县。❸

如果《金瓶梅》的作者确实为屠隆，那么此书的主旨更可以确切的判定了。此书主要是针对情欲，从屠隆本人的一生行事来看，他确有情欲方面的问题，仕途更因此窒碍不

---

❶ 许世瑛：《枚乘七发与其模拟者》，见罗联添编《中国文学史论文选集》（一），学生书局1986年版，第267页。
❷ 万历版《金瓶梅词话》第一回，太平书局1993年版，第47页。其中文字并参考梅节校勘《梦梅馆本金瓶梅词话》第一回校改。
❸ 同上，第51页。

顺，甚至后人疑心他是死于花柳病。❶ 女色、情欲，也许正是他的切身之痛，写此小说是自我的醒悟与对他人的劝诫。作者是"欲要止淫，以淫说法；欲要破迷，引迷入悟。"❷ 把沉溺情色之害，彻底演示一番，让人得以从中体会佛法，确实醒悟过来。这一做法，颇为符合佛教天台宗有关心性修持、性有善恶的教义。

"贪欲即道，烦恼即菩提"，佛教各宗派多有对此论述，但天台宗人以为"性具善恶"，从众生到诸佛都兼具善、恶二性。❸ 从而天台大师智颛（538—597 年）认为善从恶而来，善在恶中。❹ 他强调善恶是相对的，如果真正能够认清楚恶，了解恶之所以为恶，恶便可以转而成就善。他说："凡夫心一念，即具十界，悉有恶业性相，祇恶性相即善性相，由恶有善，离恶无善，翻于诸恶，即善资成。"❺ 一再强调，善是从恶而来的，没有恶便没有善；善的完成，在于对恶的深刻认识。

所谓"恶"，佛教以为即是"三毒"。所谓"三毒"，《大智度论》卷三十四以为三毒是贪欲、嗔恚、愚痴。此三毒又为身、口、意等三恶行之根源，故亦称三不善根，为诸多烦恼之根源。《长阿含经》卷八即言："谓三不善根：一者贪欲，二者嗔恚，三者愚痴。"佛教认为世人的种种苦难主要来自此"三毒"，如何去除"三毒"？便成为修行能否成功的关键。此"三毒"，道家将之扩大为"贪嗔痴爱"，元人杂剧中常见此一说法。其中又以"贪欲"为害最大。贪欲，即是指人心中的喜爱及占有的欲望，"财色"等多种恶行莫不与"贪欲"相关。天台宗人认为贪欲虽恶，但众生内心也同时具有善性，可以从贪欲反观佛道。智颛在《摩诃止观》卷十下说：

> 行恶者，执大乘中贪欲即是道，三毒中具一切佛法，如此实语，本灭烦恼，而僻取着，还生结业。

他认为贪欲就是佛道，行恶者不可能离开贪欲另外求得佛道，必须从贪欲中透彻悟得佛道，如此方能够根除贪欲，获得真正的解脱。亦即要在恶中修观，彻底看清楚恶的本质，然后可以成就佛道。❻

绣像本《金瓶梅》则是把词话本的开卷词换做了两首诗：一首律诗、一首绝句。其中

---

❶ 屠隆病死，汤显祖闻耗作诗《长卿苦情寄之疡，筋骨段毁，号痛不可忍，教令阖舍念观世音稍定，戏寄十绝》，以表悼念。"后人以此疑屠隆死于花柳病"。见郑闰《金瓶梅和屠隆》，学林出版社 1994 年版，第 194 页。

❷ [清] 刘廷玑：《在园杂志》卷二，见朱一玄编《金瓶梅资料汇编》，南开大学出版社 2002 年版，第 561 页。

❸ 《大乘止观法门》卷一。

❹ 方立天：《中国佛教哲学要义》，中国人民大学出版社 2002 年版，上卷，第 316 页。

❺ 《妙法莲华经玄义》卷五下，《大正藏》第三十三卷，第 743 页。

❻ 方立天：《中国佛教哲学要义》，中国人民大学出版社 2002 年版，上卷，第 317 页。

的绝句云：

> 二八佳人体似酥，腰间仗剑斩愚夫。虽然不见人头落，暗里教君骨髓枯。

绣像本的改编者明言，"这一首诗""单道世上人，营营逐逐，急急巴巴，跳不出七情六欲关头，打不破酒色财气圈子。到头来同归于尽，着甚要紧！虽是如此说，只这酒色财气四件中，唯有'财色'二者更为利害。"把"酒色财气"四者并提，扩大了劝诫的项目，比较能够把全书的内容涵盖完整，但同样也是把焦点放在"财色"。这是因为财与色两者往往一起出现，所谓"饱暖思淫欲"。张竹坡认为此书的主旨偏重在戒色：

> "二八佳人"一绝，色也。借色说人，则色的利害比财更甚。……开讲处几
> 句话头，乃一百回的主意。一部书总不出此几句。❶

在小说其后的发展，作者逐渐把"酒色财气"都纳入了，因为这"四贪"往往是共存的，对于人生都有害处。作者在第一回便以"说话人"的身份，跳出来明白劝善：

> 只有那《金刚经》上两句说得好，他说道："如梦幻泡影，如电复如露。"见
> 得人生在世，一件也少不得，到了那结束时，一件也用不着……到不如削去六根
> 清净，披上一领袈裟，参透了空色世界，打磨穿生灭机关，"直超无上乘，不落
> 是非窠"，倒得个清闲自在，不向火坑中翻筋斗也。

小说的主旨，很明显的为"色即是空"❷。张竹坡便认为此书"以空作结""以空结此财色二字"。佛教经典《心经》中有言："色不异空，空不异色；色即是空，空即是色。"此处的所谓"色"，不只是情色、财色而已，"包括我们物质的身体及身体所处的环境"❸。作为小说主角的西门庆，本身便是人世贪淫享乐的代表，其字号为"四泉"，谐音"四全"，便意指"酒色财气"及"贪嗔痴爱"这四样毒害。❹孙述宇即如此认定这是全书的主旨：

> 《金瓶梅》的内容是"贪嗔痴爱"如何为害以及人如何戕戮自己，这是一个
> 讲人怎么生活、怎么死亡的警世小说。❺

---

❶ [清] 张竹坡：《批评第一奇书金瓶梅》，第一回回前总批。

❷ 孙述宇对于《金瓶梅》及其作者的分析与理解颇为深刻，值得重视。详见孙述宇《金瓶梅：平凡人的宗教剧》，上海古籍出版社 2011 年版。

❸ 圣严法师：《心的经典：心经新释》，法鼓文化公司 2011 年版，第 28 页。

❹ 明代人已把"贪嗔痴爱"并列，视为养生之害。见 [明] 冯时可：《雨航杂录》卷下；[明] 高濂：《遵生八笺》，卷二、卷九。道教文化也有相似的说法。

❺ 孙述宇：《金瓶梅：平凡人的宗教剧》，上海古籍出版社 2011 年版，第 110 页。

一般的小说、戏曲表达这样的主旨，或者是基于宗教宣传之目的，或者是借此以掩饰其情色淫秽的内容，作者的态度大多并不真诚，然而《金瓶梅》的作者劝诫的态度是很认真、诚挚的。

小说中段之前，作者安排了西门庆逐渐获取了一切人世繁华之物，朋友、妻妾、权势、官位、财富、房产、子嗣等，中段之后，作者反过来安排一样一样的逐渐失去。《水浒传》中的西门庆死于武松的刀下，但《金瓶梅》改变了这个报仇的结局，让他死在贪欲之中。作者娓娓道来其经过，而不是空洞肤浅的简单套用"色空"的叙述框架，"否则无法如此具体而细腻的刻画"，而有其深刻的体悟，诚恳的劝善、警世之意，把佛教"色空"之说发挥到了极致。

他在小说的结尾第一百回，安排金国人入侵，国家上下一片惊惶，人民逃窜：

> 一日，不想大金人马抢了东京汴梁，太上皇帝与靖康皇帝都被虏上北地去了。中原无主，四下荒乱，兵戈匝地，人民逃窜。黎庶有涂炭之哭，百姓有倒悬之苦。大势甲兵已杀到山东地界，民间夫逃妻散，鬼哭神号，父子不相顾。

> 大金人马，抢过东昌府来，看看到清河县地方，只见官吏逃亡，城门昼闭，人民逃窜，父子流亡。但见烟尘四野，日蔽黄沙，封豕长蛇，互相吞噬，龙争虎斗，各自争强。皂帜红旗布满郊野。男啼女哭万户惊惶。强军猛将一似蚁聚蜂屯，短剑长枪，好似森森密竹。一处处死尸朽骨，横三竖四；一攒攒折刀断剑，七断八截。个个携男抱女，家家闭门关户。十室九空，不显乡村城郭；獐奔鼠窜，那存礼乐衣冠。

以如此一个国破家亡的动乱荒凉景象，作为小说结束的背景，以及一个奢侈放荡的家国、社会的下场，凸显了"空"的主旨。此外，忠勇保国的周统制，整部小说难得一见的正面人物，却娶了淫乱不贞的妻子春梅。周统制在外抵抗金兵，春梅却不能安分在家，不断勾引男子私通，最终淫欲无度而死。作者这样的安排，回应了此书开卷所强调的妻女的重要性。随后在吴月娘的梦境，亲家云理守轻薄调戏的非分言行，则是用以对比开卷热络的兄弟之情。作者最后又安排书中一些主要人物的鬼魂——在永福寺出现，在普静禅师的荐拔超生之下，纷纷转世投胎去了。而西门庆毙命当日出生的遗腹子孝哥，竟然就是西门庆所投胎托生，"项带沉枷，腰系铁索"，作为他一生罪孽恶行的报应。张竹坡云："作者开讲，早已劝人六根清净，吾知其必以'空'结此'财色'二字也。"❶

---

❶ ［清］张竹坡：《批评第一奇书金瓶梅读法》二十六。

道教、佛教两派有关于修行方面的主张，比起王阳明的心学，对于作者的影响更大。屠隆晚年，曾经两次分别慎重参与道教、佛教的仪式，并写有《观音大士颂》《弥陀灵应录》《佛法金汤》《戒杀放生文》等佛道著作。从小说文本中，更可以见到作者对于生死问题的看法多仰赖两教教义，而"注重讲生"的道教之玉皇庙与"侧重讲死"的佛教之永福寺，更成为小说的重要场所，人物日常活动之地。从而绣像本《金瓶梅》的编写者明白直言，人世之苦的解脱之道在于佛教"戒、定、慧"的修行：

> 到不如削去六根清净，披上一领袈裟，参透了空色世界，打磨穿生灭机关，"直超无上乘，不落是非窠"，倒得个清闲自在，不向火坑中翻筋斗也。❶

作者这样的体悟和安排，令人不禁联想到另一部小说杰作，清初曹雪芹的《红楼梦》。"色空"的主旨、小说的结局以及宗教人士的收尾，对于《红楼梦》应当颇有启示。

《金瓶梅》细腻描画世情社会，刻画男女情欲，以客观的表达劝诫之意。作者以情欲、死亡为主题，作为剖析家庭、社会的角度。所谓因果轮回、"色即是空"等布局安排，成为情节发展所凭借的一个无形框架，目的在于呈现一些日常的人物与生活琐事，从而获致史家之"不待论断而于序事之中即见其指"的效果。❷ 因果报应的故事框架，具有首尾完备的美学效果，尤其给人一种收束、统合、完整的美感，也比较能够符合一般社会大众的信念、道德。因此有学者认为，《金瓶梅》是一部自然主义的世情小说，从写实的角度刻画社会日常生活，男女情欲纠葛。此书的原名应当是《金瓶梅传》❸，以潘金莲、李瓶儿、春梅三位淫乱女子的生平传记为主，而由西门庆的一生来串联这些死于情欲的女子。在词话本卷首的欣欣子的《序》、廿公的《跋》都称此书为《金瓶梅传》。而词话本的另一篇东吴弄珠客的《序》，解说此意更为详细：

> 然作者亦自有意，盖为世戒，非为世劝也。如诸妇多矣，而独以潘金莲、李瓶儿、春梅命名者，亦楚《梼杌》之意也。盖潘金莲以奸死，瓶儿以孽死，春梅以淫死，较诸妇为更惨耳。借西门庆以描画世之大净，应伯爵以描画世之小丑，诸淫妇以描画世之丑婆净婆，令人读之汗下。

---

❶　绣像本《金瓶梅》第一回。

❷　原文意为推崇《史记》的叙事客观而真实的效果。顾炎武：《原抄本顾亭林日知录》卷二七，文史哲出版社1979年版，第737页。

❸　吴晓铃，王汝涛，梅挺秀等人便主张本书原名应为《金瓶梅传》。吴晓铃：《金瓶梅最初刊本问题》，香港《明报月刊》1989年4月号。王汝涛：《金瓶梅作者兰陵笑笑生》，山东文艺出版社1999年版。梅挺秀：《新刻金瓶梅词话后出考》，北京大学《燕京学报》新15期，2003年。

晚明的一些色情小说《如意君传》《肉蒲团》等作品，其中所倡言的"色即是空"等宗教说法不过是一种装饰、托词而已，作者并不确切信仰。但《金瓶梅》确实笼罩着一股佛、道宗教的力量，隐隐然支配人物的命运，而令人心生敬畏。

作者能够把世俗日常生活写成如此一部具有极高艺术成就的长篇小说，显示了对于这个声色繁华的世界抱有极大的热情和兴趣，后来发觉一切都是空幻、虚假而不能长久，内心的失落、感伤，也就远比一般人强烈和深刻，从而感受到人生极大的悲苦。小说的结尾，一切"如梦幻泡影"，传达了人世虚假、空幻，而应当达观淡泊的人生态度，并且透显出了极大的悲凉与怜悯。与张竹坡叔侄相称的清初文人张潮，即认为"《金瓶梅》是一部哀书"❶。

二、政治的讽谕

汉代文人枚乘《七发》的寓意，明代文人王维桢即明确指出是针对当朝太子的讽谏文章：

> 故其睹太子奢靡淫佚，不敢指斥，托楚太子、吴客以发其事，深得讽谏之体。❷

早有学者认为此书是"影射"明朝帝王的"政治讽谕"❸，我们从小说的故事时间正好结束于北宋亡国，宋徽宗、宋钦宗二帝被金国人掳走之际，可知"以古讽今"的说法也不是空穴来风，作者确实有可能是心存政治批判的，痛心疾首于明朝帝王的极度昏庸、怠惰、奢靡、淫乱与专制。

> 宪宗成化以后，迄于熹宗天启，前后一百六十三年，其间延访大臣者，仅孝宗弘治之末数年，而世宗、神宗则并二十余年不视朝。群臣从不见皇帝之颜色。……全国政事归皇帝独裁，皇帝又不向任何人负责，朝政嬾废堕弛至此，亦历史中奇闻也。❹

明代接连几位帝王的长期荒废朝政、生活奢靡，必然引发士民很大的激愤。张竹坡云："因西门庆一分人家，写好几分人家。""因一人写及一县。"❺甚至由一家而写及天下国

---

❶ [清]张潮：《幽梦影》第九十九则，中华书局 2014 年版，第 172 页。

❷ 黄霖等主编，赵俊玲辑著：《文选汇评》参，凤凰出版社 2020 年版，卷三四，第 1159 页。

❸ 魏子云：《金瓶梅的政治讽谕》，见黄霖著《金瓶梅考论》，辽宁人民出版社 1989 年版。

❹ 钱穆：《国史大纲》下册，台湾商务印书馆 2017 年版，第 165—167 页。

❺ [清]张竹坡：《批评第一奇书金瓶梅读法》第八十四。

家，既有对于社会奢侈糜烂的暴露，也有对于明代君臣昏庸贪婪的不满。

心学之影响，对于吴承恩的《西游记》较为明显，其次则是《金瓶梅》。心学认为"良知之在人心，不但圣贤，虽常人亦无不如此"❶，"良知良能，愚夫愚妇与圣人同"❷。因此，即使是潘金莲、李瓶儿与春梅等淫乱女子，也有良知，也是性善，只是环境造成其恶行劣迹，对于她们悲惨的下场，也应存有怜悯、慈悲之心。此外，心学发展到了李贽，认为穿衣吃饭皆是天理，主张人欲的合理性，比较宽容情色、财富的追求，从人性的角度看待酒色财气这所谓的"四贪"，以客观、细致而不存偏见的态度来刻画西门庆的日常生活，并且可以传达出一定程度的世俗生活趣味。

第五节　四大奇书的悲剧意境

一、中国古代文艺作品的悲剧形态

《史记》叙事令人感伤的悲凉意境，便是四大奇书美学的主要源头之一。司马迁在人物的纪传，借由其中不少怀才不遇的英雄志士的悲惨事迹，展现了类似西方史诗、悲剧一般的动人效果。《史记》这种发愤言志的美学，实与中国的抒情传统一致。故鲁迅赞之为"史家之绝唱，无韵之《离骚》"❸。

何谓悲剧？悲剧作为西方的一个重要的戏剧种类，来自于亚里士多德的《诗学》，从古希腊的戏剧中归纳出悲剧的美学性质与定义。他主张：

> 悲剧是对一个严肃、完整、有一定长度的行动的摹仿，它的媒介是经过"装饰"的语言，以不同的形式分别被用于剧的不同部分，它的摹仿方式是借助人物的行动，而不是叙述，通过引发怜悯和恐惧使这些情感得到疏泄。❹

这一定义颇为宽泛，几乎任何以严肃态度写作，以苦难终结的戏剧大多可称作悲剧。"严肃，即陷入了困境，受到了挑战；一定长度，意味着把这种困境给予艺术的形式化。"❺但由于要引发观众的"怜悯和恐惧"之情，进而产生情感的疏泄或净化，其中的情节就必须具有某些特质，主要人物也必须具有某种不平凡的意义或特值。这些人物深陷某些困境

❶ [明]王阳明：《答陆原静书》，《传习录》中。

❷ 同上，《答顾东桥书》。

❸ 鲁迅：《汉文学史纲要》，凤凰出版社，2009年版，第73页。

❹ [古希腊]亚里士多德撰，陈中梅译注：《诗学》，台湾商务印书馆2001年版，第63页。

❺ 张法：《中西美学与文化精神》，北京大学出版社1994年版，第89页。

之中，这种困境是理性的力量所无法解决、克服的，经过了一番艰苦的奋斗，最终由于人物的性格、品德、命运的摆布或者环境的局限等，造成了无可奈何的失败或者毁灭。然而悲剧一词发展至今，义涵更显复杂，学者张法认为：

> 悲剧一词在西方文化的语用中包含三层意思：（1）作为一个戏剧种类；（2）人类生活中的悲剧性；（3）对悲剧性进行文化观念把握的悲剧意识。❶

悲剧一词的义涵丰富，使用很广泛，也不再仅限于戏剧一种文类。但基本上具有悲剧特质的作品无论采取何种文类形式来表达，总是推崇一个人在不可避免的失败之前所展现出的勇敢、坚毅和高尚。各个时代产生的不同作品，都根据各自不同的文化、习俗和信念表达了人们对于其生存之悲剧性的感受，以及人们面对此悲剧时显现出的伟大精神。悲剧的美学或精神更是不受限于文类，作品的形态则是随着时代的差异而有所变异、调整。

王国维基于中华民族特有之伦理道德、文化理念，然后"取外来之观念与固有之材料互相参证"❷，用以衡定中国古典悲剧，特别是借重了西哲叔本华的悲剧之说。首先，他认为中国古代的戏剧之中有悲剧的存在，并且主张白话小说作品之中也有伟大的悲剧，《红楼梦》即为"彻头彻尾之悲剧"❸"悲剧中之悲剧"❹。他表示元杂剧与白话小说之中的主角虽然有不少的小人物，但不妨碍其成为伟大的悲剧：

> 明以后传奇，无非喜剧，而元则有悲剧在其中。就其存者言之，如《汉宫秋》《梧桐雨》《西蜀梦》《火烧介子推》《张千替杀妻》等，初无所谓先离后合、始困终亨之事也。其最有悲剧之性质者，则如关汉卿之《窦娥冤》，纪君祥之《赵氏孤儿》，剧中虽有恶人交构其间，而其蹈汤赴火者，仍出于其主人翁之意志，即列之于世界大悲剧中，亦无愧色也。❺

王国维曾意译叔本华的悲剧之说如下：

> 悲剧之中，又有三种之别：第一种之悲剧，由极恶之人，极其所有之能力，以交构之者。第二种，由于盲目的运命者。第三种之悲剧，由于剧中之人物之位置及关系而不得不然者；非必有蛇蝎之性质，与意外之变故也，但由普通之人物，普通之境遇，逼之不得不如是；彼等明知其害，交施之而交受之，各加以力而各

---

❶ 张法：《中西美学与文化精神》，北京大学出版社 1994 年版，第 85 页。

❷ 陈寅恪：《王静安先生遗书序》，《陈寅恪先生文集》（二），里仁书局 1982 年版，第 219 页。

❸ 王国维：《红楼梦评论》，见郭绍虞主编《中国近代文论选》，木铎出版社 1982 年版，第 753 页。

❹ 同上，第 754 页。

❺ 王国维撰，马美信疏证：《宋元戏曲史疏证》，复旦大学版社 2004 年版，第 177 页。

之下，纵然他竭尽所能地奋斗甚至牺牲了性命，始终没有获得应有的对待，反而深陷不可解决的矛盾，遭受到巨大的苦难、不幸甚至是毁灭。

西哲黑格尔认为形成悲剧动作情节的真正内容意蕴，首先是夫妻、父母、儿女、兄弟姊妹之间的亲属爱；其次是国家政治生活，公民的爱国心以及统治者的意志；第三是宗教生活。❶黑格尔对于这种偏向伦理上的冲突之所以造成悲剧的原因也有所解释：

> 古典型悲剧中人物的处境大致如下：如果人物抉择了一种唯一符合他们已定型的本质的伦理性的情致，他们就必然要和另一种同样有辩护理由，但是互相对立的伦理力量发生冲突。❷

> 基本的悲剧性就在于这种冲突中对立的双方各有它那一方面的辩护理由，而同时每一方拿来作为自己所坚持的那种目的和性格的真正内容的却只能是把同样有辩护理由的对方否定掉或破坏掉。因此，双方都在维护伦理理想之中而且就通过实现这种伦理理想而陷入罪过中。❸

这一伦理上的两难处境，顾此失彼，无法两全，但人物往往要被迫做出无奈的抉择。因此，黑格尔在评论古希腊悲剧《俄狄浦斯》时又云：

> 在这一切悲剧冲突中，我们首先必须抛弃关于有罪和无罪的错误观念。悲剧英雄们既是无罪的，也是有罪的。❹

"人生实难"，人世不免会有一些难解的困境，无论人们的选择为何，都必然会抵触到某些伦理或道德，从而导致了不幸的结果，甚至造成了悲惨的结局。自古以来，人物品格、精神的高尚与否，几乎是中外论定悲剧的要件之一，伦理上的要求很高。因为世人常有一种观念，"可怜之人必有可恨之处，可恨之人必有可悲之苦"，普遍对于道德低落的人缺乏悲悯。虽然黑格尔主张应该放弃"有罪和无罪的错误观念"，但人物行为的高道德表现，确实是能够感动人心，进而升华、净化情感的必要条件。纵然如此，若以悲剧的传统标准衡量四大奇书，《水浒传》《三国志演义》仍然当之无愧。此外，如果能够从美学的角度来审视《金瓶梅》，不以道德的眼光来评判，作者借由众多人物的悲惨下场，极具艺术性地传达了对于人生深刻的痛苦与恐惧，其实是颇能够符合亚里士多德对于悲剧的定义。

---

❶ [德] 黑格尔（G. W. Hegel）撰，朱光潜译：《美学》四，里仁书局 1983 年版，第 293 页。

❷ 同上，第 327 页。

❸ 同上，第 295 页。

❹ 同上，第 315 页。

二、四大奇书的结局悲凉

四大奇书自元末明初以来，一些高才文士不断对这些小说进行润饰修改甚至创作。在中国抒情传统的强大影响之下，文人也借此来言志抒情，传达个人对于历史、人生、家庭、社会、国家等各方面的情感。

四大奇书表达了君主专制时代的人的各种困境，这种困境是文化、体制、政治、社会、习俗与伦常等复合关系所造成的。王钟麒（天僇生）总结了中国白话小说的写作动机：

> 吾国之作小说者，皆贤人君子，穷而在下，有所不能言、不敢言、而又不忍不言者，则姑婉笃诡谲以言之。即其言以求其意之所在，然后知古先哲人之所以作小说者，盖有三因：一曰：愤政治之压制……士之不得志于时而能为文章者，乃着小说，以舒其愤。其大要分为二：一则述已往之成迹……一则设为悲歌慷慨之士……二曰：痛社会之混浊……有跅弛不羁之士，其思想或稍出社会水平线以外者，方且为天下所非笑，而不得一伸其志以死。既无可自白，不得不假俳偕之文以寄其愤……读诸书者，或且訾古人以淫冶轻薄导世，不知其人作此书时，皆深极哀痛，血透纸背而成者也，其源出于太史公诸传。三曰：哀婚姻之不自由……老师宿儒或以越礼呵之，然其心无非欲维风俗而归诸正，使内无怨女，外无旷夫焉已耳。由是以言，而后吾国小说界之价值，与夫小说家之苦心，乃大白于天下。吾尝谓吾国小说，虽至鄙陋不足道，皆有深意存其间，特才力有不齐尔。❶

四大奇书分别是历史、侠义、神魔与世情白话小说的经典之作，虽然其中经过了不少"说话人"的心血灌注，但在一些颇具高才的文士的增删润饰之后，脱胎换骨成为其中的典范。它们之所以能够流通久远，受到民间普遍的喜爱，主要还是根植于中国文化与社会之中，生动地刻画了种种困境，深刻反映了其中的重大问题。

《三国志演义》是对于刘、关、张三兄弟与诸葛亮、蜀汉的感叹，尤其是以诸葛亮为中心。"出师未捷身先死，长使英雄泪满襟"，这才是造成悲剧的原因。诸葛亮以至高的才、德，鞠躬尽瘁，最后却未能完成使命。人物的品德、才华与其命运结局落差很大，落差越大，感叹越大，所烘托的悲剧的意境也越强烈。

《水浒传》是对于宋江、林冲、武松、李逵等英雄豪杰的感叹，尤其是以宋江为中心。

---

❶ 王钟麒：《中国历代小说史论》，见梁启超等著：《晚清文学丛钞：小说戏曲研究卷》，新文丰出版社1989年版，第35—36页。

宋江一心要报效赵宋官府，坚决主张归顺朝廷、为国立功。但众英雄在与敌寇的征战中大多陆续阵亡，宋江最后也惨遭奸佞毒死。忠君的传统观念，导致了昏庸的君王始终屹立，危害国家、人民。时在古代，这种愚忠的观念成为了不容挑战的真理，即使殷商纣王残暴无道，伯夷、叔齐等高洁之士却仍然拥护不已，自甘居于臣民，当道拦阻武王正义之师的革命。宋江等一群梁山泊盗匪、草寇，又怎么可能被允许挑战大宋天子的神圣地位？由此可知，纵然是官逼民反，人民也只能反奸佞等权贵，不容许推翻君王，始终有一批拥护的臣民效忠不已。宋江等忠义之士最后被奸佞所害，也称得上是时代的悲剧。

《西游记》是一部寓言，"已是了不起的讽刺文学"❶。孙悟空是作者的投影，对于人世的许多感叹与批评，作者往往借由孙悟空来传达。才高性真如孙悟空，终究不能挣脱固有的僵化体制，毕竟还是要屈从"法"的规范。孙悟空有着傲世的能力，却不容于神、魔两界，身心都受到了禁锢，不得自由自在。所谓天庭，其实正是世俗朝廷的隐喻。作者借着猴子此一非人的形象，陈述了一些不能以"人"为主角的"大逆不道"言论。正如同《水浒传》借由李逵此一所谓的"粗人"，明白揭露了一些隐晦难言的主张。《西游记》也借由孙悟空之口，明白说出了许多难言之隐。在表面上嬉笑幽默的笔调与喜闹情节之中，隐藏了对朝廷与社会的诸多讽刺。这与作者身为明代专制社会之小吏身份有关，从而要以如此隐微、奇谲的笔法来曲折传达。

《金瓶梅》是一部以妇女为主要人物的小说，如同戏曲中的旦本。本书的主题之一是对于潘金莲、李瓶儿、春梅等礼教之下女子处境的喟叹与怜悯。礼教社会男尊女卑，在环境、命运的捉弄之下，不少女子，尤其是稍具姿色者，难免沦为男性的玩物，没有主体、人身的自由，她们只是男性社会的牺牲品。《金瓶梅》中的女子青春美貌，但命运凄凉，死得凄惨。"她们所共有的特质，其实只是强烈的情欲"。她们受到情欲的驱使而无法自制，"但作者贬责之时，仍有很深的慈悲。"❷"表面看上去，好像是揭露与批判，实质上却是同情、怜悯与歌颂。"❸歌颂虽不至于，但作者对于她们确实都有不少正面的描写，不存世俗的偏见，没有一味地丑化、批判。尽管潘金莲淫乱不堪，甚至杀夫，但是如果我们仔细研究作者对她一生的遭逢、身世的描述，也不免对她产生几许哀矜之情。而《水浒传》则是没有给予她同情的笔墨。作者借由书中的几位女子的命运，深刻表达了对于身陷情欲之中无法自拔女子的悲悯。

四大奇书中的主要人物由于所处的"位置及关系"，虽然"明知其害"却又"不得不如是"，显示出"人生最大之不幸"，从而能够臻于一种悲剧的意境。

---

❶ 孙述宇:《金瓶梅的艺术》,《小说内外》上卷,香港牛津大学出版社 2010 年版,第 22 页。

❷ 同上,第 65 页。

❸ 黄吉昌:《前言》,《金瓶梅新论》,中国社会科学出版社 2007 年版,第 2 页。

结　论

一、庶民叙事的传统与精神

中国古代君主专制政体之下，处于弱势地位的民间百姓，其个人的哀乐心声的表达，必须找寻一个适当的管道。一方面心中郁积的情绪得以抒发，获得疗愈缓解的效果，甚至可借以引起社会的关注，同时也不至于得罪当权者，遭受到迫害。

在上古时代，书写工具的不发达，或者庶民百姓的不识文字等原因，口头的传唱歌谣，乃是百姓表达心声与议论的主要方式。《孟子》曰："王者之迹熄而《诗》亡，《诗》亡然后《春秋》作。"❶ 这是论及诗、史关系的最早文字，历代学者大多解读为，春秋中叶以来，缘于礼崩乐坏，天下大乱，相沿已久的"采诗"以观风俗，作为政府施政参考的制度废止了，于是孔子作《春秋》，承担起补弊起废，惩恶劝善的政治教化等功能。

"《诗》亡然后《春秋》作"固然道出了春秋中叶以后"采诗"制度消亡，以及由诗向史嬗变的情况，却也表达了一个事实：《春秋》作而《诗》未亡，即"史蕴诗心"。"《诗》未亡"，乃是指《诗三百》的比兴寄托、美刺褒贬的精神与功能并没有因"采诗"制度的停止而消亡，而转由《春秋》承担。但官方所编定主导的史书，由于受到政府的掌控，势必无法肩负民间诗歌原有的使命，而必须由同样性质的民间叙事作品来承继。

孔子曰："其义则丘窃取之矣。"❷ 所谓的"义"即是指《诗三百》褒善贬恶的大义，孔子转而施之于史书。孔子有鉴于春秋时代各国的废弃礼法，诸侯僭礼，乱臣贼子横行，考虑到身为一介庶民的力量有限，因此虽然布衣不当写史，但仍然写作《春秋》，以便"借事明义"，着重在"义"的表达，这种"大义"与官方意识有所不同，乃是出自民间大众的公义，原本寄托在诗的美刺褒贬精神。孔子写作《春秋》，牺牲部分史实以实践个人的理念，已经开启了叙事之中容许有部分虚构的范例。

金圣叹认为孔子以庶人的身份修订鲁史，"因史成经"，寄寓个人的政治等方面的理

---

❶　[周] 孟子:《孟子·离娄下》。

❷　同上。

念，有其不得已的苦衷、深心：

> 夫未尝作者，仲尼之志也。罪我惟《春秋》者，古者非天子不考文，自仲尼
> 以庶人作《春秋》，而后世巧言之徒，无不纷纷以作。纷纷以作既久，庞言无所
> 不有；君读之而彷徨于上，民读之而惑乱于下，势必至于拉杂燔烧，祸连六经。
> 夫仲尼非不知者，而终不已于作，是则仲尼所为引罪自悲者也。或问曰：然则仲
> 尼真有罪乎？答曰：仲尼无罪也。仲尼心知其故，而又自以庶人不敢辄有所作，
> 于是因史成经，不别立文，而但于首大书"春王正月"。❶

孔子在"窃取"了《诗》之"义"的同时，也"窃取"了《诗》之"法"。《诗三百》比兴寄托之手法，成为了史书中尚简用晦的"春秋笔法"。《史记》太史公曰：

> 孔氏着《春秋》，隐、桓之间则章，至定、哀之际则微，为其切当世之文而
> 罔褒，忌讳之辞也。❷

鲁定公、鲁哀公之时，正是孔子所身处目视的年代，对于当时的人、事本可详尽的加以记载，但孔子出于政治上的忌讳，反而隐约其词，实行了特殊的笔法。《春秋》"五例"是"春秋笔法"的基本内涵，它与《诗》的赋比兴的"诗法"有相似的功用。《春秋》之微而显、志而晦、婉而成章对应于《诗》的比、兴；《春秋》之尽而不污近于《诗》的赋；《春秋》之惩恶劝善即是《诗》的美刺褒贬。❸从这个角度而言，钱钟书基于事实与虚构所谓的"史蕴诗心"，可以是《春秋》《左传》行文叙事之中所运用的委婉隐晦的《春秋》笔法。

孔子写史之目的，不在于记录史实，而是借以从中传达大义。孔子《春秋》据鲁史而加笔削，记事极为简略，非一般的史笔。在书与不书之间，详书与略书之中以见出"诛讨乱贼"之"大义"和"改立法制"之"微言"，从而达到惩恶劝善之目的。故清人皮锡瑞《经学通论》云：

> 夫以二百四十二年之事，止一万六千余字。计当时列国赴告，鲁史著录，必
> 十倍于《春秋》所书，孔子笔削，不过十取其一。盖惟取其事之足以明义者，笔
> 之于书，以为后立法。其余皆削去不录。或事见于前者，即不录于后；或事见于
> 此者，即不录于彼。以故一年之中，寥寥数事，或大事而不载，或细事而详书，

❶ [清] 金圣叹：贯华堂本《水浒传·序一》。

❷ [汉] 司马迁：《匈奴列传》，《史记三家注》，七略出版社1991年版，第1191页。

❸ 李洲良：《文笔诗心：中国文学的叙事与抒情传统》，人民出版社2017年版，第271页。

学者多以为疑。但知借事明义之旨，斯可以无疑矣。❶

《春秋》并非一般意义上的史书，其记事与一般史书的笔法不同，而是"借事明义"的经书。"借事明义"正是"史蕴诗心"的表现，也正是《春秋》书法之所在。《左传》作为以事解经之作，其诗心、文心则表现在属辞与比事之中。钱钟书在《管锥编》中有深入的论析：

　　老生常谈曰"六经皆史"，曰"诗史"，盖以诗当史，安知刘氏直视史如诗，求诗于史乎？惜其跬步即止，未能致远入深。刘氏举《左传》宋万衷犀革、楚军如挟纩二则，为叙事用晦之例。顾此仅字句含蓄之工，左氏于文学中策勋树绩，尚有大于是者，尤足为史有诗心、文心之证。则其记言是矣。❷

孔子以士庶的身份写史，发扬了庶民修史的精神，不同于官方史书的编写，而《左传》记人、记事的笔法，可以视之为《春秋》书法的体现。到了司马迁的《史记》，则把《春秋》书法用之于他所开创的纪传体之五体结构之中，尤其是对于汉代朝政的良窳，寄托了他个人的褒贬态度。"不待论断而于序事之中即见其指"❸，便是《春秋》书法的功效。后世则把这种精神与笔法表现在不同的文体、文类之中，六朝乐府民歌、唐人新乐府诗、变文、宋元话本小说、平话演义以及明代小说四大奇书之中都不乏这种精神的表现，并且有各自的体例、规范与叙述方式。从而流衍形成一个庶民叙事的传统，隐隐然与附属于官方，代表统治阶层立场的正史系统相对立。

二、庶人之议皆史

白话文体的通俗性，便利于信息的传播，容易获得多数人的亲近与接受，从而可以发挥更大的影响力。《三国志通俗演义》的写作便是基于这样的动机与目的：

　　吾夫子因获麟而作《春秋》。《春秋》，鲁史也。孔子修之，至一字予者褒之，否者贬之。然一字之中，以见当时君臣父子之道，垂鉴后世，俾识某之善，某之恶，欲其劝惩警惧，不致有前车之覆。此孔子立万万世至公至正之大法，合天理，正彝伦，而乱臣贼子惧……然史之文，理微义奥，不如此，乌可以昭后世？语云："质胜文则野，文胜质则史。"此则史家秉笔之法。其于众人观之，亦尝病焉。故往往舍而不之顾者，由其不通乎众人，而历代之事，愈久愈失其传……

❶ [清] 皮锡瑞：《经学通论》四，《春秋》，台湾商务印书馆 1989 年版，第 22 页。
❷ 钱钟书：论《史通》条，《管锥编》册一（增订本），北京三联书店 2008 年版，第 271 页。
❸ [清] 顾炎武：《原抄本顾亭林日知录》卷二七，文史哲出版社 1979 年版，第 737 页。

不任其咎，此种悲剧，其感人贤于前二者远甚。何则？彼示人生最大之不幸，非例外之事，而人生之所固有故也。若前二种之悲剧，吾人对蛇蝎之人物，与盲目之命运，未尝不悚然战栗；然以其罕见之故，犹幸吾生之可以免，而不必求息肩之地也。但在第三种，则见此非常之势力，足以破坏人生之福祉者，无时而不可坠于吾前；且此等惨酷之行，不但时时可受诸己，而或可以加诸人；躬丁其酷，而无不平之可鸣：此可谓天下之至惨也。❶

王国维认为悲剧的形成源自生活苦痛的本质、人世之艰难，但此种悲剧观不再把命运、英雄等较为特殊的因素视为悲剧的必要条件，反而认为普通人的一般际遇所造成的悲剧与大多数人更有关系，从而也更能让人产生共鸣与感动。事实上，中国古代的各类悲剧主要不是以戏剧来表现的。刘鹗《老残游记·自序》说：

> 《离骚》为屈大夫之哭泣，《庄子》为蒙叟之哭泣，《史记》为太史公之哭泣，《草堂诗集》为杜工部之哭泣，李后主以词哭，八大山人以画哭，王实甫寄哭泣于《西厢》，曹雪芹寄哭泣于《红楼梦》……吾人生今之时，有身世之感情，有家国之感情，有社会之感情，有种教之感情。其感情愈深者，其哭泣愈痛：此鸿都百炼生所以有《老残游记》之作也。❷

这些作品的结局不同于中国古代一般戏剧常见的大团圆"喜剧"，主要人物拥有极高的才与美，但由于受到了文化上、道德上、体制上、时势上或礼教上等种种的局限，从而无法解决难题、冲破困境，结局不能符合其能力、品德与材质，造成了巨大的落差，从而使得这些文艺作品产生了一种悲剧的意境。

悲剧的定义随着时代、社会与文化的变迁而有所不同，其中的主要人物也随着近代城市的发展、市民阶层的兴起而不再限定为大人物，也包含庶民阶层的小人物在内了。

从而诸如屈原的《离骚》、司马迁的《史记》、汉魏的乐府诗《孔雀东南飞》、志怪小说《东海孝妇》《韩凭夫妇》、唐代杜甫的《三吏》《三别》、白居易的《长恨歌》《琵琶行》、宋元话本《碾玉观音》、元代杂剧《窦娥冤》《赵氏孤儿》、明代传奇《桃花扇》、清代的《红楼梦》等，都传达了一种悲剧的意境。这些不同文类的形式、表现方式、人物身份差异甚大，但是都有一种"悲剧性矛盾冲突"❸。这种矛盾冲突主要是人物美好的才华、品德或者所执着的理想或信念，在无法克服的社会、文化、历史、性格等各种困境或冲突

---

❶ 王国维：《红楼梦评论》，见郭绍虞主编《中国近代文论选》，第 754 页。

❷ 刘鹗：《老残游记自序》，见朱一玄编，朱天吉校《明清小说资料选编》，南开大学出版社 2006 年版，第 840—841 页。

❸ 何世华：《史记美学论》，水牛出版社 1993 年版，第 212 页。

《三国志通俗演义》，文不甚深，言不甚俗，事纪其实，亦庶几乎史。盖欲读诵
者，人人得而知之，若《诗》所谓里巷歌谣之义也。❶

这些不同文类或文本中所寄托的"义"，其性质与精神都属于庶民之议，士庶民众在
街巷的谤议。庶民之议有两层意义，一方面是指孔子、司马迁等以非史官甚至是士庶的身
份写史，以寄托个人的理想、抱负、情志甚至是怨愤；另一层意思，代表了与官方意识形
态、立场不同甚至是相对立的庶民阶层的价值观、道德与评论。金圣叹认为，庶民百姓的
评议政府、君臣，代表了天下已然无道，失去了公理正义。士庶百姓在迫不得已的境遇之
下，除了在市井街巷之间口头议论时政、社会、风俗之外，也会选择文字书写，稗官小说
便是用以表达心声的有力媒介之一：

寓言稗史亦史也。夫古者史以记事，今稗史所记何事？殆记一百八人之事
也。记一百八人之事，而亦居然谓之史也何居？从来庶人之议皆史也。庶人则何
敢议也？庶人不敢议也。庶人不敢议而又议，何也？天下有道，然后庶人不议
也。今则庶人议矣。何用知其天下无道？❷

史书的功能之一便是褒贬人事，庶民的评议具有类似史书的功能，并且拥有更为广大
的基础，反映了民心。《水浒传》作者在全书结尾第九十七回，便公然赞扬宋江的忠义：
"老夫借得《春秋》笔，女辈忠良传此人。"明白宣示了自己的写作目的、褒贬态度与笔
法。李贽认为《水浒传》与《史记》的写作动机与功能相同，都是一种贤人君子的发愤
之作：

太史公曰："《说难》《孤愤》，贤圣发愤之所作也。"由此观之，古之贤圣，
不愤则不作矣。不愤而作，譬如不寒而颤，不病而呻吟也。虽作何观乎？《水浒
传》者，发愤之所作也。盖自宋室不竞，冠屦倒施，大贤处下，不肖处上。驯致
夷狄处上，中原处下，一时君相犹然处堂燕鹊，纳币称臣，甘心屈膝于犬羊已
矣。施、罗二公身在元，心在宋；虽生元日，实愤宋事。是故愤二帝之北狩，则
称大破辽以泄其愤；愤南渡之苟安，则称灭方腊以泄其愤。敢问泄愤者谁乎？则
前日啸聚水浒之强人也，欲不谓之忠义不可也。是故施、罗二公传《水浒》，而
复以忠义名其传焉。❸

---

❶ [明] 蒋大器:《三国志通俗演义序》，见朱一玄，刘毓忱编《三国演义资料汇编》，南开大学出版社 2003 年版，第
232—233 页。

❷ [清] 金圣叹：贯华堂本《水浒传》第一回回前总批。

❸ [明] 李贽:《忠义水浒传序》，《焚书·续焚书》，汉京文化公司 1984 年版，第 109 页。

《水浒传》的作者，宋亡之后身处异朝，有感于国家沦亡在于君臣的苟安、不振，遂作此强人小说以泄其激愤。即使是被视为荒诞不经的神魔小说《西游记》，也有其深刻的寓意，张书绅表示：

> 《西游》一书，古人命为证道书，原是证圣贤儒者之道。至谓证仙佛之道，则误矣。何也？如来对三藏云："阎浮之人，不忠不孝，不仁不义，多淫多佞，多欺多诈。"此皆拘蔽中事。彼仙佛门中，何尝有此字样？……（作者）原念人心不古，身处方外，不能有补，故借此传奇，实寓《春秋》之大义，诛其隐微，引以大道，欲使学者焕然一新。❶

张竹坡也表示《金瓶梅》如同《诗经》一般，蕴含有劝善惩恶的微言大义：

> 诗云"以尔车来，以我贿迁"，此非瓶儿等辈乎？又云"子不我思，岂无他人"，此非金、梅等辈乎？"狂且狡童"，此非西门、敬济等辈乎？乃先师手订，文公细注，岂不曰此淫风也哉！所以云"诗三百，一言以蔽之曰：思无邪。"注云："诗有善有恶。善者起发人之善心，恶者惩创人之逆志。"圣贤著书立言之意，固昭然于千古也。今夫《金瓶梅》一书作者，亦是将《褰裳》《风雨》《箨兮》《子衿》诸诗细为摹仿耳。夫微言之而文人知微，显言之而流俗知惧。不意世之看者，不以为惩劝之韦弦，反以为行乐之符节，所以目为淫书，不知淫者自见其为淫耳。❷

> 稗官者，寓言也。其假捏一人，幻造一事，虽为风影之谈，亦必依山点石，借海扬波。故《金瓶》一部，有名人物不下百数，为之寻端竟委，大半皆属寓言。庶因物有名，托名摭事，以成此一百回曲曲折折之书。❸

四大奇书的作者假托"史官式叙述者"的身份以写作稗官"寓言"，乃是继承自孔子庶民写史的传统，庶人谤议的精神。写史是神圣的，稗官野史的写作则是一种立场的宣告，也是在元代以来的专制时代下，庶民可资运用的少有的发声管道。

由于元末明初的社会、政治、经济与文化等方面的重大差异，四部奇书在写作的笔法、寓意上也有不同。《三国志演义》是失意文人在乱世中对于儒家仁义的政治理想的向往，描绘了圣君贤相的形象，并且借由诸葛亮的才华、品德与经历，寄托了个人在现实社

---

❶ [清] 张书绅：《新说西游记总批》，见朱一玄，刘毓忱编《西游记资料汇编》，南开大学出版社 2002 年版，第 323 页。

❷ [明] 张竹坡：《第一奇书非淫书论》。

❸ [明] 张竹坡：《金瓶梅寓意说》。

会中的落寞不得志。且其尊刘贬曹，不同于正史《三国志》的官方意识，一方面表达了庶民的看法，同时也是孔子以庶民写史传统的继承。由于此书讲述历史的题材，且以正史为蓝本，比较能够得到官方的认可。但其余三部奇书，由于题材的不同，则必须在表现的笔法上有更多的考虑，寓意的传达也必须更加隐晦而曲折。

明初以来，政治情势渐趋严峻，明太祖、明成祖都设立卫厂严格管控臣民，因此《水浒传》《西游记》与《金瓶梅》等书对于家国、政治、社会方面的批判，必须实行《春秋》笔法中的隐微用晦的曲笔来表现。从而作者的深心、苦心颇难辨识。《水浒传》隐于盗寇、《西游记》隐于神魔、《金瓶梅》隐于色欲，书中的寓意不得不以如此奇诡的笔法、奇特的题材来寄托，否则便是干犯禁忌，作者惹祸上身，著作也必将遭受查禁。

《三国志演义》因为是写历史，一向较不受到官方的禁制。《水浒传》写盗寇，却不得不特别隐晦。《西游记》由于题材涉及神魔，且是世代累积而成的小说，宗教方面的倾向是必然有的，但作者显然不是佛家或道教的信徒，故而其修心之说乃是孟子等儒家的理念，而非宗教教义。书中即使是写天庭的神佛，其形象也并非完善，而凡尘下界的精怪，也大多来自天庭，如此的构想，其中颇有对于君主专制、权贵官僚的批判讥讽，吴承恩借神魔以喻政治。《西游记》确实有作者对于心性修养的看法，但这是肇因于他所处的时代正是理学、心学盛行的环境，佛教禅宗、道家老庄在当时也颇为盛行，三教相互融合。从而吴承恩写作此一宗教题材，便表达了他在这方面的看法，但其深心苦意在于对昏愦荒淫君主与贪贿跋扈官僚的批判。《金瓶梅》则是在批判色欲之中，也批判了明代社会政治的腐败，不仅痛陈财、色于人之罪恶，更批判了权贵阶层，甚至上斥宫廷帝王。

三、史统散而小说兴

四大奇书的共同点，义涵上是相异于官方的意识、立场，而着重在表达庶民百姓的情义、怨愤与道德；写作上则是从史传的"以文运事"走向了"因文生事"，从标榜实录而转以虚构为尚，并且强调要在写人叙事之中发扬褒善贬恶的精神与影响。

明代小说四大奇书的作者乃是一些失意的高才文人，他们运用了史笔、文法与诗法，镕铸完成了一种文备众体、雅俗共赏的复合叙事文类，用以寄托个人情志，表现个人才华，以及褒贬人世。

《三国志演义》虽然是借史笔以写史事，但受到宋元民间文化与传说的影响，神仙、灵怪之说影响到它的写作，其笔法不尽写实，杂有英雄传奇的浪漫色彩。其中武将的神勇、气力，异于常人太多，每多夸张的描写，已近于天神。文士的智谋才华，也多有渲染失实之处。孔明的神机妙算、呼风唤雨之能，已"近于妖"。《水浒传》有一部分是英雄好汉的传奇故事，另一部分则是写实文学。这些英雄好汉同样被描写得有如神人，武松、鲁智深、李逵，都有异于常人的力气及武艺，其杀人的残酷、血腥，也异于平常，在真实的生活中并不常见，"因此这一部分是逃避现实的浪漫艺术"❶。但《水浒传》已有不少日常生活琐事与平常人物的描写，诸如武大郎、潘金莲、西门庆、王婆、郓哥、何九叔以及阎婆惜等，这些小人物及其生活习性的刻画都是很写实的，在现实生活中很常见。《西游记》受到神魔题材的限制，自然是走浪漫艺术之路，虽然其中颇多讽刺的笔法，指向了明代的昏君佞臣。那些众多的神魔精怪具有人类欠缺的法术与力量，其故事继承于唐代以来的话本、平话，传奇色彩鲜明。《金瓶梅》取材于《水浒传》的武松故事，汰除了其中英雄侠义的情节与夸大的笔法，而发扬光大了其中既有的写实笔法与艺术成就。《金瓶梅》的作者从武松的刀下，解救了西门庆一命，延长了几年的寿命，而最终死于自己的纵欲之中。从而使《水浒传》武松为兄长复仇而当街杀死西门庆，杀嫂剜心的情节，减少了英雄传奇的色彩。《金瓶梅》充满了日常家庭琐事、世俗人物的细腻描写，整部小说大多是以写实而细致的工笔画完成。每个人物各有面貌、各有性情、各有生活，即使是一些配角，也都真实而生动。"《金瓶梅》的成就，是写实艺术的成就。"❷

明代小说四大奇书，发展到了《金瓶梅》，终于摆脱了世代累积的编写形态，并且从史传叙事的巨大阴影之下羽化而出，真正走到了文人独立创作的阶段。从变文、话本、讲史、演义至章回体小说，经过了漫长的岁月，在民间社会持续滋长茁壮，不断融合史传、诗文、戏曲、八股文等各种文类的美学、技法，四大奇书终于锤炼出了自我的一套写实美学与文法，并且成为白话长篇章回体小说的经典。其影响极为广泛和深远，文化与社会层面姑且不论，文学上不仅启蒙了《红楼梦》等后世章回体小说的写作，对于现代小说的叙事艺术也具有典范的重大意义。

❶　孙述宇:《金瓶梅的艺术》,《小说内外》上卷，香港牛津大学出版社 2010 年版，第 6 页。
❷　孙述宇:《金瓶梅的艺术》,《小说内外》上卷，香港牛津大学出版社 2010 年版，第 6 页。

后　记

　　此书改写自本人多年前在中国台湾的博士论文，适逢疫情期间在家，故增修的幅度较大，章节的安排乃至于整体的架构，也都有所调整。

　　回想叙事学的接触，始自二十多年前，从学贯中西的柯师庆明口中，初次听闻"Narratology"一词，颇感新奇，涉猎之后更觉得奥妙，就此开启了相关的研究。如今先生遽返道山，无法请益，令人感念。博士论文的写作获益于精通经、史学术的张师高评的指导，特别是《春秋》书法、《左传》《史记》，对于中国传统的叙事理论遂有更深刻的体悟。另一位论文指导教授林师明德，乃是民间文学的专家，同样给予了许多的教诲。明代小说四大奇书此类雅俗共赏的典范之作，不能忽略根植世俗社会的丰厚土壤的滋养。

　　去年因缘际会之下，来到湖北省黄冈师范学院文学院（东坡书院）任教。此地自然环境优美，文化底蕴深厚。学校的科研设备完善、资源丰富，王立兵、陈向军、高少初、夏庆利、胡立新、陈志平、方正等各级领导励精图治，勇于任事，给予我许多的协助。本书能够顺利增订刊行，必须感谢学校、学院的支持。

　　思及当年东坡先生居住黄冈期间，完成了《赤壁赋》等许多不朽的名篇，除了个人的才华洋溢之外，实在也是得力于黄冈的历史人文遗迹与江山胜景之助。愿与黄冈师范学院的同仁共勉之！

丁豫龙

2021 年端午节前夕

于黄州遗爱湖畔